Paula Gosling, geboren in Detroit, siedelte 1964 nach Großbritannien über. 1978 gab sie ihren Beruf als Werbeberaterin auf und schrieb den ersten ihrer bisher zwölf Kriminalromane, der auf Anhieb mit dem John Creasey Memorial Award ausgezeichnet wurde («Töten ist ein einsames Geschäft», rororo 13932). Der Thriller wurde unter dem Titel «Fair Game» 1996 mit Cindy Crawford und William Baldwin zum zweitenmal verfilmt. Für ihren Roman «Tod auf dem Campus» (rororo thriller 2858) erhielt sie 1985 den Gold Dagger Award, die begehrteste Auszeichnung für Kriminalromanautoren. 1992 begann sie ihre Blackwater-Bay-Reihe mit dem Hobbyphilosophen Sheriff Matt Gabriel («Leiche im Paradies», Nr. 3104, «Das Spiel wird Ernst», Nr. 3195 und «Leiche unterm Eis», Nr. 3254). Mit «Blut auf den Steinen» (Nr. 3284) gelang ihr ein Beispiel für den klassischen englischen Kriminalroman.

Paula Gosling lebt mit ihrer Familie und ihren Katzen in Bath.

Paula Gosling

Ein echtes Gaunerstück
Der Polizistenkiller

Deutsch von Ute Tanner

rororo

Rowohlt

rororo thriller
Herausgegeben von Bernd Jost

Veröffentlicht im Rowohlt Taschenbuch Verlag
GmbH, Reinbek bei Hamburg, Februar 1998

Umschlaggestaltung Walter Hellmann
(Foto: G + J Photonica/Marc Tauss)
Gesamtherstellung Clausen & Bosse, Leck
Printed in Germany
1200-ISBN 3 499 43286 2

Ein echtes Gaunerstück

Zu diesem Buch

«Ich möchte diesen Schreibtisch kaufen.» Er staunte, wie normal seine Stimme klang. Kaum etwas verriet, daß ihm ein Schrei in der Kehle steckte. Ein Schrei, der in jenem schrecklichen Augenblick entstanden war, als sich der Stoff von Jacke und Hemd unter der Klinge geteilt, er den flüchtigen Widerstand von Fleisch, den unnachgiebigen Widerstand von Knochen gespürt und das Entsetzen in den Gesichtszügen des anderen gesehen hatte, die weit aufgerissenen Augen, den geöffneten Mund.

Ein Killer auf der Flucht – gehetzt von der gnadenlosen Angst, entdeckt zu werden, dem Wahnsinn nahe. Aber er ist entkommen, und Lieutenant Jack Chase wird mit einem Mord konfrontiert, der ihn gar nicht interessiert. Chase wollte eigentlich den Corelli-Fall lösen, der seiner Privat-Publicity gutgetan hätte. Chase gilt zwar als genialer Polizist und erfolgreicher Spürhund, aber er ist vollkommen schusselig. Jeder zerbrechliche Gegenstand in seiner Nähe ist in seiner Existenz gefährdet – Chase kann sogar Häuser zum Einsturz bringen. Der Mord an Fred Norris löst im verschlafenen Grantham Auseinandersetzungen besonderer Art aus: Da wird einer Lektorin ein Manuskript gestohlen, zwei alteingesessene Verbrecherfamilien wärmen alte Streitigkeiten wieder auf, eine Polizistenwitwe wird überfallen und ein Penner aus dem fahrenden Auto geworfen. Diese unglaublichen Ereignisse sollen mit ein und demselben Fall zusammenhängen? Jake Chase ahnt es nicht nur, sondern er kann auch das *Wie* beweisen.

Ein genialer Cop!

Die Hauptpersonen

Bei dem Gesellschaftsspiel «Wer hat das Manuskript» mischen folgende Spieler tatkräftig mit:

Der Clan von *Red Ned Porter*, sein Sohn *Charley* und sein Enkel *Tony*
versus
die Ganovenbande von *Digger Lightfoot*, sein Sohn *Gurney* und sein Enkel *Rocky* – assistiert von *Marvin Littlewood*.

Eine Schlägertruppe – angeführt von *Obediah Smith*, *Tanker Jones*, *Fritz* und Knapp
versus
eine Gruppe opferbereiter Mitspieler: *Casey Hewson*, *Molly Pemberton*, *Mr. Braithwaite*, *Victor Niforos*.

Die Fäden im Hintergrund ziehen *Richard Armbruster*, *Stanley Quiddick* und *Eustace Millington*.

Lieutenant *Jake Chase* und sein Kollege *Joe Kaminsky* warten auf ihren Auftritt als Joker.

Die Spielleitung hält Captain *Leo Klotzman* in Händen.

Dieses Buch ist allen Schauspielern auf der Bühne meines Lebens gewidmet, ohne die es keine Figuren gäbe – und Kay Hall, ohne die es keine Bühne, keine Zeit und keine Bücher gäbe.

1

Nicht rennen, *nicht rennen*!

Wenn du rennst, glotzen dir die Leute nach.

Er zwang sich zum Gehen, doch das Herz in seiner Brust raste noch immer, es stolperte und raste hinter seinen Rippen und drohte nach oben zu steigen und ihn zu ersticken, er mühte sich ab, seinen Atem, seine Schritte, seine Gedanken zu bändigen.

Schau nicht zurück. Andere Leute könnten in die gleiche Richtung schauen.

Gesicht im Leerlauf, Augen nach vorn, tu so, als ob du dir die Nase putzt, und wisch dir dabei den Schweiß vom Gesicht, steck das Taschentuch ein, beiläufig, langsam – und taste nach dem, was noch in der Tasche steckt.

Und sieh zu, daß du es loswirst.

Er steuerte einen Papierkorb an, der am Randstein stand, aber da hörte er Rufe hinter sich und ging weiter. Unwillkürlich beschleunigte er wieder den Schritt.

Plötzlich schrie eine Frau auf – und weil er den Schrei da, wo er war, noch hörte, konnte das nur eins bedeuten.

Sie hatte ihn entdeckt.

Hinter ihm rannte einer. Schritte hinter ihm, viele Schritte, alle rannten sie, alle. Mein Gott! Runter von der Straße!

Er rettete sich durch die nächstbeste Tür, ohne zu sehen, ohne sich darum zu kümmern, wohin sie führte, er wollte nur weg, wollte zu Atem kommen, um darüber nachzudenken – oder auch nicht –, was er getan hatte.

Er würde es tun müssen.

«Womit kann ich Ihnen dienen, Sir?»

Unvermittelt stand jemand vor ihm und versperrte ihm den Weg. Eine Frau, erwartungsvoll gefletschte Zähne, dunkles Kleid, liebenswürdig-fragende Miene, idiotisches Lächeln. Am liebsten hätte er ihr das blöde Lächeln aus der blöden Visage geschlagen.

«Nein, danke, ich schau mich nur mal um.»

Ihre Enttäuschung freute ihn. Alte Schlampe. «Interessieren Sie sich für etwas Spezielles?» fragte sie.

MACH MICH NICHT AN, hätte er am liebsten gebrüllt, aber er schüttelte nur den Kopf, brabbelte erneut etwas von «Will mich nur mal umsehen» und ging noch ein paar Schritte in den riesigen Raum hinein, den er jetzt erst richtig wahrnahm.

Möbel, wohin er sah. Alte Möbel, offenbar Antiquitäten. Während er zwischen den vergoldeten Rokokosekretären und den gediegenen englischen Schreibtischen herumging, blickte er beiläufig zu der Schaufensterscheibe hinüber, die auf die Avenue hinausging. Er sah die Buchstaben in Spiegelschrift, und es dauerte eine Weile, bis er sie in seinem verwirrten Kopf richtig zusammengesetzt hatte. Galerie Lecomber. Natürlich, er war hundertmal hier vorbeigekommen, war hin und wieder sogar stehengeblieben, um sich das eine oder andere Stück genauer anzusehen. In müßigen Momenten, an einem flauen Nachmittag, an dem nichts weiter zu tun war. Nicht an diesem. Nicht jetzt.

Als ein uniformierter Polizist am Schaufenster vorbeilief, wandte er sich rasch ab. Er besah sich einen Tisch, dessen Platte schlechten Geschmack und höchste Handwerkskunst unter Schnitzereien, Einlegearbeiten und Vergoldungen verdeckte.

«Eine französische Arbeit, wie Sie sehen, spätes achtzehntes Jahrhundert.» Wieder dieses verdammte Weib, ganz Beflissenheit und von einem Ohr zum anderen grinsend. «Wunderschön, nicht wahr?»

«Wunderschön, aber ein bißchen zu kostspielig für mich.» Achttausend Dollar laut Preisschild. Nicht zu glauben! Wer für etwas derart Geschmackloses soviel Geld ausspuckte, war selber schuld. Er ging weiter. Hinter ihm öffnete sich die Ladentür, und die Verkäuferin stürzte sich auf das neue Opfer wie ein hungriger Hai.

Im Hintergrund entdeckte er mehrere Türen. Er ging durch die erstbeste, auf der in sehr kleinen, abgeblätterten Buchstaben «Ausgang» stand. Die Tür entließ ihn in ein kleines Treppenhaus mit ungestrichenen Wänden aus Beton und einer staubbedeckten Eisentreppe.

Hier war es sehr still.

Er begann den Abstieg. Vielleicht war unten ein Hinterausgang oder so was. Er war erst halb unten, als jemand die Tür hinter ihm aufmachte und ebenfalls nach unten ging. *Nicht rennen!*

Es war eine Frau, und sie hatte es eilig. Er hörte hohe Absätze klicken. Er zwang sich, das Geländer festzuhalten, langsam und bedächtig zu gehen. Jetzt war sie hinter ihm, war neben ihm, und er sah auf. Nicht die von vorhin, eine andere, grauhaarig, vogelgleich. Sie eilte an ihm vorbei, dann blieb sie stehen und sah zurück.

«Suchen Sie jemanden?»

Es war also keine Kundentreppe. Pech gehabt. «Mr. Winters?»

Sie runzelte die Stirn. «Wir haben keinen... Oder meinen Sie vielleicht Mr. Frost?»

Gut, daß es hilfsbereite Leute gab... «Ja, natürlich, Mr. Frost. So was Dummes, ich hab überhaupt kein Namensgedächtnis.»

Hatte er was Falsches gesagt? Ihre Stirn war noch immer gekraust.

«Der ist heute leider nicht im Haus. Wollten Sie etwas Bestimmtes von ihm? Vielleicht kann ich Ihnen helfen?»

«Ja, äh – ich suche einen Schreibtisch. Einen einfachen Schreibtisch.»

Ihr Gesicht erhellte sich. «Ach so. Da haben Sie die falsche Treppe erwischt. Kommen Sie, ich zeige Ihnen den Weg.»

Noch immer horchend und halb auf die Rufe von Verfolgern gefaßt, ging er brav hinter ihr die Treppe hinunter. Unten machte sie eine Tür auf, und die Stille, die ihn eben noch umgeben hatte, beendete eine Kakophonie von Schreibmaschinen, Rechenmaschinen, schrillenden Telefonen und menschlichen Stimmen. Ein fensterloser Raum voll hektischer Betriebsamkeit, unordentlich, untapeziert, ein Bienenkorb mit Arbeitsbienen, ohne deren Fleiß sich die Waben dort oben nicht füllen würden. Ein paar Leute blickten auf, als sie hereinkamen, sahen die Frau, sahen ihn, sahen wieder weg.

Rasch ging sie ihm durch einen kurzen Gang und eine weitere Tür voraus. «So, da wären wir. Sie haben die Wahl!» Mit einem leichten Lachen ging sie davon und ließ ihn in einem Raum stehen, der fast so groß war wie die Galerie darüber, aber nichts von deren Eleganz besaß. Auch hier standen Möbel, allerdings Möbel ganz anderer Art. Hier spiegelte kein Mahagoni, blinkte kein Gold, das hier war braves, solides Mobiliar vom Gebrauchtwarenmarkt, qualitativ gut, aber nichts Außergewöhnliches. Die billigen Plätze.

Ja, so würde es gehen, so mußte es gehen. Er wußte sich keinen Rat mehr, spürte Panik in sich aufsteigen, kämpfte sie mit unendlicher Mühe nieder. Rasch ging er an den Möbeln entlang. Hier war weniger Platz, alles stand dicht beieinander, die Sofas neben den Bücherschränken, die Kommoden neben den Sesseln, und da drüben in der Ecke stand eine lange Reihe leerer Platten: Schreibtische.

Er bewegte sich zu ihnen hinüber wie ein Automat, denn er hatte «Schreibtisch» gesagt und war mittlerweile ziemlich mit den Nerven fertig. Fast hätte er sich übergeben, konnte sich aber gerade noch beherrschen. Er zitterte am ganzen Körper, die Reaktion setzte jetzt ein, die Flucht hatte Adrenalin freigesetzt, eine Überdosis, seine Zähne schlugen aufeinander, die Hände bebten, das Herz dröhnte, in seinem Käfig gefangen. Jemand kam herein, er fuhr zusammen, als er die Schritte hörte, die Stimmen.

Nicht rennen. *Nicht rennen!*

Er sah kurz hin und gleich wieder weg. Es waren zwei, ein junges Paar, sie sprachen leise miteinander und sahen sich Bücherschränke an. Eine Frau, die nicht dazugehörte, interessierte sich für Eßzimmertische. Und ein Mann schlug mit beiläufiger Neugier auf den Rücken eines Ledersessels. Nur so, probehalber...

Dann stieß er auf einen Schreibtisch – oder vielmehr, der Schreibtisch stieß auf ihn, in Hüfthöhe, es tat gemein weh. Ja, der würde es tun. Es wurde allmählich voll hier, er mußte weiter, mußte weg, mußte es loswerden. Dem Beispiel des Sesseltesters folgend, ging er in die Hocke und besah den Schreibtisch prüfend. Klein, ziemlich alt und abgenutzt, aber solide gebaut und preiswert. Fünfundsiebzig Dollar.

Er zog die unterste Schublade heraus, seine Finger ertasteten dahinter einen Spalt, eine Vertiefung. Ausgezeichnet. Er beugte sich vor, nahm den Gegenstand aus der Tasche und schob ihn weit nach hinten. Es war reichlich Platz, ganz wie er gehofft hatte, und die Schublade ließ sich danach mühelos wieder schließen. Er war so erleichtert, daß sich die Spannung in seiner Kehle löste und es wieder sauer aus seinem Magen hochstieg, ätzend und bitter.

«Womit kann ich Ihnen dienen?»

Unwillkürlich fuhr er wieder zusammen. Dann richtete er sich auf, funktionierte das Würgen in ein Husten, seine Angst zu Ärger um und konzentrierte sich auf diesen jungen Mann, der über ihm hing wie ein Geier und ihn mit neugierig glitzernden Augen betrachtete.

«Ich möchte diesen Schreibtisch kaufen.» Er staunte, wie normal seine Stimme klang. Kaum etwas verriet, daß ihm ein Schrei in der Kehle steckte. Ein Schrei, der in jenem schrecklichen Augenblick entstanden war, als sich der Stoff von Jacke und Hemd unter der Klinge geteilt, er den flüchtigen Widerstand von Fleisch, den unnachgiebigen Widerstand von Knochen gespürt und das Entsetzen in den Gesichtszügen des anderen gesehen hatte, die weit aufgerissenen Augen, den geöffneten Mund...

«Aber gern. Ein schönes, solides Stück.» Das fade Gesicht des jungen Verkäufers war bei der Aussicht auf ein schnelles Geschäft so kurz vor Feierabend wie verwandelt. «Wenn Sie mir bitte folgen würden...»

Einen Scheck konnte er nicht ausstellen, und seine Kreditkarte nützte ihm auch nichts. Es wäre riskant gewesen, so nah am Ort des Geschehens seinen Namen zu hinterlassen. Er wußte, wie gründlich die Polizei sein konnte, wenn sie erst mal Lunte gerochen hatte. Zum Glück hatte er genug Bargeld bei sich, es würde gerade reichen.

Das nächste, ebenso heikle Problem war die Lieferadresse. Er erzählte dem Verkäufer etwas von zwei Büros, die man ihm angeboten habe, und sagte, er würde ihm die Adresse morgen früh telefonisch durchgeben. Dem jungen Mann war alles egal. «Wir machen sowieso gleich zu...» Drei Minuten später stand er wieder auf der Straße.

Rechts hinter sich sah er einige Streifenwagen und eine Menschenmenge. Aus allen Richtungen strömten immer mehr Menschen, die eine kleine Sensation witterten. Er war nicht länger als zwanzig Minuten weg gewesen. Noch immer mußte er damit rechnen, erkannt, angehalten, verhört zu werden. Er drehte sich um, aber hinter ihm hatten sie den Eingang zur Galerie schon abgeschlossen.

Durch den Einsatz der Polizei war es zu einem Stau gekommen. Aus Privatwagen, Taxis und Lastern lehnten Leute mit rotangelaufenen Gesichtern, die wie verrückt hupten und auf die Behinderung und aufeinander schimpften. Es wurde schon dunkel, später würde es sicher regnen. Ein kalter Windstoß ließ ihn erzittern. Er zögerte, dann wandte er sich nach links und setzte sich in Bewegung.

Nicht rennen, nicht rennen, *nicht rennen*!

Wenn du rennst, glotzen dir die Leute nach.

2

«Der Fall gehört Ihnen, Chase.»

«Ich will ihn aber nicht.»

Jake Chase sah sich böse in der belebten Halle um, steckte die Hände in die Hosentaschen und drehte eine Runde. Er duckte sich unter dem trauernden Gummibaum durch, betrachtete die Bilder an den Wänden, die Spurensicherer mit ihren Pinselchen, die Fotografen, die ihre Blitze auf die Leiche abschossen, den glotzenden Fahrstuhlführer, die drängelnden Gaffer vor der gläsernen Doppeltür und das hupende Verkehrschaos draußen auf der Straße. Er betrachtete die Teppichkante, die verkratzte Tafel mit den Namen der Mieter und seine Schuhspitzen – alles in der Hoffnung, irgend etwas von dem, was er da in Augenschein genommen hatte, würde ihn davon abhalten, Leo Klotzman eins in die Fresse zu hauen.

Dann hatte er eine Runde gedreht und stand wieder vor seinem Boss. Klotzman hatte sich inzwischen nicht vom Fleck gerührt, sondern Chase nachgesehen, der ihm heute nicht zum ersten- und bestimmt nicht zum letztenmal auf den Nerven herumtrampelte. Lieutenant Jake Chase war das, was man eine lebende Legende nennt, allerdings eine mit abschreckender Wirkung. Er war energiegeladen, hochintelligent und eine Seele von Mensch, sah gut aus und war ein Meister in der hohen Kunst des Mißgeschicks, wie sich an seinen Röntgenaufnahmen nachvollziehen ließ. Doch für Jake, das «lange Malheur», wie manche ihn nannten, wirkte sich diese Neigung nicht nur negativ aus. Hinweise, nach denen sich andere vergeblich die Hacken abgelaufen hatten, fielen ihm in den Schoß. Er stolperte in Sackgassen hinein, die anderen verschlossen blieben, und stieß sich die Zehen an bislang unsichtbar gebliebenen Spuren. Mutter Natur beweist mit derlei Tricks, daß sie gelegentlich auch ein Herz für Menschen hat.

Jake selbst nahm das alles sehr gelassen, denn er war es von klein auf gewöhnt. Seine Mutter hatte ihn zu Ärzten, Psychologen und Psychiatern geschleppt, und sie stellten fest, daß der Junge vielleicht in manchem ein Querdenker sei, aber im Grunde genommen doch ein guter Kerl. Sie mochten Jake. Alle mochten Jake (seine Mutter betete ihn an). Trotzdem folgte ihm – und nicht nur ihm, sondern allen, die sich in seiner Nähe aufhielten – das Mißgeschick auf dem Fuß.

Schließlich war ein Schuhverkäufer der Wahrheit auf die Spur gekommen. Jake war Linkshänder und Rechtsfüßler. Vielleicht stimmt's mit seinem Kopf nicht, hatte der Verkäufer gesagt, vielleicht braucht er aber auch bloß neue Schuhe. Egal – Jake hatte gelernt, damit zu leben. Man mußte den Dingen ihren Lauf lassen. Wenn er versuchte, dem Schicksal in die Zügel zu greifen, würde er doch nur seine Mitmenschen über den Haufen rennen oder sich ein Bein brechen.

Und so kam es, daß Jake zwar bei jedermann beliebt war, daß sich aber in die allgemeine Zuneigung auch eine gewisse Vorsicht mischte. Bei Jake konnte man stets sein blaues Wunder erleben, und jeder konnte dazu mit Geschichten aus eigener Erfahrung aufwarten. Wer zu ihm halten wollte, brauchte Geduld. Glücklicherweise war Klotzman ein geduldiger Mensch.

«Ich habe gar keine andere Wahl, Jake», sagte er.

«Und ich hab eine heiße Spur im Fall Corelli. Ich bin nah dran, Leo, ehrlich.»

«Sie sind weg vom Fenster», sagte Klotzman. «Seit zehn Minuten. Deeds, Stryker und Weinburger haben den Fall Corelli übernommen.»

Jake ließ nicht locker. «Kommen Sie, Leo! Womöglich ist das hier ein ganz alltäglicher Feld-, Wald- und Wiesenüberfall...» Er wollte die Hand aus der Hosentasche ziehen, um mit einer großzügigen Bewegung auf den Tatort zu weisen, aber das mißlang, weil er sich mit dem Daumen im Taschenfutter verheddert hatte.

Klotzman besah sich das Gezerre. «Hat Ihr Vater Ihnen nicht gesagt, daß man von so was Zwergwuchs kriegen kann?» knurrte er.

Kleingeld klirrte zu Boden. Jake hatte das Taschenfutter nach außen gestülpt und glücklich seinen Daumen befreit. «Hören Sie, Leo –» setzte er noch einmal an. Der kleine, rundliche Captain schüttelte den Kopf und wandte sich zum Ausgang. Jake lief ihm nach und stolperte über einen Kollegen von der Spurensicherung, der auf dem Boden herumkroch.

Jetzt riß selbst Klotzman der Geduldsfaden. «Ich hab keine Zeit, mir Ihr Gesabbel anzuhören», fuhr er Jake an. «Und Sie haben keine Zeit zum Sabbeln. Wenn's ein Feld-, Wald- und Wiesenüberfall war, ist ja alles in Ordnung, dann sind Sie schnell damit fertig und können den Fall Corelli wieder übernehmen. Aber jetzt tun Sie erst mal, was Ihnen gesagt wird, sonst landen Sie wieder in der Dokumentation.»

Jake Chase war ehrlich entsetzt. «Das würden Sie doch nicht –»

Klotzman erinnerte sich daran, was sich bei Jakes letztem Gastspiel in der Dokumentation ereignet hatte und wie lange es gedauert hatte, die Ordnung dort halbwegs wiederherzustellen, und er dachte, daß schon sehr viel mehr passieren mußte, bis er sich entschließen würde, seine Drohung wahrzumachen, aber er verzog keine Miene. «Ich muß meinen Laden am Laufen halten, und das machen Sie mir nicht gerade leichter», stellte er fest.

«Ach, Scheiße, Leo –»

Klotzman kämpfte mit einem Grinsen. «Mag ja sein. Aber sehn Sie zu, daß Sie diesmal nicht reintreten, Jake.»

Seufzend sah Jake seinem Boss nach, der sich durch die Menge zu seinem draußen geparkten Wagen schob.

«Du, ich hab den Eindruck, daß die uns den Fall anhängen wollen», sagte eine traurige Stimme hinter ihm. Jake drehte sich zu Joe Kaminsky um.

«Du hast einen Durchblick, Joe... wirklich bewundernswert», stellte Jake freudlos fest.

Sein Kollege musterte ihn freundschaftlich. «Einer muß ihn ja haben», sagte er. Eine volle Minute fixierten sie sich stumm, dann mußte Jake lachen.

«Na schön, dann wollen wir mal.» Sie wandten sich der Lobby zu, und einer der Leute von der Spurensicherung trompetete – vielleicht als Warnung:

«Meine Damen und Herren, verehrtes Publikum! In Kürze findet hier die Joe-and-Jake-Show statt!»

Joe und Jake warfen sich in Positur, wurden aber niedergebuht. Jake duckte sich, als jemand mit einem zusammengeknüllten Formular nach ihm warf. «Ein bißchen mehr sittlicher Ernst, Leute, wenn ich bitten darf», sagte er streng. «Immerhin liegt hier eine Leiche, da wird nicht rumgealbert. Erschütternd, diese Pietätlosigkeit!»

«Hört, hört», sagte einer.

Jake stieg über zwei weißbehandschuhte Kollegen hinweg, die auf der Suche nach Fusseln und Fasern den Teppichboden abkratzten, und hockte sich neben Carter, den Zeichner, der eine Lageskizze machte. «Schön, dein Helldunkel», sagte er. «Es vermittelt ein Gefühl der Tiefe und Sinnhaftigkeit, das die Werke anderer Künstler vermissen lassen.»

«Hm.» Carter spuckte auf seinen Finger und wischte einen Strich weg. «Das kommt von meinen tiefgründigen philosophischen Gedanken. Außerdem stand in meinem Zeichenlehrbuch ein Kapitel darüber, wie man einem Sprücheklopfer vom

Morddezernat imponiert, der den Beförderungsausschuß mit einer genialen Lösung des Corelli-Mords umhauen wollte und jetzt verkniffen und verbiestert ist, weil sie ihm den Fall weggenommen haben.»

«Merkt man das so deutlich?» fragte Jake.

Carter warf ihm einen kurzen Blick zu. «Wer Augen hat zu sehen...» erklärte er salbungsvoll.

«Wo ist Hack?»

«Da drüben, hinter dem Gummibaum.» Carter zog einen neuen Strich und betrachtete ihn unzufrieden. «Entweder hält er Zwiesprache mit Gott, oder er denkt sich ein neues Formular für uns aus. Kann ich von hier aus schlecht entscheiden.»

«Vergiß nicht, mir ’ne Einladung für deine nächste Ausstellung zu schicken», sagte Jake, rappelte sich hoch und trat auf eine Pakkung neuer Zeichenstifte, die unter seinem Gewicht knirschend zu Bruch gingen. Carter sah auf die Stifte herunter und zu Jake hoch.

«Ist gebongt», quetschte er durch die Zähne.

«Tut mir leid, daß –»

«Ich kenn ja den Zirkus», sagte Carter ergeben. «Wir kennen ihn alle, Jake.»

«Jaja.» Jake ging vorsichtig um Carter herum und rannte in einen Mann von der Spurensicherung hinein. «Pardon.» Der Spurensicherungsmensch bürstete sich seufzend Puderspuren von seinem Sakko. «Tut mir wirklich leid.» Er pirschte sich vorsichtig an Hack, den Forensiker, heran.

Hack sah stöhnend von seinem Papierkram auf. «Was hast du kaputtgemacht?» fragte er ahnungsvoll.

«Gar nichts, gar nichts. Bloß ein paar Bleistifte.»

Hack blätterte eine Seite weiter, schrieb «Chase» und darunter: Bleistifte. Er hatte sich vorgenommen, irgendwann einen Vortrag über Jake bei der Forensischen Gesellschaft zu halten mit dem Titel «Risiken bei der effizienten Verbrechensermittlung». An manchen Tagen hielt ihn nur der Gedanke an diesen Vortrag aufrecht. Er wollte gerade weiterreden, als einer seiner Leute ankam. «Na, was haben Sie gefunden?»

«Ich hab den Eindruck, daß es da eine Mafia-Connection gibt», sagte der Mann eifrig und streckte Hack eine Plastiktüte hin. «Vier italienische Geldstücke, ungefähr drei Meter von der Leiche entfernt.»

Alle besahen sich die Münzen. «Vielleicht hat’s was mit dem Fall Corelli zu tun.» Jake lebte deutlich auf. «Ähnliche Geldstücke haben wir bei seiner Leiche gefunden. Ich bin zur Bank gegangen und hab mir Duplikate geben lassen...» Er wollte in die Hosentasche greifen, erwischte aber nur das noch immer heraushängende Taschenfutter. Er sah zu Boden. Hack sah zu Boden. Hacks Mitarbeiter sah zu Boden. Hack seufzte und schrieb «Geldstücke» in sein Notizbuch. Hacks Mitarbeiter drückte Jake die Plastiktüte in die Hand, warf ihm einen aufgebrachten Blick zu und begab sich wieder an seine mühevolle Arbeit. Jake steckte die Plastiktüte in die Jackentasche und stopfte das Futter in die Hosentasche zurück.

Joe trat zu ihnen. In seinen Augen stand ein träumerischer Ausdruck. «Sie haben die Frau, die den Toten gefunden hat, in eine Privatklinik gebracht. Es handelt sich um eine gewisse Ethel G. Potzheimer. Wir können erst mit ihr sprechen, wenn sie sich von ihrem *Grauenhaften Traumatischen Erlebnis* erholt hat, sagt ihr Arzt. Er spricht in Großbuchstaben. Ihr Pudel ist auch in der Privatklinik. Wir können mit ihm sprechen, wenn wir wollen, sagt der Tierarzt, aber er glaubt nicht, daß der Pudel viel gesehen hat, weil er sehr klein ist, und außerdem ist ihm in der Aufregung die Haarschleife über die Augen gerutscht. Ich hab gesagt, daß wir ihm einen Knochen schicken. Mit Wünschen für baldige Besserung.»

Jake sah zur Decke. «Ich möchte Klempner sein», brüllte er. «Lieber Gott, laß mich Klempner sein. Oder Schuhverkäufer. Oder Gehirnchirurg.»

Hack schauderte. «Erbarmen, Jake! Nicht Gehirnchirurg!»

«Dann Herzchirurg, lieber Gott», brüllte Jake. «Alles, bloß nicht Cop.»

Joe Kaminsky und Hack beachteten ihn nicht weiter. «Männlich, Mitte bis Ende Sechzig, ein Stich in die Brust», sagte Kaminsky und zog sein Notizbuch zu Rate. «Tatwaffe nicht aufzufinden. Identifiziert als Fred Norris, wohnhaft hier im Haus. Schlüssel zu seiner Wohnung, Apartment 4 B, vorhanden. Keine Tatzeugen. Der Fahrstuhlführer, der ihn runterbringt, fährt wieder rauf, und als er das nächste Mal runterkommt, sieht er, wie die Frau vor dem Opfer steht und kreischt, daß die Schminke nur so abbröckelt, und der Pudel düst um beide rum wie verrückt. Das da drüben ist der Fahrstuhlführer, er versucht schon die ganze Zeit, hinter die Sichtschutzwand zu gucken, damit er sagen kann, daß ihm schlecht ist und wir ihn rauslassen, weil er den Leuten draußen doch gern alles brühwarm erzählen will. Er wartet, daß wir seine Aussage zu Protokoll nehmen. Inoffizielle Todeszeit etwa 16 Uhr 45. Möglicherweise Raubmord. Norris hatte keine Brieftasche bei sich, aber seine Kreditkarten sind noch da, in einer anderen Tasche. Bis hierher keine Einwände?»

Hack überflog seine Notizen. «Nein, alles okay.»

«Noch was?» fragte Kaminsky.

«Meinetwegen Zuckerrübenfarmer, lieber Gott», brabbelte Jake. «Oder Schweißer.»

«Er hat einen Striemen am Hals, als ob er eine goldene Kette oder so was getragen hätte, die ihm jemand abgerissen hat», sagte Hack. «Die Armbanduhr fehlt auch.» Er hakte etwas auf seiner Liste ab. «Geht ihr rauf?»

«Kann nicht schaden, wenn wir uns mal kurz umsehen.»

Hack schaute zu Jake hinüber. «Nimmst du den da mit?»

«Er ist mein Partner», sagte Kaminsky. «Und als Dienstältester verantwortlich für den verdammten Fall.»

«Wenn du mir einen Gefallen tun willst», sagte Hack leise, «läßt du ihn nicht zu nah ran.»

«Mal sehn, was sich tun läßt. Los, Jake, auf geht's.»

«Vielleicht Würstchenbrater im Schnellimbiß», sagte Jake und lief brav hinter Kaminsky her. Sie stiegen vorsichtig über die Leiche hinweg, schoben sich an den provisorischen Sichtschutzwänden entlang und betraten den Fahrstuhl.

«Vier», sagte Kaminsky zu dem glotzenden Fahrstuhlführer und wandte sich an seinen Partner. «Würstchenbrater würde dir keinen Spaß machen, Jake.»

«Warum nicht?»

Die Türen schlossen sich, zurück blieb ein brutal erstochener Mann im eigenen Blut, die Brust von der Messerklinge durchbohrt, das grauweiße Gesicht mit blicklosen Augen der Decke zugewandt.

«Weil's da nichts zu lachen gibt», sagte Kaminsky.

3

Die Lightfoots lebten seit jeher in der Wohnung über dem Laden.

Für die ersten paar Tausender aus dem großen Geschäft mit dem Alkoholschmuggel hatte Gregory «Digger» Lightfoot ein Hotel in der Federal Street erstanden. Der Besitzer, ein nervöses Männlein namens Tump, hatte es billig abgegeben, denn aus diesem und jenem Grund war mit einem Hotel in der Federal Street keine goldene Nase mehr zu verdienen.

Dieser und jener Grund war eine Serie von Schlägereien und plötzlichen Sterbefällen im *Magnolia Hotel* gewesen, das im Nachbarblock stand und Diggers schärfstem Rivalen Red Ned Porter gehörte. Ned war ein rothaariger Riese mit einem enormen Appetit auf Leben. Er verschlang es in großen Bissen, und was ihm nicht schmeckte, spuckte er einfach wieder aus.

Digger Lightfoot war, wie man hörte, ganz und gar nicht nach seinem Geschmack, und das beruhte auf Gegenseitigkeit. Ihre Rivalität belebte das Geschäft. Die Gangs blieben mächtig auf Draht, und wer sich in die Federal Street begab, den überlief ein wohliger Schauder ob der Gefahren, die dort womöglich lauerten. Würde es in dieser Nacht zur großen Abrechnung zwischen Digger und Red Ned kommen? Würde statt Schnaps das Blut in Strömen durch den Rinnstein fließen?

Während der Prohibition gaben sich Ned Porter wie Digger Lightfoot als honorige Hotelbesitzer, aber jeder wußte natürlich, daß ihre Herbergen nichts anderes als bessere Flüsterkneipen waren – samt Puppen mit allem Komfort in den oberen Stockwerken. Das Geschäft blühte – bis mit der Prohibition Schluß war.

Digger Lightfoot hatte von seinen Eltern eine nette Portion gesunden Menschenverstand mitbekommen und folglich eine Menge Geld aus dem illegalen Alkoholgeschäft in herkömmlichere Unternehmen gesteckt, er hatte in Buchmachergeschäften und im Schutzgeldinkasso investiert, sich im illegalen Glücksspiel und anderen von jeher ebenso respektierlichen wie lukrativen Aktivitäten engagiert. Als die Prohibitionsgesetze gefallen waren, wandelte er einfach sein Hotel in ein Bürogebäude für einen Konzernmulti mit dem Namen Lightfoot Enterprises um. Die beiden obersten Stockwerke reservierte er für seine Sippe. Und da wohnte sie bis heute.

Ned Porter war nicht so gut dran. Er war sein Leben lang ein Verschwender gewesen – im Lachen, in der Liebe und im Verschwenden. Nach der Prohibition besaß er nur noch ein leeres Hotel, einen hohen Berg Schulden und jede Menge Feinde. Mit dem *Magnolia* ging es rapide bergab, und eines Tages war Ned Porter spurlos verschwunden.

Alle sagten – und wer es nicht sagte, dachte es –, Digger habe ihn umlegen lassen. Tatsächlich stellte sich heraus, daß er Ned

Porter das *Magnolia* und andere Liegenschaften abgekauft hatte; aber daß die Verträge unter Gewaltandrohung abgeschlossen worden waren, ließ sich nicht beweisen. Es ließ sich überhaupt nichts beweisen.

Komischerweise schien Digger seinen früheren Rivalen zu vermissen.

Nach Neds Verschwinden alterte Digger Lightfoot zusehends. Irgendwie hatte das Leben ohne Ned keinen richtigen Biß mehr. Als Digger den Löffel abgegeben hatte, übernahm sein Sohn, Gurney Lightfoot, die Organisation. Gurney managte Lightfoot Enterprises souverän und mit Fingerspitzengefühl, Morde waren für ihn kein Thema. Als Meister seines Fachs genügte ihm meist die Androhung von Gewalt, um Treue zu belohnen, Verrat zu bestrafen und schnelle Geschäftsabschlüsse zu tätigen.

Inzwischen war aber auch er alt geworden, und im Grunde war es nur noch die alte Rivalität zu dem Porter-Clan, die ihn am Leben hielt. Die Porters waren durch geschickte Heiratstaktik in der Society wieder hochgekommen. Charley, der Sohn von Red Ned und nicht weniger clever als Gurney, hatte sich auf den Hosenboden gesetzt, fleißig gelernt, sich als erfolgreicher Anwalt niedergelassen und die Tochter des Bürgermeisters geheiratet. Später war er selber Bürgermeister geworden und hatte sich als reicher Mann zur Ruhe gesetzt, und Neds Enkel Tony war mit achtundzwanzig der jüngste Stadtplaner, den Grantham je beschäftigt hatte. Schlimmer noch, er rückte den Lightfoots sachte immer näher auf den Pelz. Nicht mit dem Gesetz, sondern mit Bulldozern.

Der junge Tony Porter hatte den Stadtvätern einen Plan für die Granthamer Innenstadt vorgelegt, der unter anderem die Sanierung des zwei Quadratmeilen großen innerstädtischen Gettos vorsah. Genau durch die Mitte dieses Gettos lief die Federal Street. Und genau auf der Mitte der Federal Street stand – bildlich gesprochen – Gurney Lightfoot.

Jeden Monat rückten die Bulldozer ein Stück weiter vor, knirschend arbeiteten sie sich durch die bergehohen Prozeßakten, die die Lightfoot-Anwälte ihnen in den Weg legten, rissen einen Block nach dem anderen ab und kamen unaufhaltsam näher. Jetzt stand der letzte unversehrte Häuserblock in der Federal Street wie ein Geisterhaus inmitten einer Wüstenei aus Dreck, Löchern und Baubuden.

Der einsame Block in der Federal Street bestand aus mehreren (zumeist leerstehenden) kleinen Bürogebäuden, einem Lebensmittelgeschäft und einem Drugstore (beide von Lightfoot Enterprises betrieben), einem Kino, in dem abwechselnd Bingo und alte Filme mit Humphrey Bogart und Edward G. Robinson gespielt wurden, dem bejahrten (und längst zum Abrißhaus erklärten) *Hotel Magnolia* und dem Haus, in dem die Lightfoots residierten.

All das gehörte Gurney Lightfoot, und er dachte nicht daran, es kampflos aufzugeben, da mochte sein Sohn Rocky noch so sehr von reizvollen Vororten im Grünen schwärmen und von besseren Gewinnchancen faseln, die sich angeblich aus einer Diversifizierung ergeben würden.

«Aasgeier», grummelte Gurney, der, von Kissen gestützt, einen Schal um Hals und Schultern, eine Serviette unter dem vorstehenden Adamsapfel, im Bett saß, um sein Abendessen zu sich zu nehmen. Gurney, früher ein großer, starker Kerl, wirkte durch die Krankheit wie eingeschrumpft. Böse besah er sich seine Hände, merkwürdig fremde Hände, die Hände seines Vaters, hager und knochig. Weiß schimmerten die Knöchel unter der durchsichtigen Haut, als er den Suppenlöffel umklammerte, und der mit Gurneys bösem Blick bedachte Löffel bebte leicht. Gurney Lightfoot grunzte zornig und tunkte den Löffel in die sämige Suppe, die er nicht mochte. «Nehmen Sie's weg.»

«Sie müssen etwas essen, Mr. Lightfoot. Der Doktor hat gesagt –»

«Der Doktor soll sich sauer kochen lassen. Mitsamt seinem Fraß.»

«Sie kommen wieder an den Tropf, wenn Sie nicht brav sind, Mr. Lightfoot, und Sie wissen, daß Sie –»

«Schon gut», sagte er, führte einen Löffel Suppe zum Mund und schlürfte. «So.»

«Aber, aber», ermahnte ihn die Schwester neckisch. «Jetzt seien Sie brav und essen alles auf.»

«Nur, wenn Sie mir Ihre Titten zeigen», sagte er boshaft.

«Das reicht.» Sie stand auf. «Ich gehe jetzt. Wenn ich zurückkomme, erwarte ich, daß die Suppe aufgegessen und nicht unter Ihrem Kissen versteckt ist wie beim letztenmal. Sie sind ein garstiger alter Mann, und ich bin böse auf Sie.»

Er sah ihr seufzend nach. Das mit den Titten hatte er nur gesagt, um sie zu schocken, ihr Körper interessierte ihn ebensowenig wie die Suppe. Für ihn war das nur noch graue Theorie.

Busen und Schmusen, alles nur noch Erinnerung... Er schloß die Augen, und der Kopf sank ihm auf die Brust.

«Ich glaube, er schläft», sagte Littlewood.

«Denkste.» Gurney hob den Kopf und warf den beiden, die wartend an seinem Bett standen, einen schiefen Blick zu. «Los, friß die verdammte Suppe, ehe diese Schreckschraube zurückkommt.»

«Aber die sollen Sie doch essen», protestierte Littlewood.

«Friß schon», verlangte Gurney.

Littlewood sah seinen Begleiter fragend an.

«Friß schon», bestätigte Rocky Lightfoot mit seidenweicher Stimme. Er war klein und mickrig, hatte einen großen Kopf und riesige dunkle Augen, aber er war der Sohn seines Vaters, und Littlewood lenkte sofort ein.

«Wir haben ein Problem», sagte Rocky zu seinem Vater, während Littlewood die Suppentasse nahm und schlürfte.

«Nämlich?»

«Norris ist tot.»

Der Alte lächelte, dann legte er die Stirn in Falten. «Das war schwach, Rocky. Ihr hättet euch erst die Unterlagen beschaffen und ihn dann umbringen sollen.»

Rocky seufzte. Was jetzt kam war heikel. «Wir haben Norris nicht umgebracht.»

«Nein?» fragte der Alte verwundert.

«Nein. Er ist in seinem Apartmenthaus erstochen worden. In der Lobby.»

«Und wer war's?»

«Keine Ahnung.»

Gurneys Augen glitzerten. «Könnten wir die Sache Porter anhängen?»

«Ich wüßte nicht wie. Wahrscheinlich war's ein Junkie, der auf die schnelle Kohle gebraucht hat.»

Der Alte machte die Augen zu und überlegte. Nach einer Weile machte er sie wieder auf und betrachtete seinen Sohn, der sichtlich nervös war. Wie schön. Es tat ihm wohl, wenn jemand in seiner Gegenwart noch nervös wurde. «Nein, Norris war ein solches Schwein, daß es nur Mord gewesen sein kann.»

Rocky seufzte. «Ist das nicht jetzt egal? Er ist tot und kann dir nicht mehr schaden.»

«Norris ist unwichtig. Was wir brauchen, sind die Unterlagen über die Finch. Versuch's bei dem Mädel, vielleicht hat er ihr was erzählt.»

«Wir müssen eine günstige Gelegenheit abwarten –»

Der alte Mann richtete sich mühsam auf, die tiefliegenden

dunklen Augen sprühten. «Ich hab nicht mehr viel Zeit, günstige Gelegenheiten abzuwarten», knarzte er.

«Ach, Unsinn...» sagte Littlewood rasch.

«Quatsch nicht rum», sagte Rocky. «Es stimmt ja.»

«Recht so», sagte Gurney. «Sag nur deinem alten Vater die Wahrheit, du Hosenscheißer.»

«Hab ich alles auf Papas Knien gelernt», schoß Rocky zurück.

Gurney lachte, es hörte sich an wie das Knistern von Papier in glimmendem Feuer. «Willst wohl jetzt endlich mal groß rauskommen, was? Weißt du, daß ich darauf schon lange warte? Hab kaum noch gedacht, daß ich's erleben würde.» In Rockys Augen blitzte es kurz auf – Gurney hatte demnach genau ins Schwarze getroffen –, aber dann war das verräterische Licht schon wieder verschwunden. Gurney fand das gut. «Soll ich dir mal was sagen, Rocky? Ich kann in Frieden sterben, wenn ich weiß, daß du meine Nachfolge mit viel Radau und wenig Hirn betreibst. In unserer Branche ist das eine gelungene Kombination.»

«Ich kenn mich aus in der Branche», sagte Rocky.

«Dann mußt du rauskriegen, wer Norris umgebracht hat», drängte Gurney, während Littlewood die leere Suppentasse aufs Tablett zurückstellte. «Erst wenn das klar ist, mein Sohn, können wir was unternehmen. Wenn du mich fragst, riecht die Sache nach Porter.»

«Du hast ja einen Tick mit deinem Porter», sagte Rocky herablassend. «Da kann sein, was will – wenn man dich fragt, ist es immer Porter gewesen.»

«Und meistens hat's gestimmt, du Klugscheißer.»

«Dieser Mord an Norris paßt einfach nicht ins Bild, Gurney», schaltete Littlewood sich beflissen ein. «Der kam wie ein Blitz aus heiterem Himmel, könnte man sagen.»

«So was könntest nur du sagen», stellte Gurney fest. «Du hast Suppe am Kinn. Wo macht die Polizei im Augenblick rum?»

«Zum Glück nicht an meinem Kinn», lachte Littlewood.

«Meine Leute sagen, daß die Cops noch nichts gefunden haben», sagte Rocky, ohne eine Miene über Littlewoods humoristische Einlage zu verziehen. «Fest steht offenbar nur, daß es ein Mann war. Der Fahrstuhlführer hat ausgesagt, daß Norris sich mit dem Typ in der Lobby getroffen hat. Sie standen unten und redeten miteinander, dann mußte der Fahrstuhlfritze nach oben, und als er wieder runterkam, saß Norris auf einer Bank, machte ein erstauntes Gesicht und blutete aus dem Hemd, und vor ihm stand eine alte

Schachtel und kreischte, daß die Schminke abbröckelte. Der Typ, der mit Norris geredet hat, war gut gekleidet, sagt er, und hat einen Hut aufgehabt, aber er stand mit dem Rücken zum Fahrstuhl, sein Gesicht hat der Fahrstuhlfritze nicht gesehen. Die Polizei hat sich freundlich bedankt und die Wohnung von Norris versiegelt.»

«Ihr hattet jemanden auf ihn angesetzt.» Es war keine Frage. Gurney kannte seinen Sohn.

«Zwei Leute, rund um die Uhr, aber vor dem Haus. Daß was passiert war, haben sie erst gemerkt, als die Frau angefangen hat zu quieken. Sie hatten nur Anweisung, Norris zu beschatten. An dem Nachmittag sind haufenweise Leute ins Haus gegangen, von denen hätte es jeder sein können.» Es war keine Entschuldigung, nur eine Erklärung. «Sobald sie geschnallt hatten, was los ist, sind sie sofort hoch in die Wohnung und waren wieder draußen, ehe die Bullen angerückt sind.»

«Wen hattest du für ihn abgestellt?»

«Fritz und Knapp.»

Gurney hob die Schultern und verzog das Gesicht, als täte ihm das weh, was auch der Fall war. «Keine Topleute. Starke Arme, aber schwache Nerven. Für so was hättest du unsere Besten einsetzen müssen, Rocky, die Sache ist wichtig.»

«Kann ich ahnen, daß einer Norris absticht? Es ging mir nur darum, ihn im Auge zu behalten, und das ist ja bis dahin auch ganz gut gelaufen. Gefunden haben unsere Leute nichts. Meiner Meinung nach hatte Norris die Unterlagen bei sich oder, wenn es zuviel zum Mitschleppen war, vielleicht einen Hinweis darauf, wo sie liegen, und den hat jetzt der Mörder. So denk ich mir das.»

«Dann müssen wir den Typ finden, ehe die Polizei ihn schnappt. Meinst du, daß es einer war, den Norris erpreßt hat?»

«Kann schon sein.»

«Und wer käme in Frage?»

«Jeder», sagte Littlewood. «Norris war nicht wählerisch, der hätte bei jedem die Daumenschrauben angesetzt.»

Gurney sah seinen Sohn an. «Selbst bei mir, wie?»

Rocky gestattete sich ein leichtes Lächeln. «Selbst bei dir.»

Gurney nickte. «Norris hat uns ständig Ärger gemacht, deshalb hab ich ihn auch bei der Glücksspielsache hochgehen lassen. Vielleicht hätt ich das kleine Schwein lieber gleich aus dem Verkehr ziehen sollen, jetzt seh ich ein, daß das ein großer Fehler war. Okay. Er kommt aus dem Knast, ist stocksauer auf mich und macht Stunk wegen dieser Ariadne Finch. Wenn er gesagt hat, daß er was in der Hand hat, dann stimmte das auch, verlaßt euch drauf, und wir müssen das Zeug finden. Entweder über den Typ, der ihn umgebracht hat, oder über das Mädel.» Er sah seinen Sohn an. «Da gibt's allerlei zu tun, mein Junge.»

«Sich regen bringt Segen, hast du mir immer erzählt», sagte Rocky.

Gurney verzog das Gesicht. «Siehst ja, was es mir gebracht hat.»

«Immerhin, du hast was von deinem Leben gehabt», meinte Rocky.

«Noch ist es nicht vorbei», knurrte der Alte. «Noch bin ich der Boss hier, du miese Rotznase, vergiß das nicht.»

Rocky wandte sich an Littlewood. «Wie könnte ich das je vergessen?» sagte er unschuldig.

«Das vergißt er schon nicht», bestätigte Littlewood diensteifrig.

«Selbst wenn ich wollte, könnt ich's nicht vergessen», ergänzte Rocky, und diesmal grinste er breit und wölfisch. Er winkte Littlewood zu, und die beiden zogen ab. Gurney sah ihnen mit saurer Miene nach. Die Krankenschwester kam wieder herein und nahm mit überschwenglicher Begeisterung zur Kenntnis, daß die Suppentasse leer war.

«Na, wie fein, Mr. Lightfoot, wir haben tatsächlich alles aufgegessen. So ein braver Junge.»

«Zuviel Bravheit wird auf die Dauer langweilig», feixte er.

«Na, na, wir werden doch nicht kiebig werden?» sagte sie neckisch. Sie war fünfundvierzig und wog gut und gern hundertachtzig Pfund. «Wenn Sie so unmanierlich daherreden, kriegen Sie einen Klaps von mir.»

«Und wenn Sie nicht endlich aufhören zu sabbeln wie in der Krabbelstube, schütt ich Ihnen Salzsäure ins Gesicht», fauchte er. «Verduften Sie mit Ihrem verdammten Tablett.»

Sie griff sich das Tablett und verduftete.

4

Molly Pemberton war eine ganz reizende alte Dame. Das fanden alle.

«Idioten», sagte Molly leise und lächelte abgeklärt. Sie arbeitete als Bibliothekarin – eine äußerst passende Betätigung für eine

Witwe ihres Alters –, und ihr Leben war geprägt von beispielhafter Pflichterfüllung und menschlicher Güte. Im Lauf der Jahre hatte sich Molly Pemberton auf allen möglichen Gebieten ein beträchtliches Spezialwissen angeeignet. Wenn jemand irgendwas Bestimmtes wissen wollte, fragte er Molly. Wenn sie passen mußte, wußte sie zumindest, wo und wie man an das Gesuchte herankam.

Ihr Mann war Kriminalbeamter gewesen und bei einem Gerangel mit einem Drogenabhängigen, der zum Verhör aufs Revier gebracht worden war, erschossen worden. Vielleicht aus diesem Grund, vielleicht auch dank der Tatsache, daß die Bibliothek nur ein paar Schritte vom Präsidium entfernt war, wandte man sich dort häufig an sie, wenn im Lauf einer Ermittlung irgendwelche Fragen auftauchten.

Infolgedessen schätzte Molly nichts höher als ein reales oder erfundenes gutes Verbrechen. Zur Zeit verfolgte sie voller Spannung den Fall Corelli. Zu ihrem Leidwesen hatten am vergangenen Abend weder Presse noch Fernsehen neue Entwicklungen gemeldet. Nachdem sie das Abendbrotgeschirr abgewaschen hatte, machte sie es sich mit ihrem Buch und ihrem Kaffee in einem Sessel gemütlich und gab die spärlichen Erkenntnisse des Tages an ihren Gefährten, Mr. Braithwaite, weiter.

«Und ich sage dir, Braithwaite, es war die Frau, diese Vita Corelli, die mit den Tränen in den schönen blauen Augen. Sie hat ihn nie geliebt, sie war nur scharf auf sein Geld, aber weil sie Angst hatte, er würde sich scheiden lassen und die kleine Tussi heiraten, mit der er geturtelt hatte, mußte sie schnell handeln. Früher oder später kriegen sie sie schon noch.»

Mr. Braithwaite enthielt sich jeder Bemerkung.

Mr. Braithwaite war ein ganz reizender alter Kater. Das fanden alle. Ein Intellektueller war er allerdings nicht.

Seufzend schlug Molly ihr Buch auf. Sie las mindestens sechs Bücher in der Woche, und viele handelten von fiktiven und/oder tatsächlichen Straftaten. Sie war über sämtliche in der Stadt begangenen Verbrechen auf dem laufenden, auch über die, bei denen man sie nicht um Recherchen gebeten hatte, und löste die meisten von ihrem Sessel aus. Es verschaffte ihr große Genugtuung, wenn sie wieder einmal recht gehabt hatte, aber sie wäre nie auf den Gedanken gekommen, selbst einzugreifen, womöglich eine zweite Maud Silver oder Miss Marple zu werden. O nein! Da draußen war es viel zu gefährlich.

Casey Hewson sah von dem Manuskript auf, das auf ihrem Schreibtisch lag, reckte sich, seufzte und rieb sich den schmerzenden Rücken. Für heute reichte es. Sie sah auf die Uhr, dann blickte sie aus dem Fenster auf das spindeldürre Bäumchen, das tapfer versuchte, ein Stück Natur in die Stadt zurückzubringen. Die Zweige bewegten sich wild, und jetzt zuckte ein Blitz über den Himmel, vor dem sich schwarz die Dächer der gegenüberliegenden Häuser abhoben. «Es war eine dunkle, stürmische Nacht», sagte sie laut. Ihre Stimme klang seltsam dünn in dem kleinen Büro. «Geh nach Hause, Lady», ermahnte sie sich streng.

Statt dessen lehnte sie sich zurück und sah sich mit einiger Befriedigung in ihrem Büro um. Der lange, schmale Raum, ganz in Altrosa und Weiß gehalten, mit einem Schreibtisch und einer Schrankwand nach eigenen Entwürfen, war ihr ganzer Stolz und wirkte sowohl weiblich als auch praktisch – genau wie die Person, die zur Zeit darin saß. Für andere mochte so ein Büro nur ein Klacks sein, aber sie hatte es sich verdient. Und ob! Auch der Job als Lektorin in dem kleinen Familienunternehmen von Augustus Millington Inc. war vielleicht kein Bombenposten, aber auch ihn hatte sie sich verdient. Komisch, wenn man so überlegte... Nein, sie entschied sich, nicht darüber nachzudenken. Es war unsinnig, sich in Aufregung zu versetzen.

Sie suchte ihre Sachen zusammen, knipste die Schreibtischlampe aus und trat auf den Gang. Er war still und dunkel, ihre Absätze klickten laut auf dem abgetretenen Linoleum.

Das alte Backsteinhaus hatte früher der Familie Millington gehört, aber dann waren die Zeiten schlechter geworden, und jetzt bestand es fast nur aus Büros. Ihr Boss, Eustace Millington, hatte gerade noch das oberste Stockwerk zu privater Nutzung halten können. Wahrscheinlich war er jetzt oben. Sie sah mit leichter Unruhe zu der Treppe hinten in der Halle, ehe sie die Haustür aufschloß und auf die Straße trat. Für eine weitere Begegnung mit Eustace fühlte sie sich einfach nicht stark genug. Er würde ihr nur wieder einen Heiratsantrag machen.

Der Mann wuchs sich allmählich zu einem Problem aus.

Einen Augenblick blieb sie auf dem Treppchen stehen, das zum Gehsteig hinunterführte. Der Regen war noch nicht da, hatte aber einen böigen Wind vorausgeschickt, der in den Bäumen zerrte und vorüberfahrende Autos durchrüttelte. In der Ferne rumpelte gedämpftes meteorologisches Magenknurren. In der Dunkelheit über ihr ballten sich die Wolken zusammen.

Daß sie sich so lange mit dem Manuskript aufgehalten hatte, an dem sie gerade arbeitete, bedauerte Casey fast ebensosehr wie die Tatsache, daß sie den Regenschirm im Büro vergessen hatte, aber es wäre sinnlos gewesen, ihn jetzt noch zu holen, schließlich hatte sie ja nicht drei Arme. Sie stieg vorsichtig die Stufen hinunter und wandte sich nach links. Vielleicht konnte sie sich auf der Washington Avenue ein Taxi schnappen.

Sehr bald merkte sie, daß es keine Kleinigkeit war, mit den Rezensionsexemplaren von drei Büchern, ihrem neuen Aktenköfferchen und einem Stoß von Zeitschriften gegen den launischen Wind anzukämpfen. Ständig schlug ihr das flatternde Cover von *Kind der Leidenschaft* gegen das Kinn, und drei lose Seiten vom *Fall des blutbefleckten Burberrys* machten sich selbständig und tanzten und kurbettierten über die wenig vornehme Park Street.

Vielleicht nahm sie deshalb die Schritte hinter sich nicht wahr.

Jedenfalls nicht sofort.

Erst als sie zu der dunklen Strecke kam, auf der mehrere Straßenlaternen ausgefallen waren, merkte sie, daß sich im Schatten hinter ihr jemand bewegte.

Zuerst schob sie das Geräusch auf die Windböen und steuerte unbeirrt die Geborgenheit der hellbeleuchteten Washington Avenue an. Dann ging sie ein bißchen schneller.

Der Mensch hinter ihr ebenfalls.

Sie legte noch ein bißchen Tempo zu.

Mit dem gleichen Ergebnis.

«Verdammt», stieß sie hervor und setzte sich in Trab. Die Zeitschriften, von Anfang an eine sperrige und unberechenbare Last, rutschten weg und fielen ihr vor die Füße. Sie hüpfte über eine hinweg, kickte eine zweite aus dem Weg und machte auf dem Hochglanz-Cover der dritten aufschreiend eine kurze Rutschpartie.

Die Schritte holten auf, ein Irrtum war jetzt nicht mehr möglich. Sie wurde verfolgt.

«O Gott», stieß sie hervor. «Warum ich? Und warum ausgerechnet jetzt?»

In Todesangst rannte sie los. Nach vier Schritten brach ihr linker Absatz ab, und sie prallte fluchend gegen das mit Brettern zugenagelte Schaufenster eines früheren Süßwarenladens. Humpelnd quälte sie sich vorwärts, den Lichtern entgegen, keuchend, vor Angst schlotternd. Sie hätte sich ohrfeigen können, weil sie ja an dieser Situation selbst schuld war. Lauf, Casey, lauf...

Rechts von ihr tauchte plötzlich eine Gestalt hinter einem geparkten Auto auf, und sie legte eine Vollbremsung hin.

«Helfen Sie mir», keuchte sie. «Ich werde verfolgt.»

Der kleine Dicke mit der tief in die Stirn gezogenen Mütze zuckte die Schultern. «Pech», sagte er und nahm ihr den Aktenkoffer weg.

Casey verharrte sekundenlang starr vor Verblüffung, dann riß sie das Köfferchen wieder an sich. «Was erlauben Sie sich?»

Der kleine Dicke sah sie böse an und griff sich das gute Stück erneut, diesmal mit allen Anzeichen von Verärgerung. «Verpiß dich», sagte er.

«Nein.» Casey streckte die Hand aus.

Der Mann trat rasch zurück. «Doch.»

«Aber das ist mein Aktenkoffer.» Der Verfolger war vergessen, Adrenalin verwandelte die Angst in Wut. Was bildete dieser Zwerg sich eigentlich ein? «Sie gehört *mir*», schrie sie ihn an und ging zum Angriff über.

«Ausgesprochen besitzergreifende, Alte», urteilte der Kleine und wich zurück, den Aktenkoffer schützend an die Brust gedrückt.

«Das finde ich aber sehr egoistisch», sagte eine leise Stimme hinter ihr. Sie hatte einen seltsam singenden Tonfall, den Casey nicht gleich einordnen und unter den gegebenen Umständen auch nicht in Erfahrung bringen konnte. Sie warf einen Blick über die Schulter. Hinter ihr stand ein Schwarzer in dunklem Mantel und Melone und sah sie an. Er war sehr groß, aber da Casey inzwischen immer weniger Angst und immer mehr Wut fühlte, ignorierte sie seine Statur. Vielleicht war auch das ein Fehler.

«Geben Sie mir sofort meinen Aktenkoffer zurück», verlangte sie energisch, wie sich das für eine frischgebackene Lektorin gehörte. «Es ist nichts drin, was Sie interessieren könnte...»

Sie machte einen Satz und bekam den Koffer am Rand zu fassen. Der Kleine wich zurück und fing an, im Kreis herumzulaufen. Sie ließ den Aktenkoffer nicht los und lief hinterher. Wenig später versuchte der Schwarze, sich zwischen sie zu schieben, und schloß sich ihnen, mit seinen langen, kräftigen Fingern ebenfalls das Köfferchen umklammernd, an. Alle drei versuchten immer wieder erfolglos, den Aktenkoffer zu erobern. Das Spiel stand unentschieden, als der Schwarze unvermittelt ausscherte. «Scheiße», sagte er gelangweilt und kramte in seiner Manteltasche. Er holte einen kleinen schwarzen Gegenstand hervor, zielte kurz und versetzte Casey einen Schlag gegen die Schläfe.

Betäubt ließ sie die Aktentasche los, taumelte, blieb einen Augenblick mit offenem Mund in der dunklen Tür eines einst sehr populären, inzwischen aber längst verlassenen Etablissements mit dem schönen Namen *Starlight Bar and Grill* stehen, versuchte etwas zu sagen, gab auf und ging zu Boden.

Sie merkte noch, daß sie auf einer großen, zappelnden Masse gelandet war, einem weichen, unerwarteten Gewirr aus Armen und Beinen, sie hörte empörtes Geschrei, hörte Flüche und den Laut von splitterndem Glas. Verschwommen sah sie, wie ihre beiden Angreifer sie beobachteten. Der Kleine hatte noch immer ihren schönen neuen Aktenkoffer in der Hand.

Dann fielen ihr die Augen zu, und die Schwärze nahm sie auf.

Als sie zu sich kam, stieg ihr intensiver Gingeruch in die Nase, an ihre Ohren schlugen das Heulen des Sturms und das leise Grummeln eines Menschen, neben dem sie in traulich-inniger Berührung lag.

«Verdammte Weiber», sagte eine schleppende Stimme irgendwo an ihrem rechten Ellbogen. «Daß ihr auch nie aufpassen könnt, wo ihr hintretet.»

Vorsichtig prüfend bewegte Casey Arme und Beine. Der Kopf, ein Knie und ein Ellbogen schmerzten, ihr Gesicht war naß. Sie wischte unbeholfen daran herum und fuhr mit der Zunge versuchsweise über einen Mundwinkel. Offenbar liefen ihr von Nase und Kinn Blut und Gin zu etwa gleichen Teilen herab. Die Stimme an ihrem Ellbogen fuhr in traurig-nachdenklichem Ton fort zu klagen, und sie rückte zur Seite.

Neben ihr lag ein alter Mann mit einem Gesicht wie ein Schrumpelapfel, Augen wie zwei helle Punkte, in einem Gewirr dreckverkleisterter Falten, Triefnase und einem Mund mit Zahnlücken, aus dem unablässig empörtes Gezeter kam. Sie lagen auf dem schmutzigen Marmor ineinander verschlungen wie ein Liebespaar. Der Wind wehte Papierfetzen am Torweg vorbei, und in der Ferne hörte man einen Motor anspringen und ein Auto wegfahren.

Casey wußte, daß sie jetzt eigentlich aufstehen und etwas unternehmen mußte, aber sie mied rasche Bewegungen, weil sie Angst hatte, von ihr – oder von ihnen beiden – könnte irgendwas abbrechen.

«Maggies schöne Flasche is kaputt», winselte der Alte, während er sich mit einem gekränkten Ruck aufrichtete und mit dem äußersten Mantel – er trug mehrere übereinander – seine mageren Schenkel bedeckte. «Sie holt grad 'ne neue.» Er streckte den Arm aus und überreichte Casey ihre Handtasche. «Das Geld hatse sich hier rausgenommen. Nur das, wasse gebraucht hat», fügte er halb entschuldigend, halb aggressiv hinzu. «*Wir* klauen nicht...»

«Hab ich auch nicht behauptet», krächzte Casey. «Diese Kerle –»

«Weg», antwortete der Alte knapp. Er hatte versuchsweise an sich herumgetastet, und jetzt erhellte sich sein Gesicht. «Noch ist Polen nicht verloren», verkündete er mit unerwarteter Würde und holte seinen Schatz hervor. «Maggies Flasche haben Sie kaputtgemacht, aber meine nicht.» Genießerisch schraubte er die Johnny Walker Red Label auf. «Gerettet, Schätzchen. Zur Hölle mit Maggie. Halt dich man an mich.» Er kippte die Flasche, nahm einen tiefen Zug und wischte sich mit dem Handrücken den Mund.

Casey, noch schwindlig und wirr von dem Schlag auf den Kopf und der anschließenden Notlandung, musterte ihn fasziniert. So unbequem ist es hier gar nicht, dachte sie benommen. Vielleicht sollte ich mich wirklich noch ein bißchen ausruhen. Alles war seltsam konturenlos – Ereignisse, Ursachen, Logik, die eigene Nasenspitze... Unvermutet mußte sie rülpsen. «Pardon», sagte sie höflich. Schließlich hatte man ja eine gute Kinderstube genossen.

Der Alte gab ihr einen freundschaftlichen Rippenstoß. «Hier, nimm 'nen Schluck, das bringt dich wieder auf die Beine.»

«Nein, wirklich... Ich muß jetzt gehen.» Sie versuchte, sich aufzurappeln.

«So bald?» fragte der Alte enttäuscht.

«Ja, tut mir leid, ich... Au!» Ihr rechtes Knie spielte nicht mit. Sie setzte sich abrupt wieder hin und wartete, bis die Straße aufgehört hatte, sich zu drehen.

Wieder ein Rippenstoß. Der Alte grinste sie zahnlückig an. «Nimm 'nen Schluck», sagte er gütig. «Prima Sache, wenn was weh tut.»

«Ja, also...» Sie nahm vorsichtig die Flasche und hob die Hand, um den Flaschenhals abzuwischen, aber weil sich das offensichtlich in Pennerkreisen nicht gehörte, ließ sie es lieber bleiben. Alkohol desinfiziert – hoffentlich. Sie legte den Kopf zurück, hielt sich den Flaschenhals vor den offenen Mund, ließ etwas Whisky durch die Kehle rinnen, würgte und schluckte. Die Welt fing wieder an, um sie zu kreisen. Sie wischte das Kinn am Mantelärmel ab und spuckte.

«Gut», sagte sie heiser.

«Na siehste», bemerkte der Alte, wobei er sie mit wachsender Begeisterung von Kopf bis Fuß musterte – unter den Umständen eine reife Leistung. Er knuffte sie freundschaftlich am Bein. «Jetzt noch 'nen Schluck, und dann gehn wir zwei beide irgendwohin, eh Maggie wieder da ist. Na, wie isses?»

Gehorsam hielt Casey noch einmal die Flasche an die Lippen, es ging schon besser. «Tja, also», sagte sie hustend, «die Sache ist die –»

«Casey? Bist du das?»

Eine hochgewachsene, kantige Erscheinung stand in dem Durchgang und sah auf die beiden Gestalten herunter, die sich an einer Flasche Johnny Walker und aneinander festhielten. Casey linste durch ihr verfilztes Haar und spürte, wie ihr Gefährte sich versteifte. «Hau ab, Mann», sagte er. «Such dir selber eine.»

Casey versuchte ihren Blick scharfzustellen, was sie sofort bereute. Die Lichter eines vorbeifahrenden Autos streiften kurz die aristokratischen Züge ihres Brötchengebers Eustace Millington.

Er schien verstört.

«Hallo, Eustace», krächzte sie.

Der Alte kämpfte noch einen Augenblick mit seinem Ärger, dann seufzte er ergeben. Mit einiger Mühe entwand er die Whiskyflasche ihrem krampfhaften Griff und streckte sie dem Verleger hin.

«Ein Freund in der Not ist ein Freund in der Tat», sagte er fröhlich. «Hier, Eustace, sollst auch nich leben wie 'n Hund.»

5

Der Familiensitz der Porters war ein prächtiges altes Haus am westlichen Stadtrand mit mehreren Morgen Grund und Boden, die von einem Gartenarchitekten so gestaltet waren, daß man sich auf einem Herrensitz wähnte und gut und gern hätte vergessen können, daß außerhalb der hohen Mauer städtisches Leben toste.

Auch Charles Edward Porter war auf seine Art ein prächtiges altes Haus – ein reiferer Herr mit etwas fülliger Figur (weniger wohlwollende Zeitgenossen hätten ihn vielleicht sogar als dick bezeichnet), die ihm aber nicht schlecht zu Gesicht stand und nicht so sehr aus Fett als aus Muskelschichten zu bestehen schien. Er war groß und braungebrannt, hatte scharfe blaue Augen und einen grauen Lockenkranz um den kahlen Schädel. In seiner Jugend war er ein ausgesprochen hübscher Junge gewesen.

Doch an diese frühen Jahre erinnerte sich Charley Porter nicht gerne, denn sie waren für ihn Jahre des Leidens und der Schmach gewesen. Als sein Vater verschwand, war er erst sechs. Bis dahin hatte Klein-Charley – der ja nicht wußte, wie Ned Porter das viele Geld verdiente, mit dem er ihm ständig neue Spielsachen kaufte – seinen Vater, diesen stets gutgelaunten, warmherzigen Riesen, einfach nur grenzenlos bewundert. Wenn Red Ned nach Hause kam, warf er seinen Jungen in die Luft, bis der vor lauter Lachen den Schluckauf kriegte, dann fing er ihn auf und drückte ihn fest an sich. Klein-Charley kuschelte sich in den rauhen Tweed, sog genüßlich den Geruch von guten Zigarren und Whisky ein und fühlte sich geborgen.

Und dann war eines Tages sein Vater verschwunden. Einfach weg. Und in seiner Mutter war etwas gestorben. Von einem Tag zum anderen wurde sie eine magere Frau in Schwarz, die stundenlang stumm in der Küche immer kleinerer, immer schäbigerer Wohnungen saß, in denen es nur kaltes Wasser gab. Als Charley größer wurde, hörte er sie den Namen Lightfoot verfluchen, aber erst mit vierzehn erfuhr er den Grund. Erfuhr auf dem Schulhof, durch hämische Bemerkungen und brutale Rempeleien, daß sein Vater ein Krimineller gewesen war.

Eine Weile sah es so aus, als würde er die Schmach nicht überleben, aber dann setzte sich die Energie durch, die er von seinem Vater geerbt hatte, und aus der Scham erwuchs der unstillbare Drang, etwas zu leisten. Nach der bewährten Maxime «Die wirksamste Rache ist der Erfolg» wurde Charley ein erstklassiger Schüler. Er besaß keinen Sonntagsanzug, aber er hatte einen hellen Kopf. Stipendien verhalfen ihm zum Besuch des College und zum Jurastudium, sämtliche Prüfungen bestand er mit Glanz und Gloria.

Eines ließ ihn seine Mutter nie vergessen, solange sie lebte: Daß der Mann, dem sie die Schuld am Verschwinden von Red Ned gab, Digger Lightfoot hieß. Der Name grub sich unauslöschlich in Charleys Gedächtnis ein. Als er Mitarbeiter der Staatsanwaltschaft wurde, begann er, der Lightfoot-Organisation bei jeder sich bietenden Gelegenheit nachzugehen. Bald merkte er, daß sein Gegner klug und einfallsreich und damit keine leichte Beute war. Gurney Lightfoot hatte nicht nur das Reich seines Vaters, sondern auch dessen Schläue geerbt und beides noch verstärkt. Gurney Lightfoot war der mächtigste Mann in Grantham und im Alleingang nicht unterzukriegen. Charley sah sich nach Verstärkung um.

Das größte gesellschaftliche Ereignis des Jahres ließ nicht lange auf sich warten. Charley Porter heiratete unter großem Tamtam und umgeben von Treibhausorchideen im Wert von zehntausend Dollar die Tochter des Bürgermeisters. Sybil Westwood war weder schön noch sexy. Sie war sogar ziemlich unscheinbar, vierschrötig und phantasielos, dafür aber sehr lieb und sanft. Sie betete Charley Porter an. Ihr Vater war sehr, sehr reich. Und sehr, sehr dankbar für einen so brillanten Schwiegersohn.

Verschanzt in seiner Festung, verfolgte Gurney Lightfoot Charley Porters Aufstieg und haßte ihn von ganzem Herzen. Er neidete ihm die speichelleckerische Publicity, die ihm in der Presse zuteil wurde. Der gutaussehende Charley Porter, der kluge Charley Porter…

Und es kam noch schlimmer. Nach Charley erschien sein Sohn auf der Bildfläche. Tony Porter war etwa ebenso alt wie Gurneys Sohn Rocky. Sie hatten sogar dieselbe teure Privatschule in Grantham besucht. Aber damit war die Ähnlichkeit auch schon zu Ende.

Tony Porter ging nach Harvard und studierte Architektur und Stadtplanung. Als er seinen Abschluß gemacht hatte, war auch er populär bei den Medien: der gutaussehende Tony Porter, der kluge Tony Porter, Sohn des gutaussehenden, des klugen Charley Porter…

Über Gurney Lightfoot berichtete die Presse nur dann, wenn er in Prozesse verwickelt war: der niederträchtige Gurney Lightfoot, der schreckliche Gurney Lightfoot. Und Rocky Lightfoot stand nur einmal in der Zeitung, als ihm der Titel des Juniormanagers aberkannt wurde, weil sich herausgestellt hatte, daß er mit getürkten Büchern arbeitete.

Als dann Charley schließlich zum Bürgermeister gewählt wurde, verbreitete Gurney, er gedenke, Charley Porter das Leben in Grantham so sauer wie möglich zu machen. Charley war damit sehr einverstanden. Beide lebten auf ihre Art hochbrisant.

Jedes Jahr zettelte Gurney Lightfoot Zoff in der Stadt an. Er ließ seine Beziehungen zu den Gewerkschaften spielen, es gab Bummelstreiks, Skandale und Arbeitsunterbrechungen. Und Charley seinerseits hackte jedes Jahr dem Oktopus Lightfoot ein oder zwei Fangarme ab. Allerdings schaffte er es nicht, Gurney Lightfoot hinter Gitter zu bringen, und das wurmte ihn. Nachdem seine Amtszeit als Bürgermeister beendet war, ließ sich Charley als Anwalt nieder und hatte bald eine gutgehende Praxis. Der Traum aber, den Lightfoot-Clan endgültig zu vernichten, war noch immer nicht ausgeträumt.

Durch Fred Norris hatte er die Chance gehabt, seinem alten Gegner den Fangstoß zu versetzen. Und jetzt war Norris tot.

Charley schaltete den Fernseher aus, starrte finster in seinen Brandy und überlegte, wie es jetzt weitergehen sollte.

«Guten Abend, Vater.»

Charley sah auf, und seine Miene hellte sich auf. Wie immer sah Tony aus wie ein junger Gott: blond, sportlich, intelligent, sprühend vor Charme. Charley schenkte seinem Sohn ein liebevolles Lächeln. «Und was machst du heute abend Schönes?»

Tony Porter lächelte zurück und schenkte sich einen Whisky ein. «Smelly und ich wollen mit den Mädels in *King Lear* und danach in den *Balmoral Club,* einen Happen essen.»

Charley runzelte die Stirn. «Mußt du unbedingt den Sohn und Erben von Aaron Smeltzer Smelly nennen? Über so was bist du doch eigentlich hinaus.»

«Smelly stört es nicht. Was glaubst du wohl, wie die Leute mich nennen?» Tony lachte. «Hast du als junger Mann einen Spitznamen gehabt?»

Charley errötete leicht. «Natürlich nicht.»

«Lüge! Mutter hat ihn mir verraten. Dich haben sie Curley genannt, Lockenköpfchen...» Er musterte mitfühlend den spiegelglatten Schädel seines Vaters. «Das hast du wohl auch hinter dir.»

«Wie wahr», seufzte Charley.

«Wo hast du denn heute nachmittag gesteckt?» wollte Tony wissen. «Ich hab ein paarmal versucht, dich anzurufen, aber Beecher hat gesagt, du wärst ausgegangen.»

«Ja, ich hatte eine geschäftliche Besprechung mit Quiddick, hab ich dir das beim Frühstück nicht erzählt?»

«Nein.»

«Tut mir leid. Was wolltest du mir denn sagen?»

«Es sieht so aus, als ob wir jetzt den Durchbruch wegen dieses letzten Blocks in der Federal Street geschafft haben. Das Hotel *Magnolia* soll nun endgültig abgerissen werden. Lightfoots Anwalt hat sein letztes Pulver verschossen, es hat nichts mehr genützt. In den nächsten Tagen können wir mit dem Abriß anfangen. Geht dir bestimmt ein bißchen unter die Haut, was?»

Charley lächelte. «Ach, ich weiß nicht... Daß mein Vater eine Flüsterkneipe hatte, ist nicht gerade etwas, worauf ich besonders stolz bin.»

Tony grinste. «Ich finde es toll, einen Großvater wie Red Ned zu haben. Du hast keinen Sinn für historische Romanzen, Paps.»

«Meine Jugenderinnerungen als Historie? Besten Dank, so alt bin ich nun denn doch noch nicht», sagte Charley.

«Hast du heut abend was Besonderes vor?» fragte Tony müßig. Er setzte sich, allerdings nur auf die äußerste Sesselkante, als Zwischenstation gewissermaßen und als höfliches Zugeständnis an den Vater.

«Nein, eigentlich nicht. Stanley kommt zum Essen, und hinterher wollen wir eine Runde Schach spielen. Mehr liegt nicht an.»

«Na, dann bist du ja gut aufgehoben.» Tony leerte sein Glas und stand auf. «Du brauchst nicht aufzubleiben, bis ich komme.»

«Würde mir nie einfallen», versicherte Charley im Brustton der Überzeugung, hob, als Antwort auf Tonys angedeutetes Winken, lässig einen Finger und sah ihm nach. Wer mochte «das Mädel» von heute abend sein? An weiblicher Begleitung hatte es Tony nie gefehlt, schon den Sechzehnjährigen hatten die Frauen und Mädchen angehimmelt, er konnte sie sich aussuchen. Ein Jammer, daß er nicht endlich heiratete und eine Familie gründete. So wie er aussah und in seiner Position, galt er als ausgezeichnete Partie, aber bisher nützte er nur die vielen Vorteile, die ihm diese Situation brachte, ohne sich zu binden. Früher oder später, tröstete sich Charley, wird er schon die Richtige finden. Zumindest war es sehr erfreulich, daß er die Ansichten seines Vaters respektierte und dessen Vorschläge zur Stadtverschönerung ausführte.

Das war nützlich, praktisch und gewinnbringend.

Jetzt, da Tony auf dem Posten des Stadtplaners saß und die Innenstadtsanierung durchzog, hatte Charley eine weitere Waffe gegen die Lightfoots in der Hand. Tony wußte natürlich so gut wie nichts von der alten Fehde, für ihn war Lightfoot nur ein ganz gewöhnlicher Gauner. Charley hatte seinem Sohn nie anvertraut, wie sehr er den Namen Lightfoot und dessen Reich haßte. Tony war zu brav, zu begabt, zu kreativ und perfekt, um mit diesen Dingen belastet zu werden.

Wenn sich aber durch die Verschönerung Granthams die Vernichtung der Lightfoots bewerkstelligen ließ, konnte das Charley Porter nur recht sein.

Tony Porter stieg in seinen Wagen und musterte einen Augenblick, den Autoschlüssel locker in der Hand, das Haus. Dann schüttelte er den Kopf und ließ den Motor an.

Nach all den Jahren wußte er immer noch nicht recht, ob er sich geschmeichelt oder gekränkt fühlen sollte, weil sein Vater sich einbildete, Frau und Sohn ahnten nichts von dem, was er im Laufe seines Lebens alles angestellt hatte. Der Mann war ja kein Trottel, nur in dieser Beziehung einfach auf beiden Augen blind. Vielleicht steckte der Selbsterhaltungsinstinkt dahinter, vielleicht brauchte Charley die Überzeugung, seine Familie glaube an das Image, das er sich als Erwachsener so hart erarbeitet hatte.

Als Tony rückwärts aus der Garage herausfuhr, sah er im Rückspiegel die Reste des Gartenhäuschens, in dem seine Mutter so viele friedliche Nachmittage verbracht hatte, an ihrer Petit-point-Stickerei herumstichelnd und stillvergnügt an der Flasche hängend. Bis er zehn war, hatte für ihn zu Gärten der Geruch nach Gin gehört, und die Zurückhaltung seiner Mutter hatte er für das Zeichen eines zutiefst vergeistigten Wesens gehalten.

Er war zehn gewesen, als ihn die ersten Gerüchte über seinen Vater erreicht hatten. Bürgermeister Porter sei korrupt, hieß es, er zerstöre Leben und Laufbahn von Menschen, die sich gegen ihn stellten, er sei machtlüstern und skrupellos. Tony las in der Zeitung den Bericht über einen Mann, der sich umgebracht hatte, weil Charley ihn aus einem wichtigen Posten in der Stadtverwaltung entfernt hatte.

Verstört war Tony zu seiner Mutter gelaufen. Sie hatte im Bett gelegen, er erinnerte sich deutlich, umgeben von Satin, Spitze, Rüschen, Falbeln und einem leisen Hauch nach Gin. Tony hatte ihr sein Leid geklagt und sich an ihren tröstlich-weichen Busen geschmiegt. Stimmte es, daß Charley ein böser Mensch war?

Seine Mutter überlegte lange. Trotz allem, was geschehen war, betete sie Charley Porter noch immer an, er war ihr ein gütiger, großzügiger und alles in allem durchaus liebevoller Ehemann gewesen. Andererseits war sie die Tochter eines Politikers, zwar nicht übermäßig intelligent, aber mit der Spezies zutiefst vertraut. Sie wußte, daß ihr Mann große Macht besaß und daß diese Macht ihn korrumpiert hatte. Sie wußte um seinen tiefen, unversöhnlichen Haß auf die Lightfoots, und sie wußte um die Ursache. Weil sie Red Ned nicht gekannt hatte, konnte sie nicht ermessen, wie sehr Charley unter dem Verlust des Vaters litt, aber sie merkte, daß der Gedanke daran ihn innerlich verzehrte.

Sie wußte auch, daß sie einen ungewöhnlich hübschen und aufgeweckten Sohn hatte. War es nicht zu früh, ein so liebliches Vögelchen mit einem Schuß vom Himmel zu holen?

Sein Vater trage als Bürgermeister Verantwortung seinen Wählern gegenüber, hatte sie schließlich Tony erklärt, und wenn er dabei manchmal gewisse Rücksichten außer acht lasse, dann deshalb, weil es notwendig sei und nicht, weil es ihm Spaß mache. Der Mann aus dem Zeitungsbericht hatte sich gegen das Gesetz vergangen, er hatte Geld gestohlen, das der Stadt gehörte. Charley hatte ihn gekannt und gemocht, aber schließlich hatte er ihn unter Anklage stellen lassen. Ja, der Mann hatte sich das Leben genommen, aber das war nicht Charleys Schuld. Der Mann war schwach gewesen, und Charley war stark.

Tony war auf sein Zimmer gegangen und hatte lange darüber nachgedacht, was seine Mutter gesagt hatte. Und dann hatte er überlegt, was seine Mutter *nicht* gesagt hatte. Er sah sich in seinem Zimmer um. Er sah aus dem Fenster in den ummauerten Garten und auf die Stadt dahinter.

Den eigentlichen Grund für seine Verstörung hatte er der Mutter nicht verraten. Er hatte ihr nicht erzählt, daß er ein paar Tage vor dem Tod des Mannes gehört hatte, wie Charley zu Stanley Quiddick beim Schach sagte, der Mann müsse «erledigt werden».

Jetzt glaubte er zu verstehen. Charley hatte etwas Böses getan. Aber auch dieser Mann hatte böse Dinge getan. Der Mann war tot, und sein Vater lebte. Die Familie des Mannes war arm, und seine, Charleys, Familie war reich. Der Tote war ein für allemal als Gauner abgestempelt, und sein Vater war nach wie vor ein honoriger Mann.

Die Lehre daraus schien klar. Es gab gute böse Dinge, und es gab böse böse Dinge. Es kam nicht darauf an, wie die Dinge waren, sondern ob man mit ihnen Erfolg hatte. Je älter er wurde, je mehr Einzelheiten er erfuhr, desto klarer wurde ihm die Lehre.

Unklar war nur, wie er damit umgehen sollte. Diese Überlegung beschäftigte ihn noch immer – aber nicht mehr so oft wie früher.

Als er die Auffahrt halb hinter sich hatte, nahm er Gas weg. Hier stand der Brunnen, den er gebaut hatte, als er achtzehn war. Es war der Sommer nach dem Tod seiner Mutter gewesen, der Sommer vor dem College. Er hatte den Brunnen selbst entworfen und errichtet, als Denkmal für seine liebe, törichte, bezaubernde Mama. Es war sein erstes Bauvorhaben gewesen, er hatte alles ganz allein gemacht. Wie gut er sich daran erinnerte. Es war ein langer, heißer Sommer gewesen – in vielerlei Hinsicht der wichtigste Sommer seines Lebens. Er erinnerte sich, wie er sich an den heißen Nachmittagen geplagt, wie er sich über eine abendliche Abkühlung gefreut hatte, wie erleichtert er war, als das Werk vollendet dastand.

Der Brunnen war jetzt trocken und voll welker Blätter, aber noch immer schön. Jedesmal, wenn er daran vorbeikam, mußte er an sie denken.

Mit aufheulendem Motor raste er auf das geschlossene Tor zu. Er wußte auf die Sekunde genau, wann er den elektrischen Türöffner betätigen mußte, die Durchfahrt war perfekt geplant. Während er sich in den Verkehrsstrom einfädelte, senkte sich das Tor lautlos hinter ihm.

Charley Porter runzelte die Stirn. Er mußte Tony ans Herz legen, vorsichtiger zu fahren. Der Junge war ihm lieb und wert, er war alles, was er hatte, und er wollte nicht, daß ihm etwas passierte. Außerdem war es ein teurer Wagen.

Und die Porters mußten auf ihren Ruf in der Öffentlichkeit achten.

6

«Mir ist immer noch unklar, was wir hier sollen», beschwerte sich Eustace und sah sich angeekelt um. Die Washington Avenue beherbergte eines der bejahrteren Polizeireviere der Stadt. Der Dienstraum, in dem sie auf einer Bank nebeneinanderhockten wie drei Eulen, war voller Penner, die keinerlei Notiz von ihnen nahmen, und voller Polizisten, die Berichte tippten und Berichte ablegten und quasselten und Leute mitnahmen und Leute hereinbrachten und sich Witze erzählten und ebenfalls keinerlei Notiz von ihnen nahmen.

Daß niemand von ihm Notiz nahm, war für Eustace Millington ein ungewohnter Zustand. Er leitete einen hochangesehenen Verlag, hatte einen großen Kreis überaus wohlanständiger und gebildeter Freunde und war gesellschaftlich und sozial vielfach engagiert. Seit einiger Zeit engagierte er sich auch für Casey Hewson, die er als Lektorin für die neue Paperback-Reihe Phoenix Books eingestellt hatte. Casey war klug, attraktiv und ehrgeizig. Er wollte den rechten Augenblick abwarten, sie nach Kräften zu fördern und sie zu gegebener Zeit zu heiraten, nachdem er sich vergewissert hatte, daß sie aus einem guten Stall kam.

Zumindest war das bislang seine Absicht gewesen.

«Dies war eine äußerst unappetitliche und sehr entnervende Episode. Ich würde sie am liebsten gänzlich aus meinem Gedächtnis tilgen und nach Hause fahren. Sie sollten es ebenso halten.»

Casey rückte sich auf der Bank bequemer zurecht und lehnte den Kopf an die Wand. «Tut mir leid, Eustace. Sie hätten ja nicht mitzukommen brauchen.»

Eustace Millington richtete sich kerzengerade auf. «Es war meine Pflicht, Sie zu begleiten und vor weiteren Belästigungen zu schützen», verkündete er und warf dem Alten an ihrer anderen Seite einen bösen Blick zu. Der Alte grinste dreckig und zwinkerte ihm zu, dann streckte er ihm erneut die Flasche hin. Als Millington ungeduldig den Kopf schüttelte, zuckte der Alte die Schultern und nahm noch einen Schluck.

«Ich fänd's ja besser, wenn Sie mal eine Pause machen würden, Sylvester», sagte Casey. Sie hatte die Augen geschlossen, hörte aber das Schlucken und Gluckern in dem hageren Hals des Alten. «Vermutlich wird man Ihnen nachher Fotos zeigen.»

«Weiß ich, weiß ich», brummelte Sylvester. «Wenn ich 'n Ding unterm Hut hab, kann ich besser sehn.»

«Ihr Aussehen wird durch den Hut entschieden verbessert», bemerkte Eustace ätzend. «Er könnte sogar noch größer sein.»

«Blöder Arschficker», versetzte Sylvester hämisch, putzte sich mit dem Ärmel die Nase und rülpste diskret.

Casey machte die Augen auf und sah die beiden Männer einigermaßen verdattert an.

«Die Meinung eines ordinären Trunkenboldes kümmert mich nicht», erklärte Eustace und fixierte angestrengt die Decke.

«Ich bin nicht betrunken», stellte Sylvester fest. «Noch nicht. Höchstens 'ne Spur angedudelt.»

Eustace zog die Nase hoch. «Angedudelt... Na, ich danke.»

Sylvester lehnte sich vor und sah ihn vorwurfsvoll an. «Was dagegen, wenn der Mensch ein bißchen Trost und Ruhe sucht in diesem permanent frustrifiziertern Universum?» fragte er salbungsvoll und sehr sorgfältig artikulierend.

«Darum geht es nicht –»

«Doch, genau darum geht es», äffte Sylvester ihn mit gezierter Stimme nach.

«Und kratzen Sie sich nicht andauernd», fuhr Eustace ihn an, während der Alte wieder einmal auf seinem Bauch herumschubberte.

«Haben Sie mal meinen Ausschlag», jammerte Sylvester.

«Ich würde es mal mit einem heißen Bad versuchen», empfahl Eustace.

«*Na klar,* und Sie würden sich bestimmt noch Rosenblätter ins Badewasser tun», grummelte Sylvester und hielt sich die Flasche vor den Bauch, um sich erneut heimlich zu kratzen.

«Jetzt streitet nicht, Leute.» Casey wischte sich mit dem Ärmel über die Nase. Auch sie kratzte sich abwesend den Bauch und hickste.

«Casey, Liebste, rühren Sie sich nicht! Genau so möchte ich Sie in Erinnerung behalten.»

Die Stimme klang vertraut, und sie schlug die Augen auf. «Das darf nicht wahr sein», stieß sie hervor.

Der Mann in dem regenbespritzten Mantel feixte. «Haben Sie Gary Cooper erwartet?»

«Ich erwarte ein Mindestmaß an Menschlichkeit in einer grausamen, herzlosen Welt», stöhnte Casey und schloß die Augen wieder.

«Können Sie alles von mir haben. Menschlichkeit, Mut, Anstand und Ehrerbietung. Kommen Sie, Casey, geben Sie mir eine Chance.»

«Da können Sie lange warten.»

Tatsächlich wartete Jake Chase auf diese Chance schon geraume Zeit. Er wohnte im gleichen Haus wie Casey und lud sie, wenn sie sich beim Kommen oder Gehen trafen, mit schöner Regelmäßigkeit zum Essen ein. Er sah gut aus, zog sich nett an, hatte ein liebenswert-schiefes Lächeln und sehr sympathische Augen. Trotzdem konnte Casey ihn nicht ausstehen.

Er war so... so verdammt schnodderig.

Jetzt sah er auf sie, auf Eustace Millington und den besäuselten Sylvester herab. «War's 'ne nette Party?» erkundigte er sich munter.

Eustace stand auf und entdeckte zu seinem Ärger, daß er, der seit jeher stolz auf seine stattliche Größe war, zu diesem Polizeimenschen, der so mit einer von ihm persönlich eingestellten Mitarbeiterin sprach, aufsehen mußte. «Miss Hewson hat eine zutiefst traumatische Erfahrung hinter sich», tönte er. «Man hat sie überfallen, beraubt und besinnungslos zwischen Trunkenbolden und Perversen liegenlassen.»

Sylvester richtete sich auf. «Hey, Sie mieser Arschficker, das mit den Perversen will ich nicht gehört haben.» Leider war seine Empörung nicht stark genug, um ihn zu stützen, und er plumpste auf die Bank zurück.

Millington tat, als sei er Luft. «Statt ihr angemessene Fürsorge und Zuwendung angedeihen zu lassen, ließ man sie hier warten, neugierigen Blicken ausgesetzt und genötigt, gepeinigt durch die Anwesenheit dieses... dieses...» Er deutete verächtlich auf den Alten.

Jake streifte ihn mit einem flüchtigen Blick. «Hallo, Sylvester.»

«Lieutenant Chase!» Sylvester hob salutierend die Flasche und fügte in vertraulichem Flüsterton hinzu: «Den ollen Eustace beachten Sie am besten gar nicht, er kann nichts dafür, daß er 'n Armleuchter ist.»

Casey hatte die Augen wieder aufgemacht und sah Chase an. «Ich kann's einfach nicht glauben.»

«Mangelnde Glaubensfähigkeit ist etwas sehr Bedauerliches», sagte Chase ernst. «Kommen Sie doch mal eben mit.» Er nahm sie bei der Hand und zog sie hoch. «Stimmt das, was der Wachhabende mir erzählt hat?» fragte er leise. «Man hat Sie zusammen mit Sylvester betrunken in einem Torweg aufgefunden?»

Sie machte noch immer große Augen. «Sie sind... Sie sind doch kein Cop?»

«Mein Captain behauptet jedenfalls, daß ich einer wäre. Seit Jahren schickt er mich zu allen möglichen abenteuerlichen Einsätzen, manche waren sogar ganz schön gefährlich. Aber vielleicht bin ich in Wirklichkeit ja nur ein tapferer Zivilist.»

«Also tatsächlich ein Cop», stöhnte sie.

«Ja, was denn nun? Bin ich einer oder bin ich keiner? Sie bringen mich ganz durcheinander.» Er schlug die Arme übereinander und lehnte sich lächelnd an die Wand. «Demnächst laß ich's mir auf die Stirn tätowieren. So, jetzt wissen Sie also, daß ich ein vertrauenswürdiges, verantwortungsbewußtes Mitglied der menschlichen Gesellschaft bin. Darf ich Sie für morgen zum Abendessen einladen?»

Casey warf ihm aus leichtgeröteten Augen einen wütenden Blick zu und fühlte quälenden Ärger aufsteigen. Dieser verdammte Typ... «Ihr Pech! So betrunken bin ich nun auch wieder nicht. Und ich hab mich nicht aus Spaß in den Torweg gelegt.»

«Das glaube ich gern, es war Ihnen bestimmt ernst damit», bestätigte Jake entgegenkommend. «Daß es anders ausgesehen hat, dafür können Sie schließlich nichts, manche Leute haben da erstaunlich wenig Verständnis.» Er schnupperte. Einmal. Und noch einmal. «Gin-Vergleichstest, wie? Vor- und Nachteile in- und ausländischer Erzeugnisse. Also meiner bescheidenen Meinung nach –»

Das ging dem unruhig von einem Fuß auf den anderen tretenden Eustace Millington doch zu weit. Er holte tief Luft und richtete im Ton eines beleidigten Monarchen folgende Frage an die uninteressierte Welt: «Kann man hier denn nicht wenigstens ein Minimum an Privatsphäre verlangen?»

Unverzüglich wurde es totenstill, und aller Blicke richteten sich auf die Gruppe. Da dies genau das Gegenteil von dem war, was Eustace verlangt hatte, lief er rot an vor Wut und Verlegenheit. Chase musterte ihn kurz und sah dann fragend Casey an.

«Mein Boss», erläuterte sie matt.

«Jaja, ich habe auch einen», sagte Jake mitfühlend und ging zu dem Wachhabenden hinüber. Ein paar Minuten später saßen sie in einem Vernehmungszimmer. Jake Chase machte die Tür zu und wartete.

«Ich will meinen Anwalt sprechen», sagte Eustace.

«Ihnen, verehrter Eustace, wirft doch keiner was vor», sagte Sylvester, abermals diskret rülpsend. Er machte es sich auf einem Stuhl bequem, legte die Füße auf den Tisch und zog sich die spekkige Kopfbedeckung in die Stirn. «Bitte, mich zu wecken, wenn ich gebraucht werde», sagte er freundlich, und alsbald zogen ruhevolle Schnarcher durch den Raum.

Millington ging – in unklarer Absicht – ein paar Schritte näher an ihn heran, aber Chase packte ihn am Ärmel.

«Lassen Sie den Mann in Ruhe», sagte er höflich, aber fest. «Setzen Sie sich und entspannen Sie sich.» Chase schien ihn nur mit leichter Hand festzuhalten, aber Eustace Millington fand sich unerbittlich auf einen Stuhl gedrückt. Er machte den Mund auf wie ein Fisch, machte ihn wieder zu, machte ihn wieder auf, räusperte sich und verfiel in gekränktes Schweigen. Erst jetzt ließ Chase ihn los.

«So, und jetzt erzählen Sie mal von Anfang an», bat er Casey.

Sie gehorchte seufzend. Jake Chase hörte zu, ohne eine Miene zu verziehen. In diesem Moment wirkte er direkt menschlich, was sehr verdächtig war. Vermutlich führte er etwas im Schilde. Sie blieb wachsam.

Als sie fertig war, lehnte Chase sich zurück und sah sie erwartungsvoll an. «Was war in dem Aktenkoffer?» wollte er wissen.

«Nichts», sagte Casey rasch. «Nur ein Manuskript, an dem ich gerade arbeite, und meine Notizen. Eigentlich mehr ein Schmierzettel. Nichts, was einen Dieb reizen könnte und zwei Diebe schon gar nicht.»

«Was noch?» Chase beobachtete sie scharf.

«Na ja, ich –» Sie wurde rot.

«Raus mit der Sprache. Die neueste Nummer von *Playgirl*?»

«Seien Sie nicht albern.»

«Was dann?»

«Der Rest von meinem Lunchpaket.»

Er war sichtlich enttäuscht. «Sie haben Ihren Lunch nicht aufgegessen? Das ist unverzeihlich. Eine junge Frau wie Sie braucht ihre Kraft.»

«Ach, lassen Sie mich doch in Ruhe.»

Sylvester machte die Augen auf, schob den Hut in den Nacken, ließ seinen Blick mit einer Art Besitzerstolz über Caseys recht bescheidene Rundungen wandern und nickte. «Je näher dem Bein, je süßer das Fleisch.» Millington grummelte drohend, und Chase streckte die Hand aus, um ihn zurückzuhalten. Dabei wandte er den Blick nicht von Casey. «Und das ist alles?»

«Ja. Meine Handtasche haben sie nicht angerührt. Ich hatte Kreditkarten drin, mein Scheckbuch, ungefähr achtzig Dollar in bar –»

«Siebzig», verbesserte Sylvester und legte sich die Mütze wieder auf die Nase. «Zehn hat Maggie sich für den Gin genommen, der zu Bruch gegangen ist, als Sie auf sie draufgefallen sind.»

«Das war hinterher», sagte Casey. «Vorher, als die Typen nach mir gegrapscht haben, waren es achtzig.»

«Kinkerlitzchen», sagte Sylvester mit einer wegwerfenden Bewegung seiner sehr schmutzigen Hand. «Kinkerlitzchen...»

Casey hatte den Eindruck, nicht in Bestform zu sein. Der Kopf tat ihr weh, um den Gin aus dem Haar zu bekommen, brauchte sie dringend ein Bad, und ihre Strumpfhosen waren auch hinüber. Mit Wonne hätte sie Jake Chase das skeptische Grinsen vom Gesicht gewischt, aber unter den obwaltenden Umständen war wohl ruhiges Benehmen angesagt. Hätte sie gewußt, daß er Kriminalbeamter war und sie ihm vielleicht hier in die Arme laufen würde, hätte sie Millingtons Ratschlag, die ganze Geschichte schleunigst zu vergessen, vielleicht doch beherzigt. Der Aktenkoffer war neu und sehr schick gewesen, aber es lohnte nicht, sich deswegen mit diesem Schlitzohr auf eine Debatte einzulassen. Und etwas anderes konnte sie einfach nicht sagen – jedenfalls nicht, bevor sie mit Richard gesprochen hatte. Sie hatte ihn vom Revier aus gleich angerufen. Warum hatte er sich nicht gemeldet?

«Hat jemand was von Fotos gesagt?» fragte sie erschöpft. «Ich denke, wir sollen versuchen, die beiden Typen zu identifizieren, die mich überfallen haben?»

Chase, der sich heimlich, still und leise aufs Revier geschlichen hatte, um einer Frage im Fall Corelli nachzugehen, mit dem er offiziell nicht mehr befaßt war, hatte seit sechsunddreißig Stunden kein Auge zugetan. Er wußte, daß er an Casey Hewson einfach hätte vorbeilaufen sollen, jeder vernünftige Mensch hätte das getan, und hin und wieder erschien ihm Vernunft als eine durchaus erstrebenswerte Eigenschaft. Aber nein, er mußte stehenbleiben und seine Nase in fremde Angelegenheiten stecken. Jetzt konnte er nicht mehr zurück. Du lernst es nie, sagte er sich. Er hatte Casey ein paarmal eingeladen, sie hatte ihn unmißverständlich abblitzen lassen, und er hatte Besseres zu tun, als seine Zeit mit einem simplen Straßenraub zu vertun. Er hatte einen Job im Präsidium, er war ein hochqualifizierter Beamter, kein kleiner Vorstadtcop. Andererseits war sie offenkundig verunsichert, und so eine arme, verunsicherte Person konnte man doch nicht einfach hängenlassen, man war ja schließlich kein Unmensch…

Er stand auf. «Ich hole die Alben.»

Eine Stunde später deutete Casey auf eins der Fotos. «Das ist einer von ihnen.» Sylvester richtete sich auf und sah hin.

«Das ist einer von ihnen», bestätigte er, dann machte er plötzlich ein besorgtes Gesicht. «Wo ist das Klo?» fragte er eindringlich und versuchte, auf die Füße zu kommen. Sein verzweifelter Kampf mit dem Stuhl, der zu guter Letzt krachend unter ihm zusammenbrach, weckte Eustace Millington, den das Rascheln der Seiten eingelullt hatte. Er richtete sich mit einem jähen Ruck auf, der ihm fast das Genick gebrochen hätte. Über seinen unwillkürlichen Schmerzensschrei erhob sich Sylvesters klagende Stimme.

«Nicht mehr nötig», verkündete er und setzte sich wieder.

Millington rieb sich den Nacken und sah Sylvester entgeistert an. Er holte tief Luft, verzog das Gesicht, schlug die Augen gen Himmel und stand auf. «Ich muß telefonieren, mein Mann wird sich Sorgen machen.»

«Hab doch gewußt, daß er vom anderen Ufer ist», sagte Sylvester hochzufrieden und bemühte sich, durch eifriges Schwenken seinen nassen Fuß zu trocknen.

«Ich meine den Butler», blaffte Eustace zurück.

«Das Telefon ist auf dem Gang, gleich links», sagte Jake Chase. Er hatte sich über das von Casey bezeichnete Foto gebeugt und sah nicht auf, als Millington das Zimmer verließ.

«Sie sind sicher, daß er es war?»

«Ja», sagte Casey.

Sylvester kniff die Augen zusammen. «O-be-di-ah Smith», buchstabierte er und strahlte die anderen beiden triumphierend an. «Das war der Große.»

Jake schob das Album beiseite und griff nach dem nächsten. «Nur weiter», sagte er ermutigend.

Nach vier Seiten wurde Casey erneut fündig. «Der da», sagte sie. «Das ist der andere.»

Sylvester machte einen Satz, fiel fast über den Tisch und besah sich, schielend vor Aufregung, die Seite, die direkt unter seiner tropfenden Nase lag. Er zog den Ärmel bis übers Handgelenk hoch und wischte die Seite trocken. «Genau, das ist der abgebrochene Riese. Mal sehn, wie er heißt. Jones. Tanker Jones.» Er grinste. «Smith und Jones», sagte er, und kaum war es heraus, kam ihm das Grinsen abhanden, und er heulte statt dessen leise vor sich hin.

Casey sah ihn erschrocken an und beugte sich vor, um noch einmal hinzusehen, aber Jake klappte das Album geräuschvoll zu. «Was ist denn los?» fragte sie.

Auch Chase sah nicht sehr glücklich aus. «Gar nichts. Zuviel Gin, das ist alles.»

«Wir sind tot, mein Kind», winselte Sylvester. «Mausetot, alle beide, auch wenn wir noch auf zwei Beinen herumlaufen.»

«Halt den Mund, Sylvester», fuhr Jake ihn an. Er stapelte die Alben aufeinander und schob sie beiseite.

«Ich – das verstehe ich nicht.» Casey sah von einem zum anderen. «Sind die beiden gefährlich?»

Jake machte sich mit verlegenem Gesicht noch immer an den Alben zu schaffen. «Es sind Profis. Mit Straßenraub geben die sich normalerweise nicht ab...»

«Bezahlte Killer», ergänzte Sylvester. «Die Namen dienen hier als Kinderschreck. Wenn du nicht brav bist, kommen Smith und Jones und holen dich, heißt es.» Mit leiernder Stimme sang er vor sich hin: «Ob du böse oder brav, wissen Smith und Jones im Schlaf...»

Sie sah Chase mit großen Augen an. «Ist das wahr?»

«Bei uns sind sie noch nie verurteilt worden», sagte Jake zögernd. «Wir haben sie nur ein paarmal auf Verdacht geschnappt.»

Eustace Millington kam vom Telefon zurück. «Da draußen herrscht ziemliche Aufregung», sagte er. Während er die Tür zumachte, hörte man lauten Jubel. «Ich konnte bei dem Geschrei kaum mein eigenes Wort verstehen.»

«Soso», sagte Jake ohne große Anteilnahme.

«Irgend jemand ist verhaftet worden. Eine gewisse Vita Corelli, Ihre Kollegen scheinen überglücklich zu sein, Lieutenant.»

Jake Chase ließ sich auf einen Stuhl fallen. «Ist ja toll», sagte er deprimiert. «Ist ja bestens.»

Ratlos sah Millington in drei lange Gesichter. «Haben Sie die Burschen identifiziert, die Ihren Aktenkoffer geraubt haben, Casey?» fragte er beflissen.

«Ja», erwiderte Casey lakonisch.

«Prächtig, prächtig. Können wir jetzt gehen?»

«Nein», sagte Sylvester düster.

«Also jetzt verstehe ich überhaupt nichts mehr», erklärte Eustace Millington aufgebracht. «Ich denke, es ging Ihnen nur um die Identifizierung! Miss Hewson wird die Anzeige unterschreiben und damit Schluß.»

«Nicht ganz», sagte Jake.

«Schluß? Ja, mit uns», sagte Sylvester und fing wieder an zu weinen. Die Tränen bahnten sich ihren Weg von einer schmutzigen Falte zur nächsten und durchnäßten seinen dürftigen Schal. «Meine arme alte Mutter, es wird ihr das Herz brechen.»

7

Rocky Lightfoot holte tief Luft, drehte den Türknauf und betrat das Schlafzimmer seines Vaters. Die Beleuchtung war gedämpft, das Bett selbst, ein Himmelbett mit hohen Pfosten und Behängen, stand im Schatten. Der alte Mann in den Kissen war fast so weiß wie die Bettbezüge, nur der leichte Gelbstich, den sein Teint von Natur aus hatte, verlieh dem Gesicht einen Hauch von Farbe. Die Krankenschwester, die dösend am Bett saß, rührte sich nicht, als der junge Mann ans Bett trat, aber die Augen des Alten öffneten sich, waren plötzlich glänzend, schwarz und hellwach, so daß der Junge sich fast zu Tode erschreckte.

«Na?» fragte der Alte mit matter, kratziger Stimme.

«Ärger, Vater», flüsterte Rocky.

«Sag schon.» Der Alte brauchte seine Kraft zum Leben, nicht zum Reden. Er wartete, während sein Sohn sich die Worte zurechtlegte. Als ob Worte jetzt noch zählten. Das Atmen zählte, der Schmerz zählte, die Rache... Für Worte konnte man sich nichts kaufen.

«Deine Leute haben das Manuskript.»

Der Alte nickte. «Gut.»

Rocky seufzte. Was jetzt kam war heikel. «Das Mädchen haben sie nicht.»

«Nicht?» Dem Alten gab es einen Ruck, fast hätte er es geschafft, sich aufzusetzen.

«Nein.»

«Warum nicht?»

«Es hat... Komplikationen gegeben.»

«Komplikationen?» Die Stimme des Alten troff vor Hohn. «Komplikationen sind für die beiden kein Thema.»

«Diesmal offenbar doch. Aber mach dir keine Sorgen.» Rocky hatte sich bereits überlegt, wie man die «Komplikationen» beseitigen konnte. «Das Mädchen ist jetzt bei der Polizei.»

«Kann sie Smith und Jones identifizieren?»

«Möglich wär's», räumte Rocky ein. «Und dann kommen die Cops vielleicht drauf, daß eine Verbindung mit uns besteht. Wenn sie's nicht schon wissen. Du hättest jemand anders schicken sollen. Leute, die wir bisher noch nicht eingesetzt haben.»

«Dafür war die Zeit zu knapp.»

«An einem anderen Tag –»

«Für *mich* zu knapp», stellte Gurney raunzend klar. Er sank in die Kissen zurück und schloß die Augen. «Hast du dir das Manuskript mal angesehen?»

«Ja, aber es war nur ein Durchschlag, und vollständig war es auch nicht. Wahrscheinlich kommt es jetzt gar nicht mehr als Buch raus.» Rocky versuchte, seinen Ärger im Zaum zu halten. Das heutige Fiasko zeigte wieder mal, daß sein Vater immer weniger Herr der Lage war. Rocky behob nicht gern anderer Leute Pannen.

Die Entscheidung, das Mädel zu schnappen, war schließlich nicht auf seinem Mist gewachsen. Sein Vater hatte Smith und Jones auf sie angesetzt, weil er die beiden sowieso für eine andere Sache an der Hand gehabt hatte. Störend fand Rocky, daß sie selbständig denken konnten. So was schätzte er nicht. Es war ein schwerer Fehler gewesen, das Mädchen am Leben zu lassen. Auf der anderen Seite hatte das vielleicht auch seine Vorteile.

«Sucht nach den Unterlagen», verlangte Gurney eigensinnig und schloß die Augen.

«Wo denn?» fragte Rocky.

Der Alte machte ein böses Gesicht. «Schnappt euch das Mädchen! Wie oft soll ich dir das noch sagen?»

«Ich denke mir –»

Der Alte richtete sich mühsam auf. Die tiefliegenden schwarzen Augen funkelten. «Seit wann kannst du denken, du kleines Arschloch? Soll ich aufstehen und es selber machen?»

Die Krankenschwester war aufgewacht und sprang auf. «Was machen Sie denn hier?» fuhr sie Rocky an. Sie packte ihn beim Ärmel und schob ihn zur Tür. «Sie wissen doch, was der Arzt sagt. Er darf keine Aufregung haben.»

«Schnappt euch das Mädchen», krächzte Gurney Lightfoot vom Bett her. Mit einem dumpf raschelnden Laut fiel er wieder in die Kissen zurück.

Die Krankenschwester warf einen raschen Blick über die Schulter und gab Rocky einen kräftigen Schubs. «Sie dummer Junge! Das hätte sein Tod sein können.»

Rocky starrte die Tür an, die sich nachdrücklich hinter ihm geschlossen hatte. «Schön wär's ja», knurrte er, aber es klang nicht recht überzeugend. Zu seinem größten Ärger liebte er seinen Vater noch immer, er konnte es sich einfach nicht abgewöhnen, obgleich er sich sehr darum bemühte. Vielleicht war dies der letzte Beweis dafür, daß es Zeit für ihn war, endgültig das Kommando zu übernehmen. Vielleicht war der große Augenblick endlich gekommen.

Rocky Lightfoot drehte sich um und ging durch die Halle zu seiner Suite. Er war stocksauer. Das war nichts Neues. Er war sauer, seit er mit fünfzehn die Erkenntnis gewonnen hatte, daß das Leben ihm einen ganz üblen Streich gespielt hatte. Jemand anders lief – absichtlich oder unabsichtlich – mit seinem Körper herum.

Es war sonnenklar, ein Blick in einen Garderobenspiegel lieferte die Bestätigung. Der Ballonkopf und der mickrige Körper paßten einfach nicht zusammen, und seit Jahren war er auf der Suche nach dem Schuft, der ihm dieses Schicksal angetan hatte. Das hatte Auswirkungen auf die Beziehung zu seinen Eltern (unbefriedigend), Frauen (schlecht) und Freunden (nicht vorhanden).

Bis zur Pubertät phantasierte er sich Geschichten von Marsmenschen zusammen, die sich in die Entbindungsklinik geschlichen und im Schutz der Nacht eine Kopftransplantation durchgeführt hatten (ohne Nahtstelle, die ihren miesen Trick verraten hätte). Ständig sah er in den Nachthimmel hinauf, wartete auf ein Signal von oben, eine Botschaft, die ihm gesagt hätte, wir wissen, wo du bist, wir holen dich auf den Mars als Herrscher über Gerechte und Ungerechte, denen du Milde und Grausamkeit zumessen wirst in ungleichem Maße, so wie sie es verdienen.

Der rauhe Wind der Wirklichkeit hatte dann nach und nach seine geliebten Marsphantasien abgetragen. Geblieben war eine dicke Gesteinsschicht soliden Mißtrauens, durch die sich als dicke Adern zahlreiche fixe Ideen zogen. An erster Stelle stand dabei für Rocky die Beschäftigung mit dem Leben großer Männer, insbesondere solcher mit großem Kopf und kleinem Körper.

Einer seiner Favoriten war natürlich Einstein, aber auch andere schätzte er sehr. Viel Zeit hatte er darauf verwendet, den Hutgrößen von Napoleon und Dschingis-Khan auf die Spur zu kommen, und Artikel aus seiner Feder mit Überschriften wie «Der Staat und seine großen Köpfe» oder «Berühmte gekrönte Häupter» erschienen gelegentlich in kleineren wissenschaftlichen Gazetten. Zur Zeit beglückte er eine Reihe von Anthropologen mit Briefen, in denen er sich über den größten je gemessenen Schädelumfang und das Verhältnis von Intelligenz zu Schädelkapazität ausließ.

In den wenigsten Fällen antworteten die gelehrten Herren auf seine Briefe, die von populärwissenschaftlichen Theorien strotzten und auf denen bleischwer sein nur mühsam unterdrückter Groll lag. Daß die Welt der Wissenschaft sich weigerte, das für ihn so klar auf der Hand Liegende zu akzeptieren, bewies ihm einmal mehr, daß das Schicksl ihn in beklagenswerter Weise benachteiligt hatte.

Weil er äußerlich so kindlich wirkte, versuchten die Frauen ständig, ihn zu bemuttern. Seine eigene Mutter war eine füllige Person mit kleinem Kopf gewesen (der überdies, so sagten manche, auch noch hohl gewesen sein mußte, sonst hätte sie nicht einen Typ wie Gurney Lightfoot geheiratet). Nach ihrem Lieblingsfilmschauspieler hatte sie den Sohn Ronald genannt. Im College und in seiner Korrespondenz benutzte er diesen Namen in schöner Vollkommenheit, Ronald R. Lightfoot, und hatte auch versucht, seine Leute so zu erziehen, daß sie ihn Ronald nannten.

Das aber war vergeblich, denn Gurney Lightfoot hatte, kaum daß ihm sein unscheinbarer Sohn gezeigt worden war, dem Kleinen – gelobt sei, was hart macht – den Spitznamen Rocky verpaßt, und der war ihm geblieben. Diese zusätzliche Bürde lastete schwer auf ihm, denn er war nun mal kein harter Typ, obwohl er sich redlich gemüht hatte, einer zu werden. In der Schule war er mit den übelsten Rabauken herumgezogen und hatte ein Ding nach dem anderen gedreht, aber Spaß hatte er nicht daran gehabt. Im entscheidenen Moment hatte er immer einen Rückzieher gemacht. Darüber war ihm das Leben zur Plage geworden.

Vielleicht suchte Rocky deshalb am liebsten Trost bei fülligen Blondinen. Bedauerlicherweise fanden sämtliche fülligen Blondinen, denen er sich näherte, ihn niedlich und wollten ihn streicheln, was ihn entweder in Wut versetzte oder seine Leidenschaft schürte – je nachdem, wo sie ihn streichelten; er reagierte leider sehr schnell und hatte infolgedessen als Halbwüchsiger immer wieder Ärger durch Frauengeschichten. Da es nicht diese Art von Härte gewesen war, die Gurney Lightfoot bei der Auswahl des Spitznamens vorgeschwebt hatte, war er ungemein erleichtert, als er seinen Sohn endlich aufs College schicken konnte. Das war billiger, als ständig erboste Väter und/oder Ehemänner auszuzahlen.

Als er älter geworden war, begriff Rocky, daß er eine Frau brauchte, die ihn groß und stark und wunderwoll fand und ihm das auch ständig sagte, besonders im Bett. Einmal hatte er die Ehe riskiert und eine mittelgroße Rothaarige geheiratet, die ihn für einen niedlichen kleinen Dussel hielt. Nach einer Party, auf der Rocky durch Dauerzoff allseits unbeliebt geworden war, hatte sein Rotschopf ihm das – erheblich angeheitert – auch ins Gesicht gesagt. Er hatte seine Angetraute sofort aus dem Auto gesetzt und versucht, sie zu überfahren. Danach war er dazu übergegangen, sich füllige blonde Geliebte zu halten, die das sagten, was er hören wollte, und die er nach Herzenslust kujonieren konnte. Zur Zeit hatte er eine nicht sehr gescheite, aber hübsche Person namens Evelyn im Haus, aschblond, mit wogendem Busen und wogenden Schenkeln, die ihn wirklich für den Größten hielt, besonders weil er, ohne viel zu fragen, die Rechnungen für ihre Klamotten zahlte. Sie verstand es inzwischen auch, auffällig-unauffällig zusammenzuzucken, wenn er das Zimmer betrat, und hatte somit gute Chancen, den Job zur Dauerstellung auszubauen.

Nach der Diplomprüfung (Management und Anthropologie) in Fripp, einem kleinen College im nördlichen Süddakota, war Rocky an den häuslichen Herd zurückgekehrt, um zu sehen, was die Welt ihm so zu bieten hatte. Es dauerte nicht lange, bis er dahintergekommen war, daß das Unternehmen seines Vaters einen Haufen Leute beschäftigte, die auch bereit waren, widerspruchslos jeden Befehl des Nachfolgers auszuführen, und sei er noch so widersinnig. Rocky mit dem Riesenkopf begriff, daß er immer mehr seinem Vater ähnelte. Auch er war ein Macher. Er entwikkelte eine Menge Pläne und Projekte zur Verbesserung der Unternehmensstruktur, und solange alle Leute nach seiner Pfeife tanzten, war er glücklich. War das einmal nicht der Fall, bekam das seinen Leuten nicht besonders gut.

Rocky Lightfoot war, um es kurz zu machen, mit seinen achtundzwanzig Jahren ein durch und durch verklemmter und verbiesterter Jungganove, der einmal Herr über ein großes Reich sein würde.

Sobald sein Vater tot war.

Marvin Littlewood war Rockys Assistent. Ein Blick in Rockys Gesicht – und er wußte, was los war. Da gab es nur eins.

Rockys Großkopftick hatte dazu geführt, daß er neuerdings Hüte sammelte. Ein eigener Hutjäger war ständig auf der Suche nach ausgefallenen Modellen, heute war gerade wieder eine neue Lieferung gekommen. Littlewood hatte die Kiste schon geöffnet. Jetzt kam sie ihm gerade recht. Hüteprobieren war für Rocky das beste Beruhigungsmittel. Littlewood nahm neben dem Spiegel Aufstellung.

Sein erstes Angebot aus der Wunderkiste war ein brauner Filzhut mit regenbogenbuntem Hutband. Rocky setzte ihn in gewagtem Winkel auf und betrachtete sich kritisch. Nicht unflott. Er holte tief Luft, und seine Spannung löste sich etwas.

«Wir brauchen das Zeug, das Norris hatte», sagte er zu Littlewood, der schon das nächste Modell bereithielt – einen Kavaliershut mit Straußenfedern à la Drei Musketiere, eigens aus Frankreich eingeflogen.

«Und wenn wir es finden, verbrennen wir es», sagte Littlewood begeistert, überreichte Rocky das Prachtstück und holte den nächsten Hut hervor, eine Nachschöpfung von Onkel Sams Zylinder. «Made in Japan» war auf der Innenseite des Hutbands zu lesen.

«Irrtum.» Rocky verzog das Gesicht. Der Kavaliershut war nicht das Gelbe vom Ei. Er setzte ihn ab und warf ihn weit weg. «Wir nutzen es für unsere eigenen Zwecke.»

«Ach ja?» fragte Littlewood verständnislos.

«So ist es, mein Freund.» Der Zylinder war schon besser, er machte ihn um etliche Zentimeter größer und kaschierte seine Segelohren. Er schenkte seinem Spiegelbild ein wölfisches Lächeln. «Ich glaube, diesmal liegt mein gewiefter Alter richtig, wenn er auf Porter tippt. Du weißt ja, das mit dem Buch hat ihm jemand gesteckt, den wir in Porters Büro eingeschleust hatten. Vielleicht hat Norris rausgekriegt, daß Dad seinen Anwalt geschmiert hat, damit der den Fall verliert und Norris in den Knast kommt.»

«Ist das echt so gelaufen?»

«Hundertprozentig weiß ich es nicht, ich war damals noch im College. Aber ich hab mir die Sache durch den Kopf gehen lassen, es ist durchaus drin, daß Dad rausgekriegt hat, daß Norris Porter in der Hand hatte. Warum Dad ihn nicht einfach hat alle machen lassen, weiß ich nicht. Der Anwalt hat dann ungefähr ein Jahr danach den Löffel abgegeben.»

«Das waren wir aber nicht», sagte Littlewood.

Rockys und Littlewoods Blicke trafen sich im Spiegel, und Rocky nickte. Littlewood wußte immer, was gelaufen war, auch wenn er nicht wußte, warum, und zum Lügen war er zu dämlich. «Soso», sagte Rocky nachdenklich. «Na, egal. Jedenfalls ist dann Norris, sobald er wieder draußen war, auf die Masche mit dem Buch verfallen, und mein Alter ist aus irgendeinem Grund in Panik geraten. Wenn du mich fragst, war das ganze bloß ein Riesenbluff. Norris wollte das Buch überhaupt nicht rausbringen, es war pure Erpressung. Aber Dad, so alt und krank er auch ist, hat da nicht mitgespielt.»

«Und er hat Norris gehaßt», ergänzte Littlewood.

«Mag sein. Ich seh das so: Wenn schon was mit Erpressung gegen meinen Vater läuft, wär's am besten, wenn die Sache in der Familie bleiben würde.»

«Du würdest den eigenen Vater erpressen?» fragte Littlewood. Klang irgendwie abartig. Unanständig, so was.

«Seit Jahren versuch ich schon, was gegen ihn in die Hand zu kriegen», sagte Rocky. «Ich hab seinen Laden ganz schön aufgemotzt, aber glaubst du, er hätte dafür auch nur einmal danke gesagt? Nichts da. Er kapiert offenbar nicht, daß ich das Unternehmen am Laufen halten muß, wenn er mal nicht mehr ist. Seit anderthalb Jahren, seit er krank ist, tu ich mein Bestes, aber er mischt sich ständig ein, noch vom Bett aus, er meldet Bedenken an und schießt quer, wenn ich Anweisungen gebe. Dabei würde alles den Bach runtergehen, wenn ich nicht auf Draht wär. Oder jemand würde einfach die Firma schlucken.»

«Das wär schlimm.» Littlewood reichte Rocky den nächsten Hut, einen ziemlich flachen, kegelförmigen Reisbauernhut. Er war eine Katastrophe. Rocky riß ihn sich angewidert vom Kopf, er sah damit aus wie einer von diesen Spendenaktionsplakaten für vietnamesische Bootsflüchtlinge. «Den verdammten Nubbins nehm ich mir nächstens Mal zur Brust», giftete er und trampelte wütend auf dem Hut herum, als hätte er Nubbins persönlich unter den Sohlen. Dann zog er sich verärgert hinter seinen Schreibtisch zurück.

«Dad hätte nicht Smith und Jones auf das Mädchen ansetzen dürfen, das heißt doch, mit Kanonen auf Spatzen schießen», maulte er. «Für so was sind Fritz und Knapp genau richtig. Wenn sie was zu erzählen hat, will ich Bescheid wissen, ehe es Dad zu Ohren kommt. Von jetzt an erfährt er nur noch das, was ich für richtig halte. Wird Zeit, daß ich endgültig das Kommando übernehme. Sag allen, besonders dieser Karbolzicke, daß Dad nur mit meiner Erlaubnis besucht werden darf. Sag ihnen, er ist zu krank und zu müde, er darf nicht gestört werden. Von jetzt ab gehen nur wir beide zu ihm. Alles klar?»

«Ist gut.» Littlewood runzelte die Stirn. «Und wenn er das spitzkriegt?»

«Wie kann er es spitzkriegen, wenn niemand reinkommt, um es ihm zu stecken?»

«Stimmt auch wieder.» Littlewood nickte beruhigt.

Rocky holte aus einer Schublade sein gesticktes chinesisches Hauskäppchen, das ihm immer wohltat. Mit der langen Troddel zu spielen war äußerst nervenberuhigend. «Smith und Jones sollen erst mal untertauchen.»

«Wird ihnen nicht schmecken. Sie sind freie Mitarbeiter.»

Rocky setzte ein böses Gesicht auf. «Sie dürfen sich hier nicht sehen lassen. Mach ihnen klar, daß es zu ihrem eigenen Besten ist.» Er seufzte. «Gib ihnen Kies.»

«Ja, das ist gut. Wenn die Kasse stimmt, kann ihnen schließlich alles andere egal sein.»

«Nicht gesagt. Möglich, daß Smith nervös wird. Dann müssen wir ihm eben jemanden besorgen, den er umbringen oder foltern kann. Bis dahin bleibt er unter Verschluß.»

«Unter Verschluß. Ist gut.» Littlewood machte sich eine Notiz.

Rocky lächelte. «Kannst ihnen ausrichten, daß ich sie für einen Spezialeinsatz brauche.»

Littlewood betrachtete seinen Boss mit gemischten Gefühlen. Rocky hatte ihn, ein ganz kleines Licht in der Lightfoot-Organisation, zu seinem Assistenten gemacht, und dafür war er ihm rührend dankbar. Bis dahin hatte ihm niemand was zugetraut, er hatte nur immer Leute zusammenschlagen dürfen. Von Rocky bekam er alle möglichen Aufträge, interessante, manchmal auch reichlich komische Sachen, die er aber nie in Frage stellte. Er wußte, daß Rocky – im Gegensatz zu ihm – unheimlich was draufhatte, und war ihm treu ergeben. In letzter Zeit allerdings machte er sich Sorgen. Alle Lightfoot-Leute machten sich Sorgen.

Seit Gurney krank war und Rocky mehr und mehr mitmischte, fielen keine Jobs mehr an, und sie langweilten sich. Mittlerweile waren sie auch nicht mehr die Jüngsten, und ihren Aktivitäten waren sozusagen natürliche Grenzen gesetzt, aber immerhin – sie machten sich gern noch nützlich, soweit das möglich war. Gurney hatte sie ständig irgendwie beschäftigt. Nachdem Rocky am Ruder war, rührte sich außer den Lichtpünktchen auf seinen Computern überhaupt nichts mehr. Geld kam genug herein, aber keiner gab Anweisungen, jemandem eins über die Birne zu geben, Leute unter Druck zu setzen, Knete zu kassieren. Sehr sonderbar war das.

Ein paar von ihnen setzten sich jetzt nachmittags zusammen und spielten Bridge. Kretzmer und Cyril renovierten das Zimmer, in dem die Lightfoot-Leute aßen, und Bumbo Perkiss hatte sich aufs Saxophonspielen verlegt. Abends hallten nun oft seine klagenden Melodien durch die langen, dunklen Gänge, und Thrushwood, dem Mann von der Fahrbereitschaft, kamen die Tränen, weil er dabei immer an die gute alte Zeit denken mußte, ehe er Lippe und Zeige- und Mittelfinger der linken Hand verloren hatte. Außerdem hatte es da wohl mal eine Frau gegeben, die ihn schlecht behandelt hatte.

«Würdest du mir was verraten?» fragte Littlewood nach einer Weile.

Rocky sah ihn verblüfft an. Littlewood selbst dachte selten nach, und daß er einen eigenen Gedanken aussprach war noch seltener. «Was denn?» fragte er argwöhnisch.

«Hast du Norris umgebracht?» platzte Littlewood heraus.

Rocky zuckte zusammen, über sein Frettchengesicht zogen in rascher Folge Zorn, Angriffslust, Nachdenklichkeit, Belustigung und schließlich so etwas wie heimliche Selbstzufriedenheit. «Gar nicht ausgeschlossen», sagte er halblaut und spielte mit der Troddel.

Littlewood betrachtete ihn voller Ehrfurcht. Der Boss hatte es wahrhaftig faustdick hinter den Ohren. «Hätt ich nie gedacht», staunte er.

«Nein», bestätigte Rocky. «Das hätte keiner gedacht.»

8

Am Vernehmungstisch ließ sich als flüchtiger Gast der gesunde Menschenverstand nieder.

«Hat irgend jemand einen guten Grund, Sie umzubringen?» fragte Jake.

«Nein, natürlich nicht», erwiderte Casey mit großem Nachdruck.

«Okay, dann muß es also ein Irrtum gewesen sein. Hätte man Sie umbringen wollen, hätte man Sie auch umgebracht», erklärte Jake und fand sich unheimlich logisch.

«Zu viele Zeugen», hielt Casey ihm vor.

«Ich hätt ihr geholfen», verkündete Sylvester. «Maggie vielleicht auch, da bin ich aber nicht so sicher, weil sie ihr neues Kleid anhatte, das sie im Müll gefunden hat. Kaum getragen.» Er überlegte. Nein, das war unfair. «Doch, Maggie auch. Ist 'ne gute Seele, bloß 'n bißchen mager. Sie hätt beißen können.»

Eustace sah Sylvester giftig an. «Herrgott noch mal! Wie lange müssen wir uns diesen irrelevanten Nonsens noch anhören?»

«Ich denk, Sie sind Verleger? Haben Sie jedenfalls gesagt.» Auch Sylvesters Blick war nicht eben freundlich.

«Das bin ich auch.»

«Ganz schlechter Stil, mit Fremdwörtern rumzuschmeißen», befand Sylvester in lehrhaftem Ton.

«Genau», sekundierte Casey, die Sylvester, abgesehen von dem hygienischen Aspekt, ganz reizend fand. Eustace blickte verdutzt drein und machte Anstalten, gegen diesen Dolchstoß zu protestieren, aber da mischte sich Jake ein.

«Ich bin dafür, daß Sie jetzt alle nach Hause gehen und ein bißchen schlafen», sagte er, ohne auf den sprachlichen Streitpunkt einzugehen. «Ich jedenfalls hab's bitter nötig.»

Die Protokolle waren diktiert, getippt und unterschrieben, aber Casey wie auch Sylvester hatten es offensichtlich nicht eilig, die relative Sicherheit des Reviers zu verlassen. Casey stellte immer neue Fragen und sah aus dem Fenster, als warte sie auf die Morgendämmerung.

«Auf geht's ins Heiabett.» Jake stand auf und nahm Caseys Arm.

«Ich darf doch sehr bitten...» setzte Eustace voller Empörung an.

«Wir wohnen im gleichen Haus, Eustace», sagte Casey müde. «Es ist eine ganz vernünftige Lösung. Heimweg unter Polizeischutz sozusagen.»

«Sehr richtig.» Jammerschade, daß ich so erledigt bin, dachte Jake, sonst hätte mir gar nichts Besseres passieren können. «Wenn Sie wollen, setzen wir Sie beide irgendwo ab.»

«Mein Butler ist mit dem Wagen unterwegs», sagte Eustace beleidigt.

«Vielleicht können Sie dann Sylvester ein Stück mitnehmen», meinte Jake.

Weder Eustace noch Sylvester schienen von diesem Vorschlag begeistert. «Am besten wär's wohl, wenn Sie mich einbuchten», brach Sylvester das betretene Schweigen. «Wenn Sie wollen, hau ich dem ollen Eustace eins in die Fresse, damit Sie einen Grund haben.»

Eustace trat eilig einen Schritt zurück.

«Im Ernst?» fragte Jake den Alten.

«Draußen ist es heute nacht sehr unfreundlich, und ich bin ganz schön fertig. Hier kennt man mich, ich kann duschen und so weiter.»

«Wollen Sie nicht nach Hause?» fragte Casey.

Sylvester und Jake sahen sie verblüfft an. Sylvester wirkte sogar leicht verletzt. «Sylvester ist ein Mitbürger ohne festen Wohnsitz», erläuterte Jake. «Es ist erst Ende September, zu früh fürs Winterquartier.»

«Genau», bestätigte Sylvester. «Soll ich dem alten Geierschnabel da nun eine scheuern oder nicht?»

«Nicht nötig», meinte Jake. «Ich sag Sergeant Phillips, er soll Sie wegen Landstreicherei einbunkern, das gibt vierundzwanzig Stunden.»

«Bestens. Einzelzelle?»

«Auch noch Ansprüche stellen...» brummte Jake.

«Immerhin hab ich ihr das Leben gerettet», wandte Sylvester gekränkt ein.

«Als lebende Sprungmatte kriegt man noch nicht automatisch einen Orden. Aber ich frage Phillips mal, ob außer in der Gemeinschaftszelle noch ein Plätzchen frei ist.»

Sylvester gab sich noch nicht zufrieden. «Ich hätt sie ausrauben können», sagte er im Hinausgehen. «Sie war total weg, ich hätte sie sogar umle…» Er unterbrach sich, sah Casey an, und einen Augenblick blitzte es jung und frech in seinen Augen auf. Dann grinste er verlegen. «Also jedenfalls ausrauben hätt ich sie können.»

Der vierschrötige Sergeant Phillips nahm den Alten nicht unfreundlich beim Arm. «Na komm, Sylvester, ich hab 'ne prima Zelle für dich, Blick auf den Fluß, nur ein Knacki, Taschendieb aus besseren Kreisen, total in Ordnung, keine Läuse, keine Lüste.»

«Ist ja echt Sonderbehandlung.»

«Wir wissen eben, was wir unseren Gästen schuldig sind», gab Phillips zurück.

Casey saß, die Knie sittsam aneinandergelegt, auf dem Beifahrersitz von Jakes Wagen und sah zu, wie die Straßen vor dem Fenster vorüberzogen. Müdigkeit und Regen ließen das Bild vor ihren Augen verschwimmen.

«Tut mir wirklich leid, das Ganze», sagte Chase.

«Sie können ja nichts dafür.»

«Hüter des Rechts, Schützer der Unschuldigen –»

«So was kommt vor.»

«Für Sie war es jedenfalls nicht nett.»

Sie sah ihn an. «Die Typen, die sich meinen Aktenkoffer geschnappt haben, sind wohl ziemlich gefährlich, wie?»

«Ziemlich», bestätigte er, während er eine Kurve nahm und gegen die Vorschriften das Lenkrad durch die Hände in die Ausgangsstellung gleiten ließ. Ganz schön aufmüpfig, mein Junge, dachte er, nächstens putzt du dir nicht mehr die Schuhe, wenn du zum Dienst gehst. «Es sind tatsächlich äußerst unerfreuliche Zeitgenossen. Smith ist Folter-Experte, er war bei den Tonton Macoute in Haiti –»

«Will ich gar nicht wissen», sagte sie rasch.

«Dann hören Sie auf, mich zu löchern. Vergessen Sie die ganze Sache. So was kommt vor, das haben Sie ja selber gesagt. Sind wahrscheinlich mal kurz durchgedreht, die beiden. Vielleicht haben sie geglaubt, Sie hätten die Monatsgehälter da drin oder was.»

«Ich sage doch, es war nur ein Manuskript.»

«Eine Liebesgeschichte?»

Sie wandte sich ab und starrte wieder auf das verwackelte Straßenbild. «Nein, eine dieser langweiligen Dokumentationen, die alte Verbrechen wieder aufwärmen. Eine gewisse Ariadne Finch, die vor zehn Jahren verschwunden ist. X war der Täter, Sie kennen ja die Masche.»

«Und wer ist X?» Sie schwieg. Er warf ihr einen raschen Blick zu. «Na?»

«Wenn man dem Autor glauben darf, ein alter Gangster namens Gurney Lightfoot. Hey...»

«Verdammt.» Der Wagen war ins Schleudern geraten, und Jake mußte scharf bremsen, um nicht eine Katze zu überfahren. Mit abgewürgtem Motor standen sie mitten auf der nassen Fahrbahn. «Lightfoot? Hab ich das richtig verstanden?»

«Ja.»

«Und das sagt Ihnen nichts?»

«Sollte es mir was sagen?»

«Sind Sie hier aufgewachsen?»

Sie sah stur aus dem Fenster. «Spielt das eine Rolle?»

Er ließ den Motor wieder an und fuhr langsam weiter. «Wahrscheinlich nicht. Nur wäre Ihnen dann vielleicht klar, daß das Wort ‹langweilig› auf Gurney Lightfoot überhaupt nicht zutrifft. Korrupt – ja. Gefährlich, gewieft, einflußreich – ja. Langweilig – nein, beim besten Willen nicht. Vielleicht kommen wir damit der Sache mit dem Aktenkoffer näher. Und wer behauptet so was?»

«Ein sehr unsympathischer Typ namens Fred Norris. Hey...»

Der Wagen schleuderte wieder und wäre beinah in einen großen Kühltransporter mit der Aufschrift «Merrythought Ice Cream» gedonnert. Der Schneemann, dessen Fahne diese seltsame Devise schmückte, grinste in fader Fröhlichkeit auf sie herab. Jake hatte schon wieder den Motor abgewürgt.

«Bei Ihrer Fahrweise können wir wohl von Glück sagen, daß es drei Uhr morgens ist.» Casey setzte sich wieder auf dem Beifahrersitz zurecht. Jake Chase hatte den Kopf aufs Lenkrad gelegt und hämmerte sacht auf seinen Knien herum. «Fehlt Ihnen etwas?»

«Keine Spur. Warum haben Sie mir das nicht eher gesagt?»

Casey zuckte die Schulter. «Ich hielt es nicht für wichtig.»

«Soso.»

«Es war ja noch nicht mal das Original. Und es war nicht vollständig, wir waren noch beim Redigieren. Oder beim Diskutieren, wenn Sie so wollen. Leute mit fixen Ideen sind nie sehr flexibel.»

Jake hatte aufgehört zu hämmern und sah aus dem Fenster, wobei er, wie Casey fand, ein ziemlich grimmiges Gesicht machte. «Hat sich Norris heute bei Ihnen gemeldet?»

«Nein. Eigentlich wollte er heute nachmittag in den Verlag kommen, aber er hat seinen Termin nicht eingehalten. Besonders zuverlässig ist er nie, aber meist ruft er an, wenn –»

Als Jake ihr jetzt das Gesicht zuwandte, war seine Miene recht sonderbar. «Sie müssen jetzt ganz ruhig bleiben.»

Dieser Satz versetzte ihr einen Ruck. «Nein», stöhnte sie.

«Ich will es anders formulieren: Lassen Sie sich darüber keine grauen Haare wachsen.»

«Worüber?»

«Über den Mord.»

«*Mord?*» krächzte Casey.

«Wahrscheinlich purer Zufall.»

«*MORD?*»

«So was kommt vor. Großstädte, wissen Sie... da läuft alles mögliche... jede Menge komischer Sachen... dumme Zufälle und so...» Er zuckte die Schultern. «Und... und so. Dieses und jenes eben.»

«Mord ist nicht dieses und jenes.»

«Ich meine ja bloß...»

«Nun reden Sie schon.»

«Dieser Norris ist nicht in den Verlag gekommen, weil –»

«– weil er ermordet worden ist.»

«Ja, also...»

«Ja oder nein?»

«Ja... ein bißchen... er ist... sie haben ihn erstochen. In dem Apartmenthaus, in dem er gewohnt hat. In der Halle. Heute nachmittag gegen fünf, kann auch halb fünf gewesen sein. Oder sogar –»

«Obediah Smith?»

«Das habe ich nicht gesagt.»

«Aber gedacht. Er hat Norris umgebracht, und dann hat er mich gesucht –»

«Und warum?» fragte er neugierig. «Woher sollte er wissen, daß es Sie gibt?»

«Vielleicht hat Norris es ihm erzählt. Damit sie ihn in Ruhe lassen. Aber sie haben ihn nicht in Ruhe gelassen. Und jetzt... Und jetzt...»

«Was heißt: Und jetzt? Verschweigen Sie mir vielleicht etwas?» fragte er, plötzlich mißtrauisch geworden.

«Nein, natürlich nicht.»

«Vielleicht irgendwas, was in dem Manuskript stand?»

«Nein, ehrlich. Das... das war nur so ein blöder Gedanke.» Sie holte tief Luft, dann hatte sie sich wieder in der Gewalt. Das fehlte noch, daß Jake sich da reinhängt...

Er sah sie lange an, dann startete er und fuhr sehr vorsichtig in Richtung Heimat. Vor dem Haus, in dem sie beide wohnten, hielt er an und schaltete den Motor aus. Seit ein paar Monaten musterte er sie jedesmal genau, wenn sie ins Haus kam oder es verließ. Wenn sie zur Arbeit ging, trug sie strenge Kostüme und eine Brille mit großen Gläsern, eine ordentliche Frisur und tadelloses Make-up – jeder Zoll die weltläufige Karrierefrau. An den Wochenenden lief sie in Jeans, alten Sweatshirts und Strubbelfrisur herum und sah ohne Make-up zehn Jahre jünger aus. Im Augenblick hatte sie, ungeachtet ihres ramponierten Äußeren und des Gingestanks, der ihr Parfum erschlug, ihr Bürogesicht aufgesetzt, aber darauf fiel er nicht herein. Sie ist einfach hinreißend, dachte er, selbst wenn sie sauer ist. Er küßte sie.

«Lassen Sie das.» Sie befreite sich von ihm.

«Pardon. Es hat mich einfach überwältigt, wie man so schön sagt.»

«Und ich habe geglaubt, auf die Polizei könnte man sich verlassen.»

«Kann man auch, absolut. Deshalb habe ich beschlossen, Sie in Schutzhaft zu nehmen, bis die ganze Geschichte aufgeklärt ist.»

«Wie bitte?»

Er strahlte sie an. «Laß mich sorgen für dich bei Tag und bei Nacht, im samtigen Dunkel, bis die Sonne erwacht... *In the roaring traffic's boom, in the silence of your lonely room I'll look after you, night* –»

«Hören Sie auf mit dem blöden Getue», zischte sie wütend.

«Ich bin nicht blöd. Mag sein, daß ich so aussehe –» er wartete auf Widerspruch, und als keiner kam, räusperte er sich und fuhr fort: – «aber in Wirklichkeit bin ich ganz schön intelligent. Wohlgemerkt, ich behaupte nicht, ein Genie zu sein, andererseits habe ich die Prüfung an der Polizeiakademie als Drittbester bestanden, bin zweimal wegen besonderer Tapferkeit lobend erwähnt worden... Hey, kommen Sie zurück!» Er sprang aus dem Wagen und lief ihr nach.

«Ihre Art von Humor liegt mir nicht, Mr. Chase», sagte sie kalt, als er sie in der Halle einholte. Wie üblich mußte sie in der Handtasche nach ihrem Schlüssel kramen. Es war eine sehr große Handtasche und ein sehr kleines Schlüsselbund. «Jetzt kann mir ja nichts mehr passieren, es war wohl einfach nur Pech.» Am liebsten hätte sie losgeheult, aber diesem Typ wollte sie den Gefallen nicht tun. Ein heißes Bad, ein paar Tränen, in Ruhe ausschlafen – und morgen früh sah alles ganz anders aus. Hoffentlich. Warum ging er denn nicht? «Verdammt, wo ist mein Schlüssel?» Es klang schriller, als sie beabsichtigt hatte, und sie biß sich auf die Lippen.

Behutsam nahm er ihr die Handtasche ab und hängte sie sich über die Schulter. Dann faßte er sie bei den Armen und schüttelte sie sanft. «Hören Sie, Casey, ich mache keine Witze. Jedenfalls nicht absichtlich. Wenn ich mich vorhin im Auto wie ein Idiot benommen habe, kommt das daher, daß ich ein bißchen daneben bin. Ich habe die ganze letzte Woche über einem anderen Fall gesessen, den Mordfall Norris habe ich erst seit ein paar Stunden, und nun kommen Sie daher und erzählen mir, daß Norris ein Buch schreibt, in dem er quietschvergnügt Gurney Lightfoot einen Mord anhängt, daß Sie dieses Buch redigieren und daß jemand Ihnen das Manuskript – oder ein Stück davon – geklaut hat. Daß es da eine Verbindung gibt, ist glasklar. Sie wollen mir doch nicht erzählen, daß Sie das alles für einen dummen Zufall halten?»

«Dumme Zufälle gibt's wie Sand am Meer.»

«Allerdings, davon kann ich ganze Arien singen. Aber bei Ihnen ist das was anderes. Ich bin allen Ernstes der Meinung, daß Sie in Gefahr sind.»

Sie sah zu ihm auf, nahm ihn endlich einmal richtig wahr und fand ihn plötzlich weder naiv noch überheblich. Er schien sich ehrlich Sorgen um sie zu machen. «Wirklich?» fragte sie gepreßt.

«Nein. Das habe ich mir nur aus den Fingern gesogen, damit Sie aus lauter Angst mit mir ins Bett gehen. Au! Okay, ich hab's verdient. Jetzt hören Sie zu –»

«Geben Sie mir meine Tasche.»

Er sah hin. «Paßt doch gut zu dem Jackett, oder? Schon gut, schon gut.» Er gab ihr die Tasche, dann holte er seinen Schlüssel heraus und machte die Tür auf. Sie lief wütend voraus, er hinterher. «Wir müssen sowieso zusammenarbeiten.»

«Nein. In welcher Sache?»

Inzwischen waren sie im dritten Stock angelangt und beide ziemlich außer Atem. Mit Rücksicht auf die Mitbewohner rief er in durchdringendem Flüsterton: «Doch, bestimmt. Es gibt hier irgendein Geheimnis, und bis wir das herausgekriegt haben, sind Sie in Gefahr.»

Sie sah ihn böse an und kramte wieder in der Handtasche. «Lassen Sie mich in Ruhe mit Ihren Geheimnissen. Das Ganze ist ein absolut lächerlicher Zufall. Wenn Sie mich nicht schon gekannt hätten, wenn Sie nicht zufällig heute abend aufs Revier gekommen wären –»

«Und wenn Sie nicht zufällig das Manuskript eines Mannes redigiert hätten, dessen Mord ich aufklären soll, wenn Sie nicht zufällig von zwei als Profikillern bekannten Männern verfolgt und niedergeschlagen worden wären, wenn die nicht zufällig hin und wieder im Dienste eben jenes Mannes stünden, über den Norris geschrieben hat –»

«Tatsächlich?» Sie sah unvermittelt auf. «Haben die beiden vorher schon für ihn gearbeitet?»

«Ja, oft.»

«Wie lange? Zehn Jahre? Länger?»

«Das weiß ich nicht, ich müßte in die Akten steigen. Warum?» Ihr plötzliches, scheinbar unvernünftiges Interesse warf ihn etwas aus der Bahn.

«Ach, nur so...» Sie kramte wieder nach ihrem Schlüsselbund. «Schönen Dank füs Heimbringen. Gute Nacht.»

«Nachdem wir uns so nah gekommen sind, bitten Sie mich nicht mal auf eine Tasse Kaffee herein?» Er lehnte sich gegen die Wohnungstür, die Wohnungstür gab nach, und er wäre fast ziemlich unsanft zu Boden gegangen. Geistesgegenwärtig schubste er Casey an die Wand und holte die Kanone aus dem Schulterhalfter. Casey sah einigermaßen fassungslos zu, wie er mit schußbereiter Waffe die Wohnung betrat, Licht machte und sämtliche Zimmer gründlich und umsichtig durchsuchte. Als er wieder zu ihr trat, lehnte sie noch immer an der Wand und sperrte Mund und Nase auf.

«Kommen Sie doch bitte mal mit», sagte er ruhig.

«Nein.»

Er nahm ihre Hand und zog sie sanft, aber unerbittlich ins Wohnzimmer. «Schauen Sie.»

Mitten auf dem Teppich lag ihr Aktenkoffer.

Er steckte die Kanone ein, holte ein Taschentuch hervor und

hob den Aktenkoffer hoch. Er ging damit zum Schreibtisch und ließ, noch immer mit Hilfe des Taschentuchs, die beiden goldblinkenden Schlösser aufschnappen. Der Aktenkoffer war leer.

«Leer», sagte Casey.

Er sah sie an. «Guter Blick für das Wesentliche. So was gefällt mir.»

«Aber warum... warum...»

«Tun Sie sich keinen Zwang an. Warum haben die Herren den Koffer zurückgebracht, in dem wohlgemerkt weder Ihr Name noch Ihre Adresse steht?» Er lächelte ingrimmig, als sie nickte, und klappte den Aktenkoffer zu. «Um Ihnen begreiflich zu machen, daß sie wissen, wer Sie sind und wo Sie wohnen. Falls sie Ihnen gelegentlich mal einen Besuch abstatten möchten.»

Sie warf sich mit einem entsetzten Aufschrei in seine Arme. Er klopfte ihr auf die Schulter und betrachtete sein Bild im Spiegel über dem Schreibtisch. Du bist ein gemeiner Hund, Chase, dachte er. Erst wolltest du nur, daß sie es ein bißchen mit der Angst zu tun kriegt. Und jetzt?

Jetzt haben wir alle beide Schiß.

9

«Genau, und ich bleibe hier in ihrer Wohnung», sagte Jake ins Telefon.

«Das trifft sich aber gut», bemerkte Joe Kaminsky harmlos.

«Sehr witzig. Sie liegt in ihrem Bett und schläft, und ich liege auf einer grauenhaft klumpigen Couch im Wohnzimmer und muß noch so tun, als ob das ein Hochgenuß ist. Paß auf, wir zwei nehmen uns noch mal die Wohnung von Norris vor, Joe. Schnapp dir gleich morgen früh den Obduktionsbericht, die Ergebnisse der Spurensicherung und seine Schlüssel aus dem Asservatenraum, und dann holst du mich hier ab, okay?»

«Schon gut, drängele doch nicht immer so», brummelte Joe. «Hast du das von der Verhaftung im Fall Corelli gehört?»

Jake verzog das Gesicht. «Hab ich. Wer hat denn von Anfang an gesagt, daß es seine Frau war? Aber auf mich hört ja keiner. Möchte wirklich wissen, warum nie einer auf mich hört.»

«Sehr einfach, mein Junge: Weil du zuviel redest.»

«Innigsten Dank für den Tip, Joe. Schön, wenn man gute

Freunde hat.» Jake versuchte, sich bequemer auf der Couch zurechtzurücken, deren Füllung aus getrockneten Apfelsinenschalen zu bestehen schien, erreichte aber nur, daß ihm der Kaffee auf den Bauch schwappte. «Scheiße. Sag mal, was hältst du denn von der Sache? Zugegeben, es sind alles ganz blöde Zufälle, aber wenn man die vergißt... So ohne ist die Geschichte doch nicht, wie?»

«Soll ich jetzt Beifall klatschen?» knurrte Joe.

Jake zuckte die Schultern. «Ich hab einen Haftbefehl für Smith und Jones beantragt.»

«Und du glaubst, das bringt dich weiter?»

«Meinst du denn nicht, daß sie hinter Casey her sind?»

«Na klar, wer wäre das nicht?»

«Du hast eine schmutzige Phantasie.»

«Muß ansteckend sein. Hör mal, jeden Moment kann Becky aufwachen, und dann macht sie ein Riesentheater. Kann ich sonst noch etwas für Sie tun, o Herr und Meister?»

«In dem Manuskript von Norris, das sie in ihrem Aktenkoffer hatte, kommt Gurney Lightfoot sehr schlecht weg», bemerkte Jake beiläufig. Pause. «Bist du noch dran?»

«So ein Aas.»

«Nett, wenn man dir auch mal eine kleine Freude machen kann. Norris schildert einen alten Mordfall, hat sie mir erzählt, und belastet Lightfoot schwer. Angeblich hatte Norris Beweise. Die brauchte er auch, sonst hätten sie ihn sofort wegen Verleumdung drangekriegt.»

«Und Norris hat gewußt, wo der Hund begraben ist?»

«Vielleicht. Das Dumme ist, daß der Hund jetzt selber tot und in Kürze begraben ist, wir haben also nichts in der Hand. Jedenfalls nichts Schriftliches. Nur das, was Casey sagt. Glaubst du immer noch, daß ich mir was zusammenspinne?»

Wieder herrschte einen Augenblick Funkstille, Joe schien nachzudenken. «Möglich ist natürlich, daß sie sich von Casey was erhoffen, aber was wollen sie damit anfangen? Lightfoot ist ein kranker Mann, was hat er denn von dem Mädchen noch zu erwarten? 'ne Wunderheilung? Das wär allerdings ein Grund für uns, Casey selber um die Ecke zu bringen.»

«Rasend komisch. Ja, er ist krank, angeblich liegt er sogar im Sterben, aber sein Einfluß bleibt, auch wenn er ins Gras gebissen hat. Sein Sohn, diese halbe Portion, kann's kaum erwarten, bis es soweit ist, es heißt, daß er schon in den Startlöchern sitzt. Klein-Rocky ist zwar keine Schönheit, aber die grauen Zellen arbeiten bei ihm genauso munter wie bei dem Alten, mit dem sind wir nicht besser bedient. Der Lightfoot-Clan bleibt ein Dauerbrenner. Das ist der Knackpunkt, hast du das allmählich kapiert?»

«Mitten in der Nacht raffe ich das nicht so schnell, Jake.»

«Na gut, wir reden morgen weiter.» Dann fiel ihm noch etwas ein. «Wer hat die Corelli erwischt?»

«Dreierkombination. Neilson an Pinsky, Pinsky an Stryker.»

«Glück muß der Mensch haben», knurrte Jake. «Aber ich hab mir gleich gedacht, daß die vor mir am Ball sind. Und ich hatte gerade diese neue Spur.»

«C'est la vie, mein Freund. Müssen wir eben unsere Reeboks neu besohlen.» Kaminsky war ein abgeklärter Typ, bei fünf Kindern blieb ihm gar nichts anderes übrig. «Kann ich dir morgen sonst noch was mitbringen? Bier, Brezeln, meinen Masters-und-Johnson-Report?»

«Das reinste Wunder, daß dir die alte Schwarte noch nicht unter den Händen zerfallen ist. Nee, besten Dank. Nur die Akte Norris. Möglich, daß wir jemanden in Schutzhaft nehmen müssen.»

«Hoffentlich, meinst du.»

Jake räusperte sich. «So toll ist sie nun auch wieder nicht.»

«Was du nicht sagst. Ist das nicht die kleine Blonde von Nummer sechs, die du seit zwei Monaten auf ein Steak und ein Bier einladen willst? Oder lieg ich da falsch?»

«Nein, aber...» Er hörte Joe genüßlich vor sich hinlachen und setzte abwehrend hinzu: «Kann ich was dafür, wenn sie in der Patsche sitzt?»

«Nein, natürlich nicht», versicherte Joe treuherzig.

«Hau dich bloß in die Falle, Mann!» Als er auflegte, lachte Joe noch immer.

Auch Casey legte den Hörer auf. Das leise Klicken, mit dem Jake vor ein paar Minuten abgenommen hatte, hatte sie aus leichten Schlaf geweckt. Ein interessantes Gespräch...

Er hatte also über sie geredet, hatte vor der Kaffeemaschine Bemerkungen über die «kleine Blonde» gemacht, bei der er gern landen wollte, hatte vielleicht die eine oder andere Wette abgeschlossen, wie schnell er sie weich kriegen würde. Diese Ratte. Dieses Stinktier. Dieses Ungeheuer.

Aber ein sympathisches Ungeheuer.

Es war entsetzlich ärgerlich, aber nicht zu leugnen, daß Jake Chase ein attraktiver Bursche war und daß der kurze Kuß im Auto stimulierend gewirkt hatte. Desgleichen die zwei oder drei Küsse in ihrer Wohnung, ehe sie sich gezwungen hatte, ins Schlafzimmer zu gehen und die Tür hinter sich abzuschließen.

In ihrer derzeitigen Situation war es wohl ein Fehler gewesen, daß sie sich von ihm hatte küssen lassen. Andererseits war sie tatsächlich verunsichert – weit mehr, als er wissen konnte –, und wie hieß es doch so schön? Die Lippe beiße nicht, die dich liebkoset... Sie drehte sich um, klopfte ihr Kissen zurecht, versuchte, sich Jake Chase aus dem Kopf zu schlagen und sich auf den notwendigen nächsten Schritt zu konzentrieren, den Anruf bei Richard. Sobald Jake eingeschlafen war, mußte sie versuchen, ihn zu erreichen. Dummerweise wurde sie beim Warten immer wieder vom Schlaf übermannt. So ging das nicht.

Sie versuchte, ihre Wut auf Jake zu aktivieren und damit einen neuen Adrenalinschub zu erreichen, aber das war gar nicht so einfach. Sie hörte ihn summend in der Küche, offenbar mit sich und der Welt zufrieden. Sie kniff sich in den Bauch.

Jetzt reiß dich zusammen, Lady. Schön, Jake ist ein netter Typ, und du hast Hormone wie andere Leute auch. Na und? Es gab Zeiten, da hättest du dich durchaus gefreut, wenn ein attraktiver Mann sich um dich bemüht hätte, vielleicht hättest du ihn sogar an dich rangelassen.

Aber im Augenblick kam so was überhaupt nicht in Frage. Sie hatte einen Auftrag übernommen, und den würde sie ausführen, egal, was Jake oder der gesunde Menschenverstand ihr einflüstern mochten. Sie hatte eine Verpflichtung, und sie hatte einen Auftrag.

Und wahnsinnige Kopfschmerzen.

Vielleicht, wenn sie mal eben eine Minute die Augen zumachte...

Die Erleichterung war unaussprechlich.

Norris war tot, und er war aus dem Schneider.

Jetzt würde niemand mehr erfahren, was Ariadne Finch zugestoßen war. Zehn Jahre lang hatte keiner eine Ahnung, keiner auch nur einen Verdacht gehabt.

Er war nicht stolz darauf, daß er sie umgebracht hatte. Schließlich hatte er sie ja geliebt. Vielleicht zu sehr, und deshalb hatte er die Nerven verloren, als sie ihn in jener Nacht ausgelacht hatte. Nie mehr hatte er eine Frau so nah an sich herangelassen. Nie mehr. Es hatte keinen Sinn, ein Risiko einzugehen, und es war auch überflüssig. Liebe macht verletzlich.

Er war nicht mehr verletzlich. Er war stark, er war in Sicherheit, alles war in Ordnung.

Morgen früh brauchte er sich nur irgendwo eine möblierte Wohnung oder ein kleines Büro zu suchen, eine Monatsmiete zu zahlen und der Galerie Lecomber Anweisung zu geben, ihm unter dem von ihm angegebenen falschen Namen – B. Pilkington – den Schreibtisch zu liefern.

Dann würde er das Messer herausnehmen und beseitigen, und mit dem Schlüssel... Der Schlüssel! Herrgott, der steckte ja noch in seiner Jackentasche. Er ging zum Kleiderschrank und tastete in der Dunkelheit nach dem Anhänger, einer kleinen Eichel aus Messing, an der der Schlüssel hing. Er hatte ihn nur kurz gesehen, als er ihn Norris vom Hals gerissen hatte, war aber ziemlich sicher, daß es der Schlüssel zu einem Schließfach war. Und in dem Schließfach mußte der Beweis sein. Er brauchte nur... brauchte nur...

In seiner Tasche war kein Schlüssel.

Er machte Licht und sah noch einmal in sämtlichen Taschen nach. Eine war voller Blut, in die hatte er das Messer und das Taschentuch und den Schlüssel gesteckt, in diesen schaurigen Sekunden, ehe er losgerannt war. Das Taschenfutter war steif und klebrig.

Klebrig von Blut.

Der Schlüssel hatte an dem Taschentuch oder dem Messer geklebt. Beides hatte er herausgenommen und in dem Schreibtisch verstaut. Natürlich, das war des Rätsels Lösung. Wenn die Sachen nun beim Liefern herausfielen? Wenn... wenn...

Ruhig, befahl er sich. Ganz ruhig. Daß du die Nerven verloren hast, hat dich vor zehn Jahren ins Unglück gestürzt und gestern nachmittag wieder. Das darf nicht noch mal passieren. Wenn der Schlüssel an dem Taschentuch klebt, ist er noch da. Er setzte sich auf den Bettrand und zwang sich, ruhig und gleichmäßig zu atmen.

Es hat sich nichts geändert, sagte er sich. Kein Problem. Sie werden den Schreibtisch liefern, und ich werde den Schlüssel herausholen und das Messer und das Taschentuch und die Jacke mit der blutigen Tasche beseitigen, und niemand wird was erfahren.

Ebensowenig, wie jemand mein wirkliches Ich kennt.

Bis auf Ariadne natürlich.

Und was die davon gehabt hat, sieht man ja.

Er legte sich aufs Bett und starrte in die Dunkelheit.

Es wäre so schön gewesen. Ariadne.

Wenn du nicht mein wirkliches Ich entdeckt hättest.

Casey drehte die Dusche voll auf und schlich zurück zum Nachttisch. Sie hörte, wie sich Jake in der Küche mit seinem Partner unterhielt. Für sie war das die erste Chance, ein Telefongespräch ohne Zeugen zu führen. Sie wählte langsam und sorgfältig und wartete. Endlich, nach den verschiedenen Klick-, Pfeif- und Pingtönen, die sie inzwischen schon kannte, sagte jemand: «Armbruster.»

Vor lauter Erleichterung wurden ihr die Knie weich, und sie sackte auf die Bettkante. «Richard! Hier Casey.»

«Ja, sag mal, wo steckst du denn? Ich habe gestern abend immer wieder versucht, dich anzurufen.» Seine Stimme klang besorgt. «Hast du die Morgenzeitungen gelesen?»

«Nein, ich –»

«Er ist tot. Ermordet. Und der Mörder hat sich offenbar den Schlüssel geschnappt.»

«Ja, ich weiß. Er hatte einen Striemen am Hals, wo die Kette war.»

«Woher weißt du das?»

«Jake hat es mir erzählt, auf dem Weg vom Revier.»

«Vom Revier?» Kurze Pause. «Was hattest du auf einem Polizeirevier zu suchen?»

«Ich bin auf dem Heimweg überfallen worden, als ich vom Büro kam, deshalb war ich nicht zu Hause, als du angerufen hast. Erst habe ich mit einem netten alten Schluckspecht zusammen in einem Torweg gelegen. Sylvester heißt er. Würde dir gefallen. Eustace fand ihn nicht so sympathisch. Er hat uns zusammen gefunden und sich unheimlich aufgeblasen. Sylvester hat ihn getreten, und Eustace hat angefangen zu brüllen, und in dem Moment kam ein Streifenwagen vorbei; da sind wir ins Revier und haben unsere Aussage gemacht, und dann hat Jake mich nach Hause gebracht und ist die Nacht über bei mir geblieben. Das heißt –»

«Und wer ist Jake?» fragte Richard bedrohlich leise. Casey lächelte.

«Der Beamte, der den Mordfall Fred Norris bearbeitet. Im Augenblick sitzt er in meiner Küche und liest die gerichtsmedizinischen Befunde über Norris. Sein Partner ist vorhin auch gekommen, sie glauben, daß ich in Lebensgefahr bin», berichtete sie etwas zu munter. In der Stille hörte sie Richard atmen, ja, sie meinte ihn geradezu denken zu hören. Schließlich seufzte er. «Am besten komme ich.»

«Nein. Am besten mache ich so weiter wie bisher.»

«Aber liebes Kind, wenn jemand versucht, dich umzubringen –»

«Ich stehe unter Polizeischutz, da kann doch überhaupt nichts passieren.»

«Die Sache gefällt mir nicht. Du mußt –»

«Ich muß überhaupt nichts. Ich melde mich wieder, Ehrenwort.»

«Das genügt mir nicht, Casey. Du mußt ihnen sagen –»

«Nein.»

«Warum nicht?»

Sie biß sich auf die Lippen. «Weil es sehr viel für mich bedeutet, das selber zu erledigen. So, wie ich es für richtig halte. Ich habe meine Gründe dafür, Richard. Persönliche Gründe.»

«Das genügt mir nicht.»

«Tut mir leid, aber das muß dir genügen. Du mußt schon gestatten, daß ich zu Ende bringe, was ich angefangen habe.»

«Kommt überhaupt nicht in Frage», sagte er erregt. «Mag sein, daß wir dadurch etwas Zeit verlieren, aber ich kann durchaus jemand anders –»

«Bitte, Richard... Verdirb jetzt nichts, nur wegen irgendwelcher Chauvi-Vorstellungen von dem schwachen Weib, das es zu schützen gilt und und und. Ich bin gesund und munter. Wenn es wirklich gefährlich wird, steige ich aus. Total vertrottelt bin ich nämlich auch nicht.»

«Mir gefällt das nicht, und Zane wird es auch nicht gefallen.»

«Bedaure, aber ihr werdet es schlucken müssen, du und Zane. Ich warne dich, Richard. Wenn du mir nicht freie Hand läßt, geht die Sache schief. Ich schaffe das schon.» Sie legte auf, ehe er ihr antworten konnte, und ging unter die Dusche, um sich ihren Schlachtplan zurechtzulegen.

Auch Jake Chase, der im Wohnzimmer mitgehört hatte, legte auf und sah Joe mit hochgezogenen Augenbrauen an. «Hab ich recht oder hab ich unrecht?»

Joe seufzte. «Wie machst du das bloß immer, Jake?»

«Echte Begabung, wie?» Jake sah nicht sehr glücklich aus.

Zum Frühstück saßen Joe und Casey an dem kleinen Küchentisch, und Jake lief in der Küche herum, in der einen Hand die Norris-Akte, in der anderen abwechselnd Toast und Kaffee.

Joe sah sich um. «Wohnen Sie schon lange hier?»

«Sieben Monate.» Casey konnte sich durchaus denken, wie die Wohnung auf Fremde wirken mußte, manchmal kam sie ihr ja selber etwas eigenartig vor. Bei ihrem Einzug hatte sie ein paar Sachen aus ihrer alten Wohnung mitgebracht, gute, aber schon ein bißchen abgenutzte Stücke, und die meisten im Schlafzimmer untergebracht. Sie hatte alle Wände weiß gestrichen, das sah frisch und sauber aus. In den folgenden Monaten hatte sie eine unglaubliche Menge an alten Klamotten und Flohmarktramsch angeschleppt. Bilder mit zerbrochenem Glas oder abgesplitterten Rahmen lehnten an der Wand und warteten auf Reparatur, Neuvergoldung und Wiederaufhängen (Metropolitan Rahmen- und Bilderhandel, halbe Preise wegen Brandschaden), in der Ecke standen zwei Umzugskartons mit Büchern, über die Spitzentischdecken drapiert waren (Fundsachenversteigerung Busbahnhof). Daneben prangten zwei riesige Vasen und ein mit Drachen bemalter Wandschirm. (Bernstein Brothers, Theaterfundus, Umzugsangebote). Eine ausgestopfte Eule unter Glas saß auf dem kaputten Sitz eines alten Zahnarztstuhls (Marjorys Dies-und-Das), und zwei prachtvolle, aber falsche Orientteppiche (Basar der Episkopalkirche St. Elmo) lagen auf einem abgetretenen, tristbraunen Teppichboden. Die Vorhänge an den dicken Messingstangen waren eigentlich indische Saris (Baghoosh Import, 50 % Nachlaß wegen Geschäftsaufgabe). Sie hatten alle verschiedene Muster, aber die Farbtöne paßten zusammen.

«Norris ist schon als Jugendlicher straffällig geworden», rief Jake aus dem Wohnzimmer. Es folgten ein Bums und ein unterdrückter Schmerzensschrei, er hatte sich an dem Couchtisch aus geschnitztem Ebenholz gestoßen (privater Flohmarkt River Heights). «Verdammt.»

«Sie haben hier einige... interessante Stücke», sagte Joe vorsichtig.

«Meine Trödelsammlung meinen Sie?» Casey lachte. «Ja, wissen Sie, ich träume davon...»

«In der Oberschule Erpressung in einem minder schweren Fall», fuhr Jake fort, in seine Akte vertieft.

«Ich besuche nämlich Abendkurse für Polstern und Möbelrestauration», erläuterte Casey. «Diese Sachen sind alle...»

«Hat sich auf verbotene Glücksspiele geworfen, nachdem er wegen eines Raubüberfalls drei Jahre gekriegt hatte. Nach achtzehn Monate entlassen wegen guter Führung. Achtundfünfzig erst Laufbursche, dann Kurier für die Lightfoots», las Jake vor.

«...sehr solide, sie müssen nur aufgearbeitet werden. Wenn ich das erst kann, mache ich alles auf einmal, im Urlaub», erläuterte Casey voller Begeisterung.

«Im Urlaub? Na prost Mahlzeit...»

«Und dann – wirklich erst dann – reiß ich diese schreckliche Auslegware raus, dann kann ich den Fußboden abziehen und versiegeln...»

Jake stand unter der Tür. «Hast du gehört? Die Lightfoots. Achtundfünfzig. Norris hat demnach über zwanzig Jahre für Gurney Lightfoot gearbeitet. Bis er einundachtzig im Knast gelandet ist.»

«Ich hab's gehört», sagte Joe.

«Wahrscheinlich hat's das ganze Haus gehört», sagte Casey, ohne sich umzudrehen.

«Lightfoot ist eine große Nummer in unserer Stadt», sagte Joe.

«Ich weiß.»

«Inzwischen ist er nicht mehr der Jüngste –»

«Ich weiß», wiederholte Casey. «Und ein kranker Mann. Jake hat es mir erzählt.»

«Schönes Früchtchen, dieser Norris.» Jake schwenkte die Akte und bückte sich nach den Blättern, die ihm dabei herausgefallen waren. «Wieso tut sich ein honoriger Verleger wie Ihr Eustace mit einem Knacki wie Norris zusammen?»

«Weil auch Verleger leben müssen», erläuterte Casey mit einiger Schärfe. «Es gibt auf dieser Welt zwei Sorten von Büchern, die einen sind gut für den Geist, die anderen für das Bankkonto. Manchmal deckt sich das eine mit dem anderen. Aber nicht oft. Die meisten Verleger müssen beide Sorten im Programm haben, wenn ihr Laden laufen soll. Das Buch von Norris bringt gewissermaßen das Geld für fünf weitere, die sonst nicht erscheinen könnten.»

«Ich frage ja bloß...» Jake wich in gespieltem Schreck zurück.

«Mit anderen Worten: Sie halten von dem Buch auch nicht viel», sagte Joe zu Casey.

«Es hatte durchaus sein Stärken», sagte Casey abwägend. «Aber es lag mir nicht.»

«Trotzdem haben Sie sich bereit erklärt, mit Norris daran zu arbeiten?»

«Ja. Dafür habe ich den Job als Lektorin bekommen, so was kann man sich doch nicht entgehen lassen.»

«Sind Sie ehrgeizig?»

«Na klar. Sie nicht?»

«Sehr sogar», antwortete Joe an seiner Stelle. «Dummerweise fällt er von der Erfolgsleiter immer wieder runter.»

Jake warf ihm einen bösen Blick zu. «Weil du mir ständig Seife auf die Sprossen schmierst.»

Joe zwinkerte Casey vergnügt zu. Er hatte ein sanftmütiges Gesicht und sprach langsam und leise. Seine Allerweltserscheinung war ein ausgeprägter Gegensatz zu Jakes auffällig gutem Aussehen, seine gelassene Art die beste Ergänzung für Jakes quecksilbriges Temperament. Manchmal wirkte Jake wie eine Zündschnur, die vor dem eigenen Funken davonläuft, während Joe Kaminsky still dasaß, beobachtete, zuhörte und sich ein Urteil bildete.

«Um noch mal auf das Buch von Norris zurückzukommen», sagte er beiläufig. «War das Manuskript, das aus Ihrem Aktenkoffer gestohlen wurde, das einzige Exemplar?»

«Nein, natürlich nicht. Es war ein Durchschlag und nicht mal vollständig. Das Original ist noch zum Fotokopieren im Copyshop um die Ecke.»

Jake tauchte wieder hinter der Tür auf. «Ist ja super. Am besten holen wir es gleich.»

«Es ist erst halb neun, die haben wahrscheinlich noch gar nicht auf», wandte Joe ein.

«Kein Mensch will heute noch was tun», grollte Jake. Er lehnte sich gegen die Türfüllung, blätterte erneut in der Akte Norris, dann sah er Joe an. «Der Fall Ariadne Finch, den Norris da wieder ausgegraben hat... erinnerst du dich noch? Wir waren damals blutige Anfänger und haben am anderen Ende der Stadt gearbeitet, aber du hattest da bestimmt auch deine Meinung.»

«Klar erinnere ich mich. Sie ist an dem Tag verschwunden, als du dir das Bein gebrochen hast. Bei der Jagd nach dem glatzköpfigen nigerianischen Zwerg auf der Bowlingbahn.»

«Genau. Alle haben seinen Kopf für eine der Bowlingkugeln im Gestell gehalten, aber Bowlingkugeln schwitzen nicht», erläuterte Jake, zu Casey gewandt. «Ich bin auf ihn los, und als er sein Messer gezückt hat, hab ich gedacht, schön, mein Junge, wenn du unbedingt 'ne Bowlingkugel sein willst, sollst du deinen Willen haben. Ich hab ihn über die ganze Bahn gerollt.»

«Und hast vergessen loszulassen», ergänzte Joe trocken. «War kein toller Wurf. Drei Pins sind stehengeblieben. Den Zwerg haben wir erwischt, aber Jake hatte sich mit dem Bein in der automatischen Kegelaufstellanlage verheddert und sie zum Laufen gebracht. Zehn Minuten hat es gedauert, ehe wir ihn wieder unten hatten. Und als wir in der Notaufnahme auf die Röntgenbilder warteten, kam die Meldung wegen der Finch. Wir konnten nicht hin, weil sie Jake einen Streckverband verpaßt hatten.»

«Völlig überflüssigerweise», murrte Jake.

«Es wär bestimmt ganz erholsam, mal ein, zwei Wochen genau zu wissen, wo er ist, haben die im Krankenhaus gesagt. Er ist Stammgast dort, hat sogar ein Stechbecken mit eigenem Monogramm», feixte Joe.

«Im Krankenhaus hab ich mir das mit Ariadne Finch oft durch den Kopf gehen lassen», sagte Jake. «Ich hatte ja sonst nichts weiter zu tun. Ich war von Anfang an der Meinung, daß sie tot ist. Die Leiche ist allerdings nie gefunden worden. Schätze, daß jemand sie zerlegt und an die Schweine verfüttert hat. Oder in Beton eingelassen und im Fluß versenkt. Oder mit Säure –»

Casey, gegen den schwarzen Humor der Polizei offenbar nicht abgehärtet, war ganz blaß geworden. «Bitte…»

Jake zuckte die Schultern. «Jedenfalls haben sie nie jemanden deswegen rangekriegt», schloß er.

«Von Ihrem Bein stand nichts in dem Manuskript», sagte Casey. «Ein Jammer, daß ihm das entgangen ist. Hätte der Geschichte direkt eine menschliche Note gegeben.»

Jake warf ihr einen Blick zu, sagte aber nichts. Joe stopfte sich rasch mit Schinken und Toast den Mund. «Mit dem Buch hätten wir bestimmt noch Ärger gekriegt», fuhr Casey fort, «weil Norris darauf bestand, Lightfoot ganz direkt zu beschuldigen, und dann hätte der ihn natürlich verklagen können. Wir hatten nur zwei Möglichkeiten – den Text umzuschreiben oder einen Prozeß zu riskieren –, aber er hat mich ständig mit seinen Einsprüchen genervt.» Sie runzelte die Stirn. «Allmählich hatte ich schon den Eindruck, daß Norris es darauf anlegte, verklagt zu werden, oder daß er die Veröffentlichung gar nicht wirklich wollte. Es war sehr schwer, mit ihm zu verhandeln, er war total verbittert und sehr auf Rache aus. Für seine letzte Gefängnisstrafe machte er Lightfoot verantwortlich; der hätte ihn reingelegt, behauptete er. Wahrscheinlich sagen sie das alle, aber –»

«Hat Norris etwas davon gesagt, daß er Lightfoot den Befehl zum Mord an Ariadne Finch nachweisen konnte?» Jake stellte seine Kaffeetasse auf dem Küchentisch ab.

«Nein», sagte Casey.

«Ach so.» Enttäuscht griff Jake wieder nach seinem Kaffee.

«Er hat gesagt, er könne beweisen, daß Lightfoot selbst Mrs. Finch umgebracht hat.» Sie sah die beiden Männer rasch von der Seite an. «Ständig ritt er auf diesem geheimnisvollen ‹Beweis› herum, aber ehrlich gesagt halte ich das für reine Wichtigtuerei.»

Jake und Joe wechselten über ihren Kopf hinweg einen Blick.

«Glauben Sie, daß er wirklich Beweise hatte?» fragte Casey mit großen Augen. Als sie keine Antwort bekam, wandte sie sich um und sah zu Jake auf. «Glauben Sie, Lightfoot hat Norris deshalb umbringen, mir den Aktenkoffer wegnehmen und meine Wohnung durchsuchen lassen?»

Jake blieb der Mund offenstehen. «Ihre Wohnung? Gestern abend war die doch total aufgeräumt.»

«Eben. Als ich gestern früh ging, herrschte hier ein heilloses Durcheinander.»

«Darf ich aus Jakes dummem Gesicht folgern, daß Sie ihm das bisher vorenthalten haben?» fragte Joe sanft. Er wollte sie nicht erschrecken, hätte ihr aber sehr gern den Hals umgedreht.

Sie zuckte die Achseln. «Gestern abend war ich nervös. Und heute morgen mußte ich Frühstück machen. Es wird sich schon noch eine Gelegenheit ergeben, hab ich mir gedacht. Und so war es ja dann auch.»

Joe stand seufzend auf und zückte sein Notizbuch. «Sagst du Hack Bescheid, oder soll ich ihn anrufen?» fragte er Jake.

«Mach ich selber.» Jake hatte das dringende Bedürfnis, eine gewisse Distanz zwischen sich und Casey Hewson herzustellen. «Ihr beide könnt inzwischen aufschreiben, was wir alles angefaßt haben, seit wir hier sind, und was vielleicht abhanden gekommen ist.» Er ging nach draußen zum Telefon. «Ihr Verstand zum Beispiel», murmelte er in den Hörer.

11

Der Fahrstuhlführer musterte sie beim Einsteigen mißmutig.

«Da waren schon welche», sagte er schließlich.

«Nach uns kommen auch noch welche», sagte Joe schnell. «Passen Sie lieber auf, wo Sie hinfahren.»

«Ihr seid vielleicht gründlich...» sagte der Fahrstuhlfritze kopfschüttelnd. «Dabei war der überhaupt nichts Besonderes, und Trinkgelder hat er auch keine gegeben.»

Jake ignorierte den Wink mit dem Zaunpfahl. «Schlechte Sitte», sagte er, «aber weit verbreitet.» Sie waren auf dem Weg zur Wohnung des verstorbenen und offenbar wenig betrauerten Fred Norris.

«Mir ist gar nicht wohl in meiner Haut.» Casey sah noch einmal zum Fahrstuhl zurück, hinter dessen sich langsam schließenden Türen das dumme Gesicht des Fahrstuhlfritzen verschwand.

Jake warf ihr einen raschen Blick zu, während Joe die Wohnungstür aufschloß. «Warum nicht? Wir sind doch dabei.»

«Eben.» Sie sah sich nervös um. In einem Wandspiegel sah sie drei sehr verdächtige Figuren. «Außerdem müßte ich schon längst im Verlag sein.»

«Da kommen Sie schon noch hin. Sobald wir hier fertig sind. Wie sollen wir ohne Sie das finden, was wir suchen?»

«Sehr einfach. Alles, was in der Wohnung wichtig ist, hat eine kleine rote Pfeife, und wenn man in die Nähe kommt, macht das Pfeifchen ‹Dingeling!› und dann –»

«Himmel – au! – rette mich!» Jake hatte ungeduldig kehrtgemacht und sich an einem Hocker gestoßen.

«Das war nicht nett», sagte Joe. «Er gibt sich die größte Mühe.»

«Was Sie nicht sagen...»

«Wir gehen jetzt streng systematisch vor», verkündete Jake und machte ein äußerst entschlossenes Gesicht. «Gestern haben wir uns nur mal kurz umgesehen, heute wird's ernst. Ich übernehme das Schlafzimmer, Casey übernimmt Küche und Bad, und du, Joe, übernimmst das Wohnzimmer.»

«Und was soll ich in der Küche finden?» jammerte Casey.

«Krümel und angegammelte Lebensmittel, vielleicht ein, zwei liebe kleine Mäuschen», sagte Jake rücksichtslos. «Auf geht's.»

«Bescheuert», grollte Casey, während Joe den Schreibtisch im Wohnzimmer ansteuerte. Dann trollte sie sich in die Küche und fing an, sie geräuschvoll durchzusuchen.

«So, jetzt sind wir sie erst mal los», sagte Jake leise und ging ins Schlafzimmer. Wenig später gab es einen Bums. Joe wandte sich um. In der offenen Tür erschien Jake, Kopf, Schultern und Arme mit dem Reizwäschelager einer ganzen Warenhausabteilung verziert. «Kein Kommentar, wenn ich bitten darf», sagte er zu Joe.

«Bei so was fällt mir auch beim besten Willen nichts Passendes ein.»

«Offenbar trug Norris gern Damenunterwäsche, er hatte sie in einem großen Karton im obersten Fach des Kleiderschranks. Der Deckel lag lose auf.» Jake sprach durch die Körbchen eines BH hindurch, der ihm über einem Auge hing. «Oder aber er wollte seinem lieben weißhaarigen Mütterchen damit eine Weihnachtsüberraschung bereiten.»

«Weißhaarige Mütterchen stehen meist nicht auf so was», wandte Joe ein. «Besonders nicht in diesen Farben. Eine Freundin?»

«Er war fast siebzig.»

«Für meinen Alten ist das kein Hinderungsgrund, und ich würde mich da später auch nicht dran stören», sagte Joe.

Jake verzog peinlich berührt den Mund und strich einen fuchsienfarbenen Unterrock über den Hüften glatt. «Ihr Kaminskys seid doch alle gleich.» Er verschwand wieder im Schlafzimmer. «Tierisch, einfach tierisch.» Pause. «Hat dein liebes Mütterchen keine weißen Haare?»

«Nein. Da müßte schon der Frisiersalon abbrennen.»

«Wie meinen Sie?» fragte Casey aus der Küche.

«Nichts. Suchen Sie ruhig weiter.»

Eine Stunde später saßen sie im Wohnzimmer, vor sich auf dem Couchtisch eine Reihe von Gegenständen. «Hier scheint wirklich nichts zu sein», meinte Casey. «Nur Trödel.»

«Dem einen sein Trödel ist dem andern sein Kronjuwel», bemerkte Jake munter. Die anderen beiden sahen ihn nur an. «Nicht ich bin hier das obskure Objekt der Begierde», fuhr er fort. «Los, Leute, wer zieht das Große Los?»

Sie besahen sich die Sammlung auf dem Tisch: drei verschiedene Knöpfe, die zu keinem in der Wohnung befindlichen Kleidungsstück paßten; zwei Wäscheabholscheine; vier Abholscheine von der Reinigung; ein Album mit Fotos der Lightfoot-Gang aus glücklicheren Tagen; ein Karton mit Stickmaterial sowie ein halbfertiger Kissenbezug mit Schmetterlingsmotiv; ein Buch *Blind Maschineschreiben in einundzwanzig Tagen*; ein Paar Ballettschuhe; ein Make-up-Kasten und ein Satz Expander.

«Sie haben natürlich längst gemerkt, was an dieser Wohnung so witzig ist», meinte Jake.

«Witzig?» Casey betrachtete das sachliche, ziemlich düstere Dekor. «Tut mir leid, ich kann da nicht mal müde drüber lächeln.»

«Witzig ist das, was *nicht* da ist», fuhr Jake fort. «Wir waren gestern hier, gleich nach dem Mord, und haben uns umgesehen, nur mal auf die schnelle, wir wollten ja heute wiederkommen. Es war spät, und Joe mußte nach Hause.»

«Gar nicht wahr», protestierte Joe. «Du hast gesagt, daß du mit Marylou verabredet bist.»

«Wer ist Marylou?» wollte Casey wissen.

«Niemand.» Jake räusperte sich. «Wir haben uns umgesehen –»

«Sie kann kein Niemand gewesen sein, wenn Sie sich mit ihr verabredet hatten. Mit Niemand verabredet man sich nicht.»

Jake ließ sich nicht aus dem Konzept bringen. «Wir waren gestern hier –»

Casey wandte sich an Joe. «Blond oder brünett?»

«Rothaarig», sagte Joe und grinste lüstern. «Arbeitet im Hände-weg-Club.»

«Aber da haben die Mädchen doch alle nichts an», wandte Casey empört ein.

«Natürlich haben sie was an», widersprach Jake entrüstet. «Ein bißchen was jedenfalls.» Er fuhr sich mit der Hand durchs Haar und setzte wieder an. «Wir waren gestern hier und –»

«Verabredet er sich oft mit barbusigen Bedienungen?» wollte Casey von Joe wissen.

«Die Frau schwärmt seit Monaten für ihn», sagte Joe hilfsbereit. «Und weil sie ihm leid tut, geht er manchmal mit ihr aus.»

«Aus purer Nächstenliebe», sagte Jake. Er seufzte tief. «Wir waren gestern hier, und was wir nicht gefunden haben –»

«Ich finde barbusige Bedienungen widerwärtig», sagte Casey.

Das hatte gesessen. «Sie ist eine sehr anständige Dame», erklärte Jake. «War in Purdue, hat einen Abschluß in Hauswirtschaft. Und überhaupt hatte sie gestern abend Schnupfen, wir haben's ausfallen lassen.»

«Wundert mich gar nicht, das mit dem Schnupfen», bemerkte Casey. «Erstaunlich, daß sie keine Rippenfellentzündung hatte. Oder Lungenentzündung. Wo sie ihren nackten Busen ständig in die Drinks mit den Eiswürfeln hängt. Warum arbeitet sie nicht für Betty Crocker, wenn sie so anständig ist und einen Abschluß in Hauswirtschaft hat?»

«Und was wir hier nicht gefunden haben», sagte Jake laut, «ist eine ganze Menge. Kein Adreßbuch, keine privaten Unterlagen, nichts. Gestern hab ich gedacht, wir haben nur nicht an den richtigen Stellen nachgesehen. Aber jetzt...»

«Das hat er von seinem Vater», erläuterte Joe. «Seine Mutter ist eine sehr liebe Frau, aber sein Alter hat's faustdick hinter den Ohren. Erzählt einem, daß er früher Holzfäller war, daß er für den Pony Express geritten ist, all so was. Er hat sein Leben lang bei einer Versicherung gearbeitet, aber wenn man ihn so reden hört –» Er spürte Jakes Blick und verstummte.

«Hoffentlich versichert er keine barbusigen Bedienungen», sagte Casey. «Ganz schönes Risiko mit der Lungenent–»

«Er arbeitet für eine Schiffsversicherung», sagte Jake ziemlich laut. «Es ist eine sehr anspruchsvolle Tätigkeit, die er zur vollsten Zufriedenheit der Firma ausübt. Meine Mutter war Lehrerin.»

«Hauswirtschaft?» fragte Casey verdächtig freundlich.

«Mathematik und technisches Zeichnen.»

Eine Minute herrschte Stille.

Joe holte tief Luft. «Wenn ich mir diese Sammlung so ansehe, muß Norris Transvestit gewesen sein. Außerdem strebte er eine Goldmedaille im Gewichtheben oder die Hauptrolle in *Schwanensee* an und hatte ein Identitätsproblem.»

«Nein», widersprach Casey. «Er war ein leidenschaftlicher Stikker und hatte ein Identitätsproblem. Die kreative Herausforderung von Kissenbezügen faszinierte ihn, insgeheim aber dürstete er nach dem Zusammensein mit einer barbusigen Bedienung, die er kannte, seit –»

«Ihr liegt beide falsch», entschied Jake. «Das Sticken hatte er als Knacki gelernt, er nahm sich gern eine Nutte mit auf die Bude, die er mit Klamotten behängte (deshalb die Unterwäsche in verschiedenen Größen), tippen hat er gelernt, um sein blödes Buch zu schreiben, er hat sich bemüht, seine Sachen sauber und seinen Körper in Form zu halten – und hatte ein Identitätsproblem.» Er griff nach den drei Geburtsurkunden und las vor. «Nummer eins: Feldman, Bernard, geboren 1949, Chicago, Illinois. Nummer zwei: Glock, Theodore, geboren 1947, Detroit, Michigan. Nummer drei: Clancy, James, geboren 1948, Brooklyn, New York.» Er besah sich die Unterlagen eine ganze Weile mit tiefsinniger Miene.

«Aber er –» setzte Casey an.

«– war Ende Sechzig», sagte Joe.

«Was man ihm auch ansah», ergänzte Jake. «Für falsche Pässe oder Führerscheine kann er sie nicht benutzt haben. Ergo – kein Identitätsproblem.» Er sah einen Augenblick stumm vor sich hin, dann richtete er den Blick auf Joe. «Trotzdem nicht unproblematisch.»

«Ogottogott», stöhnte Joe. «Du hast eine Idee.»

Jake übersah geflissentlich, wie bedrückt Joe plötzlich aussah. «Frag nach, ob in Detroit, Chicago und Brooklyn über die Typen was bekannt ist.»

«Wird gemacht.» Joe wandte sich an Casey. «Hatte Norris eigentlich einen Anwalt?»

«Möchte ich annehmen. Ich erinnere mich, daß er den Vertrag mitgenommen und gesagt hat, daß er ihn noch jemandem zeigen wollte, ehe er unterschreibt.»

«Welchen Vertrag?»

«Für das Buch.»

«Richtig, das Buch.» Joe machte sich mit düsterer Miene Notizen. Jakes freundschaftlich-mildes Lächeln schien ihn nicht heiterer zu stimmen. «Das sollen wir also alles checken, seh ich das richtig?»

«Völlig richtig», bestätigte Jake nachdrücklich und wandte sich an Casey. «Haben Sie in der Küche das Brot aufgeschnitten, die Milch ausgeschüttet und mit dem Messer in Mehl und Zucker herumgestochert?»

«So hungrig war ich nun auch wieder nicht.»

«Manchmal tun die Leute da was rein. Sehen Sie nie fern?»

Casey stand auf. «Meinetwegen. Wir müssen die Sachen wohl sowieso wegwerfen.»

Jake wandte sich an Joe. «Ich danke dir für deine loyale Unterstützung. Die steck ich mir zum nächsten Polizeiball an den Hut.»

Joe deutete auf die Geburtsurkunden. «Deine Dankbarkeit steht mir auch so greifbar vor Augen.» Er sah in Richtung Küche. «Was ist, wenn sie was findet?»

Jake grinste. «Hack hat seine Leute in ihre Wohnung geschickt und sich inzwischen die Bude hier vorgenommen. Die Überraschung im Kleiderschrank stammt von ihm. In der Reizwäsche war ein Zettel versteckt. Er hat uns noch ein paar Sachen dagelassen, die haben wir fast alle aufgestöbert – bis auf eine. Mal abwarten.»

«Du bist doch ein durchtriebener Hund, Jake.»

Casey kam wieder herein. «Norris war wohl zu alt für solche Mätzchen. In den Dosen war nichts und im Käse auch nicht. Ich hab die Reste weggeworfen. Hier sind Plastiktüten für die Sachen, die wir gefunden haben.»

«Und das war alles?» fragte Jake.

Widerstrebend präsentierte Casey einen Sicherheitsschlüssel an einem Schildchen, in das eine Zahl eingeprägt war: 474. «Bis auf das.»

«Gut gemacht.» Jake nahm ihr den Schlüssel ab. «Wo hat der gesteckt?»

«In einer Zuckerdose. Was mag das sein?»

«Scheint sich um einen Schlüssel zu handeln», sagte Jake.

Casey sah Joe an. «Ist er immer so smart?»

«Und ob. Wir nennen ihn Smart Jake. Da kommt Smart Jake, wie geht's denn heute, Smart Jake...»

Jake drückte ihm den Schlüssel in die Hand. «Noch was zum Checken, Smart Joe.»

Joe setzte ein verärgertes Gesicht auf. «Mit dem Schlüssel und den Geburtsurkunden geht für mich und die anderen ein ganzer Tag drauf.»

«Mein Beitrag zu deiner geistigen Ertüchtigung. Du weißt doch, wie nervös du wirst, wenn du Langeweile hast.» Jake stand auf und reckte sich. «Und jetzt zu den angenehmeren Seiten des Lebens.»

«Zum Beispiel?» grollte Joe.

«Zum Beispiel, daß wir diese charmante, zauberhafte und berückende junge Dame in den Verlag eskortieren.»

«Halten Sie sich nur an Ihre barbusigen Bedienungen», sagte Casey. «Ich brauch keine Eskorte und Sie schon gar nicht.»

Jake tippte Joe auf die Schulter. «Ganz schlecht für die Umgangsformen, so ein Job im Verlag.»

Casey funkelte ihn an. «Alter Affe.»

«Und für den Wortschatz», ergänzte Jake.

Casey stürmte hinaus, und sie sahen ihr nach. «Du bist ganz schön brutal, Jake», meinte Joe. «Schließlich hat sie den Schlüssel brav abgeliefert.»

Jake nickte. «Hat sie. Laut Hack waren allerdings an dem Ring zwei Schlüssel.»

Joe machte große Augen. «Den anderen hat sie geklaut?»

Jake grinste. «Sieht so aus. Jetzt trägt sie voller Stolz Hacks Zweitschlüssel für die Garage mit sich herum. Bin gespannt, was sie damit anstellt.»

12

Bei der Fahrt durch die Stadt protestierte Casey lautstark und pausenlos. Total überflüssig, diese Polizeischutzmasche, der Gipfel der Albernheit geradezu, Jake sei ein Trottel und Opportunist, seine Krawatte sei ebensowenig ihr Fall wie er selbst, bei der nächstbesten Gelegenheit würde sie sich bei seinem Vorgesetzten beschweren, was er sich überhaupt einbilde...

Jake behielt den Rückspiegel im Auge und sagte hin und wieder jaja, bis sie drauf und dran war, handgreiflich zu werden. Er parkte in der Nähe des Verlags, schloß den Wagen ab, folgte ihr die Stufen hinauf zur Haustür und über den Gang. Noch ehe sie Caseys Büro erreicht hatten, öffnete sich ganz hinten eine Tür, und Eustace Millington erschien auf der Bildfläche.

«Da sind Sie ja, Casey», sagte er, Jake geflissentlich übersehend. «Ich habe bei Ihnen zu Hause angerufen, aber da hat man mir gesagt, daß Sie schon weg sind. Eine Männerstimme...»

Casey seufzte. «Wahrscheinlich jemand von der Spurensicherung.»

Eustace nahm Caseys Arm und zog sie zu seinem Büro. «Spurensicherung? In Ihrer Wohnung?»

«Ja, sie ist gestern abend durchsucht worden, als wir auf dem Revier waren?»

«Durchsucht?» wiederholte Eustace entsetzt. «Von der Polizei?»

«Nein, nicht von der Polizei?»

«Von wem dann? War es ein Einbruch?»

«Nicht direkt. Es ist sehr kompliziert, Eustace, und hängt mit dem Buch von Norris zusammen. Möglich, daß sie auch mein Büro durchsucht haben, ich habe noch nicht nachsehen können.» Casey kam sich allmählich vor wie ein alter Hase.

Eustace blieb an der Tür zu seinem Zimmer stehen, wie vom Donner gerührt. «Was soll das heißen? Wer? Wozu?»

«Sie haben es bestimmt nur auf mein Büro abgesehen, Eustace. Ich denke mir, daß es ihnen um das Norris-Manuskript geht und um alles, was damit zusammenhängt. Daß Fred Norris ermordet worden ist, wissen Sie wohl inzwischen...»

«Ja, es stand heute früh in der Zeitung. Deshalb muß ich ja so dringend mit Ihnen reden, wir müssen überlegen, wie es weitergehen soll.» Er warf einen Blick auf Jake.

«Hallo», sagte der ganz freundlich.

«Was will dieser Mensch hier?» Eustace hatte Casey in sein Büro bugsiert und versuchte, die Tür zuzumachen, aber Jake kam, noch immer sonnig lächelnd, hinterher und sah sich anerkennend um.

Eustace war sehr vornehm untergebracht: dunkelrote Wände, weiße Türen, weiße Vorhänge und ein sehr alter Perser auf dem spiegelnden Parkett. Das Zimmer sah nicht nach nüchterner Büroarbeit aus, sondern wie das Studierzimmer eines Gentleman. Bücher waren erstaunlicherweise kaum vorhanden, während draußen auf dem Korridor die gefüllten Bücherregale bis an die Decke reichten. Hier schien es keine enge Beziehung zum gedruckten Wort zu geben.

Dafür gab es Bilder, Bilder noch und noch. Gut plaziert und geschickt beleuchtet, funkelten sie von den Wänden wie Juwelen, alt und neu in ausgewogener Mischung – mit einem leichten Übergewicht an Präraffaeliten. Das einzige Zugeständnis an Geschäftliches war ein prachtvoller geschnitzter Schreibtisch mit einem Telefon, einer ledernen Schreibunterlage und einem Tintenfaß aus blankem Messing. Neben der Schreibunterlage lag eine Mappe aus dem gleichen Leder mit einem dünnen Stapel geschäftlicher Unterlagen.

Das war alles.

Ansonsten gab es noch ein Ledersofa mit Knöpfen und vier Ledersessel, die um einen Couchtisch aus Mahagoni standen.

«Angeblich ist er zu meinem Schutz mitgekommen. Ich habe versucht, ihn wegzuschicken, aber er geht nicht», sagte Casey. «Er belästigt mich.»

«Da gibt's nur eins», bemerkte Jake heiter. «Verständigen Sie die Polizei. Hübsch hier, Eustace. Richtig feudal.»

«Hören Sie, Casey ist bei mir vollkommen sicher», legte Eustace sich ins Mittel. «Warum gehen Sie nicht lieber los und schlagen ein paar Halbstarke zusammen?»

Jake hob eine Augenbraue, dann ließ er sich auf das Ledersofa sinken. «Sind Sie bewaffnet, Eustace?»

«Natürlich nicht.»

«Dann bleibe ich. Lassen Sie sich durch mich nicht stören. Ich bin ein toleranter Mensch und nicht so leicht zu schocken. Und hier sitze ich sehr gut. Falls es Kaffee gibt – ich nehme meinen weiß, ohne Zucker.» Er lächelte die beiden freundlich an.

Joe stand an einer Werkbank im Labor. «Was ist es?» fragte er Hack.

«Ein Schlüssel.»

Joe grinste und imitierte Casey. «Bist du immer so smart?»

Hack sah ihn an. «Willste mal 'n Küßchen vom Hammer spüren?»

Joe schluckte. «War ja nur Spaß.»

«Soso.» Hack warf ihm einen giftigen Blick zu, dann richtete er seine Knopfäuglein wieder auf den kleinen Schlüssel, den er in der Wohnung von Norris gegen seinen eigenen ausgetauscht hatte. «Schließfachschlüssel mit Herstellerzeichen und Nummer.»

«Kann man anhand der Nummer das Schließfach ermitteln?»

«Könnte man», sagte Hack unfreundlich.

«Ist ja bestens.»

«Wenn es die Schließfachfirma noch gäbe. Priory Safes haben in den fünfziger Jahren pleite gemacht.» Er mußte lachen. «Jemand hat ihren Tresorraum geknackt und ist mit den ganzen Wertpapieren auf und davon.»

«Mach keine Witze.»

Hack nickte. «Doch, Ehrenwort. Bei dem anderen Schlüssel, dem Chubb, sieht's etwas besser aus. Weil Jake unbedingt wollte, daß er in der Wohnung bleibt, hab ich einen Abdruck gemacht –» Ihm fiel etwas ein. «Wie lange will die Lady eigentlich meinen Garagenschlüssel noch behalten?»

«Keine Ahnung. Ich glaube, Jake will abwarten, was sie damit macht.»

«Also der hat wirklich manchmal Einfälle wie ein alter Eimer», sagte Hack. «War zufällig der einzige Schlüssel in der passenden Größe, den ich bei mir hatte. Aber am Wochenende muß ich den Rasen mähen, und es ist der einzige –»

«Wir sehen zu, daß du ihn sobald wie möglich zurückkriegst. Was ist mit dem Chubb?»

«Das ist ein Türschlüssel, zu einer Haus- oder Wohnungstür. Nicht zu seiner Wohnungstür, das hab ich gecheckt, ehe ich ihn wieder in den Zucker gesteckt habe. Eins wissen wir jedenfalls genau.»

Joe lebte auf. «Ja? Was denn?»

«Es ist der Schlüssel zu Nummer 474. Jetzt brauchen wir bloß noch rauszukriegen, wozu die 474 gehört.»

Joe seufzte. «Sag mir Bescheid, wenn's soweit ist.»

«Dann laß ich alles stehn und liegen und renn zum nächsten

Telefon. Ich hab ja sonst nichts zu tun.» Hack deutete auf die vollgepackte Werkbank. «Wir warten hier doch nur auf die faulen Eier, die Jake uns legt. Einem Wissenschaftler kann überhaupt nichts Besseres passieren, als –»

Aber Joe war schon weg. Hack lachte kurz auf und warf den Wachsabdruck einem seiner Mitarbeiter zu. «Gib das Ding in die Mühle!»

«Galerie Lecomber!»

«Guten Morgen. Mein Name ist Pilkington. Ich habe in Ihrer Gebrauchtmöbelabteilung einen Schreibtisch gekauft –»

«Moment, ich verbinde.»

«Möbelabteilung Szambecki.»

«Guten Morgen. Mein Name ist Pilkington, ich habe gestern nachmittag bei Ihnen einen Schreibtisch gekauft und –»

«Bei mir nicht, ich hatte gestern nachmittag frei. Muß Roberto gewesen sein.»

«Ah so. Ja, könnte ich dann wohl bitte Roberto sprechen?»

«Der hat heute frei. Behauptet er jedenfalls. Ich persönlich –»

«Könnte ich dann jemanden aus Ihrem Büro sprechen?»

«Die im Büro können Sie vergessen. Alles trübe Tassen, keine Ahnung, wann jemand frei hat, wie's mit dem Urlaubsgeld ist und und und.»

«Vielleicht können Sie mir helfen.»

«Na ja, wenn's sein muß... Worum geht's denn?»

«Die Sache ist ganz einfach. Ich habe den Schreibtisch gestern bezahlt und Ihrem Kollegen gesagt, ich würde heute anrufen und die Lieferadresse durchgeben.»

«Ja?»

«Die Adresse habe ich jetzt.»

«Na gut, her damit.»

«Elmhurst Avenue 416, Apartment 3.»

«...hurst, Apartment 3. Alles klar, Mr. Pendleton, ich geb's weiter. Ein Schreibtisch, sagen Sie?»

«Ganz recht. Und mein Name ist Pilkington. Hallo... Hallo?»

«Wollen Sie mir wirklich den ganzen Tag auf der Pelle bleiben?» wollte Casey wissen, während sie ihr kleines Büro betraten.

«Ja. Warum nicht?»

«Weil es völlig überflüssig ist.» Sie setzte sich und starrte verärgert auf die Schreibtischplatte.

«Meinen Sie?» Jake schob sich an ihr vorbei zu dem schmalen Fenster, das auf die Straße hinausging. «Außerdem möchte ich das Manuskript lesen.»

«Das können Sie überall. Bitte, bedienen Sie sich.»

Jake sah noch immer aus dem Fenster. Ein paar Fußgänger, Taxis, die einen Schleichweg fuhren, alles in allem wenig Betrieb. Die meisten der alten Wohnhäuser waren aufgeteilt worden und beherbergten jetzt Büros für Wirtschaftsprüfer, Architekten, Anwälte oder Steuerberater. Ein Angestellten-Getto. Dieses Haus gehörte zu den wenigen, in denen sich nur ein Unternehmen etabliert hatte, weil es früher der Familiensitz der Millingtons gewesen war und Eustace Millington nach dem Tod seines Vaters das oberste Stockwerk als Privatwohnung behalten hatte. Teure Büroräume in der Innenstadt anzumieten und außerdem noch das Haus zu halten – dazu hatte sein Geld nicht gereicht. So war es zu diesem Kompromiß gekommen. Eustace verstand sich offenbar auf Kompromisse.

«Okay.» Jake nahm sich eine der Fotokopien. «Dann mach ich mich mal über das Manuskript her, das Sie und Eustace dummerweise nun doch herausbringen wollen.»

«Geschäftlich gesehen, ist das eine durchaus vernünftige Entscheidung», sagte Casey.

«Es ist schamlose Publicitymache und Sensationshascherei, und das wissen Sie ganz genau. Ich frage mich wirklich, wieso Eustace so wild entschlossen ist, das Buch zu bringen. Na, vielleicht bin ich schlauer, wenn ich den Wälzer gelesen habe. Womöglich ist ja wirklich was dran.» Er drehte den Besucherstuhl so, daß er sowohl die Straße als auch die Tür im Auge behalten konnte, lokkerte den Schlips und fing an zu lesen.

Casey sah ihn einen Augenblick sprachlos an. Dann stotterte sie: «Und Sie... Sie wollen hier einfach so sitzen bleiben?»

«Allerdings.» Er schlug eine Seite um.

«Aber –»

Er sah auf. «Ja?»

«Ich muß arbeiten.»

Jake zuckte die Schulter. «Ich auch. Sie stören mich nicht.» Er vertiefte sich wieder in das Manuskript.

«Wieviel verdienen Sie?» fragte Casey nach einer Weile.

«Genug, liebste Casey, um dir den relativ bescheidenen Lebensstandard zu bieten, auf dem du dich eingerichtet hast. Daß meine Wohnung besser in Schuß ist als deine, wirst du wohl nicht leugnen können. Und meine Vorhänge sind hübscher. Aber ich habe natürlich nichts dagegen, daß du neue aufhängst, wenn wir verheiratet sind. In Kleinigkeiten bin ich großzügig.»

Casey überhörte diese Anspielung. «Sie werden als Lieutenant doch sicher nicht dafür bezahlt, hier herumzusitzen, zu lesen und mich aus dem Konzept zu bringen.»

«Dich will ich ja gar nicht aus dem Konzept bringen», sagte er sanftmütig und blätterte um. «Sondern die da.»

«Wen?»

«Die beiden Gentlemen in dem Wagen, der jetzt schon viermal am Verlag vorbeigefahren ist und gerade zur fünften Runde ansetzt. Vor dem Verlag nehmen sie Gas weg, sehen zu deinem Fenster hoch und fahren weiter. Von mir aus können die das machen, bis sie den Drehwurm kriegen.» Er blätterte weiter.

Die Gentlemen wurden allmählich unruhig. «Der sitzt da bloß so rum», stöhnte der Dicke. «Sieht aus, als ob er sich für den ganzen Tag da eingenistet hat.»

«Krapfen», sagte der Dünne.

Der Dicke ging Plan A durch. «Es wär zu machen, während er auf dem Klo ist. Aber in dem Laden laufen noch mehr Leute rum. An denen müßten wir vorbei, müßten uns das Mädchen schnappen und sie rausbringen. Wär besser, bis zur Mittagspause zu warten.»

Die nächste Runde dauerte ein paar Minuten länger, weil sie hinter einem Laster hingen, der Waren für den Piggy Wiggy Wondermart brachte, und hinter einem Krankenwagen, der über die Washington Avenue brauste, so daß sie bis zur nächsten Grünphase warten mußten. Als sie am Verlag vorbeikamen, sah der Dicke rasch aus dem Fenster.»

«Lage unverändert.»

«Blinis mit saurer Sahne», sagte der Dünne.

Der Dicke wurde nachdenklich. «Ich kenn den Typ. Von 'ner Razzia her, vor drei, vier Jahren. Chase heißt er. Sieht aus wie 'n armer Irrer, benimmt sich wie 'n armer Irrer, ist aber keiner. Acht Jahre hat er Marty Delawitz eingebrockt. Hehlerei hat's geheißen. Wo Marty die blöden Feeney-Klunker bloß 'nem Typ zu Gefallen genommen hat. Wir haben ihm ein echt gutes Angebot gemacht, damit er Marty laufenläßt, aber er ist nicht drauf angesprungen. Ist vielleicht doch 'n armer Irrer.»

Sie mußten scharf bremsen, weil eine alte Pennerlady über die Straße wackelte. Der Dicke prallte mit dem Kopf gegen die Windschutzscheibe und rieb sich die Stirn. «Kannst du nicht aufpassen, du Depp? Beinah hätt das 'n besonderes Kennzeichen für 'n Steckbrief gegeben.» Sie kamen wieder am Verlag vorbei. «Immer noch da», stellte er verdrossen fest.

«Knödel», sagte der Dünne.

Der Dicke seufzte. «Mir hängt der Magen ja auch bis in die Kniekehlen. Halt an der Bude da drüben, wir essen 'nen Happen, und dann rufen wir Rocky an. Mal sehn, was er sagt. Ich würd gern mal wieder so richtig auf'n Putz haun wie früher. Haben wir schon lange nicht mehr gemacht, stimmt's? Eigentlich hätten wir uns 'ne Portion Äktschn verdient, findste nicht?»

«Und Kaffee.»

Eine halbe Stunde später läutete das Telefon auf Caseys Schreibtisch. Sie war in das Norris-Manuskript vertieft und griff zum Hörer, ohne hinzusehen.

«Hallo», sagte sie zerstreut.

«Hallo, Schätzchen», knarzte eine unbekannte Stimme. Sie klang so ähnlich wie Peter Lorre, nur ohne Akzent. «Hättste Lust, dir mit 'nem stumpfen Messer den Hals durchschneiden zu lassen?»

Sie starrte mit geweiteten Augen auf den Apparat und schob ihn weg, als könne er sie jeden Augenblick anfallen. Dabei stieß sie einen leisen Wimmerlaut aus. Jake sah auf, ließ das Manuskript fallen, schnappte sich den Apparat und kriegte noch die Fortsetzung mit.

«Wenn du nicht mit allem rausrückst, was du von Fred Norris bekommen hast, wirst du geteert, gefedert, gevierteilt und aufs Rad geflochten, Schätzchen. Und dann die Salzsäure... Weißt du, was so ein Guß Salzsäure alles anrichten kann?»

«Guten Morgen, du Oberpfeife», sagte Jake sehr laut und sehr munter. «Wie ist das werte Befinden?»

Aus dem Hörer kam ein Zischen, und Jake lächelte.

«Du läßt die Lady schön in Ruhe, ist das klar? Sie weiß nichts, und sie hat nichts, und sie würde dir auch nichts geben, wenn sie was hätte. Wenn aber irgendwo was Interessantes liegt, finden wir's, da kannst du dich drauf verlassen, und wenn's zum Prozeß kommt, haben wir bestimmt Verwendung dafür. Und bis dahin verpiß dich gefälligst.»

Wieder zischte und krachte es in der Leitung. Jake hielt den Hörer weit vom Ohr weg. Er stellte den Apparat wieder an seinen Platz und lächelte Casey zu. «Falsch verbunden.»

13

«Ist mir ganz egal, ich *brauch* das Zeugs.» Casey durchschritt zielstrebig die Automatiktür des Piggy Wiggy Wondermart und griff sich einen Einkaufswagen.

Sie war stocksauer. Den ganzen Tag hatte er an ihr geklebt wie eine widerlich gutgelaunte Klette. Erst als es ihr gelungen war, sich kurz auf die Toilette zurückzuziehen, hatte sie den Schlüssel, den sie bei Norris in der Zuckerdose gefunden hatte, aus dem BH angeln und genauer in Augenschein nehmen können. Es war ein sehr kleiner Schlüssel. Bestimmt das Doppel von dem, den Norris an einer goldenen Kette um den Hals getragen hatte. Endlich eine Möglichkeit, diesen verfahrenen Fall zu knacken. Richard konnte garantiert etwas mit dem Ding anfangen.

Aber dazu mußte er ihn erst mal haben.

Jake hatte mit Argusaugen jeden Brief geprüft, den sie geschrieben, jeden Umschlag, den sie zugeklebt hatte. Wenn sie aus dem Zimmer ging, um ihrer Sekretärin etwas zu sagen, kam er hinterher, und auf der Toilette hatte sie dummerweise keine Mitarbeiterin getroffen, die sie hätte bitten können, Richard den Schlüssel zu schicken. Jake Chase hatte sich zu einer Nervensäge ersten Ranges entwickelt. Sie hätte ihn mit Wonne erwürgen können.

Und auch hier im Supermarkt wurde sie ihn ebensowenig los wie die erbarmungslose Musikberieselung, mit der Piggy Wiggy seine Kundschaft beglückte. Während Casey an den Dosensuppen vorbei zu den Gemüsekonserven rollte, folgte einer ziemlich großzügigen Interpretation von *Ebb Tide* auf der Hammondorgel eine heiße Fassung von *Yes, We Have No Bananas*, dargebracht von einer Mariachi-Band. Unbewußt paßten sie beide ihre Gangart dem neuen Rhythmus an.

«Wir müssen schließlich was essen», meinte Casey. «Und in ein Restaurant lassen Sie mich ja nicht. Also muß ich für Vorrat sorgen. Besonders wenn Sie ständig um mich rumwieseln wie eine besorgte Oma. Brot, Milch, Eier, Butter, Marmelade, Gewürzgurken –»

«Gewürzgurken müssen nicht sein.» Jake, der mit mißmutiger Miene neben ihr hermarschierte, warf immer wieder einen raschen Blick über die Schulter, aber in dem kleinen Supermarkt war außer ihnen nur noch eine kleine, dicke Frau mit einem häßlichen Kind zu sehen.

Eigentlich hatte Jake vorgehabt, Casey gleich nach Feierabend wieder in ihre Wohnung zu bringen. Er stand mit ihr auf der kleinen Vortreppe und wartete auf Joe, den er mit dem Dienstwagen zum Verlag bestellt hatte, als sie plötzlich losdüste und im Supermarkt verschwand. Jake war hin und her gerissen. Auf Joe warten oder Casey folgen, das war hier die Frage. In diesem Moment bog der inzwischen wohlbekannte Wagen wieder um die Ecke und nahm ihm die Entscheidung ab. Jetzt also lief er neben ihr her durch die Gänge, vorbei an Brokkoli und Blumenkohl, und fand das überhaupt nicht lustig.

«Erdnußbutter?» Casey reckte sich hoch und nahm mehrere Gläser vom Regal.

«Mach, was du willst», knurrte Jake und versuchte, an den großen Plakaten mit den Sonderangeboten vorbei nach draußen zu sehen, wo jeden Augenblick Joe auftauchen mußte. «Beeil dich ein bißchen.»

Während sie einen Berg von Mehltüten zum Extrapreis umrundeten, pirschte sich vorsichtig das Duo heran, das den ganzen Tag den Verlag beobachtet hatte.

«Da unten sind sie», sagte der Dicke, der Fritz hieß.

«Also ich find das nicht gut, ehrlich», sagte der Dünne, der Knapp hieß.

«Was findste nicht gut? Die Tomatensuppe?» fragte Fritz mit einem Blick auf die Reihe rotweißer Dosen, an denen sie gerade vorbeizogen.

«Nee. Daß wir hier einfach so reingehn.»

«Einkaufen ist schließlich nicht verboten.» Fritz griff zielsicher nach einer hohen, schmalen Dose Spargel.

«Hier können wir sie doch nicht kassieren.»

«Kann nicht schaden, wenn wir uns mal umsehen. Dazu sind Selbstbedienungsläden da. Siehst du den Ausgang zur Laderampe da hinten? Und siehst du, wie hoch die Regale sind? So hoch, daß man keine Sicht von einem Gang zum anderen hat. Und siehst du, daß im Moment kaum jemand im Laden ist? Nur 'ne fette Frau mit

Kind, der Typ da drüben, der die Melonen stapelt und aussieht, als wenn er vom anderen Ufer ist, und 'ne blonde Gurke an der Kasse. Hier gibt's jede Menge stille Ecken, wo man einen bescheuerten Cop aus dem Verkehr ziehn und sich 'ne Frau schnappen kann. Den Cop legst du zwischen die Cornflakes, die Frau kitzelst du mit der Wumme zwischen den Rippen, und schwupp, flutscht sie raus wie die Paprika aus der Olive. All so was funktioniert, wenn du dich ein bißchen umsiehst, das ist ja der Witz beim Supermarkt.»

Knapp beugte sich mit grämlichem Gesicht über seinen Einkaufswagen. «Spargel mag ich nicht.»

«Der ist auch nicht zum Essen, sondern zum Reinbrettern. Eigentlich wollt ich damit Chase eins auf die Birne geben, aber wenn die Motzerei bei dir so weitergeht, kann ich auch gern woanders anfangen.» Er feixte seinen widerspenstigen Partner an. «Stell dir bloß vor, wie glupschig Rocky guckt, wenn wir ihm die Frau bringen. Der denkt doch, wir sind beknackt, jenseits von Gut und Böse, und das stinkt mir allmählich.»

Knapp kniff die Augen so fest zusammen, daß man berechtigte Zweifel hegen durfte, ob er noch sah, wohin er rollte, und rülpste. «Scheiß-Sodbrennen. Wenn du mich fragst, haun wir ab, Richtung Heimat.»

«Kommt gar nicht in Frage. Wieso sollen wir eigentlich so was nicht mehr bringen? Wär doch gelacht. Jetzt quatsch nicht rum und roll weiter.»

«Ich möchte wirklich wissen, weshalb Norris plötzlich dieses Buch geschrieben hat», sagte Jake. Sie standen vor den Fischkonserven. «Hat er im Knast einen Schriftstellerkurs mitgemacht? Ist er fromm geworden? Wollte er sich rächen? Oder was sonst?»

«Von allem etwas, schätze ich», meinte Casey. «Es gibt zu viele Leute, die sich zu lange ungestraft zuviel haben herausnehmen können, hat er zu mir gesagt, und es ist höchste Zeit, daß einer sie hochgehen läßt.»

«Demnach war seine Sprache auf demselben Niveau wie seine Schreibe.» Jake griff sich eine Dose Hummerkrabbenfleisch.

«Viel zu teuer», protestierte Casey.

«Bloß nicht knausern! Bis zum ersten Kind kommen wir für die Lebensmittelkosten gemeinsam auf, danach zahle ich, und du –»

Da aber war Casey schon entschlossen in den nächsten Gang eingebogen. Er mußte einen Zahn zulegen, um sie, eine zweite

Dose Hummerkrabben in der einen, eine Dose Ölsardinen in der anderen Hand, wieder einzuholen.

Beim Klopapier hatte er es geschafft. Aus dem verstaubten Deckenlautsprecher beschallte die Mariachi-Band sie mit einer Beatles-Nummer. «Es klang irgendwie nicht echt», sagte sie nachdenklich.

Jake, der sich in den Anblick der reichen Auswahl farbenfroher Rollen vertieft hatte, fuhr zusammen. «Wie bitte?»

«Fred Norris meine ich. Das hochgestochene Zeugs, das er andauernd absonderte, schien gar nicht von ihm zu stammen, es hörte sich total auswendig gelernt an. So richtig wach wurde er nur, wenn's um Geld ging – wieviel für ihn rausspringen und ob jemand die Filmrechte kaufen würde, so Sachen. Kein cooler Typ, wenn Sie mich fragen.»

«Und ich hab immer gedacht, der alte Fred ist ein ganz Lieber.» Jakes Stimme war voller Häme. «Was ist denn schon dabei, alten Leuten und kleinen Krautern Schutzgelder abzupressen? War doch eher sozial, daß er versucht hat, den Reichtum umzuverteilen, so muß man das eben sehen.»

«Ich mag Sie nicht.»

«Du magst mich schon, du willst es nur nicht wahrhaben, mein Schatz.» Jake tat die Fischkonserven in den Einkaufswagen, sah an den Regalen entlang und legte prüfend den Kopf schief. «Toll, dieses Rosa, macht mich echt an. Sehr geschmackvoll für den Sanitärbereich.» Er griff sich zwei Rollen und legte sie zu den Dosen.

«Wissen Sie, was Sie mit Ihrem Klopapier machen können?»

«Nein, Schätzchen. Laß mich mal raten.»

Casey machte schmale Lippen und zog weiter. Er lief scheinbar unbekümmert hinterher, aber seine Augen waren überall, und im Nebengang hörte er einen Wagen unsichtbar mit ihnen Schritt halten. Ein Rad quietschte. Die dicke Frau mit ihrem Balg?

«Wieso hat sich Eustace überhaupt mit diesem Norris eingelassen?» fragte er, als sie um die nächste Ecke bogen und die Käsetheke in Sicht kam.

«Er wollte eine neue Reihe starten, in die sollten Leute, die sich aus einem Negativerlebnis wieder hochgezogen hatten, ihre Erfahrungen einbringen. Deshalb hat er die Reihe ‹Phoenix-Bücher› genannt», gab Casey widerwillig Bescheid. «Eustace hat nämlich, wenn man ihn näher kennenlernt, ganz schön was drauf. Er engagiert sich in allen möglichen wohltätigen Einrichtungen, arbeitet in den verschiedensten Komitees mit und leitet die Millington-

Stiftung, die Zuschüsse für Kulturprojekte vergibt. Sie dürfen ihn nicht nach seinem Verhalten gestern auf dem Revier oder heute im Verlag beurteilen. Er macht sich echt Sorgen um mich. Im Grunde ist er sehr nett.»

«Ein wahrer Menschenfreund», bemerkte Jake. «Den muß man einfach lieben.»

Casey seufzte ungeduldig. Als sie die Hand nach dem Käse ausstreckte, bogen Fritz und Knapp auf der anderen Seite des Ganges um die Ecke und hielten geradewegs auf sie zu. Durch Jake lief ein Ruck. Er griff nach dem Schulterhalfter unter seiner Jacke und fixierte Fritz. Während Casey sich über das Käseangebot beugte, kamen die beiden Schurken immer näher. Knapp nahm die Hände von der Stange seines Einkaufswagens, als Casey sich, zwei eingewickelte Packungen Dolcelatte in der Hand, aufrichtete.

Knapp war jetzt direkt hinter ihr, aber sie hatte ihn noch nicht bemerkt. Er streckte schon die Hand nach ihr aus, als in einiger Entfernung jemand quäkte: «Ich will 'nen Lolly!» Es war das häßliche Kind mit der dicken Mutter, die sich jetzt von der anderen Seite näherten.

«Essen Sie den, oder mögen Sie ihn nicht so sehr?» fragte Casey.

Jake fixierte Fritz noch immer. Knapp griff sich wieder seinen Wagen. Langsam rollten die beiden vorbei, überholten die dicke Frau und ihr Kind und verschwanden hinter einem Aufbau aus Olivenölkanistern.

«Na, was ist?» drängte Casey.

«Nicht so sehr.» Jake zog das Sakko glatt. «Ich hab ihn lieber milder.»

«Schmelzkäse-Fan, wie?»

«Im Grunde eß ich alles.» Er horchte auf das Quietschen von Knapps Wagen, der im nächsten Gang an ihnen vorbeirollte und dann stehenblieb. «Was brauchen Sie denn noch?»

«Jede Menge Zeugs», sagte Casey.

«Herr, schenke mir Geduld, aber schnell», seufzte Jake. «Mach zu, Mädchen!»

«Wer hat denn eine halbe Ewigkeit vor dem Klopapier vertrödelt?» Casey schmiß den Dolcelatte und den Schmelzkäse in den Wagen. Sie hatte beschlossen, nicht nur die paar Kleinigkeiten zu kaufen, die sie wirklich brauchte, sondern gleich ihren ganzen Wochenbedarf zu decken. Dieser Jake Chase nervte sie gewaltig. Nicht nur, weil er sie den ganzen Nachmittag nicht einen Schritt vor die Tür hatte tun lassen, sondern weil er sie ständig mit albernen Sprüchen eingedeckt hatte, wenn sie versucht hatte, ernsthaft nachzudenken. Er versprach ihr hoch und heilig, seine Wohnung zu renovieren, wenn sie zu ihm gezogen war, wollte wissen, ob sie lieber bei offenem oder bei geschlossenem Fenster schlief und wie viele Kinder sie sich anschaffen sollten, wenn dieser Film hier zu Ende war, wie er sich ausdrückte.

Für sie war der Film jetzt schon zu Ende. Schluß, aus und vorbei.

Der Typ, der sie im Verlag angerufen hatte, war ihr mit seiner Drohung ganz schön nahegegangen. Wenn sie daran dachte, wurde ihr immer noch flau. Danach hatte Jake abgehoben, wenn in ihrem Büro das Telefon läutete, und dafür mußte sie ihm wohl dankbar sein. Auch ein Päckchen, das ihre Sekretärin hereingebracht hatte, war gar nicht erst bis zu ihr gelangt. Er hatte ihr nicht gezeigt, was drin war, aber daß es weder ein Brillantcollier noch ein kleiner, aber makelloser Utrillo war, hatte sie ihm angesehen. Er hatte einen Streifenwagen zum Verlag bestellt und das Päckchen zur Untersuchung ins Präsidium bringen lassen. Ihre Fragen hatte er mit kindischem Gerede über ihr künftiges gemeinsames Leben, Caseys Lieblingseis und ihre Kindheitserinnerungen abgeblockt. Er war wirklich ein unmöglicher Mensch.

Noch nie waren ihre Sekretärin und die anderen Schreibdamen so oft bei ihr aus und ein gegangen. Andauernd hörte sie Gekicher und Geflüster auf dem Gang, dann kamen sie frisch geschminkt und mit völlig unwichtigen Papieren und Problemen angelaufen.

Ausgesprochen widerwärtig, dieses Getue.

«Salz», zählte sie auf. «Und Zahnpaste und Mayonnaise und Waschpulver und –»

«Stop! Sie brauchen nur ein paar Kleinigkeiten, haben Sie gesagt.»

«Wenn Sie mich wie eine Gefangene halten, muß ich Vorräte anlegen. Man weiß ja nie, wann die Rothäute angreifen.»

«Kommen Sie mit.» Er packte sie am Arm und zog sie nach hinten zum Telefon.

«Ich –»

«Klappe halten und stillgestanden!» Er drückte sie an die Wand und schlug ihr dabei aus Versehen den Hörer gegen die Stirn.

«Au!»

Er führte mit verschiedenen Leuten kurze, unverständliche Gespräche und ließ sich dann mit seinem Partner verbinden. «Joe? Wo zum Teufel steckst du?»

Casey konnte Joes Antwort hören. «Die Frage kann ich dir zurückgeben. Ich bin schon viermal um den Block gefahren.»

«Wir sind in diesem verdammten Piggy Wiggy Wondermart.» Aus dem Lautsprecher über ihren Köpfen malträtierte die Mariachi-Band Eleanor Rigby. Die Ärmste, dachte Casey mitleidig.

«Was machst du denn da?» schrie Joe.

«Tanzen», rief Casey in den Hörer, den Jake so hielt, daß das Ende ihre Nasenspitze berührte. Die Schnur hatte sich um ihren Hals gewickelt.

«Wie? Moment, ich halt mal eben an. Ich hab nämlich tanzen verstanden.»

«Er tanzt, und ich bin am Ersticken.» Casey versuchte, die Schnur über den Kopf zu streifen.

«Quatsch nicht rum», schnauzte Jake. «Stell die Karre irgendwo ab, ich brauche schnellstens Verstärkung. Die beiden Macker haben was vor, sie sind hier drin und kaufen ein.»

«Was für Macker?» Casey spähte unter seinem erhobenen Arm hindurch. «Ich seh nur eine Frau und einen kleinen Jungen.»

«Kaufen ein?» echote Joe ungläubig.

«Jedenfalls tun sie so. Eigentlich sind sie wohl nur scharf auf hundertzehn Pfund Casey Hewson. Mach Trab, wir sind hinten bei den Kartoffeln.» Er hängte ein, drückte Casey mit seinem Körper noch dichter an die Wand und warf ihr einen warnenden Blick zu. «Wir warten auf Joe.»

«Hier?»

«Find ich gar nicht mal so schlecht.» Er spürte, wie sie protestierend zappelte, fand es sogar recht gut und machte ein väterlich-besorgtes Gesicht.

«Hey, das ist kein öffentlicher Fernsprecher, Mister.» Es war der Jüngling, der die Melonen gestapelt hatte. «Das ist der Apparat von Mr. Dibney, der ist hier Filialleiter und läßt keinen –»

Jake wandte sich um. «Und wo ist dieser Dibney?» Seine Stimme war beängstigend leise geworden.

«Auf... auf der Bank.»

«Da ist er gut aufgehoben.»

«Aber hören Sie mal, Sie können doch nicht –»

Jake angelte Ausweis und Dienstmarke aus einer Innentasche. «Doch, mein Sohn, ich kann. Und jetzt verdufte zu deinen Melonen.»

Der Jüngling schlotterte leicht. «Ach du Scheiße! Razzia?»

«Wie kommst du darauf? Würde die sich hier lohnen?» erkundigte sich Jake interessiert.

«Keine Spur.» Der Junge sah sich nervös um.

«Hast ein kleines Versteck hier, oder? Ein bißchen Dope zwischen Melonen und Äpfeln.»

«Ich hab keine Ahnung, über was Sie da reden.» Der Junge fuhr unwillkürlich mit den Händen an die Jackentasche.

«Versteht sich. Du verdienst dir bloß in den Ferien ein bißchen was dazu, wie viele von den Kids heute», bestätigte Jake freundlich.

«Dieser Mann versucht, mich zu erwürgen», mischte Casey sich ein, die es endlich geschafft hatte, ihren Hals von der Schnur zu befreien. «Er gefährdet die öffentliche Ordnung.»

«Ganz meine Meinung.» Der Junge schlängelte sich unauffällig in Richtung Ausgang.

«Da kommt Joe», sagte Jake. «Auf geht's.»

«Ich bin aber mit dem Einkaufen noch nicht fertig», jammerte Casey. Sie machte sich los und griff nach dem Einkaufswagen.

In diesem Moment tauchten unerwartet und für Joe unsichtbar Fritz und Knapp hinter den gestapelten Gewürzkisten hoch. Sekunden später waren sie bei Casey, stießen den überrumpelten Jake beiseite und packten sie fest an den Armen.

«Hey, so geht das nicht.» Jake langte nach seiner Waffe, wurde aber von der Telefonschnur, die noch immer um seinen Arm lag, zurückgezogen, so daß er das Gleichgewicht verlor.

«Komm, Schätzchen, jemand will dich sprechen», flüsterte Fritz Casey ins Ohr.

«Lassen Sie mich los!»

«Hört mal, Jungs», sagte der Supermarkt-Jüngling zaudernd, «wir wollen hier doch nicht –»

In diesem Augenblick kam Joe um den Kistenstapel herum, erfaßte die Situation und zog den Revolver. Knapp ebenfalls. Jake, der noch immer in den Fesseln der Telefonschnur zappelte, angelte mit der linken Hand nach der Waffe, konnte aber aus diesem Winkel nicht zielen. Er ruckte mit den Schultern und riß dabei das Telefon aus der Halterung. Der Apparat krachte zu Boden und läutete wie verückt, als Joe ihn hinter sich herschleifte. Der Jüngling sah die Kanonen, schrie dem Mädchen an der Kasse zu: «Ruf die Cops!», begriff, daß die Cops schon da waren, und verbesserte sich rasch: «Laß sein, wir haben sie schon am Hals.»

«Nein, nein, ruft die Cops, ruft die Cops», bekräftigten Jake und Joe im Duett.

Es stand unentschieden. Jeder hatte einen Plan im Kopf, aber keiner wollte sterben. Die munteren Klänge des *Mexican Hat Dance* untermalten die Szene. Knapp schwitzte heftig. Fritz, der sich den ganzen Nachmittag mit Pepsi Light angetörnt hatte, bedauerte, daß er vor dem großen Coup nicht noch einmal auf Toilette gegangen war.

«Vielleicht ein andermal», sagte Knapp und versuchte, an Casey vorbei seinen Partner anzusehen.

«Das habt ihr euch so gedacht. Ihr seid verhaftet.»

Fritz richtete sich auf. «Bloß weil wir die Lady auffangen wollten, sie wär nämlich beinah hingefallen.»

«Schließlich leben wir in einem freien Land», ergänzte Knapp etwas ängstlich.

«Dann laßt sie gefälligst los», verlangte Jake grimmig.

«Vielleicht braucht sie 'n bißchen frische Luft», schlug Fritz vor. «Wo sie doch eben beinah hingefallen wär...»

«Bißchen stickig hier drin.»

«Nein, danke.» Casey versuchte sich loszumachen. «Ich brauche keine frische Luft.»

«Pfoten weg.» Joe machte einen Schritt auf sie zu.

«Total humorlos, der Mann», sagte Knapp gepreßt.

«Mach dir nichts draus», tröstete Fritz, der merkte, daß Knapp drauf und dran war durchzudrehen. Unvermittelt gab er Casey frei und schubste sie zur Seite. Knapp, der darauf nicht gefaßt war und nicht losgelassen hatte, prallte zusammen mit Casey gegen die Gewürzkisten, und Fritz drückte vor lauter Schreck ab. Die Kugel ging daneben und traf den Tomatensaftturm. Ein roter Strahl ergoß sich über Jakes Gesicht.

«Den hat's erwischt», kreischte der Melonenjüngling.

Jake fuhr sich übers Gesicht und betrachtete schreckensbleich seine rottriefende Hand.

«Du Schwein!» Wütend ballerte Joe los, traf eine der wackelnden Gewürzkisten, aus der sich eine Chilipulverwolke erhob.

Knapp drückte heftig niesend noch zweimal ab und traf eine Dose Senf und einen Vierliterkanister kalt gepreßtes griechisches Olivenöl. Der Senf quoll zum größten Teil über das Regal und landete auf dem Kopf der dicken Frau und ihres Sohnemanns, die neben einem Stapel von Schokoriegeln in Deckung gegangen waren. Sohnemann fing an zu flennen, die Frau griff sich eine Doppelpackung Schokoriegel, wickelte sie aus und stopfte einen dem Kind in den Mund. Während der Senf eine innige Verbindung mit ihrem Haar einging, aß sie langsam den anderen Riegel und nahm sich zum drittenmal in diesem Monat vor, in eine bessere Gegend zu ziehen.

Indessen war auf der anderen Seite des Regals der Olivenölkanister unter dem Aufschlag der Kugel in sich zusammengesunken und verströmte, zu Tode getroffen, seinen grünlichen Inhalt auf den Boden.

«Jake! Liebling!» Endlich war es Casey gelungen, sich aus Knapps Klammergriff zu lösen und zu ihrem taumelnden Beschützer zu eilen. Dabei geriet sie in die Olivenöllache, kam ins Rutschen und griff haltsuchend nach dem Ärmel des Melonenjünglings, der ebenfalls anfing zu schlittern.

Gemeinsam rammten sie Jake, der sich, nachdem er gemerkt hatte, daß er diesmal noch nicht gestorben war, gerade angeekelt den Tomatensaft vom Gesicht wischte, und alle drei fielen in die grünlich-ölige Suppe.

Fritz hielt inzwischen unerschütterlich die Kanone auf Joe gerichtet, der seinerseits den hysterischen Knapp in Schach hielt und Fritz aufforderte, seine Knarre wegzuschmeißen.

«Nicht mit uns, Cops», sagte Fritz. Es klang wie im Kino und imponierte ihm selbst sehr.

«Genau», krähte Knapp. «Nicht mit uns. Alle zwei kriegste doch nicht.»

Mittlerweile hatte Jake glücklich seine Waffe zu fassen bekommen und zielte zwischen dem Melonenjüngling und Casey hindurch, die beide Mühe hatten, sich aufzurappeln. «Aber zwei Cops, die kriegen euch», rief er, während er zwischen vier zappelnden Ellbogen hindurchzusehen versuchte und die Waffe entsicherte.

Leider verlor in diesem Augenblick Casey, die schon fast wieder aufrecht stand, erneut den Halt. Ihre wild rudernde Hand traf den Lauf und schlug Jake die Waffe aus der Hand. Die Kanone landete in dem Mehltütenstapel und ging los.

Von der Kasse her hörte man die Blondine jammern. «Mr. Dibney, Mr. Dibney, rasch, rasch, ein Überfall!»

Und nach ein, zwei Sekunden in den höchsten Tönen: «Mr. Dibney, kommen Sie zurück! Kooommen Sie zurü-ü-ü-ck!!!»

Hustend und niesend versuchte Jake aufzustehen, rutschte in dem Öl aus und ging wieder zu Boden. Joe, der auf ihn zulief, geriet an den Rand der sich immer weiter ausbreitenden Lache und drehte, um nicht hinzufallen, erstaunlich graziöse Pirouetten, wobei er den rechten Arm weit von sich streckte und mit dem anderen an den erst unlängst so liebevoll errichteten Melonenstapel stieß, dessen untere Reihe sich löste.

Zuerst langsam, dann immer schneller rollten die Melonen von der schrägen Verkaufsfläche herunter. Die ersten fielen zu Boden und platzten auf, die nächsten landeten weich, blieben ganz und dienten als hübsch gerundete Startrampe für die übrigen.

Die Melonen schlugen Fritz und Knapp, die verzweifelt versuchten, in den Mehlschwaden den Durchblick zu behalten, unsanft gegen die Knöchel. Als Knapp nach unten – auf die vermeintlichen Angreifer – schoß, flog ihm ein Hagel von Melonenkernen um die Ohren.

«Zwerge!» brüllte Fritz, als die unsichtbaren Melonen gegen seine Knie prallten. «Jetzt haben sie sich Zwerge zur Verstärkung geholt.» Auch er schoß nach unten, und der blindlings durch die Gegend tappende Knapp bekam Fritz' letzte Kugel in den linken Fuß und brüllte wie ein Stier.

Genervt durch das tierische Gebrüll, schrie auch Fritz auf. Casey erschrak bis ins Mark und schrie ebenfalls. Dieser unerwartete dreifache Ausbruch veranlaßte den Melonenjüngling zu angstvollem Gekreisch. Er machte sich auf allen vieren davon, bedenkenlos alles über den Haufen rennend, was sich auf Kniehöhe befand, wodurch sich der entsetzte Knapp in seiner Meinung bestätigt sah, sie seien jählings und unbegreiflicherweise von bösartigen Zwergen umgeben. Joe und Jake, die vergeblich versuchten, durch die ziehenden Mehlwolken hindurch zu erkennen, was es mit dem Geschrei und dem Gezappel auf sich hatte, brüllten:

«Ruhe! Stehenbleiben! Sitzenbleiben! Ruhe, verdammt noch eins!»

«Einer von den Scheißzwergen hat mich angeschossen.» Knapp hopste wütend auf einem Fuß herum und versuchte, den anderen festzuhalten. «Mistviecher, verdammte!» Durch den Schmerz fast in Raserei versetzt, verschoß er die letzte Kugel nach unten, in der Hoffnung, einen seiner eingebildeten kleinwüchsigen Widersacher zu treffen. Statt dessen traf er den Eisenträger des Obststandes. Die Kugel prallte ab und sauste aus einer neuen, völlig unerwarteten Richtung schrill pfeifend an Fritz' Ohren vorbei.

«Verstärkung», brüllte Fritz. «Los, Mann! Nichts wie weg!» In dem Mehldunst machte er mit einiger Mühe den herumhopsenden

Knapp aus, packte ihn am Arm und zog ihn aus dem Gang. Bei jedem Schritt mit dem verletzten Fuß fluchte Knapp ununterbrochen.

Die Kassenblondine war wie versteinert stehengeblieben, als hinten in den langen, schmalen Gängen die schrille Kakophonie von Gebrüll, Geballer und Gekreisch tobte. Mit offenem Mund hatte sie die roten und grünen Pfeile angestarrt, die den Weg zu den Sonderangeboten wiesen und langsam, aber sicher hinter den aufsteigenden Mehlschwaden verschwanden.

Starr vor Entsetzen sah sie jetzt zwei unheimliche weiße Wesen auf sich zukommen, von denen das eine hinkte und fluchte, das andere mit einer Kanone herumfuchtelte. Allein und unbewaffnet, von Mr. Dibney im Stich gelassen, wählte sie den einzigen Ausweg, der einer schwachen Frau unter diesen Umständen blieb: Sie schloß die Kassenschublade und sank in Ohnmacht.

Fritz und Knapp bemerkten sie gar nicht, als sie an der Kasse vorbeistolperten.

Wolken von Mehl- und Chilipulver stiegen aus ihren Sachen auf, der Schweiß floß in Bächen über die verkleisterten Gesichter und ließ hier und da eine rosafarbene Paste entstehen. An den Hosenbeinen klebte eine dicke Schicht von Melonenkernen. Die Automatiktür öffnete sich sirrend, und sie stürzten ins Freie, dem rettenden Wagen entgegen. Ein Hund setzte sich bellend auf ihre Spur. In der Ferne hörte man das Jaulen der näher kommenden Streifenwagen.

Hinter ihnen im Supermarkt herrschte Stille.

Der Lautsprecher, von dem letzten Querschläger tödlich getroffen, hing schief von der mit Einschüssen bepflasterten Decke und gab nur noch hin und wieder ein gequältes Knistern von sich.

Niemand sagte etwas.

Niemand regte sich.

Sachte senkte sich die Mehlwolke auf die Köpfe und Schultern von Jake, Joe, Casey und dem Melonenjüngling, die in der Lache aus Olivenöl, Gewürzen, Melonenbrei und Tomatensaft einträchtig beieinandersaßen.

Nach geraumer Zeit stieß Jake einen tiefen Seufzer aus. Er hob die nasse Hand und rieb sich die Stirn, auf der Chilipulver in eine Schramme geraten war und höllisch brannte. Ein Rinnsal lief ihm über die Wange in den Mundwinkel. Zerstreut leckte er daran.

«Nicht genug gesalzen», sagte er.

14

«Ach, Misses Pemberton, ich Sie schon erwarten.»

Molly Pemberton wandte sich auf der Treppe um. «Ja, Mr. Niforos?»

«Sie haben geliefert heute.» Auf Mr. Niforos' munterem Mondgesicht glänzte der Schweiß, Augen und Zähne blitzten. «Ich sie haben hereingelassen, und sie stellen unter Fenster, wie Sie sagen, aber dort er nicht gut aussehen, so sie stellen unter andere Fenster, und dort er auch nicht gut aussehen, weil haben nötig Abziehen und Saubermachen, und ich zu mir sagen, Niforos, du nehmen und machen neu unten in Keller, denn das du haben gelernt in alte Heimat, bis du gekommen hierher und machen Hausmeister, also ich ihnen sagen. Sie nicht froh, aber ich ihnen sagen halten Rand, ich ihnen geben Trinkgeld in Ihrem Namen, und endlich sie mir tragen herunter. Sie brummen, aber machen. Das in Ordnung?»

«Wie lieb von Ihnen, Mr. Niforos», sagte Molly Pemberton gerührt. «Aber das war doch gar nicht nötig. Ich hatte ihn eigentlich nur streichen wollen, in irgendeiner heiteren Farbe –»

Sie unterbrach sich, als sie Mr. Niforos' entsetztes Gesicht sah. «Streichen?» wiederholte er gequält. «Aber wunderschöne Holz das, Kirschenbaumenholz, Misses Pemberton, Sie nicht haben gewußt? Herrlich Maserung, nur Firnis so furchtbar, ganz furchtbar, müssen Barbar gemacht haben, viel zu dick und billig, platzen ab...»

«Ich hatte ja auch den Eindruck, daß er so ein gewisses Etwas hatte», sagte Molly, ganz beglückt von dieser Bestätigung ihres künstlerischen Gespürs aus dem Munde eines Fachmanns. «So ein inneres Leuchten...»

«Genau, ganz genau. Sie haben Stil, Misses Pemberton, Sie haben Blick.» Überdies hatte sie das Herz von Victor Niforos gewonnen, das – wüßte sie es doch! – unter dem karierten Hemd heiß und hoffnungsvoll für sie schlug.

Er hatte ein leidenschaftliches Naturell, dem das pomadige Wesen seiner zärtlichen, aber schwerfälligen Ehefrau keine Erfüllung gewährte. Zur Zeit war sie in Cleveland, bei ihrer Tochter Sofia, die ihr erstes Kind erwartete und ihn somit in Kürze zum Großvater machen würde. Er war zu jung, um sich schon mit dem Alter abzufinden, und hatte das Gefühl, daß ihn das Schicksal schnöde hintergangen hatte.

Kaum hatte er Molly Pemberton kennengelernt, waren in seiner

Brust geheime Sehnsüchte erwacht. Für ihn war sie ein geheimnisumwittertes Wesen. Was machte sie dort oben so ganz allein, nur in Gesellschaft ihres Katers? Gewiß, sie war nicht mehr ganz jung, aber sie hatte noch immer eine jugendliche Figur. Und wie bezaubernd sie sich kleidete, so modisch, das silbergraue Haar nach der neuesten Mode geschnitten, wie in den Zeitschriften, die bei seinem Zahnarzt im Wartezimmer lagen. Sie mußte so was wie eine Hexe sein. So ruhig, so elegant, und dabei diese dunkel glühenden Augen...

Molly war in Gedanken schon in ihren alten Morgenrock geschlüpft und hatte die Kontaktlinsen abgelegt. Sie lächelte Mr. Niforos zu. «Es ist sehr lieb von Ihnen, Mr. Niforos. Natürlich gebe ich Ihnen das Geld dafür...»

Er machte ein finsteres Gesicht. «Nein, nein, ich machen für Freundschaft. Für Holz, damit wieder können atmen.» Er überlegte einen Augenblick. Von der Liebe allein kann der Mensch bekanntlich nicht leben. «Sie können zahlen Material», entschied er großzügig.

«Natürlich. Seien Sie mir nicht böse, ich hätte wissen müssen, daß einem guten Handwerker jede Art von Pfusch in der Seele weh tut.»

Da siehst du es, jubilierte sein liebendes Herz, da siehst du, wieviel Takt, wieviel Verständnis sie hat. Daß sie dir Geld geboten hat, war nur ein Ausrutscher, sie hat nicht gewußt, wie sie das Geschenk annehmen sollte. Dafür war man eben in Amerika, die Frauen hier waren unsicher, sie wußten nicht, wohin sie gehörten. So etwas mußte man berücksichtigen. «Genau, ganz genau. Für Sie ich machen, zum Vergnügen.»

«Ich bin schon sehr gespannt», sagte sie und ging eine Stufe weiter. «Und wenn er fertig ist, sagen Sie mir, wo er in der Wohnung am besten aussehen würde.»

Er sah zu ihr auf. War das endlich die Einladung, von der er seit Jahren träumte? Er spürte, wie er erst rot, dann blaß wurde, und machte eine steife kleine Verbeugung. «Das ich werden tun, natürlich», sagte er gepreßt und ungewohnt förmlich unter dem gewaltigen Druck seiner Gefühle.

«Danke, Mr. Niforos, Sie sind ein Schatz. Wir können von Glück sagen, daß Sie sich so nett um uns alle kümmern.» Molly schenkte ihm ein freundliches Lächeln – hoffentlich war es richtig so, er war ein so merkwürdiger, unberechenbarer Mensch – und ging weiter.

Victor Niforos blickte ihr nach und horchte verzückt auf ihre leichten, raschen Schritte. Erst als die Wohnungstür zwei Stockwerke über ihm zufiel, dachte er wieder daran, was er hinter der untersten Schublade des Schreibtischs gefunden hatte. Der Fund verwirrte und verunsicherte ihn noch immer. Ein schmutziges Taschentuch, klebrig und voller Flecken, ein Küchenmesser mit gesplittertem Griff und ebenfalls dunkelfleckiger Klinge und – um den zerbrochenen Griff gewickelt – ein Schlüsselring an einer dünnen goldenen Kette. Das Messer hatte er sofort in den Ofen geworfen, die Berührung war ihm seltsam unangenehm gewesen.

Den Schlüsselring aber hatte er abgewaschen und behalten, weil er zunächst gedacht hatte, das Schlüsselchen gehörte zu dem Schreibtisch. Erst später hatte er gemerkt, daß er nicht in das Schloß paßte. Ein seltsamer Schlüssel, er hatte so was vorher noch nie gesehen. Wahrscheinlich gehörte er einem Vorbesitzer des Schreibtischs, irgend jemandem, der ihn längst verloren geglaubt hatte. Und irgendwann, vielleicht schon vor vielen, vielen Jahren, war auch das Messer dort hinuntergerutscht.

Er wußte, daß Mrs. Pemberton den Schreibtisch aus zweiter Hand gekauft hatte, demnach gehörte auch der Schlüssel jetzt ihr. Von dem Messer mochte er ihr gar nichts erzählen – etwas so Blutrünstiges war kein Thema für eine Traumfrau wie sie –, aber das Schlüsselchen mit der reizenden Messing-Eichel daran? Er tastete in seiner Hemdentasche danach. Den Schlüsselring würde er ihr zusammen mit dem aufgearbeiteten Schreibtisch präsentieren.

Sie würde sich bestimmt sehr freuen.

15

Joe und Jake saßen nebeneinander auf Caseys Couch und horchten auf das Prasseln der Dusche im Badezimmer. Jake hatte sich gesäubert und umgezogen, Joe aber steckte, da ihm von Jakes Sachen nichts paßte, in dessen Bademantel, während seine Klamotten, steif von Gemüsesaft und höchstwahrscheinlich rettungslos hinüber, in Caseys Küchenspüle lagen.

Beide waren noch ziemlich angeschlagen von Captain Klotzmans explosiver Reaktion auf das Bild, das sich ihm nach seinem Eintreffen im Piggy Wiggy Wondermart geboten hatte. In seiner Wut hatte er sich zu völlig neuen sprachschöpferischen Höhenflügen aufgeschwungen, bis Sergeant Pinsky, der Sanitäter in Vietnam gewesen war und ernstlich befürchtete, den Captain könne der Schlag treffen, ihn weggebracht hatte.

Jake fand, daß er wieder einmal verkannt wurde.

Joe fand, daß sie mit einem blauen Auge davongekommen waren.

Es gab noch mehr Probleme.

«Becky bringt mich um», sagte Joe.

«Nicht ausgeschlossen», räumte Jake ein.

«Den Sakko hat sie mir letztes Jahr zum Geburtstag geschenkt.»

«Ich weiß. Wir haben ihn zusammen für dich ausgesucht.»

Joe seufzte. «Und das waren meine Lieblingsschuhe.»

«Ist auch bekannt.»

Sie hörten eine Weile der Dusche zu.

«Übrigens hab ich den Besitzer des Wagens ermittelt, dessen Nummer du durchgegeben hast», sagte Joe.

«Komm, sag schon.»

«Marvin Littlewood. Da staunst du, was? Pro forma leitet Littlewood eine Leihwagenfirma, aber er verleiht seine Schlitten nur an Ronald Lightfoot.»

«Steuermasche.»

«Vermutlich. Diesen Richard Armbruster haben wir noch nicht gefunden. Telefonanschluß nicht vorhanden. In Hill Crest wohnt eine Agatha Armbruster, aber das ist eine alte Jungfer von vierundsiebzig.»

«Altjüngferlich hat er sich gerade nicht angehört», sagte Jake. «Habt ihr es beim Finanzamt probiert? Beim FBI?»

«Bisher Fehlanzeige.»

Das Rauschen verstummte. Nach ein paar Minuten kam Casey, barfuß und in einem Baumwollkimono, aus dem Schlafzimmer. Das nasse Haar ringelte sich in tropfenden Strähnen um ihr Gesicht, sie rieb lustlos mit einem Handtuch daran herum. Sie hatte kein Make-up aufgelegt und Schatten unter den Augen.

Jake fand, daß sie hinreißend aussah, und sagte ihr das auch.

Sie machte ein ablehnendes Gesicht und verschwand in der Küche. Nach kurzer Zeit kam sie zurück, setzte sich und sah die beiden mit leerem Blick an. «Diese Typen wollten mich kidnappen», sagte sie träumerisch.

«Stimmt», sagte Jake.

«Nicht umbringen.»

«Nein. Jedenfalls nicht gleich.»

«Warum?»

Jake seufzte. «Das würde mich auch brennend interessieren. Es waren Lightfoots Leute. Ob Papa Lightfoot sie auf dich angesetzt hat oder ob es Baby Lightfoot war, weiß ich nicht. Noch nicht jedenfalls, da sind wir noch dran.»

«Wer ist Baby Lightfoot?»

«Du hattest ihn heute vormittag an der Strippe.»

«Ach, du meinst Ronald.»

«Sehr richtig. Aber sie nennen ihn Rocky.»

«Rocky?» wiederholte sie verblüfft.

Joe zog ein Gesicht. «Na ja, das ist gewissermaßen, weil...» Er gab es auf.

Eine Weile hockten sie stumm herum.

«Aus dem Supermarkt haben wir ganz schön Kleinholz gemacht», meinte Casey. Das trockengerubbelte Haar wirkte wie ein Heiligenschein, was sie noch kleiner wirken ließ.

«Ich schätze, der Melonenjüngling und sein Boss haben nebenbei ein bißchen gedealt», sagte Jake, und Joe nickte.

«Gedealt?» fragte Casey.

«Drogen.»

«Zu dumm. Sie haben so gutes Obst und Gemüse.»

«Hatten», korrigierte Jake.

Joe sah Casey nachdenklich an. «Ich hab mir mal das Manuskript angesehen, das Sie heute nachmittag rübergeschickt haben. War Ihrem Boss eigentlich nicht klar, daß Lightfoot ihm und Norris eine dicke Verleumdungsklage angehängt hätte, wenn das Buch rausgekommen wäre?»

«Doch, natürlich, das sollte ich ja gerade verhindern. Aber es war gar nicht so einfach, Norris zu bremsen, das hab ich Jake schon erzählt.»

«Du solltest das Buch also so hinbiegen, daß euch juristisch keiner an den Wagen fahren konnte?» meinte Jake. «Mit so was beauftragt man normalerweise einen Anwalt.»

«Ja, also... Ich bin nämlich Anwältin», sagte Casey etwas verlegen. «Das heißt, ich habe einen Abschluß in Jura, ich habe aber hier nie als Anwältin gearbeitet.»

«So eine ist das also», sagte Jake in gespieltem Entsetzen zu Joe. «Und warum sitzt du nicht an deinem Schreibtisch und versuchst, arme, hilflose Sittenstrolche und Massenmörder den Fängen der bösen Cops zu entreißen?»

«Weil das schon zu viele Kollegen machen», erwiderte Casey ziemlich scharf. Sie stand auf und ging wieder in die Küche.

«Hast du das gehört?» sagte Joe nachdenklich. «Doch noch kein ganz hoffnungsloser Fall.»

Casey kam mit gefüllten Kaffeetassen zurück. «Außerdem hat mir Jura im Grunde keinen Spaß gemacht. Das Examen habe ich bloß meinem Vater zuliebe durchgezogen, und der ist jetzt tot. Das Verlagsgeschäft finde ich viel anspruchsvoller.»

«Nicht ein bißchen zu anspruchsvoll?» fragte Joe.

Sie schob das Kinn vor. «Das hier ist kein Normalfall. Im allgemeinen kriegen Anwälte viel öfter eins über den Schädel als Verleger.»

«Was du nicht sagst», staunte Jake.

«Ist doch logisch.» Sie setzte sich.

Es gab eine kleine Pause. Jake lehnte sich zurück und musterte Miss Casey Hewson sehr nachdenklich. Es mußte eine Erklärung für ihre Haltung und ihre Handlungsweise geben.

Fest stand, daß sie nicht das blonde Dummchen war, als das sie gern gesehen werden wollte. Das Studium der Rechte erfordert ein gewisses Maß an logischem Denken. Vielleicht war sie deshalb nach den Ereignissen der letzten vierundzwanzig Stunden nicht so sehr verschreckt und verängstigt als vielmehr verärgert und aggressiv.

Andererseits hatte sie verkündet, daß sie ihn nicht leiden konnte, und das war entschieden unlogisch, weil er ja ein Mensch war, den man einfach mögen mußte. Das wußte er von seiner Mutter.

«Du hast also keine Angst?» fragte er. «Nicht mal jetzt?»

Das Kinn befand sich noch immer in vorgeschobener Position. «Leute, die mich hätten umbringen wollen, hätten das heute ein paarmal tun können. Und was ist passiert? Nichts ist passiert. Deshalb geht es ihnen nicht um mein Leben, sondern um was anderes.»

«Sehr einfach», sagte Jake. «Die meinen, daß du die Unterlagen von Norris hast.»

«Aber ich hab sie nicht. Was ist, wenn wir das laut und deutlich sagen?»

«Das nimmt Ihnen keiner ab, und wenn Sie's noch so laut und deutlich sagen», meinte Joe bedrückt. «Vielleicht, wenn die sie ein paar Tage auf Schonkost gesetzt und durch die Mangel gedreht haben, mit einer kleinen Kostprobe Folter...»

Sie war etwas blaß geworden. «Aber – AAAAHHHH...» Der Schrei hätte den nervenstärksten Mann vom Sitz gerissen, die beiden aber hatten schon vorher zur Waffe gegriffen, denn nicht nur Casey hatte das Klopfen am Schlafzimmerfenster gehört.

«Da siehst du mal, wie gefährlich du lebst», sagte Jake erbost.

Es klopfte wieder.

«Seit wann klopfen Verbrecher an?» fragte Casey, aber ihre Stimme bibberte leicht. Sie sah zu, wie Joe in den tiefen Taschen von Jakes Bademantel nach seinem Revolver fahndete.

Es klopfte zum drittenmal. Diesmal klang es sehr nachdrücklich.

«Da muß wohl jemand aufmachen», meinte Joe, der seine Dienstwaffe zwischen den Sofakissen wiedergefunden hatte. Er ging zur Schlafzimmertür, und Jake folgte ihm. Sie faßten rechts und links der Tür Posten. Draußen hörte man eine dumpfe Stimme über die Kälte klagen.

«Herrjemine», stieß Casey ungeduldig hervor und war durch die Tür, ehe Jake sie zurückhalten konnte. Sie schob die Schlafzimmervorhänge zurück, entriegelte das Fenster und schob es hoch.

«Gott zum Gruß, junge Frau», sagte Sylvester. «Wie ist das werte Befinden?»

«Ich hab euch einen Job abgenommen», verkündete Sylvester kauend. Casey hatte ihm aus den Resten des Abendessens, das sie sich aus dem Laden an der Ecke hatten kommen lassen, rasch ein Sandwich gemacht. Jetzt kochte sie frischen Kaffee und hörte von der Küche aus zu.

«Ich hab das Lightfoot-Haus beluchst», fuhr Sylvester fort und wischte sich gewissenhaft an einer Papierserviette die Fingerspitzen ab, ohne im übrigen die Dreckschicht an den Händen in Mitleidenschaft zu ziehen.

«Wie kommen Sie denn auf so was?» fragte Jake.

«In meiner Zelle hab ich mir die Sache gründlich durch den Kopf gehen lassen. Zuerst hab ich Angst gehabt, und dann...»

«...nachdem der Dampf sich verzogen hatte...» ergänzte Jake.

Sylvester tat, als hätte er den Einwurf nicht gehört. «Und dann hab ich mir gesagt, Sylvester, mein Junge, hab ich mir gesagt, Angriff ist die beste Verteidigung. Gestern abend habe ich eine schwere Kränkung hinnehmen müssen, und auf so was reagier ich sauer.»

«Wieso Kränkung?» fragte Jake.

Sylvester zog die Nase hoch. «Die Typen haben mich glatt ignoriert, haben den alten Schluckbruder einfach nicht ernstgenommen. Und so was geht mir an die Nieren, ehrlich. Ich hab ihnen zeigen wollen, daß der olle Hai noch Zähne hat. Den ganzen Tag hab ich mir nicht die Gurgel befeuchtet, und dabei bleib ich, bis ich mich gerächt habe.» Er sah sich um. «Dafür brauch ich aber einen Schlafplatz. Das Wetter hat sich verschlechtert, von Norden ist eine Kaltfront im Anzug.»

«Hier kommen Sie nicht rein», sagte Jake.

«Sie können gern bleiben, Sylvester», sagte Casey rasch, die in diesem Augenblick aus der Küche kam, «Aber in Ihrem Alter sollten Sie sich nicht auf Handgreiflichkeiten einlassen...»

Er sah sie vorwurfsvoll an. «Ich bin erst achtundzwanzig, ein hartes Leben hinterläßt eben seine Spuren.»

«Sie sind sechsundfünfzig», stellte Joe richtig, «heißen James Sylvester Crump und waren früher mal Cop.»

Alle sahen Sylvester an.

«Ich kann's nicht leugnen», sagte er würdevoll. «Aber das war in einem fernen Land unter heißer Sonne, vor vielen, vielen Jahren, und –»

«Sie haben an der Columbia University studiert und einen glänzenden Abschluß gemacht. Eine Weile haben sie als Lehrer gearbeitet, bis Ihnen das langweilig geworden ist und sie sich freiwillig nach Korea gemeldet haben. Dort waren Sie erst bei der Abwehr und dann bei der Militärpolizei. Das war die falsche Entscheidung. Laut Personalakte sind Sie in einer ‹Auseinandersetzung› mit einer Clique von Unteroffizieren, die Drogen für den Schwarzmarkt geklaut haben, übel zusammengeschlagen worden. Daraufhin ging's ab in Richtung Heimat. Als Sie wieder kriechen konnten, sind Sie zur Polizei gegangen, und weil Sie wegen der Sache in Vietnam angekratzt waren, konnte man Sie in der Großstadt nicht gebrauchen, und Sie haben in mehreren Kleinstädten im Süden den Deputy Sheriff gemimt. Wieder eine falsche Entscheidung. Bald hingen Sie an der Flasche. Danach haben Sie sich eine Weile als Privatdetektiv über Wasser gehalten...»

«Ich hab immer gern Chandler gelesen.» Sylvester sah bescheiden auf seine Schuhspitzen.

«...sind dann in einen anderen Bundesstaat gegangen und haben durch falsche Angaben einen Job an einer Privatschule für die dämlichen Kinder reicher Eltern ergattert. Aber so schlau waren die doch, daß sie Ihnen schließlich die Flaschen im Mülleimer nachgezählt haben. Weiter ging's in einen anderen Staat, an eine Schule, die nicht so heikel war, und so weiter und so fort, immer bergab. Seither lassen Sie sich treiben. Bei uns haben Sie's immerhin schon sechs Jahre ausgehalten, kein Mensch weiß warum.»

«Hübsche Stadt», bemerkte Sylvester, scheinbar ungerührt von diesen Enthüllungen. «Groß genug, um darin unterzutauchen, klein genug, um sich zurechtzufinden. Genug Dumme und Ganoven, um Abwechslung zu haben, genug Mildtätigkeit, um das Leben zu ertragen, und reichlich Möglichkeiten, rasch wieder zu verschwinden.»

Joe fuhr unerbittlich fort: «Viermal sind Sie als hilflose Person aufgegriffen worden, ansonsten haben Sie sich hier noch nichts zuschulden kommen lassen. Bei den hiesigen Alkis sind Sie sehr beliebt, und auch Pater McClary von der Mission in der Fourth Street, wo Sie öfter mal aushelfen, schätzt Sie sehr. Er läßt schön grüßen.»

«Ein lieber Mensch», sagte Sylvester. «Ich war kein besonders guter Polizist. Guter Verstand, aber nicht genug in den Armen. Und ein lausiger Schütze. Gegen laute Geräusche bin ich nämlich allergisch. Ich bin ein sehr sensibler Mensch, deshalb auch der Hang zu Höherem.»

«Der war doch im Leben kein Cop», meinte Jake. «Bei dem Mundwerk...»

Sylvester sah ihn an. «Welcher Esel schilt da den anderen Langohr? Auch ich, mein Sohn, war einst ein selbstbewußter Zyniker. Schaut mich an und verzweifelt, o ihr, die ihr...»

Jake stand auf und lief erregt im Zimmer hin und her. «Besoffen waren Sie mir sympathischer. Wie sind Sie überhaupt auf Lightfoot gekommen?»

«Hab mich umgehört. Sobald die auf dem Revier mich entlassen hatten, bin ich zu seinem Haus gegangen. Gespenstisch, sag ich euch. Ein einziger intakter Block in einer riesigen Abrißlandschaft. Wie bei T. S. Eliot. Am Kellereingang, bei den Mülltonnen, hab ich mich hingehauen und die Schnapsleiche gespielt.»

«Übung macht den Meister», sagte Jake.

«Ich hab seine Leute nicht nur gesehen, wie sie rausgekommen sind, ich hab sie auch gehört. Und bei allen gab's nur ein Thema: Daß Lightfoot den Mann haben will, der Norris umgebracht hat. Er hat eine Belohnung ausgesetzt.»

«Lightfoot gibt seinen Leuten einen sehr ordentlichen Zuschuß zum Zahnersatz, hab ich gehört», sagte Jake.

«Und jeden zweiten Mittwoch kommt jemand zur Fußpflege», ergänzte Joe.

Sylvester schenkte ihnen keine Beachtung. «Auch die beiden, die gestern abend über Casey hergefallen sind, hab ich gesehen. Der Dicke war stocksauer, der hat wohl eine ordentliche Abreibung gekriegt. Geschieht ihm recht. Wie kann man bloß so brutal zu einer hübschen jungen Frau sein? Was macht Ihr Kopf, liebes Kind?»

«Danke, alles wieder in Ordnung.» Casey lächelte. «Warum sind Sie da hingegangen? Das war doch sehr gefährlich.»

«Es ist schließlich nicht nötig, daß sich noch mehr Leute an dieser Sache die Finger verbrennen», ergänzte Jake.

«Von einem Klugscheißer wie Ihnen brauch ich mir so was nicht sagen zu lassen», brauste Sylvester unvermutet auf. Dann holte er tief Luft und fuhr milder fort: «Ich bin – offenbar im Gegensatz zu Ihnen, mein Freund – nämlich nicht von gestern. Wenn ich recht unterrichtet bin, sitzen Sie hier und nerven diese bezaubernde junge Dame, weil ein gewisser Norris, der gestern nachmittag von einem oder mehreren Unbekannten ins Jenseits befördert wurde, ein Buch über Lightfoot geschrieben hat und ihr Arbeitgeber dieses Buch herausbringen wollte. Wie geht es übrigens Eustace, liebes Kind?»

«Danke, gut», sagte Casey lächelnd.

«Woher wissen Sie denn das schon wieder?» erkundigte sich Jake.

«Man hat eben seine Beziehungen», erklärte Sylvester großspurig. «Gurney Lightfoot jedenfalls gibt einen Dreck auf das blöde Buch. Was ist schon ein Buch? Die Zeitungsfritzen saugen sich andauernd allen möglichen Stuß aus den Fingern. Nein, da muß es noch was Greifbares geben. Ich schätze, daß Norris Unterlagen hatte, mit denen er seine Behauptungen beweisen kann.»

«Schlau, was?» meinte Jake.

«Mach dir nichts draus», tröstete Joe. «Auf so was könnte auch meine Mutter kommen. Meine Frau auch. Und meine Vierjährige ist geradezu –»

Sylvester rückte noch ein Stück näher an Casey heran. «Und derjenige, der Norris weggeputzt hat, sitzt jetzt auf den Unterlagen, die Lightfoot belasten.»

«Meinen Sie wirklich?» Casey machte ein ernstes Gesicht.

Sylvester sah versonnen vor sich hin. Joe sah Jake an. Jake sah Casey an. Casey sah zu Boden.

«Und wenn das stimmt», fuhr Sylvester nachdenklich fort, «wird unser Freund in Kürze Druck bei Lightfoot machen. Vielleicht will er Geld, vielleicht will er, daß Lightfoot ihm einen Gefallen tut. Unter Druck setzen wird er ihn garantiert, so oder so.» Er lehnte sich zurück, strahlte Casey siegesbewußt an und bedachte die anderen beiden mit einem raschen Seitenblick. Ein großer Tropfen hing an seiner Nasenspitze. Er wischte ihn mit dem Ärmel ab.

«Und jetzt», sagte er und legte die Füße auf den Couchtisch, «würde mich mal interessieren, warum ihr alle vor zwanzig Minuten im Fernsehen gewesen seid.»

16

Er hatte den ganzen Tag gewartet.

Natürlich nicht in der Wohnung, da hätte man sich gefragt, wo er wohl abgeblieben war. Er hatte schließlich noch andere Verpflichtungen. Er fuhr ein paarmal hin, vormittags wie nachmittags, der Hausmeister hatte Anweisung, die Leute mit dem Schreibtisch hereinzulassen. Doch wenn er aufschloß, bot sich ihm immer das gleiche Bild: eine nüchtern-zweckmäßige Wohnung ohne jede persönliche Note – und ohne Schreibtisch.

Zum erstenmal rief er um vier bei der Galerie Lecomber an. Um halb fünf zum zweiten-, um fünf zum drittenmal.

Beim ersten Anruf hieß es, der Schreibtisch sei auf der Lieferliste gewesen und müsse jeden Augenblick kommen.

Beim zweiten äußerte sein Gesprächspartner die Vermutung, die Leute seien wohl irgendwie mit den Lieferungen in Verzug geraten, vielleicht kämen sie erst morgen vormittag zu ihm, man würde den Fahrer fragen, wenn er sich zurückmeldete.

Beim dritten Anruf hieß es, der Schreibtisch sei eindeutig geliefert worden. Und das mochte ja durchaus sein. Nur – bei ihm war er nicht angekommen.

Tut uns sehr leid, hieß es.

Wir werden der Sache nachgehen, hieß es.

Wir bringen das in Ordnung, Mr. Petherton, hieß es.

«Pilkington», hatte er in den Hörer geschrien.

Aber sein Gesprächspartner hatte schon aufgelegt.

Und als er es erneut versuchte, meldete sich niemand. Kein Wunder, es war ja schon 16 Uhr 58.

Und es war ein langer Tag gewesen.

Wütend starrte er das Telefon und seine weißen Knöchel an. Daß die Galerie Lecomber inzwischen geschlossen hatte, stellte für ihn kein wesentliches Hindernis dar, sie würden für ihn eben noch einmal aufmachen, wenn auch vielleicht nicht ganz freiwillig. Irgendwo in der Stadt hatte jemand seinen Schreibtisch. Die Adresse stand auf der Lieferliste, er brauchte nur nachzusehen.

Später, nach dem Abendessen. Wenn es dunkel geworden war.

Mit dem Abendessen trieb man im Hause Porter selten großen Aufwand. Charley war viel eingeladen – er galt immer noch als durchaus begehrenswerter Witwer –, und Tony machte häufig Überstunden oder war verabredet. Wenn sie beide zu Hause waren, setzten sie sich meist mit einem Tablett vor den Fernseher.

Dort sahen sie das Schauspiel aus den Piggy Wiggy Wondermart über den Schirm flimmern, und Tony verschluckte sich fast an einer Gräte.

«Jetzt versteh ich, warum sie ihn das Lange Malheur nennen», japste er und griff nach seinem Weinglas. «Schau dir diesen Schlamassel an!»

Charley machte ein recht nachdenkliches Gesicht. «Die Frau arbeitet für Eustace Millington», sagte er halblaut, fast wie im Selbstgespräch.

«Toll, daß du sie unter dieser dicken Pampe überhaupt erkannt hast.»

«Ich habe sie nicht erkannt, der Name kam mir bekannt vor. Du kennst doch Millington, nicht?»

«Er ist in meiner Verbindung, aber er ist gute fünfzehn Jahre älter als ich. Warum?»

Charley zuckte die Schultern. «Sein Vater hat mir mal einen Freundschaftsdienst erwiesen.»

«Du meinst Augustus Millington?»

«Ja. Augustus den Großen haben sie ihn genannt. Ein ziemlich exzentrischer Mensch. Charismatisch nennt man das wohl heutzutage. Er und Red Ned haben aus Kanada Schnaps ins Land gebracht, nur so aus Jux.»

«Der alte Augustus Millington war Alkoholschmuggler?»

«Na ja, wenn man so will... Er hatte ein schnelles Boot und Spaß am Risiko. Sie haben es wohl nicht öfter als zwei-, dreimal gemacht, für besondere Parties oder so. Deine Großmutter hat mir davon erzählt. Einmal hätte man die beiden fast geschnappt, sie mußten das Boot versenken und sich schwimmend in Sicherheit bringen. Zum Glück waren sie beide gesunde, kräftige junge Männer, aber es hing an einem seidenen Faden.»

«Und wie war das mit dem Freundschaftsdienst?» Mit einem Auge verfolgte Tony weiter das Geschehen auf dem Bildschirm. Das war eine neue Geschichte über Red Ned, aber er kannte inzwischen so viele...

«Er hat mir das Jurastudium finanziert», sagte Charley. «Gute Geldanlage, hat er gemeint. Er investierte ständig in irgendwas – in Sachen und in Menschen. Und in gewisser Weise tut er das noch immer. Durch seine Stiftung.»

«Angeblich soll es mit der Wohltätigkeit der Stiftung nicht so weit her sein, wie es immer heißt.» Tony stellte sein Tablett zur Seite.

Charley wandte sich um und sah ihn groß an. «Wie meinst du das?»

«Nur Gerüchte, Dad. Das Finanzamt hat versucht, Einsicht in die Bücher zu nehmen, aber irgendwie genießt die Stiftung Immunität, es hat wohl was mit der Organisationsform zu tun.»

«Die hat Stanley Quiddick ausgeheckt, vor Jahren schon, kurz vor dem Tod von Augustus.»

«Na, dann ist ja alles klar», meinte Tony sarkastisch.

«Soll ich daraus folgern, daß du Stanley Quiddick für unredlich hältst?» fragte Charley ziemlich frostig.

Tony hob abwehrend die Hand. «Na hör mal! So was würde ich doch nie behaupten. Der Mann ist ein Genie, das hast du selbst oft genug gesagt. Ein Genie der Tricks und Kniffe.»

«So habe ich das nie gesagt», widersprach Charley gekränkt.

«Du nicht, aber andere. Ich weiß wirklich nicht, weshalb du ihm noch so die Stange hältst. Hat er irgendwas gegen dich in der Hand?»

Charley wurde kalkweiß. «Das ist eine infame Unterstellung.»

Tony erschrak über die heftige Reaktion. «War doch bloß Spaß. Ich hätte doch nie davon angefangen, wenn ich so was wirklich glauben würde. Fehlt dir was, Dad?»

Charley wischte sich mit der Serviette den Mund und schob sein Tablett weg. «Unsinn, was soll denn sein? Mach bloß keinen Aufstand, Junge. Ich genehmige mir einen Cognac zum Kaffee. Willst du auch einen?»

«Warum nicht?» Tony sah betroffen, daß die Hand seines Vaters beim Einschenken leicht zitterte. Das war ihm noch nie aufgefallen. Es war sehr beunruhigend. Und nicht uninteressant.

17

«Möchte wissen, was der alte Penner für ein Spielchen treibt», sagte Jake nervös und spähte durch die Ritze der Schlafzimmertür ins Wohnzimmer, wo Sylvester und Casey zusammen auf der Couch saßen und sich angeregt unterhielten.

«Vielleicht will er uns wirklich nur unter die Arme greifen.» Joe hatte über Jakes Kopf hinweggesehen, und als Jake sich unvermutet aufrichtete, stieß er mit dem Kopf an Joes Kinn. «Au! Verdammt, das hat weh getan.»

«'tschuldige.» Jake tigerte ratlos im Zimmer hin und her, während Joe auf der Suche nach losen Knochensplittern an seinem Kinn herumtastete. «Ich krieg das einfach nicht mit.»

«Um so mehr hab ich mitgekriegt.» Joe ging zum Spiegel und legte den Kopf zurück. «Ist dir eigentlich klar, daß du einen echten Quadratschädel hast? Ich kann's beweisen.»

«Dieser Kerl ist ein Penner, ein Alki, ein kaputter Typ. Wieso kümmert er sich plötzlich um so Sachen?»

«Vielleicht, weil sie's ist», sagte Joe.

«Wen meinst du mit *sie*?»

«Casey. Vielleicht hat sie ihn inspiriert, Vatergefühle in ihm geweckt oder so.»

Jake war wieder an der Tür. «Oder den alten Adam.»

«Komm, du bist doch nicht etwa eifersüchtig auf so 'nen alten Zausel?»

«Quatsch nicht so dämlich», schrie Jake ihn an. Als er wieder durch den Türspalt linste, sahen Sylvester und Casey in seine Richtung. Er trat rasch zurück und blieb zwischen Bett und Frisierkommode stehen. «Und wenn er Lightfoot nun angeboten hat, sie abzumurksen, um sich damit aus der Schlinge zu ziehen?»

Joe sah ihn groß an. «Zeig mal deinen Schädel, alter Junge. Vielleicht ist mein Kinn härter, als ich dachte.»

«So was kann man nie wissen. Was tut der Mensch nicht alles, um am Leben zu bleiben! Für ihn ist das doch eine wildfremde

Person. Was kümmert es ihn, ob die über den Jordan geht?» Er begann zu schwitzen und ging wieder zur Tür. «Jetzt tätschelt sie ihm auch noch das Knie.»

«Na gut, irgend jemand hat sie beschattet und bedroht», sagte Joe. «Und in einem hat sie recht gehabt: Dieser Jemand hätte sie jederzeit umbringen können. Ein guter Schütze auf dem Dach gegenüber vom Verlag...»

«Halt bloß die Klappe.»

«Hab ich recht, oder nicht? Du bist nun mal kein hundertprozentiger Kugelschutz. Da nützt es ihr überhaupt nichts, wenn du ihr ständig auf der Pelle hängst. Wir sind gut, Jake, aber so gut nun auch wieder nicht.»

«In dem Supermarkt haben wir uns ganz ordentlich gehalten.»

«Komm, Jake, das war pures Glück. Die Typen waren doch ein Witz. Morgen oder übermorgen schicken sie die erste Garnitur. Wer Casey wirklich haben will, kriegt sie auch, wenn wir sie nicht in Schutzhaft nehmen, und darauf läßt sich Klotzman nie ein. Schon gar nicht, wenn ihm die Piggy-Wiggy-Rechnung unter die Augen gekommen ist.»

«Der ist Kummer gewöhnt.»

«Dem Captain liegst du schwer im Magen, Jake. Vorhin, als er weggefahren ist, war er schon stinksauer, aber wenn die Fernsehfritzen uns, wie Sylvester sagt, tatsächlich in den Sechs-Uhr-Nachrichten untergebracht haben, flippt er morgen früh aus. Du weißt doch, wie sie sich immer anstellen, von wegen ungünstiger Eindruck in der Öffentlichkeit und so. Morgen mittag stehen wir in Blueberry Hills und regeln den Verkehr. Und wer kümmert sich dann um unser Sorgenkind?»

«Lauscht er immer noch?» fragte Sylvester.

«Nein», erwiderte Casey. «Jedenfalls sehe ich seine Knopfaugen nicht mehr durch die Ritze funkeln.»

«Der Junge ist scharf auf Sie, mein Kind», sagte Sylvester.

«Bescheuert.» Casey strich sich das Haar hinter die Ohren. «Ich hab noch nie jemanden so viel Unsinn daherreden hören. Wie der es geschafft hat, Lieutenant zu werden, ist mir schleierhaft.»

«So einen Rang kriegt man nicht nachgeschmissen. Er muß schon seine Qualitäten haben», wandte Sylvester ein.

«Eine große Klappe hat er, das ist alles.» Sie sah den Alten genauer an. «Sie sind ja sauber», sagte sie erstaunt.

Sylvester gluckste. «Bis auf Hände und Füße, die zum Zweck der Tarnung einen erdfarbenen Anstrich haben, bin ich, wie Sie ganz richtig bemerkten, sauber. Es ist ein sehr eigenartiges Gefühl, man kommt sich schutzlos und verletzlich vor. Ich bin mir nicht sicher, ob der Zustand mir gefällt. Schmutz spendet ein gewisses Maß an tristem Trost. Man gewöhnt sich daran.»

«Sie sind ein sonderbarer Mensch.»

Sylvester nickte. «Ich gestatte mir, das als Kompliment aufzufassen, liebes Kind.»

«Gestern abend, als Sie be-» Sie räusperte sich. «Gestern abend haben Sie ganz anders geredet. Nachdem ich jetzt Ihre Lebensgeschichte kenne, dürfte mich das vielleicht nicht wundern, aber –»

«Jaja, in Johnny Walker veritas», sagte Sylvester. «In bezechtem Zustand gewinnt mein Penner-Ich gern die Oberhand. Eine nachlässige Redeweise kann sehr erholend sein. Das ist so ähnlich wie mit dem Schmutz. Vergleichbar mit einer Frau, die sich aus ihrem Mieder schält und einen abgetragenen Bademantel und alte Schlappen anzieht. So stelle ich mir das vor.»

Casey lachte. «Und dann läutet es an der Haustür.»

Es läutete an der Haustür. Zweimal kurz, einmal lang.

«Wie haben Sie das gemacht?» erkundigte sich Sylvester interessiert. «Fernsteuerung?»

Casey stand auf und sah zaudernd zur Schlafzimmertür. Jake machte die Tür auf. «Ich geh hin», sagte er knapp.

«Das ist *meine* Klingel.» Casey versuchte ihn zu überholen. Sie kamen gleichzeitig am Summer an, aber Casey hatte zuerst die Hand drauf.

«So was Idiotisches», ereiferte sich Jake. «Weißt du denn, wer das ist? Vielleicht die beiden Schlägertypen aus dem Piggy Wiggy.»

«Die würden nicht unten klingeln», gab Casey zu bedenken.

«Und warum nicht? Irgendwie müssen sie ja ins Haus.»

«Eine andere Möglichkeit wäre die Feuerleiter», meinte Sylvester.

«Ja, besonders da Casey bereitwillig für jeden Deppen das Fenster aufmacht.»

«Ich –»

«Er ist kein Depp», sagte Casey.

«Hätte er aber sein können. Oder ein Gorilla mit 'ner Knarre in der Hand.»

«Ja, oder eine Giraffe mit einem Erdnußbutter-und-Banane-Sandwich», giftete Casey zurück. «Ich hab seine Stimme erkannt.»

«Wer's glaubt, wird selig.»

Ein energisches Klopfen an der Wohnungstür machte dem Streit ein Ende. Casey zog mit einiger Mühe ihre Hand unter der von Jake hervor und machte auf.

«Guten Abend», sagte sie munter.

Der Mann vor der Tür war um die Vierzig, groß und schlank, mit schmalem, sympathischen Gesicht und großen dunklen Augen hinter einer Hornbrille. Das helle Haar hatte graue Strähnen und mußte nachgeschnitten werden. Er trug einen Tweedanzug, ein Oxfordhemd mit Button-down-Kragen und eine dunkelbraune Krawatte.

Er lächelte Casey leicht besorgt zu, dann ging sein Blick an ihr vorbei zu den übrigen Gästen, dem finster blickenden Jake, der mit einer Hand unter der Jacke nach seiner Kanone griff, Joe Kaminsky, der, im Bademantel an der Schlafzimmertür lehnend, mit verdutzter Miene unter seine leere Achselhöhle griff, und dem verlotterten Penner, der auf dem Sofa saß und nach seinem Kaffee griff.

Der Neuankömmling sah Casey an, Casey sah ihn an. Dann stellte sie sich auf die Zehenspitzen, gab ihm einen Kuß auf die Wange und zog ihn über die Schwelle. «Leute, das ist Richard Armbruster, mein Verlobter. Sag schön guten Abend, Richard.»

«Schönen guten Abend», sagte Richard.

18

«Verlobter?» trompetete Jake.

«Ja. Das bist du doch, Richard, stimmt's?»

Armbruster sah leicht benommen auf sie herunter, dann lächelte er. «Aber sicher, Schätzchen. Nachdem ich dich heute auf dem Bildschirm in Aktion erlebt habe, frage ich mich allerdings, wie lange das noch gutgeht!»

«Oje! Du hast es also auch gesehen?» rutschte es Casey heraus.

«Ja, und da bin ich sofort hergekommen, weil ich wissen wollte, ob dir auch nichts passiert ist», erklärte Richard fürsorglich. «Es muß ja ein schreckliches Erlebnis –»

«Wieso treten Sie eigentlich erst jetzt in Erscheinung?» fuhr Jake dazwischen.

«Wie meinen Sie? Wir kennen uns wohl noch nicht...»

«Das ist Lieutenant Jake Chase, Richard», sagte Casey. «Er will mich vor weiteren Attacken wild gewordener Melonen schützen.»

«Wie meinst du das?»

Jake trat einen Schritt vor und musterte Richard Armbruster von oben bis unten. «Ihre Freundin ist gestern abend überfallen worden. Wieso hat sie nicht Ihnen Bescheid gesagt, statt mit Eustace Millington durch die Gegend zu ziehen? Der bildet sich nämlich auch ein, daß er mit ihr verlobt ist.»

«Das ist doch Blödsinn», wehrte Casey entsetzt ab.

«Ich war verreist. Um Himmels willen, Casey, warum hast du mir nicht über die Zentrale Bescheid sagen lassen? Mein genauer Reiseplan lag dort vor. Ist auch wirklich alles in Ordnung?»

«Mach dir keine Sorgen, Richard.» Casey tätschelte beruhigend seinen Arm.

«Ein Raubüberfall... das ist ja schrecklich.» Armbruster wirkte ehrlich erschüttert. «Was haben sie dir denn gestohlen?»

«Nur meinen Aktenkoffer – und meine Selbstachtung.»

Jake konnte dieser Darbietung seine Bewunderung nicht versagen. Der Mann tat wahrhaftig so, als ob er die Geschichte jetzt zum erstenmal hörte. Eine reife Leistung, fast profimäßig. Er räusperte sich. «Es gibt da etliche Leute, die Ihre sogenannte Verlobte gern heiraten würden. Ich wäre auch nicht abgeneigt. Und wie steht's mit Ihnen?»

Richard legte den Kopf zurück, sah ihn einen langen Moment an und machte ein Gesicht, als addiere er eine unsichtbare Zahlenreihe. Dann hatte er offenbar die Endsumme ermittelt. «Ich denke, das ist Caseys Entscheidung», erwiderte er verbindlich. Er ließ seinen Blick zwischen Sylvester und Casey hin und her gehen. Um die Augen hinter der Brille sprangen Fältchen auf. «Noch ein Bewerber, Casey?»

«Nein, das ist Sylvester.»

Sylvester erhob sich. «So ohne weiteres sollten Sie das nicht von der Hand weisen, liebes Kind. Ich würde Sie mit dem größten Vergnügen vom Fleck weg ehelichen, ja, ich würde mich zur Feier des Tages sogar des Alkohols enthalten, und das, wissen Sie, ist ein nahezu beispielloses Angebot.»

«Sylvester war dabei, als ich überfallen wurde», erläuterte Casey.

«Ich habe sie beschützt», ergänzte Sylvester dramatisch. «Der Himmel mag wissen, was ohne mich geschehen wäre.»

«Dann bin ich Ihnen sehr verbunden, Sir.» Armbruster schüttelte, ohne mit der Wimper zu zucken, Sylvesters dreckige Pfote. Sylvester wußte das zu würdigen, denn er hielt einiges von seiner

Menschenkenntnis. Die hatte sich zwar im Laufe seines Lebens nicht oft bewährt, aber Sylvester hatte ein versöhnliches Gemüt.

«Ich gratuliere Ihnen zu Ihrem Glück, Mr. Armbruster.»

«Glück?»

«Er meint mich», sagte Casey. «Sag schönen Dank, Richard.»

Richard lächelte leicht. «Ja, sicher. Schönen Dank.»

«Und das ist Joe. Er hat fünf Kinder.»

Richard besah sich Joe und den Bademantel, den er trug. Joe sah an sich herunter. «Meine Sachen sind in Caseys Spüle», erläuterte er mit mattem Lächeln.

«Vielleicht läßt sich noch was zum Abendessen draus machen», sagte Casey. «Wie bin ich im Fernsehen rübergekommen, Richard?»

«Bematscht. Sehr bematscht.»

«Wo wohnen Sie?» wollte Jake wissen.

Richard sah ihn an und nahm die Brille ab. Er holte ein Taschentuch heraus und putzte umständlich die Gläser. «Im Augenblick im *Metropolitan Vista Motel*. Meine Firma hat mich beauftragt, in Ihrer Stadt eine Filiale einzurichten, und ich bin noch auf der Suche nach einer Wohnung. Oder einem Haus. Wenn Casey lieber ein Haus haben möchte.» Er setzte die Brille wieder auf. «Und wo wohnen Sie?»

«Unten, im Apartment 2 C.» Jake kniff die Augen zusammen. «Wieso hab ich Sie nie hier gesehen?»

«Ich besitze eine Tarnkappe. Geschenk einer guten Fee.»

«So was hab ich mir immer schon gewünscht», meinte Sylvester sehnsüchtig.

«Vielleicht kann ich ja gelegentlich ein gutes Wort für Sie einlegen», versprach Richard. «Und dir ist wirklich nichts passiert, Casey?»

«Nein, bestimmt nicht, Richard, ich –»

«Wie heißt Ihre Firma?» fragte Jake.

Armbruster holte seufzend eine Visitenkarte hervor. «Washington General Life and Accident. Versicherungen aller Art.»

«Finger weg, Jake, die Prämien könntest du nie bezahlen.»

Es klingelte.

«Wer ist denn das schon wieder?» wunderte sich Casey. «Alle, die ich kenne, sind doch schon da.»

«Wenn wir Glück haben», sagte Jake milde, «ist es der freundliche Irrenarzt aus der Praxis um die Ecke, den meine telepathischen Kräfte herbeigezaubert haben.»

«Er muß einen guten Empfänger haben, wenn er so schwache Signale auffängt», schoß Casey zurück. Es klopfte nur kurz, und sie machte mit Schwung die Tür auf. «Geh in Deckung», rief sie. «Sie sind bewaffnet!»

«Wie bitte?» Eustace Millington blinzelte ratlos in die Runde. «Störe ich?»

«Ein gemeinsamer Bekannter hat Norris zu mir geschickt», verteidigte sich Eustace. Wegen der inzwischen recht beengten Verhältnisse in der kleinen Wohnung hatte er sich auf den Zahnarztstuhl setzen müssen und machte ein Gesicht, als sei der Bohrer schon in unmittelbarer Nähe. «Ein Anwalt, dessen verstorbener Partner Norris – übrigens erfolglos – bei seinem letzten Prozeß verteidigt hatte. Norris sei ‹ein Seifensieder aufgegangen›, was immer das bedeuten mochte, und er könne eine interessante Geschichte kolportieren, hat er mir erzählt.»

Sylvester legte die Hand ans Ohr. «Haben Sie offerieren gesagt?»

«Nein, *kolportieren*», korrigierte Eustace mit einem hämischen Seitenblick.

Sylvester nickte. «Und darauf sind Sie reingefallen.»

Eustace wandte sich an Casey. «Was wollen all diese Leute hier?» fragte er gereizt.

«Sie schützen», antworteten Joe und Jake im Duett.

«Sie wirken irgendwie verdächtig, Eustace», bestätigte Sylvester. «In dem Moment, wo wir wußten, daß Sie vor der Tür stehn, sind wir rübergekommen. Stimmt's, Jungs?»

«Also eigentlich –» setzte Joe an.

«Die Sache ist die –» sagte Jake gleichzeitig.

«Ganz so ist es nicht –» Richard konnte sich stimmlich gegen die anderen nicht durchsetzen.

Armbruster war für Millington eine Neuerscheinung, die anderen waren ihm bereits bekannt und herzlich unsympathisch. Daß dieser Mann ihm als Caseys Verlobter vorgestellt wurde, war Grund genug, ihn in die Liste unerwünschter Mitbürger aufzunehmen. «Und wozu brauchst du Schutz, Casey?» wollte Eustace wissen.

«Offenbar versucht jemand, mich zu entführen», erzählte Casey aufgebracht. «Wir hatten eine Schießerei mit zwei Typen im Supermarkt und sind alle in Olivenöl gefallen, und weil Jakes Sachen

Joe nicht passen, bringt ihm seine Frau was zum Wechseln, sobald sie einen Babysitter gefunden hat. Ich hatte gerade geduscht, da ist Sylvester durchs Fenster gekommen, er hat sich über meine Angreifer informiert...»

«Über die im Supermarkt?» fragte Eustace matt.

«Nein, die von gestern abend, als Sie mich gefunden haben.»

«Soso, die kannte er also.»

«Nicht persönlich», sagte Sylvester.

«Da kann ich nur noch staunen», sagte Eustace wieder zu Casey.

«Die Männer von gestern abend waren nicht die aus dem Supermarkt, das waren andere», erläuterte Casey geduldig.

«Aha», sagte Eustace benommen.

«Die haben mich aber nicht gekriegt, weil gerade noch rechtzeitig Joe kam – das ist Joe...»

«Der in dem Bademantel?»

«Ja.»

«Ich hätte es auch allein geschafft», protestierte Jake, «es war nicht bloß Joe, der dich rausgehauen hat.»

«Vor allem waren es die Melonen», ergänzte Joe bescheiden.

Casey deutete auf Jake. Er hatte sich mit dem Duschen beeilt, und in seinem linken Ohr klebte noch etwas angetrockneter Tomatensaft. «Der da leitet nach wie vor die Ermittlungen. Wenn ihr mich fragt, haben sie damit den Bock zum Gärtner gemacht.»

«Man hackt nicht auf seinem künftigen Ehemann herum», sagte Jake. «Meiner Mutter würde so was gar nicht gefallen.»

«Künftigem Ehemann? Ich denke, Mr. Anstruther...» Eustace war mittlerweile total ins Schleudern geraten.

«Armbruster», berichtigte Richard ziemlich scharf.

Casey tätschelte Richards Arm und nahm einen neuen Anlauf. «Die Polizei glaubt, daß die Typen, die sich meinen Aktenkoffer geschnappt haben, es auf das Norris-Manuskript abgesehen hatten. Die Sachen sind inzwischen wieder aufgetaucht, sie haben wohl gemerkt, daß sie es mit einer Kopie zu tun hatten.»

«Nein, der Koffer war ein Original», fuhr Jake dazwischen. «Ich habe ihn mit eigenen Augen gesehen. Nicht jedem gefällt so was, aber echt war er, da gibt es nichts.» Er sah auf die Uhr. «Sind Sie nicht ein bißchen spät dran, Eustace? Kommen Sie morgen im Revier vorbei, da können wir –»

«Erzählen sie noch ein bißchen von Fred Norris», bat Casey. Jake machte ein böses Gesicht, das Casey ignorierte. Sie hakte sich besitzergreifend bei Richard Armbruster ein, schmiegte sich an ihn und nahm seine Hand. Dabei steckte sie ihm den Schlüssel zu, den sie in der Wohnung von Norris hatte mitgehen lassen. Der Schlüssel war richtig heiß, so lange hatte sie ihn festgehalten. Armbruster legte die Hand um den Schlüssel, ohne eine Miene zu verziehen. «Erzählen Sie mal, wieso er das Buch geschrieben hat», drängte sie Eustace.

«Wegen Geld», mutmaßte Sylvester. «Weshalb schreibt man sonst ein Buch? Dickens brachte kein Wort zu Papier, ehe er Geld gesehen hatte. Und was Shakespeare angeht –»

«Die Sache war ganz einfach.» Eustace bemühte sich gewissenhaft, einen Punkt nach dem anderen abzuhaken. «Norris wollte sich rächen. Er haßte Gurney Lightfoot, weil der ihn vor neun Jahren ans Messer geliefert hatte.» Er sah seine Zuhörer der Reihe nach an. «Soll ich fortfahren?»

«Nicht, wenn Sie's eilig haben», sagte Jake ziemlich betont.

«Ich hab es nicht eilig.» Eustace holte langsam und bedächtig Zigaretten und ein Feuerzeug aus der Tasche, zündete sich eine Zigarette an und sah sich in dem vollgestellten Wohnzimmer um. Sein Blick fiel auf den ovalen Eßzimmertisch an der hinteren Wand. «Ist der neu, Casey? Ich kann mich nicht erinnern, den schon bei Ihnen gesehen zu haben.»

«Bei Ihrem letzten Besuch war er wohl abgedeckt.» Casey sah rasch zu Richard hinüber. «Ich mußte ihn erst aufarbeiten, und so was dauert seine Zeit. Inzwischen hab ich auch die passenden Stühle dazu gefunden.»

«Bei seinem letzten Besuch?» knirschte Jake.

Eustace warf Jake einen recht selbstzufriedenen Blick zu. «Casey und ich machen häufig Überstunden. Soviel ich weiß, ist es nicht verboten, daß ein weibliches Wesen einem unverheirateten Bekannten eine kleine Stärkung bereitet. Oder irre ich mich?»

«Fragen Sie mich was Leichteres», sagte Jake. «Was meinen Sie, Armbruster?»

«Ich meine, daß es höchste Zeit für Casey ist, aus dem Verlagsgeschäft auszusteigen.» Richard Armbruster stand auf und zog Casey mit sich hoch. «Komm, Schätzchen, überlassen wir diese Herren ihren Geschäften. Hast du einen Kaffee für mich?»

«Aber natürlich, Liebling», sagte Casey.

Sie gingen in die Küche. Jake wollte hinterher, aber Joe hielt ihn am Ärmel fest und schüttelte den Kopf. Dann wandte er sich an Eustace. «Welche Beweise hatte Norris dafür, daß Lightfoot Ariadne Finch umgebracht hat?»

Millington zuckte die Schultern. «Näher hat er sich nicht darüber ausgelassen. Er könne es beweisen, hat er nur immer wieder gesagt. Mehr konnte ich ihm leider nicht entlocken.»

«Und warum ist er mit diesen Beweisen nicht zu uns gekommen?» fragte Joe.

Eustace lächelte. «Er hatte was gegen die Polizei, wollte nichts mit ihr zu tun haben.»

«Er hätte über die Medien was machen können», meinte Joe.

Millington nickte. «Ja, sicher. Wir standen bereits in Verhandlungen wegen einer Fortsetzungsreihe in einer Zeitung – oder zumindest einer Kurzfassung. Ich hatte allerdings den Eindruck, daß er sich auf ein Buch versteift hatte, daß es ihm nicht seriös genug war, seine Geschichte direkt bei einer Zeitung unterzubringen. Er war ein sonderbarer, komplizierter Mensch, sehr verbittert und mit einem Gerechtigkeitstick. Der Fall Ariadne Finch, meinte er, sei nie aufgeklärt worden, es sei nur Schorf drübergewachsen, wie er sich ausdrückte, und den wollte er vor Lightfoots Tod unbedingt wieder runterreißen. Der Alte sollte wohl mit Schimpf und Schande in die Grube fahren. Kein sehr netter Zug von ihm, das muß ich zugeben.»

«Und Sie waren bereit, bei so was mitzumachen?» fragte Joe, Jakes waidwunden Blick in Richtung Küche ignorierend.

Millington zog ein ziemlich saures Gesicht. «Die Welt mag mich für einen wohlhabenden Mann halten, doch der Schein trügt. Das Geld meines Vaters ging nach seinem Tod zum größten Teil an die Millington-Stiftung. Mir blieb eine kleine Rente und der Verlag. Nun ist leider das Verlagswesen ein Geschäft mit hohem Risiko, und ich habe offenbar das einmalige Talent meines Vaters, Erfolgsautoren zu entdecken und zu fördern, nicht geerbt. Ich mußte dem Verlagsprogramm eine andere Richtung geben, wenn ich nicht ganz die Segel streichen wollte. Immer geht es um den schmutzigen Mammon», sagte er voller Selbstironie. «Da muß man mit den Wölfen heulen, wenn man überleben will.»

«Verstehe», sagte Jake verständnislos. «Warum haben Sie dann nicht einfach den Millington-Verlag dichtgemacht oder verkauft und sind zu Doubleday oder zu einem der anderen Großen gegangen?»

«Das Unternehmen wurde mir von meinem Vater anvertraut», entrüstete sich Eustace.

«Doubleday wollte Sie nicht, was?» folgerte Jake mitfühlend. «Tja, so was ist hart.»

«Ich verbitte mir derlei Unterstellungen», fuhr Eustace empört auf. «Nie im Traum würde es mir einfallen, für einen anderen Verlag tätig zu werden.»

«Schon gut, war nicht so gemeint», sagte Jake abwesend. Aus der Küche drang Gelächter. «Wann sollte das Buch denn rauskommen?»

«Miss Hewson hatte, soweit ich weiß, die erste Hälfte bereits satzfertig redigiert, konnte aber Norris nur schwer davon überzeugen, daß in der zweiten Hälfte Änderungen erforderlich waren. Daß Norris Schwierigkeiten machte, war mir bekannt. Casey hatte sogar den Eindruck, daß Norris das Projekt gar nicht ernsthaft betrieb, aber ich sagte ihr, das sei alles nur Nervensache. Im einzelnen bin ich über seine Einwände natürlich nicht informiert. Nach Vertragsabschluß delegiere ich die Weiterführung der Projekte voll an meine Mitarbeiter.»

Casey und Richard kamen aus der Küche. Richard trug ein Tablett mit Kaffeetassen, Milch, Zucker und der Glaskanne der Kaffeemaschine.

«Casey hat gewußt, was in dem Manuskript stand», sagte Jake mit zusammengebissenen Zähnen und deshalb etwas unverständlich. Richard und Casey standen dicht beieinander und verteilten den Kaffee. Sie machten sich gut als Team.

«Das habe ich auch gewußt.» Eustace drückte seine Zigarette aus. «Immerhin habe ich das Buch gelesen, zumindest flüchtig, ehe ich Norris den Vertrag anbot. Außerdem haben es noch zwei unserer freiberuflichen Lektoren gelesen. Und dann wohl auch die Schreibkraft, die das Manuskript getippt hat. Warum hat man die nicht umgebracht? Oder mich?»

«Bestechende Vorstellung», brummelte Jake und fuhr dann in normaler Lautstärke fort: «Das weiß ich nicht, Mr. Millington. Wir wissen nur, daß es Casey war, die überfallen wurde, deren Wohnung und Büro durchwühlt wurden, die den ganzen Tag beschattet worden ist und die man in dem Supermarkt zu entführen versucht hat. Wenn die Typen Casey nicht erwischen, ist es natürlich immer noch drin, daß sie sich an Ihnen schadlos halten.»

Millington erblaßte. «Das... das kann doch nicht Ihr Ernst sein.» Seine Hand zitterte, als er Casey den Kaffee abnahm.

«Freut mich, daß hier doch mal etwas Wirkung zeigt», konstatierte Jake. «Casey scheint nämlich immer noch zu glauben, daß wir uns die ganze Geschichte aus den Fingern gelutscht haben.»

«Nein, seit Piggy Wiggy glaube ich das nicht mehr», räumte

Casey ein. «Aber weshalb du die ganze Zeit in meiner Wohnung herumsitzen mußt, noch dazu mit Ketchup in den Ohren, leuchtet mir nach wie vor nicht ein.»

«Ich hab keinen Ketchup in den Ohren», widersprach Jake und sah Joe an. Joe grinste und reichte ihm sein Taschentuch.

«Nein, das ist wirklich nicht notwendig», meinte Richard. «Casey wird heute in meinem Motel übernachten, ich bin durchaus in der Lage, sie zu schützen.»

«Und ich setze eine große Anzeige in alle Zeitungen und gebe bekannt, daß wir davon Abstand genommen haben, Norris' Buch herauszubringen», erklärte Eustace. «Ich werde anbieten, sämtliche vorhandenen Exemplare des Manuskripts zu verbrennen und mich zu totalem Stillschweigen zu verpflichten.»

Sylvester lachte. «Dann kommen sie erst recht angelaufen.»

«Recht hat er, Eustace», sagte Casey. «Je mehr Getue du machst, um so lauter klingt es der anderen Seite in den Ohren.»

Millington wirkte inzwischen ziemlich desperat. «Dann eine Kleinanzeige in den Fachblättern. Daß wir entsprechend Norris' letztwilligen Verfügungen nach seinem Tod alle Unterlagen verbrennen mußten.»

«Hat er das?» fragte Jake interessiert.

«Hat er was?»

«Eine solche Bestimmung in seinem Testament getroffen.»

«Keine Ahnung. Ich weiß nicht mal, ob er ein Testament gemacht hat, ich weiß überhaupt von nichts.» Millington trank seinen Kaffee in einem Zug und wandte sich an Casey. «Das Projekt ist gestorben. Wir bringen das Norris-Buch nicht, und ein anderer Verlag bringt es auch nicht. Das muß doch Lightfoot begreiflich zu machen sein! Wenn's sein muß, schreibe ich es ihm selber, mit meiner persönlichen Garantie. Damit wäre dann doch alles erledigt, wie?» Er sah Jake an.

«Kann sein, kann auch nicht sein.»

Casey musterte Eustace ein bißchen enttäuscht, als hätte sie mehr Stehvermögen von ihm erwartet. «Und was mache ich jetzt, Eustace?»

Er sah sie einen Augenblick verständnislos an, ehe der Groschen fiel. «Keine Angst, Kindchen, Sie werden schon nicht arbeitslos, irgendwas ist immer im Anrollen.»

«Vielleicht könnte ich Ihnen bei der Arbeit für die Stiftung helfen, Sie sagen doch immer, daß Sie Hilfe brauchen. Bis wir das nächste bestsellerverdächtige Manuskript gefunden haben.»

«Vorerst solltest du überhaupt keine Pläne machen», sagte Jake streng und sah Armbruster an. «Auch nicht für Übernachtungen in irgendwelchen Motels. Da könnte ich dich nicht im Auge behalten.»

Sie schob angriffslustig das Kinn vor. «Was glaubst du eigentlich, wer du bist? Gottvater persönlich?»

«Ja. Und jetzt halt gefälligst die Luft an.»

«Wie bitte??»

«Hör mal, Jake...» sagte Joe warnend.

Zu spät. Miss Casey Hewsons Geduld war zu Ende. Sie baute sich vor Jake auf und schrie ihn an: «Ich werde machen, was ich will und mit wem ich es will, und wenn's nach mir geht, garantiert nicht mit dir.» Sie nahm Joes Taschentuch und hielt es Jake unter die Nase.

«Draufspucken.»

Jake gehorchte.

Sie rieb den angetrockneten Tomatensaftrest aus seinem linken Ohr. «Dein Unterbewußtsein scheint dir zu suggerieren, daß du ein Salat sein möchtest. Viel Spaß, kann ich da nur sagen.» Sie gab Joe sein Taschentuch zurück. «Jetzt zieh Leine und such dir dein ideales Radieschen woanders.»

«Ich würde an Ihrer Stelle nichts übereilen, junge Frau», warf Sylvester ein. «Er meint es doch gut.»

«Wenn du am Leben bleiben willst, tust du, was ich dir sage», fuhr Jake sie an. «Selbst Radieschen haben ein Recht auf Polizeischutz.»

Casey holte tief Luft, stieß einen spitzen Schrei aus und stürzte sich auf Jake. Richard packte sie von hinten, aber da hatte sie bei Jake schon einen wohlgezielten Tritt vors Schienbein gelandet. Richard zerrte sie auf die Couch zurück und hielt sie fest, und Sylvester setzte sich auf die andere Seite. Sie sah von einem zum anderen, holte erneut Luft, dann schlug sie die Hände vors Gesicht und fing an zu weinen.

«Da hast du ja was Schönes angerichtet», sagte Joe.

Richard und Sylvester legten je einen Arm um Casey, wobei sie sich angesichts ihrer schmalen Schultern erheblich behinderten. Sie linste durch die Finger zu Jake hinüber und schluchzte bitterlich.

Jake stand auf einem Fuß und rieb sich das malträtierte Schienbein. «Weinen tut ihr gut», sagte er laut. «Das erleichtert. Ich versuche schon den ganzen Tag, sie so weit zu bringen.» Er sah aus tränenden Augen Millington an. «Wie hieß der Anwalt, der Norris zu Ihnen geschickt hat?»

«Spielt das eine Rolle?» Eustace sah aus, als hätte auch er Casey gern Trost gespendet, aber auf der Couch war kein Platz mehr.

«Nicht unbedingt.» Jake rieb sich noch immer das Schienbein, verlor unvermittelt das Gleichgewicht und hopste wie ein Wilder im Zimmer herum. «Aber möglicherweise doch.»

«Das verstehe ich nicht», sagte Eustace, sichtlich genervt von Caseys Schluchzen und Jakes Hopserei.

Jake stieß sich im Rahmen der Küchentür, stellte sich wieder auf beide Füße und rieb sich den Ellbogen. «Mist. Die Sache ist doch die: Sie haben einen Vertrag mit Norris gemacht, und der ist damit zu einem Anwalt gelaufen. Wenn er einen Anwalt hatte, hat er vielleicht auch ein Testament gemacht. Und wenn er ein Testament gemacht hat, hat er auch einen Erben. Oder mehrere. Kann doch sein, daß die auch eine Meinung zu der Veröffentlichung haben. Ich könnte bei Professor Kingsfield nachschlagen, aber soweit ich weiß, sind an einen Vertrag beide Vertragspartner gebunden.»

Millington sah plötzlich um Jahre älter aus. «Herrgott, daran habe ich überhaupt noch nicht gedacht. Er hat nie von Angehörigen gesprochen, von einer Frau, Kindern oder dergleichen. Ich dachte, er steht ganz allein auf der Welt.»

«Wer war der Anwalt?» bohrte Jake nach. «Jemand von hier?»

«O ja, den kennt bei uns praktisch jedes Kind», sagte Eustace. «Er heißt Stanley Quiddick.»

19

«Ein alter Penner ist die Feuerleiter hochgeklettert, und sie hat ihn reingelassen? Was erzählst du da für Märchen?» entrüstete sich Rocky Lightfoot.

Arthur Burpee zuckte die Schultern. Er und Nipsy Friedlander waren zur Beobachtung von Caseys Haus abgestellt worden, nachdem Fritz und Knapp triefend und deprimiert Bericht über ihre Niederlage im Piggy Wiggy Wondermart erstattet hatten. Diese wackeren Kämpfer saßen jetzt in einer Ecke, machten lange Gesichter und dachten über ihre Zukunft nach. Rocky Lightfoot war angesichts der von ihnen erbrachten Leistungen nicht gerade in frenetischen Jubel ausgebrochen.

Burpee war zum Rapport über die Ereignisse der vergangenen Nacht angetreten. Er und Friedlander waren womöglich noch dusseliger als ihre Vorgänger, aber zur Zeit Rockys letztes Aufgebot. Die Personalsituation, fand er, war ausgesprochen unbefriedigend. Seine guten Leute waren ständig beim Zahnarzt und ließen sich das Gebiß sanieren, die anderen, die noch über tadelloses Kauwerkzeug verfügten, waren ausnahmslos Nieten. «Ich warte», sagte er scharf.

«Doch, ehrlich, so war's. Ausgesehn hat er wie ein Penner. Er ist rauf, hat ein paarmal ans Fenster gebummert, sie hat aufgemacht und ihn reingelassen, und dann ist das Rollo runtergegangen. Ja, und... und mehr war nicht.»

«Sagst du.» Rocky wandte sich an Fritz und Knapp. «Noch mal von vorn, ihr beiden.»

Fritz' Miene erhellte sich etwas. Hier bot sich eine Chance, noch einmal ausführlich ihren verdienstvollen Einsatz zu schildern. «Vormittags haben wir vor dem Haus gewartet, wie Sie gesagt haben, damit wir sie schnappen können, wenn sie rauskommt. Aber sie ist nicht rausgekommen. Gegen acht ist der Partner von Chase aufgetaucht und 'ne Stunde dringeblieben, dann sind sie zusammen rausgekommen und zu Norris gefahren.»

Rocky fuhr so jäh hoch, daß ihm fast das gestickte Hauskäppchen vom Kopf gerutscht wäre. «Davon hast du ja noch gar nichts gesagt.»

Halb erschrocken, halb verlegen gab Fritz zu: «Hab ich glatt vergessen über dem ganzen Buhei...»

«Paß auf, daß ich kein Buhei mache», fuhr Rocky ihn an. «Sie sind also zu Norris gefahren.» Burpee und Friedlander vermerkten zufrieden, daß Fritz und Knapp sich sichtlich ungemütlich fühlten. Am Ende war da eine Beförderung für sie drin...

Fritz ruckte und wackelte auf seinem Stuhl herum, er hatte immer noch vereinzelte Tomatensaft-Feuchtzonen in der Unterwäsche. «Sie sind bloß vierzig Minuten oder so dageblieben, dann sind sie wieder rausgekommen, und der Partner von Chase hat 'ne braune Tüte mit Sachen in den Kofferraum getan, dann haben sie die Frau ins Büro gebracht. Wie die Kletten waren die, wir sind nicht an die Frau rangekommen. Als der Partner von Chase dann weggefahren ist, sind wir nicht hinterher, weil Sie doch gesagt haben, wir sollen bei der Frau bleiben.»

«Ja, ja», stöhnte Rocky. «Und Chase ist mit Miss Hewson in ihr Büro gegangen.»

«Genau. Das habe ich doch schon erzählt.»

«Und dann?»

«Jaaa, dann... dann sind sie da den ganzen Tag geblieben. Ich hab Sie angerufen, und Sie haben gesagt –»

«Daß ihr bei der Frau bleiben sollt, ich weiß. Weiter.»

«Wie's dann vier geworden ist, sind sie raus und haben 'ne Minute rumgestanden, und dann ist die Frau in den Supermarkt gegangen. Zuerst hab ich gedacht, Scheiße, hab ich gedacht, jetzt haben sie uns gesehn, und dann hab ich gedacht, Quatsch, hab ich gedacht, die haben bloß Kohldampf.» Fritz lachte herzlich. Als niemand mitlachte, räusperte er sich. «Na ja, und das andere wissen Sie ja, Boss», schloß er lahm. «Wir haben versucht, sie zu schnappen, und dadurch hat's 'n bißchen Rabatz gegeben.»

«'n bißchen Rabatz», wiederholte Rocky. «Euretwegen sind vier Polizeifahrzeuge, die Feuerwehr und ein Rettungswagen ausgerückt, und zwei Reporter, die zufällig mit einer Kamera in der Gegend rumschlichen, haben einen knalligen Bericht für die Sechs-Uhr-Nachrichten geliefert. Ein bißchen Rabatz? Der reinste Horrortrip war das...»

Fritz machte eine beschwichtigende Handbewegung. «Im Fernsehn haben sie gesagt, daß es ein versuchter Raubüberfall war.»

«Ja, und was Lieutenant Chase sich von *der* Masche verspricht, würde ich gern wissen», brummelte Rocky. «Wie war das mit dem Penner?» fragte er Burpee.

«Mit dem auf der Feuerleiter?» vergewisserte sich der.

«Nein, mit dem, der an der Fernsehantenne geschaukelt hat», schnauzte ihn Rocky an.

«Da hab ich aber gar keinen –» setzte Friedlander an.

«Der Penner ist die Feuerleiter rauf», sagte Burpee eifrig und warf seinem Partner einen warnenden Blick zu. «Zuerst hab ich gedacht, daß er 'n Spitzel ist, der Chase nachsteigt.» Rockys bedrohliche Miene machte ihn zusehends nervös.

Rocky hatte sich wieder zurückgelehnt und säuberte sich mit einem großen Brieföffner die Nägel. «Wann genau war das?»

Burpee und Friedlander wechselten einen Blick. Friedlander zuckte die Schultern und sah auf seine Schuhspitzen. «So gegen acht.»

«Und wie sah der Penner aus? Wenn ich bitten dürfte.»

«Wie so 'n alter Zausel eben aussieht. Dreckig und in alten Klamotten, ein Stück über dem anderen, und graue Haare hat er gehabt, die hingen unter seinem Hut raus.»

Rocky sah rasch auf. «Was für ein Hut war das?»

«'n ganz gewöhnlicher schwarzer Hut mit breiter Krempe. So einer, wie die Gangster ihn tragen, Sie wissen schon.»

Rocky betrachtete seine beiden Mitstreiter. Burpee trug einen Hut aus Tweed mit schmaler Krempe, der nur knapp seinen großen kahlen Schädel bedeckte, Friedlanders Kopfbedeckung war eine Wollmütze mit roter Troddel, die seine Mutter ihm gestrickt hatte. «Wie die Gangster ihn tragen», wiederholte er matt.

«Ja, wie im Film, so 'ne Art Schlapphut, damit keiner sieht, wie gemein sie gucken.»

«Ein Gangsterhut also.» Rocky nickte mit geschlossenen Augen. «Glaubst du, daß es ein Gangster war, Burpee?»

«Ach wo, das war 'n ganz gewöhnlicher Blödmann, den Hut hat er bestimmt irgendwo geklaut.»

«Von einem Gangster?»

Burpee wurde etwas mulmig zumute. «Na ja, also...»

«Weiter! Wird's bald?»

Hastig, weil Rockys Stimme so komisch klang und weil Rocky überhaupt so komisch war und Burpee viel lieber mit Gurney verhandelt hätte, denn dieser Rocky hatte echt irgendwo 'n Filmriß, fuhr Burpee fort: «Und 'n bißchen später ist dann dieser Homo gekommen.»

«Der Homo?» Rocky machte die Augen wieder auf. «Woher weißt du, daß er schwul war?»

Friedlander grinste durchtrieben. «Weil er 'n Schwulenhut aufhatte.»

«Nee, 'nen Hamburger hat er aufgehabt», sagte Burpee zu Friedlander. «Wie diese Geldsäcke im Kino, hast ihn doch selber gesehn, du Gipskopp.» Friedlander sah leise lächelnd wieder auf seine Schuhspitzen herunter.

«Einen Homburg», verbesserte Rocky, der mehrere dieser Kopfbedeckungen besaß, ziemlich frostig.

«Sag ich doch», bestätigte Burpee.

«Und ist dieser elegante Herr auch die Feuerleiter hinaufgestiegen?» erkundigte sich Rocky mit allen Anzeichen echter Anteilnahme.

«Das glauben Sie doch selber nicht, Boss», wehrte Burpee beleidigt ab. «Der hat geklingelt und ist ins Haus gegangen wie 'n ganz normaler Mensch. Ungefähr 'ne Stunde ist er geblieben, dann ist er zu seinem Schlitten gegangen, der hatte inzwischen auf ihn gewartet –»

«Nummer?»

«ALM 1», gab Friedlander eilfertig Bescheid. «Alter Heron, schwarz, Türen dunkelrot, einer von diesen großen Achtzylindern, Einzelradaufhängung und –»

«Danke», unterbrach ihn Rocky und notierte sich die Zulassungsnummer. «Wann kam der Penner mit dem Gangsterhut raus?»

Burpee und Friedlander wechselten erneut einen Blick.

«Überhaupt nicht», sagte Burpee schließlich. «Wie Sam und Ernie uns um Mitternacht abgelöst haben, war er noch da.»

20

Stanley Quiddicks Geschäftsräume befanden sich im Tower, einem vor vier Jahren erbauten Hochhaus mit Blick auf den Fluß und einen großen Teil der Granthamer Innenstadt. Er residierte in dem von Quiddick, Rauscher und Trimm für sich und ihre zahlreichen Mitarbeiter angemieteten Stockwerk in einem Eckzimmer. QRT waren eine der führenden Anwaltskanzleien der Stadt. Rauscher war mit seinem Team von Juniorpartnern auf Wirtschaftsrecht spezialisiert, Trimm und sein Gefolge bearbeiteten die Strafverfahren, und Quiddick... beschäftigte sich mit allem möglichen.

Als Seniorpartner übernahm er nur ausgewählte Fälle, vornehmlich solche von alten, bevorzugten Mandanten wie den Westwoods, den Finches, den Bullstarkes, den Nitneys, den Rasmussens und/oder deren Firmen. Trotz der Beschränkung seiner Mandantenliste auf Freunde und Favoriten wieselten seine persönlichen Mitarbeiter rastlos hin und her, bemüht, die Kontakte zwischen Stanley und seinen geheimnisvollen Geschäften mit der Außenwelt aufrechtzuerhalten. Daß Stanley seine Beziehungen hatte und sie auch nutzte, wußten sie alle.

Rauscher und Trimm ließen sich bei gemeinsamen Besprechungen von Stanley allenfalls Bericht über derzeit anhängige Verfahren erstatten und erkundigten sich ansonsten nicht nach Einzelheiten. Bei ihm lief ohnehin immer alles so, wie er es wünschte. Da dies häufig für sie von Vorteil war, hüteten sie sich, zu viele Fragen zu stellen, und beteiligten ihn stillschweigend an den Firmengewinnen – allein schon der Honorare wegen, die der Kanzlei für die treuhänderische Verwaltung der Millington-Stiftung zuflossen.

Für gewöhnliche Sterbliche war es ein hartes Stück Arbeit, bis zu Stanley Quiddick vorzudringen. Das gleiche galt für Polizeibeamte. Mit beispielloser Hartnäckigkeit und ein paar diskreten Drohungen hatte Jake es schließlich doch geschafft, ins Allerheiligste vorgelassen zu werden. Er hatte viele Fotos von Stanley Quiddick gesehen, die ihn anläßlich seiner häufigen Auftritte in der Öffentlichkeit zeigten, und war daher nicht überrascht von der hohen, kahlen Stirn, den durchdringenden schwarzen Augen hinter der goldgeränderten Brille und dem überraschend sinnlichen Mund unter der asketischen Adlernase.

Was die Fotos allerdings geschickt vertuscht hatten, war Mr. Quiddicks Statur, die einiges zu wünschen übrigließ. Hätte der Spezialstuhl hinter seinem Schreibtisch nicht auf einem mit Teppichboden verkleideten Podest gestanden, wäre der Anwalt über der spiegelnden Mahagoniplatte kaum zu sehen gewesen. Der Schreibtisch selbst war ebenfalls erhöht aufgestellt, so daß Stanley Quiddick sein Büro beherrschte wie eine Bühne. Dank dieser Vorkehrungen befand er sich in Augenhöhe mit den beiden Vertretern der Ordnungskräfte, die da in sein Heiligtum eingedrungen waren, und thronte, nachdem sie sich gesetzt hatten, über ihnen.

«Wer?» quiekste er.

«Frederick Norris», wiederholte Jake. «Sie haben ihn, wenn ich recht verstanden habe, zu einem Verleger geschickt, einem gewissen Millington –»

«Richtig, jetzt erinnere ich mich. Eine Hinterlassenschaft meines verstorbenen Partners Miles Archer.» Er lachte kurz auf. «Wenn der Partner stirbt, muß man schließlich was tun.» Er sah Jake erwartungsvoll an.

«Ich heiße nicht Sam Spade, und wir spielen hier nicht die *Spur des Falken* nach, Mr. Quiddick», erwiderte Jake geduldig.

Stanley Quiddick lehnte sich sichtlich befriedigt zurück. «Ich finde solche Spielchen ganz lustig. Sie nicht?»

«Ist der Typ bescheuert, oder was?» fragte Joe halblaut.

«Nein, junger Mann... wie war doch gleich Ihr Name... ich bin keinesfalls bescheuert.»

Jake trat Joe auf den Fuß. «Er heißt Luchinsky.»

Quiddick war ein gefährlicher Mann, er wollte vermeiden, daß Joes Name sich in dem legendären Gedächtnis des Anwalts festsetzte. «Es dürfte Ihnen bekannt sein, daß Fred Norris tot ist, Sir. Er ist in der Lobby seines Wohnhauses erstochen worden, und wir versuchen, seinen Anwalt zu finden.»

«Ein passabler Versuch, junger Mann. Ich bin – oder war – Mr. Norris' Rechtsvertreter.» Quiddick sah Joe noch einmal scharf an und konzentrierte sich dann auf Jake. «Was kann ich für Sie tun, Lieutenant? Vermutlich geht es um das Testament oder etwas in der Art.»

«In der Art, ganz recht. Hatte Norris Angehörige?»

Quiddick lächelte. «Sogar etliche.»

«Wer erbt?»

«Sein ältester Sohn, James Clancy, wohnhaft in Brooklyn, New York. Die anderen beiden schätzte er weniger.»

Jake warf einen Blick in seine Notizen. «Die anderen beiden… das sind Theodore Glock und Bernard Feldman?»

«Darf ich fragen, woher Sie diese Namen kennen?»

«Aus den Geburtsurkunden, die wir in der Wohnung von Norris gefunden haben. Das war im übrigen auch schon alles, was wir dort gefunden haben. Mr. Norris war offenbar ein bißchen wunderlich. Er hatte ein Telefon, aber kein Telefonverzeichnis, er hatte einen Schreibtisch, aber keinen Tages- oder Terminkalender, er besaß ein Lehrbuch für Maschineschreiben, aber keine Schreibmaschine, er dürfte ein Einkommen bezogen und Rechnungen erhalten haben, aber er hatte kein Scheckbuch, keine Bankbelege…»

Quiddick lächelte. «Ein bißchen wunderlich, Lieutenant. Sie sagen es…»

«Weshalb mag sein Leben so arm an Belegen gewesen sein? Was meinen Sie?»

«Möglicherweise, weil er nach einer Haftstrafe erst seit wenigen Monaten wieder in Freiheit war. Sein Testament liegt bei mir im Schließfach, einer meiner Mitarbeiter wird es beim Nachlaßgericht einreichen. Wann gedenkt die Staatsanwaltschaft die Leiche zur Bestattung freizugeben?»

«Keine Ahnung, da müssen Sie schon selber nachfragen», sagte Jake.

«Ich werde nachfragen lassen.»

«Ich würde gern mal das Testament sehen», sagte Jake.

«Das glaube ich Ihnen aufs Wort, junger Freund.»

Jake seufzte. «Dürfte ich bitte das Testament sehen, Mr. Quiddick?» Der Anwalt zögerte.

«Ich könnte mir eine gerichtliche Verfügung ausstellen lassen.»

«Nicht nötig. Wenn Sie es wünschen, können Sie Einsicht in den Letzten Willen meines Mandanten nehmen. Sie werden allerdings wenig Aufschlußreiches darin finden. Nur die Bestimmung, daß alles an Clancy geht, einen redlichen, arbeitsamen Schreiner, der für das Geld dankbar sein wird.»

«Welches Geld?»

«Das Geld von Mr. Norris natürlich. Er hatte, ehe er ins Gefängnis ging, wohlüberlegte Verfügungen getroffen und der Versuchung widerstanden, während seiner... äh... Abwesenheit das Kapital anzugreifen, so daß nach seiner Freilassung ein erkleckliches Sümmchen zusammengekommen war. Mr. Clancy dürfte nach Abzug der Unkosten an die hunderttausend Dollar kassieren können.»

«Weiß er das?»

«Nein. Die Jungen wußten alle nicht, daß Fred Norris ihr Vater war. Sie mögen seinen Namen gehört haben, mehr aber war ihnen nicht bekannt. Nur unter dieser Bedingung hatte Norris sich mit der Zahlung von Unterhalt einverstanden erklärt. In der Hinsicht war er durchaus fair, sentimental aber war er nicht. Er verfolgte nur aus der Ferne, wie es seinen Söhnen erging. Glock, so erzählte er mir, sei dem Rauschgift verfallen und habe nicht mehr lange zu leben. Feldman ist Privatdetektiv geworden und führt eine eigene, durchaus erfolgreiche Agentur. Er wäre auf eine Erbschaft also ohnehin kaum angewiesen. Mr. Norris mißbilligte seine Berufswahl und hätte ihm sowieso nichts hinterlassen. So nimmt denn Mr. Clancy alles an seine ehrliche Brust.» Quiddick lächelte. Es war kein Lächeln, das ein Herz erfreuen konnte, sondern nur eine das Satzende signalisierende Mundbewegung.

«Sie haben, wie Sie sagten, Norris von Ihrem verstorbenen Partner übernommen. Persönlich kannten Sie ihn nicht?»

«Kennen wäre zuviel gesagt. Ich habe ein einziges Gespräch mit ihm geführt, kurz nach seiner Entlassung. Er diktierte seinen Letzten Willen, und während ich das Dokument schreiben ließ, plauderten wir miteinander. Er erzählte mir, daß er in der Haft ein Buch geschrieben hatte, und ich schickte ihn zu Eustace Millington, weil ich wußte, daß der Abnehmer für so etwas ist.»

«Und woher wußten Sie das?»

«Millington und ich sind Klubkameraden. Hin und wieder spielen wir Bridge zusammen. Unsere Firma betreut auch die Millington-Stiftung.»

«Verstehe. Und das war Ihr einziger Kontakt mit Fred Norris?»

«Das sagte ich bereits. Ich bin ihm nur dieses eine Mal begegnet, kurz nach seiner Haftentlassung.»

«Und Sie haben keine Ahnung, wo seine Papiere und dergleichen sein könnten?»

«Bedaure.»

Jake seufzte, warf Joe einen raschen Blick zu und stand auf. «Ich danke Ihnen, daß Sie uns dieses Gespräch gewährt haben, Mr. Quiddick, zumal Sie ein so vielbeschäftigter Mann sind. Möglich, daß wir Sie noch einmal belästigen müssen.» Er trat einen Schritt zurück, stieß an einen Gummibaum, bei dem er sich höflich entschuldigte, und trat ab. Danach machte er den Mund nicht wieder auf, bis sie auf der Straße standen.

«Es ist schlimmer, als ich dachte», sagte er zu Joe.

Im Präsidium stellten sie den Wagen in dem reservierten Teil der Tiefgarage ab. In der Halle trafen sie Molly Pemberton.

«Hallo, Jake. Und Joe... Was machen die Kinder?»

Sie sprachen kurz über die Familie, dann sah sie Jake von der Seite an. «Wie ich höre, ist Mrs. Corelli verhaftet worden. Ich hab dir doch gleich gesagt, daß sie es war.»

«Ich weiß.» Für Molly nahm er sich immer Zeit, ihr Mann war der erste Sergeant gewesen, unter dem er gearbeitet hatte. Er war der beste Cop, den Jake je kennengelernt hatte, und er war dem älteren Kollegen für jede Minute dankbar, die er ihm geschenkt hatte. Viele seiner Kollegen dachten ebenso. Deshalb war Molly im Präsidium und auch in den Revieren stets gern gesehen. «Ich war drauf und dran, den Fall abzuschließen, aber Stryker ist mir zuvorgekommen.»

«Lieutenant Stryker ist ein tüchtiger Beamter», sagte Molly.

Jake seufzte. «Verdammt, das weiß ich selber. Wenn mir ein Ekel die Tour vermasselt hätte, wär mir wohler. Bist du auf einen Kaffee vorbeigekommen?»

«Nein, nein, ich hab nur einen Strafzettel bezahlt.»

«Empörend», sagte Jake in gespieltem Entsetzen.

«Viele Leute kriegen Strafzettel.»

«Na klar. Empörend finde ich nur, daß du ihn nicht einem von uns gegeben hast, wir hätten ihn für dich verschwinden lassen.»

«Du weißt ganz genau, daß du so was nie tun würdest, Jake Chase. Woran arbeitet ihr jetzt?»

«Das ist noch nicht genau raus», sagte Jake. «Eigentlich an dem Fall Norris, aber die Sache scheint sich auszuweiten. Weißt du irgendwas über Gurney Lightfoot, Molly?»

«Und ob! Über den konnte Dan sich stundenlang verbreiten. Ein gefährlicher Mann mit einem eigenen, ganz speziellen Ehrgefühl, hat er immer gesagt. Warum fragst du?»

«Kann ich noch nicht sagen. Irgendwo juckt mich was, ich weiß nur noch nicht recht, wo ich kratzen soll.»

Molly bekam feuchte Augen. Sie wußte, woher Jake diesen Ausdruck hatte. Es war einer von Dans Sprüchen gewesen. «Wenn ich euch helfen kann, braucht ihr's nur zu sagen.»

«Kann sein, daß ich darauf zurückkomme, Molly. Schönen Dank.»

Sie sah ihnen nach, dann trat sie nachdenklich auf die Straße hinaus. Warum hatte sie nicht mit Jake über ihr Problem gesprochen? Denn im Grunde hatte sie nur deshalb eine halbe Stunde in der Halle herumgestanden, weil sie versucht hatte, sich zu einer Entscheidung durchzuringen. Verdächtige Umstände mußt du melden, hätte Dan gesagt. Aber sie wußte auch, daß die Beamten eher zurückhaltend reagieren würden.

Bei alten Damen kommt es häufig vor, daß sie sich einbilden, früh um fünf Einbrecher in ihrer Wohnung zu hören. Früh um fünf suchen Poltergeister und kleine Teufel die Schlaflosen heim. Und Alpträume. Aber sie hatte noch nie schlecht geschlafen, und die Alpträume hatten mit Dans Tod aufgehört, denn nichts vermochte sie je so zu quälen wie die Angst vor den Gefahren, die sein Beruf mit sich gebracht hatte.

Natürlich hatte auch Mr. Braithwaite die Geräusche gehört, aber einen Kater würden sie bei der Polizei schwerlich als zuverlässigen oder brauchbaren Zeugen gelten lassen. Er hatte sich aufgerichtet, dann war er leise vom Bett gesprungen und ins Wohnzimmer geschlichen, in der Hoffnung, eine Maus zu erwischen. Zu seiner Enttäuschung hatte er statt dessen nur einen Schatten erblickt, der sich hinter den Vorhängen abzeichnete, einen Schatten, der verschwunden war, als Molly die Nachttischlampe anknipste, und lärmend über die Feuerleiter die Flucht ergriffen hatte.

Würde man ihr das abnehmen?

Natürlich hatte sie sich das Fenster angesehen. Aber erst am Morgen, vorher hatte sie stundenlang wach gelegen, war schließlich aufgestanden, hatte sich gewaschen, angezogen und gefrühstückt. Sie hatte es immer wieder hinausgeschoben. Im Grunde wollte sie gar nicht wissen, wie angreifbar sie war.

Es war nichts zu sehen. Kein Abdruck, keine Schmierspuren

auf Glas oder Rahmen, keine Anzeichen eines Brecheisens oder Taschenmessers, kein Kratzer eines Glasschneiders. Nichts.

Ein bißchen Erde hing an dem Metallrost der Feuerleiter, die hatte sie abgekratzt und in eine kleine Pastiktüte getan und war sich dabei ziemlich albern vorgekommen. Das Zeug war womöglich schon seit Tagen da.

Aber am Vorabend, als sie nach Hause kam, hatte sie Mr. Braithwaite hinausgelassen, um ihm ein bißchen Bewegung zu verschaffen, und sie war sicher, daß die Erde da noch nicht an der Feuerleiter gehangen hatte. Ziemlich sicher jedenfalls. So gut wie sicher.

Molly seufzte. In der Mittagspause würde sie ein vernünftiges Fensterschloß kaufen und vielleicht eine Einbruchssicherung. Das hatte sie schon seit Jahren vor, aber es war so eine nette Gegend, sie hatte immer gehofft, daß die Kriminalität, die sich in der Stadt immer mehr breitmachte, Riverview verschonen würde.

Jetzt ging es also auch hier los. Man war eben nirgends mehr sicher.

21

«Ich hab's ja gewußt», krähte Jake eine Stunde später triumphierend. Er hing halb über der Schulter von Hal Dubrowski von der Dokumentation, der seinerseits halb über der Tastatur seines Computers hing. An seinen Computer ließ Dubrowski Jake nicht heran. Er hatte noch genug vom letzten Mal.

«Lassen wir's ausdrucken», sagte Jake und machte Anstalten, die entsprechenden Tasten zu drücken.

Dubrowski gab ihm eins auf die Finger. «Willst du mich arbeitslos machen? Der Computer ist nicht der einzige mit einem guten Gedächtnis. Weißt du eigentlich, daß sie dich an der Polizeiakademie als abschreckendes Beispiel zitieren?»

Jake richtete sich auf. «Undank ist der Welt Lohn! Ohne mich hätten sie die Macke im System nie gefunden.»

«Nicht wegen der Macke.» Dubrowski schaltete den Drucker ein. «Wegen der Methode, wie du sie gefunden hast. Bei uns ackern immer noch zwei Mann rund um die Uhr, um die verschwundenen Daten wiederzufinden und neu einzugeben.»

«Ich schaffe eben neue Arbeitsplätze», sagte Jake. «Alles Definitionssache.»

Dubrowski schob seinen Stuhl zum Drucker, der schon angefangen hatte zu rattern. «Also, ich weiß nur eins: An die Sachen hier kommst du nicht mehr ran. Setz dich. NICHT DAHIN!»

Jake schüttelte den Kopf. «Wie kann man denn dahin auch 'ne Diskette legen?» Dubrowski rollte schleunigst zu ihm hinüber, griff sich die Diskette, warf Jake einen wütenden Blick zu, rollte zu seinem Schreibtisch, verstaute sie in einer Schublade und schloß ab.

«Du siehst echt süß aus, wenn du sauer bist», sagte Jake.

«Seht ihr?» Jake blätterte in dem Ausdruck. «Hier steht's, schwarz auf weiß. Charles Edward Porter. Da haben wir die Verbindung.»

Joe lehnte sich zurück. «Ich bin wohl nicht so gut drauf, Jake. Würdest du mich bitte aufklären?»

Jake schwang sich auf die Schreibtischkante, fing den Aschbecher kurz vor dem Sturz auf den Linoleumboden auf und schob ihn dicht ans Telefon heran. «Das ist der Fall Ariadne Finch. Noch nicht abgeschlossen, deshalb haben sie ihn gespeichert. Ich hab mir die Datei von Dubrowski aufrufen lassen, weil ich mir einfach nicht vorstellen konnte, weshalb ein großes Tier wie Quiddick dazu kommt, einem miesen Typ wie Norris auch nur guten Tag zu wünschen, geschweige denn, ihm sein Testament aufzusetzen oder Millington gegenüber zuzugeben, daß er ihn kennt. Irgendwo im Hintergrund mußte es da einen geben, der Druck gemacht hat. Und das war Porter.»

«Unser Ex-Bürgermeister?»

Jake hatte das Gefühl, daß etwas in seinem Ohr herumsummte. Er bohrte erfolglos mit einem Finger nach und fuhr fort: «Komm, du weißt doch genau, daß Quiddick einer von Porters Leuten ist. Und daß Porter und Lightfoot schon seit einiger Zeit Todfeinde sind. Wie das gekommen ist, weiß ich nicht, jedenfalls können sie sich nicht ausstehen.» Er schlug sich leicht an die Schläfe, um das Ohrensummen loszuwerden. «Verdammt.»

«Hey, was ist denn mit dir los?»

Jake seufzte. «Porter haßt Lightfoot, und das beruht auf Gegenseitigkeit. Porter hat sich aus der Politik zurückgezogen, aber sein Sohn Tony ist jetzt Obermotz in der Stadtplanung, ein richtiger Feuerfresser und Umstürzler, Motto ‹Schöne neue Welt› und so. Weil er die Innenstadt – und später wohl den ganzen Erdball –

umkrempeln will, ist Tony Porter dabei, Gurney Lightfoots Zentrale in der Federal Street kaputtzumachen. Heute nur die Häuser, morgen die ganze Organisation. Und ich wette, dabei steht Charley Porter voll hinter seinem Sohn. Kannst du mir so weit folgen?» Er sah sich forschend im Zimmer um.

«Ich glaube schon», erwiderte Joe, der sich vergeblich fragte, was Jake wohl suchte, und nun seinerseits in alle Ecken und Winkel blickte.

«Auch der Lightfoot-Sohn bereitet sich auf die Übernahme vor. Klein-Rocky ist ganz der Vater, nur ohne die Lachnummern. Er soll eine ausgesprochene Landplage sein.» Jake ruckte rasch mit dem Kopf herum. «Verdammt noch mal, wo kommt bloß dieses Gesumme her?»

«Okay, jetzt blick ich einigermaßen durch», meinte Joe. «Der Zoff geht weiter. Großvater Ned Porter haßt Großvater Digger Lightfoot, Vater Charley Porter haßt Vater Gurney Lightfoot, und Sohn Tony haßt Sohn Rocky. Sag ich jedenfalls mal so...»

«Anzunehmen. Sie sind zusammen zur Schule gegangen, in die Old School von Grantham, wo man für Geld alles kriegt, bloß keine Bildung. Wie sie sich verstanden haben, weiß ich natürlich nicht, aber sie hatten wohl kaum dieselbe Sorte von Freunden. Rocky war ein richtiger Rabauke, Tony dürfte Klassensprecher gewesen sein. An der Old School gibt's beides. Jede Menge.»

«Und wie hängt das nun alles zusammen?» fragte Joe.

«So, wie ich es sehe, steckte Porter hinter Norris und seinem Buch. Ob er ihn direkt dazu veranlaßt hat, es zu schreiben, weiß ich natürlich nicht, aber daß er damit Lightfoot belastet hat, war garantiert Porters Werk. Casey meint, wenn Norris über sein Buch sprach, wäre da irgendwie ein falscher Ton drin gewesen. Als ob er etwas Auswendiggelerntes aufsagte. Vielleicht hat ihm Porter die Sprüche eingetrichtert, über Quiddick als Mittelsmann. Sie hat auch erzählt, daß er andauernd über die finanzielle Seite geredet hat, dabei hatte der Mann doch Geld wie Heu. Ich schätze, das Buch ist hundertprozentig auf Porters Mist gewachsen.»

«Und wie kam Norris dazu, für Porter zu arbeiten?»

Jake zuckte die Schultern. «Da gibt es mehrere Möglichkeiten: Er stand unter Druck, er hat sich irgendwie revanchieren wollen – oder er hat Gurney Lightfoot echt gehaßt. Ich tippe auf letzteres, und Porter hat das ausgenützt. Als damals die Verteidigung von Norris Mist gebaut hat, so daß er in den Knast mußte, war einer von Quiddicks Partnern für den Fall zuständig. Kann sein, daß die

Sache wirklich so weit zurückging. Porter soll ein guter Schachspieler sein, vielleicht hat er Norris in Reserve gehalten – als potentielles Bauernopfer oder so. Und weil Porter es sich nicht leisten konnte, daß sein Name in dem Zusammenhang auftauchte, hat er – wie üblich – Quiddick eingeschaltet, und irgendwie hat Quiddick so lange auf Millington eingeredet, bis der einverstanden war, das Buch rauszubringen. Vielleicht hat Millington sich auch revanchieren wollen. Quiddicks Beziehungen überspannen die ganze Stadt, es ist ein richtiges Spinnennetz.»

«Eine Mordanklage hätte doch Gurney im Grunde überhaupt nicht zu kratzen brauchen. Viel länger als ein Jahr macht er's sowieso nicht mehr, und bis dahin wäre ja fast die Voruntersuchung abgeschlossen gewesen, die Ermittlungen mußten neu aufgenommen werden und –»

«Es geht doch überhaupt nicht um Gurney Lightfoot, du Pfeife. Es geht um Rocky. Als ich gestern abend schlaflos in meinem Heiabett lag, ist mir das schlagartig klargeworden: Vielleicht hat nicht der liebe alte Papi, sondern Sohnemännchen die Finch abgemurkst.» Er horchte dem entnervenden Summton nach.

«Aber damals kann er doch allenfalls siebzehn gewesen sein.»

Jake nickte. «Was ein Haken werden will, krümmt sich beizeiten.»

«Nein, du, ich hab doch inzwischen die blöde Schwarte gelesen», widersprach Joe. «Da steht kein Wort über Rocky drin. Norris behauptet, daß Gurney höchstpersönlich sie umgebracht hat.»

«Das mag er auch geglaubt haben. Aber ich schätze, daß er sich geirrt hat. Gurney weiß, wie es wirklich war, und Gurney hat nicht Angst um sich selbst, sondern um den Junior. Und wenn Gurney Lightfoot sich mal was in den Kopf gesetzt hat, ist er nicht zu bremsen. Weißt du noch, wie er die Bombe –» Er unterbrach sich jäh. Ein grausiger Verdacht war in ihm aufgekeimt. «Scheiße!» Er sprang vom Schreibtisch und sah sich wild um. «Bombe! Bombe!» brüllte er und ging in Deckung.

Alle fuhren hoch und schrien durcheinander.

Akten flogen in der Gegend herum, Stühle schurrten, Menschenleiber drängten sich in der Tür.

Auch Joe hatte aufstehen wollen, aber dann streckte er nur die Hand aus und legte den Hörer auf, den Jake vorhin beim Hantieren mit dem Aschbecher von der Gabel gestoßen hatte. Von einer Sekunde zur anderen war der Summton weg.

«Falscher Alarm», verkündete Joe gelangweilt.

Einen Augenblick wurde es totenstill, dann kamen die Kollegen fluchend wieder herein. «Hey, Jake, beim nächstenmal holst du gefälligst tief Luft und zählst bis zehn», verlangte Pinsky.

«Oder du springst gleich aus dem Fenster», meinte Neilson verbittert, während er zu seinem Schreibtisch hinkte und die Akten für den Fall Corelli zusammenklaubte. Er hatte sich beim Aufspringen den Knöchel verstaucht und war abends in der Disco verabredet. Jack Stryker lehnte am Türrahmen und brachte vor lauter Lachen kein Wort heraus.

Jake stand auf und putzte sich ab. «Die Sache ist die», fuhr er fort, das allgemeine Gezeter großzügig überhörend, «daß Gurney Lightfoot auf einen hoffnungslosen Fall keine Zeit, keine Kraft und kein Personal verschwenden würde. Nein, es muß sein Sohn sein, den er schützt, sonst würde er sich nicht so anstellen.»

Jake hob ein paar Blätter auf, die von Neilsons Schreibtisch her an ihm vorbeigesegelt waren und fuhr zusammen. «Das ist ein Hammer!»

Neilson sah auf und streckte die Hand nach den Papieren aus. «Was ist denn?» Eins der Blätter war ein Kostenvoranschlag für seine neue Küche, das andere eine Aktennotiz der Staatsanwaltschaft wegen Corellis Beerdigung. «Unwichtiges Zeugs», sagte er. «Was hast du denn?»

«Büro des Staatsanwalts», sagte Jake und deutete auf die Aktennotiz. «Büro, Mann! Büro!»

Neilson und Joe wechselten einen Blick. «Setz dich erst mal, Jake», sagte Joe. «Du hast letzte Nacht nicht gut geschlafen.»

Unbeirrt griff Jake nach dem Telefon, das ihm gerade so übel mitgespielt hatte, wählte eine Nummer, nannte seinen Namen und ließ sich die Sachbearbeiterin geben. Neilson und Joe lehnten sich zurück und warteten ab.

«Ja, guten Morgen, Mrs. Ähemm... Ich habe eine Bitte. Haben Sie einen Anschluß auf den Namen Norris, Frederick?» Er wartete. «Ja, die haben wir. Vielleicht noch eine andere, die nicht im Buch steht? Danke. Und die Adresse?» Er griff sich einen Kugelschreiber von Joes Schreibtisch. Wieder flog der Aschbecher durch die Luft. Man hörte Glas splittern, während Jake sich das nächstbeste Stück Papier griff und eifrig schrieb. «Danke. Vielen herzlichen Dank.» Er legte auf. «Hey, Joe... Joe?»

Joe tauchte, beide Hände voll Scherben und Kippen, hinter dem Schreibtisch hoch. Klirrend landete die Ladung im Papierkorb. «Ja?» sagte er mit bedrohlich leiser Stimme.

«Norris hatte keinerlei Unterlagen in der Wohnung, weil er sie alle im Büro hatte», verkündete Jake triumphierend.

«In welchem Büro?» fragte Joe pflichtschuldigst.

«Erinnere dich bitte an die Schlüssel, die wir in seiner Wohnung gefunden haben. Sein Büro... Nummer vier sieben vier im Burnley Building.»

Joe hatte sich vorgebeugt. «Jetzt reicht's aber, Jake.» Er deutete auf das Papier, auf dem Jake die Adresse notiert hatte. «Was hast du da unauslöschlich auf die teure Geburtstagskarte gekrakelt, die ich heute abend Becky mitbringen wollte und nach der ich eine Stunde gesucht habe?»

«Die Nummer von Norris' Büro», sagte Jake kleinlaut. «Vier sieben vier. Wie auf dem Schlüssel.»

«Hey, Kaminsky.» Neilson beugte sich zu Joe herüber. «Tu uns allen einen Gefallen und schieß den Typ auf den Mond, der Mann ist eine echte Gefahr für die Menschheit.»

Joe seufzte. «Ich kann ihn nicht um die Ecke bringen, er schuldet mir noch fünfzig Mäuse für den Gartengrill, den er im Juli bei mir hat hochgehen lassen.»

«Du hast gesagt, daß es nur fünfundzwanzig waren», widersprach Jake.

Joe bedachte ihn mit einem giftigen Blick. «Plus Zinsen.»

«Was meinen Sie, ist Jake Chase ein anständiger Cop?» fragte Casey.

«Anständig? Ja, durchaus.» Sylvester sah zum zweihundertstenmal an diesem Vormittag aus dem Fenster. «Er ist ein guter Mensch, er hat gute Instinkte, aber er ist ein bißchen verrückt. Und er hat ein Problem.»

«Ich weiß, Joe hat es mir erzählt. Er fällt über alles.»

Sylvester betrachtete sie mit hochgezogenen Brauen. «Also das würde ich an Ihrer Stelle nicht so laut sagen, junge Frau. Ich hab immer noch blaue Flecken...»

«Das ist was anderes.» Casey lächelte.

«Na, ich weiß nicht... Wann wollte die Polizei kommen?»

«Eigentlich sofort.» Casey stand auf und stellte sich neben ihn. Er sah sie von der Seite an. Sie hatte Schatten unter den Augen und war sehr blaß.

«Geht's gut, Casey?»

«Nein. Ihr schnarcht. Beide. Ich hab kein Auge zugetan.»

«Gut zu wissen, daß jemand Wache geschoben hat», meinte Sylvester trocken. Er selbst sah auch nicht besonders attraktiv aus. Trocken zu werden war in mehr als einer Hinsicht ein ernüchterndes Geschäft, und die dreifache Mühe, vernünftig zu denken, zielgerichtet zu handeln und zusammenhängend zu reden, schlauchte ihn mächtig. Er hatte sich lange Jahre lang nicht mehr wie ein erwachsener Mensch zu benehmen brauchen, und die neuerliche Erfahrung war so schmerzhaft – körperlich wie seelisch –, daß er noch im nachhinein sehr wohl begriff, warum er seinerzeit aus diesem Zustand ausgestiegen war. Trotzdem war er eisern zum Durchhalten entschlossen. Vage erinnerte er sich daran, daß das Erwachsensein damals auch gewisse Vorteile gehabt hatte. Noch wollte diese Erinnerung nicht so recht deutlich werden, aber irgendwann, dachte er zuversichtlich, kommt sie bestimmt wieder.

Inzwischen konnte er sich an seinen Auftrag halten: Paß auf Casey auf.

Joe war gestern abend gegen halb elf mit seiner Frau abgezogen. Eustace und Richard Armbruster hatten versucht, die volle Distanz durchzustehen, hatten aber schließlich doch das Handtuch geworfen und sich verabschiedet.

Jake und Sylvester hatten – sehr zu Caseys Ärger – die Nacht zu ihrem «Schutz» in ihrer Wohnung verbracht. Diese Schutz- oder vielleicht eher Trotzaktion lief weitgehend so ab, daß sie sich giftig ansahen, einschliefen, schnarchten, aufwachten, herumgingen, die Schlafzimmertür aufmachten und nachsahen, ob Casey noch da und unversehrt war, aus dem Fenster schauten, Toast und Kaffee machten, weitere giftige Blicke wechselten, schnarchten – und so weiter und so fort. Die ganze Nacht hindurch.

«Da sind sie», sagte Casey unvermittelt. Unter dem Fenster tauchte das weiße Dach eines Streifenwagens auf, der gerade um die Ecke bog.

«Wird auch Zeit», grollte Sylvester. «Jake hat sie zehn Minuten nach seinem Anruf erwartet.»

«Kann ja sein, daß sie vorher noch einen Einsatz fahren mußten», meinte Casey.

«Kann auch sein, daß sie unterwegs angehalten und sich mit Krapfen vollgestopft haben.»

Sylvester sah die Mützen der beiden uniformierten Cops im Haus verschwinden. «Gehen Sie nicht hin, ich mach auf.»

«Völlig unnötig», rebellierte Casey, ging aber dann doch in die Küche und wusch die Bratpfanne ab. Sie hörte, wie Sylvester aufmachte und den Ausweis verlangte. Es gab einen leisen Wortwechsel, gleich darauf stand einer der Cops in der Küchentür.

«Ma'am?»

Sie wandte sich um. «Ja?»

«Der Lieutenant sagt, wir sollen Sie zu seinem Captain bringen. Umgehend.»

«Hat er gesagt warum?»

«Irgendwas wegen 'ner Identifizierung, Ma'am.»

«Ach so.» Sie trocknete sich die Hände ab und trat ins Wohnzimmer. «Wo ist Mr. Crump?»

«Schon mit meinem Partner runtergegangen. Wollen Sie 'ne Handtasche mitnehmen oder 'nen Mantel oder was? Ist 'n bißchen frisch draußen.» Er war ein Kerl wie ein Kleiderschrank, und Mütze und Uniform saßen etwas knapp. Vielleicht hatte Sylvester mit den Krapfen doch recht gehabt.

«Ja, danke, das ist eine gute Idee.» Casey ging ins Schlafzimmer.

Der Cop sah sich etwas verwirrt um. So eine Einrichtung hatte er noch nie gesehen, kein Stück paßte zum anderen und –

Ein Fenster klappte.

Er sauste ins Schlafzimmer, wo Casey schon halb auf der Feuerleiter stand. «Hey!» Er stürzte auf sie zu.

Casey schrie auf und versuchte, übers Geländer zu klettern, aber der Mann war groß und viel stärker als sie. Langsam und unerbittlich zog er sie ins Schlafzimmer zurück, legte ihr einen Arm auf den Rücken und versuchte sie wegzuschleppen. Sie trat und zappelte, und einmal entkam sie ihm, aber er fing sie gleich wieder ein.

«Wie sind Sie draufgekommen?» keuchte er.

«Braune Schuhe», stieß Casey hervor. Erdrückend lag sein Gewicht auf ihr. Als er den Kopf drehte, um hinzusehen, entschlüpfte sie ihm und war schon fast hoch, aber er bekam sie am Fußgelenk zu fassen und hielt sie fest. Casey schrie laut um Hilfe und griff, Halt suchend, nach den verschiedensten Möbelstücken, aber obgleich sie mehrere Stühle zu Kleinholz verarbeitete, konnte sie gegen den Typ, dessen Gesicht ihr irgendwie bekannt vorkam, nichts ausrichten und wurde schließlich – wortwörtlich – in die Knie gezwungen.

Fritz in seiner «geliehenen» Uniform grinste. «Ich hab mich 'n bißchen saubergemacht», erläuterte er.

Casey stöhnte auf. «Das darf ja nicht wahr sein!» Jetzt erkannte sie ihn. Bei dem Gerangel im Piggy Wiggy Wondermart hatte sie sein Gesicht nur flüchtig und unter einer anderen Mütze gesehen, danach nur noch eine bemehlte Fratze. Warum war ihr das mit den Schuhen nicht schon eher aufgefallen? Erst im Schlafzimmer, im Spiegel der Frisierkommode, hatte sie gesehen, daß die Schuhe zur Uniform nicht die vorschriftsmäßige Farbe hatten. Das Fenster war der einzige Ausweg gewesen, aber da war schon alles zu spät.

Fritz war richtig glücklich, daß er sich noch einmal bewähren durfte. «Eigentlich hat er Burpee schicken wollen, aber der mußte zum Zahnarzt, da hat er mich genommen. Und Knapp. Auf geht's.» Er zog sie hoch – nicht einmal allzu grob – und brachte sie hinaus.

In der Tür der Nachbarwohnung stand Mrs. Agnes Rooney, die das Geschrei und Gepolter gehört hatte.

«Helfen Sie mir, Mrs. Rooney», schrie Casey. «Ich werde entführt. Rufen Sie die Polizei! Rufen Sie FBI!»

Fritz geriet ins Schwitzen. Jetzt mußte er sich was einfallen lassen. «Sie ist verhaftet. Wegen... wegen Verdacht.» Er schenkte Mrs. Rooney ein herzliches, beruhigendes Lächeln. Fritz konnte überaus gewinnend lächeln, das mußte der Neid ihm lassen. Er hatte noch keinen falschen Zahn im Mund, nicht mal eine Füllung.

«Wundert mich gar nicht», gab Mrs. Rooney empört zurück. «Diese Duscherei mitten in der Nacht, Männer, die sich die Klinke in die Hand geben... Wenn das nicht verdächtig ist!»

«Sie verstehen das nicht, Mrs. Rooney... Rufen Sie Jake Chase an, Lieutenant Jake Chase vom Präs–» Caseys verzweifelte Stimme verhallte auf der Treppe, dann verstummte sie ganz, weil Fritz ihr die Hand über den Mund gelegt hatte.

Mrs. Ronney zog die Nase hoch. «Und ob ich das verstehe, mein Kind», sagte sie, knallte die Tür zu und zog sich in ihre friedlichen vier Wände zurück, um sich in aller Ruhe den aufregenden Symptomen des neuesten Patienten in der *Großstadtklinik* zu widmen.

22

«Kannst du uns ein paar Hintergrundinformationen über Ariadne Finch zusammenstellen?» fragte Joe. Er hatte Molly Pemberton in der Bücherei aufgesucht, während Jake noch die alten Akten zum Fall Finch durcharbeitete.

Molly zuckte leicht zusammen. «Über wen?» Sie hatte gerade überlegt, wo sie Fensterschlösser kaufen sollte und ob sie Mr. Niforos dazu bringen konnte, sie noch heute abend einzubauen.

«Über Ariadne Finch. Eine Schickimicki-Lady, die vor ungefähr zehn Jahren spurlos verschwunden ist. Sachen, die nicht in den Akten stehen, Klatsch und Tratsch, du weißt schon, was ich meine.» Er sah in sein Notizbuch. «Vermutlicher Todestag 29. November 1977, geboren 12. Oktober 1930, Mädchenname Ariadne –»

«– Gossart», ergänzte Molly. «Ich erinnere mich. Dan hatte auch mit dem Fall zu tun, furchtbarer Frust. Kampfspuren, aber keine Leiche. Sie ist nie gefunden worden, soweit ich weiß.»

«Stimmt. Der Fall ist noch immer ungelöst.»

Sie nickte verständnisvoll. «Dan hat immer gesagt, daß der Fall Finch ein ganz dicker Hund ist und daß Gurney Lightfoot dabei mitgemischt hat, daß ihr es aber nicht habt beweisen können. Bei dem Fall Norris hängt er auch mit drin, nicht?»

Joe zog eine Augenbraue hoch. «Wie kommst du darauf?»

«Daß Fred Norris für Lightfoot arbeitete, als er vor ein paar Jahren wegen der Erpressungssache verhaftet wurde, war allgemein bekannt. Dan hat mir damals erzählt, Lightfoot hätte Norris fallen lassen wie eine heiße Kartoffel, und daraufhin ist er natürlich verurteilt worden. Klar, daß Norris stocksauer war. Aber er hat den Mund gehalten und das Urteil angenommen.»

«Irgendwann hat er ihn nicht mehr gehalten», meinte Joe leise.

Molly lehnte sich vor und sah sich vorsichtig nach allen Seiten um. «Erzähl mal», forderte sie ihn ebenso leise auf. «Daß *ich* den Mund halten kann, weißt du ja.»

«Norris hatte ein Buch geschrieben und sich darin ausführlich darüber ausgelassen, was Lightfoot mit dem Fall Finch zu schaffen hatte. Es sollte gedruckt werden.»

«Nicht zu glauben.» Molly lehnte sich zurück und starrte Joe einen Augenblick entgeistert an. «Dann hat Lightfoot ihn wohl deshalb in den Knast gehen lassen, weil er zuviel wußte.»

«Kann sein. Andererseits hätte Norris dann wohl versucht, sich irgendwie mit der Anklagevertretung zu einigen.»

«Stimmt auch wieder. Vielleicht hat einer ihm im Knast einen Tip gegeben?»

Joe nickte. «Ja, das meint Jake auch. Genaueres wissen wir allerdings noch nicht. Vielleicht hat ihn jemand aufgehetzt, weil er wußte, daß Norris und Lightfoot sich nicht gerade grün waren.»

«Ist das dein Ernst? Wer denn?»
«Jemand, der Lightfoot nicht mochte.»
«Da gibt's viele Möglichkeiten.»
«Jemand mit Beziehungen.»
«Unser geschätzter Ex-Bürgermeister Charley Porter?»
«Der Anwalt von Norris – er ist inzwischen tot – war ein Partner von Stanley Quiddick. Mehr kann ich dazu nicht sagen.»
«Genügt vollauf, Joe. Das ist ja wirklich spannend. Wo sollte das Buch herauskommen?»
«Bei Millington.»
Molly sah ihn erstaunt an. «Paßt eigentlich gar nicht in Millingtons Programm.»
«Er brauchte wohl das Geld.»
Molly zuckte die Schultern. «Tja, die Zeiten ändern sich. Und soll das Buch nach wie vor noch rauskommen?»
«Das weiß ich nicht. Der Mord scheint dem guten Eustace ganz schön in die Glieder gefahren zu sein. Angeblich will er es nicht mehr bringen, andererseits juckt's ihn bestimmt doch. Der Mord war die beste Publicitymasche, die er sich wünschen konnte. Das heißt, erst muß sie da noch mit dem Rotstift ran...»
«Wer?»
«Eine gewisse Casey Hewson, Lektorin bei Millington. Sie war mit Norris dabei, das Buch zu überarbeiten, damit niemand ihnen eine Verleumdungsklage anhängen kann. Vor ein paar Tagen hat jemand versucht, ihr das Manuskript abzunehmen.»
Molly horchte auf. «Sieh mal an... Übrigens, Joe, ich könnte schwören, daß mir neulich in der Nacht jemand einen Besuch abgestattet hat, aber am nächsten Morgen ...»
Ein Schatten fiel über Mollys Schreibtisch, und sie sah auf. Eine freundliche alte Dame stand davor und lächelte gewinnend. «Haben Sie *Der Mitternachtsmörder schlägt wieder zu* von Scarlett Gore? Es ist ihr neuestes Buch, aber im Regal steht es nicht.»
Molly erhob sich. «Das hat sich schon jemand vormerken lassen. Soll es wirklich dieses Buch sein? Es ist sehr... gewalttätig.»
«Ich weiß schon, was ich will», erklärte die freundliche alte Dame ein bißchen von oben herab. «Scarletts Bücher habe ich nämlich alle gelesen. *Der Knochenbrecher, Die blutige Keule, Weißt du, wo die Leichen sind?*... alles durch die Bank. Die nimmt kein Blatt vor den Mund.»
«Ja, das stimmt.» Molly verzog keine Miene. Sie wandte sich an Joe. «Ich stelle was zusammen und bring es euch vorbei.»

«Vielen Dank, Mrs. Pemberton», sagte Joe und hörte im Gehen, wie sie die alte Dame weiter aufklärte:

«Scarlett Gore schreibt auch noch unter einem anderen Namen.»

«Ach ja? Unter welchem denn?»

«Thistle Windrush. Sie ist die Verfasserin von *Mondlichtzauber, Das Tal der Sommerfäden, Schwingen der Liebe* und *Stille, mein bebend Herz.*»

«Kein Scheiß?» sagte die freundliche alte Dame.

Als Joe wieder ins Büro kam, legte Jake gerade den Hörer auf. «Bei Casey meldet sich niemand. Und im Verlag ist sie auch nicht.»

«Die sind wohl noch unterwegs.» Joe sah auf die Uhr. «Vielleicht haben sie auch eine Mittagspause eingelegt.» Er rülpste vielsagend. «Wenn du weißt, was das ist...»

«Doch, doch.» Jake rührte sich nicht vom Fleck, sondern vertiefte sich wieder in den Ausdruck, der vor ihm lag. «Das war vielleicht 'ne Nummer...»

«Die vermutlich dahingeschiedene Ariadne Finch?»

Jake nickte. «Finch war ein reicher, kränkelnder Witwer, der sich Ariadne gewissermaßen als Dekoration leistete. Sie hatte in allem freie Hand und einen separaten Eingang, während er die meiste Zeit damit verbrachte, immer mehr Geld für sie zu scheffeln. Und dann hat er sie noch überlebt. Er ist offenbar erst ein paar Jahre nach ihrem Verschwinden gestorben.»

«An Gewissensbissen?»

Jake schüttelte den Kopf. «Nein, er hatte ein wasserdichtes Alibi und muß total verrückt nach ihr gewesen sein.»

Joe blätterte die Akten durch. «Wie viele Leute haben sie zum Verhör geholt, nachdem Mrs. Finch verschwunden war?»

«Zehn oder zwölf. Mrs. Finch hatte eine eigene Suite mit Blick auf den Swimmingpool hinter dem Haus, weit weg von den Dienstbotenräumen, und ihre Besucher konnten durch eine kleine Pforte in der Mauer ungesehen das Grundstück betreten. Der Weg zu der Wendeltreppe, über die man in ihr Schlafzimmer kam, muß zum Schluß ganz schön ausgetreten gewesen sein. Nach Aussage der Hausangestellten hatte sie jeden Monat einen anderen, manchmal mehrere, allerdings immer nur einen auf einmal.»

«Die Lady wußte eben, was sich gehörte», sagte Joe ironisch.

«Die Lady hatte, laut Aussage ihres liebenden Ehemannes,

einen gesunden Appetit, den er nicht befriedigen konnte, obwohl er es wohl zuerst versucht hat. Er hat in ihrem Bett einen Herzanfall gekriegt, und sein Arzt hat ihn daraufhin vor die Alternative Sex oder Leben gestellt. Er war dreiundsechzig und entschied sich dafür, weiter Geld zu machen. Danach wurde die Wendeltreppe eingebaut. Die Lady konnte – wieder nach Aussage der Hausangestellten – nicht schlafen, wenn sie nicht vorher ein ‹Abenteuer› gehabt hatte. Deshalb haben die meisten wohl auch nur einen Monat gedauert. Sie hatte Finch nämlich immer noch gern.»

«Soll das ein Witz sein?»

«Nein. Ich hab mich mal ein bißchen bei den Kolleginnen umgehört. Wenn sie sexuell derart unersättlich war, haben die gesagt, kann es sein, daß sie den Körper befriedigt hat, ohne sich emotionell zu engagieren. Auch das, haben sie gemeint, sei eine Art von Treue. Wie bei Nutten und ihrem Loddel. Liebe und Geschäft fein säuberlich getrennt gewissermaßen. Ariadne ging's nicht ums Geld, sondern um Sex pur, aber es kommt auf dasselbe raus. Wie findest du das?»

«Abartig.» Joe hatte seine Grundsätze und keine Neigung, dieser Ariadne irgendwas zu vergeben.

Jake zuckte die Schultern. «Ist ja auch egal. Jedenfalls hatte sie einen bestimmten Typ, auf den sie stand. Sie mochte Männer, an denen was dran war. Nicht unbedingt körperlich. Sie mußten ihr einen gewissen Kitzel geben. Wie Gurney Lightfoot.»

«Mit starken Barbituraten und einem guten Psychiater wär sie wahrscheinlich besser bedient gewesen.»

«Wieso?» fragte Jake harmlos.

«Na hör mal. All diese –»

«Unser Hauspsychiater meint, daß sie ihr Problem gut im Griff hatte. Der Beschreibung nach habe es sich wohl bei ihr um eine manisch-depressive Persönlichkeit gehandelt, und die äußert sich manchmal in zwanghaftem sexuellen Begehren. Besonders häufig hat man das bei schönen Frauen, die das Älterwerden nicht verkraften. Sie war reich, hatte einen verständnisvollen Mann, der beide Augen zudrückte, und jede Menge bereitwilliger Liebhaber. Noch mit siebenundvierzig war sie offenbar eine bildschöne Frau.»

«Und durch und durch unmoralisch.»

«Amoralisch. Ihr Mann hat ausgesagt, daß sie das, was sie tat, nicht in den Kategorien Recht oder Unrecht sah. Es war einfach ein körperliches Bedürfnis, das sie befriedigte, und diese Befriedigung genoß sie.»

«Schauderhaft.»

«Red keinen Blödsinn. In Wirklichkeit stellst du dir das unheimlich stark vor.»

«Nein, ehrlich nicht. Bestenfalls war es Lust ohne echtes Gefühl, schlimmstenfalls eine hochbrisante Freizeitbeschäftigung. Sie mußte immer damit rechnen, sich eine Geschlechtskrankheit zu holen oder –»

«– umgebracht zu werden?»

«Sehr richtig.»

Jake zuckte die Schultern. «Den Frauen gönnt man heutzutage ein bißchen Lust. Schon mal was von Emanzipation gehört?»

«Komm mir bloß nicht mit dem Quatsch!»

Jake sah ihn nachdenklich an. «So kenne ich dich ja noch gar nicht. Der gutkatholische Vater... Du hast nicht vielleicht dabei zufällig deine drei Töchter im Hinterkopf?»

Joe grinste leicht verlegen. «Schon möglich. Wenn sich mit denen irgendein Rotzlöffel Frechheiten erlaubt, kriegt er eins auf die Backe.»

«Ariadne suchte sich ihre Leute selbst aus: ungeschliffene Diamanten wie Gurney Lightfoot, einen Trompeter namens Sugarmouth Thompson, den Boxer Gorgo und den Trucker Hooly. Außerdem schenkte sie ihre Gunst einem Professor für Wirtschaftskunde, einem Sportlehrer, einem Jockey, einem Versicherungsmakler und – paß auf, mein Freund – Charles Edward Porter.»

«Ganz schön bunte Mischung.»

«Mit einem gemeinsamen Nenner: Alle waren auf ihre Art ausgesprochen attraktiv. Selbst Lightfoot hatte vor seiner Krankheit einen gewissen schmierigen Charme. Abwechslung war offenbar für sie das Salz in der Suppe des Lebens. In dem Jahr vor ihrem Verschwinden hat sie sowohl mit Lightfoot als auch mit Porter geschlafen.»

«Glaubst du, daß die beiden sich deshalb nicht riechen können?»

Jake schüttelte den Kopf. «Nach Aussage seiner alten Freunde geht die Feindschaft viel länger zurück.»

«Du hast Porter in der Liebhaberliste an letzter Stelle genannt. War er in der Nacht da, in der sie umgebracht worden ist?»

«Nein, er hatte ein Alibi. Er hat mit Stanley Quiddick Schach gespielt.»

«Wie praktisch. Und Lightfoot?»

«War auf Reisen. Die Kollegen in Kalifornien haben das bestätigt.» Er warf einen Blick in seine Notizen. «Die Hausangestellte hat ausgesagt, daß sie einen Jockey erwartete, aber der ist dann doch nicht gekommen, weil er am nächsten Tag ein Rennen reiten mußte. Das Leben im Sattel ist auch nicht eitel Sonnenschein.»

«Und nicht alle Pferdchen sind handzahm.»

«Du sagst es. Die Hausangestellte hatte an dem Abend frei. Als sie ging, führte Ariadne ein Telefongespräch. Als sie wieder nach Hause kam, hörte sie im Schlafzimmer eine Männerstimme. Sie hat sich deshalb nicht mehr bei Ariadne gemeldet, sondern sich gleich hingelegt. Als sie Ariadne am nächsten Tag wecken wollte, war die verschwunden, und im Zimmer herrschte ein wüstes Durcheinander. An Kleidung fehlte nichts außer dem Negligeé, das sie am Vorabend angehabt hatte.»

«Und wie kommst du darauf, daß Norris des Rätsels Lösung kennt, obwohl in den letzten zehn Jahren keiner den Fall hat knacken können?»

Jake lächelte. «Ariadne hatte an ihrem Bett zwei in rotes Leder gebundene Bücher liegen. Das eine war ein Adressenverzeichnis, das andere ein Tagebuch. Die Hausangestellte sagt, daß beide Bücher an ihrem Platz waren, als sie abends ging. Am nächsten Morgen waren sie weg.»

«Und was sagst du?»

«Zwei Jahre nach dem Verschwinden ihrer Herrin hat sich die Hausangestellte in Florida zur Ruhe gesetzt», sagte Jake. «Hübsche Eigentumswohnung in Strandnähe. Die Hausangestellte kannte Norris, sie war an dem bewußten Abend mit ihm ausgewesen. Für die Eigentumswohnung hat sie zwanzigtausend hingeblättert. Dreimal darfst du raten, wo das Tagebuch und das Adressenverzeichnis abgeblieben sind, Joe.»

Fritz schleifte Casey die Treppe hinunter auf die Straße und schubste sie unsanft auf die Rückbank des Streifenwagens, der am Straßenrand stand. Dort saß schon Sylvester, dem Knapp die Mündung seiner Kanone in den Bauch drückte. Der Alte hatte die Hände unnatürlich hoch gehoben und sah Casey traurig und geschlagen an.

«Tut mir leid, junge Frau. Ich hätte etwas Konstruktives zu Ihrem Schutz tun sollen.»

«Reden Sie keinen Unsinn», erwiderte Casey tapfer. «Eine Kanone ist eine Kanone.»

«... ist eine Kanone, wie Gertrude Stein gesagt hätte», bestätigte Sylvester. Er sah Knapp an: «Lesen Sie auch so gern Lyrik?»

«Bieg in den Durchgang da ein», sagte Knapp zu Fritz, der sich ans Steuer gesetzt hatte.

«Die schönen Dinge des Lebens geraten immer mehr ins Hintertreffen», sagte Sylvester kummervoll und sah aus dem Fenster. Fritz gehorchte. Der Durchgang war nur ein dunkler Spalt zwischen zwei Häusern.

«Halt du die Frau in Schach», sagte Knapp, nachdem Fritz den Motor abgestellt hatte. Er steckte seine Waffe weg, holte ein Taschentuch hervor und faltete es sorgfältig, um Sylvester die Augen zu verbinden.

Sylvester ließ die erhobenen Arme herabsausen und traf mit den verschränkten Händen Knapps Kopf. «Lauf, Casey!» schrie er. Doch sie versuchte ihm zu helfen, und das war ein Fehler.

Fritz drehte sich um und griff nach Sylvester. Casey griff nach dem betäubten Knapp, der aber zu ihrem Leidwesen noch rechtzeitig aus seiner Betäubung erwachte, um seinerseits nach ihr zu greifen. Jetzt merkte Casey, warum sie gerade in diesem Durchgang gehalten hatten. Er war so eng, daß die Wagentüren nicht aufgingen.

Sylvester wehrte sich tapfer, aber den anderen beiden war er nicht gewachsen, und das Zwischenspiel fand ein jähes, schreckliches Ende, als der Schlagstock, der zu der geliehenen Uniform gehörte, hart auf dem Schädel des Alten landete.

Das Geräusch erinnerte Casey an die kollernden, platzenden Melonen im Supermarkt.

«Sylvester!» stieß sie hervor und trommelte mit beiden Händen auf Knapps Rücken. Sie trat, sie kratzte, sie kreischte, sie schluchzte.

Aber es nutzte alles nichts. Diesmal konnte sie nicht entkommen.

23

«Was haben wir überhaupt gegen unseren Freund Rocky in der Hand?» fragte Jake.

Er war nervös und fahrig. Sie warteten auf den Durchsuchungsbefehl für die Suite 474 im Burnley Building. Die meisten Kollegen waren zur Mittagspause, nur zwei saßen ganz hinten im Dienstraum und arbeiteten ihren Papierberg auf.

Joe nahm sich die neuesten Daten vor. «Daß er in der Grantham Old School Ärger hatte, stimmt. Drei Verhaftungen. Versuchte Notzucht in alkoholisiertem Zustand. Verfahren eingestellt. Einmal Zerstörung privaten Eigentums. Verfahren eingestellt. Noch ein versuchtes Notzuchtverbrechen. Verfahren eingestellt. Ehe er aufs College ging, gab's wieder Zoff. Drogenrazzia bei der Geburtstagsparty einer Freundin.»

«Verfahren eingestellt?»

«Verfahren eingestellt.»

Jake seufzte. «Ist doch viel wert, wenn der Alte ein dickes Bankkonto und ein paar große, kräftige Männer auf der Gehaltsliste hat. Noch was?»

«Seit er aus dem College zurück ist, kehrte Ruhe ein. Soll ich nachfragen, was er im College angestellt hat?»

«Tu das. Der Vollständigkeit halber.» Jake lehnte sich in seinem Sessel zurück. Die beiden Kollegen im Hintergrund sahen auf, schoben die langweiligen Akten beiseite und erwarteten gespannt den unvermeidlichen Absturz. Auch Joe behielt unruhig die Stuhlbeine im Blick. Noch zwei, drei Grad und die Katastrophe wäre perfekt.

«Ist das Alter angegeben? Das Alter der Opfer?» fragte Jake fröhlich kippelnd.

Joe löste widerstrebend den Blick von Jakes Stuhl und sah in die Akte. «Beim erstenmal war es eine Vierzehnjährige, da war Rocky fünfzehn, beim zweitenmal die Frau eines Nachbarn, die war um die Dreißig.»

Jake stellte den Stuhl wieder auf seine vier Beine. «Da siehst du's! Sie werden immer älter.»

Die beiden Kollegen vermerkten enttäuscht, daß Jake wohlbehalten auf den Boden der Tatsachen zurückgekehrt war, und Joe atmete auf.

«Ich weiß ja nicht, ob du Rocky Lightfoot schon mal gesehen hast», fuhr Jake fort. «Schön ist er nicht. Mickrig wie ein kleiner Junge. Und damals *war* er ein noch kleinerer Junge. Der Typ, der bei älteren Frauen Mutterinstinkte weckt. Da hat sie ihn vielleicht bemuttern wollen, und er wollte sie aufs Kreuz legen. Echter Interessenkonflikt. Allerdings scheint sie mir nicht zu denen zu gehören, die sich vorher den Ausweis haben zeigen lassen.» Jake kippte, während er die verschiedenen Möglichkeiten erwog, den

Stuhl wieder zurück, und die beiden Kollegen im Hintergrund wechselten einen Blick. Einer hielt zwei Finger hoch, der andere nickte. Eine Minute herrschte Schweigen. Jake summte und kippelte, und die beiden Beamten lächelten wieder in freudiger Erwartung.

«Moment mal», sagte Joe plötzlich. Er hatte sich Rockys Akte durchgelesen. Jakes Stuhl landete mit einem Plumps wieder auf dem Boden, und die beiden Kollegen sahen sich dümmlich an. «Das Mädchen, bei der die Razzia war, hieß Finch, Jake. Kathy Finch. Ariadnes Stieftochter.»

«Das darf ja nicht wahr sein! Zeig her.» Jake griff sich die Akte. «Tatsächlich, dieselbe Adresse. Vielleicht ist das die Verbindung. Wann war das? Fast ein Jahr vor dem Mord. Vielleicht hat deswegen seinerzeit keiner geschaltet. Rocky war gerade siebzehn geworden. Er war noch nicht ganz achtzehn, als Ariadne Finch verschwand, wäre demnach noch unters Jugendrecht gefallen. Aber bei dieser Party muß er sie kennengelernt haben.» Er lehnte sich noch weiter als zuvor nach hinten und tippte sich nachdenklich mit der Akte ans Kinn. Einer der Cops im Hintergrund hielt fünf Finger hoch, der andere schüttelte den Kopf. Die Anspannung ging ihm sichtlich an die Nieren. Sie einigten sich auf drei, während Jake weiterkippelte und weitersinnierte. «Bei den Ermittlungen war von einer Stieftochter nicht die Rede. Wo die wohl abgeblieben ist? Der Sache sollten wir nachgehen.»

«Machen wir.» Joe notierte sich den Punkt.

«Und Molly Pemberton soll zusehen, wenn sie das Material für uns zusammenstellt, daß sie auch möglichst viel über diese geheimnisvolle Stieftochter rausbekommt. Vielleicht hat Rocky tatsächlich nicht Ariadne gebumst – sie stand ja wohl auf ältere Männer –, sondern die Tochter, und das schmeckte Ariadne nicht. Oder er hat Ariadne aus irgendeinem anderen Grund umgebracht, wegen einer Sache, die was mit der Razzia zu tun hatte oder mit dem Mädel selber.»

«Wenn er sie überhaupt umgebracht hat», bremste Joe.

Jake zuckte die Schultern. «Es ist nur eine Theorie, aber bisher ist sie noch nicht vom Tisch.»

«Stimmt», gab Joe widerwillig zu. Das Telefon läutete, und er meldete sich. Inzwischen griff sich Jake Neilsons Apparat (was im Hintergrund beträchtliche Aufregung verursachte, da sein Stuhl jetzt nicht nur nach hinten, sondern auch zur Seite kippte). Er und Joe legten fast gleichzeitig auf. «Der Durchsuchungsbefehl liegt bereit», sagte Joe. «Wir können ihn nachher gleich abholen, ehe wir aus dem Haus gehen.»

«Bestens.» Jake richtete sich unvermittelt auf, setzte den Stuhl wieder auf seine vier Beine, stand auf, griff sich seine Jacke und ging zur Tür, Joe folgte ihm. Die beiden Kollegen sahen ihnen erstaunt nach. Der eine verlangte mit einer unmißverständlichen Handbewegung seine drei Dollar.

Auf dem Gang wandte sich Jake an Joe und machte gerade den Mund auf, um etwas zu sagen, als sie es im Dienstraum laut poltern hörten. Joe ging rasch noch einmal zurück, dann holte er Jake ein.

«Was war denn los?» wollte Jake wissen.

«McNally ist vom Stuhl gefallen.»

Im dritten Geschäft fand Molly Pemberton die Schlösser, die sie gesucht hatte. Es lag nicht weit von ihrer Wohnung entfernt, und sie ließ das Taxi warten, während sie mit den Schlössern zu Mr. Niforos hinunterging.

Victor Niforos hatte einige Mühe, die Tür aufzumachen, denn er hatte bis zu den Ellbogen im Dreck gewühlt, und sein Gesicht verriet eine Mischung aus Freude, Verlegenheit und Schreck. «Misses Pemberton! Sein etwas passiert?»

«Nein, nein, Mr. Niforos. Ich bin nur schnell mal in der Mittagspause vorbeigekommen, weil ich Sie um einen Gefallen bitten wollte.»

«Natürlich. Was Sie möchten?»

«Sie sind immer so hilfsbereit. Ich möchte Ihnen keine unnötige Mühe machen, aber könnten Sie wohl noch heute abend diese Schlösser an meinen Fenstern anbringen? Besonders wichtig wäre mir das Fenster, das auf die Feuerleiter hinausgeht.»

Behutsam nahm er ihr mit seinen schmutzigen Händen die braune Tüte ab und sah hinein. «Dies gute Schlösser», befand er. «Natürlich ich Ihnen machen. Sie Angst haben vor Einbrecher?»

«Ehrlich gesagt, ja. Neulich hatte ich den Verdacht, daß jemand mir einen ungebetenen Besuch abstatten wollte. Wahrscheinlich war gar nichts dran, aber mir war doch ein bißchen unheimlich dabei.»

«Warum Sie nicht mich holen?» fragte er gekränkt. «Ich kommen sofort, Sie keine Angst.»

«Ich wollte Sie nicht wecken, und am nächsten Morgen war

nichts zu sehen. Wahrscheinlich habe ich es mir nur eingebildet, aber mit den Fensterschlössern fühle ich mich sicherer. Sie müssen mich für sehr albern halten.»

«Sie albern? Nein, niemals ich so denken. Sie kommen hinein auf Kaffee?»

«Danke, sehr lieb von Ihnen, aber das Taxi wartet draußen. Ein andermal gern, aber jetzt muß ich wieder in die Bibliothek.»

«Gewiß, gewiß.» Er grinste von einem Ohr zum anderen.

«Ja, dann also herzlichen Dank.» Sie war schon halb die Treppe hinauf, als ihr noch etwas einfiel. «Wie kommen Sie mit dem Tisch voran?»

«Sein sehr gut. Das alles kommen davon.» Er deutete auf die Flecken und die klebrige Schicht an seinen Händen. «Ich haben abgebeizt bis auf Holz, diesmal richtigmachen. Dauert seine Zeit, hoffentlich Sie Geduld zu warten.»

«Aber natürlich. Besonders da ich Ihnen immer wieder mit neuen Aufträgen dazwischenpfusche.» Sie lachte.

Er sah ihr nach und hörte, wie sie über den Gang zur Haustür lief, die leise hinter ihr zuklappte. So eine nette Lady. Zorn schwellte seine Brust bei dem Gedanken, daß sie in *seinem* Haus Angst hatte. Er würde sich waschen und dann sofort die Schlösser einbauen. Der Schreibtisch mußte sowieso trocknen, ehe er das malträtierte Holz weiterbehandelte, aber es war eine Freude zu sehen, wie er jetzt schon strahlte. Wie die Lady selbst.

Hingebungsvoll lächelnd schloß Mr. Niforos seine Tür. Nach einer Weile begann er zu singen, daß es durch die Souterrainwohnung hallte.

Und deshalb hörte er wohl nicht, daß wieder Schritte über den Flur gingen und die Haustür sich zum zweitenmal schloß.

Das Burnley Building gehörte zu den älteren Gebäuden im westlichen Teil der Innenstadt. Es stammte aus den dreißiger Jahren, war außen großzügig mit Stuck und innen üppig mit Marmor geschmückt. Ein Wald dicker, rosa-schwarz geäderter Marmorsäulen stand in der Halle, dazwischen blitzten die Messingrahmen zahlreicher Schaufenster. Drogerie, Cafeteria, Schuhreparatur, Chemische Reinigung – für alles war gesorgt. Wer hier arbeitete, brauchte, um derlei lästige kleine Besorgungen zu erledigen, in der Mittagspause nicht aus dem Haus zu gehen. Jake hatte für diese altmodisch-behäbige Atmosphäre viel übrig. Er schätzte einen Zigarrenstand, dessen Verkäuferin einen beim Namen kannte und einem morgens die Zeitung reservierte, einen Fahrstuhlführer, der einem zulächelte, einen Friseur, der einen morgens auch mal rasieren konnte, wenn die eigene Hand nicht allzu sicher war, und bei dem man unter heißen Gesichtstüchern Schutz vor Schuldeneintreibern und geschiedenen Gattinnen fand. Er hatte das Gefühl, daß in dieser Umgebung jeden Augenblick William Powell oder Alan Ladd in einem breitkrempigen Hut auftauchen konnten.

Das Burnley Building war erstaunlicherweise mit Würde gealtern. Hier und da wurde das Messing ein bißchen dünn, aber es war tadellos gepflegt. Kein Wunder, daß Fred Norris sich hier ein Büro gemietet hatte. Hätte ich auch gemacht, dachte Jake.

Unter Nummer 474 stand eine «Gesellschaft zur Nutzung von Fremdkapital».

«Sehr passend», lobte Jake.

Einen Fahrstuhlführer gab es zu Jakes Enttäuschung nicht. Er hatte sich einen alten Mann in brauner Uniform vorgestellt, der auf seinem runden Klappstühlchen saß, den Schalter betätigte, sie nach oben beförderte, so lange kurbelte, bis sie ohne Stolpern aussteigen konnten, die Türen aufmachte und die Stockwerke ausrief. Einen alten Mann mit blanken Augen, der gern ein Schwätzchen hielt.

Statt dessen bot ihm das Burnley Building nur eine Tafel mit Knöpfen. Er drückte auf die 4, und die Türen schlossen sich.

Suite 474 bestand aus einem leeren Vorzimmer, einem Waschraum und einem unordentlichen Büro. Auf dem Schreibtisch und den beiden Stühlen türmten sich Akten, und in einer Ecke stand ein Aktenschrank mit vier Fächern. «Das kann ja gut werden. Um da durchzukommen, brauchen wir Stunden.»

Joe knurrte bestätigend. Sie zogen die Jacken aus und fingen an. Der Aktenschrank war – bis auf eine Flasche Bourbon im obersten Fach – leer. Auf dem Schreibtisch lag all das, was sie in der Wohnung vermißt hatten: Die Unterlagen für das Buch – erste ungeordnete Notizen, ein Entwurf des Manuskripts mit zahlreichen Bemerkungen und eine erste Reinschrift –, Privatbriefe und Geschäftspost, Bankauszüge und und und. Aber nichts, was nach einem Tagebuch aussah.

Erst als Joe in seiner Verzweiflung die Bilder an der Wand umdrehte, wurde klar, weshalb Norris sich ausgerechnet dieses Büro in diesem Haus ausgesucht hatte. Es verfügte über einen Wandsafe.

«Na also», sagte Jake. «Das muß der Schlüssel sein, den Hack an dem Schlüsselring ausgetauscht hat. Ist wohl noch im Labor, wie?»

«Nein», sagte Joe. «In meiner Tasche.»

Jake feixte. «In solchen Momenten weiß ich deinen natürlichen Charme und dein gefälliges Äußeres besonders zu schätzen.»

Joe machte den Safe auf. Er enthielt zahlreiche Aktienzertifikate, eine Versicherungspolice und ein in rotes Leder gebundenes Buch. «Hoppla, was haben wir denn da?»

Es war ein Adressenverzeichnis. Kein Tagebuch.

«Dieser Armleuchter!» Joe knallte das Buch auf den Schreibtisch, von dem sich eine Staubwolke erhob. «Und wo ist das Scheiß-Tagebuch?»

Jake zuckte die Schultern und blätterte das Adressenverzeichnis durch. «Das ist nicht bloß ein Adreßbuch, Joe, es ist eine Art Verzeichnis. Männernamen und Telefonnummern und daneben eine Art Code. Bis zu vier verschiedene Zeichen hinter jedem Namen. Was das bloß soll...»

«Frag ich mich auch.»

«Abgehakt sind sie auch. Wahrscheinlich für die einzelnen Sitzungen.»

«Einfacher als der Skalp am Gürtel», sagte Joe tiefsinnig. «Und fällt weniger auf.»

«Und die Zahlen hier sehen ganz nach Zensuren aus. Fünf, Neun, Zehn plus. Ich wäre wahrscheinlich prompt aus ihrem Bett gefallen und hätte Eins minus gekriegt.» Er blätterte weiter. «Verdammt! Einige der Namen sind brandheiß. Gefundenes Fressen für einen Erpresser, Joe, auch ohne das Tagebuch.»

«Ach, du ahnst es nicht.» Joe hielt stöhnend eine kleine schwarze Kladde hoch, die er zwischen zwei Stapeln von Aktienzertifikaten gefunden hatte. «Schau mal nach, ob die Namen übereinstimmen.»

Jake warf einen Blick in das Buch und stöhnte ebenfalls. «Das ist die Erklärung für sein dickes Bankkonto. Das miese Schwein. Wie hat Quiddick gesagt? Ein ‹erkleckliches Sümmchen› sei zusammengekommen... Ja, etliche Namen stimmen überein. Und damit haben wir jede Menge neuer Verdächtiger. Die Überprüfung kann dauern. Wir brauchen Verstärkung.»

«Wie wär's mit Pinsky? Den Fall Corelli ist er ja jetzt los.»

«Ich versuch's mal», sagte Jake ohne große Begeisterung und machte sich auf die Suche nach dem Telefon. Vier Aktenstapel rutschten zu Boden, ehe er fündig geworden war. Er wählte das Präsidium an und bekam endlich Pinsky an den Apparat.

«Warum habt ihr nicht hinterlassen, wo ihr zu erreichen seid?» beschwerte der sich. «Hast du heute vormittag einen Streifenwagen zu Miss Hewsons Wohnung geschickt?»

Jake richtete sich ruckartig auf, und in dem Stuhl, auf dem er saß, knackte es metallisch. «Ja. Warum?»

«Wir haben ihn in einem Durchgang gefunden, die beiden Polizisten lagen gefesselt im Kofferraum, nur in der Unterwäsche.»

«Herrgott!» Jake sah plötzlich ganz elend aus. «Ich weiß ja, ich hätte warten sollen, bis sie da waren, aber Klotzman ...»

«Soweit ich das verstanden habe, wollten sie gerade hin, als sie zu einem Verkehrsunfall mit Fahrerflucht gerufen wurden. Natürlich getürkt. Ich habe dann sofort einen anderen Wagen in die Wohnung geschickt, die Kollegen sind gerade zurück. Die Wohnung sieht schlimm aus. Die Tür stand offen, zwei Stühle und ein Tisch umgekippt, auf dem Boden Blut. Eine Nachbarin hat ausgesagt, daß Casey vor einer Stunde von einem großen, netten Cop festgenommen worden ist.»

Jake sah über den Schreibtisch hinweg Joe an. «Sie haben Casey», sagte er tonlos. Ganz langsam, knirschend und scharrend, neigte sich sein Stuhl zur Seite. Jake stützte sich mit einem Fuß am Schreibtisch ab, um nicht hinzufallen, und der Schreibtisch bewegte sich auf Joe zu, der erschrocken aufsprang und zurückwich.

«Hast du das mitgekriegt, Jake?» vergewisserte sich Pinsky. «Die Arschlöcher haben auf Cop gemacht.» Von Jakes Ende her drangen eigenartige Geräusche an Pinskys Ohr. Er schüttelte den Hörer. «Jake? Bist du noch dran?»

Es gab eine Pause. Pinsky vernahm weitere sonderbare Laute, die er nicht einordnen konnte, und hörte eine Stimme flehen, die ganz nach Joe Kaminsky klang, ihm das Scheißding verdammt noch mal schleunigst von den Rippen zu rücken.

Pinsky runzelte die Stirn. «Jake? Das Mädchen ist weg. Futsch. Wie vom Erdboden verschluckt. Hörst du mich, Jake?»

Aber am anderen Ende der Leitung blieb es still.

24

Casey schlotterte vor Kälte. Sie hatte Hunger und war zornig.

Damit fühlte sie sich immerhin schon besser als vorhin, nachdem die Tür hinter ihr zufiel. Da hatte sie bloß geschlottert.

Der Raum maß etwa drei Meter im Quadrat, die Wände waren deckenhoch weiß gefliest, ein paar Fliesen waren verfleckt, ein paar gesprungen, ein paar fehlten ganz. Direkt unter der Decke waren drei schmale, schmutzige, fest vergitterte Fenster, an die sie nicht herankam. Ein bißchen Licht drang durch, aber nicht viel.

Offenbar war das früher ein Badezimmer gewesen. An einer Wand stand eine große, altmodische Badewanne, über der Badewanne lag ein dickes Brett, auf dem Brett lagen eine dünne Matratze und zwei fast saubere braunkarierte Decken. Seife fürs Waschbecken fehlte, aber auf dem Boden stand eine noch eingepackte Rolle Klopapier.

Der Raum war nicht besonders schmutzig, aber er roch muffig und nach Schimmel. Auf dem rissigen grünen Linoleum, direkt vor der Wanne, war ein großer, unerfreulicher Fleck, wie ein Komet mit langem, spitz auslaufenden Schweif, sehr dunkel und an der breitesten Stelle etwa fünfundzwanzig Zentimeter groß. Nach einer Stunde war sie felsenfest davon überzeugt, daß an dieser Stelle jemand gestorben und hinterher weggeschleift worden war.

Die Tür war massiv und fest, das hatte man beim Zuschlagen gehört, und das Schloß machte einen sehr soliden Eindruck. An der Deckenmitte hing eine Glühbirne in einem Drahtkäfig, die aber kein Licht spendete, obwohl Casey wer weiß wie oft den Schalter betätigt hatte.

Das Haus über ihr machte einen unbewohnten Eindruck.

Auf der Kante des provisorischen Bettes sitzend, die Arme übereinandergeschlagen, überdachte sie noch einmal das Geschehen der letzten Stunden. Ganz gegen ihre Absicht kamen ihr Tränen, die sie mit dem Ärmel abwischte. Sie wickelte sich in eine Decke und verfaßte einen Beschwerdebrief an die Direktion.

Sehr geehrte Damen und Herren, darf ich Sie darauf aufmerksam machen, daß ich keine Kissen in meinem Zimmer vorgefunden habe…

Sie waren mit dem gestohlenen Streifenwagen rückwärts in eine breitere Straße gefahren, hatten das schlaffe Bündel Sylvester herausgeworfen und Gas gegeben. Casey hatte sich umgedreht und durchs Rückfenster gesehen. Ganz still hatte er dagelegen, mit der

Entfernung immer kleiner werdend, wie ein Haufen Lumpen neben einer überquellenden Mülltonne.

Die Heizung scheint nicht zu funktionieren, und einen Fernseher kann ich auch nicht entdecken …

Der kleinere ihrer beiden Entführer hatte sie an der Schulter gepackt und wieder nach vorn gedreht, sie nach unten gedrückt, ihr die Hände hinter dem Rücken gefesselt und sie dann unsanft hochgezogen, um ihr wieder die Augen zu verbinden. Er hatte kräftige Hände, und sie hatte sich nicht gewehrt. Kein Wort hatte der Kleine mit ihr gesprochen. Er hatte nur getan, was er tun mußte. Das letzte, was sie von ihm gesehen hatte, waren seine Augen gewesen, eine ausdruckslose Iris, das verfärbte Weiß, die kurzen, stoppligen Wimpern. Und einen ganz kleinen Leberfleck auf der schweißglänzenden Haut neben dem Nasenrücken.

Die Ausstattung ist primitiv …

Danach waren sie lange gefahren, kreuz und quer, wie es ihr schien. Sie hatte auf verräterische Geräusche gelauscht, nach ungewöhnlichen Gerüchen geschnuppert, aber sie hatte nichts im Gedächtnis behalten. Endlich hielt der Wagen an, und Casey wurde herausgezerrt. Man ließ sie ein paar Schritte gehen, offenbar durch eine Tür, denn die veränderte Geräuschkulisse war unverkennbar. Draußen war es laut gewesen, sie hatte ferne Rufe gehört und das Dröhnen schwerer Maschinen. Im Haus hallte es nur. Die beiden zerrten sie durch einen großen Raum – er schien eine hohe Decke zu haben –, durch eine Tür, Stufen hinunter. Wieder ein Raum. Eine kurze Wartezeit, dann ein kratzendes Geräusch. Ein Schlüssel drehte sich im Schloß. Sie bekam einen Schubs nach vorn. Einer ihrer Entführer – der große, vermutete sie – löste die Augenbinde und die Fesseln um ihre Hände. Die Tür schlug zu, sie blieb im Halbdunkel zurück. Nach einer Weile hatten sich ihre Augen so weit an das Licht gewöhnt, daß sie ihre Umgebung zur Kenntnis nehmen konnte.

Überdies hat – ein offenkundiges Versehen – der Page vergessen, mir einen Schlüssel dazulassen …

Bald würde jemand kommen, und sie würde erfahren, was man von ihr wollte. Bis dahin durfte sie sich keinerlei Gefühle leisten. Sie mußte Ruhe bewahren, einen klaren Kopf behalten.

Darin hatte sie einige Übung. Die beiden glücklichen Jahre mit ihrem Mann, den sie im College kennengelernt hatte, waren wunderschön, sein Tod war schrecklich gewesen. Der Schock der Diagnose, die Hoffnung und ihr allmähliches Schwinden, das lange schwere Sterben, die Qual, der Verlust. Arbeit hatte sich als einzig wirksames Gegenmittel erwiesen. Sie hatte noch einen Studiengang angefangen und abgeschlossen, um das Gefühl der Leere zu vertreiben, aber selbst ihr neuer, so abwechslungsreicher Beruf hatte das nicht ganz leisten können. Und dann hatte sich die Chance ergeben, nach Grantham zu gehen, einen neuen Anfang zu machen, neues Leben in sich zu spüren, auch auf die Gefahr hin, alte Wunden wieder aufzureißen, und sie hatte zugegriffen. Sie war entschlossen, sich der Vergangenheit, der Wahrheit zu stellen, und hatte gehofft, daß sich wie in einem Säurebad die Verkrustungen, die Schutzschichten lösen würden, hinter die sie sich geflüchtet hatte.

Und das war nun das Ende vom Lied.

Vielleicht sollte sie sich gleich begraben lassen – wie Nat. «Bringt ja doch alles nix», sagte sie laut. Sie horchte den Worten nach, die von den gefliesten Wänden widerhallten, und plötzlich wußte sie, daß sie so nicht stimmten. Sie hatten gestimmt – bis zu dem Augenblick, als sich dieser unmögliche Mann in ihr Leben gedrängt und es ihr noch schwerer gemacht hatte. Jake Chase, dieser Schwätzer, der andauernd alberne Sachen über Vorhänge sagte (mit Nat hatte sie nie über Vorhänge gesprochen), ständig über seine eigenen Füße stolperte (Nat war ein phantastischer Tänzer gewesen), darauf bestand, sie zu beschützen (Nat hatte immer gesagt, sie müsse lernen, auf eigenen Füßen zu stehen), und sie davon zu überzeugen versuchte, daß sie überaus gefährlich lebte.

Womit er allerdings recht behalten hatte.

Sie rollte sich in die Decken ein, legte sich hin, starrte an die Decke und auf einen Fleck, der einem Gesicht glich. Wenn sie die Augen zusammenkniff, sah es fast aus wie Jake Chase. Oder eine verschrumpelte Apfelsine.

Nach einer Weile schlief sie ein.

«Warum kommt er denn nicht?» quengelte Gurney Lightfoot. «Seit zwei Tagen läßt sich kein Mensch mehr bei mir sehen.»

«Sie brauchen Ruhe, hat der Arzt gesagt», säuselte die Schwester. «Sie wissen doch, daß Sie sich neulich überanstrengt haben. Beinah hätten Sie wieder eine Blutung gekriegt.»

«Ich will Ronald sprechen», fuhr er auf. «Los, suchen Sie ihn. Bestellen Sie ihm, daß ich wissen will, was hier los ist. Wenn Sie Ronald nicht finden, bringen Sie mir Littlewood. Oder Knapp.

Oder meinetwegen auch Friedlander, kommt mir gar nicht drauf an.»

Die Schwester schwankte zwischen Strenge und einem Beschwichtigungsversuch. «Morgen vormittag vielleicht, wenn Sie sich schön ausgeschlafen haben –» Sie unterbrach sich erschrokken, als Lightfoot mit größter Anstrengung die Bettdecke zurückschlug. «Schon gut», sagte sie eilig. «Ich will mal sehen, wen ich finde. Jetzt legen Sie sich wieder hin und ruhen sich aus.» Sie deckte ihn zu, fühlte seine Stirn und betrachtete bedenklich die faltigen, immer fahler werdenden Züge.

«Ich bring Ihnen jemanden», versprach sie. «Ganz bestimmt.»

Er sah ihr nach und merkte zu seinem Ärger, daß ihm eine Träne aus einem Augenwinkel kollerte. Er wischte sie weg, und dann sah er erstaunt auf seine Hand, eine ganz fremde, krallig-zitternde Runzelhand mit einer glänzenden Stelle. Dort war die Träne gelandet. Gleich darauf war der kleine Rest Feuchtigkeit verdunstet.

«Aasbande», flüsterte er. «Verdammte Aasbande.»

Der Apparat lief an. Die Beschreibung der zwei Männer, die den Streifenwagen und die Uniformen gestohlen hatten, wurde in Umlauf gesetzt, der Wagen selbst bei der Spurensicherung auf Fingerabdrücke untersucht.

Zwei Stunden später meldete sich das Krankenhaus.

Sylvester Crump war zwei Kilometer von Caseys Wohnung entfernt in einem Durchgang bewußtlos aufgefunden worden, er hatte offenbar einen heftigen Schlag auf den Schädel bekommen. Wegen seines schlechten körperlichen Zustandes gab man ihm nur geringe Chancen, die Nacht zu überstehen.

Jake fuhr hin und setzte sich an das Bett des Alten, während Joe im Präsidium Telefondienst schob, auf Hinweise hoffte und den Papierkram erledigte. Außerdem verbrachte er eine Stunde damit, Captain Klotzman alles zu erklären. Wieder einmal.

Jake sei ins Krankenhaus gefahren, sagte er, weil er sonst vermutlich Klotzman mit bloßen Händen umbringen würde. Er habe damit gedroht, weil er der Meinung war, es sei alles Klotzmans Schuld. Der habe ihn von dem Fall abgezogen, ehe die Kollegen bei Casey eingetroffen waren. Nur weil Klotzman einen Termin beim Polizeipräsidenten hatte.

Im Krankenhaus sei Jake wohl wirklich am besten aufgehoben, meinte Klotzman zustimmend. Gut für seine Nerven, sagte er.

«Besser, wenn er am Krankenbett sitzt, als wenn Sie drinliegen», bemerkte Joe etwas säuerlich.

«So ungefähr. Das mit dem Mädchen tut mir wirklich leid, Joe. Heute vormittag wirkte die Querverbindung ja tatsächlich noch nicht sehr überzeugend. Das Lange Malheur hat mal wieder zugeschlagen – mehr habe ich mir nicht dabei gedacht.»

Joe steckte die Hände in die Taschen und fixierte, um Klotzman nicht ansehen zu müssen, den Erste-Hilfe-Kasten an der Wand. «Ich weiß. Aber er ist trotzdem ein guter Cop, Captain, das wissen Sie doch.»

«Wenn ich das nicht wüßte, hätte ich schon längst dafür gesorgt, daß er sich einen anderen Beruf sucht.» Klotzman nahm sich einen Stapel Akten vor. «Schön, ich habe offenbar die Situation nicht richtig eingeschätzt. Es tut mir leid, sagen Sie ihm das. Er soll sich auf das Mädchen konzentrieren, den Fall Norris kann jemand anders übernehmen.»

Joe ließ sich nicht abwimmeln. «Aber das hängt beides zusammen, Captain. Der Mörder von Norris wollte an die Unterlagen über den Fall Finch ran, weil er vermutlich auch die Finch umgebracht hat oder irgendwie mit drinsteckt.»

Klotzman schüttelte den Kopf. «Chase ist schon ein phantastischer Verkäufer. Er hat Sie noch jedesmal eingewickelt, nicht?»

«Aber zum Schluß sind wir meistens ganz gut rausgekommen.» Klotzman seufzte abgrundtief, legte den Kugelschreiber weg, faltete die Hände und sah auf. «Also legen Sie in Gottes Namen los, Joe. Noch mal ganz langsam zum Mitschreiben.»

«Was heute abend wieder in der Zeitung steht...» sagte Molly zu Mr. Braithwaite, als sie hereinkam. «Am hellichten Tag haben sie so ein armes Ding entführt, und einen alten Mann, der sie verteidigen wollte, haben sie halb umgebracht. Jake hat den Fall übernommen. Zeugen werden gebeten, sich mit Lieutenant J. Chase in Verbindung zu setzen.»

Sie hängte den Mantel auf, legte ihre Abendlektüre auf das Tischchen neben ihrem Lesesessel und ging in die Küche, um das Abendessen zu machen. Als sie den Fernseher einschaltete, gingen die Nachrichten gerade zu Ende. Sie seufzte.

Ihr Zeitplan war heute abend total aus den Fugen geraten. Hätte es nicht angefangen zu regnen, wäre sie früher zu Hause gewesen. Während sie die Treppe hinaufstieg, hatte sie in ihrer

Wohnung das Telefon läuten hören, aber noch ehe sie aufgeschlossen hatte, verstummte es wieder. Sie war betrübt darüber, denn allzuoft läutete bei ihr das Telefon jetzt nicht mehr, und selbst die Stimme eines Telefonverkäufers war ein Trost in der Einsamkeit. Daß bei den ersten Regentropfen sofort ein Verkehrschaos entstand, war und blieb ihr ein Rätsel. Man hatte den Eindruck, daß die Leute, die da am Steuer saßen, noch nie so etwas wie Regen erlebt hatten. Sie sah zu dem Kater hinüber, der knurrend und murrend zwischen Küche und Wohnzimmer hin und her lief. «Was hast du denn, Braithwaite? Du bist ja ganz aufgeregt.»

Sie ging ihm ins Wohnzimmer nach und sah, wie er im Schlafzimmer ans Fenster lief.

«Ach, *das* meinst du... Ja, ich weiß, Mr. Niforos war hier und hat uns die Fensterschlösser eingebaut. Lieb von dir, mich darauf aufmerksam zu machen. Ich schau sie mir später an. Jetzt komm essen.»

Sie ging wieder in die Küche, und wenig später kam auch Mr. Braithwaite. Offenbar zufrieden damit, daß er seine Pflicht getan hatte, setzte er sich an seinen üblichen Platz und wartete auf sein Futter. Sie hatte ihm gerade die Schüssel hingestellt, als es klopfte.

«Entschuldige mich einen Augenblick», sagte sie zu Mr. Braithwaite und dachte: Das muß ich mir unbedingt wieder abgewöhnen.

Vor der Tür stand Victor Niforos und wünschte ihr mit feierlicher Stimme einen guten Abend.

Molly lächelte. «Guten Abend. Und schönen Dank, daß Sie die Schlösser angebracht haben.»

Er sah sie einen Augenblick verständnislos an, dann wurde sein Gesicht verlegen. «Nein, nein. Ich kommen sagen, daß ich haben gemacht fertig.»

Sie überlegte kurz, dann war der Groschen gefallen. «Ach, Sie meinen den Tisch!»

«Sie nennen Tisch?» Er zuckte die Achseln. Die Amerikaner hatten eine so komplizierte Sprache... «Ja. Sie wollen sehen?»

Sie blickte über die Schulter. Aus der Küche roch es nach angebrannten Zwiebeln. «Ich mache mir gerade mein Abendessen, aber vielleicht später... Sind Sie heute abend zu Hause?»

«Ich... ja... natürlich.» Überwältigt von ihrem freundlichen Ton fuhr er fort: «Vielleicht Sie möchten trinken einen Kaffee mit mir?»

Sie stutzte einen Augenblick, dann fiel ihr ein, daß seine Frau verreist war und er vermutlich unter Einsamkeit litt, was sie ihm nur zu gut nachfühlen konnte. «Das wäre sehr nett, Mr. Niforos. Ich komme so in einer Stunde mal vorbei, wenn es Ihnen recht ist.»

Er nickte noch immer glückstrahlend, als sich die Tür schon hinter Molly Pemberton geschlossen hatte. Eine Weile betrachtete er träumerisch und leicht verwirrt die glatte Türfüllung, und sein Herz jubilierte.

Er drehte sich um und ging die Treppe hinunter. Hinter den anderen Türen drangen streitende oder lachende Menschenstimmen und die plärrenden Erkennungsmelodien der verschiedensten Fernsehsendungen hervor.

Wer weiß, was das Schicksal in den nächsten Stunden für mich bereithält, sagte er sich. Sie kommt, wir trinken Kaffee, vielleicht passiert auch noch mehr. Aber ich werde sehr, sehr vorsichtig sein. Womöglich ist sie eine gefährliche Person, eine dieser abgrundtief bösen Frauen aus den Fernsehserien. Niforos, warnte er seine romantische Seele, hüte dich vor ihren Netzen. Entblöße nicht deine Brust vor ihr, auf daß sie dir nicht dein Herz stehle und es verspeise. Leise bebend in Erwartung und gebändigtem Entzücken, stieg er wieder in sein Kellerreich hinab.

Jake saß regungslos an Sylvesters Bett und sah ihm ins Gesicht. Die stillen Züge boten ihm keine Antworten auf seine Fragen, sondern nur den Anblick vieler, in allen Regenbogenfarben schillernder Blutergüsse, die unter dem Verband hervorsahen.

Von Zeit zu Zeit mußte Jake sich einen energischen Ruck geben. Das leise Zischen des Sauerstoffgerätes, die fernen Schritte und Stimmen des Krankenhausbetriebs auf der anderen Seite der geschlossenen Tür drohten ihn einzuschläfern. Der Monitor an Sylvesters Bett piepste monoton. Im Takt mit den elektronischen Piepsern rollten grüne Wellen über den kleinen Schirm. Noch nie hatte Jake ein so eintöniges und gleichzeitig so tröstliches Programm über einen Bildschirm flimmern sehen.

Er blickte aus dem Fenster. Das Bild hätte jeden Impressionisten entzückt. Die Tropfen rannen an der Scheibe herunter, um sich mit den anderen zu kleinen Flüssen zu vereinigen, spiegelnd, hüpfend, zu wechselnden Mustern gerinnend, von einem böigen Wind wieder verweht.

Jenseits dieses glitzernden Netzes blinkten die Lichter der Stadt, lange Schnüre von Scheinwerfern und Bremslichtern wanden sich zwischen den hohen Häusern mit den teils hellen, teils dunklen Fenstern hindurch. Scharf durchschnitt das schwarze Band des Flusses, von den glitzernden Diademen der beiden Brücken überspannt, die Landschaft. Es war ein schönes Bild, das die Nacht ihm da zum Geschenk gemacht hatte, aber er war nicht in der richtigen Stimmung, es zu würdigen. Vielleicht bot sich Casey in diesem Augenblick derselbe Anblick, vielleicht aber saß sie auch im Dunkeln, angsterfüllt und allein. Oder – schlimmer noch – angsterfüllt und *nicht* allein.

Er wußte, daß im Präsidium Joe und Klotzman sich um Verstärkung kümmerten. Die Kollegen würden Kontakt zu ihren Spitzeln aufnehmen, die Straßen abklappern, bekannte Adressen und Stammkneipen der beiden Gesuchten checken. Auch inoffiziell würde sich einiges tun, sie würden Beziehungen spielen lassen, diskret an alte Schulden erinnern. Joe würde auch versuchen, Lightfoots Telefon anzapfen zu lassen, aber das konnte Stunden dauern, und Lightfoot war bestimmt nicht so dumm, seine Anweisungen telefonisch zu geben.

Jake wußte, daß er als Leiter der Ermittlungen eigentlich auch ins Präsidium gehörte und daß er hier nur saß, weil die anderen froh waren, wenn er ein paar Stunden nichts anstellen konnte. Hol tief Luft, Jake, sagte er sich. Noch mal. Reiß dich zusammen.

Als erfahrener Kriminalbeamter hätte er eigentlich auf dieses Gefühl von Frust und Hilflosigkeit (das ihn öfter heimsuchte als manch anderen Cop) gelassen reagieren müssen. Er kannte sie, diese bittere Erfahrung, daß du allein bist und die ganze Welt gegen dich steht. Sie stellt sich in den meisten Fällen ein, die nach vierundzwanzig Stunden noch nicht gelöst sind. Du lernst, damit zu rechnen, lernst, damit fertig zu werden, lernst sogar, Nutzen daraus zu ziehen.

Diesmal aber traf es ihn härter, weil er persönlich betroffen war. Er wußte, daß so was eigentlich nicht passieren durfte, er hatte in der Ausbildung gelernt und in der Praxis trainiert, solchen Situationen aus dem Weg zu gehen, aber es war nun mal geschehen, da war nichts zu machen.

Beruflich gesehen, war es richtig gewesen, daß er zu Caseys Schutz in der Wohnung geblieben war; und daß er sich danach an Klotzmans Anweisungen gehalten hatte, hatte sich bitter gerächt. Vielleicht hätte er Klotzman von Caseys heimlichem Anruf bei Richard Armbruster erzählen sollen oder daß sie sich in Norris' Wohnung den Schlüssel geschnappt hatte. Aber ob das etwas geändert hätte? Wahrscheinlich nicht. Wenn Klotzman erst einmal losgelegt hatte, ließ er sich nicht mehr bremsen, schon gar nicht nach dem Debakel im Supermarkt.

Jake stand auf und klimperte, um ein bißchen weniger allein zu sein, mit den Schlüsseln und Münzen in seiner Tasche. Dabei hätte er am liebsten losgebrüllt, irgend jemandem eins über den Schädel gegeben oder – besser noch – sich selbst in den Hintern getreten.

Und dann krachte es wieder mal. Er war an den Nachttisch gestoßen. Vielleicht sollte ich mich doch noch mal untersuchen lassen, dachte er, während er sich die Hüfte rieb, die Nierenschale aufhob, sie neben den Wasserkrug stellte und die Scherben von Sylvesters Trinkglas in den Papierkorb warf. Er hatte es so satt, kaputte Sachen oder kaputte Typen zusammenzulesen. Das mit dem Test war natürlich Schwachsinn. Am besten war er zur Zeit vermutlich in einer Gummizelle aufgehoben.

Sylvester hatte auf das metallische Klimpern und das Klirren von Glas nicht reagiert, was Jake noch melancholischer stimmte. Wenn der Alte nun nicht durchkam? Wenn das Lange Malheur diesmal ein Menschenleben auf sein Gewissen geladen hatte?

Er ließ sich wieder auf seinen Stuhl fallen und schlug die Hände vors Gesicht. Was zum Teufel sollte er bloß machen?

Dann ging die Tür auf, und Joe kam herein.

«Wie geht's ihm?» fragte er und nickte zu Sylvester hinüber.

Jake zuckte die Schultern. «Unverändert. Bei dir was Neues?»

«Ja. Wir haben Armbruster gefunden. Oder vielmehr – er hat uns gefunden.» Joe sah unruhig zur Tür und trat einen Schritt näher an Jake heran. «Wir haben ein Problem, Jake.»

«Nämlich?»

Joe druckste ungewohnt lange herum und räusperte sich. «Er ist ein FBI-Agent, Jake.»

«FBI?»

«Ja. Aber das ist nicht das Schlimmste, Jake.»

«Komm schon, spuck's aus», sagte Jake nervös. Er kam sich vor wie in einem unangemeldeten Examen, bei dem ihm ein Durchfall mit Pauken und Trompeten drohte.

«Casey», sagte Joe.

Furcht packte Jake wie eine eiskalte Hand. «Ist sie tot?»

«Nein ... sie ... Armbruster hat's mir eben gesagt.»

«Ja, was denn, Herrgott noch mal», brüllte Jake außer sich.

«Casey arbeitet auch für den FBI, Jake.»

Jake sah ihn fassungslos an und machte den Mund auf. Da hörte er plötzlich einen seltsam rhythmischen, rasselnden Laut im Raum. Erschrocken drehten sie sich zum Bett um.

Sylvester hatte gelacht.

25

Sylvester war schlagartig und vollständig wieder zum Leben erwacht. «Ich hab's gewußt, ich hab's gewußt», krakeelte er immer wieder, und dazwischen: «Verdammt, wo habt ihr meine Hose versteckt?» Der von Jake herbeigerufene Arzt hatte nach kurzer Untersuchung erklärt, Sylvester sei dem Tod gerade noch mal von der Schippe gesprungen.

Als Jake allerdings versuchte, ihm eine Aussage über Caseys Schicksal, eine Beschreibung der Entführer oder ihres Wagens, ja auch nur den einen oder anderen brauchbaren Hinweis zu entlokken, igelte Sylvester sich ein und beharrte darauf, sein Wissen nur «auszuspucken», wenn er eine Flasche Whisky dafür bekam. Schließlich mußten sie das Handtuch werfen. Der junge Doktor verpaßte ihm eine Beruhigungsspritze, und wenig später schlief er friedlich wie ein Säugling.

«Vielleicht ist morgen früh mehr mit ihm anzufangen», tröstete ihn der Arzt. Jake, der sich wegen Sylvesters Zustand die größten Vorwürfe gemacht hatte, hätte dem so wunderbar Genesenen am liebsten einiges angetan. Joe und Armbruster brachten ihn schleunigst hinaus.

Jake dankte es seinen beiden Begleitern, besonders Armbruster, mit finsterer Miene. «Was Sie da über Casey erzählen», grummelte er, «nehm ich Ihnen einfach nicht ab.»

«Es ist die reine Wahrheit, Lieutenant Chase, großes Ehrenwort.»

«Ich hatte hundert Theorien, aber darauf wär ich im Leben nicht gekommen.»

«Sie hat erzählt, daß sie Anwältin ist», sagte Joe. «Da hätten wir vielleicht hellhörig werden müssen. Als ich sie in der Anwaltsrolle nicht fand, hab ich mir nur gedacht, daß sie vielleicht ein bißchen angegeben hat.»

«Doch, Casey hat wirklich Jura studiert», bestätigte Armbruster. «Vor allem ist sie im Wirtschaftsrecht bewandert, wie viele bei uns. Sie sollte Eustace unter die Lupe nehmen – oder vielmehr die verdeckten Manipulationen bei der Millington-Stiftung. Als wir erfuhren, daß er eine Lektorin suchte, haben wir ihr Referenzen und das übrige Drum und Dran beschafft. Natürlich hat er sie eingestellt.»

«Natürlich. Wer hätte das nicht?» Joe versuchte, dem Gespräch einen lockeren Tonfall zu geben, aber als er Jakes Gesicht sah, ließ er schnell davon ab.

«Irgendwie mußten wir sie ja schließlich einschleusen», versuchte Armbruster sich zu rechtfertigen. «Millington sollte auf keinen Fall merken, daß wir uns für die Finanzen der Stiftung interessieren, deshalb haben wir es auf diese Tour probiert. Die Rechnung ging auf, er zog sie mehr und mehr ins Vertrauen...»

«Den Eindruck hatte ich auch», motzte Jake dazwischen.

Joe traute sich nicht, Jake anzusehen, während sie aus dem Lift stiegen und zum Ausgang gingen. Die Nachtluft war kalt, ein frischer Wind wehte die letzten Regenwolken vom Himmel. Jake fröstelte nach der Treibhaushitze des Krankenhauszimmers und zog den Kopf zwischen die Schultern.

«Auf den Fall Norris ist Casey ganz zufällig gestoßen», fuhr Armbruster fort. «Als ihr Millington das Manuskript zum Lektorieren gab, war ihr sofort klar, daß uns das interessieren würde.» Armbruster legte eine Pause ein, während sie sich an zwei geparkten Autos vorbeischoben.

«*Uns* hätte es noch weit mehr interessiert», knurrte Jake.

«Ich weiß, und es tut mir leid. Wir wollten Kompetenzüberschneidungen vermeiden.»

Jake knirschte hörbar mit den Zähnen. «Sind Sie nie auf die Idee gekommen, daß Millington ihr das Manuskript vielleicht nicht zufällig gegeben hat? Daß er Casey oder irgendeine andere Person verdächtigte? Daß sie in eine Falle getappt ist?» Diese Vorstellung war leichter zu ertragen als der Gedanke, daß sie Casey im Stich gelassen hatten, obgleich natürlich auch das stimmte.

Sie blieben stehen, während ein Krankenwagen mit heulender Sirene, gefolgt von einem Streifenwagen, zur Notaufnahme raste. Daß Millington möglicherweise Caseys Tarnung durchschaut hatte, machte Armbruster offenbar Sorgen. «Wir wollen es nicht hoffen», sagte er bedrückt. «Als sie mir erzählte, daß man ihr den Aktenkoffer gestohlen hatte, war mein erster Gedanke, der Überfall könnte etwas mit ihrem eigentlichen Auftrag zu tun haben.

Aber sie hat mir versichert, daß nichts drin war, was auf unsere Spur hätte führen können.»

«Ich weiß. Wir haben das Gespräch mitgehört.»

«Sieh mal an... Und warum haben Sie Casey nicht darauf angesprochen?»

«Weil ich erst mal abwarten wollte, wie sich die Sache weiterentwickelt. Hat sie Ihnen den Schlüssel gegeben?»

«Ja.»

«Und?»

Armbruster verzog keine Miene. «Sie wissen genau, daß wir damit aufgelaufen sind.»

«Hack wird heilfroh sein, wenn er ihn zurückbekommt. Seine Alte geht ihm schon die ganze Zeit wegen des Rasenmähers auf den Geist.»

«Hey, Chase!» Jack Stryker, zappelig und energiegeladen wie eh und je, ging vor der Notaufnahme auf und ab.

Jake trat zu ihm. «Was machst du denn hier? Hat's wieder mal einen aus unserem Team erwischt?»

«Könnte man so sagen. Molly Pemberton. Ich wollte gerade Feierabend machen, als die Meldung kam. Siehst du den Typ da drin?» Stryker deutete durch die Glastür auf einen breitschultrigen Mann in kariertem Hemd mit dunklem, lockigen Haar und düsterer Miene, der rastlos hin und her lief, die Hände rang, dann wieder laut fluchte, sich vor die Stirn schlug und tiefsinnig seine Schuhspitzen betrachtete. «Das ist Victor Niforos, Molly Pembertons Hausmeister. Er hat sie gefunden und uns verständigt. Sie ist vor ungefähr einer Stunde in ihrer Wohnung überfallen und zusammengeschlagen worden.»

«Scheiße», sagte Jake. «Schlimm?»

Stryker zuckte die Schultern. «Sehr gut sieht's nicht aus, aber es ist wohl hauptsächlich der Schock. Nasenbeinbruch und möglicherweise eine Gehirnerschütterung. Dieser Niforos behauptet, daß er es war, aber Spuren sind an ihm nicht zu entdecken, es ist wohl ein Verständigungsproblem. Sie hätte versprochen, ihn zu besuchen, behauptet er – dieser Niforos ist ein gutaussehender Bursche, aber irgendwie hatte ich unserer Molly einen etwas anderen Geschmack zugetraut –, und als sie nicht kam, ist er in ihre Wohnung gegangen. Die Tür war offen, und sie lag bewußtlos auf dem Fußboden.»

«Einbruchversuch?»

Stryker nickte. «Das Schlafzimmerfenster war eingeschlagen,

aber offenbar fehlte nichts. Niforos faselt von irgendwelchen Schlössern, die er für Molly anbringen sollte, und daß er das zeitlich nicht geschafft hat. Vielleicht gibt er sich deshalb die Schuld an der Sache. Wir blicken da noch nicht richtig durch.»

Jake erzählte Joe und Armbruster, was passiert war. «Warum holen Sie sich nicht jemanden her, der Griechisch spricht?» fragte Armbruster.

«Schon unterwegs.» Stryker sah ihn etwas mißtrauisch von der Seite an.

«Als ich heute vormittag bei Molly in der Bibliothek war, hat sie mir erzählt, daß jemand versucht hat, bei ihr einzubrechen», sagte Joe nachdenklich. «Oder vielmehr – sie wollte es mir gerade erzählen, als so eine komische Alte dazwischenkam. Wir sollten uns mal ansehen, wer von unseren alten Kunden in letzter Zeit aus dem Knast gekommen ist. Vielleicht hatte einer noch eine alte Rechnung mit Dan zu begleichen.»

Stryker nickte und rieb sich heftig den Kopf, als könnte er damit sein Hirn auf Touren bringen. «Daran hab ich auch schon gedacht. Wir lassen es gerade durch den Rechner laufen. Aber Dan hat damals jede Menge Leute hinter Gitter gebracht. Nur ein echter Spinner könnte das Dan noch über den Tod hinaus nachtragen.»

«Spinner gibt's genug. Wenn so ein Typ – es kann auch eine Sie sein – Molly belästigt hat, wollte sie vielleicht die Schlösser deshalb anbringen lassen», meinte Jake.

«Ja, vielleicht. Sie ist wieder bei Bewußtsein, aber sofort wollte ich sie auch nicht bedrängen. Wenn sie auf der Station liegt, nehme ich ihre Aussage auf. Sofern ich an diesem griechischen Kleiderschrank vorbeikomme. Scheint sich für 'ne Art selbsternannten Zerberus zu halten.» Strykers derzeitige Freundin war Hochschullehrerin, und er spickte seine Unterhaltung seither mit literarischen Anspielungen. Der Umgangston im Präsidium war merklich feiner geworden, und ein Ende war noch nicht abzusehen. Kürzlich hatte jemand angeblich sogar Pinsky mit *Moby Dick* in der Hand gesehen. Nächstens sind es Shakespeares *Gesammelte Werke*, hatte Klotzman bemerkt.

«Tut mir echt leid, die Sache mit dem Mädchen», sagte Stryker und verlagerte das Gewicht von einem Bein aufs andere wie ein Boxer, der das Ende der Runde herbeisehnt.

«Ja», antwortete Jake lakonisch.

«Und sie hängt in dem Fall Norris mit drin, nicht? Der demnach kein gewöhnlicher Raubüberfall war, sondern was mit dem Mord an der Finch zu tun hat. Dein Fall zieht Kreise, Jake.»

«Ja, wie 'n Karussell.» Stryker war sonst ein netter Typ, aber im Augenblick hatte Jake keine Lust, sich bewundern zu lassen.

Stryker zuckte die Schultern und sah zu den hohen Wolken auf, die vor einem blassen Mond dahinjagten. «Bis Halloween sind es noch ein paar Wochen hin, aber ich hab so den Eindruck, daß es bei uns jetzt schon spukt. Alte Verbrechen, Geister aus der Vergangenheit.» Er schüttelte sich. «Das Heute ist schon schwer genug zu bewältigen, aber wenn einer um jeden Preis das Gestern wieder rauskratzen will... Das schmeckt mir nicht, Jake.» Er warf wieder einen Blick durch die Glastür und schien dort etwas Ermutigendes entdeckt zu haben, denn er setzte sich in Trab. «Ich sag dir Bescheid wegen Molly», rief er über die Schulter.

«Tu das», rief Jake Stryker nach, hinter dem sich die Automatiktür sirrend schloß. «Die Witwe eines Kollegen», sagte er zu Armbruster. «Großartige Frau.»

Armbruster nickte. «Das sind sie meist.» Als die anderen beiden ihn verblüfft ansahen, setzte er mit schmalem Lächeln hinzu: «Meine Mutter ist auch Polizistenwitwe.»

Eustace Millington ging nervös in der Halle des Präsidiums auf und ab. Außer ihm war auf der weiten Marmorfläche kein Mensch zu sehen. Er stürzte sich auf Jake. «Haben Sie Casey schon gefunden? Gibt es etwas Neues?»

«Nein, nichts», gab Jake knapp zurück und wollte weitergehen, aber Millington hielt ihn am Arm fest. «Warum sind Sie nicht dort draußen und suchen nach ihr? Es liegt doch auf der Hand, daß Lightfoots Leute sie sich geschnappt haben. Warum haben Sie ihn noch nicht vernommen?»

Jake sah nach unten. «Haben Sie sich beim Rasieren geschnitten?»

Millington ließ Jakes Ärmel los und steckte die verbundene Hand in die Tasche. «Zwei meiner Katzen haben sich gestritten, ich mußte sie auseinanderbringen. Soll ich eine Aktennotiz darüber schreiben?» fragte er hämisch. «Ohne Aktennotiz läuft bei Ihnen ja offenbar nichts.»

«Nur wenn Sie Ihre Katzen wegen tätlicher Beleidigung anzeigen wollen», sagte Jake gelassen. «Aktennotizen müssen sein, sonst gibt es sofort das schönste Durcheinander, und wir verlieren nur Zeit. Sie wissen genau, daß wir uns die größte Mühe geben, Casey zu finden. Wie haben Sie es übrigens erfahren?»

«Es stand in der Zeitung», versetzte Millington kurz. «Haben Sie wohl nicht gelesen, was?»

«Stimmt genau, das hatte ich nicht gelesen. Und was Lightfoot betrifft, so haben wir keinerlei Handhabe, ihn oder einen seiner Leute zu verhaften – mit Ausnahme der beiden Typen, die sie verschleppt haben.»

«Wer sind die Burschen?»

«Soweit wir wissen, nicht mehr und nicht weniger als zwei vorbestrafte Schlägertypen.»

«Die für Lightfoot arbeiten», ergänzte Millington.

Jake zog eine Augenbraue hoch. «Und woher wollen Sie das wissen? Haben Sie Gehaltsabrechnungen gesehen? Arbeitsverträge?»

Millington verzog höhnisch das Gesicht. «Das liegt doch wohl auf der Hand.»

«Mit dieser Begründung gibt sich kein Richter zufrieden. Ich an Ihrer Stelle würde nach Hause gehen, Jod auf die Kratzer tun und uns in Ruhe arbeiten lassen.»

«Was Sie so Arbeit nennen...»

«Was erwarten Sie von uns? Daß wir sämtliche Häuser der Stadt durchkämmen? Sämtliche Passanten festnehmen? Ich würd's tun, wenn ich könnte, das dürfen Sie mir glauben. Aber es gibt Gesetze, Millington, und wir sind dazu da, sie durchzusetzen, und deshalb müssen wir selbst uns nach ihnen richten, so lästig das auch sein mag. Fahren Sie nach Hause, nehmen Sie sich ein Buch, machen Sie sich eine Heimdauerwelle, waschen Sie Ihre Unterhosen. Oder – noch besser – schicken Sie Sylvester einen Blumenstrauß.»

«Machen Sie sich nicht lächerlich!»

«Sie finden es also lächerlich, wenn jemand, der die Frau schützen will, um die Sie sich plötzlich so große Sorgen machen, einen Schlag auf den Schädel kriegt. Mir fallen auf Anhieb ein paar Sachen ein, die ich ziemlich lächerlich finde, Millington. Ihr Schnurrbart zum Beispiel, Ihr Schlips und Ihr blödes Getue. Sylvester Crump ist alles andere als lächerlich. Wenn Sie sich wichtig machen wollen, müssen Sie sich schon jemand anders dafür suchen.»

«Ich habe gute Freunde in dieser Behörde, Chase. Ein Wort von mir, und Sie sind untendurch», rief Millington ihm nach.

Jake blieb stehen und wandte sich um. «Warum sagen Sie das Wort dann nicht? Los, sagen Sie's schon...»

Millington wich zurück, als er Jakes Gesicht sah, aber Jake rückte auf. Millington machte den Mund auf, machte ihn wieder zu – und kniff den Schwanz ein. Er verließ das Präsidium nicht direkt im Trab, aber mit erheblicher Beschleunigung.

Joe und Armbruster hatten sich während des Gesprächs nicht von der Stelle gerührt. Jetzt holte Armbruster seinen Tabaksbeutel heraus und stopfte sich eine Pfeife. Beide beobachteten die Drehtür, die Eustace auf die Straße katapultiert hatte und die wie wild weiterkreiste.

«Fünfzig Umdrehungen pro Minute, schätze ich», sagte Armbruster zu Joe.

«Gut und gern. Wenn's reicht.»

«Schade, daß keine Buttermaschine angeschlossen ist.» Armbruster riß ein Streichholz an. «Gäbe mindestens ein Pfund.»

Jake sah ihn an. «Erfahren wir jetzt genauer, wie und warum Sie diesen Großkotz überprüft haben?»

«Aber gern.» Armbruster lächelte und sah zu den Aufzügen hinüber. «Bei Ihnen oder bei uns?»

Er wußte nicht, was er machen sollte.

Als der Schreibtisch nicht eingetroffen war, hatte er sich noch zu helfen gewußt. Er war einfach in die Galerie Lecomber eingebrochen, hatte sich die Lieferlisten geschnappt und war sich dabei noch sehr schlau vorgekommen.

Als er die Listen hatte, war auch der nächste Schritt folgerichtig. Er hatte fast den ganzen Tag herumtelefoniert, und nach zahlreichen Rückfragen und Eliminierungen (gar nicht zu reden von den Beschimpfungen aufgebrachter Kunden, die ihn für einen Mitarbeiter der Galerie Lecomber hielten) hatte er es, wie er glaubte, endlich geschafft. Logisches Denken löst jedes Problem.

Er hatte unter dem Namen Pilkington einen Schreibtisch gekauft. Molly Pemberton hatte einen Tisch gekauft, ein Mr. Tiverton hatte einen Sekretär und Pfarrer Merton mehrere Stühle gekauft.

Weil der Name schlecht geschrieben war – oder aus schierer Dummheit –, war Molly Pembertons Tisch an Mr. Tiverton geliefert worden, Mr. Tivertons Sekretär war bei Pfarrer Merton gelandet, Pfarrer Mertons Stühle standen jetzt in dem leeren Apartment von ‹Mr. Pilkington› und ‹Mr. Pilkingtons› Schreibtisch hatte der Lieferwagen zu Molly Pemberton befördert.

So weit, so gut. Nachdem er wußte, wer den Schreibtisch hatte, war das weitere Vorgehen klar.

Nur hatte er in Molly Pembertons Wohnung nicht den Schreibtisch, dafür aber Molly Pemberton vorgefunden.

Als er klingelte, hatte sich in der Wohnung nichts gerührt, und er hatte auch kein Licht erkennen können. Erst als er durchs Fenster gestiegen war, hatte er sie im Sessel sitzen sehen, neben sich eine kleine abgeschirmte Leselampe.

Und da hatte er nicht gewußt, was er machen sollte.

Und wieder war er in Panik geraten. Er hätte sie umbringen sollen. Auf ein Menschenleben mehr oder weniger kam es jetzt schon nicht mehr an. Am besten brachte er sie alle um. Alle...

Beruhig dich, befahl er. Überleg. Überleg einmal ganz genau.

Er hatte diese Pemberton mit dem Hausmeister über einen Tisch sprechen hören und sie deshalb von der Liste der Falschlieferungen gestrichen – bis nach gewissenhafter Eliminierung feststand, daß nur sie den Schreibtisch bekommen haben konnte. Der Hausmeister hatte etwas von Aufarbeiten gesagt. Wenn er nun nicht einen Tisch, sondern den Schreibtisch gemeint hatte?

Wenn dem so war, mußte der Schreibtisch im Souterrain sein. Natürlich! Der Schreibtisch war im Souterrain, und der Hausmeister war dabei, ihn aufzuarbeiten. Dazu hatte er bestimmt sämtliche Schubladen herausgenommen. Und wenn er die Schubladen herausgenommen hatte, hatte er das Messer gefunden und das Taschentuch mit dem Monogramm... und den Schlüssel.

Das war doch klar. Völlig logisch. Oder?

26

«Unter was firmieren Sie eigentlich genau? Das Kleingedruckte auf Ihrem Ausweis hab ich mir nämlich nicht so genau angesehen.»

Armbruster holte erneut das Gucci-Etui hervor und schob es Jake hin. Der klappte es auf und las ausgiebig alles, was es da zu lesen gab. «Ich denke, Ihre Leute sitzen in der Quincy Street?» Er gab Armbruster den Ausweis wieder zurück.

Der grinste durchtrieben. «Ich bin ein Springer. So eine Art Vermittler. Wenn viele verschiedene Interessen tangiert sind, schaltet jemand wie ich sich ein, damit der Fall transparent bleibt. Ich kann

Ihnen ein paar Namen und Referenzen geben, wenn Sie's beruhigt.»

«Das würde mich sogar sehr beruhigen.» Jake notierte die Angaben und reichte Joe den Zettel. «Kannst du die mal abchecken, wenn du zu Hack runtergehst?»

«Wird gemacht.» Joe stand auf. «Mal sehn, ob sonst noch was anliegt.»

Jake lehnte sich zurück und reckte die Arme. Ein Knopf sprang von seinem Hemd ab und pfiff so knapp an Armbrusters Ohr vorbei, daß der zusammenfuhr. Der Knopf traf die Fensterscheibe hinter ihm, prallte ab und landete im Papierkorb. Armbruster lachte leise. «Daß es sich in Ihrer Nähe gefährlich lebt, hab ich schon läuten hören, aber daß Sie so gut zielen, ist offenbar noch nicht überall bekannt.»

Jake zuckte die Schultern. «Reines Glück.»

«Ich brauche Ihnen wohl nicht zu sagen, daß ich nicht den Papierkorb meinte.» Es gab eine kleine Pause, in der sie gegenseitig die – bewußt oder unbewußt – gekonnte Tarnung akzeptierten. Dann fing Armbruster an:

«Kurz gesagt, geht es um folgendes: Als Augustus Millington das Zeitliche segnete, wurde praktisch das ganze Vermögen, das der Alte zusammengekratzt hatte, auf diese komische Stiftung übertragen, und der gute Eustace mußte sich den reichen Erben abschminken. Und was macht er daraufhin? Setzt er sich in die Schmollecke? Ärgert er sich? Mitnichten. Er mimt den Schicksalsergebenen und hat diese Regelung nie angefochten, was doch wohl jeder halbwegs vernünftige Mensch zumindest versucht hätte. Wieso wehrt er sich nicht? Mit den Verlagen geht es angeblich überall den Bach runter, aber Eustace hält sich noch immer ganz schön über Wasser. Warum? Und wie macht er das? So viele Fragen und keine Antworten. Die sollte Casey uns liefern.»

«Mal angenommen, Eustace wäre wirklich das, was er uns vorspielt, ein Patron der schönen Künste und Wohltäter der Menschheit?» meinte Jake.

«Wer glaubt denn heutzutage noch an den Klapperstorch», versetzte Armbruster trocken. «Offiziell kriegt Eustace nur sein Gehalt als einer der Treuhänder der Stiftung, zwanzig Mille pro Jahr. Viel ist das nicht, wenn man bedenkt, daß er Vermögenswerte von an die zwanzig Millionen verwaltet.»

«Donnerwetter. Ich hatte keine Ahnung, daß es so viel ist.»

Armbruster nickte. «Es hat schon Vorteile, wenn man sich in

den Gesetzen auskennt. Die Gesellschaften mit beschränkter Haftung und gemeinnützige Organisationen bewegen sich selbst im Zeitalter der gesetzlich verordneten Informationspflicht in einem geschützten Raum. Mit dem Gesetz hat der Staat nur erreicht, daß die wirklichen Geheimnisse sich noch weiter in den Untergrund zurückgezogen haben.»

Joe kam zurück und gab Jake den Zettel mit Armbrusters Angaben. «Die sagen alle, daß er Clark Kent ist.»

«Sie sollten mich mal in einer Telefonzelle sehen», meinte Armbruster. «Die reinste Offenbarung.»

Joe griente. «Ich habe auch mit Bill Irvine gesprochen.»

Irvine war einer der hiesigen FBI-Agenten, mit dem sie gelegentlich zusammenarbeiteten. «Der Mann ist echt, sagt er, aber wir sollen aufpassen. Er war schon mal hier, aber wie oft, das wissen sie nicht, weil er nicht immer eine Visitenkarte abgegeben hat, oder wenn ja, ist die ihnen erst Jahre später um die Ohren geflogen. Netter Typ, sagt Bill, aber mit Vorsicht zu genießen.»

«Typisch Bill», meinte Armbruster halblaut. «Ein treuer Freund in allen Lebenslagen.»

«Sie sind mit dem Streifenwagen fertig», fuhr Joe fort. «Die Entführer haben ihn ziemlich gründlich abgewischt, aber ein paar Spuren haben unsere Leute doch noch gefunden. Am interessantesten sind die von Sylvester innen am Wagendach. Beide Hände, wie aus dem Bilderbuch.»

«Der Mann hatte Mut, das muß man ihm lassen», sagte Armbruster.

Joe reichte Jake einen gelben Umschlag. «Das hat übrigens Molly Pemberton heute abend für uns abgegeben.»

«Ist das nicht die Frau, die in ihrer Wohnung zusammengeschlagen worden ist?» Armbruster lehnte sich vor. «Das kann doch wohl kein Zufall sein...»

«In dieser Stadt gibt es acht Millionen Geschichten», sagte Jake. «Manchmal überschneiden sie sich. Na und? Komisch wär's höchstens, wenn's nicht so wäre. Molly hilft uns immer mal wieder aus, sie weiß, wo man Material herkriegt, und spart uns damit eine Menge Zeit.» Er holte einen gelben Aktendeckel aus dem Umschlag und entnahm ihm Fotokopien von Artikeln über Ariadne Finch, ihr Leben, ihre Familie, ihr geheimnisvolles Verschwinden. Der letzte Beitrag, ein Bericht in einer Lokalzeitung über berühmte Vermißtenfälle, war erst ein Jahr alt.

«Na, damit sind wir wohl eine Weile beschäftigt.» Jake blätterte die Sammlung durch. Armbruster trat zu ihm und sah ihm über die Schulter. «Da hätten wir die schöne Mrs. Finch – sexy und stets einsatzbereit. Kein Wunder, daß die Kerls bei ihr Schlange gestanden haben. Da ist ihr großzügiger Ehemann Frederick J. Finch. Armes Schwein. Und hier –» Er unterbrach sich und schnappte nach Luft.

Vor ihnen lag ein Artikel aus einer Frauenzeitschrift, der ein Jahr vor Ariadnes Verschwinden erschienen und mit zahlreichen Fotos angereichert war. Familie Finch im trauten Heim (Mama, Papa und liebreizendes Töchterchen vor riesigem Kamin, etliche große Hunde zu ihren Füßen), Familie Finch bei einer ihrer berühmtem Pool-Parties (alles, was Rang und Namen hatte, war erschienen), Fred und Ariadne Finch in der Oper (Ariadne in hautengem Samt, Ariadne hinreißend in Nerz), bei Bürgermeister Porters Wohltätigkeitsball (Ariadne zwischen Charley und seinem Sohn, wo sie sich sehr wohl zu fühlen schien, während der arme Fred wie das fünfte Rad am Wagen wirkte), bei einem Konzert der Millington-Stiftung (Augustus hinfällig, aber tapfer, Eustace zum Kuß über Ariadnes Hand geneigt) und Familie Finch beim sonntäglichen Kirchgang (der Pfarrer drückte offenbar beide Augen zu).

«Ach du Scheiße», sagte Jake.

«Da biste baff», sagte Joe.

«Das darf ja wohl nicht wahr sein», sagte Armbruster.

Casey hatte ein bißchen gedöst, aber richtig schlafen konnte sie nicht, dazu war ihr zu kalt. Da die Entführer ihr die Handtasche weggenommen hatten, hatte sie weder eine Nagelfeile zum Tunnelgraben noch eine Haarnadel zum Schloßaufbrechen zur Verfügung. Sie hatte nur ihre Zähne (die hin und wieder klapperten) und ihren Verstand (der offenbar auf Sparflamme geschaltet hatte). Ihre bisherigen beruflichen Erfahrungen hatte sie am Schreibtisch gesammelt, eine schwierige Situation bedeutete für sie bislang allenfalls, daß sie sich die Strumpfhosen zerrissen hatte oder daß ihr die rote Tinte ausgegangen war.

Erschrocken fuhr sie aus ihrem Dämmerzustand hoch, als ein Schlüssel im Schloß ihrer Zelle knirschte. Durch die hohen Fenster kam blasses Tageslicht. Sie sah auf die Uhr. Halb neun.

Es dauerte quälend lange, bis die Tür langsam nach innen schwang. Die beiden Männer, die dann vor der Tür standen, kannte Casey nur zu gut. Damals – eine kleine Ewigkeit schien das schon her zu sein – hatten die beiden, von denen Jake ihr mehr erzählt hatte, als ihr jetzt lieb sein konnte, sie gejagt, beraubt und bewußtlos geschlagen.

Obediah Smith und Tanker Jones.

Sie war also tatsächlich in der Gewalt der Lightfoot-Gang.

Warum fiel ihr jetzt kein Stein vom Herzen?

«Sie sehn ganz schön frostig aus, junge Frau», sagte Obediah Smith. Seine schwarze Haut glänzte in dem kalten Licht. Er trug einen makellosen weißen Anzug, rotes Hemd mit weißem Binder und rote Lacklederschuhe. Ein Bild von einem Mann.

Casey schluckte. «Muß an meinen blauen Augen liegen.»

Wenn er lächelte, blitzten seine weißen Zähne, und um die braunen Augen zeigten sich Fältchen. Er war ein gutaussehender Bursche mit regelmäßigen Gesichtszügen und gut proportioniertem Körper. Merkwürdigerweise wirkte er deshalb nur noch beängstigender. Was hatte Jake gesagt? Folterknecht für die Tonton Macoute? Hätte er einen Buckel und jede Menge Narben gehabt, wäre er ihr weniger unheimlich gewesen. «Blaue Augen, sehr amüsant», sagte er. «Findest du das nicht auch amüsant, Tanker, mein Freund?» Sein singender Akzent machte sich heute noch stärker bemerkbar.

«Zum Totlachen.» Jones hatte denselben abgetragenen Anzug an und dieselbe speckige Mütze auf wie bei ihrer letzten Begegnung. Er lächelte nicht, sondern starrte sie nur ausdruckslos an, als warte er auf etwas.

Auch das war beängstigend.

Die beiden taten nichts, absolut nichts. Nach einer Minute hätte Casey vor lauter Nervosität am liebsten losgeschrien. Nur Rang und Nummer, mehr würde sie nicht verraten, ganz klar. Dabei hatte sie den Leuten in Washington bei der Einstellung klipp und klar gesagt, daß sie nicht durchhalten würde, wenn jemand ihr zu weh tat. Weshalb hatte sie sich bloß auf diese Sache eingelassen?

Sie straffte die Schultern. Weil es zunächst überhaupt nicht um diese Sache gegangen war, sondern darum, die Millington-Stiftung und indirekt Eustace unter die Lupe zu nehmen. Eustace war ihr nicht besonders sympathisch gewesen, aber diese beiden waren es noch weniger. Wenn sie ganz lieb bitte sagte, schmuggelten sie vielleicht einen Brief mit der Kündigung an Dick Armbruster heraus. Und dann wirst du einfach Zirkusclown, Casey, redete sie sich ein, das hast du dir doch schon als Kind gewünscht.

Noch immer standen die beiden tatenlos da und glotzten.

«Sieht nach Regen aus», sagte sie höflich. Keine Reaktion. «Paar schöne Knochenbrüche gemacht in letzter Zeit?»

«Knochen brech ich nicht», sagte Smith.

«Hauptsächlich geht er an die Haut», ergänzte Jones sachlich, wie ein Agent, der eine neue – oder in diesem Fall eine sehr alte – Nummer anpreist. «Mit Nadeln und Rasierklingen ist er phantastisch. Der reinste Künstler.»

«Doch, das muß ich selber sagen.» Smith strahlte sie an. «Der Balanceakt zwischen Mißhandlung und Informationsbeschaffung ist nämlich wirklich eine Kunst.»

«Es macht ihm keinen Spaß, wenn sie zu schnell auspacken», erläuterte Jones.

Smith nickte. «Das ist immer verdächtig. Und wenn man enttäuscht ist, neigt man zu unkontrollierten Bewegungen.»

«Ganz schönes Dilemma für Ihre Opfer», sagte Casey.

«Das ist wahr», bestätigte Smith ernsthaft.

Casey setzte sich auf, strich den Rock glatt, faltete die Decken und legte sie ordentlich ans Fußende des Bettes. «Fangen wir an?»

«Womit?»

«Mit dem Foltern», erklärte Casey heiter. «Ich werde dichthalten, solange ich kann – ich möchte Ihnen gern Enttäuschungen ersparen –, aber früher oder später werde ich Ihnen wahrscheinlich etwas sagen. Natürlich nicht unbedingt das, was Sie wissen wollen. Aber ich kenne eine Menge guter Keksrezepte, und dann sind da die unanständigen Sachen, die ich mit vierzehn hinter der Turnhalle mit Roscoe Lakeland gemacht habe. Und Steuern... also was ich Ihnen über Steuerhinterziehung erzählen könnte... hoffentlich haben Sie ein Notizbuch mitgebracht... und dann meine Ehe... fragen Sie bloß nicht nach meiner Ehe... oder doch, ein paar Fragen könnten Sie schon stellen...»

Smith wandte sich an Jones. «Hast du saubere Socken dabei?»

«Ja. Warum?»

«Stopf ihr eine in den Mund.»

«Sie sind im Wagen.»

«Mist.» Smith sah Casey an. «Tun Sie mir einen Gefallen, junge Frau, und hören Sie auf zu reden. Ich hab Migräne. Schon seit vierundzwanzig Stunden. Ich brauch Ruhe.»

«Ich werde versuchen, nicht zu schreien», sagte Casey.

«Gut», sagte Smith. «Sehr gut.»

Sie rührten sich nicht vom Fleck.
«Werden Sie mich denn nicht foltern?» fragte Casey verblüfft.
«Hoffentlich nicht», sagte Smith. «Erst muß ich was gegen mein Kopfweh tun.»
«Aber was machen Sie dann hier?»
«Wir sehen Sie an.»
«Sonst nichts?»
«Wir warten auf jemanden», sagte Jones.
«Und dann foltern Sie mich?»
Smith rieb sich die Schläfen. «Lange halt ich das nicht mehr aus.»
«Er kann nicht viel Schmerz ertragen», erläuterte Jones. «Und Blut auch nicht. In der alten Heimat hat er immer kotzen müssen, wenn er das viele Blut gesehen hat. Seine Opfer haben ihm das ziemlich krummgenommen, hat er mir erzählt.»
Casey nickte verständnisvoll. «Könnte ich mir schon vorstellen, daß der eine oder andere das als Zurückweisung empfindet. Sie sollten sich ein bißchen setzen, Mr. Smith, hier ist genug Platz.» Sie klopfte einladend auf die Bettkante.
Er schwankte. «Na schön, nur einen Augenblick.» Er setzte sich behutsam, um seinem schmerzenden Schädel unnötige Erschütterungen zu ersparen. Er roch herrlich frisch nach Limonen-Aftershave.
«Wollen Sie sich nicht auch ein bißchen hinsetzen, Mr. Jones?»
«Warum nicht?» Jones ließ sich neben sie plumpsen. Smith hielt sich stöhnend den Kopf. «'tschuldige, Obie.»
Casey räusperte sich. «Neulich, nach Ihrem wohlgezielten Schlag, hab ich auch ziemliche Kopfschmerzen gehabt.»
«Kein Wunder», sagte Jones. «Beste Qualität, der Totschläger. Aus New Jersey. Hab ich ihm letztes Jahr zum Geburtstag geschenkt, nicht, Obie?» Smith knurrte eine Bestätigung. «Und er hat sich mit 'ner Tätowierung revanchiert.»
«Tätowierung?»
«Ich hab Ihnen doch gesagt, daß er sich so toll auf Haut versteht. Es ist 'ne Schlange. jede Schuppe einzeln zu erkennen. Enorm geradezu.»
«Ich hab noch nie eine richtig gute Tätowierung gesehen», sagte Casey.
Jones errötete. «Meine kann ich Ihnen nicht zeigen. Sie fängt auf der Brust an, aber das Ende ist sozusagen im Intimbereich.»
«Ach so», sagte Casey enttäuscht. «Ich hab letztes Jahr zum

Geburtstag nur Ohrringe und einen neuen Taschenrechner gekriegt.»

«Einfallslos», fand Jones. «Das nächste Mal wünschen Sie sich einfach 'ne Tätowierung. Obie könnte Ihnen jemanden empfehlen, allerdings müßten Sie dazu vielleicht nach New York.»

«Warum nicht? Ich könnte hinfahren», sagte Casey eifrig. Sie wollte aufstehen, aber die beiden packten sie rechts und links am Arm und zogen sie wieder aufs Bett.

«Nein», sagte Jones.

«Nein?»

«Nein.»

«Ich dachte, je früher ich aufbreche...» Er schüttelte den Kopf. «Na schön, dann nicht.» Sie sah auf die Uhr. «Auf wen warten wir eigentlich?»

«Auf Mr. Lightfoot.»

«Auf wen?» quiekste Casey.

«Auf Rocky Lightfoot. Er muß bald kommen, aber bei dem würd ich keine Witze reißen. Er hat kaum geschlafen, hat uns einer erzählt, war fast die ganze Nacht unterwegs und ist mit einer Stinklaune zurückgekommen. Passiert manchmal bei ihm. Bisher haben wir noch nie für ihn gearbeitet, meist operieren wir von New York aus, und unsere Aufträge haben wir immer von seinem Vater gekriegt, aber der liegt im Sterben. Schade um ihn. Der Alte war auf Zack, der hatte *cojones*, wie die Spics sagen.»

«Red nicht so rassistisch daher», knurrte Smith böse.

«'tschuldige, Obie, war nicht so gemeint.»

«Amerikaner spanischer Herkunft», sagte Smith zu Casey.

«Eben. Wie Amerikaner spanischer Herkunft sagen», bestätigte Jones beflissen.

«Rocky ist auch auf Zack, das könnt ihr mir glauben», flüsterte Casey.

Sie wurde stocksteif, als sie die Schritte vor der Tür hörte. Rocky Lightfoot kam herein, gefolgt von einem großen Kerl, der eine Figur wie eine Birne hatte. Beide waren im Mantel, aber nur Rocky trug einen Hut, einen prachtvollen perlgrauen Filz mit breiter Krempe. Man hätte fast behaupten können, daß er ihm stand. Er blickte sich mit einem Ausdruck des Widerwillens in der kahlen Zelle um und seufzte. Dann sah er das Trio, das auf dem Brett über der Badewanne saß, und sein Mund wurde schmal. «Casey.»

Smith und Jones standen rasch auf und traten zur Seite. Rocky musterte sie lange und gründlich und runzelte kurz die Stirn. Dann trat er dicht an Casey heran und sah auf sie herunter. Unvermittelt riß er die Augen auf und lächelte. Seine Zähne waren klein und weiß, das Zahnfleisch sehr rosa.

«Schau an, Miss Finch. Die gemeinste kleine Pißnelke an unserer ollen Penne», sagte er leise. «Grüß dich, Kathy. Willkommen daheim.»

27

«Nicht gewußt?» fragte Jake. «Wie soll ich das verstehen?»

Armbruster hob die Hände. «So, wie ich es sage. Ich arbeite im Außendienst und habe sie als Mrs. Hewson eingesetzt, für Einstellungen und Überprüfungen bin ich nicht zuständig. In ihrer Personalakte muß es stehen, aber die hab ich mir nicht angesehen. Ich habe eine gute, zuverlässige Agentin angefordert, die sich besonders auf den Gebieten Recht und Wirtschaft auskennt, und da haben sie mir Casey geschickt. Normalerweise arbeitet sie fürs Finanzministerium oder die Steuerbehörden. Man nimmt, was man kriegen kann, Leute. Wenn ihr eine neue Dienstwaffe bekommt, schaut ihr sie euch auch nicht an und fragt: ‹Wo waren Sie am letzten Dienstag?› Stimmt's?»

Joe seufzte. «Ja, aber –»

«Es geht los», sagte Dubrowski. Er war nicht gerade begeistert, daß Jake ihn bei seinen Computern heimsuchte, noch ehe er Zukker in seine erste Tasse Kaffee hatte tun können. Er beugte sich zum Bildschirm vor, über den die grünen Buchstaben flimmerten. Jake, Joe und Armbruster standen neben seinem Rollstuhl.

«Da ist es», sagte Armbruster. «Katherine Charlotte Finch, geboren in Grantham, Mutter Ariadne, Vater Frederick J., keine Geschwister. 1982 Eheschließung mit Nathaniel Scott Hewson, verwitwet 1984. Ich kannte Nat Hewson. Verdammt guter Agent.»

«Sie hat einen FBI-Mann geheiratet?» vergewisserte sich Jake.

«Ich glaube, die beiden haben geheiratet, als sie noch im College waren, und er ist dann nach dem Abschluß zum FBI gegangen. Da war sie aber bestimmt noch nicht dabei, Ehepaare als Team mögen sie nicht. Ah ja, da steht es: Einstellung nach seinem Tod. Vorher hat sie in Washington gearbeitet.»

«Wieso hat sie mir dann aber vorgeschwindelt, daß sie in einer Kleinstadt in –» Jake unterbrach sich. «Tarnung?»

Armbruster nickte. «Sie hätten ja auch ein von Lightfoot gekaufter Cop sein können.»

«Besten Dank für die Blumen.» Jake war hörbar eingeschnappt.

Joe legte sich ins Mittel. «Komm, sei nicht so empfindlich. Sie hat doch nur ihre Pflicht getan. Wenn allerdings Ronald Lightfoot sie sich gekrallt hat –»

«Vielleicht nicht nur ihre Pflicht», warf Jake ein.

«Was soll denn das wieder?» fragte Armbruster.

«Wer hat sie Ihnen geschickt?» wollte Jake wissen.

«Zipkiss, mein Einsatzleiter.»

Dubrowski sah auf «Im Ernst?»

«Kennen Sie Zane?» fragte Armbruster überrascht.

«Zane? Mit Vornamen heißt er Zane?» Dubrowski griff nach einem roten Ringbuch. «Bestimmt?»

«Ja, sicher. Zane Zipkiss», wiederholte Armbruster leicht genervt.

«Hat er noch einen zweiten Vornamen?»

«Keine Ahnung. Wir nennen ihn Crackers, weil er immer –»

«Spitznamen nehme ich nicht.» Dubrowski kritzelte eifrig. «Zane Zipkiss. Toll. Große Klasse.»

Armbruster sah Jake an und zog eine Augenbraue hoch.

Jake zuckte die Schultern. «Er sammelt Namen.»

«Ich hab da so meine Bedenken –» fing Joe an.

«Weil meine Eltern mich Hal genannt haben», ergänzte Dubrowski, noch immer über sein Ringbuch gebeugt.

«Das ist doch ein sehr vernünftiger Name», sagte Armbruster verblüfft. «Ein Vetter von mir heißt auch Hal.»

Dubrowski grinste. Jetzt hatte er einen neuen Zuhörer für seine Marotte gefunden. «Abkürzung für Harold oder für Henry?»

«Für Halloran, glaube ich. Ist seit jeher in der Familie üblich.»

«Na fein. *Mein* Hal ist die Abkürzung für Halloween Trickortreat Dubrowski», sagte er und zog eine so undurchsichtige Miene, daß keiner einen Lacher riskierte. «Ich bin am 31. Oktober, dem Halloweentag, geboren, und meine Mutter hat gesagt, daß es nicht gerade ein Vergnügen war, einen Zwölfpfünder in die Welt zu setzen, aber mein Vater hat gemeint, das wär doch ein recht sauberer Trick, und da haben sie beide furchtbar gelacht. Meiner Mutter sind beinah die Nähte geplatzt, hat sie erzählt. Und wenn ich dann auf einen Namen stoße, der genauso komisch ist wie meiner, tut mir das gut. Natürlich muß es ein richtiger, eingetragener Name sein, nichts aus dem Showbusiness oder so. Am schönsten find ich Cigar Stubbs, aber ein paar andere sind auch nicht übel, Crystal Shanda Lear, Larry Derryberry –»

«Kannst du uns mal eben die Daten aus Washington ausdrukken, Hal?» unterbrach ihn Jake, ehe der Kollege von Bunyon Snipes Womble, Gaston J. Feeblebunny und Hugh Pugh anfangen konnte, die er alle aus der Zeit seines kurzen, aber stürmischen Gastspiels in der Dokumentation kannte. «Es eilt etwas.»

«Ist gut.» Widerstrebend legte Dubrowski sein rotes Ringbuch beiseite, tippte eine Weile auf der Tastatur herum und reichte Joe das Blatt, der es mit bedenklicher Miene durchging. «Immer gern zu Diensten.»

«Damit ist der Tag für ihn gerettet», sagte Jake, als sie wieder draußen waren.

Armbruster machte ein ernstes Gesicht und schüttelte bekümmert den Kopf. «Die Sünden der Väter... Jetzt soll ich wohl Zipkiss anrufen und ihn fragen, ob Casey eine Zufallsentscheidung war oder ob sie sich ausdrücklich für den Job hier in Grantham gemeldet hat.»

«Sie haben's erfaßt.»

Es dauerte zwanzig Minuten, aber dann hatte Armbruster seine Antwort. Er legte auf. «Sie hat unbedingt diesen Job gewollt», sagte er tonlos.

«Jetzt sieht sie mal, was sie davon hat», sagte Jake zornig.

«Ja, aber wissen wir schon genau, was sie wirklich gewollt hat?» Joe hatte in den Akten auf seinem Schreibtisch herumgekramt. «Wie steht's denn mit dem Fall Norris? Ich meine... hier läuft ja mehr als nur eine Sache.»

Jake nahm weder ihn noch Armbruster noch das Kommen und Gehen, das Gerede und Gemecker der Kollegen zur Kenntnis. Er schlug sich mit widersprüchlichen und verwirrenden Empfindungen herum. Casey war nicht Casey, sondern Katherine Charlotte – K. C. Finch. Na großartig. Sie hatte ihn angelogen, und sie hatte Armbruster angelogen. Alle hatte sie angelogen. Sie war eine hinterhältige Person, sie war ein wundervolles, tapferes Mädchen, sie war leichtsinnig und gefährdet, er war bescheuert, sie war bescheuert, sie war reich, und er war arm, ihre Mutter war ermordet worden, Norris war ermordet worden, vielleicht war sogar Casey/K. C./Kathy inzwischen ermordet worden. Und wenn sie noch lebt, beschloß Jake, erwürge ich sie mit bloßen Händen. Sobald ich sie erwische.

Nur war die Möglichkeit, sie zu erwischen, überaus gering, weil er keine Ahnung hatte, wo er nach ihr suchen sollte. Die Stadt war groß, mit einer langen Geschichte, und sie war voll unerfreulicher Zeitgenossen, von denen Tausende mit allen möglichen Rachegedanken im Kopf herumlaufen mochten. Ihm waren die Hände gebunden. Er war Jake Chase, der Trampel, der alles kaputtmachte. Vielleicht hatte er das hier verdient, vielleicht hatte er alles verdient, was jetzt auf ihn einstürzte. Er griff sich eine leere Kaffeetasse von einem Schreibtisch und schmiß sie mit voller Wucht an die Wand.

Sie ging nicht zu Bruch, sondern prallte ab und traf Captain Klotzman am Knie.

Klotzman hatte soeben seinen Dienst angetreten. Er war noch nicht länger als acht Minuten im Haus und noch nicht länger als fünfundvierzig Sekunden im Morddezernat. Er bückte sich und betrachtete das Rinnsal aus kaltem Kaffee, das sich über seine saubere Hose schlängelte und auf seine frisch geputzten Schuhe tröpfelte, dann richtete er sich auf, schüttelte das Hosenbein und seufzte.

«Guten Morgen, Chase», sagte er resigniert. «Haben Sie sich heute früh wieder die Socken verkehrt rum angezogen?»

Er betrat sein Büro und machte die Tür ganz leise hinter sich zu. Nach einer Weile ging sie wieder auf. Klotzman deutete auf Armbruster. «Wer ist das?»

«Es ist ein bißchen schwer zu erklären», sagte Jake vorsichtig.

Klotzman seufzte wieder und winkte sie in sein Zimmer. «Ja, das dachte ich mir.»

Nach dem Frühstück ging Molly Pemberton in den großen sonnigen Aufenthaltsraum und sah sich um. Ihre Augen schillerten grün und blau, die Haare standen fransig von dem weißen Verband ab, und sie hatte – nicht ganz zu Unrecht – das Gefühl, wie eine Vogelscheuche auszusehen. In ihrem Zimmer aber, in dem ihre Bettnachbarin sie unaufhörlich mit genauen Berichten über ihre Verdauung traktierte, hielt sie es einfach nicht mehr aus.

Der Aufenthaltsraum hatte freundliche gelbe Vorhänge, Sitzgruppen mit chintzbezogenen Sesseln und Stühlen mit geraden Lehnen für Leute, die mehr auf Haltung bedacht waren. Sie entschied sich für einen bequemen Sessel an der großen Fensterfront, hinter der ein kleiner Park lag. Ein angenehmes Gefühl der Müdigkeit überkam sie, während sie das in den herrlichsten Herbstfarben leuchtende Laub betrachtete. Doch dann merkte sie plötzlich, daß jemand hinter ihr stand, und stieß einen erschrockenen Schrei aus.

Es war ein Mann in ihrem Alter, grauhaarig und sehr blaß, ebenfalls mit einem Kopfverband und reizvollem Farbenspiel um die Augen. Er war ziemlich wacklig auf den Beinen.

«Entschuldigen Sie vielmals! Ich wollte Sie nicht erschrecken.»

«Nein, natürlich nicht. Es... es war albern von mir», sagte Molly verlegen.

«Darf ich mich zu Ihnen setzen?» erkundigte sich ihr Mitpatient. «Eigentlich wollte ich zum Fernseher, aber jetzt merke ich, daß das noch zuviel für mich ist.»

«Ja gern. Ich hab es auch nur bis hierher geschafft. Aber ich wollte mich unbedingt ein bißchen bewegen.»

Der Mann ließ sich aufatmend in den Nachbarsessel sinken. Einen Augenblick sahen sie sich benommen an, dann mußte Molly lachen. «Wir sehen aus wie Zwillinge», stellte sie fest. Es dauerte einen Augenblick, bis bei ihrem Nachbarn der Groschen gefallen war, dann mußte auch er lächeln.

«Zweieiige Zwillinge natürlich.»

«Natürlich», bestätigte Molly. «Sind Sie überfallen worden?»

«Ja, gewissermaßen. Und Sie?»

«Ich glaube, es war ein Einbrecher. Aber viel mehr weiß ich nicht. Eben noch sitze ich friedlich da und lese etwas über die Entstehung der Dracula-Legende, und dann brüllt mir jemand ins Ohr, wo ich den Schlüssel hingetan hätte.»

«Was für einen Schlüssel?»

«Keine Ahnung. Als ich versuchte mich umzudrehen, packte er mich an den Schultern und drückte mich nach unten. Ein unheimlich kräftiger Bursche. Dann erzählte er etwas von einem Schreibtisch aus der Galerie Lecomber und einem Schlüssel. Er ließ sich nicht davon abbringen, daß ich einen Schlüssel hätte, der ihm gehörte. Es muß ein Junkie oder so was gewesen sein, jedenfalls war er nicht ganz bei Verstand. Als ich versuchte, um Hilfe zu schreien, hat er zugeschlagen. Er hat nichts mitgenommen, und ich kann wohl von Glück sagen, daß ich noch am Leben bin.»

«Das geht mir genauso.»

Eine Weile saßen sie in freundschaftlichem Schweigen beieinander. Dann fragte er: «Lesen Sie abends oft Horrorgeschichten?»

Molly lachte. «Keine Spur. Es war ein ziemlich anspruchsvolles Werk über die psychologischen Aspekte von Dracula, sehr interessant. Der Autor entwickelt die Theorie, daß uns die Dracula-Legende deshalb so stark anspricht, weil wir alle schon die Bekanntschaft von Vampiren gemacht haben. Vampire, behauptet er, gibt es überall – Leute, die anderen, emotional gesehen, den Lebenssaft aussaugen, um ihre eigenen Bedürfnisse oder Empfindungen zu speisen. Ich war bis zu dem Vergleich zwischen Barrys Bühnenstück *The Silver Cord* und Noel Cowards *The Vortex* gekommen, als diese Stimme aus der Dunkelheit auf mich einschrie. Es war sehr unheimlich.»

«Und Ihr Mann konnte Sie nicht schützen?»

Molly lächelte leise, in Erinnerungen versunken. «Nein. Er ist tot. Ich habe nur Mr. Braithwaite.»

«Ihr Freund?»

Sie lachte ein wenig. «Sehr schmeichelhaft... Nein, Mr. Braithwaite ist ein schon recht angejahrter Kater.»

Er nickte verständnisvoll. «Auch ich schätze die Gesellschaft von Katzen. Allerdings haben sie im Vergleich zu Hunden einen beklagenswerten Fehler: Sie können nicht bellen. Ein lautes Schnurren hat nicht den gleichen Effekt.» Er lächelte. Es war ein melancholisches und trotz der Zahnlücken charmantes Lächeln.

«Nein.» Der Mann begann ihr zu gefallen. Er sah Dan überhaupt nicht ähnlich, und doch erinnerte er sie irgendwie an ihn. «Es scheint, als ob eine Welle sinnloser Gewalt durch die Stadt schwappt, der wir beide zum Opfer gefallen sind.»

Er nickte vorsichtig. «Die sinnlose Attacke auf mich habe ich leider selbst verschuldet.»

Sie merkte, daß das Thema ihn deprimierte, und versuchte ihn aufzuheitern. «Ich habe mir überlegt, ob ich nicht Karate-Unterricht nehmen soll. Der Gedanke, einen dieser widerwärtigen Schläger über die Schulter in die nächste Mülltonne schleudern zu können, hat etwas sehr Verführerisches. Wir Alten dürfen uns nicht alles gefallen lassen.» Er schwieg. «Ich heiße Molly. Molly Pemberton.» Sie sah ihn erwartungsvoll an.

Er zögerte noch einen Moment, dann holte er tief Luft – wie vor einem Sprung in unbekannte Gewässer. «Freut mich sehr, Sie kennenzulernen. Ich habe kaum Bekannte hier in Grantham. Mein Name ist Crump. Aber nennen Sie mich doch bitte Sylvester.»

28

«Du bist ein böses Mädchen, Kathy.» Rocky Lightfoots Lächeln war ausgesprochen unangenehm. «Du hast Geheimnisse vor uns, und das gefällt mir nicht.»

«Ich habe keine Geheimnisse. Weder vor dir noch vor sonst jemandem, Ronald.» Casey schob das Kinn vor.

Obie sah ihn an. «Sie heißen Ronald?»

«Klappe», schnauzte Rocky.

«Er heißt gar nicht Rocky, er heißt Ronald», sagte Obie zu Tanker. «Hätte man sich eigentlich denken können», meinte der.

«Norris hat mir nie etwas gezeigt oder über seine Unterlagen mit mir gesprochen», fuhr Casey fort. «Mag sein, daß Eustace im Bilde ist, sonst hätte der sich wohl kaum entschlossen, das Buch herauszubringen. Aber mir hat er sich nicht anvertraut, ich war ja nur eine kleine Lektorin.»

«Er behauptet, daß mein Vater deine Mutter umgebracht hat.»

«Stiefmutter», verbesserte Casey. «Ja, das hat er behauptet.»

«Und er behauptet, daß mein Vater eifersüchtig war, weil sie ständig mit irgendwelchen Kerls rumgeschlafen hat», fuhr er mit Behagen fort.

«Ronald... Da komm ich einfach nicht drüber weg», wunderte Obie sich laut.

Casey bemühte sich weiter, ganz gelassen zu wirken. Leicht war es nicht. «Und stimmt das, was er behauptet hat?»

«Weißt du das nicht? Hast du den Schluß nicht gelesen?»

«Nein. Norris war tot, ehe er es fertigstellen konnte.»

«Und das soll ich dir glauben?» Rocky ging einmal bis zum Ende von Caseys Zelle und zurück. Es dauerte nicht lange. «Die Wahrheit, Kathy! Sonst muß ich diese beiden Gentlemen bitten, dich mit Hilfe ihrer Fertigkeiten gesprächiger zu machen.»

«Ich hab's gewußt», stöhnte Obediah.

Rocky sah ihn stirnrunzelnd an. «Natürlich wäre es mir anders lieber. Und dir sicher auch.»

«Das wär uns allen lieber», meinte Obediah halblaut.

«Und es ist so einfach.» Rocky lächelte. Casey kannte dieses Lächeln seit ihrem sechzehnten Geburtstag, als er und ein paar Kumpel ihr ein «besonderes Geschenk» versprochen und sie ins Bootshaus gelockt hatten, wo es angeblich auf sie wartete. Ein Joint war eine große Versuchung für eine Sechzehnjährige, die gern als erwachsen und weltgewandt gelten wollte. «Du brauchst mir nur zu sagen, was Norris wußte, und mir die Unterlagen auszuhändigen.» Casey machte schmale Lippen und schwieg. Rocky schlug ihr heftig auf den Mund. Sein Gesicht blieb ausdruckslos, aber seine Augen glühten. «Du eingebildetes Luder! Du hast noch nie gern was abgegeben, stimmt's?»

«Na hören Sie, Ronald!» Obediah war sauer. Wenn was mit der Frau gemacht werden sollte, war das sein Job. Dazu gab es schließlich Zuständigkeiten. Als Profi konnte er verlangen, daß die Arbeitsbedingungen stimmten.

Casey wandte sich an den großen Schwarzen. «Wissen Sie, was Ihr Boss und seine Freunde an meinem sechzehnten Geburtstag mit mir gemacht haben? Sie haben mich mit Pot angetörnt und mich gezwungen, mich splitternackt auszuziehen. Ein paar wollten, daß Ronald mich vor ihren Augen bumst, aber das wollte ich nicht, da haben sie einen Abfallkübel über mir ausgeleert, mich so, wie ich war, zu den anderen Gästen gebracht und mich gezwungen, zu singen und zu tanzen. Sonst, haben sie gesagt, würden sie mich zusammenschlagen. Für die anderen war es ein Mordsspaß. Dann sind sie mit dem Wagen meines Vaters kreuz und quer durch den Garten gefahren, immer durch die Blumenbeete, und haben den Wagen dann im Swimmingpool versenkt. Und dann kam die Polizei.» Tränen stiegen ihr in die Augen, und sie wischte sich Blut aus dem Mundwinkel.

Obediah sah Rocky an. «Stimmt das?»

«Frag nicht so dämlich.» Rockys Stimme klang bedrohlich. «Hör zu, Casey, ich weiß, was Norris gegen meinen Vater in der Hand hatte, und ich will es haben, sofort.»

«Ich mag keine Männer, die Frauen schlagen», sagte Obediah.

«Ich auch nicht», bekräftigte Tanker. «Außer wenn's ihr Job ist natürlich.»

Rocky sah die beiden wütend an. Sein Gesicht wurde unter dem Ansturm der Erinnerungen erst blaß, dann rot, dann wieder blaß. «Davon, daß sie ihr weh tun oder sie vor den anderen demütigen wollten, war nie die Rede gewesen. Die anderen Typen hatten rausgekriegt, daß sie mir gefiel. Sie würden dafür sorgen, daß sie mich mochte, haben sie zu mir gesagt. Wir würden sie ins Bootshaus locken, und wenn sie dann betrunken oder high wäre, würde sie's mit mir machen, dann wär sie meine Braut. Aber sie hat's nicht gemacht, auch nicht, als sie total ausgeflippt war. Sie war unheimlich großkotzig damals.» Er wandte sich an Casey. «Das stimmt doch, nicht?»

Casey nickte. Daß er sie damals gern gehabt hatte, war ihr neu, und sie fand es nur recht und billig, ihm die Wahrheit zu sagen.

Einen Augenblick war Rocky von diesem sachlichen Eingeständnis ihrer eigenen Schwäche entwaffnet, dann fuhr er erbittert fort: «Ich war nie auf Ärger aus, aber weil ich der Sohn von Gurney Lightfoot war, haben die anderen das einfach von mir erwartet. Ich mußte immer den Rabauken spielen, sonst hätten sie mich ausgelacht. Manchmal haben sie sich trotzdem über mich lustig gemacht. Aber manche waren viel schlimmer als ich.» Rockys Stimme klang schrill und weinerlich. «Schlimmer als die übelsten Typen unter den Leuten meines Vaters. Einer hat's besonders übel getrieben. Kathy wartet bloß drauf, haben sie mir erzählt, die ist unheimlich scharf auf dich... Und ich hab's ihnen abgenommen. Wenn ich gewußt hätte, was sie wirklich vorhatten, hätte ich nicht mitgemacht. Und hinterher haben alle gesagt, daß die ganze Sache auf meinem Mist gewachsen ist; ich hab den Mund gehalten, weil ich gedacht hab, dann bin ich der Größte für sie. Aber damit war's auch nichts. Sie haben einfach weitergemacht wie vorher. Es hat sich überhaupt nichts geändert, nur mein Vater war sauer auf mich, weil Kathys Stiefmutter so ein Theater gemacht hat. Damals war ich ein dummer Junge. Jetzt bin ich ein erwachsener Mann. Ihr habt sie doch neulich auch umgehauen.»

«Ja, aber nur ganz geschäftsmäßig.»

«Dann denkt jetzt gefällig auch ans Geschäft», sagte Rocky wütend. «Dazu seid ihr schließlich hier, dafür werdet ihr bezahlt.»

«Noch hat keiner was gezahlt», sagte Tanker. «Noch machen wir das sozusagen auf Verdacht. So was läuft bei uns sonst nicht, wir sind nur Ihrem Vater zuliebe gekommen.»

«Ihr kriegt schon euer Geld», kreischte Rocky. «Los, fangt an, zieht ihr aus der Nase, was ich wissen will.»

«Ich weiß doch nicht, was du wissen willst», sagte Casey verzweifelt. Sie wandte sich an Obediah. «Ich weiß nicht, wo Norris seine Unterlagen hatte. Wenn er überhaupt welche hatte. Ich weiß es wirklich nicht.»

«Sie sagt, daß sie es nicht weiß», sagte Obediah zu Rocky.

«Ich nehm ihr das ab», sagte Tanker.

«Ich auch», bestätigte Obediah. Sie sahen Rocky an.

«Das ist doch lächerlich», schrie Rocky außer sich. «Tut, was ich euch sage. Los.»

«Ich mag nicht», sagte Obediah. «Ich hab Kopfweh.»

«*Natürlich* hat jemand dem Toten die Fingerabdrücke abgenommen und sie verglichen.» Klotzman knallte den Hörer auf. «Es war wirklich Norris. Und er war mausetot. Herrgott, Jake, das ist mir jetzt doch in die Glieder gefahren.»

«Mir auch», sagte Joe.

«War ja nur eine Idee», sagte Jake gereizt. «Keine Bange, ich hab noch andere parat.»

«Das war zu befürchten», stöhnte Klotzman.

Armbruster kam vom Telefon zurück. «Direkt zugeben will es niemand, aber ich habe das Gefühl, daß Quiddick seit einem halben Jahr, vielleicht schon länger, ein ziemlich undurchsichtiges Spiel treibt.»

«Seit einem halben Jahr? Da war Norris ja noch gar nicht aus dem Knast raus», sagte Klotzman verblüfft.

«Sieht so aus.»

«Es ist die alte Geschichte von der Henne und dem Ei.» Armbruster, der zwischen Jake und Joe saß, lehnte sich zurück. «Henne: Ariadne Finch. Ei: Sie verschwindet, wird wahrscheinlich ermordet. Henne: Norris wird von Lightfoot reingelegt. Ei: Norris beschließt, sich mit einem Buch zu rächen, in dem er Lightfoot den Mord an Ariadne Finch anhängt. Henne: Die Unterlagen. Ei: Norris wird von Lightfoot ermordet, der versucht, gewisse Unterlagen in die Hand zu bekommen und zu vernichten. Henne: Meine Mitarbeiterin, die wegen einer anderen Sache einen Job bei Millington angenommen hat und zufällig die Stieftochter von Ariadne Finch ist –»

Klotzman fuhr dazwischen. «Das ist überhaupt die Ur-Henne: Ariadnes Stieftochter verdächtigt Rocky Lightfoot. Ei: Sie nutzt die Chance, nach Grantham zu kommen –»

«Moment mal», bremste Armbruster. «Quiddick hat schon lange vorher die Pferde scheu gemacht, er hat das Finanzamt auf Millington angesetzt, damit er und Porter Druck –»

«Ich hör immer Pferde», protestierte Klotzman. «Können wir nicht beim Federvieh bleiben?»

«Verdammt, da gibt es eine *noch* frühere Henne», schrie Joe. Er sprang auf und fuchtelte aufgeregt mit den Armen in der Luft herum. «Woher kommt dieser unversöhnliche Haß zwischen Porter und Lightfoot?» Er sah sie alle nacheinander an. «*Die* Henne ist nicht zu schlagen», sagte er selbstzufrieden und setzte sich wieder.

29

«Rocky noch nicht zurück?» quengelte Gurney Lightfoot.

«Nein», antwortete Evelyn leise und sah sich dabei unruhig um.

«Die alte Hexe ist einkaufen gegangen», sagte Gurney ungeduldig. «Komm näher. Ich kann dich kaum erkennen.»

Evelyn war ein fügsames Mädchen. Sie trat ein paar Schritte näher heran. Überdies hatte sie ein gutes Herz. Als die Schwester sie gestern abend abgepaßt und ihr gesagt hatte, daß es mit dem Alten schlecht stand, war sie bereitwillig ins Krankenzimmer gegangen, um ihm noch eine letzte Freude zu bereiten. Als sich herausstellte, daß Gurney nur auf Gesellschaft und auf Informationen aus war, bereute sie es, aber da war es schon zu spät.

Außerdem war Ronnie den ganzen Nachmittag schlechter Laune gewesen, weil die Wäscherei seine Hemden nicht geliefert hatte, und der Alte konnte einem leid tun, wie er da so ganz allein lag, krank und ausgezehrt und ganz auf diese dumme, herrische Pflegerin angewiesen. Gurney hatte die Schwester aus dem Zimmer geschickt, und nachdem sie sich von Evelyn hatte versprechen lassen, sie notfalls zu holen, hatte sie die beiden tatsächlich allein gelassen.

«Er hat mich total isoliert», hatte Gurney heiser krächzend Evelyn anvertraut. «Die anderen haben alle Angst vor ihm. Wenn ich den Löffel hingeschmissen habe, ist er ja hier der große Boss, und da wollen sie's nicht mit ihm verderben. Wie steht's mit dir, Schätzchen? Hast du auch Angst vor ihm?»

«Nein», sagte Evelyn ehrlich. «Mit Ronnie gibt es keine Schwierigkeiten, wenn man weiß, was er gerne hat.»

Gurney fletschte grinsend seine großen, gelben Zähne. Sie waren alle noch echt. Aber was nützt es, fast alles kauen zu können, wenn die Verdauung nicht mehr mitspielt? «Das hast du ja schnell rausgekriegt. Aber wie du gekommen bist, hab ich mir gleich gedacht: Die Kleine weiß, wo's langgeht.»

«Danke», sagte Evelyn bescheiden. «Er braucht eine starke Hand.»

Gurney gackerte belustigt. «Da hast du ein wahres Wort gesprochen. Der Junge ist total verkorkst, da gibt's nichts, aber er ist mein Sohn, und ich hab ihn gern, und wenn er mir noch so sehr auf den Geist geht. Um die Familie muß man sich kümmern, auch wenn sie zum Kotzen ist, so hab ich es gelernt, und davon komm ich nicht los. Und von ihm auch nicht, diesem kleinen Stinker.»

«Das ist er wirklich», bestätigte Evelyn. «Aber ich hab ihn auch gern, und irgendwie hab ich das Gefühl, daß in der harten Schale irgendwo noch ein weicher Kern sitzen muß.»

«Ist das dein Ernst?»

Evelyn seufzte. «Eigentlich nicht. Aber wer macht sich nicht gern mal was vor?»

Gurney lachte. «Er macht sich schon sein ganzes Leben lang was vor. Rocky mag vertrottelt sein, vielleicht ist er sogar ein bißchen bescheuert, wie seine Mutter, aber sein Gehirn funktioniert tadellos.»

«Ich weiß», sagte Evelyn nachdenklich. «Aber ich bin auch nicht das Dummchen, für das er mich hält. Soviel Durchblick hat er nämlich auch wieder nicht.»

Gurney nickte zustimmend. «Komm her.» Evelyn zögerte. Sein Lächeln war jetzt ohne Heiterkeit. «Brauchst keine Angst vor mir zu haben, Kind. Ich will nichts Unrechtes von dir.»

Evelyn setzte sich auf den Stuhl am Bett, auf dem sonst die Krankenschwester saß. «Was willst du überhaupt?»

«Wissen, was er ausheckt.»

«Ach so.» Sie sah in ihren Schoß, schob den hellblauen Samt ihres Morgenmantels zu kleinen Faltengebirgen hoch und ließ sie wieder zusammenstürzen. Ihr Haar fiel in goldenen Wellen bis zu den Schultern, die großen Augen waren hinter dichten dunklen Wimpern fast verborgen, es war verzeihlich, wenn man ihre Intelligenz nicht gleich erkannte. Der Junge mag ein Hohlkopf sein, dachte Gurney, aber was Frauen angeht, hat er Geschmack. «Das kann ich dir nicht sagen», erwiderte Evelyn schließlich. «Er würde mir sehr böse sein.»

«Sehr», nickte Gurney. «Vorausgesetzt, er erfährt es. Geh an den großen Schreibsekretär da drüben und mach die oberste Schublade auf. Los, mach schon.» Evelyn stand auf. Sie bewegte sich mit einer geschmeidigen Anmut, die Gurney – rein theoretisch – sehr wohl zu würdigen wußte.

«Jetzt greif ganz nach hinten, leg den kleinen Riegel um und nimm die Schublade raus. Dann greifst du in den Hohlraum dahinter.»

Evelyn wandte sich um. Sie hatte ein grünes, lederbezogenes Kästchen in der Hand. «Gut gemacht. Jetzt schieb die Schublade wieder rein und bring mir den Kasten.»

Sie stellte sich die kleine Schatulle auf den Schoß und setzte sich. «Mach auf!»

Sie hob den Deckel. Vor ihr lag eine blendende Kollektion goldgefaßter Brillanten und Smaragde – Ohrringe, Ketten und zwei Armbänder, schwer wie Fesseln. «Ich werd verrückt», flüsterte sie ergriffen. Dann sah sie Gurney an. «Hab ich das jetzt richtig verstanden, oder…»

«Doch, ich denke schon.»

Sorgsam schloß Evelyn die Schatulle und legte ihre schön geformten, gepflegten Hände darüber. «Er hat eine Frau entführt.»

Das war gestern abend gewesen, und er hatte keine ruhige Minute mehr gehabt, bis heute endlich die Krankenschwester aus dem Haus gegangen war, um die Besorgungen zu erledigen, die er sich für sie ausgedacht hatte. Fast die ganze Nacht hatte er wach gelegen und über das nachgegrübelt, was Evelyn ihm erzählt hatte – von dem Überfall auf Casey bis zu der wilden Schießerei im Supermarkt. Er hatte nach einem roten Faden in der Geschichte gesucht, aber jedesmal, wenn er glaubte, ihn gefunden zu haben, entglitt er ihm wieder, wie in einem bösen Traum. War daran nun seine Krankheit schuld, oder gab es diesen roten Faden gar nicht?

«Hast du rausgekriegt, wo er sie festhält?» fragte er jetzt Evelyn.

«Littlewood hat irgendwas vom *Hotel Magnolia* erzählt. Kann das sein?»

«Komisches Versteck», sagte Gurney. «Aber typisch für meinen Sohn. Will mal wieder Al Capone spielen.»

«Jedenfalls hatte er seinen grauen Hut auf», bestätigte Evelyn. «Und einen Silberdollar hat er mitgenommen. Dabei ist er nicht besonders gut im Münzenwerfen.»

«Capone und Raft. Verrückte Kombination.» Gurney seufzte ungeduldig und bekam prompt einen Hustenanfall. Evelyn goß ihm ein Glas Wasser ein und stützte ihn beim Trinken. Erschöpft legte er sich zurück. «Er will die Norris-Unterlagen, nicht wahr?»

«Ja.»

«Die hat sie aber nicht. So, wie sie sich mit den Cops steht, hätte sie denen das Zeugs inzwischen gegeben. Das begreift doch der Dümmste. Nur dieser Blödmann will das nicht einsehen. Ernster Fall, mein Sohn.»

«Er hat Smith und Jones kommen lassen», sagte Evelyn unruhig. «Sind das nicht die beiden, die foltern?»

Er sah sie erstaunt an. «Foltern will er sie lassen? Warum?»

«Keine Ahnung. Vielleicht aus Frust.» Sie strich ihr Kleid glatt. «Ich bin... im Moment nicht so ganz auf der Höhe», gestand sie verlegen. «Aber das gibt sich wieder.»

«Möglich wär's. Früher hat er sich bei Frauen öfter mal danebenbenommen, aber ich dachte, das hätte sich seit dem College gelegt. Man muß ihn bremsen, ehe er zu weit geht. Weiß nicht, ob ich ihn diesmal wieder raushauen könnte. Schätze, daß er Norris hat umbringen lassen. Wohlgemerkt, das miese Schwein hat's verdient, das müssen wir jetzt eben durchstehen. Aber bei Entführungen schaltet sich das FBI ein, und das schmeckt mir nicht. Mit den Feds will ich nichts zu tun haben, das ist für mich eiserne Regel. Abgesehen von der Prohibition natürlich, das war was anderes. Und noch was hab ich mir vorgenommen: Mich nicht mit der großen Organisation anzulegen. Manche Leute können den Hals nie vollkriegen, aber ich hab immer nur auf lokaler Basis gearbeitet. Ich bin nicht machtgierig.»

«Ich kann ihn nicht mehr stoppen», sagte Evelyn abwehrend. «Offiziell weiß ich ja von nichts.»

«Sehr richtig, aber...» Er fuhr nachdenklich mit der Hand über die Decke. «Wie stehen sie dir übrigens?»

«Die Smaragde? Sagenhaft.»

«Wo hast du sie versteckt?»

Sie sah ihn an. «An einem sicheren Ort.»

Er gluckste. «Du bist in Ordnung! Besser, man führt den Alten gar nicht erst in Versuchung, wie?» Dann wurde er wieder ernst. «Wer ist zur Zeit im Haus?»

«Weiß ich nicht genau. Fritz und Knapp, glaube ich.»

«Ausgerechnet», stöhnte Gurney. «Na egal. Schick sie her.»

«Aber –»

«Sag, daß du an meiner Tür vorbeigekommen bist. Du hast mich schreien hören und glaubst, ich liege im Sterben, aber du hast dich nicht reingetraut.»

Sie überlegte einen Augenblick. Er merkte, wie es in ihr arbeitete. Recht so, eine Frau mußte sich so Sachen reiflich überlegen, er fand das sehr in Ordnung. Außerdem verschaffte ihm das eine Gelegenheit, etwas Sauerstoff zu tanken. Evelyn lächelte. «Okay», sagte sie. «Fang an zu schreien.»

«Weiß denn niemand was?» fragte Jake ungeduldig. Er war an seinem Schreibtisch eingeschlafen; immer wieder war er beim

Durchgehen des Materials aus Norris' Büro im Burnley Building eingenickt. Joe und Armbruster war es nicht besser ergangen. In den langen Nachtstunden war über dem Rascheln der Blätter immer mal wieder ein unwillkürliches Schnarchen zu hören. An irgendwas, hatte Klotzman gemeint, müsse man ja merken, daß er Captain sei, und war um neun nach Hause gegangen. Schläfrig blinzelnd sah Jake sich um. «Pinsky», rief er dem gerade hereinkommenden Kollegen zu. «Wo steckt meine Casey?»

Pinsky zuckte die Schultern. «Immer noch nichts, Jake, tut mir leid. Wir waren die ganze Nacht auf den Beinen.»

«Das ist das dritte Mal», ließ sich Armbruster vernehmen.

«Was?»

«Ich hab mir noch mal den ersten Entwurf von seinem Buch angesehen», erläuterte Armbruster heiser. «Und in den Randnotizen taucht dreimal auf: Fach checken. Was für ein Fach?»

«Keinen Schimmer», sagte Jake hilflos. Er wußte, daß Pinsky es gut mit ihm meinte. Er wußte, daß sie alle gestern und in der Nacht getan hatten, was sie konnten. Und er wußte, daß sie sich heute vormittag den Fluß vornehmen würden. Und das Leichenschauhaus.

«Bißchen weiter oben», knurrte Joe, der das Kinn auf die gekreuzten Arme gelegt und die Beine von sich gestreckt hatte. «Obere Hälfte links, wo er das von den Eisenbahnfahrkarten schreibt.»

Armbruster kniff die Augen zusammen. Jake rückte die Schreibtischlampe näher heran. Der Aschbecher krachte zu Boden. Die drei sahen nicht mal hin. «Täglich checken», meinte Armbruster.

«Quatsch», widersprach Jake. «Tagebuch checken steht da.» Und dann lauter: «TAGEBUCH! Verdammt, der Mann hatte das Tagebuch.»

«Genau», bestätigte Joe.

«Und warum hast du das nicht schon eher gesagt?» sagte Jake.

Joe rieb sich gähnend die Augen. «Ich hab's eben erst gesehn. Von hinten kann man's besser lesen.»

Armbruster drehte das Blatt um. «Richtig. Er hat erst die Sache mit dem Tagebuch notiert und dann das andere Zeug drübergeschrieben.»

«Er hatte also tatsächlich Beweise», stellte Jake befriedigt fest.

«Ja, und laut Armbruster hatte er auch ein Schließfach. Was sind wir doch für schlaue Kerlchen.»

Jake sah ihn an. Joe hatte recht. Die ganze Nacht hatten sie dagesessen, auf neue Entwicklungen in dem Entführungsfall gewartet und die Zeit damit totgeschlagen, in den Unterlagen nach Hinweisen zu fahnden. Mit der Suche nach Casey waren sie keinen Schritt weitergekommen, und das Rascheln im Blätterwald hatte ihnen nur bestätigt, was sie schon vermutet hatten: Daß Norris der Hausangestellten von Ariadne Finch das Tagebuch abgekauft oder es von anderer Seite bekommen hatte. Wo das Tagebuch steckte, wußten sie nach wie vor nicht, wo Ariadne Finch – tot oder lebendig – steckte, ebensowenig. Und auch wo Casey – tot oder lebendig – zu finden war, hatten sie noch nicht herausbekommen. Der letzte Tropfen Kaffee aus der Maschine war getrunken, die Zigaretten und die Krapfen waren alle. Und an den Weihnachtsmann glaubten sie alle drei nicht mehr. «Ich will zu meiner Mama», greinte Jake.

«Weck sie auf», sagte Rocky Lightfoot.

«Zwecklos», widersprach Obediah Smith. «Die ist ausgezählt.»

«Kipp ihr einen Eimer Wasser über den Kopf», fuhr Rocky ihn an.

Smith und Jones wechselten einen Blick. «Mit Wasser arbeite ich nicht», erklärte Smith.

Rocky sah von einem zum anderen, und er holte tief Luft. «Scheißkerle», quetschte er zwischen den Zähnen hindurch. «Verdammte Scheißkerle.» Er drehte sich um und ging hinaus.

«Das war's dann wohl», meinte Jones.

«Mehr können wir nicht machen.» Smith deckte die Bewußtlose zu. Jetzt muß das kleine Arschloch sie wohl laufenlassen, dachte er. Zwei Stunden hatte er sich mit ansehen müssen, wie Rocky dem Mädchen zugesetzt hatte, um ihr Informationen zu entlocken. Es ist zum Heulen, dachte Obediah angewidert, man muß sich ja schämen, daß man da mit drinhängt. Trotz Rockys hysterischer Befehle hatte er Casey nicht angerührt.

Obediah Smith hatte einen Ruf zu verteidigen. Er war Profi, und als Profi hatte er seine Grundsätze. Bei jedem Verhör gibt es einen Punkt, an dem klarwird, ob aus dem Opfer noch etwas herauszuholen ist oder nicht. Diesen Punkt hatte Obediah etwa zwei Minuten, nachdem Casey ihre Unschuld beteuert hatte, erreicht.

«Was sie sagt, stimmt», befand er. «Sie weiß nichts von der Sache.»

Rocky hatte ihm das nicht abgenommen, hatte sich aber offenbar auch nicht getraut, sich vor Obediah an Casey zu vergreifen. Littlewood hatte sich erboten, ihr einen Arm zu brechen, aber als Obediah ihn mit seinen dunklen, unergründlichen Augen musterte, fand er die Idee plötzlich nicht mehr so genial und hatte hinterher nicht mehr viel zu dem Fall zu sagen.

Allmählich hatte Obediahs wortlos-düstere Mißbilligung auch bei Rocky Wirkung gezeigt. Er wurde nervös, tat aber so, als habe er allmählich die Lust an der Sache verloren. Allen Beteiligten war sonnenklar, daß er in einer Zwickmühle steckte. Schließlich war Littlewood die rettende Idee gekommen. Es sei schon spät, hatte er zu Rocky gesagt, und ob er seinen Zahnarzttermin vergessen hätte.

Obediah hatte Casey in diesen quälenden Stunden nicht aus den Augen gelassen. Tolle Frau, dachte er. Sie hat Mumm. Und Verständnis für meine Kopfschmerzen. Die waren durch Rockys wütend-frustriertes Gezeter natürlich nicht verschwunden.

Obediah Smith schätzte weder Rocky Lightfoot, noch schätzte er es, von ihm herumkommandiert zu werden. Der alte Gurney war ein Aas. Alle Bosse waren aasig, aber er stand wenigstens zu seiner Aasigkeit. Obediah hatte immer gern für Gurney gearbeitet, der Alte war fair und blätterte ihm das Honorar hin, ohne zu meckern. Als ihn die Nachricht in New York erreicht hatte, war er der Meinung gewesen, daß es auch diesmal um einen Job für Gurney ging. Erst hier hatte sich herausgestellt, daß Rocky sein Auftraggeber war.

Ich hätte gar nicht herkommen sollen, dachte er, während er, Rockys mageren Rücken und seine dick gepolsterten Schultern im Blick, die schmutzige Kellertreppe hochstieg. Irgendwie hatte Rocky nicht den richtigen Zuschnitt zum Ganoven, da half keine Kostümierung. Er war kein Profi. In Obediahs braunen Augen glitzerte ein bösartiger Glanz. Er hätte Rocky gern einen Tritt in den Hintern gegeben. Aber da war noch Littlewood. Obediah war kein Trottel. Er wußte, daß Littlewood schnell zog und Rocky treu ergeben war. Er ging weiter. Aber die Gedanken gingen mit.

Als sie vor dem abbruchreifen Hotel standen, hörten sie aus einiger Entfernung schweres Räumgerät und das maschinengewehrartige Geknatter der Preßluftbohrer. Die Gegend war total verändert, ja, Obediah hatte den Eindruck, daß ganz Grantham sich verändert hatte, und zwar nicht unbedingt zum Besseren.

«Wann lassen Sie das Mädchen laufen?» fragte Tanker, der, wie so oft, Obediahs Gedanken gelesen hatte.

«Überhaupt nicht», fuhr Rocky ihn an. «Zumindest als Druckmittel kann ich sie noch verwenden.» Er setzte sich in Bewegung. Obediah zögerte und dachte sich, daß es wohl am besten wäre, wenn er und Tanker in eine Welt zurückkehrten, wo Gauner noch Gauner waren und jedermann wußte, woran er war. Aber da zog Littlewood seine Kanone.

«Ihr beide kommt mit», sagte er.

Vor der Tür der Lightfoot-Residenz erwartete sie Arthur Burpee.

«Dein Vater will dich sprechen», sagte er zu Rocky.

«Na wenn schon...» Rocky drängte an ihm vorbei.

«Er will dich *jetzt* sprechen», erklärte Burpee und sah Rocky ausdruckslos an.

Rocky gab es einen Ruck. «Stirbt er?»

«Kann schon sein.»

Rocky war mit zwei Sätzen die Stufen hinauf, rannte zum Zimmer seines Vaters und riß die Tür auf.

Gurney Lightfoot saß, von Kissen gestützt, aufrecht im Bett. Seine Augen blickten klar, sein Haar war gekämmt, und er trug seinen besten Seidenpyjama. Rechts und links vom Bett war seine Bande in voller Sollstärke angetreten – Nipsy Friedlander, Fritz und Knapp, Bumbo, Kretzmer, Cyril, Bippy, ja sogar Thrushwood, der Mann von der Fahrbereitschaft. «Tag, Rocky», sagte Gurney. «Ich warte schon auf dich.»

Rocky Lightfoot schluckte. Der kleine Kerl kann einem fast leid tun, dachte Obediah Smith. Sein kleiner Coup ist offenbar voll in die Hose gegangen.

«Du siehst gut aus, Vater», sagte Rocky mit einem kleinen Kiekser in der Stimme.

«Wie ich höre, hast du den Laden sehr schön am Laufen gehalten, solange ich krank war», sagte Gurney. «Er ist so gut gelaufen, sagen die Leute, daß sie nichts zu tun hatten.»

«Ach ja?»

«Ja, stell dir vor... Und ich wollte dir sagen, Rocky, daß ich dir sehr dankbar bin für das, was du geleistet hast.»

«Danke», sagte Rocky verdattert.

«Ich glaube aber, jetzt wird es Zeit, daß ich die Zügel wieder in die Hand nehme.»

«Aber du könntest... ich meine, du würdest mein System... das heißt, der Arzt sagt...» stotterte Rocky.

«Und was das Mädchen betrifft –» fuhr Gurney dazwischen.

«Welches Mädchen?»

«Das du ins *Hotel Magnolia* gesteckt hast.»

«Ja die... Die heißt gar nicht Casey Hewson», sagte Rocky schnell. «In Wirklichkeit ist es Kathy Finch.»

«Die Kleine von Ariadne, nicht? Interessant. Ihr seid zusammen zur Schule gegangen, wenn ich mich recht erinnere.» Gurneys Stimme hatte, so dünn und kurzatmig sie auch klang, einen gefährlichen Unterton.

«Ja. Und um Ariadne geht es doch bei der ganzen Geschichte.»

«Meinst du?» Gurney Lightfoot betrachtete seinen Sohn und seufzte. Schön war der Junge ja nie gewesen, aber jetzt, in seiner Angst, in seinem Nadelstreifenanzug und mit dem großen Hut, wirkte er weniger einnehmend denn je. Evelyn muß ganz schön kurzsichtig sein, dachte er. Bewundernswert, wie lange sie es schon mit ihm aushält...

«Norris hat ein Buch über den Mord an Ariadne Finch geschrieben.»

«Über den Mord? Sie gilt nur als vermißt», stellte Gurney richtig.

«Darum geht es gar nicht», sagte Rocky.

«Worum denn?»

Rocky verlor allmählich die Geduld. Der Alte sah zwar besser aus, war aber jetzt offenbar endgültig ausgeflippt. «Sie ist die Tochter von Ariadne Finch», sagte er, als habe er ein zurückgebliebenes Kind vor sich.

«Stieftochter», verbesserte Gurney müde. «Ariadne konnte keine Kinder kriegen, das war ihr größter Kummer. Wenn ich dich so ansehe, kann ich nicht finden, daß so was ein großes Unglück ist, aber sie litt darunter. Manche Frauen sind da komisch.»

Rocky, der um jeden Preis den Vater von seiner eigenen Person ablenken wollte, platzte heraus: «Evelyn ist in anderen Umständen, Vater. Wir kriegen ein Kind, ich werde Vater.»

«Nicht zu glauben.» Gurney brauchte einen Augenblick, um diese unwahrscheinliche Mitteilung zu verdauen. Dann lächelte er ein bißchen. Deshalb also war Evelyn noch da. «Herzlichen Glückwunsch.»

Das Lächeln deutete Rocky als Ermutigung und fuhr fort: «Wenn es ein Junge wird, nennen wir ihn natürlich nach dir.»

«Natürlich», sagte Gurney. «Ich möchte, daß du das Mädchen laufenläßt, Rocky.»

«Was?» kiekste Rocky. Tanker Jones warf Obediah Smith einen

Blick zu und schlug die Augen gen Himmel. Obie hatte schon recht: Katastrophale Beinarbeit…

«Ich möchte, daß du die kleine Finch laufenläßt», wiederholte Gurney. «Bei einer Entführung riskierst du, daß das FBI bei uns rumschnüffelt, und das will ich nicht. Sie kann uns nichts sagen. Wir werden uns die Information anderswo beschaffen müssen.»

«Aber… aber wir haben keine Zeit mehr», wandte Rocky verstört ein. «Die Polizei rennt überall rum –»

«– und sucht nach dem Mädel», ergänzte Fritz genüßlich. Seit Gurney krank war, hatte er keinen Spaß mehr an seinem Job.

Heute nun hatte Gurney sie zu sich gerufen, und sie hatten ihm erklärt, daß keiner mehr wußte, was lief. Seit Monaten hatten sie keine Lottogelder mehr kassiert oder Leute zusammengeschlagen. Das alles, behauptete Rocky, erledigten jetzt die Computer. Es wurde wohl auch Geld eingenommen, denn das Gehalt lief weiter, sie wußten nur nicht, womit sie es sich verdient hatten.

Das kam jetzt bestimmt alles wieder in Ordnung. Gurney Lightfoot wußte Loyalität zu schätzen, seit jeher schon. Leute wie Gurney haben ein gutes Gedächtnis, das erkannte man an dem, was er ihnen vorhin versprochen hatte. Er würde das Reich aufteilen, hatte er gesagt, jeder konnte seinen eigenen Laden aufmachen, wenn er wollte, ohne sich von einer Pfeife wie diesem Rocky, der von nichts eine Ahnung hatte, auf der Nase rumtanzen zu lassen. Befriedigt musterte er Gurneys Sohn. Rocky schwitzte. Fritz kannte das Gefühl.

«– sucht nach dem Mädchen», echote Knapp. Auch er genoß die Situation.

«Nicht nur nach dem Mädchen», widersprach Rocky voller Verzweiflung. «Die Polizei sucht Beweise im Mordfall Ariadne, sie sucht die Unterlagen, die Norris hatte. Wir müssen verhindern, daß die Cops sie finden, wir müssen uns das Zeug schnappen und vernichten, sonst beendest du deine Tage im Knast.»

«Ich?» wunderte sich Gurney. «Wie kommst du denn auf so was?»

«Weil… weil…» Rocky schluckte. «Weil du Ariadne Finch umgebracht hast.»

Gurney machte große runde Augen. «Ich habe Ariadne Finch nicht umgebracht.»

Rockys Augen wurden ebenso groß und ebenso rund wie die seines Vaters. «Aber ich dachte –»

«Bist du deshalb wie angestochen rumgelaufen? Weil du denkst, daß ich Ariadne Finch umgebracht habe?» In Gurneys Stimme schwang ein eigenartiger Ton mit.

«Na ja», sagte Rocky verlegen. «Ich mußte dich doch schützen. Schließlich bist du mein Vater, und du warst krank und konntest dich nicht selber drum kümmern.»

«Das ist wirklich nett von dir, Ronald, ich bin ganz gerührt. Aber ich hab sie nicht umgebracht.»

Rocky sah sich einmal im Zimmer um, dann richtete er den Blick wieder auf seinen Vater. «Aber... wenn du sie nicht umgebracht hast, wer dann?»

«Das weiß ich nicht», sagte Gurney. «Ich habe gedacht, daß du es warst.»

30

Casey erwachte langsam und mit einem Gefühl der Übelkeit. Erst nach geraumer Zeit machte sie erste Versuche, sich zu bewegen. Ganz allmählich kehrte die Erinnerung wieder zurück.

Rocky... Ja, richtig, Rocky hatte sie angeschrien. Unentwegt. Und der große Schwarze, dieser Obediah, hatte neben ihr gestanden. Sie hatte geweint, und er hatte ihr die Hand auf die Schulter gelegt, als wolle er sie trösten. Und dann war es dunkel um sie geworden.

«Herrje», stieß sie hervor. «Der Vulkangriff!»

Oder so was Ähnliches. Ganz bestimmt hatte Obediah Smith das ganz gezielt gemacht. Als erfahrener Folterknecht hatte er bestimmt etliche Tricks dieser Art auf Lager. Sie hatte mal davon gelesen, irgendwas über den Vagus oder die Halsschlagader oder so. Ein gefährlicher Griff, wenn man sich nicht ganz genau auskannte. Aber daß er sich auskannte, davon durfte man bei Obediah wohl ausgehen.

Warum hatte er so reagiert? Weil er ihr glaubte? Oder weil sein Kopfweh sich verschlimmert hatte?

Sie stand auf und wäre fast wieder hingefallen. Nur ganz langsam kam wieder Gefühl in die erstarrten Beine. Trotz ihrer Schwäche und Benommenheit erwachte rasch die Angst vor Rockys Rückkehr. Vielleicht war er noch ganz in der Nähe. War es denkbar, daß er sich – so wie sie ja auch – im Lauf der Jahre geändert hatte? Hatte er die Wut nur gespielt? Seine Augen waren anders gewesen, nicht die gehässigen Augen eines frustrierten Kindes, sondern die klug berechnenden Augen eines zielstrebigen Mannes. Unter Umständen aber war das noch gefährlicher. Je nachdem, was er bezweckte. Im Augenblick schien er wie besessen von dem Gedanken an die «Beweise» für Ariadnes Verschwinden und/oder ihren Tod.

Warum bist du so ohne ein Wort verschwunden, Ariadne, dachte sie, und hast damit meinem Vater endgültig das Herz gebrochen? Bist du weggelaufen? Hat man dich getötet? Um das zu erfahren, habe ich mich um den Millington-Job hier in Grantham beworben. Aber meinem Ziel bin ich erst dann ein Stück näher gekommen, als Norris mit seinem Manuskript auf der Bildfläche erschien. Natürlich wußte ich von deinen Männergeschichten, aber mit deinem eigentlichen Ich hatten die nichts zu tun, das hat Daddy auch immer gesagt. Es war eine Krankheit, mehr nicht. Was nachts geschah, das war die eine Seite. Tagsüber aber hast du ihm und mir das Leben mit deiner Anmut, deinem Lachen und deinen liebenswerten Verrücktheiten verschönert.

Du hast mich liebgehabt, das weiß ich. Ich erinnere mich noch, wie zornig du geworden bist, als Rockys Freunde mir so böse mitgespielt hatten. Damals habe ich nicht verstanden, wieso du einen Ganoven wie Rockys Vater beim Vornamen genannt hast. Jetzt weiß ich es.

Er war einer von denen, die die Nächte mit dir teilten.

Haben mir deshalb alle so zugesetzt, ich sollte mir die ganze Geschichte schleunigst aus dem Kopf schlagen? Hat Daddy mich deshalb ins Internat geschickt und mir nicht in die Augen gesehen, als er mir einen Abschiedskuß gab? Hatte die dunkle Seite deines Lebens nun doch ihren Schatten auf unsere hellen Tage geworfen? Und bist du deshalb weggegangen?

Sie war im Internat gewesen, als Ariadne verschwand, im College, als sie die Nachricht vom Tod ihres Vaters erreichte.

Grantham war zu einer dunklen Welt voller Monster und Erinnerungen geworden, war ein Ort, den man mied – bis man genug Mut gefaßt hatte, um alle seine Ecken und Winkel auszuleuchten.

Fred Norris hatte ihre Angst und ihre Neugier gespürt, ohne zu wissen, was dahintersteckte, und hatte in seiner sadistischen Art Gefallen daran gefunden, mit ihr zu spielen. Er wisse, was aus Ariadne geworden war, behauptete er, doch dann hatte er Casey zappeln lassen. Hatte sie mit diesem Wissen gelockt, wie man einen Gaul mit einer Möhre lockte. Er würde im nächsten Kapitel alles erklären, hatte er versprochen, oder im übernächsten. Und den Beweis würde er ihr auch zeigen.

Er hatte es nie getan. Und nun war die Gelegenheit unwiderruflich dahin. Sein Mörder hatte ihn für immer zum Schweigen gebracht. Höchstwahrscheinlich hatte es diesen angeblichen Beweis überhaupt nicht gegeben.

Sie sah zur Tür. Ob Obediah das Maß seiner Güte vollgemacht hatte und ... Sie stand auf.

Nein.

Die Tür war abgeschlossen.

Noch immer war sie eine Gefangene der Gegenwart wie der Vergangenheit.

Daß Molly Pemberton in ihrer eigenen Wohnung, in dem Haus, für das er Verantwortung trug, überfallen worden war, hatte Victor Niforos zutiefst getroffen. Er hätte zur Stelle sein müssen, um sie zu beschützen. Er hatte sie enttäuscht, er war ein Nichts, ein Narr, ein Trottel. Als sie ihn bat, die Schlösser anzubringen, hätte er sich denken müssen, daß sie Angst hatte. Er hatte es glatt vergessen über seiner Arbeit an dem Schreibtisch. Die Zeit war im Flug vergangen. Und an allem war sein entsetzlicher Stolz schuld.

Er hatte ihr Lob erwartet, hatte sich vor ihr aufspielen wollen, sich im voraus an ihrer Bewunderung, ihrer Dankbarkeit geweidet.

Und jetzt lag sie im Krankenhaus, allein, verletzt, verängstigt, und hatte außer ihm keinen Menschen, der ihr Trost spenden konnte.

Heute nachmittag wollte er sie besuchen. Er hatte einen wunderschönen Blumenstrauß gekauft, den er ihr mitbringen wollte, Rosen und andere Blumen, deren Namen er nicht kannte, die aber sehr teuer waren. Eine leise Stimme flüsterte ihm zu, daß er versuchte, sich von seinem schlechten Gewissen loszukaufen. Aber was sonst hätte er tun sollen?

Dann fiel sein Blick auf den Schreibtisch, der im Licht der Arbeitslampe glänzte. Und der kleine Fotoapparat fiel ihm ein, den seine Tochter Sofia ihm zu Weihnachten geschickt hatte. Natürlich, das war die Lösung. Er würde Fotos machen, er würde sie in den Laden bringen, der innerhalb einer Stunde Filme entwickelte, und sie ins Krankenhaus mitnehmen, damit sie sah, wie schön der

Schreibtisch geworden war, damit sie etwas hatte, worauf sie sich freuen konnte.

Rasch ging er in seine Wohnung und holte den Apparat. Er verknipste den ganzen Film, nahm den Schreibtisch aus allen nur denkbaren Blickwinkeln auf, mit offenen Schubladen, mit geschlossenen Schubladen, fotografierte die Maserung der Platte, das perfekt reparierte Scharnier, einfach alles, und legte die drei Blocks zu dem Fotoladen im Laufschritt zurück. Die Abzüge würden in einer Stunde fertig sein.

Er rannte zurück zu seiner Wohnung, badete und zog frische Wäsche an. Als er aus dem Haus trat, kam ein Mann auf ihn zu. «Entschuldigen Sie bitte –»

«Tut mir leid, ich bin auf dem Weg ins Krankenhaus», sagte Victor. «Aber hier sind sowieso keine Wohnungen frei.»

«Nein, nein, eine Wohnung habe ich. Ich bin auf der Suche nach einem Schreibtisch.»

«Schreibtisch?»

«Ja. Er ist an Mrs. Pemberton geliefert worden.»

«Ach, den…»

«Er ist also bei Ihnen?»

«Ja, Schreibtisch hier, aber Misses Pemberton nicht hier.»

«Wie schade. Ich wollte sie gern wegen des Schreibtisches sprechen. Ich möchte ihn nämlich kaufen.»

Victors Argwohn erwachte. «Weshalb Sie wollen kaufen ihren Schreibtisch?»

«Meine Frau und ich hatten ihn in dem Geschäft gesehen und waren uns noch nicht schlüssig, ob wir ihn nehmen sollten, aber als meine Frau später wieder hinging, war er nicht mehr da. Man sagte ihr, eine Mrs. Pemberton habe ihn gekauft, und wir dachten… vielmehr, ich dachte, daß Mrs. Pemberton ihn uns vielleicht abtreten würde. Selbstverständlich zu einem Aufpreis für ihre Mühe. Meine Frau war richtig enttäuscht, es war genau das, was sie sich vorgestellt hatte.»

«Misses Pemberton, sie nicht verkaufen diese Schreibtisch. Nicht mehr.»

«Nicht mehr?» wiederholte der Mann verwundert.

Victor Niforos sah auf die Uhr. Ein bißchen Zeit blieb ihm noch. Wenn der Mann den Schreibtisch vorher gesehen hatte, würde er zu würdigen wissen, was jetzt aus ihm geworden war, was er, Victor Niforos, daraus gemacht hatte. «Ich Ihnen zeigen», sagte er stolz. «Sie mit mir kommen.»

Charles E. Porter stand auf dem Gehsteig vor dem Haus der Lightfoots. Er stand schon geraume Zeit dort. Die Beamten, die das Haus unauffällig beobachteten, hatten seine Anwesenheit an die Zentrale gemeldet. Sie hatten Anweisung, nicht einzugreifen.

Nach langem Zögern überquerte er langsam die Straße, stieg die zehn Stufen zum Eingang hinauf und klingelte.

Es dauerte eine Weile, bis die Tür aufging. Vor ihm stand eine junge Frau. Sie war schön, blond und üppig und trug einen teuren Hausmantel. Das Dienstmädchen konnte sie nicht sein.

«Guten Tag.» Charley schenkte ihr sein charmantestes Lächeln. «Mein Name ist Porter. Ich möchte zu Gurney Lightfoot.»

«Er ist krank und empfängt keine Besuche», sagte sie.

«Ja, ich hörte, daß es ihm nicht gutgeht.» Charley holte seine Brieftasche heraus und zückte eine Karte. «Vielleicht macht er aber doch für mich eine Ausnahme. Sagen Sie ihm bitte, daß es sehr wichtig ist. Aber das braucht man ihm wahrscheinlich gar nicht zu sagen...»

Die junge Frau taxierte ihn rasch. Geld und hohes Ansehen, ganz klar. «Ist gut. Warten Sie hier.»

«Da unten ist ein Mann», sagte Evelyn zu Gurney, als man sie endlich zu ihm gelassen hatte. Ihr Blick ging über die in seinem Zimmer versammelten Männer und machte bei Rocky halt, der auffallend blaß war. «Tag, Schätzchen», sagte sie, aber er reagierte nicht. Achselzuckend trat sie näher an das Bett heran. «Hier ist ja eine richtige Armee angetreten, Mr. Lightfoot», sagte sie und gab ihm die Karte.

«Stör uns bloß nicht wegen irgend'nem Pipifax», grollte Fritz. «Das ist hier 'ne wichtige Besprechung.» Und mit einem vielsagenden Blick auf Rocky fügte er hinzu: «Da kommen witzige Sachen bei raus.»

«Ich habe das Recht, meinen künftigen Schwiegervater zu besuchen», sagte Evelyn. «Nicht wahr, Mr. Lightfoot?»

«Sicher doch.» Ungläubig blinzelnd nahm er die Karte in Augenschein. «Wie sieht der Mann aus, Evelyn?»

Sie überlegte. «Groß. Charakterkopf. Typ besserer älterer Herr. Graues Haar – soweit ich das unter dem Hut hab sehen können. Stinkreich.»

«Was für ein Hut?» krächzte Rocky.

Sie sah ihn besorgt an. «Du wirst mir doch keine Erkältung kriegen, Schätzchen? Gegen den rauhen Hals mußt du was tun.»

«Und er will mich sprechen?» fragte Gurney. «Persönlich?»

«Hat er gesagt, ja. Er weiß, daß Sie krank sind, Mr. Lightfoot, aber ich hab nicht den Eindruck, daß er Ärger machen will. Er war irgendwie… wie soll ich sagen… demütig.»

«Demütig?» wiederholte Gurney verblüfft. «Das muß ich sehen. Bring ihn rauf.»

«Okay.» Sie ging zur Tür, wandte sich aber noch einmal um. «Ich glaube, er will Sie unter vier Augen sprechen, Mr. Lightfoot.»

«Ist gut. Zieht Leine, Leute», sagte Gurney. «Sie hat recht, Rocky. Mit dieser Erkältung gehörst du ins Bett, du steckst uns noch alle an.»

«Mir geht's blendend», protestierte Rocky.

«Bring ihn ins Bett, Evelyn», befahl Gurney. «Er weiß offenbar nicht mehr, was gut für ihn ist. Werdende Väter brauchen Schonung.»

«Der Typ ist mit Vorsicht zu genießen, Gurney», sagte Friedlander besorgt.

«Ich kenn den Typ», sagte Gurney. «Klar ist er mit Vorsicht zu genießen, aber anders, als ihr denkt.» Sie standen alle da und glotzten ihn an. «Geht schon in Ordnung», sagte Gurney ungeduldig. «Notfalls hab ich immer noch das hier.» Er zog einen kleinen Revolver unter dem Kissen hervor. «Alles klar?»

«Aber ich ihm haben nicht getraut», sagte Victor Niforos stolz. «Seine Brille, sie sein falsch, sein Schnurrbart, er sein falsch, seine Worte, sie sein falsch. Ein Schlechtmensch, ein Lügenmensch. Ich wußten sofort. Er kommen und fragen, als wenn nicht wichtig, ob was war in Schreibtisch. Ich ihm sagen ja, und ich merken, er werden sehr aufgeregt. Er fragen: Was? Ich ihm sagen, ein Messer und ein schmutzig Taschentuch… ein Messer mit Blut dran. Mir geworden übel davon, und ich werfen in Ofen. Ich ihm sagen. Eine Minute er machen böse Gesicht, dann er ruhig. Wie seltsam, er sagen, und dann bald er gehen weg.»

«Sie haben ein blutiges Messer im Schreibtisch gefunden?» fragte Sylvester. «Sind Sie sicher, daß es Blut war?»

Mr. Niforos überhörte ihn souverän. «Ich ihm sagen, ich alles werfen in Ofen, aber natürlich nicht wahr. Das, Misses Pemberton, ich haben aufgehoben für Ihnen.» Mit einer schwungvollen Gebärde holte er die blanke kleine Messing-Eichel mit dem Schlüssel aus der Jackentasche.

Molly Pemberton besah sich die Fotos einigermaßen ratlos.

«Das verstehe ich nicht», sagte sie und nahm Niforos den Schlüssel ab, ohne hinzusehen. «Ich habe in dem Geschäft einen Eßzimmertisch gekauft. Keinen Schreibtisch.»

Victor riß die Augen auf. «Was Sie sagen?»

«Einen großen Ausziehtisch. Der Schreibtisch ist ein Schmuckstück, aber –»

«War nicht so schmuck, als kam», bemerkte Victor.

«– aber er gehört mir nicht.»

«Darf ich den Schlüssel mal sehen, Molly?» fragte Sylvester. Victor sah ihn böse an. Er hatte sich auf eine bleiche, einsame Molly Pemberton eingestellt, die ihn mit offenen Armen empfangen würde. Statt dessen saß sie vergnügt und rosig angehaucht neben diesem fast zahnlosen grauhaarigen Menschen. Der nennt sie Molly, ärgerte sich Victor. Ich kenne sie seit fünf Jahren und nenne sie immer noch Misses Pemberton. Eine Frechheit, so etwas.

Molly gab den Schlüssel an der goldenen Kette an Sylvester weiter, der ihn interessiert musterte. «Wo haben Sie den Schreibtisch – oder vielmehr Ihren Eßzimmertisch – gekauft?»

«In der Galerie Lecomber.»

«Wo ist das?»

«Lincoln Avenue, nicht weit vom Madigan Square.»

Sylvesters Augen blitzten. «Hol's der Geier», flüsterte er ehrfurchtsvoll und hielt die goldene Eichel ans Licht. «Heilige Scheiße.»

«Dies kein gute Worte vor einer Dame», sagte Niforos. «Sehr unerbietig.»

«Was ist denn, Sylvester?» fragte Molly.

«Norris!» Sylvester hieb sich triumphierend mit der Faust in die Handfläche. «Norris ist in der Lobby seines Hauses am Madigan Square umgebracht worden. Der Mörder flüchtete. Nehmen wir mal an, er ist die Lincoln Avenue hinuntergerannt. Nehmen wir mal an, er arbeitet bei Lecomber... Oder er hat sich nur dort vor der Polizei versteckt. Ihr Angreifer von gestern hat nach einem Schlüssel gefragt, nicht? Nehmen wir an, er meinte diesen Schlüssel, der unbemerkt an seinem blutigen Taschentuch klebengeblieben war. Als er es merkte, war es zu spät. Der Schreibtisch wurde versehentlich an Sie geliefert, und der Täter ist ihm eben erst auf die Spur gekommen.»

Molly sah ihn aus großen runden Augen an. «Heilige Scheiße», hauchte sie.

Casey inspizierte ihr Gefängnis. Sie hatte sonst nichts weiter zu tun und brauchte Ablenkung.

Mit der Tür war nichts zu machen, sie stellte, dick und schwer wie sie war, ein unüberwindliches Hindernis dar. Hätte sie lange Haare und Haarnadeln zum Aufstecken gehabt, hätte sie versuchen können, das Schloß zu knacken. Wo war der geheimnisvolle Waffenexperte, der Geheimagenten mit trickreichen Gerätschaften für heikle Situationen versorgt? Die in Washington hatten ihr nur einen Taschenrechner und einen nie versiegenden Nachschub stets klecksender Kugelschreiber zur Verfügung gestellt.

Zuerst zählte sie die Fliesen. Der Raum war zweiundfünfzig Fliesen hoch und hundertzwanzig Fliesen breit. Sie versuchte das im Kopf zu multiplizieren, scheiterte aber an der Aufgabe. «Du machst dich zu abhängig von der modernen Technik, liebes Kind», sagte sie laut.

Sie stellte sich auf die Toilette und sah zu dem Ventilator hoch, in dem aber nur Staub lag. Viel Luftbewegung brachte das Ding nicht, zumindest aber würde sie nicht ersticken.

Und verdursten auch nicht. Sie ließ Wasser ins Becken laufen, schöpfte etwas in die hohle Hand, um zu trinken, und wollte den Hahn gerade wieder zudrehen, als der Wasserstrahl zu einem Rinnsal wurde und schließlich ganz versiegte. Stirnrunzelnd drehte sie den anderen Hahn auf. Der gleiche beunruhigende Effekt stellte sich ein. Sie setzte sich wieder auf den Toilettendeckel und sah sich um. Die Möglichkeiten waren denkbar begrenzt.

«Los, Mädchen, laß dir was einfallen», sagte sie laut. «Kreativität ist angesagt.»

Mit einiger Mühe nahm sie das schwere Brett von der Badewanne und versuchte, es zu der Wand unter das Fenster zu tragen. Wenn es ihr gelang, es dort schräg anzulegen und eine Ecke am Toilettensockel festzuklemmen, konnte sie vielleicht zum Fenster hochklettern, mit der Hand durchs Gitter langen, das Glas einschlagen und um Hilfe rufen.

Das Brett war breit, schlecht zu fassen und sehr schwer. Es rutschte ihr aus der Hand und schlug an die hintere Wand. Fluchend wollte sie es zurückholen und stellte fest, daß es schief stehengeblieben war.

«Komisch», sagte sie und merkte, daß ihre Stimme plötzlich einen ganz eigenartigen Hall erzeugte. Sie schob das schwere Brett zur Seite. Es blieb kurz an einem Widerstand hängen, aber dann hatte sie es geschafft.

An der Wand war ein Spalt zwischen den Fliesen zu erkennen, der vorher nicht dagewesen war.

Das Brett war gegen eine Fliese gestoßen, die eine etwas andere Farbe als die übrigen hatte. Beim flüchtigen Hinsehen fiel es kaum auf. Neugierig drückte sie daran herum. Die Fliese gab irgendwie nach. Sie drückte fester zu – und die Wand wich zurück.

Zumindest ein Teil der Wand. Ein kalter Luftzug streifte sie.

«Das darf ja nicht wahr sein! Ich denke, so was ist seit Nancy Drew aus der Mode gekommen.»

Casey sah in die Öffnung. Es war sehr dunkel.

Vielleicht nur ein Zugang zu den Installationsrohren, dachte sie plötzlich. Klar, wie sollen sie hier sonst was reparieren? Andererseits… Weshalb war der Mechanismus so gut getarnt?

Leider wußte sie nicht, wie alt das Gemäuer war, das sich über ihrem Gefängnis erhob. So alt wie die Häuser am Fluß vielleicht, von denen einige noch aus der Zeit vor dem Bürgerkrieg stammten? Sie war viele Stufen hinuntergestiegen. War das vielleicht Teil der unterirdischen Fluchtwege, auf denen Sklaven über die Grenze geschafft worden waren?

Nein, so alt war ihr das Haus nun doch nicht vorgekommen. Als sie von der Straße her durch das erste Zimmer geführt worden war, hatte sie das Gefühl gehabt, daß es kein Wohnhaus – auch kein Herrenhaus – war. Ein Bürogebäude vielleicht? Daran herrschte in der Innenstadt ja kein Mangel. Aber als sie gekommen war, hatte sich in dem Gebäude nichts gerührt, obgleich gerade Mittagszeit gewesen war. Ein Haus, in dem niemand mehr wohnte?

So kam sie nicht weiter. Sie war erst seit ein paar Monaten wieder in Grantham, und auch als Teenager war sie selten in die Innenstadt gekommen. Wenn dieser dunkle Gang kein Sklavenfluchtweg und auch kein Installationsschacht war – was dann? Und – wollte sie es wirklich wissen?

Für solche tiefsinnigen Überlegungen, fand sie, mußte man es sich bequemer machen. Sie ließ sich erneut auf dem Toilettensitz nieder und besah sich das Loch in der Wand. Vielleicht war es voller Spinnen. Einen versteckten Schatz jedenfalls barg es wohl kaum. In jedem Fall aber hatte ein Geheimgang – wie eine Wurst – zwei Enden. Vielleicht kam sie auf diesem Wege doch noch hier heraus.

Sie stand auf. Was Butch Cassidy und der Sundance Kid können, das kann ich schon lange, dachte sie und stürzte sich mit einem mutigen Kriegsschrei in das schwarze Loch. Nach drei Schritten prallte sie an etwas Hartes, taumelte, rieb sich Stirn und Nase, drehte sich um – und sah, wie die Öffnung, durch die sie gekommen war, langsam kleiner wurde und dann ganz verschwand.

Jetzt saß sie in der Patsche.

Das hast du nun vom Kino und Fernsehen. Das kommt davon, daß du dir einbildest, es müßte ein Mordsspaß sein, als Geheimagentin Jane Dope zu arbeiten. Wäre das Cagney und Lacey auch passiert? Hätte Magnum so was Blödes gemacht? Oder Clint Eastwood? Von Hollywood verraten und verkauft... Wo bleibt der Equalizer?

Voller Angst und Wut trommelte sie gegen die Wand. Ein Klikken, und gelbes Licht verbreitete sich im Raum, wurde allmählich heller und schließlich trübweiß.

Casey drehte sich um.

Sie stand in einem schmalen Gang mit betonierten Wänden. Von der Decke hingen nackte Glühbirnen. Viele waren ausgebrannt, aber sie konnte wenigstens erkennen, wohin der Weg führte, nämlich etwa sechs Meter nach rechts und dann um die Ecke. Casey bewegte sich langsam und vorsichtig, damit es ihr am Ende nicht so ging wie *Alice im Wunderland.*

Der Gang endete in einem größeren, ebenfalls voll ausbetonierten Raum. An der hinteren Wand waren verstaubte Holzkisten gestapelt, aber die nahm Casey nur am Rande zur Kenntnis. Sie hatte vollauf mit dem Gegenstand zu tun, der mitten im Raum stand: eine alte, riesige, dunkelblaue Packard-Limousine.

Sie trat näher heran, sah durch das offene Fenster auf der Fahrerseite und wich zurück. Am Steuer saß jemand. Oder etwas. Sie holte tief Luft und sah noch einmal hinein.

Auf dem Fahrersitz, zusammengesunken, ein wenig zur Seite geneigt, befanden sich die mumifizierten Überreste eines Mannes in staubig-brüchigem Smoking. Das Smokinghemd wies ein großes Loch und dunkle Flecken auf. Die Hand lag im Schoß wie eine ledrige Klaue. Casey erkannte den stumpfen Glanz eines Revolvers.

Das Gesicht, fern und verschlossen, erinnerte sie an Abbildungen von Tutenchamun. Die Haut spannte sich straff über dem Schädel, die Zähne hinter den verdorrten Lippen waren gebleckt. Diese moderne Mumie aber wies noch eine Besonderheit auf. Den verstaubten Schädel schmückten die Überreste einer üppigroten Lokkenpracht.

31

Sylvester war frustriert.

Seit Stunden wartete er vergeblich auf Jakes Rückruf. Wenn er im Präsidium nachfragte, erfuhr er lediglich, daß Lieutenant Chase «außer Haus» war.

Pech, dachte er, und besah sich die blanke Eichel mit dem Schlüsselchen. Für ihn stand fest, daß dieser Schlüssel des Rätsels Lösung war. Falls Norris tatsächlich Unterlagen über das Schicksal von Ariadne Finch besaß, lagen sie wohlverwahrt im Schließfach irgendeiner Bank, das war doch sonnenklar. Bis die Bank gefunden war, mußte man natürlich noch ein bißchen was auf die Beine stellen, aber Jake würde das schon schaffen. Nur – Jake meldete sich nicht...

Weil er es in seinem Zimmer nicht mehr aushielt, ging Sylvester wieder in den Aufenthaltsraum. Dort saß Molly mutterseelenallein und versunken in die Fotos, die Niforos ihr offenbar dagelassen hatte. Sylvester setzte sich neben sie. «Immer noch außer Haus», sagte er grämlich. «Dieses nutzlose Herumsitzen tötet mir noch den letzten Nerv.»

«Mir auch», bestätigte Molly.

«Dabei geht es jetzt nur noch darum, die Bank zu finden», sagte Sylvester. «Bei der Polizei haben sie dazu ihre Leute, das ist für die eine Kleinigkeit.»

«Darf ich den Schlüssel noch mal sehen?» Molly besah ihn sich genau. «Die Banken haben bestimmt spezielle Numerierungssysteme für die Schließfächer. Für jemanden, der sich da auskennt, ist die Nummer wahrscheinlich so gut wie eine Adresse.»

«Sag ich ja. Jake hat Experten für so was.»

Mollys Wangen röteten sich. «Experten haben ihre Weisheit meist aus Büchern. Irgendwo steht alles schwarz auf weiß.»

«Nur nicht die Formel für Coca-Cola», wandte Sylvester ein. «Die kennen angeblich nur drei Leute.»

«Schön, aber alles andere ist irgendwo schriftlich festgehalten», beharrte Molly.

«Ja, sicher, aber –»

«In einer Bibliothek zum Beispiel.»

«Oder im Rathaus oder sonstwo. Und weiter?»

«Ich bin Bibliothekarin», sagte Molly. «Und im Rathaus kenne ich auch eine Menge Leute, die mich gut leiden können.»

In Sylvesters Blick regte sich ein Hoffnungsschimmer. Sie sahen sich an. Die grünblau umrandeten Augen unter den weißen Verbänden blitzten. «Wir sind doch noch krank», sagte er, «erholen uns gerade erst von dem Schock und von unseren Verletzungen. Man hat uns überfallen und geschlagen...»

Molly stand auf. «Ich fühle mich aber überhaupt nicht geschlagen.»

Sylvester stand ebenfalls auf und nahm ihren Arm. «Du bist eine tolle Frau, Molly.»

Sie gingen langsam zur Tür. «Ach was. Ich hab nur eine Mordswut im Bauch.»

«Tja, mein Alter, da sind wir nun», sagte Casey zu dem Toten am Steuer. Nach dem ersten Schreck und etlichen spitzen, einigermaßen sinnlosen Schreien hatte sie sich mit der Situation abgefunden. Er sah recht unternehmungslustig aus. Wie Charon bereit, sie über den Styx zu fahren.

Allerdings hatte sie eine solche Fahrt im Augenblick nicht vor.

Am Armaturenbrett lehnte ein gefaltetes Blatt Papier. Sie entschuldigte sich höflich bei dem Mann, von dessen Hand das Schreiben wohl sein mußte, und las:

Für meine liebe Frau Myra und meinen Sohn Charley.

Das Geld ist futsch, Ihr Lieben, und diesmal kann mich auch Digger nicht rausreißen, obwohl er es mir angeboten hat. Ich bin ein schlechter Ehemann und schlechter Vater, weil ich nicht für Euch vorgesorgt habe, und das tut mir leid, denn ich habe Euch beide sehr lieb. Digger hat versprochen, sich um Euch zu kümmern, wenn er darf. Bitte sperr Dich nicht gegen ihn, Myra. Vergiß Deinen Haß und Deinen Stolz – und vergib mir, daß ich so ein Feigling bin. Ein Leben mit leeren Händen, nachdem wir gemeinsam so viel hatten, wäre mir unerträglich.

Alles Liebe!
Ned

Die Namen weckten Kindheitserinnerungen. «Digger» Lightfoot war Rockys Großvater gewesen. Und Ned? Sie betrachtete die Haarbüschel auf dem kahlen Schädel.

«Red Ned Porter», sagte sie so laut, daß sie selbst zusammenfuhr.

Einen Augenblick wartete sie mit hämmerndem Herzen, als müsse der Tote ihr eine Antwort geben. Leider konnte sie sich nicht mehr recht an die Geschichten erinnern, die Vater ihr aus der guten alten Zeit, aus den abenteuerlichen Jahren der Prohibition in Grantham, erzählt hatte. Schließlich legte sie das Blatt wieder auf das Armaturenbrett zurück und begann den Raum zu durchsuchen. Wie lange das Licht noch brennen würde war ungewiß. Schon wieder war mit erschreckendem Plopp eine Birne durchgebrannt, und auch die Kabel machten einen recht altersschwachen Eindruck. Sie liefen an der Wand entlang und verschwanden hinter den Kisten. Casey rückte ein paar Kisten beiseite und entdeckte eine Tür, hinter der aber nur Erde und Steine lagen.

Sie hatte den Riegel gefunden, der die Geheimtür in ihr Gefängnis öffnete, hatte sie aber noch nicht wieder aufgemacht. Es war immerhin möglich, daß Rocky und seine «Freunde» jeden Augenblick zurückkamen. Wenn sie Casey nicht in ihrer Zelle vorfanden, glaubten sie vielleicht, sie hätte irgendwie das Türschloß geknackt, und wenn sie ihr dann nachjagten, ließen sie möglicherweise die Tür zu dem weißgekachelten Raum offen, und sie konnte in aller Ruhe das Haus verlassen, sobald die Luft rein war.

Falls das nicht klappte, konnte sie immer noch mit dem Werkzeugkasten, den sie im Kofferraum der Limousine gefunden hatte, der Tür zu Leibe rücken. Sie hatte damit bisher noch nicht angefangen, weil sie sich von Rocky nicht dabei erwischen lassen wollte, denn dann war die ganze Mühe umsonst, und man würde sie einfach anderswo einsperren.

Ihre Uhr stand auf drei. Wenn Rocky bis Mitternacht noch nicht wieder da war, würde sie sich ihre Zellentür vornehmen. Inzwischen saß sie hier sehr behaglich. Außer dem Werkzeugkasten hatte sie im Kofferraum Blechdosen mit Keksen gefunden. Und die Kisten, die an den Wänden dieses makaber-lauschigen Plätzchens gestapelt waren, enthielten etwa 240 Flaschen feinsten französischen Cognac, die – kein Wunder – keine Steuerbanderole hatten.

Mittlerweile war ihr klargeworden, was sie hier rein zufällig entdeckt hatte: das Versteck, das Red Ned für den Fall einer peinlichen Begegnung mit der Steuerfahndung vorbereitet hatte, komplett mit Proviant und Fluchttunnel. Die Doppeltür hinter der Limousine hatte ihr nicht weitergeholfen. Es war ihr zwar gelungen, den Mechanismus zu betätigen, so daß sie sich knirschend und stöhnend etwa dreißig Zentimeter weit öffnete, aber hinter der Tür türmte sich ein undurchdringlicher Erdwall. Wahrscheinlich war der Tunnel schon lange eingefallen. Der Raum war – in mehr als einer Beziehung – eine Sackgasse. Hoffentlich nicht auch für sie.

Sie erinnerte sich dunkel, irgendwo gelesen zu haben, daß ein ähnliches Versteck in Chicago gefunden und dem legendären Al Capone zugeschrieben worden war. Auch in Grantham hatte es jede Menge Schnapsschmuggler gegeben. Die kanadische Grenze war nah, da war die Versuchung natürlich groß gewesen.

Es hätte schlimmer kommen können, dachte Casey. Da sie erfreulicherweise auch einen Korkenzieher entdeckt hatte, machte sie eine Flasche Cognac auf und aß Kekse. Besonders delikat waren sie nicht, aber sie sättigten. Und sie brauchte ja nur zu warten. Irgendwie kam sie heute nacht hier schon raus. Kein Problem.

Mr. Niforos stand im Hausflur und sah, wie Molly und Sylvester die Treppe zu Mollys Wohnung hinaufstiegen. Er stieß einen Seufzer aus. All sein Mühen, all sein Hoffen waren vergeblich gewesen. Schlimmer noch – sie hatte diesen schrecklichen alten Mann mitgebracht, hatte ihn erwählt und Niforos verworfen. Es war unvorstellbar.

Aber auch das, was du in deinem sündigen Herzen getragen hast, Niforos, sprach er zu sich, war unvorstellbar. Hegtest du nicht böse Gedanken? Hegtest du nicht sündige Lust? Du wirst alt, Niforos, das wird es sein... Sei froh, daß sie dich *nicht* erwählt hat. Das hätte schlimm enden können.

So aber kannst du hocherhobenen Hauptes durchs Leben gehen. Deine Seele ist noch dein, du hast der Versuchung widerstanden. Du hast dank des Handwerks, das du einmal gelernt hast, aus einem häßlichen Stück etwas Schönes gemacht. Du hast eine Lady unerschrocken vor Schmerzen bewahrt.

Und deine Tochter hat dir einen prächtigen Enkel geschenkt. Er griff in den Umschlag, der heute früh gekommen war, und betrachtete noch einmal das Foto, das seine Frau ihm geschickt hatte. Erst einen Tag alt – doch die Niforosnase, das Niforoskinn waren schon zu erkennen.

Manche Dinge kommen und gehen, manche Dinge aber währen ewiglich.

Niforos, sagte er zu sich, setz deinen Hut auf, nimm deinen Mantel und kauf dir ein Flugticket. Das Haus kann ein, zwei Tage ohne dich auskommen.

Diesen Enkel mußt du sofort in Augenschein nehmen.

Oben hörte Molly die Haustür ins Schloß fallen und sah auf die Uhr. «Komm, sie schließen gleich», sagte sie ungeduldig und musterte Sylvester, der in einem alten Anzug von Dan steckte. Er sah anständig aus, nur das Jackett mußte er gut zuknöpfen, damit man nicht sah, daß sie den Bund hatten umschlagen müssen, weil er sich sonst auf die Hosenbeine getreten hätte.

«Wenn der Bankmensch nun aber Norris vom Sehen kennt?» fragte Sylvester.

«Möglich, aber nicht sehr wahrscheinlich», befand Molly. «Nach dem Mord war ein Foto von ihm in der Zeitung. Mit dem Verband und dem blauen Auge könntest das gut und gern du sein.»

«Aber sie wissen doch, daß er tot ist», protestierte Sylvester. Bei welcher Bank das Schließfach von Norris war, hatten sie ohne große Mühe in Erfahrung gebracht. An das Schließfach heranzukommen war – jedenfalls nach Sylvesters Ansicht – schon problematischer. Molly aber hatte auf alles eine Antwort.

«Du glaubst doch nicht, daß er dort unter seinem eigenen Namen aufgekreuzt ist?» fragte sie.

«Unter welchem dann?»

«Ich weiß, es ist ein bißchen riskant –» erklärte Molly.

«Das kannst du wohl laut sagen!»

«– aber ich schätze, er hatte den Safe unter dem Namen Finch gemietet. Du hast deine Geschichte parat?»

Sylvester nickte. «Verkehrsunfall, brauche dringend die Police.» Molly hatte ihm die rechte Hand verbunden. Niemand würde unter diesen Umständen erwarten, daß die Unterschrift genau der Handschriftenprobe entsprach.

«Na dann los», sagte sie. Sie hatte einen Hut gefunden, der ihren Kopfverband fast ganz bedeckte, hatte sich umgezogen und geschminkt und war jetzt sichtlich zu allen Schandtaten bereit. Mr. Braithwaite hatte sie begeistert willkommen geheißen und Sylvester vorerst akzeptiert.

Seit sie sich aus dem Krankenhaus davongemacht hatten, waren erst zwei Stunden vergangen. Molly hatte alles schnell und umsichtig organisiert. Jetzt waren sie dabei, den letzten, schwierigsten Schritt zu wagen.

«Dir macht das alles einen Heidenspaß, wie?» meinte Sylvester.

«Dir nicht?»

Sie sahen sich eine ganze Weile stumm an. Die Frage hing unbeantwortet zwischen ihnen. Es war nicht die einzige. Für Antworten war jetzt keine Zeit. Die Arbeit wartete.

«Na dann los», sagte Sylvester.

32

«Lange nicht gesehen, Charley.» Gurney hatte sich, erschöpft von den Anstrengungen des Vormittags, wenigstens vorübergehend wieder selbst sein kleines Imperium zu steuern, in die Kissen zurückgelehnt. Seine Stimme klang matt und belegt, und er wußte selbst, wie fahl sein Gesicht war. Die Schwester hatte, nach einem kurzen Blick auf ihn, energisch nach dem Arzt verlangt. Als Gurney sie aufforderte, gefälligst den Rand zu halten, lehnte sie jede weitere Verantwortung ab. Im Augenblick drückte sie sich verärgert vor der Tür herum und sagte jedem, der es hören oder auch nicht hören wollte, sie sei nicht schuld, wenn was passierte.

«Viele Jahre nicht», bestätigte Charley kühl und setzte sich auf den Stuhl, den die Schwester frei gemacht hatte. «Wie geht es dir?»

«Siehst du ja», sagte Gurney abgeklärt. «Was willst du?»

«Zunächst möchte ich ein paar Sachen klarstellen.»

«Was für Sachen?»

«Die Sache mit Fred Norris und seinem Buch zum Beispiel.»

«Du meinst, daß du ihn darauf angesetzt hattest, mir den Boden unter den Füßen wegzuziehen?» Gurneys Lachen hörte sich an wie das Knistern von brennendem Papier. «Daß du dich im Knast mit ihm in Verbindung gesetzt und ihm Geld versprochen hast, wenn er alles ausspuckt, was er über mich weiß?»

«Das hast du gewußt?» fragte Charley verblüfft.

«Da staunst du, was?»

«Es ist außer Kontrolle geraten», gestand Charley. «Zuerst wollte ich nur ein Druckmittel haben, um dich zu verdrängen. Aber Norris hatte sich das anders vorgestellt. Er war verbittert und rachsüchtig. Ein ganz mieser kleiner Typ. Daß er sich tatsächlich hinsetzen und ein Buch schreiben würde, hätte ich nie gedacht.»

Gurney nickte. «So war er, dieser Armleuchter. Für ein bißchen Bares hätte er seine eigene Großmutter ans Messer geliefert. Deshalb hab ich's ihm damals besorgt, ehe er's mir besorgen konnte. Dafür hat er sich dann an dich gehalten. Hast du damals Ariadne umgebracht?»

«Nein, ich war ebenso ratlos wie alle anderen, als sie verschwand. Ich hatte seit Wochen nicht mehr mit ihr geschlafen.»

«Ich auch nicht. Sie hatte plötzlich einen anderen, aber ich hab nie rausgekriegt, wer's war.»

«Norris hat behauptet, er wüßte es. Allerdings hat er es mir nie gesagt. Stanley hat's auch nicht aus ihm rausgekriegt.»

«Stanley Quiddick.» Es klang wie eine Verwünschung.

«Ja.»

«Meinst du, daß sie mit ihm was angefangen hatte?» fragte Gurney unvermittelt.

«Auf die Idee bin ich noch gar nicht gekommen», sagte Charley verblüfft. «Möglich wär's natürlich. Sie liebte die Abwechslung.»

«Sie liebte sehr umfassend.» Gurney lächelte. «Ariadne war ein verrücktes Huhn, ehrlich. Möchte wirklich wissen, was ihr zugestoßen ist.»

«Vielleicht dasselbe wie Red Ned», bemerkte Charley bitter.

Gurney sah ihn teilnahmsvoll an. «Du hast mich immer gehaßt, weil deine Mutter dir eingeredet hat, mein Alter hätte Ned umgebracht.»

«Hat er auch.»

Gurney schüttelte den Kopf. «Ich bin älter als du, Charley, ich erinnere mich an Sachen, die du nicht mehr mitgekriegt hast und die deine Mutter nicht mitgekriegt hat. *Wir* haben Red Ned nicht umgebracht. Unsere Väter verband so etwas wie Haßliebe, Charley. Sie haben sich immer mal wieder heimlich getroffen und Pläne ausgeheckt. Deine Mutter mochte Digger nicht, weil sie was Besseres war, aber Digger und Red Ned haben sich im Grunde verstanden. Der Streit zwischen den beiden war gut fürs Geschäft, und deshalb haben sie dann immer extra dick aufgetragen. Red Ned war oft hier. Mein Alter hat mehrere Tunnel zwischen dem Haus und dem Hotel von deinem Alten angelegt. Hast du das gewußt? Er mußte immer was zum Buddeln haben. Vor der Prohibition hat er auf dem Bau gearbeitet, er machte so was für sein Leben gern. Deshalb haben sie ihn auch Digger – den Buddelfritzen – genannt.»

«Und ich dachte, es hatte was mit dem Buddeln von Gräbern zu tun.»

«So 'n Quatsch. Kann mich noch gut an die Tunnel erinnern. Prima Konstruktion. Halbe Sachen hat Digger nicht gemacht. Einige kriegten den Strom von hier, andere von Neds Haus aus. Sie haben ihren Schnaps auf Loren hin und her gefahren, je nachdem, bei wem das Geschäft gerade besser lief. Vielleicht auch andere Waren, Weiber und so. Er hat deine Mutter geliebt, aber er war kein Kostverächter, dein Alter.»

«Du erinnerst dich noch an ihn?»

«Ich weiß noch, daß er gern und viel gelacht hat. Als dann die Prohibition aufgehoben wurde, stand er plötzlich vor dem Nichts. Da ist ihm das Lachen vergangen.» Gurney seufzte. «Digger hat versucht, deiner Mutter unter die Arme zu greifen, nachdem Ned verschwunden war, aber sie wollte nichts von ihm annehmen. Zu stolz. Und hassen konnte diese Frau... da war alles dran. Die Tunnel haben meinen Alten übrigens fast das Leben gekostet. Der letzte stürzte ein, als er nach deinem Vater suchte. Er dachte, Ned hätte vielleicht da unten einen Herzanfall gekriegt oder so, aber die Decke fiel ein, ehe er ihn gefunden hatte. Ein paar schwere Brocken sind direkt auf seinem Brustkasten gelandet, und das war der Anfang vom Ende. Ned hätte ihn wahrscheinlich wieder aufgemuntert, aber ohne ihn ist er regelrecht verkümmert. Kannst es mir glauben, Charley. Wozu sollte ich dir jetzt noch was vormachen? Damals hast du von deiner Mutter gelernt, mich zu hassen, und du warst ein gelehriger Schüler. Du bist Bürgermeister geworden, und ich bin ein kleiner Ganove geblieben.»

Charley war hin und her gerissen. Er versuchte, diese Geschichte mit dem in Einklang zu bringen, was er als Kind gehört hatte. Aber Gurney hatte schon recht, weshalb sollte er ihm jetzt noch was vormachen... Charley dachte an die langen Jahre, die dazwischen lagen. «Ich hab dir ganz schön zugesetzt.»

Gurney zuckte die Schultern. «Ich dir auch. Die Partie steht unentschieden, würd ich sagen.»

«Das ist keine Entschuldigung...»

Gurney hob eine dünne, fast durchsichtige Hand. «Schwamm drüber. Wenn man im Sterben liegt, kriegt man einen anderen Blick für so Sachen, Charley.» Er musterte seinen Besucher gespannt. Porter wankte. Wenn der Gegner in den Seilen hängt, muß man zum entscheidenden Schlag ausholen. «Sag schon, Charley: Was willst du von mir? Was kann ich für dich tun?»

Charley seufzte tief. «Karten auf den Tisch?»

«Her mit dem Blatt.»

«Ich möchte, daß du einen gewissen Millington umlegst.»

Gurney sah ihn enttäuscht und bekümmert an. «Das kann nicht dein Ernst sein, Charley.»

«Du hast Norris umlegen lassen –»

«Ich hab Norris nicht umlegen lassen», fuhr Gurney ungeduldig dazwischen. «Heut bekomm ich aber auch die komischsten Sachen aufgetischt. Ich hab seit Jahren niemanden umlegen lassen, Charley. Anfangs ja, den einen oder anderen – nie einen aus der Familie –, aber später haben die Leute auch so gespurt. Mein eigener Sohn hat mir den Mord an Ariadne Finch zugetraut. Und jetzt behauptest du, ich hätte Norris umlegen lassen. Das bringt offenbar ein schlechter Ruf so mit sich. Nein, Charley, ich mach so was nicht mehr, ich hätte für so einen Job gar keine Leute. Die sind alle alt und dumm oder alt und langsam. Wenn's so weitergeht, zahl ich mehr Renten aus als General Motors. Tut mir leid, ich kann dir nicht helfen.»

«Ja, dann ...» Charley erhob sich.

«Jetzt lauf doch nicht gleich wieder weg. Du siehst ja schrecklich aus. Ruh dich noch einen Augenblick aus.» Gurney sah seinen alten Feind an. «Hat dich ganz schön geschlaucht, dieser Besuch.»

«Ja», gab Charley ohne Umschweife zu.

«Was hast du denn gegen diesen Millington?»

«Er ist dabei, etwas zu zerstören, woran ich seit Jahren arbeite.»

Gurney legte sich in die Kissen zurück. «Erzähl.» Und als Charley zögerte: «Betrachte es meinetwegen als Lösegeld. Mich interessiert's einfach. Schau mich an. Was riskierst du schon? Ich hab nichts mehr gegen dich. Und du kannst mir auch nicht mehr viel anhaben.»

Charley holte tief Luft. Dann erzählte er ihm von dem großen Park, der dort entstehen sollte, wo zur Zeit noch die verfallene Innenstadt war. Einem Park mit einem kleinen See zum Segeln, einem Restaurant, einem Museum und sonstigem Vergnügungsangebot. Einem Park, der Granthams grüne Lunge werden und die Stadt zu etwas Besonderem machen würde.

«Tony arbeitet ja nun in der Stadtplanung, und deshalb hab ich sehr früh von diesem neuen Projekt erfahren. Ich wußte, wo die Grenzen verlaufen würden, weil ich ihm bei der Auswahl des Geländes geholfen habe. Er ist ein guter Junge, er hört auf seinen Vater.»

«Da hast du Glück», sagte Gurney ironisch.

«Auf dem Gelände, zu dem ich ihm riet, befanden sich Liegenschaften einer Firma, die sich Red King Investments nannte.»

«Sehr hübsch», sagte Gurney anerkennend. «Da hätte Ned seine Freude dran gehabt.»

«Ja. Ich merke schon, du bist mir voraus.»

«Nicht sehr, Charley. Immer nur um eine Nasenlänge.»

«Es stimmt, die Hälfte der Aktien von Red King ist in meinem Besitz, die andere – über eine Holding auf den Bahamas – gehört Eustace Millington.»

«Und weiter?»

«Eustace hat seine Anteile mit Stiftungsgeldern gekauft. Er hat unter falschem Namen eine Beihilfe beantragt, und die Treuhänder haben sie bewilligt.»

«Das ist 'n dicker Hund.»

«Ja. Er hat mich gestern abend angerufen. Total erledigt, der Mann. Von Stanley Quiddick hat er erfahren, daß die Frau, die mit Fred Norris das verdammte Buch bearbeitet hat, in Wirklichkeit eine FBI-Agentin ist, die rauskriegen sollte, wie es um die Finanzen der Stiftung steht.»

«Wenn du Casey Hewson meinst – zu der kann ich dir noch was erzählen. Sie heißt in Wirklichkeit Kathy Finch und ist Ariadnes Stieftochter», sagte Gurney. «Mag sein, daß sie sich für die Stiftung interessiert, aber ich hab so das Gefühl, daß sie darüber hinaus alte Geschichten wieder aufwärmen will.»

Charley sah ihn entgeistert an. «Was zum Teufel geht hier eigentlich vor?»

«Wenn ich das wüßte...»

Charley lehnte sich zurück und überlegte einen Augenblick. «Stanley verwaltet treuhänderisch das Finch-Vermögen. Er muß von Anfang an gewußt haben, wer sie ist.»

«Möglich. Und was heißt das im Klartext?»

«Daß ich recht hatte», sagte Charley. «Wenn ich ihm nicht in den nächsten vierundzwanzig Stunden seine Red-King-Aktien abnehme, damit er das unterschlagene Geld ersetzen kann, verkauft Eustace sie an Stanley Quiddick. Als ich Stanley anrief, meinte der, es sei doch ein gutes Geschäft, und er wolle ja nur einem alten Freund aus der Klemme helfen. Wenn aber Stanley gewußt hat, wer die Frau wirklich ist, macht er schon lange schmutzige Geschäfte. Und ich Idiot habe das nicht gemerkt. Eustace ist ein Dummkopf und ein Schlappschwanz. Stanley versteht es, Schwächlinge für seine Zwecke einzuspannen, er hat es oft genug in meinem Auftrag gemacht. Mit den Anteilen hat Stanley ein Druckmittel gegen mich in der Hand, und das wird er nutzen, verlaß dich drauf.»

«Und was hättest du von Millingtons Tod?»

«Dann gehen die Anteile wieder an mich.»

«Verstehe. Aber mit einem Mord löst du dein Problem nicht, Charley.»

«Nein, ich weiß. War ein blöder Einfall. Tut mir leid, daß ich damit zu dir gekommen bin.»

«Wirklich?»

Charley sah den Älteren an. «Ja. Es war… respektlos.»

Gurney seufzte. Das Lösegeld war gezahlt. «Um welche Größenordnungen geht es denn?» fragte er nach einer Pause.

«Zwei Komma fünf Mio», sagte Charley düster. «In einem Monat könnte ich das Geld aufbringen, aber nicht in vierundzwanzig Stunden. Und noch was: Ich würde viel darum geben, wenn Tony nicht erfahren müßte, daß ich Informationen von ihm verwendet habe, um Geld zu machen. Er ist ein Idealist durch und durch.»

«Ja, das hört man allgemein», sagte Gurney ziemlich zurückhaltend.

«Du wirst lachen, aber mir ging es wirklich nicht nur um das Geld.»

«Sagen wir so, Charley: Es ging dir vor allem um das Geld…»

«Na gut, aber ich wollte auch was für die Stadt schaffen.» Er zögerte einen Augenblick, dann brach es aus ihm heraus. «Etwas… etwas… was meinen Namen trägt.» Jetzt war es heraus. Gurney lag im Sterben, Gurney würde Verständnis dafür haben, daß der Mensch, wenn er schon abtreten muß, etwas zurücklassen möchte, womit er der Nachwelt in Erinnerung bleibt. Ja, Gurney würde dafür mehr Verständnis haben als jeder andere, das war ihm plötzlich klar. «Tony hat gemeint, er könnte dafür sorgen, daß sie den Park nach mir nennen», flüsterte Charley.

Gurney nickte. «Könnte 'ne gute Sache werden, das mit dem Park», sagte er nach einer Weile.

«Es ist mit Sicherheit eine gute Sache.»

Gurney lachte kurzatmig. «Du hättest gleich zu mir kommen

und mir die Wahrheit sagen sollen, Charley. Ich hätt dir einen besseren Preis machen können, die meisten dieser Grundstücke gehörten nämlich mir.»

«Das darf nicht wahr sein!»

«Doch. Unter einem anderen Namen selbstverständlich. Ich hab natürlich Wind davon gekriegt, daß du plötzlich alles mögliche zusammengekauft hast, und hab mir den Kopf zerbrochen, was du wohl vorhast. Wenn man den ganzen Tag flachliegt, hat man viel Zeit, sich so was zu überlegen. Ich hab mich gut amüsiert auf deine Kosten, Charley. Aber ein Park, das wär mir nie eingefallen. Ein Park ist 'ne gute Sache. Ich hab an ein Spielcasino gedacht oder ein Einkaufszentrum...»

Charley lächelte. «Warum nicht gleich an eine Ritterburg mit Wall und Graben?»

«Also jedenfalls nicht an *das*. Deshalb hab ich das Haus hier nicht der Stadt verkauft. Ich brauch den Kasten nicht, ich hätt schon lange aufs Land ziehen können, für mich wär's besser gewesen. Das halbe Haus steht leer. Unten sind grad noch ein, zwei Zimmer bewohnt. Das meiste erledigen Rockys Computer. Aber ich wollte erst verkaufen, wenn ich wußte, was du vorhast.»

«So Sachen haben dir schon immer Spaß gemacht, Gurney.» Charley mußte gegen einen unwiderstehlichen Lachreiz ankämpfen.

«Stimmt.» Gurney gluckste leise. «Und deshalb leih ich dir die zweieinhalb Mio, dann kannst du Eustace Millington aufkaufen und seine Anteile auf mich überschreiben.»

Charley fiel die Kinnlade herunter. «*Was*?»

«Warum nicht? Ich hab das Geld, du brauchst es, und geschäftlich ist es eine sehr gute Investition. Wärst du gleich zu mir gekommen, hättest du dich gar nicht mit der Stiftung anzulegen brauchen. Wir hätten einen guten Schnitt machen und Millington ganz raushalten können.»

«Du und ich? Komische Kombination.»

«Ich bin dir wohl nicht fein genug?»

«Das hab ich nicht gesagt.»

«Dann will ich dir mal erzählen, wie fein wir sind. Weißt du, was ich gerade über meinen Junior erfahren habe, diesen sauberen Typ? Der hat mich so ehrlich gemacht, daß ich morgen Bürgermeister werden könnte, vorausgesetzt, ich kratz nicht vorher ab. Hat doch dieser studierte Trottel mit seinen Computern mein mühsam zusammengeklautes Geld in ehrbare Unternehmen gesteckt! Die

Monaco-Bowlingbahnen gehören mir – alle drei. Die Buchhandlung Sokrates und die Dichter-Werkstatt hab ich am Bein, kannst du dir so was vorstellen?» Er zählte an den knochigen Fingern ab: «Merrythought Ice Cream. Die Klein-Pawlowa-Ballettschule. Twinkle Bakeries. Ich bin ein Konzern, sagt er. Und ich heiße Bigbrain Industries. Sechzig Millionen schwer. Ich habe soziale Verantwortung und eine Verpflichtung gegenüber meinen Mitarbeitern, sagt er.»

«Ziemlich... ziemlich ungewöhnlicher Name», brachte Charley mühsam heraus.

«Ungewöhnlich? Bescheuert ist er. *Bigbrain Industries*. Ich hätt glatt einen Herzinfarkt kriegen können! Als ob ich nicht schon marode genug wär. Fünfzig Mann auf der Gehaltsliste, doppelt so viele Rentner, Arztkostenzuschuß und Krankenhauskosten. Die alten Knacker mit ihren Familien wohnen mietfrei gegenüber, und für Lebensmittel und so berechnet er ihnen nur den Selbstkostenpreis in sogenannten Firmenläden. Er betreibt das Kino hier im Block, da zahlen sie fünfundzwanzig Cents Eintritt. Weil es Firmenangehörige sind, sagt er, ist das gut für die Steuer. Gut für die Steuer, das muß man sich mal vorstellen. So redet er. Und das macht er alles hinter meinem Rücken, dabei denk ich die ganze Zeit, er schlägt ein paar Leuten die Knochen kaputt und kassiert Schutzgelder und so Sachen. Kein Wunder, daß meine Männer ständig mit langem Gesicht durchs Haus latschen, sie langweilen sich zu Tode. *Bigbrain Industries* will ein Umschulungsprogramm für sie machen, sagt er. Nicht zu glauben. Er hat nichts von mir gelernt, absolut nichts, Charley, ich schäme mich für ihn.» Gurney fiel, erschöpft von diesem Ausbruch, in die Kissen zurück.

Charley verbiß sich das Lachen, so gut es ging. «Ganz schön hinterhältig, das muß ich schon sagen.»

«Dieser Hampelmann! Und das Allerschönste kommt noch: Jetzt macht er mich auch noch zum Großvater.»

«Ich werd verrückt!»

Gurney lächelte. «Na ja, ich selber kann ja nicht mehr so, wie ich will.»

«Das ist doch aber nett, Gurney, darum beneide ich dich.»

«Ich hör wohl nicht richtig...»

Das Lachen wollte raus, sie konnten nicht mehr dagegen an, alle beide nicht. «Vielleicht könnte ich noch auf Kredithai umschulen», japste Charley.

«Rocky sagt, das ist nicht kosteneffektiv genug», erklärte Gurney ingrimmig. «Er sagt auch, daß Kriminalität sich nicht auszahlt, weil sie nicht technologisch orientiert ist. Zu arbeitsintensiv oder so. Bei dem Jungen hörst du auf Schritt und Tritt die Drähte summen. Wenn's nicht wegen seiner Hüte wär und wenn er mich nicht eigentlich ganz gern hätte, würd ich ihn ungespitzt in den Boden rammen, diesen Weihnachtsmann.» Sein Gesicht hellte sich auf. «Hör zu. Da drüben liegt Papier. Du bist ja selber so 'n Stück Rechtsverdreher, kannst es gleich richtig aufsetzen. Ich geb das Haus der Stadt. Für fünf Cents. Lausige fünf Cents. Dem werd ich zeigen, was soziale Verantwortung ist. Das wird ihn mächtig wurmen, er will nämlich drei Millionen dafür.»

«Gemacht.»

«Unter einer Bedingung.»

«Schieß los.»

«Ich will einen Musikpavillon mit meinem Namen.»

«Schon gebongt.»

«Jeden Sonntag Konzert.»

«Gilbert and Sullivan?»

«Warum nicht? Und eine Bedürfnisanstalt, die soll nach Quiddick genannt werden. Damit er mal sieht, wie's ist, wenn man angepinkelt wird.»

«Spitze! Ich bring dir Tonys Modell mit, dann kannst du bestimmen, wo sie hin soll.»

Die Tür ging auf. Evelyn sah mit großen Augen auf die beiden Männer, die dasaßen und Tränen lachten. Sie hatte Gurney Lightfoot noch nie lachen sehen und überlegte ernsthaft, ob das nicht lebensgefährlich für ihn werden konnte. Sollte sie Rocky holen? Vielleicht noch nicht.

«Da unten sind zwei Männer, Gurney, die sagen, wir sollen raus aus dem Haus. Sie wollen das *Hotel Magnolia* sprengen.»

33

«Was Neues von unseren Leuten vor dem Lightfoot-Haus?»

Pinsky setzte sich an Jakes Schreibtisch. «Einer hat grade gemeldet, daß Charley Porter reingegangen ist.»

Jake und Joe starrten ihn entgeistert an.

Joe kriegte als erster wieder den Mund auf. «Möcht wissen, was die Jungs sich neuerdings in den Kaffee tun.»

Pinsky zuckte die Schultern. «Ich geb's nur weiter.»

«Sag mir Bescheid, wenn sie demnächst Michael Jackson sichten. Von dem hab ich immer schon ein Autogramm haben wollen.»

«Was sagen die Beschatter von Millington?»

Pinsky wurde rot. «Sie haben ihn verloren.»

Jake schnellte hoch. «Das darf ja nicht wahr sein!»

«Wir hatten nur noch zwei Anfänger, und die verfügen über keine Erfahrung in dem Geschäft», verteidigte sich Pinsky. «Es geht einfach nicht, daß wir Leute von anderen Fällen abziehen, Jake, solange nichts Konkretes vorliegt. Wir müssen nehmen, was gerade da ist.»

«Gespräch auf Leitung fünf, Joe», rief Stryker quer durch den Raum. Joe streckte einen langen Arm aus, zog das Telefon über die Schreibtischplatte zu sich heran und hob ab. Während er zuhörte, lief die ganze Skala verschiedenartiger Empfindungen über sein Gesicht. «Danke», sagte er schließlich und legte auf.

«Das war Sylvester Crump.»

«Hat sich wohl 'ne Pulle Scotch ans Krankenbett bestellt, was?» frotzelte Jake.

«Er ist nicht im Krankenhaus.» Joes Blick ging in weite Fernen, seine Stimme klang fast träumerisch. Genau betrachtet, sah er aus wie ein Mittelgewichtler nach zehn schweren Runden.

«Wo denn?» fragte Pinsky, der Sylvester nicht persönlich kannte.

«Auf dem Revier Washington Avenue. Zusammen mit Molly Pemberton.» Joes Stimme klang merkwürdig unbeteiligt. «Sie sind bei einem versuchten Bankraub geschnappt worden.»

Jake und Pinsky sprangen auf. Beide starrten Joe an. «Willst du nicht auch hin?» fragte Jake.

«Nein. Ich glaube, ich muß mich krank melden. Ich bin fix und fertig. Jake, ich kann nicht mehr. Ich höre Vögelchen zwitschern und Kobolde lachen –»

«Nimm ihn mit», sagte Jake zu Pinsky.

Pinsky, ein kräftiger Mann, der in letzter Zeit einiges mitgemacht hatte, warf sich Joe über die Schulter, der sich das widerstandslos gefallen ließ und den unter ihm vorbeiziehenden Fußboden betrachtete.

«Und manchmal, Jake... manchmal ist mir, als hörte ich die Stimme meiner Mutter die alten polnischen Wiegenlieder singen, die sie mir als kleinem Kind vorsang.»

Jake hielt Pinsky die Tür auf. «Du hast immer erzählt, daß deine Mutter eine Stimme wie 'ne Gießkanne gehabt hat.»

«Hatte sie auch. Deshalb weiß ich ja, daß ich mal ausspannen muß. Allmählich find ich ihre Stimme nämlich richtig gut.»

Richard Armbruster saß Stanley Quiddick an dessen Schreibtisch gegenüber.

«Du warst ganz schön aktiv, Stanley.»

«Wie meinst du das?» fragte Quiddick nervös.

«Du hast wieder mal die Puppen tanzen lassen. Wir haben dich deswegen schon mal zur Brust nehmen müssen. Du kriegst das diskrete Honorar von uns nicht für Privatgeschäfte, sondern dafür, daß du machst, was wir dir sagen.»

«Von irgendwas muß der Mensch ja leben.»

«Wann hast du Casey Hewson – oder Kathy Finch – von Norris erzählt? Und warum?»

«Von Norris? Ich versteh dich nicht...»

«Ich warte auf eine Erklärung, Stanley. Unsere Brötchengeber sind unzufrieden mit dir. Was soll ich ihnen sagen?»

«Sag, was du willst. Sie werden's dir nicht glauben.»

«Ich denke doch. Das hast du dir ja recht geschickt zusammengebastelt. Erst schürst du fleißig Charles Porters Haß auf Gurney Lightfoot, nimmst Schmiergelder von Lightfoot, dem du erzählt hast, du könntest ihm vielleicht Porter vom Hals schaffen. Als dir dann in den Unterlagen deines verstorbenen Partners der Fall Norris in die Hände fällt, suggerierst du Porter, daß er mit Hilfe von Norris seinen Feind endgültig vernichten könnte. Du impfst Norris entsprechend, schickst ihn zu Eustace Millington, bindest Millington in die Sache ein, indem du den Kontakt zu Porter herstellst und so weiter. Echt sauber, das muß dir der Neid lassen.»

«Geh zum Teufel.»

«Vermutlich wird uns der früher oder später beide begrüßen können. Das Geschäft, das wir betreiben, ist schmutzig genug. Nachdem die Weichen gestellt waren, hast du dich mit Casey, Pardon, mit Kathy in Verbindung gesetzt. Sie war die Königin auf deinem Schachbrett, nicht?»

«Ich habe nichts zu sagen», brummelte Stanley.

«Du hast faule Machenschaften in der Millington-Stiftung aufgedeckt und dem FBI einen anonymen Tip zukommen lassen. Nachdem die Sache ins Rollen gekommen war, hast du Casey Bescheid gesagt, und natürlich hat sie sich freiwillig für den Einsatz gemeldet.»

«Blühender Unsinn. Du kannst mir nichts beweisen.»

«Aber dann ist etwas schiefgelaufen, Stanley», sagte Armbruster mit trügerisch sanfter Stimme.

«Ich habe keine Ahnung, wovon du redest, wie oft soll ich dir das noch sagen?» Quiddick fing an zu schwitzen, die Finger, die er um die Schreibtischkante gekrampft hatte, hinterließen feuchte Spuren auf dem spiegelglatten Holz.

«Der Mörder sollte glauben, daß Kathy die Wahrheit gekannt hat. Er sollte Kathy Finch auf dieselbe Art ermorden, wie er ihre Mutter ermordet hatte. Weil du bei ihr in die Kasse gegriffen hattest, nicht wahr? Mit 29 Jahren erbt Kathy das gesamte Finch-Vermögen. Bei der großen Abrechnung wären deine Unterschlagungen ans Licht gekommen. Deshalb mußte sie sterben.»

«Das... das ist frei erfunden», stotterte Quiddick.

«Vielleicht hattest du für deinen geheimnisvollen Meuchelmörder noch ein paar Opfer parat, Namen genug hast du ja auf deiner Liste. Aber dann bist du mit deiner Strategie aufgelaufen. Norris versuchte, ein bißchen was für sich abzuzweigen – eine schlechte Sitte, die er sich einfach nicht abgewöhnen konnte –, und der Mörder hat nicht Casey, sondern ihn umgebracht.»

Quiddick schüttelte nachdrücklich den Kopf. «Nein, ich –»

«Ich weiß, wie es um das Finch-Vermögen steht, ich hab mir die Bücher angesehen.»

«Unmöglich. Ich –»

Armbruster lachte auf. «Bisher haben wir ein Auge zugedrückt, wenn du dich hier und da bedient hast, solche Zusatzvergünstigungen sind bei dem Job mit drin. Für uns war die Hauptsache, daß du im richtigen Augenblick gespurt hast. Aber bei einem Mord hört der Spaß auf, Stanley.»

«Ich habe niemanden umgebracht.»

«Nicht direkt, nein. Aber du hast einen Köder ausgelegt. Du hast sie als Lockvogel benutzt.»

«Dafür gibt es keinerlei Beweise, es ist reine Spekulation...»

Armbruster schüttelte den Kopf. «Hab ich was von Beweisen gesagt? Beweise sind etwas für den Gerichtssaal. Sehr stressig, so ein Prozeß. Die Aufregung wäre vielleicht zuviel für dich, du könntest einen Schlaganfall erleiden, eine Herzattacke.»

«Ihr würdet doch nicht... ihr könnt nicht... Ich habe Dokumente hinterlegt für den Fall, daß mir etwas passiert...»

Armbruster nickte. «Im Ausland vermutlich. In London? Ja, das dachten wir uns. Wir haben gute Freunde in London, auf die wir im Notfall zurückgreifen können.»

«Arschlöcher!»

«Beruhige dich, Stanley. Es dürfte da einen Ausweg geben, mit dem alle Beteiligten zufrieden sein können. Das Finch-Vermögen wirst du zurückgeben müssen, so leid es mir tut.»

Quiddicks Augen weiteten sich. «Dafür würden meine gesamten persönlichen Mittel draufgehen.»

«Vielleicht könnten wir dir mit einem Kredit unter die Arme greifen.»

«Und weshalb?»

«Damit die Sache in der Familie bleibt. Diskretion Ehrensache, wie es so schön heißt. An einen Kredit in solcher Höhe wären selbstverständlich gewisse Bedingungen geknüpft. Und natürlich würden Zinsen anfallen.»

Quiddick war sehr blaß geworden. Dann kniff er die Augen zusammen und lehnte sich zurück. «Weiter...»

Armbruster lächelte. «Es gäbe da sicher noch das eine oder andere zu klären, aber das hat Zeit. Das Hauptproblem bist du, Stanley. Was zum Teufel sollen wir mit dir anfangen?»

«Die wollten mir was anhängen», sagte Sylvester. «Reingelegt haben sie mich.»

«Komm, reg dich wieder ab», sagte Molly streng.

«Also, wie war das mit dem Schlüssel?» fragte Jake.

«Sie haben sich nicht gemeldet, Jake», zeterte Sylvester. «Und ich hatte es satt, im Pyjama rumzusitzen und zu warten, während Casey vielleicht irgendwo in Lebensgefahr –»

«Wenn Sylvester sich als Fred Norris ausgibt, haben wir uns gedacht», schaltete Molly sich gelassen ein, «könnten wir vielleicht die Bank dazu bringen, das Schließfach aufzumachen und –»

«Na, das hat doch auch geklappt», maulte Sylvester.

«– und euch die Unterlagen zu beschaffen», fuhr Molly fort. «Die Unterlagen haben wir dann auch bekommen –»

«– nur kamen wir nicht mehr raus aus der Bank», ergänzte Sylvester. «Sie haben uns eingesperrt und die Polizei geholt. «Mich haben sie ein gefährliches Individuum genannt», setzte er beleidigt hinzu.

«Ich glaube, hellhörig sind sie erst geworden, als er gebrüllt hat: ‹Verdammt noch eins, jetzt haben wir das Scheißding!›» erläuterte Molly sanft.

«Das war bloß jugendlicher Elan», sagte Sylvester. «Und es stimmt doch auch, nicht?»

«Scheint so.» Joe hatte das in rotes Leder gebundene Tagebuch von Ariadne Finch flüchtig durchgeblättert. «Bißchen überspannt, ihr Stil. ‹Mein goldener Schatz› und so...»

«Hast du schon die Stelle mit ‹ein leidenschaftlicher junger Hengst, strahlend in sonnendurchfluteter Lust...›?» wollte Molly wissen. Sie beugte sich vor und las den Text verkehrt herum. «Nein, auf der nächsten Seite...»

«Unglaublich», murmelte Jake.

«Etwas zu überladen», befand Molly. «Ich habe den Eindruck, daß sie zuviel Anaïs Nin und nicht genug Jane Austen gelesen hat.»

«Wenn du mich fragst, hat sie dazu einfach keine Zeit gehabt», bemerkte Joe. «Wenn ich das alles durchhabe, sitz ich mindestens eine Stunde im Beichtstuhl.»

«Wenn's einem keinen Spaß macht, ist es keine Sünde», bemerkte Pinsky, der wieder hereingekommen war und Joe über die Schulter sah.

«Und wenn man überlegt, daß die eigene Tochter sie miteinander bekannt gemacht hat...» sagte Molly betrübt. «Man muß sich das mal vorstellen!»

Jake sah auf. «Hast du den Haftbefehl?» Pinsky hielt ihn hoch und las, lautlos die Lippen bewegend, weiter in dem Tagebuch. Aber Jake ließ nicht locker. «Haben sie ihn gefunden?»

Pinsky nickte abwesend, ganz vertieft in die Lebens- und Liebesgeschichte der Ariadne Finch. «Er ist in der Federal Street.»

Der letzte Gebäudeblock in der Federal Street ragte, menschenleer, aus der morastigen Einöde auf, die eines Tages zu einem blühenden Garten werden sollte. Aber noch war es nicht soweit, noch lag ein tüchtiges Stück Arbeit vor ihnen.

Alle Bewohner waren evakuiert worden, mit Ausnahme der Lightfoots, die sich geweigert hatten, ihr Haus zu verlassen. Da es von den noch intakten Gebäuden am weitesten vom *Magnolia* entfernt war, hatte man sie gewähren lassen, um die Sprengung nicht zu verzögern. Sie mußten sich sowieso beeilen, sonst reichte das Tageslicht nicht mehr.

Tony Porter, dessen gelber Schutzhelm sich ein wenig sonderbar zum Maßanzug ausnahm, gab das Startzeichen. Er war persönlich zur Baustelle gekommen, um zu sehen, wie dieses ärgerliche Hindernis für seine großen Pläne in Schutt und Asche sank. Es würde eine große Befriedigung sein, nach langem Kampf endlich diese letzte Bastion fallen zu sehen. Außerdem hatte das Haus seinem Großvater gehört, da war es nur recht und billig, daß jemand aus der Familie Porter zugegen war.

Gewaltige gelbe Bagger und Bulldozer standen mit laufendem Motor auf der anderen Straßenseite bereit, Leute wieselten, nervös schwatzend und lachend, herum, als warteten sie nur noch auf den Befehl zum Sammeln und zum Angriff.

«Tony?»

Tony Porter wandte sich um. «Du, Paps? Was machst du denn hier? Willst du auch zusehen, wie das alte Gemäuer endlich in sich zusammenfällt?»

«Ja, natürlich.» Charley lächelte seinem Sohn dankbar zu, der ihm eine so gute Ausrede für seine Anwesenheit in der Federal Street geliefert hatte. Weshalb er wirklich hier war oder wen er besucht hatte, das sollte Tony nie erfahren. «Kann's losgehen?»

«Ja, gleich. Ich hab noch mal jemanden durchs Haus geschickt, es darf dort nicht mal mehr eine streunende Katze geben, wenn die Ladung hochgeht.»

«Porter? Auf ein Wort.»

Tony und Charley drehten sich gleichzeitig um. Dicht hinter ihnen stand Eustace Millington. Er war sehr blaß, und seine Augen glühten. «Sofort, wenn es geht.»

«Entschuldige mich einen Moment, Tony.» Charley nahm Millington beim Arm und entfernte sich mit ihm. Tony sah ihnen gedankenvoll nach, dann wandte er sich wieder der Straße zu. Boscabelli, der Projektingenieur, gefolgt von vier Männern in Schutzhelmen, kam auf ihn zu.

«Wie steht's?» fragte Tony, als Boscabelli den kleinen Wall erklommen hatte, der zum Schutz vor der Druckwelle aufgeworfen worden war, und kletterte ihm nach.

«Alles leer – vom Keller bis zum Boden», sagte Boscabelli. «Bis auf ein paar Kakerlaken. Die hab ich aber dringelassen.»

«Sollen sie sehen, wie sie zurechtkommen», sagte Tony grimmig. «Und die Ratten auch. Tja, dann legen Sie mal los.»

Joe, Jake und Pinsky hielten hinter der Barriere aus gelben Baufahrzeugen und stiegen aus.

«Was ist denn hier los?» fragte Jake einen der Umstehenden.
«Sprengung. Sie müssen einen Umweg machen.»
«So? Was wird denn gesprengt?» fragte Joe.
«Das Haus da hinten, das alte *Hotel Magnolia*», sagte ein anderer Bauarbeiter. «Die Ladung haben sie schon vor Tagen vorbereitet, es fehlte nur noch irgendeine Unterschrift, um... Hey, da können Sie nicht rein!» rief er ihnen nach, während Jake, Joe und Pinsky über die Absperrungen hechteten.

Als sie den Schutzwall erreicht hatten, kam vom Lightfoot-Haus her Rocky Lightfoot angerannt. Instinktiv liefen sie ihm nach und mußten eine Notbremsung einlegen, als er haltmachte und Tony Porter am Ärmel packte.

«In dem Haus da ist eine Frau», übertönte Rocky einen Bulldozer, der zurücksetzte und ungeduldig um sie herumfuhr.

«Quatsch», sagte Boscabelli, ehe Tony den Mund aufmachen konnte. «Wir waren eben noch mal drin.» Er kniete vor einem quadratischen Kasten mit einem großen roten Knopf und schloß Drähte an.

«Sie ist im Keller», brüllte Rocky aufgeregt.

Boscabelli sah auf. War das ernst gemeint, oder wollte sich da wieder mal ein Spinner wichtig machen? Die Vermutung, es handele sich bei Rocky um ein nicht im Vollbesitz seiner geistigen Kräfte befindliches Exemplar Mensch, war nicht ganz abwegig. Rockys Haare sahen aus, als sei er gerade aus dem Bett gestiegen, und über zerknautschten Khakihosen trug er einen duftig geblümten Damenmorgenrock, der Evelyn gehörte und den er sich aufs Geratewohl gegriffen hatte, als der Lärm der Baumaschinen ihn geweckt und sie ihm von den Abrißarbeiten erzählt hatte. «Ich bin persönlich durch den Keller gegangen», sagte Boscabelli. «Da war kein Mensch.» Er wandte sich wieder seiner Trickkiste zu.

«Nein, nein, nein!» Rocky hüpfte vor Wut von einem Fuß auf den anderen. «Man kann die Tür nicht sehen, wenn man nicht weiß, wo sie ist. Es ist eine Geheimtür, und es stehen Schnapskisten davor.»

Tony Porter machte ein erschrockenes Gesicht. «Hast du da unten Schnaps gesehen, Ray?»

«Der ganze Keller ist voll davon», sagte Boscabelli und stand schicksalsergeben auf.

Tony wandte sich an Rocky. «Woher weißt du, daß sie da unten ist?»

«Weil ich sie selber da eingesperrt habe», kreischte Rocky. Erst dann sah er sich Tony genauer an. «Herrgott, der arrogante Lackaffe, Tony Porter persönlich. Du mußt sie rausholen, du arroganter Lackaffe.» Rocky hängte sich an Tonys Jackettaufschläge. «Es ist Kathy Finch, du Arschloch, du kannst sie nicht da unten draufgehen lassen.»

Tony sah ihn entgeistert an. «Wer?»

Ein großer Schwarzer war hinter Rocky aufgetaucht. Er pflückte Rocky von Tony Porters Aufschlägen und setzte ihn sanft zu Boden. «Er hat recht», sagte Obediah Smith. «Da unten ist wirklich eine Frau. Wahrscheinlich schläft sie, deshalb hat sie nichts gehört.»

«Du hältst dich da raus», fuhr Rocky ihn an.

«Ich zeig Ihnen, wo sie ist», fuhr Obediah ungerührt fort.

Jetzt waren Pinsky und Joe bei der Gruppe angelangt. Jake folgte ihnen, ärgerlich räsonierend. Bei der Begegnung mit dem Bulldozer hätte er fast einen Zeh verloren.

«Tony Porter?» fragte Pinsky förmlich.

«Ja.»

«Ihr müßt sie da rausholen», brüllte Rocky. «Herrgott, habt ihr denn alle keine Ohren?» Er packte Boscabelli am Hemd und versuchte ihn von der Zündanlage wegzuzerren. «Sie können doch nicht einfach das Haus mit ihr hochgehen lassen.»

«Mit wem?» fragte Jake.

Pinsky holte einen Vordruck aus der Tasche. «Ich habe einen Haftbefehl für...»

«Moment mal.» Boscabelli schüttelte Rocky ab wie einen Floh. Er war klein, untersetzt und aggressiv wie ein Bullterrier. «Gehen Sie mir gefälligst von der Pelle, Sie...»

«Ruft die Cops», schrie Rocky plötzlich verzweifelt – zum ersten- und zum letztenmal in seinem Leben. «Sie müssen was tun, irgend jemand muß sofort was tun.» In seiner hilflosen Wut hopste er herum wie ein cholerischer Zwerg.

«Jetzt mal mit der Ruhe. Wir sind Polizeibeamte. Was ist hier los?» fragte Joe.

«...Anthony Charles Porter wegen Mordes an...»

«Geht's um Casey?» rief Jake, Pinsky und das Bulldozergeratter übertönend.

«Ja, ja...» Rocky wickelte sich fester in den geblümten Morgenrock, als ein kalter Windstoß ihn traf. Plötzlich mußte er niesen. Einmal. Und noch einmal. «Ohne Pullover dürft ich eigentlich überhaupt nicht aus dem Haus», schniefte er.

«Casey ist im *Magnolia*?» vergewisserte sich Jake entsetzt.

«... Ariadne Gladys Finch und Frederick Norris. Ich muß Sie darauf hinweisen, daß ...»

«Was geht hier vor?» fragte Charley, jeder Zoll das Ex-Staatsoberhaupt. Besorgt betrachtete er seinen Sohn. Tony Porter machte lautlos den Mund auf und zu, und das Gesicht unter dem gelben Schutzhelm war leichenblaß.

«Wir sprengen das Hotel, sobald diese Typen hier –» setzte Boscabelli an.

«Nicht sprengen, nicht sprengen!» brüllten Jake und Rocky wie aus einem Munde.

«Schon gut», brüllte Boscabelli zurück. «Aber ich hab mich da gründlich umgesehen, wirklich, und habe niemanden –»

«Tony?» fragte Charley mit tiefer Angst in der Stimme.

«Nein, nein ... er hat das Taschentuch verbrannt und den Schlüssel weggeworfen», erklärte Tony hektisch. «Er hat es verbrannt, er hat's mir selbst erzählt ...»

«Hat er eben nicht», sagte Pinsky. «Wir haben das Tagebuch, Porter. Und jetzt haben wir auch Sie.»

Jake und Rocky schrien mit vereinten Kräften auf Boscabelli ein. «Die Sprengung stoppen ... nicht auf den Knopf drücken ... ich muß ... Sie können nicht ...»

«Jetzt mach dir nicht ins Hemd, Freund.» Boscabelli wich vor Jake zurück, der einen wilden Kriegstanz aufführte. «Ich hab die Hundemarke gesehen. Ich mach ja alles, was Sie wollen ...»

«... und Sie das Recht haben, sich durch einen Anwalt vertreten zu lassen. Falls Sie sich dafür entscheiden, nicht ...» Pinsky hob die Stimme und griff nach Tony, denn der hatte die Arme vorgestreckt und wich, unentwegt den Kopf schüttelnd, Schritt für Schritt vor ihm zurück.

«Beruhige dich, Junge», sagte Charley. «Hier liegt offenbar ein Irrtum vor, es wird sich alles klären ...»

«Wo ist der Eingang zu dem Raum?» brüllte Jake. «Wo ist er? Was ist das für ein Raum? Wo ist sie?»

«Ich zeig's Ihnen, Mann», sagte Obediah.

«Machen Sie's aus, schalten Sie's ab, entschärfen Sie das Ding», schrie Rocky auf Boscabelli ein.

«Mach ich ja schon, ich bin ja grade dabei –»

«Faßt mich nicht an!» Tony Porters wilder Aufschrei erhob sich über die wummernden Motoren der Bulldozer, die sie umstanden. «Ihr kriegt mich nicht, keiner kriegt mich. Keiner. Keiner ...»

Er wich vor seinem Vater zurück, vor Pinsky, vor Eustace Millington, vor Rocky, vor Joe. Seine Augen irrten wild und ziellos umher. Er kam auf dem lockeren Schutt ins Rutschen und verlor das Gleichgewicht. Obediah griff nach ihm, aber er griff daneben. Tony richtete sich wieder auf, indem er sich an dem gebückt dasitzenden Boscabelli abstützte, kletterte über den Erdwall und rannte wie ein Verrückter die Straße hinunter.

Von dem unerwarteten Stoß aus dem Gleichgewicht gebracht, fiel Boscabelli mit aller Wucht auf den Sprengzünder.

«Nein!» schrie Jake.

«Nein!» schrie Rocky.

«Nein!» schrie Charley.

«Scheiße!» schrie Boscabelli.

Und das alte *Hotel Magnolia* zuckte zusammen, als habe es sich vor einer Maus erschreckt.

Erst waren nur Geräusche zu hören: eine Reihe lauter, ohrenbetäubender Explosionen und nach einem kurzen Moment unheimlicher Stille ein tiefes Grummeln und Brummeln, das anschwoll, bis die ganze Welt von diesem einen Laut erfüllt schien.

Einen Augenblick standen sie alle wie erstarrt vor Entsetzen, dann warfen sie sich zu Boden. Hinter dem Erdwall sah es aus, als habe der Hieb einer unsichtbaren Faust Tony Porter niedergestreckt. Mit weit ausgebreiteten Armen lag er auf dem Rücken, das Gesicht dem Himmel zugewandt.

Von den Fundamenten des Hotels erhoben sich braune und graue Staubwolken, in die sich kleinere Wolken aus den oberen Stockwerken mischten. Der Bau wackelte leicht und schien einen Augenblick über der Staubwolke in der Luft zu hängen, ehe er in sich zusammenfiel, während Lärm und Staub und Schutt weiter auf sie zurollten. In einem letzten Moment der Grazie und Schönheit hob sich das vierzehn Stockwerke hohe *Magnolia* nochmals sekundenlang himmelwärts, dann verschwand es hinter dem Tornado seiner eigenen staubwirbelnden Zerstörung.

Der Lärm hallte noch lange nach. Was ihm folgte, erschien ihnen zunächst wie Stille, war es aber nicht. Hinter der Absperrung hörte man Pfiffe und Beifallsrufe, die Bulldozerfahrer ließen die Motoren an. All dies aber überlagerte ein unheimliches Ächzen und Stöhnen, wie der Jammer eines todwunden Riesen.

Als der Staub sich gelegt hatte, sahen sie, was los war. Das *Hotel Magnolia* existierte noch.

Es war nur zur Hälfte eingestürzt. Der rechte Teil war total zerstört und nur noch ein Haufen zerbrochener Balken, verbogener Eisenträger und geborstener Steine, der linke Teil hatte tiefe Risse und Sprünge, stand aber noch. Es klang, als würde das alte Gemäuer einen langsamen Tod sterben.

«Verdammter Mist», fluchte Boscabelli. Nur die Hälfte der Sprengsätze war explodiert. Wäre er gefragt worden, was er bei einer Sprengung um keinen Preis hätte erleben wollen, hätte er diese Situation geschildert. Und da war sie nun.

«Der Eingang ist noch frei.» Jake rappelte sich auf. Der Staub hatte seine Züge fast unkenntlich gemacht, aber seine Augen leuchteten unternehmungslustig. «Auf geht's!»

Aber da war schon Boscabelli bei ihm.

«Sie sind wohl nicht ganz dicht! Jeden Augenblick kann der Kasten einstürzen. Und da liegen noch jede Menge Sprengladungen rum.»

«Schalten Sie die Dinger ab.» Jake deutete auf Boscabellis Kasten.

«Das hilft nichts. Ich hab die Sprengung gezündet, aber die Ladungen sind nicht alle detoniert. Die Dinger sind immer noch hochexplosiv, bei der kleinsten Erschütterung kann es wieder knallen. Wir müssen mindestens vierundzwanzig Stunden warten, und dann –»

«Quatschen Sie nicht, Mann!» Jake schob Boscabelli beiseite und sah Obediah an. «Sie wollten mir zeigen, wo sie ist.»

Obediah erwiderte seinen Blick unbewegt. «Tut mir leid, Mann. Das war vorher.»

«Hey, er steht auf.» Pinsky lief auf Tony Porter zu, der gerade versuchte, wieder auf die Beine zu kommen. Porter stand auf, tat einen Schritt, sah benommen über die Schulter und lief dann taumelnd auf die Hotelruine zu.

Das Beifallsgeschrei war verstummt, ein Fahrer nach dem anderen stellte den Motor ab. Als Tony Porter durch den windschiefen Hoteleingang verschwunden war, wurde es sehr still.

«Okay.» Jake griff sich Boscabellis Schutzhelm und setzte ihn auf. Boscabelli schüttelte entsetzt und mitleidig den Kopf. «Jetzt müssen also zwei raus», quetschte Jake durch die Zähne wie ein wahnsinnig gewordener Zahnklempner.

«Mach keinen Quatsch, Jake», sagte Joe erschrocken. «Laß die Army da ran, die Feuerwehr, meinetwegen einen Pfadfindertrupp. Aber *du* darfst auf keinen Fall –»

Jake stellte sich taub und setzte sich in Trab.

Unter den Umstehenden erhob sich gedämpftes Volksgemurmel. Rocky sah Obediah an. Obediah schüttelte den Kopf. Rocky sah Tanker an. Tanker schüttelte den Kopf. Rocky sah Charley an, Boscabelli, Joe und Pinsky. Dann drehte er sich seufzend zu Evelyn um und zog den duftig geblümten Morgenrock aus. Über den blassen, bloßen Oberkörper lief in dem kalten Wind eine Gänsehaut. Er drückte Evelyn den Morgenrock in die Hand. «Halt mal», sagte er.

Sie waren fast am Eingang. Der reichverzierte Türsturz war an einer Seite heruntergefallen, durch die dreieckige Öffnung hörte man Steine poltern, Balken knarren, hin und wieder den quietschenden Aufschrei von Metall, das sich unter unerträglichem Druck zusammenbog, dazu ein rattenartiges Trippeln, das fast noch schlimmer klang.

Jake sah Rocky an, in dessen Augen ein entschlossener Glanz stand. «Sie kommen sich wohl unheimlich groß und tapfer vor, wie?»

«Ich komm mir vor wie eine ganz miese Ratte», brummte Rocky. «Zufrieden?»

Jake nickte. «Zufrieden.»

Sie betraten die Ruine.

Die hohen Fenster zur Straße waren schon seit Jahren mit Brettern vernagelt. Die Druckwelle hatte sie herausgerissen, so daß etwas Licht hereinfiel. Durch die Sonnenbahnen trieb in Schwaden ein Nebel aus Putzstaub und Schmutz. Das trübe Leuchten stand in seltsamem Gegensatz zu den schwarzen Schattenstreifen in diesem versteinerten Trümmerwald.

Die einst so prächtige Kuppel der Hotelhalle war zweigeteilt. Rechts türmten sich Schuttberge, durch breite Risse fiel hier und da Tageslicht. Links lehnte der Rest der Rezeption an einer Wand. Daneben hing die Tür zum Kellergeschoß schief in den Angeln.

Direkt vor ihnen und nach der ersten Biegung zerstört, erhob sich die breite Treppe. Auf halber Höhe der geborstenen Marmorstufen stand Tony Porter und sah auf sie herab.

«Willkommen im *Hotel Magnolia*», sagte er und riß mit einer großartigen Gebärde die Arme hoch. «Wir befinden uns zur Zeit im Umbau, aber einige Zimmer sind in Kürze wieder frei.» Das Haar hing ihm ins Gesicht, und auf seinen hübschen Zügen lag ein leeres Lächeln. «Wenn Sie sich schon immer eintragen möchten, meine Herren …»

«Total ausgerastet», sagte Rocky erschüttert.

Die Treppe machte plötzlich einen kleinen Ruck nach unten. Tony griff nach der Wand und klammerte sich lächelnd dort fest.

«Kommen Sie herunter, Mr. Porter. Es ist gefährlich hier», sagte Jake leise.

Über ihnen erscholl ein immer lauter werdendes Tack-tack-tack, das jählings verstummte. Dann stürzte ein großer Mauerbrocken, zum Teil noch mit schönen Stuckverzierungen, durch ein gähnendes Loch in der Decke und zerschellte vor ihren Füßen.

Tony Porter kicherte. «Hoppla!»

«Herrgott», stieß Rocky hervor und würgte an dem Staub, der ihm in die Kehle gekommen war. Von der geborstenen Decke und den Stockwerken darüber rannen in breitem Strom Sand und zerbröselter Putz, die sich zu kleinen Hügeln und Wällen sammelten oder in unsichtbaren Hohlräumen unter dem Fußboden verschwanden. Überall hörte man das scharfe, synkopierte Knacken brüchiger Leisten, das Schieben rutschender Balken und Stützen und das schmerzliche Jammern und Stöhnen des sterbenden Hotels.

«Sie bleiben doch sicher zur feierlichen Eröffnung», fuhr Tony Porter unbekümmert fort. «Ich habe nämlich eine einmalige grüne Lunge für die Granthamer Innenstadt entworfen. Planung und Details sind meine Stärke, sind mein Leben. Ich bin ein begnadeter Planer, das sagen alle.»

«Haben Sie den Mord an Ariadne Finch auch geplant?» fragte Jake unvermittelt.

Tonys Lächeln verlosch. «Sie hat mich ausgelacht. Sie soll sich scheiden lassen und mich heiraten, habe ich zu ihr gesagt. Wir wollten zusammen wegfahren, ich hatte den Wagen meines Vaters mitgebracht, ich hatte alles geplant, bis in die letzten Einzelheiten. Auf so etwas versteh ich mich. Und da hat sie mich ausgelacht. Du bist ein hübscher Junge, hat sie zu mir gesagt, ein hübsches Spielzeug, mehr nicht... Einen Tony Porter lacht niemand aus. Niemand.»

«Aber du... du durftest die Leute auslachen, wie?» schrie Rocky plötzlich los. Erschreckend hallte seine rauhe Stimme in dem zerstörten Haus. Ein Tapetenfetzen löste sich und schwebte wie ein Vogel quer über das Loch unter der Treppe. In der Dunkelheit dahinter war kurz ein Knirschen zu hören. «Du hast immer nur gelacht», flüsterte Rocky. Er warf Jake eine Blick zu. «Ist schon komisch, wenn man sich's überlegt. Ich hab mein Leben lang versucht, den Rabauken zu mimen, und er hat sein Leben lang versucht, möglichst gut dazustehn.»

«Besonders gut steht er im Augenblick ja nicht da», meinte Jake.

Tony lächelte wieder. «Ich hab dafür gesorgt, daß ihr das Lachen vergangen ist. Und ich habe ihr ein schönes Denkmal gesetzt. Eigenhändig. Sie hat meine Hände so gern gehabt.»

«Trauen Sie sich zu, nach unten zu gehen und Casey zu holen?» flüsterte Jake.

Rocky sah zu der finsteren Öffnung hinüber, die ins Souterrain führte, und wurde ziemlich blaß. Dann schnitt er eine Grimasse, straffte die schmalen Schultern und setzte sich in Bewegung.

«Wo will er hin?» fragte Tony mißtrauisch.

«Wein holen», gab Jake zurück.

«Wozu?»

«Um Ihr Projekt zu feiern. Ihren großen Plan.» Wieder rollte es wie Donner über ihre Köpfe hinweg, und er blickte hoch. Durch das Loch in der Decke waren die einzelnen Stockwerke des alten Hotels zu erkennen, sie sahen aus wie Zimmer in einem Puppenhaus. Die schönen alten Tapeten waren fleckig und verschossen. Ein blaues Zimmer, ein rosa Zimmer, ein grüngoldenes Zimmer. Ein Balken ragte in das Loch hinein wie ein Uhrzeiger. Der Donner wurde lauter und war häufiger zu hören.

Die Zeit drängte.

«Möchten Sie mal mein Modell sehen?» fragte Tony von seiner gefährlichen Warte auf der knirschenden Treppe her. «Kommen Sie in mein Büro. Ich zeig es Ihnen.»

«Warum nicht.» Jake stellte den Fuß auf die erste Stufe.

«Weil es eine große Dummheit wäre», sagte Tony in schlagartig verändertem Ton. Er machte einen Satz und riß Jake zu Boden. Jake mußte wohl kurz das Bewußtsein verloren haben, dann löste sich aus der Dunkelheit Tony Porters triumphierendes Gesicht, umrahmt von dem gähnenden Loch in der Decke wie von einem Heiligenschein.

«Na also. Den krieg ich schon, hab ich mir gesagt, wenn ich nur lange genug den Verrückten spiele.» In Porters Augen stand keine Spur von Irrsinn. Sie waren klug, klar und erbarmungslos. Jake keuchte unter Tonys Gewicht. «Sie wollten doch wissen, was ich mit Ariadne gemacht habe. Ich zeig's Ihnen.» Tonys Finger schlossen sich um Jakes Hals.

Das dunstig-graue Licht vor Jakes Augen verdunkelte sich zusehends. Plötzlich gab es einen lauten Knall, wie aus einer Riesenpistole, und das ganze Haus schwankte kurz. Tony drückte lächelnd fester zu. «Das hat dem *Magnolia* das Kreuz gebrochen», sagte er. «Es dauert jetzt nicht mehr lange. Für euch beide nicht.» Dem Knall folgte ein anhaltendes Rumpeln. Für Sekundenbruchteile stand Angst in Tonys Blick, und Jake bäumte sich auf und befreite sich aus dem brutalen Würgegriff. Ehe er aber seinerseits Tony an die Kehle gehen konnte, gab es wieder einen Knall, und sein Gegner fiel hintenüber und blieb auf dem geborstenen schwarzweißen Marmorboden liegen wie eine Puppe.

Rockys stand mit einem frisch gesplitterten Balken da, sichtlich bereit, bei der ersten Bewegung Porter zu erschlagen. Doch der bewegte sich nicht.

Über Rockys schmutziges Gesicht hatten Schweiß oder Tränen feuchte Rinnen gezogen, die schmale Brust war blutig verschrammt, eine seiner knochigen Schultern, auf die etwas Schweres gefallen war, verfärbte sich schon grün und blau. Seine Augen waren weit aufgerissen, der Atem ging keuchend und stoßweise. «Die Schnapskisten sind gegen die Verkleidung gefallen, ich krieg sie nicht vom Fleck. Da unten ist eine Menge eingestürzt, Jake, ich glaube, es ist zu spät.»

«Zu spät ist es nie», krächzte Jake. Er kroch auf allen vieren bis zur Rezeption, zog sich daran hoch und sah auf den reglosen Tony Porter herunter. Dann bückte er sich, legte die Handschellen um die muskulösen Gelenke, die ihn beinah das Leben gekostet hätten, richtete sich auf und ging zur Kellertür. Er hatte kaum ein paar Schritte getan, als der Boden unter seinen Füßen anfing zu schwanken.

Rocky schrie auf, ließ das Holz fallen und packte Jake am Arm. «Der Boden bricht durch. Jetzt kracht alles zusammen.»

Das war das Ende.

Von oben knirschte, knisterte, knarrte und polterte es immer lauter. Der Boden schwankte und bäumte sich auf, die Wand vor ihnen schien zurückzuweichen, sich wieder nach vorn zu wölben. Erneut ging ein Regen von Putz und Holzsplittern auf ihre Köpfe und Schultern nieder. Ein schwerer Holzbalken stürzte über den Eingang zum Keller, und eine schwarze Staubwolke wälzte sich von dort auf sie zu.

«Sie ist tot, Jake, so was überlebt kein Mensch. Los, weg hier…» Rocky zerrte an Jakes steifem Arm und versuchte, den Widerstrebenden mit sich fortzuziehen. «Rette sich, wer kann!»

Jake war größer, aber die nackte Angst verlieh Rocky ungeahnte Kräfte. Sie kämpften verbissen miteinander, während um sie her das *Hotel Magnolia* in Trümmer fiel.

Und dann erschlaffte Jake von einer Sekunde zur anderen. Rocky hatte recht. Sie mußte tot sein.

Mit vereinten Kräften schleiften sie den reglosen Tony Porter durch das windschiefe Portal und über die Straße. In der Ferne heulten Sirenen, während hinter ihnen das *Hotel Magnolia* in den letzten Zuckungen lag.

Jake sah nicht mehr zurück.

Als es endlich still geworden war, brach er neben einem Hydranten in die Knie. Dort fand ihn Joe, die Sachen zerrissen, das Haar voller Schmutz und Schutt, die Hände vors Gesicht geschlagen. Als er zu seinem Partner aufsah, stand in seinem Blick eine schreckliche Leere.

«Es ist alles zusammengebrochen, Joe», flüsterte er. «Alles auf sie drauf. Aber ich kann nichts dafür, ehrlich. Ich hab da drin überhaupt nichts angefaßt.»

34

«Heute ist überall das große Buddeln angesagt», bemerkte Joe. Er stand neben Armbruster auf dem Grundstück der Porters und verfolgte die Ausgrabungen unter dem Brunnen, der Tonys Jugendwerk war.

«Ja. Redet er immer noch?»

Joe nickte. «Wie ein Buch. Sein Vater hat jede Menge Anwälte und Psychiater angeschleppt. Allerdings nicht seinen alten Kumpel Quiddick.»

Armbruster richtete den Blick gen Himmel. «Ich hab so was läuten hören, daß er sich zur Ruhe setzen will. Hat vor, ein Buch über Jurisprudenz zu schreiben, heißt es.»

«Jedenfalls ist Tony Porter nicht zu bremsen. Die Anwälte behaupten unverdrossen, er redet nur soviel, weil er ein Ding auf den Kopf gekriegt hat, aber sehr weit kommen sie damit nicht.»

«Und hat er inzwischen rausgelassen, was der Grund war?» wollte Armbruster wissen.

«Der Grund für den Mord an Ariadne Finch? Sie hat sich offenbar sehr gern von ihm bedienen lassen, ihn ansonsten aber nicht recht ernst genommen. Sie hat ihn ausgelacht – und einen Tony Porter lacht man nicht aus. Jedenfalls hatte das bei unserem Goldjungen bis dahin noch keiner versucht. Er hat sie umgebracht, sagt er, weil nach ihm niemand sie mehr haben sollte. Dann hat er die Leiche in seinen Wagen gepackt, ist damit nach Hause gefahren und hat sie unter den Fundamenten eines Brunnens begraben, an dem er schon den ganzen Sommer über arbeitete.»

«Und den wir hier vor uns haben.» Armbruster deutete mit der Pfeife darauf.

«Genau. In ihrem Tagebuch – lassen Sie sich das übrigens nicht entgehen, es lohnt sich – hatte sie notiert, wie sehr ihr an Tony gefiel, daß er vom Arbeiten im Freien so braungebrannt war», bemerkte Joe, ohne eine Miene zu verziehen.

«Für Porter war es ein schwerer Schlag, wie man hört.»

Joe zuckte die Schultern. «Vor allem leidet er wohl darunter, daß er es nicht versteht. Sie wissen ja, wie sie dann reden. Er war immer so ein vorbildlicher Sohn... und so weiter und so fort. Ein bißchen leid kann der Alte einem schon tun. Ich hab ihn allerdings nie gewählt.» Joe sah sich um, in einiger Entfernung konnte er die Presseleute erkennen, die durch die Stäbe des großen Tors spähten. «Es ist durchaus drin, daß sie dem hübschen Tony den Mord an Ariadne nicht mehr nachweisen können, aber im Mordfall Norris kann er sich garantiert nicht rausreden. Daß er sich im Ernst eingebildet hat, damit durchzukommen, war ausgesprochen schwachsinnig. Schließlich hat er alles mögliche angestellt, um an den Schließfachschlüssel zu kommen, hat wie ein Verrückter nach dem Tagebuch gesucht – und dann wundert er sich, daß es jede Menge Zeugen gibt, die ihn erkannt haben. Wollte verhindern, daß Norris den guten Namen der Familie in den Schmutz zieht, hat er behauptet. Da lachen ja die Hühner! Sein Großvater hat Schnaps geschmuggelt!»

Armbruster betrachtete das leuchtende Herbstlaub, das sie umgab. Der Garten der Porters war besonders reich an Ahorn und Buchen. «Stimmt es, daß Porter im Haus der Lightfoots war, ehe wir kamen?»

«Unbestätigte Meldung. Allerdings war er dabei, als das Hotel in die Luft ging. Zufall, möchte ich denken. Sie sind seit Jahren verfeindet. Muß eine Verwechslung gewesen sein.»

«Na, ich weiß nicht...» sagte Armbruster.

«Was wird eigentlich jetzt aus der Durchleuchtung der Millington-Stiftung?» fragte Joe.

«Ich habe den Eindruck, daß die zunächst mal zu den Akten gelegt werden soll», sagte Armbruster zurückhaltend. «Als ich anrief, hieß es, die Sache werde zur Zeit ‹überprüft›. Da hat jemand seine Beziehungen spielen lassen.»

«Quiddick?»

«Kann ich mir nicht denken. Neue Leute, meint Zane Zipkiss. Ein Konzern, mit dem wir rechnen müßten. Ich hab so was wie Bigbrain verstanden, aber da hab ich mich wohl verhört. Ist mir völlig unbekannt. Haben Sie den Namen schon mal gehört?»

Joe zuckte die Schultern. «Kann mich nicht erinnern.» Hinter ihnen wurden Stimmen laut, und er drehte sich um. «Die scheinen was gefunden zu haben. Gehen wir mal hin?»

«Noch etwas Ente, Sylvester?» fragte Molly und griff nach dem Löffel.

«Danke, aber ich kann beim besten Willen nicht mehr.» Er lehnte sich wohlig seufzend zurück. «Ich bin dir sehr dankbar, daß du mich bei dir aufgenommen hast.»

«Papperlapapp. Mr. Braithwaite und ich freuen uns, daß wir Gesellschaft haben. Ich bin sowieso noch eine Woche krankgeschrieben, die können wir gemütlich verleben.»

«Ich will dir nicht zur Last fallen.»

«Du fällst mir nicht zur Last», widersprach Molly energisch. «Wozu hab ich schließlich ein Gästezimmer? Dan hätte gewollt, daß du hier wohnst, das spüre ich irgendwie.»

«Nur bis ich eine eigene Bleibe gefunden habe», erklärte Sylvester fest. «Hab ich dir übrigens erzählt, daß ich die Absicht habe, meine Memoiren zu schreiben?»

«Ist das dein Ernst?»

«Mein voller Ernst. Ich habe gestern abend mit Eustace Millington darüber gesprochen. Er hat ganz schön dumm geguckt, als ich ihm vorgeschlagen habe, mir dafür ein Stipendium der Millington-Stiftung zu spendieren. Dann hat er furchtbar herumgedruckst und hätte mich wohl am liebsten abgewimmelt. Daraufhin hab ich ihm gesagt, daß jedes Leben die erstaunlichsten Überraschungen zu bieten hat. Er solle nur mal an die Sachen denken, die in Ariadnes Tagebuch stehen, die Geschichte von den Ölfunden, die sein verehrter alter Herr sich unter den Nagel gerissen hat, oder die von den Nackttänzen, die Ariadne für ihn aufführen mußte, als er schon fast achtzig war. Von anderen saftigen Stellen ganz zu schweigen. ‹Mein Leben›, hab ich zu ihm gesagt, ‹ist allemal so interessant wie das von dem ollen Augustus. Und wenn Sie das Buch nicht bringen, dann bringt es eben jemand anders.› Ich hab nämlich auch ein recht bewegtes Leben geführt.»

«Das ist mir klar», sagte Molly.

«Danach sind wir ziemlich schnell handelseinig geworden.» Sylvester wich ihrem Blick aus und sah sich in der Wohnung um. «Ja, es ist sehr lieb von dir, daß du dich so nett um mich kümmerst, Molly. Wenn's dir recht ist, bleibe ich bis zur Beerdigung.»

Ein Schatten ging über Mollys Gesicht. «Das arme Mädchen. Ich bedaure es sehr, daß ich sie nicht kennengelernt habe. Wie schrecklich, auf diese Art zu sterben. Darüber kommt Jake nie weg. Der Ärmste...»

Unablässig fuhren die Bulldozer zur Hotelruine, die Greifer der Bagger hoben und senkten sich, die Mäuler voller Schutt, den sie auf die wartenden Muldenwagen spuckten. Sie hatten die ganze Nacht durchgearbeitet. Boscabelli hatte Flutlicht installieren lassen, und sie hatten – für den unwahrscheinlichen Fall, daß Casey doch überlebt hatte – zur Beschleunigung der Arbeiten aus der ganzen Stadt Räumgerät zusammengezogen.

Der Lärm war unbeschreiblich.

«Hier kannst du nicht bleiben, Jake.» Captain Klotzman legte Chase eine Hand auf die Schulter. «Du mußt auch mal schlafen, und deine Hände müssen versorgt werden.» Er streifte mit einem raschen Blick die Notverbände. Gestern hatten sie ihn mit Gewalt aus den stürzenden Mauern schleifen müssen, ein schwankender Balken hätte ihn fast einen Kopf kürzer gemacht.

«Ich möchte dabei sein, wenn sie... wenn...» Jake holte tief Luft. «Wenn sie die Leiche finden», sagte er mit fester Stimme. Klotzman spürte, wie er sich versteifte, spürte den Schauer, der ihn überlief. «Ich hätte bei ihr bleiben müssen –»

«Es war meine Schuld, Jake.»

«Nein. Es liegt an mir. Ich hätte mich über Ihre Anweisungen hinwegsetzen können, es wäre nicht das erste Mal gewesen.» Jake schwankte leicht. «Aber ich wollte den Mord an Norris aufklären, wollte mich wichtig machen, weil Stryker mir bei dem Fall Corelli zuvorgekommen ist. Ich habe ihr wohl imponieren wollen. Statt dessen habe ich sie umgebracht.» Er sah zum Himmel auf. Der

Schmutz vom Vortag lag noch auf seinem Gesicht. Es war frisch, aber die Mittagssonne wärmte.

Boscabelli stellte sich zu ihnen. «Im Souterrain haben wir ein Stück von einem weißgefliesten Raum freigelegt, Jake.» Er sah fast so wüst aus wie Jake. Der erste tödliche Unfall bei einer von ihm geleiteten Sprengung hatte ihn sehr mitgenommen. «Wir müssen jetzt ganz in der Nähe sein. Ich sollte Ihnen Bescheid sagen.»

«Ich komme», sagte Jake.

«Ich komme mit, mein Junge», sagte Klotzman. Zu dritt gingen sie zu dem Trümmerhaufen hinüber, der einst das *Hotel Magnolia* gewesen war. Die Bulldozer standen jetzt, und Männer machten sich mit Pickeln und Schaufeln an einer Ecke der Ruine zu schaffen. Plötzlich richtete sich einer auf.

«Hey, kommt mal hier rüber», rief er.

«Der hat sie wohl gefunden, Jake», sagte Klotzman. «Halt dich tapfer.» Vorsichtig kletterten sie hinunter.

«Wo ist sie?» fragte Boscabelli.

«Nein, gefunden hab ich sie nicht, aber … Hören Sie nichts?»

«Mann, bei Ihnen tickt's wohl nicht richtig!»

«Doch, da ist irgendwas, ehrlich. Ich hör eine Hupe. So 'ne altmodische Autohupe mit Gummiball. Da, jetzt wieder! Na, was hab ich gesagt?»

Sie sahen sich mit großen Augen an.

«Da drüben ist ein Spalt.» Ein zweiter Arbeiter ging zu einem Rest gefliester Wand, der sich aus dem Schutt erhob. «Dahinter ist ein Hohlraum, der geht bis zur Straße.»

Jake kniete und horchte.

Tief unter ihnen, unterbrochen durch regelmäßige Signale aus der Hupe eines 1932er Packards, erscholl lauter, alkoholseliger Gesang. Hin und wieder hielt die Stimme inne, und dann war, wenn man genau hinhörte, ein Gluckern zu vernehmen, wie von einer Flasche, die direkt zum Trinken angesetzt wurde. Danach folgte wieder der Gesang mit Hupenbegleitung:

«Irgendwann kommt mein Pri-hinz zu mir,
irgendwa-hann kommt mein Prinz zu mir …»

Jake griff sich die nächstbeste Schaufel und begann zu graben.

Der Polizistenkiller

Zu diesem Buch

«Vier tote Cops in vier verschiedenen Bezirken», sagte Stryker grimmig. «Von den drei Opfern vor Philip Yentall wissen wir, daß sie nie zusammen gearbeitet haben. Unterschiedlicher Rang, unterschiedliches Alter, keinerlei Ähnlichkeiten. Querverbindungen sind denkbar, aber keineswegs sicher. Bisher macht das alles keinen Sinn.»

Vier tote Polizisten in kurzer Zeit, ohne ein erkennbares Motiv, aber in je zwei Fällen mit dem gleichen Gewehr- beziehungsweise Faustfeuerwaffen-Kaliber erschossen. Aus großer Entfernung, aus nächster Nähe, aus dem fahrenden Fahrzeug. Jedesmal ein Kopfschuß. Ein Scharfschütze.

Inzwischen ist die Zentrale Mordkommission eingeschaltet. Lieutenant Jack Stryker hat allmählich keine Lust mehr, eine Strichliste für erschossene Kollegen zu führen. Aber solange sie nicht die geringsten Hinweise auf mögliche Querverbindungen zwischen den Toten haben, tappen sie mit jeder Hypothese im dunkeln. Es kann natürlich auch sein, daß sich der Mörder einen Spaß daraus macht, mit den Polizisten das Spiel von den zehn kleinen Negerlein zu spielen. Kein schöner Gedanke. Als der nächste Tote ein FBI-Agent ist, bekommen Stryker und seine Leute Hilfe aus Washington: Dana Marchant. Schön. Cool. Clever. Detective Neilson ist begeistert, Lieutenant Stryker irritiert, nur Toscarelli läßt sich von «Miss Flammenwerfer» nicht aus der Ruhe bringen.

Ebensowenig wie der Killer. Er schlägt wieder zu.

Die Hauptpersonen

Richard Santosa: Tod durch Kopfschuß

Merrilee Trask: Tod durch Kopfschuß

Sandy Randolph: Tod durch Kopfschuß

Philip Yentall: Tod durch Kopfschuß

Jack Stryker
«Tos» Toscarelli
Harvey Neilson
Ned Pinsky
Mike Rivera
und
Dana Marchant

suchen den Polizistenkiller,
um nicht das gleiche Schicksal
wie ihre Kollegen zu erleiden.

Die Waffe lag, zur Reinigung in ihre Einzelteile zerlegt, auf einem weißen Tuch vor dem Fenster.

Der Killer stand davor und wartete darauf, daß es hell wurde.

Unten, auf den dunklen Straßen, schalteten die Ampeln an leeren Kreuzungen von Rot auf Gelb und von Gelb auf Grün. Kein einziger Wagen fuhr vorbei. Die Schaufenster der Kaufhäuser in den langen, menschenleeren Straßenschluchten suchten einander in Glanz und Glitzer zu überbieten. Eine Zeitung, von einem jähen Windstoß erfaßt, schurrte im Rinnstein vorbei.

Irgendwo im Park sang ein Vogel.

Allmählich kam der Morgen.

In der zunehmenden Helligkeit erkannte man jetzt die umliegenden Gebäude. Wie eine schweigende Gruppe vierschrötiger Außerirdischer standen sie da. In Hunderten von leeren Fenstern spiegelten sich die an ihrem unteren Rand erglänzenden Wolkenschichten hoch über dem Horizont. Der Fluß schlängelte sich durch die Stadt, um sie in zwei Hälften zu teilen, und nahm nach und nach die Farbe von altem Quecksilber an, matt glänzend unter einem leichten Dunst.

Plötzlich stieß auf der anderen Seite der Stadt ein Jumbojet in den Himmel. Einen Augenblick schien er reglos in der Luft zu verharren, dann beschrieb er einen weiten, eleganten Bogen, einen spinnwebdünnen Kondensstreifen hinter sich herziehend, der in der aufgehenden Sonne feurig aufflammte.

Das Licht, stärker und heller geworden, hatte jetzt auch in die Wohnung gefunden, fing sich in den polierten Flächen der Möbel, den satten Farben der Polstergarnitur, dem Glas der Fotorahmen, den silbernen Pokalen auf dem Kaminsims, den übrigen Waffen in der Wandhalterung und dem leeren Rund des Spiegels über dem geschnitzten Mahagonischreibtisch.

Der Killer trat vor den Spiegel.

Das Gesicht, das ihm daraus entgegensah, war nichtssagend und unauffällig.

Das war das Gute daran.

Kein Mensch wußte etwas, niemand hegte auch nur einen Verdacht.

Ein Toter in der vergangenen Nacht.

Morgen vielleicht der nächste.

Der Killer lächelte.

Spieglein, Spieglein an der Wand,
wer ist der Schlaueste im ganzen Land?

1

Stryker sah der Maschine nach, die von der Startbahn abhob, so groß, so schwer, daß man ihr die Loslösung von der Erde, den freien Flug kaum zutrauen mochte. Dann erhob sie sich tatsächlich in die Lüfte, wurde zu einem Pünktchen, das sich in weitem Bogen immer höher am Himmel verlor. Im Strahl der Sonne blitzte es noch einmal kurz auf, dann wurde es stumpf, dunkelgrau, verlosch im Nichts.

Erst nach und nach nahm Stryker wieder seine Umgebung wahr, den Flughafen mit seinen Läden und Abfertigungsschaltern, den Sitzgelegenheiten für Müde und Wartende, den Restaurants und Imbißecken und der ständigen Menschenflut, der rastlosen Umtriebigkeit, die bis in den letzten Winkel des riesigen Gebäudes schwappte.

«Heraklit», sagte er halblaut.

«Das glaubst du doch selber nicht», erwiderte Tos, der neben ihm stand, in dem skeptisch-gelangweilten Tonfall, mit dem er neuerdings stets reagierte, wenn Stryker irgendwelchen unverständlichen und pseudogelehrten Unsinn von sich gab. «Der? Nie im Leben.»

Stryker lächelte. «Heraklit hat gesagt, daß die Welt und alles in ihr ständig in Fluß ist, in dauerndem Wechsel.»

«Ehrlich? Na ja, einer wie ich, der sich jeden Morgen ein paar Haare mehr aus dem Kamm klaubt, täglich die Unterwäsche wechselt und regelmäßig den Rasen mähen muß, achtet da nicht so drauf. Kann man was dagegen tun, oder müssen wir uns damit abfinden?»

«Hat er nicht verraten.»

«Das ist der Ärger mit den alten Griechen», sagte Tos. «Immer nur Fragen und keine Antworten.»

«So ähnlich wie die Arbeit bei der Polizei.»

«Wollte ich gerade sagen.»

Stryker nickte. «Dachte ich mir.»

Sie verließen die Zuschauergalerie und durchquerten die Abflughalle, immer auf der Hut vor herumflitzenden Kindern, spitzen Kofferecken und den zahlreichen flott uniformierten Damen und Herren, die mit bedeutender Miene, Klemmbretter unter dem Arm, mit hochwichtigen Daten hin und her sausten.

Auf halbem Wege kam ihnen Pinsky entgegen.

«Was treibst du denn hier?» wollte Tos wissen. Pinskys Gesicht blieb ernst. Er schwitzte leicht, wie nach einem kurzen Dauerlauf.

«Ist Kate pünktlich weggekommen?» fragte er Stryker.

«Ja, leider. Trotz meines nachdrücklichen Einspruchs in letzter Minute.»

«Bei dem es hauptsächlich um schmutzige Hemden und die Tücken der Geschirrspülmaschine ging», ergänzte Tos. «Es war sehr bewegend.»

«Dann könnt ihr euch gleich weiterbewegen. Wir haben den nächsten.» Die anderen beiden warteten. «Ein Kollege von der Kriminalpolizei. Auf dem Parkplatz vor seinem Revier.»

«Wie die anderen?» fragte Tos.

Pinsky nickte. «Wie die anderen. In den Kopf.»

Angefangen hatte es vor etwa zehn Tagen.

Das erste Opfer, Richard Santosa, war durch einen Kopfschuß getötet worden, als er einer Meldung aus einer sehr anständigen Gegend nachging, bei ihnen drücke sich eine verdächtige Gestalt herum. Die Kollegen des zuständigen Bezirks nahmen die Ermittlungen auf. Sie durchforsteten Santosas Privatleben, überprüften die letzten von ihm vorgenommenen Verhaftungen und andere mögliche Tatmotive. Es war das übliche Vorgehen.

Das zweite Opfer, Merrilee Trask, gab gerade von einer Telefonzelle aus die Nummer eines herrenlosen Wagens durch, als sie erschossen wurde. Ihr Revier war auf der anderen Seite der Stadt. Auch hier gingen die Ermittlungen ihren geregelten Gang, genau wie im Fall Santosa.

Bis die Ballistikexperten feststellten, daß die Kugeln aus derselben Waffe stammten.

Die beiden Reviere vereinbarten eine – zunächst nur lockere – Zusammenarbeit. Sie koordinierten ihre Ermittlungen und tauschten ihre Informationen aus. Welche Verbindung gab es zwischen Santosa, einem gutaussehenden Junggesellen, und Merrilee Trask, einer geschiedenen Frau? Die naheliegende Antwort – daß sie ihre Freizeit zusammen verbracht hatten – schied aus. Santosa hatte eine feste Freundin, die beiden Opfer kannten sich nicht persönlich.

Und dann schlug der Mörder erneut zu. Das dritte Opfer, Sandy Randolph, war auf der Rückfahrt von einem Einsatz – einer Brandstiftung – erschossen worden. Sein Partner war verletzt worden, als der Wagen von der Straße abgekommen und an einen Telefonmast geprallt war, und hatte deshalb den Killer, der von einem vorbeifahrenden Wagen aus geschossen hatte, nicht verfolgen können.

Randolph, ein knapp dreißigjähriger Schwarzer und seit einem Jahr verheiratet, hatte in den nächsten Tagen einen Computerkurs besuchen wollen, um später selbst am Rechner zu arbeiten oder Kollegen Unterricht in Datenverarbeitung zu geben. Er beschäftigte sich gern mit theoretischen Problemen, der Dienst auf der Straße lag ihm weniger.

Und nun war wieder ein neues Revier, wieder eine neue berufliche «Familie» betroffen. Zwar war diesmal nicht aus einem Gewehr wie bei den ersten beiden Fällen, sondern aus einer Handfeuerwaffe geschossen worden. Trotzdem war eine Verbindung nicht auszuschließen. Drei Morde ohne offensichtliches Motiv, drei Kopfschüsse, drei Polizeibeamte.

Der Fall wurde der Zentralen Mordkommission übergeben.

Dort stand man vor einer gewaltigen Aufgabe. Daß es sich um einen einzigen Mörder handelte, schien wahrscheinlich. Aber – mordete er aufs Geratewohl, oder hatte er einen konkreten Grund?

Wenn der Mörder auf gut Glück in der Gegend herumballerte, konnte man nur die Sicherheitsvorkehrungen verstärken, sämtlichen eingehenden Hinweisen und Gerüchten nachgehen, in den Waffengeschäften nachfragen, ob besonders große oder ungewöhnliche Waffen- beziehungsweise Munitionskäufe getätigt worden waren, und die Akten bekannter Polizistenhasser und sonstiger Spinner durchforsten.

Und sich fragen, wie viele Typen dieser Art womöglich frei herumliefen, ohne daß sie aktenkundig geworden waren.

Wenn aber die Morde Methode hatten, einem bestimmten Muster folgten, stellte sich natürlich die Frage nach dem Motiv. Wo sollten sie anfangen? Sie konnten sich zunächst nur an die Opfer halten – und an den Kollegen Computer. Der lieferte Tausende von Hinweisen. Jedem Hinweis mußte nachgegangen werden. Der Personalstand der Mordkommission ließ sich nicht beliebig aufstocken. Möglichst viele Mitarbeiter wurden dafür abgestellt, den Hinweisen nachzugehen, die der Computer lieferte, die übrigen mußten sich – Todesschüsse hin, Todesschüsse her – um die tägliche Arbeit kümmern. Im Interesse der öffentlichen Sicherheit und auch um die Mitarbeiter psychisch nicht über Gebühr zu belasten, hätte man bei der Polizei diese Aktivitäten natürlich gern unter der Decke gehalten.

Bedauerlicherweise aber – und niemand bedauert das mehr als die Polizei – sind Polizeireporter nicht mit Taubheit und erst recht nicht mit Stummheit geschlagen. Kaum hatten die Medien Wind von der Sache bekommen und den Schlachtruf «Polizistenmörder!» erschallen lassen, begannen bei der Polizei die ohnehin stark unter Druck stehenden Reihen zu wanken.

Randolphs Partner, Frank Richmond, hatte einen schweren Schock erlitten, als während einer scheinbar harmlosen Streifenfahrt eine Kugel seinem Partner den Schädel zerschmettert hatte. Kurz nach seiner Entlassung aus dem Krankenhaus hatte er den Dienst quittiert.

Er war nicht der erste.

Wer ohnehin nicht so genau wußte, ob eine Laufbahn bei der Polizei das richtige für ihn war, interessierte sich plötzlich brennend für berufliche Chancen im Immobilien- oder Klempnergeschäft, oder er beschloß, wieder an die Uni zu gehen, um Jura, Landwirtschaft oder Kunstgewerbe zu studieren. Selbst tüchtige, erfahrene Polizisten ertappten sich dabei, daß sie in der Dunkelheit pfiffen, über die Schulter schauten und Dächer und Simse im Auge behielten.

Junge Leute, die mit dem Gedanken gespielt hatten, zur Polizei zu gehen, entschieden sich für Fallschirmspringen oder Profi-Football als weniger gefährliche Alternativen.

Für die wachsende Unruhe gab es einen einfachen Grund. Es war wenig davon die Rede, die Reihen zu schließen oder Vergeltung zu üben. Es war eine schlichte Frage der Logik.

Wer einen Polizisten tötet, achtet nichts und niemanden auf der Welt.

Wer einen Polizisten tötet, wird auch andere Menschen töten.

Ohne Ansehen der Person.

2

Den mit Rollsplitt bedeckten Parkplatz umgaben hohe Mauern, an allen vier Seiten von Gebäuden begrenzt. Hin und wieder zogen dicke Wolken über den Himmel, so daß die Szene ständig zwischen strahlender Sonne und Düsternis wechselte. Streifenwagen und andere Dienstfahrzeuge hatten sich in fischgrätförmiger Formation auf dem engen Raum zusammengedrängt. Zuschauer in Uniform und Zivil kamen und gingen. Die rasch wechselnden Lichtverhältnisse zwangen sie dazu, ständig die Sonnenbrillen auf- und abzusetzen. Niemand wollte sich etwas entgehen lassen.

Mittelpunkt des Geschehens war die hinterste Ecke des Parkplatzes. Dort, zwischen einem Chevrolet-Kombi und der hohen Mauer, lag ein Mann in Sportsakko und Flanellhose mit dem Gesicht nach unten. Um das, was von seinem Kopf übriggeblieben war, lagen Blut, Gehirnmasse und Knochensplitter herum. Neben dem Toten hockte Bannerman, der Polizeiarzt. Es traf sich gut, daß er so groß und hager war, sonst wäre er womöglich in dem engen Raum gar nicht nah genug an die Leiche herangekommen. Ab und zu richtete er sich auf, um die verkrampften Glieder zu strecken. Jedesmal traten dann seine Kollegen beiseite, weil sie dachten, er habe seine Untersuchung beendet. Wenn er sich erneut hinhockte, schloß sich der Kreis um ihn wieder.

Stryker spähte zu den Bürogebäuden und Wohnhäusern hoch, die den Parkplatz umgaben. Dies war kein reicher Bezirk, aber auch kein Slum. Es war abzusehen, wann das Krebsgeschwür der verrottenden Innenstadt auch diesen Stadtteil erfassen würde, so wie es andere erfaßt hatte. Schon sah man leere Fenster, hinter denen unbenutzte Büroräume lagen, hier und da kündete ein zerrissener Vorhang von einer Wohnung ohne Mieter. An den Ecken lungerten Leute herum, hier und da schlief ein Betrunkener in einem Torweg. Die Verwahrlosung rückte näher, aber noch war sie nicht da.

«Habt ihr die Häuser schon überprüft?» fragte er.

Über den breiten olivfarbenen Wangen glitzerten die schwarzen Augen von Captain Corsa wie die Lichter eines Tieres, das aus einem Versteck lugt. «Wofür halten Sie uns hier?»

«Entschuldigung», sagte Stryker.

Corsa blickte finster drein. «Er muß fast die ganze Nacht dort gelegen haben, erst die Frühschicht hat ihn gefunden.» Er wischte sich das Gesicht, kniff sich in die Nase und seufzte. «Gestern abend nach dem Dienst haben wir noch zusammen ein Bier bei *Whistles* getrunken, das machen wir manchmal. Dann hat er gesagt, er muß nach Hause, er hatte die Nacht davor schlecht geschlafen und wollte früh ins Bett.» Corsa machte eine Pause, schluckte und fuhr tonlos fort: «Er hat eine Frau und drei kleine Kinder. Ein guter Cop, stand kurz vor der Prüfung zum Lieutenant. Und ein guter Freund.»

«Es tut mir sehr leid», sagte Stryker.

Corsa nickte. «Tut uns allen leid. Der vierte, nicht? Der vierte oder fünfte.»

«Der vierte», sagte Tos.

«Die Sache stinkt zum Himmel.» Corsa wandte sich ab und starrte auf die gegenüberliegenden Dächer. «Was liegt denn bei euch inzwischen an?»

«Vier tote Cops in vier verschiedenen Bezirken», sagte Stryker grimmig. «Von den drei Opfern vor Yentall wissen wir, daß sie nie zusammen gearbeitet haben. Unterschiedlicher Rang, unterschiedliches Alter, keinerlei Ähnlichkeiten. Daß es zwischen Yentall und dem einen oder anderen eine Querverbindung gibt, ist denkbar, aber keineswegs sicher. Bisher macht das alles keinen Sinn.»

«Immer die gleiche Waffe?»

Tos schüttelte den Kopf. «Bei den ersten beiden Opfern war es ein Gewehr, beim nächsten eine Faustfeuerwaffe, wahrscheinlich Kaliber 38, allerdings war die Kugel derart deformiert, daß die Kollegen es nicht genau haben feststellen können. Klar, es gibt auch Gemeinsamkeiten: Alle Opfer sind Cops, alle hatten Kopfschüsse, bei allen liegt kein offensichtliches Mordmotiv vor. Vielleicht ist ja dieser Fall anders. Vielleicht ist Yentall bedroht worden, hatte einen Feind oder sonstwas. Wir werden das alles mit Ihnen durchgehen. Und das war's dann auch schon. Ach ja, noch eins: Die ersten beiden sind aus gut 400 Meter Entfernung erschossen worden, der dritte aus einem fahrenden Wagen.»

«Ein Scharfschütze», stellte Corsa fest.

«Keine Seltenheit heutzutage», sagte Stryker.

Als Bannerman diesmal aufstand, war er wirklich fertig. Er quetschte sich zwischen Wagen und Mauer hindurch und trat zu Stryker. «Kleine Variante. Schuß aus nächster Nähe.»

«Dieselbe Waffe?»

Bannerman zuckte die Schultern. «Nicht meine Zuständigkeit. Viel dürfte sich nicht mehr feststellen lassen – bis auf das Kaliber. Eine Faustfeuerwaffe, soviel steht fest. Die Kugel hat den Schädel durchschlagen und ist in der Mauer hängengeblieben. Nur noch ein Klumpen Blei. Vielleicht Kaliber achtunddreißig.» Er deutete auf das graue Kügelchen in der beschrifteten Plastiktüte und verstaute sie sorgfältig in seiner Tasche. «Wollt ihr ihn euch noch mal ansehen, ehe wir ihn wegschaffen?»

Tos erbleichte. «Nein, danke.»

Bannerman sah ihn an und lächelte ein bißchen. «Wenn Sie Wert auf Beförderung legen, müssen Sie darüber irgendwann wegkommen, Tos.»

«Dann bleib ich lieber, was ich bin», sagte Tos. «Trotzdem schönen Dank.»

Stryker seufzte. «Ich geh mal hin.»

Es war kein erbaulicher Anblick, und er registrierte möglichst viel in der kürzestmöglichen Zeit. Toscarelli hatte ihn mit seinem schwachen Magen offenbar angesteckt. Vielleicht war es ja auch nur die Wut, die in seinem Bauch rumorte, als er auf einen Kollegen heruntersah, der ohne ersichtlichen Grund umgebracht worden war. Einer der Fotografen machte eine letzte Aufnahme, das Blitzlicht ließ den Trauring an der linken Hand des Opfers aufblinken.

Stryker sah zum Himmel hoch und dachte an Kate, die jetzt auf dem Flug nach England, wo sie an einer Literaturtagung teilnehmen wollte, hoch über dem Meer schwebte. Von den ersten drei Polizistenmorden hatte er ihr nicht viel erzählt, aber sie hatte – wie alle anderen auch – in der Zeitung darüber gelesen. Auch sie hatte nicht viel gesagt. Sie brauchte nichts zu sagen. Es stand zwischen ihnen, hatte von Anfang an zwischen ihnen gestanden. Für ihn als Kriminalbeamten, so hatte er bisher immer argumentiert, bestand weit weniger Gefahr an Leib und Leben als für seine uniformierten Kollegen. Was aber hätte er ihr gesagt, wenn sie heute abend zu Hause auf ihn gewartet hätte? Vor ihm lag Detective Phil Yentall in Tweedsakko, grauen Flanellhosen und hellblauem Hemd. Ohne Uniform, in lässigen Zivilklamotten.

Mrs. Yentall würde drei Kinder allein großziehen müssen.

Als er zu Corsa und Tos zurückkam, war sein Schritt nicht so federnd wie sonst. «Schweinehund», sagte er nur.

Er meinte nicht Yentall.

Mit Arbeitskollegen ist das so eine Sache.

Besonders bei der Polizei. Der Kollege, mit dem man im Zweierteam zusammenarbeitet, muß einem nicht unbedingt besonders sympathisch sein (allerdings erleichtert das die Arbeit), aber man muß sich hundertprozentig auf ihn verlassen können.

Lieutenant Stryker und Sergeant «Tos» Toscarelli arbeiteten seit einigen Jahren zusammen. Es war keine unverrückbar feste oder auf Dauer gedachte Verbindung – so etwas ist bei der Polizei nicht üblich –, aber ein Vorgesetzter muß schon recht blöd sein, wenn er nicht sehr bald merkt, welche seiner Leute gut zusammenpassen. Der Chef der beiden hatte zweifellos seine Macken, aber blöd war er nicht. Auch nach Strykers Beförderung zum Lieutenant hatte das Team Bestand und leistete weiterhin gute Arbeit.

Manchen Leuten war es ein Rätsel, daß Stryker Toscarellis fürsorgliche Tyrannei so lange geduldig ertragen hatte. Tos, sagten sie, sei das klassische Beispiel für eine «jiddische Mame» – obgleich er ein gläubiger Katholik war, der regelmäßig die Messe besuchte. Stryker hatte krauses Haar, das sich allmählich lichtete und neuerdings vorzeitig grau wurde. Er selbst behauptete, das sei eine Folge des Verliebtseins – eine traumatische Erfahrung eben ... In Wirklichkeit lag es bei ihm in der Familie. Der äußere Anschein von Reife war trügerisch. Tatsächlich brauchte er jemanden, der ihn bemutterte, und das wußte er auch. Er war schnell in seinen Bewegungen und schnell im Denken – manchmal so schnell, daß Regenmäntel, geregelte Mahlzeiten und Schlaf in der Eile auf der Strecke blieben. Er fand es höchst überflüssig, sich mit Gedanken an seine eigene Person den Kopf vollzustopfen.

Er lebte mit seiner großen Liebe Kate Trevorne, einer Hochschullehrerin für Englisch, zusammen. Die Aufgabenteilung sah so aus wie bei vielen Paaren. Sie erledigte den größten Teil der Arbeit, und er war ihr dankbar dafür. Tos seinerseits sorgte dafür, daß Jack Stryker nicht in den Fluß stürzte oder während einer Ermittlung nicht allzu viele Mahlzeiten ausfallen ließ. Wie es weitergehen würde, wenn Toscarelli einmal heiratete und selbst Kinder hatte, war völlig offen.

Immerhin war ernstlich damit zu rechnen, daß Stryker dann genötigt sein würde, erwachsen zu werden.

Etwas anders lag der Fall Neilson-Pinsky.

Als dem frisch zur Mordkommission versetzten Detective Harvey Neilson Sergeant Ned Pinsky als Partner zugeteilt worden war, hatte er das als ein Zwischenspiel von höchstens vier, fünf Tagen angesehen. Neilson war jung, sportlich, alleinstehend und ein heller Kopf. Er sah gut aus und wirkte auf Frauen, woraus er auch kein Geheimnis machte. Pinsky, fand er, war ein richtiger Hinterwäldler, langsam im Denken und langsam im Reden. Merkwürdigerweise war Pinsky allenthalben beliebt, und Neilson konnte sich das nur damit erklären, daß niemand seine Konkurrenz zu fürchten brauchte und daß er offenbar immer bereit war, seine Brieftasche zu zücken, wenn für irgendeinen Geburtstag gesammelt wurde. Gegen eine trübe Tasse wie Pinsky, sagte sich Neilson, stichst du so vorteilhaft ab, daß deine natürlichen Gaben um so deutlicher hervortreten und die dankbaren Stadtväter dich in Kürze zum Polizeichef machen werden.

Auf diesen Tag wartete er noch immer.

Zuerst war Harvey Neilson über die mangelnde Anerkennung recht verbittert gewesen. Immerhin hatte er sämtliche Prüfungen mit Glanz und Gloria bestanden, hatte sich im Streifendienst durch Härte und schnelles Reaktionsvermögen ausgezeichnet und war sehr bald zur Kriminalpolizei versetzt worden, weil er und alle anderen wußten, daß er dort groß rauskommen würde. Pinsky hingegen konnte nur durch ein bürokratisches Versehen in der Mordkommission gelandet sein – oder durch Beziehungen. Anders, dachte Neilson, läßt sich das gar nicht erklären.

Als er dann aber immer wieder erlebte, daß der biedere Pinsky einen Fall eher durchschaut hatte als der Wunderknabe Harvey, dämmerte es sogar ihm, daß in dem Hinterwäldler mehr stecken mochte, als auf den ersten Blick ersichtlich war. Pinsky sah zwar aus wie von einem einarmigen Marionettenmacher mit Bindfaden und Siegelwachs zusammengebastelt, aber wenn es sein mußte, konnte er ganz schön schnell durch die Gegend schlenkern.

Vor etwa einem Jahr hatte er sogar noch einen Zahn zulegen müssen, um Neilson das Leben zu retten. Über Funk war ein bewaffneter Raubüberfall gemeldet worden. Eine Minute später – sie waren in der nächsten Querstraße gewesen – hatten sie den Tatort erreicht. Der Besitzer eines Schnapsladens lag tot auf der Schwelle, und als sie vorfuhren, sahen sie noch den Mörder in die Kasse greifen. Der Mann floh durch die Hintertür, und sie folgten ihm. Eine Minute später hatte der Killer Neilson eine Kugel verpaßt, aber fünf Sekunden danach war er selbst zu Boden gegangen. Mit Pinskys Kugel im Herzen. Ned überzeugte sich davon, daß der Täter tot war, machte Meldung an die Zentrale und verarztete Neilson notdürftig bis zum Eintreffen des Rettungswagens.

«Woher hast du gewußt, daß der Mistkerl da hinten auf der Lauer lag?» stieß Neilson hervor.

«Ratte», sagte Pinsky.

«Ganz meine Meinung. Aber woher hast du gewußt, daß er da ist?»

«Weil eine Ratte weggerannt ist», erklärte Pinsky geduldig. «Und wegen des Schattens.»

«Die Ratte hat einen Schatten geworfen?» fragte Neilson benommen.

«Nein. Der Typ, der dich angeschossen hat.»

«Da war – verdammt! – da war kein Schatten», widersprach Neilson. «Ich hab genau hingesehen.»

«Du hast nicht nach oben gesehen», sagte Pinsky. «In der Kellerdisko war Licht, und wenn Licht von unten kommt, ist der Schatten oben. In diesem Fall auf der untersten Stufe der Feuerleiter.»

«Elementar, mein lieber Watson», murmelte Neilson.

«So hat er es nie gesagt», meinte Pinsky in freundlichem Plauderton, während er das Taschentuch fest auf Neilsons Wunde drückte, die Augen seines Partners und den Schläfenpuls beobachtete und auf die Sirenen horchte. «In dieser Geschichte *Ein ganz einfacher Fall* heißt es schlicht ‹elementar› Ohne jedes schmückende Beiwerk.»

«Ehrlich?» fragte Neilson und verlor das Bewußtsein.

In den folgenden Monaten lernte Neilson seinen Partner allmählich besser kennen. Pinsky war weder ein Wunderknabe noch ein Meister des Scharfblicks und hatte nichts Geniales an sich. Dafür besaß er eine erfreulich große Portion gesunden Menschenverstand. Er rauchte Pfeife. Er las viel. Im Winter fuhr er Ski, im Sommer ging er segeln. Er hatte eine große Familie – eine Frau, die ihn anbetete, nette Kinder, einen Hund, der Kunststücke machen konnte. Er glaubte an die Gerechtigkeit. Ein Psychiater hätte bei ihm von einer ausgeglichenen Persönlichkeitsstruktur gesprochen.

Neilson war zwar immer noch nicht ganz damit klargekommen, daß das Leben andauernd neue Fallstricke für ihn bereithielt, aber Pinskys Ruhe in kritischen Situationen war ihm doch eine große Hilfe. Bis Pinsky mit dem ersten Vorschlag ankam, verging immer eine Weile, und dadurch hatte Neilson Zeit, in seinem eigenen Kopf Ordnung zu schaffen. Genau darauf hatte Stryker gehofft, als er den Vorschlag gemacht hatte, aus den beiden ein Team zu machen. «Zusammen sind sie die berühmte Mischung aus Inspiration und Transpiration», hatte er zu Captain Klotzman gesagt. «Passen Sie auf, die beiden werden ein gutes Gespann.» Und damit hatte er Recht behalten.

Die vier hatten – von Fall zu Fall unterstützt durch andere Kollegen – die Oberleitung bei der Jagd nach dem Polizistenkiller. Alle Hinweise, Tips, Verdachtsmomente und Gerüchte wurden von den Tausenden von Beamten, die in der Stadt arbeiteten, an sie weitergeleitet. Die Kopien sämtlicher Berichte, die Anrufe von Spinnern und freiwillige «Geständnisse», Beschwerden, Anfragen der Presse, der Öffentlichkeit, der Kollegen – das alles landete bei ihnen. Der Druck kam von unten und von oben und von außen.

Und er verstärkte sich mit jedem neuen Opfer.

Stryker und Tos betraten die Wache, um ihr Gespräch mit Captain Corsa fortzusetzen und Yentalls Berichte und Einsätze in den letzten Wochen zu überprüfen. Neilson und Pinsky blieben auf dem Parkplatz und sahen den Leuten des Coroner zu, die wegschafften, was von Detective Yentall übriggeblieben war. Pinsky rätselte wieder einmal an dem Fall herum, wie schon so oft, seit sie sich damit befaßten.

«Wenn er auf gut Glück tötet, sitzen wir fest, stimmt's?»

«Stimmt.» Neilson machte sich noch immer eifrig Notizen vom Tatort.

«Nehmen wir mal an, daß er die Leute nicht auf gut Glück abknallt.»

«Ja? Nur weiter», sagte Neilson halblaut.

Pinsky sah gedankenvoll auf die Fotografen, die ihre Ausrüstung einpackten. «Zuerst hat er aus beträchtlicher Entfernung geschossen. Jetzt aus nächster Nähe.»

«Wie meinst du?» Neilson schrieb noch immer.

«Vielleicht drei Unbekannte, ein Freund.»

Neilson unterbrach seine Schreiberei und sah auf. – «Freund? Es darf gelacht werden.»

«Gut, dann also ein Bekannter.»

«Okay, das wäre eine Möglichkeit. Aber es könnte auch umgekehrt gewesen sein. Drei Schüsse aus größerer Entfernung, damit er nicht identifiziert wird, einer aus der Nähe, weil der Mann ihn nicht kannte.» Neilson machte sein Notizbuch zu. «Am besten reden wir erst mal mit Yentalls Partner . . . Wie hieß er doch gleich?»

«Sobell», sagte Pinsky. «Guter Mann, ich kenne ihn. Der ist bestimmt ganz schön fertig.»

Neilson betrachtete ihn neugierig. «Wärst du fertig, wenn mich jemand wegputzen würde?»

Pinsky überlegte. «Ein, zwei Minuten wär ich bestimmt ziemlich geplättet», räumte er ein.

Neilson hob eine Augenbraue. «So lange?»

«Würdest du Trauer für mich tragen?» konterte Pinsky.

«Und ob! Ein ganzes Jahr lang würde ich in Schwarz gehen.»

«Du siehst gut aus in Schwarz.»

«Eben!» Neilson grinste. «Auf geht's! Wenn wir Einzelheiten wissen, können wir sie zum Vergleich mit den anderen Fällen eingeben. Mal sehen, was der Computer ausspuckt. Ich wär ja schon froh und dankbar, wenn sich dabei herausstellen würde, daß sie als Kinder alle dieselbe Sorte Bubblegum gekaut haben. So langsam macht mich dieser Fall fix und fertig, Ned. Ich hab ein ganz komisches Gefühl am Hinterkopf. Als ob da eine blinkende Zielscheibe sitzt, und einer braucht sich nur noch hinzustellen und abzudrücken.»

Pinsky nickte. «Eine sehr unschöne Situation, wie Sherlock Holmes gesagt hätte», meinte er halblaut und schlenderte hinter Neilson her.

3

Sobell hatte eine beginnende Glatze und einen dicken Schnurrbart über schmalen Lippen. Er saß an seinem Schreibtisch und starrte mit leerem Blick auf seine zerfledderte Schreibunterlage und die museumsreife Schreibmaschine. Als Pinsky und Neilson nähertraten, sah er hoch, und sein Gesicht erhellte sich kurz, als er Ned Pinsky erkannte.

«Tag, Harry. Wie geht's?» Ned setzte sich auf die Schreibtischkante.

«Ich hab ihn gefunden, Ned. Ich hab seinen Wagen gesehen und bin hingegangen. Und da lag er. Ich hab sein Sakko erkannt. Sein Sakko, das muß man sich mal vorstellen. Ich hab mir eingebildet, daß ich weiß, wie es ist, einen Menschen zu verlieren. Wir erleben es ja täglich. Aber diesmal werd ich damit nicht fertig. Ich sitze hier und bin innerlich tot. Ich weiß nicht, woher meine Atemzüge kommen, ich weiß nicht, warum sie überhaupt noch kommen. Jedesmal, wenn ich Luft hole, denk ich, das ist das letzte Mal. Aus und vorbei. Und dann atme ich doch weiter. Ohne mein Zutun. Einfach so ...»

«Ganz ruhig, Harry», sagte Pinsky. «Mach dich nicht verrückt.»

«Er war ein guter Kerl», sagte Sobell. «Das sagen wir immer, bei jedem, der dran glauben muß. Aber Phil war wirklich ein guter Kerl. Ein lieber Kerl. Alle hatten ihn gern. Ich hab ihn liebgehabt wie einen Bruder. An die zehn Jahre haben wir zusammengearbeitet. Und dann erkenn ich nur sein verdammtes Sakko.» Sobell hatte angefangen zu weinen.

«Hat er in letzter Zeit irgendwas erzählt?» fragte Neilson. «Hat er von dem Todesschützen gesprochen?»

Sobell schüttelte den Kopf. «Nur so, wie wir alle von ihm gesprochen haben. Warum wir den Schweinehund nicht kriegen und so Sachen.» Er sah Neilson an. «Warum kriegen wir das Schwein nicht?»

Neilson seufzte. «Wir tun, was wir können. Du weißt ja, wie das ist. Verdammt mühsam.»

«Ich weiß, daß es heute Phil erwischt hat», sagte Sobell

tonlos. «Ich weiß, daß es den ersten schon vor Wochen erwischt hat.»

«Ja, aber erst letzte Woche ist jemand darauf gekommen, daß es da einen Zusammenhang gibt, und hat die Zentrale Mordkommission eingeschaltet», sagte Pinsky. «Das ist wie beim Bergsteigen, Harry, andauernd rutscht von oben was runter und fällt dir ins Gesicht. Wir suchen nach Querverbindungen, wir hoffen, daß sich irgendwann ein Muster abzeichnet ...»

In Sobells Gesicht zuckte es. «Ist ja schön für euch, daß ihr wieder 'ne Leiche für euer Muster habt.»

«So hab ich nicht gemeint», sagte Pinsky.

Sobell rutschte tiefer in seinen Sessel, fuhr sich mit der Hand übers Gesicht und wischte sich mit den Handflächen die Tränen ab. «Weiß ich ja. Ich kenn mich ja aus, ich kann mir vorstellen, was bei euch alles läuft. Aber Herrgott noch mal, Ned, warum ausgerechnet Phil?»

Pinsky sah sich um. Normalerweise herrschte im Dienstraum eines Reviers ständig Hektik, Geschiebe, Gezeter, Geschrei. Hier war es unnatürlich ruhig, die Arbeit vollzog sich fast lautlos. Dies war ein Trauerhaus, einer der ihren war gestorben. Fast schmerzhaft zerriß hin und wieder das Läuten des Telefons die Stille. Die Beamten hatten ernste Gesichter, die Spannung ließ sich fast mit Händen greifen.

Pinsky sah Sobell an. «Ausgerechnet Phil? Das gilt für die anderen drei ganz genauso.»

«Das Naheliegendste sind Leute, bei denen sich irgendwelcher Groll angesammelt hat», sagte Stryker zu Captain Corsa. «Wir konzentrieren uns zur Zeit auf alte Verurteilungen. Suchen nach einem Täter, den die Opfer alle mal in den Knast gebracht haben und der dort vielleicht auf die Idee gekommen ist, bei nächster Gelegenheit alte Rechnungen zu begleichen. Zu allererst käme da natürlich jemand in Frage, der gerade erst rausgekommen ist. Beim nächsten Schritt erfassen wir Knackis, die schon eine Weile wieder draußen sind. Und so weiter. Eine Heidenarbeit.»

«Wem sagen Sie das.» Corsa sah aus dem Fenster auf die

Straße vor dem Revier. Dort hatte sich, angelockt durch die Ansammlung der Rettungs- und Arztfahrzeuge, der Wagen von der Spurensicherung und der vielen Polizisten in Uniform und Zivil, die auf dem Gelände nach Hinweisen suchten, eine Schar sensationslüsterner Zuschauer zusammengerottet, die von Minute zu Minute größer wurde. Das Fahnden nach Spuren auf dem Parkplatz war ein ziemlich aussichtsloses Unterfangen – falls es welche gegeben hatte, hatten die Füße der Neugierigen und die Räder der vielen Fahrzeuge sie inzwischen längst beseitigt – aber es mußte sein.

«Das muß alles sein, das ganze Drum und Dran», sagte Stryker. «Bei *einem* Tatort und bei *einer* Leiche ist es schon schlimm genug, aber das alles mal vier ...» Er raufte sich einigermaßen verzweifelt die Haare. «Und inzwischen sitzt dieser Schweinehund irgendwo warm und trocken und lacht uns aus.»

Corsa sah sich um. «Das ist Ihr Eindruck, ja? Daß es ein und derselbe Täter ist?»

«Allerdings.»

«Was für ein Gefühl haben Sie bei ihm?» wollte Corsa wissen.

Stryker seufzte und begann, in dem kleinen, mit Möbeln und Aktenschränken vollgestellten Raum hin und her zu gehen. Er nahm die Frage so ernst, wie sie gemeint war. Viele Kriminalbeamte entwickeln – besonders in einem Mordfall – eine Witterung für den Täter. Dabei kommen ihnen Augen und Ohren und frühere Erfahrungen zu Hilfe, aber auch etwas Undefinierbares, Unbenennbares, das mit dem Wort Instinkt nur unzureichend beschrieben ist.

«Ein Gefühl der Kälte», sagte Stryker. «Er kommt mir vor wie ein eiskalter Hund. Kein Hitzkopf, kein armer Irrer. Ein zielstrebiger Planer. Ein Unerbittlicher.»

«Ein Mann mit einer Mission. Ein Kämpfer. Irgendwas in der Art.»

Stryker nickte. «Oder ein Henker.»

«Profikiller?»

Stryker zuckte die Achseln. «Vielleicht. Soweit sind wir noch nicht. Zunächst wühlen wir uns noch durch die Akten der stadtbekannten Spinner und Motzer. Falls jemand ihn bezahlt, liegt der Fall wieder anders. Könnte natürlich sein, daß jemand Grund hat, gerade diese Opfer zu hassen oder zu fürchten. Oder es geht gegen die Polizei als Institution, und wenn das so ist, knallt er vielleicht doch die Opfer auf gut Glück ab.»

«Mann, da sind Sie wahrhaftig nicht zu beneiden», sagte Corsa mitfühlend. Auf seinem Posten als Captain einer Polizeiwache war ihm die Reichweite von Strykers Ermittlung bisher noch gar nicht bewußt geworden. Er hatte vollauf mit den täglichen Problemen seiner Leute und seines Bezirks zu tun. Selbst jetzt, nach dem Tod einer seiner Mitarbeiter, war er erschüttert von der Last der Verantwortung, die auf Stryker ruhte. «Und wenn es eine politische Sache ist? Eine Clique von Fanatikern, die –»

Stryker nickte. «Eben! Wenn es ein Schlag gegen die ganze Gesellschaft ist? Das ist ja wohl die bevorzugte Masche: Destabilisierung der etablierten Ordnung. Die Ordnungskräfte zu dezimieren und in Angst und Schrecken zu versetzen, damit sie nicht mehr effizient arbeiten können, ist ein guter Einstieg. Insgesamt gesehen ist unsere Schlagkraft inzwischen schon erheblich gemindert. Man kann nicht vernünftig arbeiten, wenn man dabei ständig über die Schulter sieht. Wenn es nun der Anfang einer Revolution ist? Wo soll ich den Bastard dann suchen? Bisher gab es noch keine Bekennerbriefe oder dergleichen, aber vielleicht warten sie nur auf eine günstige Gelegenheit. Oder sie brauchen noch ein paar Leichen, ehe sie sich in den Schlagzeilen breitmachen. Und mit jedem Mord gibt es größere Probleme und mehr Möglichkeiten, und Zeit und Personal reichen hinten und vorn nicht mehr. Was würden Sie vorschlagen, Captain?»

«Ein Beruhigungsmittel», sagte Corsa. «Sie trampeln mir meinen Teppich kaputt.»

Stryker lächelte gequält. «Tut mir leid. Mach ich immer, wenn ich nachdenke.»

Corsa nickte, dann legte er horchend den Kopf schief. «Am besten setzen Sie sich jetzt mal hin und holen ein paarmal tief Luft. Es kommt nämlich noch schlimmer.»

«Wieso?»

Corsa deutete mit dem Daumen über die Schulter in Richtung Fenster. «Hören Sie nicht das Kläffen der Meute? Die Medien sind da.»

«Herrgott, wie ich das hasse», sagte Stryker, der in der Tür stand.

«Laß Neilson ran, der sieht besser aus als du», meinte Tos.

«Nein, besten Dank», sagte Neilson.

«Mich brauchst du nicht anzusehen, Tos.» Pinsky hob abwehrend die Hände. «Ich krieg schon Zustände, wenn Nell mit dem Fotoapparat der Kinder anrückt.»

«Außerdem», meinte Neilson tröstend, «machst du das ja nicht zum erstenmal, Jack, du bist daran gewöhnt.»

«Daran gewöhnt man sich nie.» Stryker sah prüfend an sich herunter. War der Hosenschlitz zu, saß die Krawatte gerade? «Herrgott, wie ich das hasse.»

Sie traten auf die oberste Stufe. Sofort ging ein Blitzlichtgewitter los, das sie für einen Augenblick blendete und ihnen den Atem verschlug. Es hörte sich an wie eine Geschützsalve.

Ein ganzes Bündel von Mikrofonen streckte sich Stryker entgegen. Die Reporter von Funk und Fernsehen drängten durch die Reihen ihrer Kollegen von der Presse nach vorn. Wie Sturzwellen gingen die Fragen über sie hin.

«Wer ist das neueste Opfer?»

«Trifft es zu, daß es sich wieder um eine Frau handelt?»

«Haben Sie den Killer schon?»

«Warum haben Sie den Killer noch nicht?»

«Wie viele Tote sind es inzwischen?»

«Was wird unternommen, um den Killer zu fassen?»

«Wie heißt der Tote?»

«Wer leitet die Ermittlungen?»

«Wie schreibt sich Ihr Nachname?»

«Halten Sie es für einen Racheakt?»

«Stimmt es, daß man Sie *Jumping Jack* nennt?»

«Wie ist er getötet worden?»

«War es ein Kopfschuß wie bei den anderen?»

«War er in Uniform?»

«Wie heißt er?»

«Wann ist er getötet worden?»
«Warum ist er getötet worden?»
«Stimmt es, daß man ihn erst heute früh gefunden hat?»
«War es ein Gewehr?»
«War es eine Faustfeuerwaffe?»
«Wer wird das nächste Opfer sein?»
«Trifft es nur Polizisten, oder kann es jeden treffen?»
«Was werden Sie unternehmen?»

Der Lärm war ohrenbetäubend, die Fragen überlagerten sich, wurden immer lauter. Die Menge drängte die Treppe hinauf wie ein formloses Monster mit vielen Köpfen und Füßen und Händen, dazwischen die glasig-leeren Augen der Fernsehkameras, die Stryker anstarrten und immer näher rückten. Er mußte gegen den Drang ankämpfen, sich umzudrehen und die Flucht zu ergreifen. Er holte tief Luft, hob die Hände und kam sich vor wie ein Zauberer, dem ein Kunststück geglückt ist. Sofort trat Stille ein. Er sprach laut und deutlich.

«Heute früh wurde ein Polizeibeamter auf dem Parkplatz dieses Polizeireviers tot aufgefunden. Er ist erschossen worden. Wir können im Augenblick noch nicht sagen, ob es sich um einen Einzelfall handelt oder ob der Mord im Zuge einer bereits laufenden Ermittlung gesehen werden muß. Der Name des Opfers wird heute nachmittag bekanntgegeben, zunächst müssen die Angehörigen benachrichtigt werden. Es trifft zu, daß in den vergangenen Wochen mehrere Polizeibeamte ums Leben gekommen sind –»

Sie hielten es nicht mehr aus. Erst unterbrach eine, dann eine zweite, eine dritte Stimme.

«Das sind schon vier.»
«Alles Kopfschüsse.»
«War es ein Kopfschuß?»
«Wer war es? Wie heißt er?»
«Warum unternehmen Sie nichts, um die Öffentlichkeit zu schützen?»

Stryker überschrie die wieder anrollende Flut von Fragen: «Soweit wir wissen, sind die Bürger dieser Stadt nicht in Gefahr. Die Bedrohung richtet sich gegen ihre Ordnungskräfte, und wir als Polizisten sind es gewöhnt, mit der Gefahr zu leben, das gehört zu unserem Beruf. Wir tun alles Menschenmögliche, um den Täter zu fassen ...»

Langsam, aber sicher verlor er den Boden unter den Füßen.

«Was denn?»

«Was unternehmen Sie?»

«Und die Öffentlichkeit?»

Allmählich geriet er in Wut, er spürte den beginnenden Druck im Kopf, wußte, daß sein Gesicht rot angelaufen war, und merkte, daß Toscarelli auf der einen, Pinsky und Neilson auf der anderen Seite neben ihn traten. Die Reporter schien das zu erheitern, sie schlugen einen leichteren Ton an.

«Wer sind denn die da?»

«Sind das Ihre Leibwächter?»

«Haben Sie die Absicht, Leibwächter für die Polizei einzusetzen?»

«Will die Polizei abtauchen?»

«Warum haben Sie nicht FBI eingeschaltet?»

«Holen Sie doch Rambo.»

«Hey, Leute, vielleicht ist hier Rambo zugange ...»

«Warum haben Sie den Kerl noch nicht?»

«Warum legen Sie ihm nicht das Handwerk?»

In diesem Moment fuhr mit heulender Sirene der Rettungswagen an und versuchte, sich einen Weg durch die Menge zu bahnen. Der Fahrer hupte, weil die Busse und Autos der Fernsehstationen ihm den Weg versperrten, und die Zuschauer stürzten sich auf den Rettungswagen, um hineinzusehen. Die Fernsehleute nahmen die Beamten der Spurensicherung aufs Korn, die jetzt mit ihren geheimnisvoll-faszinierenden schwarzen Köfferchen ihren Wagen zustrebten. Bei Stryker und seinen Kollegen harrten nur noch ein paar Presseleute aus.

Stryker fuhr sich mit dem Taschentuch übers Gesicht, und Ballinger, ein alter Pressehase, lächelte ihm freundschaftlich zu.

«Können wir helfen, Jack? Wir haben in unserem Blatt haufenweise Platz, da können wir unterbringen, was ihr wollt. Und wir haben auch ein tolles Archiv, das euch zur Verfügung steht.»

Stryker lächelte matt. «Wir könnten's mit einer Anzeige versuchen. ‹Lieber Mörder, stell dich freiwillig, und du bekommst zur Belohnung einen modernen Toaster mit einem Jahresvorrat an Frühstückswaffeln.› Wie finden Sie das?»

«Ich finde, daß ihr einem leid tun könnt», sagte Balling. «Alle miteinander.»

«Mir kommen die Tränen», sagte Neilson.

4

Als Stryker am nächsten Morgen aufwachte, war seine Laune mehr als mies. Die Tatsache, daß er um neun im Gericht sein mußte, war nicht dazu angetan, sie zu verbessern. Das heißt – er war für neun bestellt, wahrscheinlich würde er stundenlang herumsitzen müssen, ehe er an die Reihe kam.

Einen Parkplatz fand er natürlich auch nicht.

Der Saal war überfüllt. Die Zuschauer hatten sich mit Hilfe ihrer Ellenbogen den Zutritt erzwungen und waren nicht bereit, den mühsam erkämpften Platz wieder zu räumen. Die Reporter, die auf den Pressebänken nicht mehr untergekommen waren, drängelten sich zusammen mit den Fotografen, die auf den Angeklagten warteten, auf dem Gang.

Harry Bronkowsky war ein großer böser Mann, ein gefundenes Fressen für die Medien, besonders weil er unter Mordanklage stand. Der Richter freute sich, denn er las seinen Namen gern in der Zeitung. Die Reporter freuten sich, denn sie rechneten mit einem Knüller. Der Anklagevertreter freute sich, denn er sah echte Chancen für eine Verurteilung.

Stryker freute sich nicht.

Und seine Kollegen auch nicht.

Aber auf der Zeugenliste stand klar und deutlich sein Name – Lt. J. E. Stryker –, und er kam nicht darum herum, seine Aussage zu machen. Diese Aussage war eindeutig und für die Anklage unverzichtbar, denn es war Stryker gewesen, der zusammen mit seinen Leuten den Fall geknackt und die Verhaftungen vorgenommen hatte.

Die Freude am Erfolg war für sie nicht ungetrübt gewesen, denn im Zuge ihrer Ermittlungen waren sie auf einen korrupten Polizeibeamten gestoßen, und nun machten nicht nur die Richter dem Angeklagten, sondern die Medien der Polizei den Prozeß.

Daß es bestechliche Polizisten gibt, ist nicht verwunderlich. Verwunderlich ist allenfalls, daß es so wenige sind. Einer der wenigen war Tim Leary.

An der Verhandlung gegen Bronkowsky nahmen zahlreiche Polizisten teil, und unter ihnen gab es wohl keinen, der nicht irgendwann einmal vom Wege abgekommen wäre. Der eine hatte vielleicht in einer Bagatellsache beide Augen zugedrückt, ein anderer hatte nach dem Motto «Im Zweifel für den Angeklagten» einen Verdächtigen laufenlassen. So etwas kommt vor. Alle aber hatten irgendwo eine Grenze gezogen, wenn auch nicht immer an derselben Stelle. Alle aber hatten sich irgendwann gesagt: Bis hierher und nicht weiter. Und hatten sich daran gehalten.

Und so betrachteten sie jetzt Leary mit dem Abscheu von Menschen, denen ihr eigenes Bild entgegenblickt wie aus einem Spiegel, betrachteten ihn mit dem Fanatismus trocken gewordener Alkoholiker, die über die Flasche gesiegt haben. Es war das Streben nach Gerechtigkeit, aber vor allem Angst und Selbstzweifel und die Entschlossenheit, sich um jeden Preis schützend vor die Polizei zu stellen.

Sie hatten Leary auf frischer Tat ertappt. Der breitschultrige Mann mit dem sich lichtenden Haar und dem Achthundert-Dollar-Anzug beteuerte, es sei a) alles Lüge, b) ein Irrtum, c) ein einmaliger Vorfall und d) eine Falle. Am meisten ärgerte ihn offenbar der tägliche Aufmarsch seiner früheren Kollegen, die ihre Aussagen machten, und von seinem Platz im Saal aus murmelte er häufig drohend, sie würden sich noch wundern, was er von Bullen, ihren Gaunereien und ihrem Geheimnisverrat zu erzählen hätte, wenn er, Leary, erst mal im Zeugenstand war.

Gerade die Zeugenaussage Learys aber versuchte der Anklagevertreter zu verhindern. Auf der einen Seite hätte er damit der Anklage gute Argumente liefern können, auf der anderen

Seite aber hätte der Zeuge dann der Verteidigung zum Kreuzverhör zur Verfügung gestanden, was Bronkowskys Anwälte willkommene Schlupflöcher eröffnet hätte. So etwas war schon bei früheren Verhandlungen vorgekommen, und der Staatsanwalt war entschlossen, diesmal Bronkowsky endgültig hinter Gitter zu bringen. So blieb denn Leary im Hintergrund, machte ein böses Gesicht und konnte weder seine Geschichten noch seine Rechtfertigung anbringen. Beides würde er bei seinem Disziplinarverfahren nachholen können, allerdings ohne die Möglichkeit, seine schmutzige Wäsche in der Öffentlichkeit zu waschen. Verhandlungen dieser Art fanden hinter geschlossenen Türen statt. Nur über das Ergebnis würde später berichtet werden.

Jetzt aber stand Bronkowsky vor Gericht. Endlich ging es ihm ernstlich an den Kragen.

Um elf war Stryker mit seiner Aussage fertig. Als er durch den Mittelgang nach draußen ging, nickten ihm etliche Kollegen, die an diesem Tag ebenfalls aussagen sollten, verständnisvoll lächelnd zu. Leary verzog keine Miene.

«Jetzt begreife ich, was er gemeint hat», sagte Kate halb für sich, als der Bus auf einen schmalen Weg abbog, den sie zunächst für eine private Auffahrt hielt, der sich dann aber als eine typische englische Landstraße entpuppte.

Der Mann neben ihr wandte den Kopf. «Wer?»

«Browning. In seinem berühmten Gedicht. *Oh to be in England now that April's there* ... Wunderschön ist es hier.»

Lächelnd sah er an ihr vorbei auf die vorüberziehende Landschaft und nickte. «Herrlich, nicht? Und sehr ungewöhnlich. Das englische Frühjahr ist meist nur eine etwas wärmere Version des Winters, und der ist naß, grau und unheimlich deprimierend. Aber Ausnahmen bestätigen bekanntlich die Regel ...»

Der Bus nahm eine Kurve. Ein Dorf tauchte vor ihnen auf, und überall in dem frischen Grün der Rasenflächen leuchteten sattgelbe Blumeninseln.

«Wordsworths Narzissen!» sagte Kate. «Das darf ja nicht wahr sein.» Die schulmädchenhafte Begeisterung war ihr fast ein bißchen peinlich, aber sie konnte sich einfach nicht bremsen. Seit Jahren träumte sie von einer Englandreise, und nun war sie Wirklichkeit geworden. Insgeheim hatte sie sich auf eine Enttäuschung gefaßt gemacht, aber es war alles genau so, wie sie es sich erhofft und vorgestellt hatte. Es war Frühling, sie war in England, alles war gut.

Sein Lächeln war jetzt eine Spur durchtrieben. «Der Wetterbericht hat uns weiterhin Sonne versprochen. Meist irrt er sich allerdings. Vielleicht lernen Sie dann doch noch das richtige England kennen.»

«Und wie sieht das aus?»

«Wie in dem bekannten Coleridge-Gedicht: Wasser, Wasser überall – und löscht den Durst doch nicht . . . Ich schätze, daß der Pro-Kopf-Verbrauch an Wellingtons bei uns höher ist als in jedem anderen Land der Welt.»

«Wellingtons?» Hört sich an wie ein Drink, dachte sie.

«So heißen die bei uns mit Recht so beliebten Gummistiefel.» Er rückte die rutschende Brille zurecht und streckte ihr die Hand hin. «Ich bin Richard Cotterell. Und Sie sind Kate Trevorne.»

«Ja», sagte sie erstaunt. «Woher wissen Sie das?»

«Ich habe mich sofort erkundigt, nachdem ich Sie heute früh gesehen hatte.»

«Ich bin geschmeichelt.»

«Das dürfen Sie auch sein. Sie sahen nämlich erbärmlich aus. Macht Ihnen die Zeitverschiebung noch zu schaffen?»

«Nein. Ich hatte schlecht geträumt.»

«Wenn Sie mir Ihre Träume erzählen, erzähle ich Ihnen meine. Das ist übrigens eine Drohung.»

Kate lachte. «Schon kapiert.» Sie sah wieder aus dem Fenster.

«Wie ich höre, dürfen wir von Ihnen einen Vortrag über die Morde bei Shakespeare erwarten.»

«Über die Sie bestimmt auch ohne mich bestens im Bilde sind. Ich komme mir recht unzulänglich vor, seit ich gestern beim Dinner gemerkt habe, in welch illustrer Gesellschaft ich mich befinde. Es ist doch geradezu lachhaft sich einzubilden, ein kleines Licht aus Amerika könnte dieser britischen Gelehrtenrunde noch irgend etwas Neues über Shakespeare erzählen.»

«Narrenpossen!»

«Himmel, so was sagen Sie wirklich?»

«Aber ja. In meinen Tutorien benutze ich das Wort häufig. Ich weiß nicht, wie es mit Ihren Studenten ist, aber meine geben praktisch nichts anderes von sich. Ein sehr brauchbares Wort.» Wieder das durchtriebene Lächeln, das viele kleine Falten um seine dunkelblauen Augen aufspringen ließ.

Kate schnappte plötzlich nach Luft. «Jetzt geht mir ein Licht auf! Richard Cotterell, *In die Sprache verliebt* ... Ein glänzendes Buch, ich habe es meinen Studenten als Pflichtlektüre verordnet.»

Eine matte Röte überzog sein Gesicht. «Ich danke Ihnen, auch im Namen meines Verlegers und meines Agenten.»

Leichthin, um ihm über seine Verlegenheit hinwegzuhelfen, bemerkte Kate: «Es kommt nicht oft vor, daß jemand es schafft, die Kluft zwischen der Welt der Wissenschaft und der Wirklichkeit zu überbrücken.»

«Gewisse Kreise bei uns rümpfen gern die Nase darüber», sagte Richard. «Sie finden es ein bißchen suspekt, daß sich jemand über die Sprache ausläßt, als hätte sie etwas mit dem täglichen Leben zu tun.»

Kate lachte ein wenig. «Ich weiß, was Sie meinen. In zwei Seminaren behandele ich Kriminalromane, und manche Leute halten das für großen Käse.»

«Himmel, so was sagen Sie wirklich?»

«Großer Käse? Aber ja. Es ist das amerikanische Gegenstück zu Narrenpossen.»

Er lächelte. «Stimmt.»

Eine Weile saßen sie in freundschaftlichem Schweigen nebeneinander. Kate musterte ihn von der Seite. Er war ein gutaussehender Mann mit unverwechselbar englischem Flair: Tweedsakko, knochige Figur, energisches Kinn, ein leichter Grauschimmer im dunkelbraunen Haar. Sie mochte seine Kopfform und seine Hände und auch seine dunkle, bedächtige Stimme. Richard Cotterell, schau einer an ... Und ich habe gedacht, er ist ein vertrockneter Gelehrtentyp mit Kneifer und

Schuppen auf dem Sakkokragen. Dabei ist er noch relativ jung und – wie hat das gestern abend einer von den Engländern gesagt – ein richtig toller Typ.

Sie rückte sich bequemer auf ihrem Sitz zurecht und sah auf die Landschaft hinaus, der schon so lange ihre Sehnsucht galt. Da sitze ich nun, Kate Trevorne, ein ganz gewöhnliches Mädchen aus dem Mittelwesten, neben einem der berühmtesten Wissenschaftler Englands in einem Bus, rolle über eine der vielbedichteten englischen Straßen, Narzissen am Wegesrand, Schwalben am Himmel, unterwegs nach Stratford-on-Avon, um vor all diesen hochgelehrten Herrschaften einen Vortrag ausgerechnet über Shakespeare zu halten. Du träumst, Kate. Du spinnst. Sie betrachtete verstohlen Richard Cotterells Profil. Und du wirst gefälligst vernünftig sein, ermahnte sie sich streng und wandte ihre Aufmerksamkeit entschlossen wieder der Landschaft zu.

Sie kamen an einer hellen, modernen Texaco-Tankstelle, einem hellen, modernen Einkaufszentrum und einer hellen, modernen Wohnsiedlung vorbei. Ach England, mein England, halt ein, ehe es zu spät ist, dachte sie traurig. Aber nein, das war purer Egoismus. Die Leute hier hatten ein Recht auf anständige sanitäre Einrichtungen, gute Einkaufsmöglichkeiten, modernen Komfort. Wenn sie freiwillig in eins dieser ebenso malerischen wie engen, schmutzigen und dunklen Häuschen mit Außenklo zog (und auf jegliche Modernisierung verzichtete!) – dann, aber auch nur dann konnte sie von anderen dieselbe Einstellung verlangen. Nach der nächsten Kurve kam ein altes, strohgedecktes Pub mit fröhlich-bunten Geranientöpfen vor den Fenstern in Sicht, und sie seufzte erleichtert auf.

Wie schön konnte dieses Land sein! Und wie dankbar war sie für jeden Winkel, dessen Schönheit man bewahrt hatte.

Nach einer Weile sagte Richard: «Ich bin dafür, daß wir heute abend zusammen essen.»

«Ach ja?»

«Ja. Wir sollten baldmöglichst einen anglo-amerikanischen Austausch von Narrenpossen in die Wege leiten. Sind Sie verheiratet?»

«Nein, aber –»

«Ich auch nicht. Zur Zeit. Nebenbei bemerkt: Von dem ‹aber› will ich nichts hören. Irgendwo müssen Sie heute abend essen. Ich auch. Warum sollten wir uns da nicht an einen Tisch setzen?»

«Ja, aber –»

«Wie gesagt, Ihr ‹aber› interessiert mich nicht. Mich interessiert einzig und allein Ihre Person. Abendessen ja oder nein?»

«Was passiert, wenn ich nein sage?»

«Dann werde ich ein lautes Jammergeschrei erheben, mich tränenüberströmt Ihnen zu Füßen werfen, werde meine Kleider zerreißen, mir Stroh ins Haar flechten und Würmer essen, die ich als vorausschauender Mensch stets bei mir habe. Ich werde mich in den Gang legen und von hier bis Stratford mit den Beinen strampeln und brüllen wie am Spieß.» Er sah sie nicht an, sondern hielt den Blick auf die Sitzlehne vor sich gerichtet.

«Also wenn ich es mir recht überlege», sagte Kate nachdenklich, «können wir das wohl den anderen nicht antun . . .»

Die Mittagspause war vorbei, und Stryker saß schon wieder eine Stunde an seinem Schreibtisch, als Tos mit einer Akte hereinkam.

«Erinnerst du dich noch an den Penner, den sie vor ein paar Tagen in dem Durchgang an der French Street gefunden haben?» fragte er und setzte sich an den Schreibtisch.

«Ja.» Stryker kämpfte sich durch seinen Papierkram, den er von Herzen haßte. Alle Polizisten hassen ihren Papierkram, aber Stryker war er besonders zuwider, weil diese Arbeit ihn zum Stillsitzen zwang, und länger als drei Minuten hintereinander still zu sitzen verstieß gegen seine Grundsätze.

»Wir hatten nichts über ihn vorliegen und haben deshalb seine Fingerabdrücke nach Washington geschickt.»

«Reine Routine», murmelte Stryker.

«Eben. Gerade ist die Rückmeldung gekommen. Der Mann heißt Gabriel Lucas Hawthorne und ist einer von uns.»

Stryker schrieb noch zwei Sätze, ehe er begriff. Er sah auf. Der Freund wartete geduldig.

«Der Tote aus der French Street?»

«Ja.»

«Der war Polizist?»

«Gewissermaßen. Ermittler beim FBI. Sie schicken uns einen ihrer Leute her.»

«Auch das noch! Was zum Henker hat ein als Penner verkleideter FBI-Agent auf der French Street zu suchen?»

«Ich hab da eine Theorie», sagte Tos.

«Du und deine Theorien», murrte Stryker und lehnte sich ergeben seufzend zurück. Sein Sessel knarrte. Er sah Tos an, daß der sich anschickte, einen Ausflug ins Reich der Phantasie zu unternehmen.

«Ein unwiderstehlicher Drang», verkündete Tos schließlich, als sei damit alles klar.

«Wie war das noch mal?»

Tos lehnte sich vor. «Er verspürte den unwiderstehlichen Drang, ein Penner zu sein. Eine Art geheime Sehnsucht, ungewaschen und in abgerissenen Klamotten herumzulaufen, über die Straße zu torkeln und dauernd hinzufallen. In Washington ging das nicht, da mußte er damit rechnen, erkannt zu werden, und das wäre peinlich und seinen Beförderungschancen abträglich gewesen. Ja, und da probiert er es eben mal bei uns. Es gefällt ihm, genau das hat er sich immer gewünscht. Keine blankgeputzten Schuhe, kein Druck vom Chef, ein richtig schönes Gammelleben. Er bleibt. Dann –»

«Sehr komisch», fuhr Stryker dazwischen.

«Meine Theorie gefällt dir wohl nicht», meinte Tos gekränkt.

«Ich könnte mir denken, daß es auch noch andere Erklärungen gibt», meinte Stryker trocken.

«Klar gibt's die, aber bestimmt keine, die so viel Tiefgang hat und eine so elegante Lösung bietet.»

«Mag sein, aber –»

«Siehst du!» Tos überlegte einen Augenblick, dann hob er einen Finger. «Was hältst du von den Wichtelmännern, die sie in Irland haben? Leprachauns heißen die dort . . .»

«Wichtelmänner?»

«Mal angenommen, die Leprachauns haben ihn gekidnapt und –»

«Daß du mich ein bißchen aufmuntern willst, finde ich ja sehr nett von dir, aber ich glaube, jetzt sollten wir allmählich wieder ernst werden.»

«Weißt du, merkwürdig ist es doch.» Tos lehnte sich zurück. «Schon wieder ein Polizistenmord.»

«Wie kommst du denn auf so was? Wenn wir noch nicht mal gewußt haben, daß er Polizist ist, woher sollte es dann der Mörder wissen?»

«Also keine Querverbindung?»

«Eindeutig nein.»

Tos griente. «Tu mir einen Gefallen und verzichte auf Worte wie ‹eindeutig›. Die machen mich nämlich nervös.»

Zuerst tippten sie auf Anwältin. Es konnte natürlich auch eine Zeugin sein.

«Vielleicht ein Opfer.»

«Oder die Frau eines Opfers.»

Neilson schüttete sich ihretwegen Kaffee über die Schuhe, und selbst Pinsky drehte seinen Sessel so, daß er einen Blick auf sie werfen konnte, ehe sie in Strykers Büro verschwand.

Etwa eins siebzig groß, rote Löwenmähne und graue Augen mit einem kohlschwarzen Ring um die Iris. Sie trug ein streng geschnittenes anthrazitfarbenes Kostüm, das die kurvenreiche Figur nur unvollkommen verbarg, schwarze Strümpfe (Mannomann, stöhnte Neilson) und hochhackige Schuhe. Sie hatte eine Aktenmappe unter einem Arm, und ihre langen, ausgreifenden Schritte ließen ahnen, daß sie jeden Morgen vor dem Frühstück ihre zehn Meilen joggte.

«Lieutenant Stryker?» Sie streckte ihm die Hand hin. «Ich bin Dana Marchant. Sie haben einen von unseren Leuten im Leichenschauhaus, nicht?» Ihr Händedruck war kühl, trocken und fest.

«Ja, wir haben es eben erfahren. Es tut mir leid.»

«Uns auch. Er war ein guter Mann.» So, wie sie es sagte, klang es wie ein Klischee.

«War er Ire?» fragte Tos, deutlich aus der Fassung gebracht.

«Wie meinen Sie?»

«Nichts, nichts», sagte Stryker rasch. «Er hieß Hawthorne, nicht wahr?»

«Gabriel Hawthorne, ja.» Sie ließ den Namen förmlich auf der Zunge zergehen. «Ich habe den Auftrag, Sie bei den Ermittlungen zu unterstützen. Die Bosse haben ihr Okay gegeben.» Sie öffnete die Reißverschlußmappe und holte einen Packen Unterlagen hervor. «Wenn es Ihnen recht ist, identifiziere ich den Toten. Ich habe mehrmals mit Hawthorne gearbeitet. Er hat keine Angehörigen.»

Stryker sah sie groß an. Was zum Teufel wurde hier gespielt? So eine Person in nächster Nähe machte die Arbeit nicht gerade leichter. Sie tat ja, als habe sie den Fall schon übernommen. Er prüfte flüchtig die Papiere, die zu seinem Ärger völlig in Ordnung waren. «Bitte nehmen Sie Platz, Miss Marchant.»

«Agentin Marchant», korrigierte sie sachlich. «Danke.»

Er las weiter und tat, als hätte er das Glitzern in Toscarellis Augen nicht bemerkt. Bedeutend schwerer fiel es ihm, die sehr ansehnlichen Knie der Agentin Marchant zu ignorieren, die sich unter dem Rock vorschoben, als sie sich elegant ihm gegenüber niederließ.

«Können Sie mir Aufschluß darüber geben, weshalb Hawthorne sich in Grantham aufhielt?»

«Nein, leider nicht. Aus den Unterlagen geht hervor, daß Sie einen Straßenraub vermuteten.»

Stryker zwang sich zur Ruhe. «Und Sie sind anderer Meinung?»

Sie zuckte die hübschen Schultern. «Darüber möchte ich mich vorläufig nicht äußern. Ich war noch nicht am Tatort.»

«Mal sehen, was meine Leute sagen.» Er hob die Stimme. «Neilson? Pinsky?»

Pinsky stand auf und machte sich gemächlich auf den Weg, aber Neilson war so schnell da, als sei er auf gut geölten Rollschuhen durch den Dienstraum gesegelt. «Ja, Lieutenant?»

Stryker hob eine Augenbraue. Mit seinem Titel sprach Neilson ihn nur alle Jubeljahre einmal an. Rangbezeichnungen vom Captain abwärts gingen ihm regelrecht gegen den Strich. «Das ist Agentin Marchant vom Justizministerium. Zu dem Einsatz in der French Street bist du mit Ned gefahren, nicht?»

«Du meinst den Penner vom Sonntagmorgen? Ja, den Einsatz haben wir gemacht.»

«Das war kein Penner, sondern ein FBI-Beamter.»

«So'n Sch- ... äh ... so was aber auch», sagte Neilson. «Wir haben ihn echt für einen Penner gehalten. Gute Tarnung.»

«Das Problem ist nicht seine Tarnung, Mr. Nelson», sagte sie.

«Neilson. Harvey Neilson.»

Sie musterte ihn kurz von oben bis unten, während er ihr die Hand schüttelte. Neilson errötete unter ihrem prüfenden Blick, und Stryker mußte unwillkürlich an eine vornehme Römerin denken, die einen neuen Haussklaven begutachtet. Ausstrahlung hatte die Frau, soviel mußte er ihr wohl oder übel zugestehen. Aber mehr auch nicht.

Sie wandte sich an Neilson, der wie gebannt an ihren feuchten, rosigen, schön geschwungenen Lippen hing. «Soweit wir wissen, hatten seine derzeitigen Ermittlungen nichts mit Grantham zu tun. Es ging um Korruption in gewissen karitativen Verbänden.»

«Ehrlich?» Neilson gab widerstrebend ihre Hand frei. Inzwischen war auch Pinsky eingetroffen. Er lehnte an der Tür und hörte, an seiner kalten Pfeife nuckelnd, mit halb geschlossenen Augen zu. Der Tabak war ihm heute vormittag ausgegangen, und er hatte noch keine Zeit gehabt, sich Nachschub zu besorgen. Er wirkte bieder und etwas zerknautscht, während Neilson sich sorgfältig gekämmt und sein Jackett angezogen hatte, nachdem Dana Marchant an seinem Schreibtisch vorbeigekommen war.

«Agentin Marchant ist zur Unterstützung unserer Ermittlungen an uns abgestellt, Harvey», erklärte Stryker mit deutlicher Zurückhaltung.

«Na wunderbar.» Neilson strahlte sie an.

«Sie hat einen Brief mitgebracht, der besagt, daß Washington einen möglichen Zusammenhang zwischen Hawthornes Tod und dem Scharfschützen sieht, der unsere Leute abknallt.»

«Siehst du!» Tos richtete sich mit einem Ruck auf. «Ich hab doch gleich gesagt ...»

«Das haben Sie gewußt?» fragte Pinsky erstaunt.

«Es gibt Zeitungen in Washington.»

«Aber hören Sie mal», sagte Neilson ziemlich entmutigt. «Das ist doch ein ganz anderer Fall.» Seine Hoffnung, sie ganz für sich allein zu haben, schwand dahin. Es war Stryker, der den Polizistenmörder jagte. «Mit dem Todesschützen hat das überhaupt nichts zu tun.»

«So? Im Ballistikbericht liest sich das aber anders», sagte Dana Marchant.

«Was stand denn in dem Ballistikbericht, Harvey?» fragte Stryker.

Harvey wurde rot. «Ich bin noch nicht dazu gekommen, ihn durchzuackern. Wir haben mit der anderen Sache –»

Pinsky stieß sich vom Türrahmen ab. «Ich hole ihn.»

«Sie werden sehen, daß es sich um dieselbe Waffe handelt, mit der zwei Ihrer Leute umgebracht worden sind», sagte Dana Marchant.

«Woher haben Sie denn den Ballistikbericht?» fragte Neilson ziemlich unfreundlich. Sein Patzer war ihm peinlich.

Sie warf ihm einen flüchtigen Blick zu. «Wenn wir etwas wirklich haben wollen, Mr. Neilson, können wir es uns meist auch beschaffen.»

Das glaub ich dir aufs Wort, dachte Stryker. Er warf einen schnellen Blick auf Kates Foto. Hallo, Schatz! Warum mußt du drüben mit diesen englischen Eierköpfen herumvagabundieren, statt hier auf mich aufzupassen?

Pinsky kam gemächlich angeschlendert und gab Stryker den Bericht. «Offenbar dasselbe Gewehr, mit dem die ersten beiden Opfer umgebracht worden sind. Sie hatten den Bericht für uns gekennzeichnet, aber der rote Zettel ist abgegangen. Tut mir leid, Jack. Ist uns glatt durch die Lappen gegangen.»

«Wer denkt aber auch daran, daß ein ausgeraubter Penner irgendwas mit der Sache zu tun hatte», verteidigte sich Neilson.

«Ist er ausgeraubt worden?» fragte Stryker.

«Klarer Fall. Genickschuß, und dann splitternackt ausgezogen, bis auf Socken und Unterhose», sagte Neilson. «Die Schußwunde selbst war nicht tödlich, aber die Kugel hatte ein paar große Blutgefäße erwischt. Er ist an dem Blutverlust gestorben, sagt Bannerman, aber ebensogut hätte er auch an Unterkühlung draufgehen können. Vielleicht haben wir deshalb nicht gleich geschaltet. Kann uns keiner übelnehmen. Ein dreckiger Penner, dem's ein Kumpel besorgt hat. Davon haben wir in jedem Winter zehn bis fünfzehn Fälle. Es ist eine üble Gegend, das weißt du selbst am besten, Jack.»

Stryker sah Dana Marchant an und zuckte die Schultern. «Unter diesem Umständen hätte ich es wohl auch so gesehen. Wenn es unser Killer war, schätze ich, daß jemand anders die Leiche im Laufe der Nacht ausgeplündert hat. Und Schußwunden sehen sich sehr ähnlich. Bis zum Eintreffen des Ballistikberichtes wußten wir nicht einmal, daß die Tatwaffe ein Gewehr war.» Er sah Neilson an. «Wenn der Bericht natürlich früher bekannt gewesen wäre . . .»

Sie nickte. «Ja, ich verstehe.» Einen Augenblick saß sie ganz still und dachte nach, und die Männer sahen sie an und warteten. Schließlich blickte sie hoch. «Ich würde jetzt gern zum Leichenschauhaus fahren.»

«Nicht nötig», sagte Stryker. «Die amtliche Identifizierung der Fingerabdrücke aus Washington genügt uns.»

«Ich lege aber Wert darauf.» Dana Marchant stand auf und lächelte. Die volle Wucht dieses Lächelns traf Stryker, aber auch die anderen bekamen etwas davon ab. «Ich möchte ganz sichergehen, daß Gabe Hawthorne wirklich tot ist.»

5

«Also hören Sie mal, McGuire –» legte Stryker los.

«Wer spricht denn da?» kam die vorsichtige Rückfrage.

«Hier Jack Stryker.»

«Hallo, Stryker!» McGuires Stimme klang verdächtig jovial. «Was haben Sie denn für Sorgen?» McGuire war der örtliche FBI-Koordinator, ein leidlich erträglicher Mensch, mit dem Stryker gelegentlich zu tun hatte.

«Das wissen Sie ganz genau», fuhr Stryker auf. «Wir haben ein Problem mit einem Heckenschützen und –»

«Hab ich gehört. Hart für euch.»

«Eins seiner Opfer hat sich als ein Mann aus Washington entpuppt, ein gewisser Gabriel Hawthorne. Kommt Ihnen der Name irgendwie bekannt vor?»

«Nicht ausgeschlossen.» McGuire ließ sich nie auf eindeutige Aussagen festlegen.

«Bei irgendwelchen Leuten muß es jedenfalls geklingelt haben. Das Justizministerium hat uns jemanden hergeschickt, der uns bei den Ermittlungen unterstützen soll. Eine gewisse Dana Marchant.»

Ein belustigtes Glucksen scholl aus dem Hörer. «Wenn ich *den* Namen höre, klingelt's bei mir auch. Wie gefällt sie Ihnen?»

«Die Frau ist unzumutbar», beschwerte sich Stryker. «Sieht aus wie ein Hochglanzfoto aus der *Vogue*, aber in der Sache ist sie beinhart und stur wie ein Panzer. Warum haben Sie mir nicht einen Ihrer netten Jungs im Brooks-Brothers-Anzug geschickt?»

«Wenn sie das anhat, was sie normalerweise trägt, ist es auch Brooks Brothers», war die amüsierte Antwort.

«Was zuviel ist, ist zuviel. Mit wem kann ich in Washington reden, damit ihr die Sache zurückdreht?»

«Zurückdreht?»

«Ich dachte, ich hätte mich klar genug ausgedrückt. Ich will die Frau hier nicht haben.»

«Aber warum denn nicht? Seien Sie doch froh. Sie ist eine gute Kraft, Jack. Bei uns heißt sie nur ‹der Flammenwerfer›.»

«Wundert mich gar nicht», erwiderte Stryker grollend.

«Ist Ihnen unter die Haut gegangen, was?» meinte McGuire verständnisinnig. «Ich kenne das Gefühl. Aber bei der Lady können Sie nicht landen, Jack, für die gibt's nur die Arbeit. Vergnügen hinterher ist nicht, trotz der Traumfigur. Ich weiß Bescheid, ich hab's probiert. Wir haben es alle probiert, als sie mal zu einem Einsatz hier war, aber außerdienstlich läuft bei der nichts. Manche erzählen, daß sie eine Lesbe ist, aber ich wette, das ist bei denen nur die Reaktion auf eine kalte Dusche. Sie war verheiratet. Ihr Mann ist an Krebs gestorben, ihr Junge ist neun und steckt in einer Kadettenanstalt.»

«Was zum Teufel hat das damit zu tun, daß –»

«Wenn ich Ihnen einen guten Rat geben darf, Jack: Legen Sie sich nicht mit ihr an. Wenn Sie oder Ihre Leute die Fassade stört, sagen Sie ihr ruhig, sie soll mehr auf graue Maus machen, für so was hat sie Verständnis. Manche Leute halten Schönheit bei einer Frau für das Größte. Für Dana ist es eher eine Last. Das erkennen Sie schon daran, daß sie sich nicht anmalt und keine ausgefallene Frisur hat. Die Frau ist in Ordnung, Jack. Für ihr Aussehen kann sie nichts, das ist eher eine Behinderung für sie, und Behinderten soll man schließlich auch eine Chance geben.»

Erst jetzt begriff Stryker, daß sie aneinander vorbeiredeten. «Herrgott, Mann, mich stört nicht ihr Aussehen, sondern ihr Auftreten. Diese Mischung aus saubermännischer Pflichterfüllung und Arroganz.»

«Mit anderen Worten: ihre Chefallüren. Aber das ist nun mal unsere Art, Stryker», sagte McGuire und hielt es wohl tatsächlich für einen Trost. «Wir haben einen Blick für die großen Zusammenhänge, wir sind Macher, deshalb sitzen wir auch da, wo die großen Entscheidungen fallen, statt uns in einer Polizeiwache zu verzetteln.»

«Wenn Sie beleidigend werden, sind Sie mir besonders sympathisch», kollerte Stryker los.

«Ich bemühe mich ja nur, Ihnen die richtigen Perspektiven zu vermitteln.» McGuire gab sich gar keine Mühe mehr, seine Belustigung zu verbergen. «Sie sind doch bestimmt gut als Macho, was? Brüllen Sie Dana an, nehmen Sie das Mädel hart ran, das hat sie gern.»

«Was anderes fällt Ihnen dazu nicht ein?»

«Wollen Sie darauf wirklich eine Antwort haben?» McGuire gluckste.

Stryker gab ihm einen nicht stubenreinen Rat und knallte, McGuires herzhaftes Lachen im Ohr, den Hörer auf. Er überlegte ernsthaft, ob er sich bei Captain Klotzman, vielleicht sogar beim Polizeipräsidenten beschweren sollte, aber im Grunde hatte er keine Lust, auch noch deren Lachmuskeln zu strapazieren. Sie würden nicht begreifen, weshalb er sich so aufregte. Er wußte es ja selber nicht genau, er wußte nur, daß es nicht gutgehen konnte. Agentin Dana Marchant war schön, klug, begabt und tüchtig. Und nicht mehr abzuschütteln.

Dana Marchant stieg aus der Dusche und tastete nach dem Badelaken auf dem Handtuchhalter. Sie wickelte sich ein kleineres Handtuch um den Kopf und ging tropfend ins Zimmer zurück. Der Fernseher lief, aber sie hatte den Ton weggedreht, so daß der Nachrichtensprecher aussah wie ein Guppy hinter der Glasscheibe eines Aquariums.

Sie setzte sich auf die Bettkante und riß die Zigarettenpakkung auf, die sie nach dem Abendessen unten gekauft hatte. Behutsam schüttelte sie eine Zigarette heraus, zündete sie an und brachte sie nach kurzem Husten in Gang.

Als sie sich im Spiegel sah, runzelte sie die Stirn. Reichlich kindisch, nach sechs Nichtraucherjahren wieder anzufangen. Sie nahm noch einen Zug, dann drückte sie die Zigarette aus und warf die angebrochene Packung in den Papierkorb.

Das war keine Lösung. Ebensowenig wie Gabe Hawthorne vor vier Jahren eine Lösung gewesen war. «Dreckskerl», flüsterte sie, aber es klang nicht sehr überzeugend. Hawthorne war kein Dreckskerl gewesen, nur ein Mann mit gesundem Appetit auf Sex, der mit seinem guten Aussehen und seiner Beharrlichkeit ihre Abwehrstellung überwunden hatte.

Vorhin, im Leichenschauhaus, hatte er nicht mehr so gut ausgesehen.

Sie spürte, wie ihr eine Träne über die Wange lief, und wischte sie weg.

Immerhin – einen Monat lang hatte er sie glücklich gemacht. Dann war er zur nächsten gegangen. Mehr als ein Monat, hatte er gesagt, ist bei mir nicht drin. Erst in diesem Moment hatte sie begriffen, daß sie für ihn nur eine Frau von vielen gewesen war. Ihr ganzes Leben lang hatte sie sich für einmalig gehalten, nicht für eine von denen, die man im Vorbeigehen erobert. Sie hatte tatsächlich geglaubt, eine neue Liebe gefunden zu haben. Dumme Gans, sagte sie sich. Er kann nichts dafür. Es ist deine Schuld. Ganz allein deine Schuld. Und auch den Zorn und den Groll, den du seit damals mit dir herumschleppst, hast du dir selbst zuzuschreiben.

Es war falsch gewesen, daß sie es sich heute nachmittag hatte anmerken lassen, es war falsch gewesen, ihren Schmerz preiszugeben. Sie wußte, daß Neilson, der mit ihr ins Leichenschauhaus gefahren war, ihre Reaktion bemerkt hatte. Er war jung, forsch, attraktiv – vermutlich ein ähnlicher Typ wie Gabe. Jedenfalls benahm er sich so wie Gabe: gut im Sprücheklopfen und stets einsatzbereit. Diese stets einsatzbereiten Typen gingen ihr auf den Geist.

Ob Jack Stryker auch so war?

Sie stand auf. «Nein», sagte sie laut. «Nein.»

Seit Hawthorne hatte Dana sich fest in der Hand. Seit Hawthorne vergrub sie sich in ihre Arbeit. Seit Hawthorne war sie wie tot.

Jetzt war Gabe Hawthorne tot. Der Kreis hatte sich geschlossen.

Sie stellte sich vor den hohen Spiegel und ließ das Badelaken zu Boden gleiten. Ihr Körper war schlank und wohlgeformt: lange Beine, schmale Taille, volle Brüste, runde Hüften. Seit Hawthorne hatte kein Mann mehr diesen Körper berührt, und sie hatte auch kein Verlangen danach gehabt.

Jetzt erinnerte sie sich daran, wie es gewesen war, und plötzlich sehnte sie sich danach, wieder bei einem Mann zu liegen. Wärme, Erregung, Hunger, Sättigung zu fühlen. Zu spüren, was sie bei Peter, ihrem Mann, gespürt und was sie sich von Gabe Hawthorne erhofft hatte.

Ob sie es bei Jack Stryker finden würde?

Von Stryker ging eine ungeheure Vitalität aus. Genauso war es bei Peter gewesen. Es mußte etwas Besonderes sein, was solche Menschen im Blut hatten. Sie hatte es gemerkt, sobald sie sein Büro betreten hatte, und obgleich er ihrem verstorbenen Mann überhaupt nicht ähnlich sah, spürte sie endlich wieder diese gefährliche Spannung, die ihr früher so vertraut gewesen war. Wie bei einem Raubtier, das gleich zum Sprung ansetzt.

Tiger, Tiger, alter Krieger . . .

Verdammt, verdammt, verdammt!

«Jack?»

«Hallo, Kate.»

«Hallo, alter Grollmops.»

«Entschuldige, ich war gerade in der Badewanne.» Jack Stryker angelte nach seinem Bademantel und nahm den Hörer von der einen in die andere Hand, um in einen Ärmel zu fahren. Das Wasser lief an seinen Beinen herunter auf den Schlafzimmerteppich, und im Badezimmer gurgelte sein schönes heißes Bad durch den Abfluß. Er hatte sich mit dem großen Zeh in der Kette des Stöpsels verfangen, als er aus der Wanne gestiegen war, um ans Telefon zu gehen. «Wo warst du denn den ganzen Abend?» fragte er und rubbelte sich das triefende Haar mit dem Ärmel trocken.

«Wieso?» fragte sie zurückhaltend.

«Bei euch ist es drei Uhr nachts, nicht?»

«Wir haben zusammen gegessen, und danach haben wir noch unten gesessen und geredet. Du weißt ja, wie das ist.»

«Ach so. War sicher nett.» Pause. Er runzelte die Stirn. «Kate?»

«Ich hab schlecht geträumt», sagte sie mit zittriger Stimme.

Er kannte die schlimmen Alpträume, die ein wimmerndes Häufchen Elend aus ihr machten. Wovon sie früher geträumt hatte, wußte er nicht, aber jetzt war es immer dasselbe: daß er erschossen oder erstochen oder von einem hohen Haus geworfen wurde. Er hatte schon gehofft, sie sei drüber weg, eine ganze Weile war jetzt Ruhe gewesen. Er setzte sich aufs Bett.

«Ich tu mich ein bißchen schwer mit dem Trösten, Schatz. So lang sind meine Arme leider nicht.»

«Ich weiß», sagte sie gedrückt.

«Hast du schon ein paar von den anderen Tagungsteilnehmern kennengelernt?» fragte er, um sie abzulenken.

«Ja, die meisten. Scheint eine recht nette Gruppe zu sein. Wir sind jetzt in Stratford.» Sie gab ihm die Telefonnummer des Hotels. «Heute vormittag sind wir mit dem Bus hergefahren. Und rate mal, neben wem ich gesessen habe.»

«Shakespeare?»

«Nein, du Döskopp. Richard Cotterell.»

«Ist ja Spitze.»

«Mit anderen Worten: Du hast wieder mal keine Ahnung. Ich hab dir das Buch zum Lesen gegeben, aber wahrscheinlich hast du dir keine Zeit dazu genommen. Wie immer.»

«Doch, doch. Ich bin tief beeindruckt. Wie ist er denn so?»

«Sehr nett. Jünger, als ich dachte. Sehr englisch in seiner Art. Aber nett.» Wieder eine Pause. «Ich habe Sehnsucht nach dir. Und nach Pot.»

Er sah zu dem schwarzweißen Kater hinüber, der wegen seines prächtigen Schnurrbarts eigentlich Hercule Poirot hieß, zu dessen Charakter der neue Name aber entschieden besser paßte. «Pot geht's gut, er sitzt auf dem Bett und putzt sich den Schwanz.»

«Dann ist ja alles in Ordnung. Es stört mich, daß ich Sehnsucht nach dir habe. Warum konntest du dir auch keinen Urlaub nehmen?»

«Ich hab's ja versucht.»

Allerdings nicht sehr intensiv. Die Tagung war ihre Sache, war ihr Leben. Sie hätte zu tun gehabt, er hätte den ganzen Tag herumgesessen und Däumchen gedreht. Ja, wenn sie zusammen drüben richtigen Urlaub hätten machen können ... Vielleicht klappte es ja doch irgendwann mal.

Ihre Beziehung war selbst in guten Zeiten schwierig. Manchmal sagte er sich, daß es vielleicht doch besser gewesen wäre, wenn er sich ein liebes blondes Dummchen ausgesucht hätte, das brav zu Hause blieb und ihm Pullover strickte. Und für Kate wäre es mit Sicherheit besser gewesen, einen bebrillten Professor als Partner zu haben, mit dem sie lange Debatten über Proust führen konnte. So aber zogen sie zwar an einem Strang, aber an verschiedenen Enden – er in einem Job, den sie mit Abneigung und Argwohn betrachtete, sie in einer Welt, deren Wirklichkeitsferne ihn manchmal zur Raserei brachte. Sie waren in fast allen Punkten unterschiedlicher Meinung, sie kabbelten und rauften sich ständig und waren – jeder für sich und beide zusammen – oft der Verzweiflung nahe. Ihre einzige Gemeinsamkeit war die Tatsache, daß sie ohne einander nicht auskommen konnten.

Zur Abwechslung versuchte es jetzt Kate mit positivem Denken. «Was tut sich denn so bei euch?»

«Das Übliche. Mord und Totschlag, Notzucht, Plünderung, Pfadfinderinnen, die Plätzchen verkaufen, alte Filme im Fernsehen und und und. Ach ja, eine Neuigkeit habe ich doch. Erinnerst du dich an den nicht identifizierten Toten, den wir letztes Wochenende in der French Street gefunden hatten? Er hat sich als FBI-Agent entpuppt. Ein gewisser Hawthorne. Ist mit derselben Waffe umgebracht worden wie zwei unserer Leute. Daraufhin haben sie uns Verstärkung geschickt, um unsere Ermittlungen voranzubringen. Die Sportsfreunde in Washington glauben nämlich, daß das alles irgendwie zusammenpaßt. Neilson hängt an ihren Lippen, aber ich –»

«An *ihren* Lippen?»

«Die Verstärkung, die sie uns geschickt haben, ist eine Frau. Dana Marchant, genannt ‹der Flammenwerfer›.»

«Warum Flammenwerfer?»

Die Situation war heikel, er hätte doch lieber den Mund halten sollen. «Wegen ihrer roten Haare, nehme ich an. Ich persönlich bin mehr für eine andere Erklärung. So nach dem Motto: Wo die hinzielt, wächst kein Gras mehr . . .»

«Aber wenn sie so schön ist –»

«Wer sagt, daß sie schön ist?»

«Du hast nicht gesagt, daß sie es nicht ist.»

Tolle Logik für eine Akademikerin.

«Ich habe nicht behauptet, daß sie schön ist. Ihr Aussehen ist doch völlig unwichtig.»

«Sie ist also schön. Sonst würde Neilson nicht auf sie anspringen.»

«Habe ich gesagt, daß er auf sie anspringt?»

«Ja.»

«Na, mein Geschmack ist sie jedenfalls nicht. Taucht hier einfach auf und versucht, den Fall an sich zu ziehen, stell dir das mal vor.»

Kate mußte lachen. «Du Ärmster!»

Er seufzte. Nicht mal Kate hatte Verständnis für ihn. «Es ist überhaupt nicht einzusehen, daß ich ihr den Fall überlassen soll. Schließlich hat der Mörder nur *einen* von ihren kostbaren Ermittlern aus dem Verkehr gezogen.»

«Ach Jack, ich wünschte ...»

«Du wünschtest, ich wäre Versicherungsvertreter. Ich weiß. Tut mir leid, Kate. Mach du deine Arbeit, und ich kümmere mich hier um meinen Kram, okay? Ich liebe dich. Und meine eigene Person ist mir auch lieb und teuer. Ich seh mich schon vor.» Es dauerte eine Weile, bis er sie beruhigt hatte, und an die nächste Telefonrechnung durfte er gar nicht denken. Schließlich aber beendeten sie, wenn auch ungern, ihr Gespräch.

Er tappte, noch immer sachte tropfend, nach unten und strich am Bücherregal entlang, bis er gefunden hatte, was er suchte. *In die Sprache verliebt* von Richard Cotterell. Er drehte das Buch um und besah sich das Foto. Wie war sie bloß auf den Gedanken verfallen, der Mann könnte alt sein? Ein langgezogenes, intelligentes Gesicht unter einem üppigen, romantisch gelockten Haarschopf, sinnliche Lippen, die eine Pfeife umschlossen, Tweedsakko und offenes Hemd, lange, sportliche Beine – so lehnte dieser verdammte Professor Richard Cotterell an einem Zaunpfahl und blickte gedankenvoll in die Ferne.

Na ja, dachte Stryker, so richtig habe ich Kate ja auch nicht gesagt, wie Dana Marchant aussieht. Sind wir damit eigentlich quitt?

6

Die French Street um acht Uhr morgens ist kein erhebender Anblick. Wer allerdings von Berufs wegen Wert darauf legt, Kontakte mit Schnapsbrüdern aufzunehmen, hat dort vielfältige Möglichkeiten.

Sie waren überall – in Eingängen zusammengekauert, auf Müllsäcken zusammengerollt, zwischen dem Unrat in den Müllcontainern hockend. Und außer denen auf der Straße gab es noch die vielen, die in einem Heim untergekommen waren, in relativem Luxus mit einem Bett, einer Decke, einem Klo, auf dem sie sich auskotzen konnten.

Das Leben in der French Street verlief nach einem festen

Rhythmus. Wenn der Morgen dämmerte, war es relativ ruhig. Später machten mit der gebotenen Vorsicht ein paar Läden auf. Die Mieten waren niedrig, die Überlebenschancen gering, aber es gab immer noch Mutige, die versuchten, hier Aspirin und Zeitungen und Brot und saure Gurken und natürlich Schnaps an den Mann zu bringen. Nach und nach kamen die Alkis angeschlurft, blaß und mit verquollenen Augen, langsam und zielstrebig die nächstgelegene Kneipe oder Bar ansteuernd. Noch später kamen die Drogengroßhändler in ihren dunklen Limousinen. Langsam rollten sie über die French Street und legten ihre Köder aus, verteilten die Lieferungen an die kleinen Dealer, die sich, auf Kundschaft wartend, verkatert und einen endlos langen, leeren Tag vor sich, in ihren gewohnten dunklen Ecken herumdrückten. Nach fünf kreuzten die dunklen Limousinen noch einmal auf, um die Netze zu leeren, den Fang zu zählen und die Vorräte aufzufüllen. Am frühen Abend herrschte dann Hochbetrieb in der French Street. Die Neonlichter der schäbigen Sexlokale und Stripschuppen lockten. Die Luden in ihren schrillen Klamotten und blitzenden Cadillacs fuhren Streife, kontrollierten ihre Pferdchen, kassierten ab und verteilten ein paar Hiebe, damit die Weiber nicht übermütig wurden. Dazwischen torkelten die Penner herum, mit glasigem Blick und offenem Mund, von einer Flasche zur nächsten, einem Torweg zum nächsten, einem erbettelten Dollar zum nächsten schwankend. Die Neonlichter verliehen fahlen Gesichtern Farbe, Schatten verbargen den Schmutz und die Auflösung, Nachtzeit war Traumzeit, war gnädige Dunkelheit, armselige Illusion.

Aber der Morgen danach war grausam.

Stryker parkte um die Ecke, auf der Delaney Avenue, und schloß den Wagen sorgfältig ab. Sie gingen bis zum Ende der Straße und besahen sich die geschlossenen Bars, die mit Brettern verstellten Schaufenster.

«Sie haben recht», sagte Dana Marchant. «Es ist das Allerletzte . . .»

«Sie hätten ja nicht mitzukommen brauchen», fuhr Stryker sie an.

«Natürlich nicht.» Ihr Ton war nicht weniger aggressiv. «Ich hätte im Hotel bleiben und mir die Maniküre bestellen können. Das hätte uns ein schönes Stück weitergebracht, nicht?»

«Bloß nicht so empfindlich», sagte Tos milde. »Wer hübsch ist, darf deshalb noch lange nicht ausfallend werden.»

Sie sah ihn an. «Nein?»

«Nein.»

Sie musterte ihn eine Weile, ohne etwas zu sagen, dann lächelte sie. «Für mich ist das hier noch ein bißchen früh. In Washington arbeiten wir von neun bis fünf.»

Tos zögerte einen Augenblick, dann gab er ihr Lächeln zurück.

Stryker verzog keine Miene. «Hier nicht.»

«Ich verlange keine Extrawurst, Lieutenant», sagte Dana. Bis ihre Blicke sich trafen, war ihr Lächeln verschwunden. «Ich verlange nur, daß Sie mich in Ihrem Einzugsbereich arbeiten lassen. Dazu bin ich nämlich hier. Sie brauchen keine Angst zu haben, daß ich mich in Tränen auflöse.» Sie trug Jeans, Stiefel und mehrere dicke Pullover unter dem Anorak. Das rote Haar hatte sie unter einer Strickmütze versteckt. Ihre Weiblichkeit war trotzdem nicht zu übersehen.

«Wenn man denkt, daß Rivera hier freiwillig seine Tage verbringt ...» Tos schüttelte den Kopf. «Kein Wunder, daß fünfzig Prozent unserer Leute ihn für einen Heiligen und die anderen fünfzig Prozent ihn für einen Irren halten.»

«Wer ist Rivera?»

«Eine sogenannte lebende Legende», sagte Tos.

«Nur ein Kollege, der sich auf verdeckte Ermittlungen spezialisiert hat», stellte Stryker ungeduldig richtig. «Phantastisch, wie er das schafft, in eine Rolle zu schlüpfen und sie durchzuhalten. Er will hier eine neue Masche ausprobieren, und unsere Bosse lassen ihm dabei freie Hand.»

«Gut möglich, daß wir ihm über den Weg laufen.»

«Ja, aber ohne ihn zu erkennen.» Stryker lächelte. «Manchmal würde seine eigene Mutter ihn nicht erkennen.»

«Wie willst du jetzt die Sache anpacken?» Tos trat unruhig von einem Fuß auf den anderen. Er haßte diese Gegend und alles, wofür sie stand. Seinen Vater hatte es hierher verschlagen, und wie er, Tos, ihn hatte aufspüren, ausnüchtern und unter großer Mühe nach Hause bringen müssen – das war so mit die schlimmste Erinnerung aus seiner Jugend. Als der Vater gestorben war, hatte sich bei seiner Familie in den Kummer erhebliche Erleichterung gemischt. Über diese Dinge sprach Tos nie. Selbst Stryker wußte nichts davon. «Trennen wir uns, oder bleiben wir zusammen?»

«Die sind so kaputt, daß sie uns nicht gefährlich werden können», meinte Stryker.

«Das solltest du lieber nicht so laut sagen. Stell dir mal vor, du hättest einen Kater, Bauchschmerzen und einen abgesackten Kreislauf, und ein gemeiner Bulle packt dich am Kragen, reißt dich aus dem Schlaf und stellt dir dämliche Fragen . . .»

Stryker, der eine schlechte Nacht hinter sich hatte, gab resigniert nach. «Auch gut. Wir klappern zunächst diese Seite ab. Zusammen. Besser so?»

«Ja. Nicht gut, das nicht. Aber besser.»

«Na also!»

Nach zehn Metern blieben sie kurz vor einem Betrunkenen stehen, dann zogen sie zum nächsten. Noch zwei oder drei Zwischenstationen, dann hatte Stryker gefunden, was er suchte.

«Da hätten wir also unseren ersten Kunden. Grunt, wenn ich nicht irre. Zuletzt wohnhaft vor Sals Imbißstube. Spezialität: gegrillte Pappe. Morgen, Grunt.»

«Morgen, Grunt», wiederholte Tos.

Grunt machte ein Auge auf und sah sie böse an. «Verpiß dich, Bulle!»

Stryker wandte sich an Tos. «Wir haben Glück. Grunt scheint heute früh guter Laune zu sein.»

«Ist ja spitzenmäßig», sagte Tos säuerlich.

«Kennen Sie den Typ, der hier am Sonntagvormittag draufgegangen ist?» fragte Stryker den zerlumpten Kerl. «Wenn Sie nicht aufpassen, kann's Ihnen genauso gehen.» Er zerrte den Mann hoch, bis er aufrecht saß.

«Hey, was soll denn das?» Grunt machte sich los. «Willste mich verarschen, oder was?»

«In der French Street ist ein Killer unterwegs», sagte Stryker leise und eindringlich. «Vielleicht einer, der auf Penner steht.

Leichte Beute, so ein Penner. Ein Mordsvergnügen. Soll sich jemand mit Ihnen ein Mordsvergnügen machen, Grunt?»

«Gehn Sie mir weg mit Ihrem Hollywoodgelaber, Stryker. Sie haben zu viele miese Filme gesehen.» Grunt rappelte sich auf, schüttelte seine Sachen aus und rieb sich das Gesicht. «Was zum Teufel wollen Sie? Wer ist die Frau da?»

«Schauen Sie sich das mal an.» Tos streckte ihm das Foto von Gabriel Hawthorne hin.

«Was soll das?» Grunt lüpfte die löcherige Trikotmütze, um sich die Jagd auf die Bewohner in seinem verfilzten Haarschopf zu erleichtern. Er verlagerte das Gewicht von einer Gesäßhälfte auf die andere und verzog schmerzlich das Gesicht. «Scheiße! Jetzt sind mir die Eier an der Stufe angefroren.»

«Morgens um acht ist die Welt hier offenbar nicht in Ordnung», stellte Stryker fest, den Blick gen Himmel gerichtet. Dann sah er auf den jammernden Penner herunter. «Im Ernst?»

«Nee, hat sich bloß so angefühlt. Wollten Sie mir 'nen Krankenwagen bestellen?»

Stryker, der sich bei einer Regung erschrockenen Mitleids ertappt sah, schüttelte den Kopf. «Was wissen Sie über den Mann auf dem Foto?»

«Talentsucher für MGM. Hat mir das Blaue vom Himmel versprochen, hat gesagt, ich könnte ... Haben Sie acht gesagt?» unterbrach er sich entsetzt. «Da ist es ja noch 'ne ganze Stunde hin, bis ich irgendwo was zu trinken kriege. Aasbande!»

Stryker holte eine Miniflasche Whisky aus der Tasche und hielt sie dicht vor Grunts schmutziges Gesicht. «Was wissen Sie über den Mann auf dem Foto?»

«Sie sind doch 'n anständiger Kerl, Lieutenant.» Gierig grapschte Grunt nach dem Fläschchen.

«Der Mann auf dem Foto.» Stryker zog ihm die Flasche weg.

«Müßt ich mir noch mal genauer ansehn.» Grunts Blick saugte sich an der Flasche fest. Tos hielt ihm das Foto vor die begehrlich glitzernden Augen. «Ach der ... Ja, und weiter?»

«Welchen Namen hat er genannt?»

«Hab ich vergessen.»

«Schade.» Stryker richtete sich auf und machte Anstalten, die kleine Flasche wieder einzustecken. Er hatte mehrere mitgebracht, um die Zeit vor der Öffnung der Schnapsläden nutzen zu können.

«Frank. Er hat gesagt, daß er Frank heißt.» Die Gier quetschte Grunt fast die Kehle zu. «Das hat er uns gesagt, und wir haben nicht weiter nachgefragt.»

Stryker holte die Flasche wieder hervor. «Wo ist er untergekommen?»

«In der Flohkiste.»

«Hatte er viel Geld?» fragte Dana.

Grunt musterte sie. «Ich hab nie welches bei ihm gesehn. Der Junge war nicht dumm.» Er fixierte Dana mit plötzlichem Mißtrauen. «Wieso hätt er sich hier rumdrücken sollen, wenn er Knete hatte?»

Stryker reichte ihm die kleine Flasche und legte einen Zehn-Dollar-Schein dazu. «Besten Dank und noch einen schönen Tag.»

Grunt leerte die Flasche in einem Zug. Vorwurfsvoll rief er ihnen nach: «Was soll der Scheiß? Ich knack den Scheißfall für euch, und alles, was für mich abfällt, ist 'n beschissener Zehner?»

«Du hast mir nicht gesagt, wieviel Zähne er hatte, du hast mir das Paßwort nicht verraten, du hast nicht gewußt, wie die Hauptstadt von Swaziland heißt, du hast . . .» rief Stryker über die Schulter zurück.

Grunt wußte, wann er geschlagen war. «Schon gut. Beim nächstenmal verlang ich 'nen Fünfziger.»

«Beim nächstenmal fragen wir jemand anders», sagte Tos.

Grunt wandte sich an einen anderen Penner, der sich im Torweg nebenan aufgerappelt hatte und wie gebannt die Miniflasche anstarrte. «So geht's einem. Du tust ein gutes Werk, und dafür kriegste noch 'n Tritt in den Hintern.» Mit einer großartigen Geste schleuderte Grunt die leere Flasche von sich. Der zweite Alki krabbelte hinterher, leckte einen Tropfen vom Flaschenhals und verstaute die leere Flasche sorgsam in den Tiefen seiner Taschen.

«Danke», sagte er und setzte sich wieder. «Danke, danke, danke, danke, dan-»

Grunt stöhnte. «Fang nicht an zu stänkern.»

«Danke», schloß der Alki und schlief wieder ein.

«Flohkiste» war der Spitzname, den die Penner dem von einer karitativen Vereinigung betriebenen Männerheim in Grantham gegeben hatten. Es war in einem weitläufigen Gebäude untergebracht, dessen Hinterfront auf einen versandeten Nebenarm des Grantham River hinausging und das früher ein Lagerhaus gewesen war. Im Winter herrschte im Heim stets Hochbetrieb, im Sommer aber blieben viele Betten leer, weil die Alkis von der French Street lieber unter freiem Himmel schliefen, als sich von Sperrstunden und Regeln gängeln zu lassen.

Es waren strenge Regeln. Abends um neun mußten sie im Haus sein, dort bekamen sie Suppe und Brot, dazu wurden erbauliche Geschichten vorgelesen. Um halb elf ging in den Schlafsälen das Licht aus, um sieben gab es Frühstück – Porridge, Brot und Milchkaffee –, danach war für alle Mann eine Stunde Putzen angesagt, und um neun mußten sie wieder hinaus auf die Straße. Wer im Heim übernachtet hatte, bekam beim Weggehen einen Stempel auf die Hand und durfte mittags Eintopf und Brot fassen. Hinterher wurden alle zum Abwaschen eingespannt. Das Abwaschwasser enthielt ein Bleichmittel, das die Stempelfarbe entfernte. (Zuerst hatte es in der Flohkiste Gutscheine fürs Mittagessen gegeben. Als sich herausstellte, daß die Penner die Gutscheine verscherbelten, um sich Schnaps kaufen zu können, wurde die Sache mit dem Stempel eingeführt. Zuerst war es ein Bilderstempel. Als die Heimleitung darauf kam, daß die Penner einhändig spülten, um den Stempel zu retten, führten sie den Tagesstempel ein. Wenig später wurden ein paar Schlaumeier dabei erwischt, daß sie an der gestempelten Hand einen Handschuh trugen, um sich in der darauffolgenden Woche ein Essen zu sichern, und das System wurde auf laufende Nummern umgestellt. Und so ging das Tauziehen weiter).

Die «Flohkiste» – offiziell das Männerheim French Street – war unter großem Tamtam vor etwa zwei Jahren eingeweiht worden mit dem erklärten Ziel, Obdachlosen, die vom Alkohol und von der Straße wegkommen wollten, ein einfaches, geregeltes Leben zu bieten. Viele versuchten den Absprung. Manche schafften ihn. Die meisten scheiterten.

Eine Besonderheit dieses Heims war es, daß abgesehen von dem Stempelsystem fürs Mittagessen keinerlei Akten geführt wurden. In der «Flohkiste» mußte ständig improvisiert werden, denn die Gesichter wechselten von Tag zu Tag. Allerdings hatte Brother Feeney, der Heimleiter, ein erstaunliches Gedächtnis. Obgleich die «Flohkiste» keine kirchliche Einrichtung war, hielt Feeney – Herkunft, Weltschau und Religion unbekannt – es für angebracht, in einer Art Mönchskutte herumzulaufen. Er hatte ein nichtssagendes Gesicht unter einer natürlichen Tonsur. Der dürftige Haarkranz auf dem kahlen Schädel verlieh seiner Erscheinung einen Anstrich von Glaubhaftigkeit. Ein Strick hielt das bodenlange Habit aus grobem braunen Wollstoff in der Taille zusammen. Offenbar hatte er eine Vorliebe für knallrote Socken, denn etliche seiner Helfer trugen sie ebenfalls. Vielleicht war es aber auch eine Firmenspende. Vieles von dem, was in der Flohkiste herumlag und -stand, stammte ganz offensichtlich von menschenfreundlichen Unternehmen oder Wohlfahrtseinrichtungen, und ganz sicher hatte Brother Feeney all diese Dinge – vom Kugelschreiber bis zum Klopapier – nur dank seiner bemerkenswerten Persönlichkeit und durch selbstlosen Einsatz für seine menschlichen Wracks zusammenschnorren können.

Kein Zweifel, Feeney war etwas wunderlich, aber er war clean, er war fair, er hörte sich die Sorgen seiner Mitmenschen an und verurteilte niemanden. Ohne Brother Feeney wäre das Heim schon längst im Chaos versunken.

«Frank? Ja, sicher erinnere ich mich an Frank.» Feeney schabte Möhren für den Eintopf, der in zwei Riesentöpfen auf dem großen Küchenherd brodelte. Außer ihm waren noch ein paar konventioneller gekleidete Männer mit Schaben, Schnitzeln, Würzen und Rühren beschäftigt. Da es draußen recht frisch war, erwarteten sie großen Zulauf zum Mittagessen. Letzte Nacht, hatte Feeney stolz berichtet, sei das Heim fast bis auf den letzten Platz belegt gewesen. Zur Zeit war die abendliche Lektüre *Moby Dick*, und das war eine zusätzliche Attraktion.

«Hat er Ärger?» Feeney warf die geschabte Möhre in eine Schüssel und holte sich von einem Haufen die nächste.

«Er ist tot», sagte Stryker ruhig.

Das Küchenmesser rutschte aus. «Das darf doch nicht wahr sein!» Feeney wischte mit der blutenden Hand an seinem Habit entlang. «Der arme Kerl! Er wirkte gar nicht krank. Und Alkohol hat er nicht angerührt, dafür könnte ich die Hand ins Feuer legen.»

«Er ist ermordet worden, Brother Feeney», sagte Tos. «Erschossen. Am vergangenen Wochenende. Am anderen Ende der Straße. Haben Sie nichts davon gehört?»

«Daß dort ein Mann gestorben ist, war mir zu Ohren gekommen, aber an Frank hätte ich in diesem Zusammenhang nie gedacht. Der übliche Betrunkenenkrawall, habe ich mir gesagt, ja, vielleicht hat es mir jemand sogar so erzählt. Ich bin der Sache nicht weiter nachgegangen. Sie sind wie die Kinder in ihren leidenschaftlichen Ausbrüchen und ihrem Jähzorn. Sie denken nicht nach. Sie nehmen sich keine *Zeit* zum Nachdenken.» Er wirkte ganz verstört. «Ich hatte mir einiges von Frank versprochen. Eine interessante Persönlichkeit. Hochintelligent und offenbar sehr an unserer Arbeit interessiert. Er hat mir eine Menge Bürokram abgenommen. Von Eintopf verstehe ich leider mehr als von Buchhaltung. Als er dann eines Tages nicht wiederkam . . . Tja, im Grunde machen es alle so. Sie bleiben eine Weile, und dann . . .» Seufzend nahm er sich die nächste Möhre vor. «Ich versuche, mir nicht allzu viele Gedanken über das zu machen, was sich draußen abspielt. Mein Anliegen ist das, was hier im Haus läuft.»

«Wann haben Sie ihn zum letztenmal gesehen?»

Brother Feeney kratzte sich die Nase. Das Küchenmesser, das er dabei in der Hand behielt, fuhr vor seinen nachdenklichen Augen hin und her. «Da muß ich überlegen . . . Sie sagen, daß er am Wochenende ermordet worden ist?»

«Samstag nacht oder sehr früh am Sonntagmorgen», bestätigte Stryker.

«Es war auf jeden Fall davor. Wenn ich mich recht erinnere,

hat er uns am Freitag verlassen. Ehrlich gesagt dachte ich, er sei den Lockungen des Bacchus erlegen. Er war in einer trockenen Phase zu uns gekommen und hatte gehofft, er könnte es durchhalten, und ich war nun der Meinung, daß er es doch nicht geschafft hatte. Wir haben das oft. Zwei Wochen bleiben sie standhaft, dann kommt der nächste Schub. Also auch einer von denen, habe ich gedacht ...»

«Sie haben ihn also nach dem Freitag nicht mehr gesehen?»

«Nein. Freitag beim Mittagessen war das letzte Mal.»

«Hat er hier Freundschaften geschlossen? Oder sich Feinde gemacht?»

Feeney schüttelte den Kopf. «Nicht daß ich wüßte. Er war interessiert, lebhaft interessiert, an allem hier, wenn ich das so sagen darf. Er hat sich mit vielen unserer Leute unterhalten, er konnte gut zuhören. Das ist sehr wichtig bei unserer Arbeit. Daß man zuhören kann.»

«Bei unserer auch», sagte Stryker und klappte sein Notizbuch zu.

«Möchte wirklich wissen, wieso sie Dana mit in die French Street schleifen mußten», maulte Neilson, der mit Pinsky auf der Fahrt zu Richmond war. «Da gehört eine Frau wie sie nicht hin.»

«Immerhin ist sie FBI-Agentin», wandte Pinsky ein. «Sie hat eine entsprechende Ausbildung hinter sich.»

«Reine Theorie, schätze ich. Das kannst du mit unserem Job nicht vergleichen, Ned. Die da oben reden doch bloß. Wenn Dreckarbeit angesagt ist, müssen wir ran. Wahrscheinlich hat sie an der Uni einen Abschluß in Psychologie gemacht, hat mal kurz in die praktische Arbeit reingerochen und ist dann gleich an einem Schreibtisch gelandet.»

«Scheint aber ganz schön fit zu sein», meinte Pinsky. «Ich wette, sie trainiert regelmäßig, macht Jogging oder so was. Diese locker schwingenden Bewegungen kriegst du nur, wenn du Sport treibst. Tennis, Fechten. Vielleicht Tanzen.»

«Und ich sag dir noch was», fuhr Neilson unbeeindruckt fort. «Sie war richtig froh, daß dieser Hawthorne im Leichenschauhaus lag. Ob er eine kleine kreisförmige Narbe am Hintern hat, will sie wissen. Nur wegen der Identifizierung natürlich. Bannerman dreht ihn um, und da ist die Narbe. Ich wette, die hat sie ihm gemacht. Hat ihn wahrscheinlich gebissen.»

«Komm, krieg dich wieder ein!»

«Nein, ehrlich. So ein selbstzufriedenes Gesicht zieht keine, die traurig ist. Ich wette, die hatten was miteinander, und er hat sie abserviert. Irgend so was.»

«Sieht sie aus wie eine, die sich so ohne weiteres abservieren läßt?»

«Na ja, das nicht, aber vielleicht war Hawthorne einer von diesen Dreckskerlen, der eine Miss Amerika abserviert hätte. Es gibt Männer, die haben was gegen schöne Frauen und ruhen nicht eher, als bis die sich wie Dreck fühlen.»

«Zu der Sorte von Männern gehörst du wohl nicht», bemerkte Pinsky, während Neilson anhielt und die Hausnummer mit der Adresse verglich, die er sich aufgeschrieben hatte.

«Nein, wahrhaftig nicht. Ich liebe die Schönheit in ihren vielfältigen Formen, besonders den weiblichen. Scheint das Haus zu sein. Pacific Avenue Nummer 4584.»

Das Wohnzimmer in dem kleinen Holzhaus war sauber und ordentlich, die Möbel freilich waren abgenutzt, und überall hatten Kinder ihre Spuren hinterlassen. In einer Kiste lag Spielzeug herum, ein einzelner kleiner Hausschuh klemmte unter den durchhängenden Federn eines Sessels. Auf dem Fernseher standen dicht an dicht gerahmte Fotos von meist zahnlückig lächelnden Kindern unterschiedlichen Alters und mit unterschiedlicher Haarfarbe, alle aber mit dem langen Kinn, den weit auseinanderliegenden Augen des Mannes, der ihnen gegenüberstand.

«Ich sprech da nicht gern drüber», sagte Richmond verdrossen.

«Geben Sie Ihrem Herzen einen Stoß. Schließlich nietet der Typ reihenweise unsere Kollegen um», sagte Neilson.

«Ich weiß, ich hab's ja selber erlebt.» Frank Richmond war ein schlaksiger Mann mit verbissenem Gesicht. In seiner Stimme schwangen Spuren eines Südstaatenakzents. Seine Sachen hingen an ihm herunter, als habe er in letzter Zeit stark abgenommen. Die Gesichtshaut war blaß und trocken, und als er sich eine Zigarette anzündete, zitterte seine Hand. «Was würden Sie sagen, wenn Ihnen das Gehirn Ihres Partners in den Schoß spritzt? Ich halte der Polizei nach wie vor die Stange, aber ich mußte einfach raus. Ebensogut hätte es mich erwischen können, und ich brauch mein Gehirn noch anderweitig.»

«Und deshalb haben Sie den Dienst quittiert?»

«Jawohl, deshalb», bestätigte Richmond trotzig. «Daß ich mich tagtäglich mit den Ganoven rumärgern mußte, war nicht schlimm. Daß sie mich hin und wieder zusammengeschlagen haben, war nicht schlimm. Selbst daß der eine oder andere mich mal angespuckt hat, war nicht schlimm. Das erleben wir alle, da müssen wir alle durch. Aber mich aus dem Hinterhalt umnieten lassen, wo ich keine Möglichkeit habe, mich zu wehren? Nee, nicht mit mir.» Er klopfte seine Zigarette am Rand des Aschenbechers ab, obgleich kein Aschenkegel zu sehen war. Seine Nägel waren abgekaut.

«Wie haben Sie sich mit Randolph verstanden?»

«Prima. Ganz prima. Guter Mann.»

«Ein Schwarzer, nicht?»

«Ja. Und?»

«Der Akzent, den Sie da haben – der ist nicht aus Boston», sagte Pinsky ruhig.

«Nicht alle südlich der Mason-Dixon-Linie sind Idioten», sagte Richmond. Auch er sprach ruhig, aber in seiner Stimme schwang eine leise Warnung. «Ich bin mit Farbigen aufgewachsen. Ich weiß, was in ihnen steckt. Ich war stolz, neben Sandy Randolph zu stehen. Jederzeit, überall. Das können Sie in Ihr blödes Buch schreiben, ist das klar? Los, schreiben Sie's rein.» Seine Stimme wurde dünn und scharf, als müsse er sich gegen einen unsichtbaren Angriff verteidigen.

«Schon gut, bloß keine Aufregung», sagte Pinsky. «Tut mir leid.»

«Außerdem war er ein sehr gut aussehender Junge», ereiferte sich Richmond. «Der Dreckskerl hat ihm das Gesicht weggeschossen, seine Frau hat ihn sich nicht mal mehr ansehen können, ehe sie ihn eingebuddelt haben. Das hat mich so fertiggemacht. Seine Frau Clemmie, die war so erledigt, daß sie nicht mal weinen konnte. Wic eine schwarze Statue hat sie bei der Beerdigung dagestanden, mit ihrem ersten Kind im Bauch. Er hat seine Tochter nicht mehr kennengelernt. Ich hab vier Töchter, ich will nicht, daß meine Frau im Regen an meinem Grab stehen muß und Commissioner Moorhouse ihr kondoliert und tönt, was für ein toller Cop ich war. Ich war kein toller Cop. Ich war ein ganz normaler Cop, der sein Bestes gegeben hat, nicht mehr und nicht weniger. Sandy wollte weiter. Er hätt's zu was bringen können. Aber nicht auf der Straße. Für die Straße war er nicht hart genug, er wollte weg. Er hat diesen neuen staatlichen Computerkurs machen wollen. Er hätte unser erster schwarzer Chief werden können, und jetzt ist er ...» Richmond unterbrach sich unvermittelt. «Jetzt ist er tot», sagte er bitter. Er war ein schwer erschütterter, ein geschlagener Mann.

Mrs. Richmond brachte ein Tablett mit Kaffeebechern. Sie war eine kleine, verlebte Frau mit großen, sanft leuchtenden Augen. Auch einen Teller mit selbstgebackenen Plätzchen hatte sie mitgebracht. «Sie können vielleicht eine kleine Stärkung gebrauchen», sagte sie schüchtern und wandte sich wieder zum Gehen. Richmond griff nach ihrer Hand und legte sie stumm an sein Gesicht. Sie strich ihm übers Haar wie einem Kind, lächelte den beiden Kollegen entschuldigend zu und verließ das Zimmer. Richmond sah seine Besucher nicht an. Er griff nach einem Becher, gab Zucker hinein und deutete stumm auf das Tablett. Er hielt den Becher in beiden Händen, als wolle er sich daran wärmen.

«Was war das für ein Einsatz?» fragte Neilson.

«Wie bitte?»

«Der Einsatz, auf dem Sie waren, als ...» Neilson machte eine unbestimmte Bewegung mit dem Becher. Um ein Haar wäre der Kaffee auf den Teppich geschwappt.

«Ach so ... Brandstiftung. Zündelei im Keller von einem Abrißhaus. Konnten nur Amateure gewesen sein, aber bei Brandstiftung muß die Feuerwehr uns verständigen, das ist Vorschrift. Wir tippten auf Kinder. Ganz blöd gemacht, überall Benzin und zerknüllte Zeitungen. Die Meldung kam, als es noch gar nicht richtig brannte. Sie wollten wohl die Sirenen hören und die Feuerwehr anrollen sehen. Wir haben uns von der Wehr die Einzelheiten geben lassen und uns auf den Heimweg gemacht . . .»

«Und wo war das Feuer?»

«In diesen Mietskasernen . . . Kennen Sie den Gallo-Bezirk? In diesen Mietskasernen auf der Evergreen. Wir fahren über die Polk, als der Wagen uns überholt und der Fahrer den Arm hochreißt und Sandy das Gehirn aus dem Schädel pustet.» Sein Gesicht war wie eine Maske, die seine Empfindungen verbarg, ein Puls tickte in seiner Schläfe, in seinem Hals. Er schluckte und wandte seufzend den Blick ab. «Es steht alles in meinem Bericht, ich hab das alles schon mal erzählt.»

«Wir müssen wieder ganz von vorn anfangen. Das vorher war für den Bezirk. Jetzt ist der Fall bei der Zentralen Mordkommission gelandet», sagte Pinsky. «Ganz schön blöd, aber nicht zu ändern. Ihr Bericht liegt uns vor und ist auch ganz eindeutig, wir wollten nur noch mal direkt von Ihnen hören, wie das alles gelaufen ist. Könnte ja sein, daß Sie sich noch an irgendwas erinnern, an irgendeine Kleinigkeit . . .»

«Ich hab versucht, die ganze Sache zu vergessen. Auch die Erinnerungen.»

«Wir wollen den Dreckskerl schnappen», brach es aus Neilson heraus. «Sie nicht?»

Richmond sah ihn düster an. «Zuerst hab ich genauso gedacht. Aber unser Pfarrer sagt, daß Rachsucht eine Sünde ist, und daran halt ich mich jetzt. Meine Erinnerungen machen Sandy nicht mehr lebendig, und die anderen auch nicht.»

«Nein, aber sie könnten uns helfen, dem Killer das Handwerk zu legen, ehe er noch mehr Leute umbringt.»

«Stimmt schon.» Richmond seufzte. Unvermittelt gab er die Abwehrhaltung auf. «Ich hab den Kerl ja kaum gesehen, er war auf der anderen Seite von Sandy. Sandy saß am Steuer, ich war am Funkgerät, als der Camaro aufholte. Ein schwarzer Camaro. Und die Sonne kam von hinten, der Typ war nur ein dunkler Fleck im Wagen. Sandy fluchte, weil der Typ ihn abdrängte, wir hatten nicht viel Platz, und dann hob der Typ die Hand, und die Sonne funkelte auf der Kanone, und dann war überall Blut, und wir fuhren in eine Mauer, und dann war Schluß. Mehr weiß ich nicht bis zu dem Moment, wo ich im Krankenhaus aufgewacht bin. Das mit Sandy haben sie mir nicht gesagt, sie haben überhaupt nichts von Sandy gesagt. Und da hab ich natürlich gewußt, daß er tot ist, ich hab's sofort gewußt.»

«Sie sagten, Randolph sei nicht ‹hart genug› für die Straße gewesen», sagte Neilson. «Können Sie uns das ein bißchen genauer erklären?»

Richmond zuckte die Achseln. Er trug einen beigefarbenen Pullover mit V-Ausschnitt über einem hellblauen Uniformhemd. Die Wolle des Pullovers schob sich auf einer Seite an dem Polsterstoff des Sessels hoch, so daß er wie verwachsen wirkte.

«Sandy las dauernd Bücher über Psychologie und Soziologie und so Sachen. Du zeigst ihm einen Bengel, den du mit einem Stemmeisen in der einen Hand und mit der anderen Hand in der Registrierkasse geschnappt hast, und er versucht, ihn zu ‹verstehen›, statt den Lauselümmel abzugreifen. Wir hatten ab und zu Knatsch deswegen. Ein paarmal hat er ... na ja, nach seinem Ermessen gehandelt.»

«Manchmal ist das eine gute polizeiliche Entscheidung», sagte Pinsky milde.

«Mag sein. Manchmal aber auch nicht. Nicht, wenn du genau weißt, daß diese Hosenscheißer nur um die Ecke gehen und es da wieder versuchen. Sie haben ihn ausgelacht, das hat er nur nicht mitgekriegt. Aber eins muß ich ihm lassen: Allmählich ging ihm doch ein Licht auf. Im Gallo-Bezirk lernst du rasch, da kriegst du ganz schnell Durchblick. Na ja, ist ja jetzt egal.»

Sie saßen einen Moment schweigend beieinander.

«Dieser schwarze Fleck in dem anderen Wagen ... Haben Sie irgendwas an ihm erkennen können?» fragte Pinsky.

«Nein. Das war einfach ein dunkler Klecks. Eine ... wie sagt man ... eine Silhouette.»

«Breite oder schmale Schultern?» Pinsky stellte den leeren Becher auf das Tablett zurück und nahm sich noch einen Keks. «War die Silhouette breit oder schmal?»

Richmond schloß die Augen. «Breit», entschied er.

«Kurzer oder langer Hals?» fragte Pinsky kauend.

Wieder eine Pause. «Lang.»

«Kopfform?»

«Rund. Nein – massiv, mehr eckig als rund.»

«Und obendrauf?»

Richmond machte die Augen auf. Er konzentrierte sich nicht mehr auf seine Erinnerungen, sondern auf Pinskys Gesicht. «Was heißt obendrauf?»

«Kraus oder glatt?» ergänzte Nelson. «Haare oder Glatze? Kopfbedeckung?»

Richmond lächelte plötzlich. «Jetzt fällt's mir wieder ein. Er hatte eine Mütze auf. Als er nach vorn schaute, sah man den Schirm, und als er sich umdrehte, sah man bloß noch die Kopfform. Bei einem Hut hätte man die Krempe gesehen, in jeder Kopfstellung, nicht?»

Pinsky lehnte sich zurück und steckte sich den Keksrest in den Mund. «Stimmt.«

«Verdammt noch mal», sagte Richmond. «Daran hab ich überhaupt noch nicht gedacht.»

Sie sprachen noch zwanzig Minuten mit Richmond, aber bis auf diese Einzelheit ergab sich nichts mehr. Als sie draußen waren, stellte Pinsky erfreut fest:

«Jedenfalls wissen wir jetzt, daß er eine Mütze trug.»

Neilson sah ihn mitleidig an. «Es gibt acht Millionen Mützen in der Nackten Stadt, Ned. Das war nur eine davon.»

7

«Wem gehört eigentlich die ‹Flohkiste›?» fragte Stryker in seine *Spaghetti carbonara* hinein.

«Einer Kirche oder so was, würde ich sagen», meinte Tos, nachdem die Spaghetti die Aussage verweigert hatten. «Aber keiner katholischen. Das wüßte ich.»

«Wir sollten das überprüfen.» Stryker gab den Parmesankäse an Dana weiter. «Nach dem, was Brother Feeney erzählt hat, hat sich nämlich Hawthorne für diese Frage interessiert.»

Dana streute Käse auf ihre Ravioli. «Wie kommen Sie darauf?»

«Erinnern Sie sich nicht mehr, daß er gesagt hat, Hawthorne habe sich mit vielen seiner Schützlinge unterhalten, habe ihm eine Menge Bürokram abgenommen . . .»

«Ich denke, in der ‹Flohkiste› werden keine Akten geführt, keine Namenslisten und dergleichen? Deshalb kommen ja die Penner. Weil sie hoffen, daß sie dort keiner festnagelt.»

«Die Leute, die da unterkriechen, werden nicht registriert, das ist richtig. Trotzdem müssen dort manche Sachen schriftlich vorliegen – die Ausgaben des Heims zum Beispiel, die Namen der Mitarbeiter und und und. Ich nehme an, daß Hawthorne rausbekommen wollte, wer den Laden finanziert. Wer daran beteiligt ist.»

«Und weshalb?» wollte Dana wissen.

«Weil . . . tja, schwer zu sagen. Vielleicht, weil irgendwas faul an dem Schuppen ist? Sagten Sie nicht, daß er mit einer Untersuchung von Korruption in Wohlfahrtseinrichtungen befaßt war?»

«Ja. Aber was hat das mit Ihrem Todesschützen zu tun?»

«Was hat unser Todesschütze mit Washington zu tun?» konterte Stryker. «Vielleicht gar nichts, vielleicht eine ganze Menge. Vielleicht hat der Mörder aus Hawthornes Fragerei gefolgert, daß er Polizist ist. Dann Gnade Gott *allen* unseren Leuten . . . Denkbar ist auch, daß Hawthorne zu nah an Hinweise herangekommen ist, die ihm in seiner Korruptionssache weitergeholfen hätten, und deshalb sterben mußte. Dann muß man allerdings fragen: Warum gerade dieser Täter, warum gerade diese Waffe? Oder er wurde gerade von diesem Täter mit gerade dieser Waffe aus einem ganz anderen Grund umgebracht, während er in seiner Korruptionssache ermittelte. Bis wir da klarsehen, haben wir keine eindeutige Marschrichtung.»

«Das ist nur so ein Gespür, nicht?»

«Ein Gespür ist manchmal nicht das Schlechteste . . .»

«Und mein Gespür sagt mir, daß du ein Magengeschwür

kriegst, wenn du dir nicht endlich angewöhnst, dich beim Essen gerade hinzusetzen», erklärte Tos.

«Ich hab schon ein Magengeschwür.»

«Na siehst du!» Tos machte sich zufrieden über seinen Salat her. «Gerade sitzen, viel Wasser trinken, gründlich kauen – das ist das beste Mittel dagegen. Kauen und spülen, kauen und spülen, was Besseres kannst du gar nicht tun.»

«Den Spruch kann ich bald singen», sagte Stryker ergeben.

Tos wandte sich an Dana. «Bekommt mir doch nicht schlecht, was?»

Sie musterte ihn von oben bis unten. 85 Kilo, fast nur Fleisch und Muskeln, gut verteilt über eine Größe von eins sechsundachtzig, dichtes, glänzendes schwarzes Haar, reine Haut, blanke Augen, prachtvolle Zähne.

«Sie sehen gut aus», räumte sie ein.

«Das liegt daran, daß er sich zweiundzwanzig Jahre lang mit Pasta vollgestopft hat», erklärte Stryker leicht gereizt. «Und an der Veranlagung. Diesen Gesundheitstick hat er erst seit ein paar Jahren. Seither hat er zweimal Rippenfellentzündung gehabt und eine Blinddarmentzündung mit Komplikationen. Von dem verstauchten Knöchel gar nicht zu reden.»

«Der Knöchel zählt nicht», sagte Tos. «Das war Glatteis.»

«Das war Vergeltung», sagte Stryker. «Weil du mir ständig auf den Geist gehst. Kauen, spülen, labern. Gib mir mal das Salz.»

«Das reine Gift», sagte Tos. «Laß die Finger davon.»

«Soll ich dir mal zeigen, wie ungesund eine Portion Spaghetti sein kann, wenn man sie ins Gesicht kriegt?»

Tos reichte ihm das Salz. «Komm hinterher nicht an und beklag dich.»

«Bei dem Fall, in dem Hawthorne ermittelte, ging es um eine bestimmte Wohlfahrtseinrichtung – *The Abiding Light Association*», sagte Dana nachdenklich. «Die Ewige Licht Gesellschaft. Es besteht der Verdacht, daß Mitarbeiter der Steuerbehörden durch Schmiergelder veranlaßt wurden, ihre Überprüfung gewisser Einrichtungen einzustellen, die möglicherweise von der *Abiding Light* finanziert werden. Spielhöllen, Bordelle, ein Schmugglerring, ein Drogenlabor und dergleichen. Die Hintermänner von *Abiding Light* genießen offenbar Protektion, und deshalb möchte ich annehmen, daß es einflußreiche Leute sind. Bisher sind wir allerdings noch nicht dahintergekommen, um wen es sich handelt. Wenn Gabe nun eine Spur gefunden hat, die hierher führte ...»

«Diese interessante Geschichte hätten Sie uns ruhig schon ein bißchen früher erzählen können.» Man hatte den Eindruck, daß Stryker die größte Mühe hatte, nicht mit den Zähnen zu knirschen.

«Tut mir leid. Was mich von dem Gedanken wieder abgebracht hat, war die Tatsache, daß er mit derselben Waffe erschossen wurde wie einige der anderen Opfer. Es ist immer noch denkbar, daß überhaupt kein Zusammenhang besteht.»

«Ja, sicher.» Stryker schob die letzten Spaghetti mit einem Stück Brot zusammen.

«Was kann ich in der Sache tun?» fragte Dana.

Er hielt mit der Brotrinde einen Schinkenwürfel fest, der sich davonmachen wollte. «Fliegen Sie zurück nach Washington.»

«Ich verstehe.»

Er sah kopfschüttelnd auf. «Sie verstehen überhaupt nichts. Fliegen Sie nach Washington, und versuchen Sie, sich sämtliche Vorgänge zu beschaffen, die Hawthorne bearbeitete. Räumen Sie seinen Schreibtisch aus, und bringen Sie uns, was Sie finden. Wenn es uns gelingt herauszubekommen, weshalb er nach Grantham gekommen ist, erfahren wir vielleicht auch, weshalb er in Grantham sterben mußte. Oder wir können die Querverbindung streichen. Alles klar?»

«Wenn Sie meinen, daß es wirklich erforderlich ist ...» sagte sie kühl.

«Ja, das meine ich. Begreifen Sie denn nicht, wie logisch das ist?»

«Logisch schon ...» räumte sie ein.

«Na also. Gute Reise!»

Sie warf einen Blick auf die Uhr. «Darf ich noch meine Zabaglione essen?»

Tos schloß die Augen und schüttelte den Kopf. «Eier, Zukker ... Da werden sich Ihre Arterien aber freuen ...»

Dana sah Stryker an. «Strickt er andauernd an dieser Masche?»

«Andauernd.»

«Haben Sie da nicht manchmal Lust, ihm eins vors Schienbein zu geben?»

«Andauernd.»

«Und warum tun Sie's nicht?» fragte sie erstaunt.

Stryker betrachtete sein großes, breitschultriges Gegenüber. «Wenn er umfällt, bin ich platt wie eine Wanze.»

«Ich habe den Eindruck, daß man über uns redet», sagte Kate und sah zwei Schwänen nach, die – durch ihr Spiegelbild verdoppelt – über den silbrigen Avon glitten.

Richard Cotterell streckte sich unter dem Baum aus und sah durch die Zweige hindurch zu dem tiefblauen Himmel von Oxfordshire hoch. «Stört Sie das?»

«Ein bißchen schon. Ich denke dann immer, daß ich mich eigentlich zusammenreißen müßte und nicht ständig Ihren Einladungen folgen dürfte. Andauernd schwänzen wir die Vorträge und sehen uns irgendwas an.»

«Mein Hauptfach an der Uni war Schmeichelei und Schöntun, außerdem habe ich Vorlesungen in Verlockung und Versuchung belegt. Ich habe auch einen akademischen Grad in vergleichender Schmusologie, aber darauf bilde ich mir nichts ein, er ist mir nur ehrenhalber –»

«Hören Sie bloß auf!»

«– von der Hochschule für animalische Anziehungskraft und angenehmes Ambiente verliehen worden. Sind Sie sehr in ihn verliebt?»

«In wen?» Kate pflückte ein Gänseblümchen und ließ es zwischen den Fingern kreisen, bis es nicht mehr wußte, wo ihm der Kopf stand.

«Sie wissen schon nicht mehr, wie er heißt. Wie schön ...»

«Natürlich bin ich sehr in ihn verliebt, das ist ja das Elend. Daß wir ineinander verliebt sind, ist das einzige, was uns zusammenhält. Er ist ein Draufgänger und Dreinhauer, ich bin ein stubenhockerischer Grübeltyp. Jeden Abend nach dem Essen joggt er seine fünf Kilometer, ich sitze inzwischen zu

Hause und mache Patchworkarbeiten oder korrigiere Aufsätze. Er genießt die Gefahr, ich raste schon aus, wenn unerwartet eine Tür zuschlägt.»

«Kein Wunder nach den Abenteuern, von denen Sie mir erzählt haben!»

«Das kommt noch erschwerend hinzu. Nicht immer hat die Beziehung zwischen zwei Menschen Bestand, die sich ineinander verlieben, weil sie etwas Schlimmes zusammen durchgemacht haben. Bei Licht besehen –»

«Gutes Licht haben wir heute.» Richard Cotterell richtete sich auf. «Gestern abend haben wir zusammen zwei schlimme Reden durchgemacht und ein schauriges Essen. Lieben Sie mich immer noch?»

«Seien Sie nicht albern.» Kate spürte, daß sie rot wurde. «Das machen Sie doch nur, weil die Tagung so langweilig ist.»

Er seufzte. «Das ist sie wahrhaftig.» Er holte das zusammengefaltete Programm aus der Tasche und warf einen flüchtigen Blick darauf. ‹Shakespeare als Feudalist. Sozioökonomische Struktur des elisabethanischen Dramas›. Oder: ‹Shakespeares Jungfrauen: Marxistisch-feministische Kritik.› Wissen Sie, daß es gar nicht weit von hier ein Städtchen namens Broadway gibt? Broadway besitzt ein Hotel, dessen Küche uns ein England vor Augen führt, wie wir es uns gern vorstellen, das es aber vermutlich nie gegeben hat. Sind Sie mit von der Partie?»

Kate zuckte die Achseln und sah über den Fluß. «Ich glaube nicht, Richard. Trotzdem schönen Dank.»

«Sie versagen sich selber ein Vergügen. Das ist ein gutes Zeichen. Sie haben ein schlechtes Gewissen, und Sie hätten kein schlechtes Gewissen, wenn die Versuchung nicht da wäre.»

«Ein sehr jesuitisches Argument. Und ich habe überhaupt kein schlechtes Gewissen.»

Er hob gleichmütig die Schultern und machte einen neuen Anlauf. «Ganz wie Sie wollen, mein Kind. Angesichts der Lockungen einer zarten Rinderlende kenne ich für mein Teil keine Skrupel. Wenn Sie nicht mitkommen, fahre ich allein und genieße die knusprigen Röstkartoffeln, den köstlichen Yorkshire-Pudding mit brauner Soße, die Buttermöhrchen, den zarten jungen Spargel, die Süßspeise mit Brandy und dicker Sahnehaube, den –»

«Sie haben gewonnen.» Kate lachte. Das Essen im Hotel war wirklich schlimm, und sie hatte einen Bärenhunger.

«Eine echte Frau erkennt man immer an ihrem Appetit», erklärte Richard selbstzufrieden. «Wir werden also Broadway mit unserem Besuch beehren, und danach –»

«Und danach fahren wir auf dem schnellsten Wege hierher zurück und gehen zu einem Abendvortrag», sagte Kate fest.

Er stand auf, faßte ihre Hände, half ihr hoch und zog sie an sich. «Vielleicht», sagte er. «Vielleicht auch nicht. Noch haben Sie sich nicht entschieden.»

8

«Eine *Mütze?*» wiederholte Tos erschüttert. «Ihr redet zwei geschlagene Stunden mit diesem Typ, und alles, was ihr mitbringt, ist eine Mütze?» Sie saßen in Strykers Büro und warteten darauf, daß er von der Toilette zurückkam.

«Mehr war nicht zu holen, Tos», sagte Pinsky. «Wir können von Glück sagen, daß überhaupt so viel rausgekommen ist. Richmond ist fix und fertig, der will sich gar nicht erinnern. Wenn dir der Partner abgeknallt wird, ist das kein gewöhnlicher Dienstvorgang.»

«Weiß ich ja», sagte Tos finster. «Aber eine *Mütze* ...» Er drehte die Spitzen seiner Schuhe, die auf dem Schreibtisch lagen, nach außen und peilte durch den Zwischenraum Pinsky an. «Was war's denn für eine Mütze?»

«Wie Mützen eben so sind.»

«Baseballmütze? Jockeymütze? Schlafmütze?»

«Eine flache Mütze mit kleinem Schirm, wie diese Tweeddinger, die manche Engländer tragen. Mütze nach Gutsherrnart.»

«Daß unser Mann ein Gutsherr ist, glaube ich eigentlich weniger», sagte Tos.

«Dann hat er sich eben verkleidet», meinte Neilson. «Weil er sonst einen Strohhut mit Blümchengarnitur und Schleier trägt. Clever, der Mann.»

Tos schenkte sich jeden Kommentar. Seufzend, die Hände über dem Gürtel gefaltet, sah er zur Decke hoch. «Während ihr mit Richmond geredet habt, waren wir drüben in Santosas Bezirk und haben uns ein bißchen umgehört. Sehr weit sind wir allerdings auch nicht gekommen. Ganz normaler Anfänger, sagen die Kollegen. Vielleicht ein bißchen ängstlich für einen Polizisten. Deshalb ist er da draußen gelandet. Er hatte einen Verweis gekriegt, weil er einen Verdächtigen nach einem Einbruch nicht verfolgt hat. Ist einfach stehengeblieben und hat zugesehen, wie der Typ über eine Mauer geklettert ist. Und da hat sein Boss gemeint, wenn er ein paar Monate einen langweiligen, aber ungefährlichen Dienst schiebt, kriegt er vielleicht ein bißchen mehr Mumm.»

«Manchmal geht die Rechnung auf», räumte Neilson ein. «Wenn du das Gefühl hast, der Größte zu sein und nett zu Omas und kleinen Kindern sein kannst, baut dich das auf.»

«Ja, und dann knallen sie dich ab», sagte Pinsky bitter. «Prima Idee, ehrlich.»

«Das konnte keiner wissen», widersprach Tos. «In der Gegend wohnen lauter feine Leute. Zur Tatzeit war keine Seele auf der Straße, die saßen alle im Haus und zählten ihr Geld. Deshalb haben wir auch keine Augenzeugen. Erst als der Schuß gefallen war, sind sie rausgekommen, und da lag er und blutete ihnen den schönen sauberen Gehsteig voll.»

«Schöne Gegend, in der eine Uniform auffällt wie ein Kuhfladen auf der Autobahn», meinte Pinsky. «Vergeßt nicht, daß er der erste war, den's erwischt hat. Vielleicht deswegen. Er war schließlich nicht zu übersehen.»

«Glaubst du, daß das nach einer bestimmten Reihenfolge läuft?» fragte Tos.

Pinsky zuckte die Schultern. «Keine Ahnung. Ich zerbrech mir schon die ganze Zeit darüber den Kopf, aber mir ist nichts eingefallen. Ich hab sogar mit den Anfangsbuchstaben rumjongliert. Wie bei den ABC-Morden. Santosa, Trask, Randolph,

Yentall – S,T,R,Y ... Ich hab schon darauf gewartet, daß das nächste Opfer mit K anfängt, dann hätte sich vielleicht rausgestellt, daß Jack seinen Namen in Blut schreibt oder so.»

«ABC-Morde? Nie gehört», sagte Neilson verdattert. «Muß ein alter Fall sein.»

«Agatha Christie», sagte Pinsky kurz angebunden. «Dann hab ich mir die Dienstzeiten vorgenommen. Erst ein Anfänger, dann eine Frau mit zwei Jahren Erfahrung, dann ein Schwarzer mit drei, dann ein Kriminalbeamter mit sechzehn Berufsjahren. Eine Art Progression.»

«Du vergißt Hawthorne.» Stryker war wieder hereingekommen und ließ sich auf den Drehstuhl hinter seinem Schreibtisch fallen. «Hawthorne war weder in Uniform, noch hielt er sich in der Nähe einer Polizeiwache auf.»

«Das macht die Sache ja noch schlimmer», sagte Neilson zu Pinsky. Er griff sich Papier und Bleistift und begann zu schreiben. «Jetzt hast du noch ein H dabei. SHTRY? STRYH? HSTRY? Könnte HISTORY sein. Vielleicht liegt irgendwo noch ein toter Ichabod oder Ichneumon rum, den ihr übersehen habt, Agatha und du.»

«Komm, hör auf damit.» Pinsky war rot angelaufen.

«Wer ist Agatha?» fragte Stryker. «Erzähl doch mal, Ned.»

«Ganz unwichtig», sagte Pinsky. «Ehrlich.»

Stryker sah Tos an, der feixend den Kopf schüttelte.

«Ach, wirklich?» fragte Stryker unschuldig.

«Wirklich.» Tos warf Neilson, der sichtlich darauf brannte, Stryker aufzuklären, einen warnenden Blick zu.

«Über die Frau, diese Merrilee Trask, wissen wir noch nicht viel», fuhr Pinsky eilig fort. «Und was ist mit Yentall? Er soll ja recht tüchtig sein ...»

«Aber schludrig, wie es heißt. Schludrige Berichte – schludrige Detailarbeit», ließ sich Neilson vernehmen. Er knüllte den Zettel zusammen, auf dem er sich die Anfangsbuchstaben notiert hatte, und feuerte ihn in Strykers Papierkorb. «Punktgewinn für Neilson. Die Zuschauermenge rast.»

Tos zuckte die Schultern. «Wir machen alle mal Fehler, Neilson, sogar du.»

«Ich? Nie!» Neilson griente durchtrieben. «Ich bin hundertfünfzigprozentig.» Er warf einen Blick in den Dienstraum. «Wo ist eigentlich unsere Miss Flammenwerfer? Haben sie euch die in der French Street geklaut, oder was?»

«Ich habe Agentin Marchant mit dem Auftrag nach Washington geschickt, alle von Hawthorne bearbeiteten Vorgänge mitzubringen. Aus den Unterlagen ergibt sich vielleicht, was er bei uns gesucht hat. Inzwischen können wir uns mal hier vor Ort ein bißchen umhören.» Er erzählte von dem Verdacht gegen die *Abiding Light Association.*

Neilson feixte. «Hebe dich hinweg von mir, Satanas!»

Stryker sah ihn an. «Was soll das heißen?»

Neilson zuckte, noch immer feixend, die Schultern. «Einsame Spitze, die Frau. Kann einen ganz schön vom Ball ablenken, wenn ich mal so sagen darf.» Er sah der Reihe nach die anderen Kollegen an und zwinkerte vielsagend.

«Ich kann dir leider nicht ganz folgen», sagte Stryker frostig.

«Entschuldige nur, wenn ich genau aufs Schlimme getroffen habe.»

«Irgendwann reitest du dich mal in ein ganz böses Schlamassel rein, Harvey.» Tos nahm die Beine vom Schreibtisch und ließ die Handgelenke kreisen.

«Was hab ich denn gemacht?» fragte Neilson harmlos.

«Blödsinn hast du gemacht.» Tos trat gegen das Stuhlbein, so daß Neilson das Gleichgewicht verlor und sich am Schreibtisch festkrallen mußte.

«Hey, du tickst wohl nicht mehr richtig?»

«Gebt Ruhe, ihr beiden», fuhr Stryker dazwischen. «Hat sich was Neues wegen unserer Cops ergeben? Hat der Computer gemeinsame Festnahmen, Observationen, Einsätze ausgespuckt?»

Pinsky schüttelte den Kopf und sah von seinem wütenden Partner weg zu Toscarelli hinüber. Wann würde der Junge endlich erwachsen werden? Er und Tos hatten längst gemerkt, daß Stryker durchaus empfänglich für die Reize der Mitarbeiterin aus Washington war und darauf mit Irritationen und Nervosität reagierte. Genaugenommen mußte der Dümmste merken, wie es um Stryker stand. Deshalb brauchte man das noch lange nicht hinauszuposaunen. Stryker war vor seiner

Beziehung mit Kate kein Kind von Traurigkeit gewesen, und so schnell legt man, selbst wenn man eigentlich am Ziel seiner Wünsche angelangt ist, alte Gewohnheiten nicht ab. Er, Ned Pinsky, war glücklich verheiratet und hatte trotzdem hin und wieder seine Augen schweifen lassen. Was war denn dabei? Nicht immer folgt dem Blick die Tat, und Neilson ging das schon mal gar nichts an. Was Neilson plagte, war schlicht und einfach Eifersucht. Er war scharf auf die Kleine, wußte aber genau, daß Stryker ihn jederzeit abhängen konnte, wenn er wollte, denn die Frau fand Stryker auch gut. Und eben das wurmte Neilson, der Stryker bewunderte und sich bemühte, so zu werden wie er. Deshalb schwang in allem, was er tat, ein bißchen Konkurrenzdenken mit. Als wollte er Stryker – oder sich selbst – etwas beweisen.

«Bisher keinerlei Gemeinsamkeiten», antwortete Pinsky sachlich.

«Pech», sagte Stryker. «Na gut, sehen wir uns noch mal an, was wir bis jetzt haben. Sie waren alle im Dienst, als sie umgebracht wurden, bis auf Yentall, der hatte gerade Feierabend gemacht. Sie hatten alle eine weiße Weste, keine Disziplinarstrafen –»

«Santosa hatte einen Verweis», warf Neilson verdrossen ein.

«Schön, aber bis auf den Verweis waren sie alle clean. Sind wir uns soweit einig?»

Die anderen nickten.

Stryker stand auf und begann im Zimmer hin und her zu laufen. «Wie könnten wir das Problem noch angehen? Vorschläge bitte!»

«Pinsky hat was von Dienstjahren gesagt», meinte Tos, ehe Neilson die ABC-Morde wieder aufs Tapet bringen konnte. «Es ist eine aufsteigende Linie. Vielleicht gibt es da eine Gemeinsamkeit. Eine Sache, die während der Ausbildung passiert ist . . .»

Neilson zischte Pinsky etwas ins Ohr, und der machte eine Bewegung, als müsse er eine lästige Mücke wegscheuchen.

Stryker nickte. «Möglich. Hat jemand unseren Seelenheinis die Lebensläufe gegeben?» Er sah sich um. «Tut das. Und redet mit dem Ausbildungsleiter, schaut euch die Zeugnisse an, die

Prüfungsergebnisse, den ganzen Sums.» Er war am Fenster stehengeblieben und sah, die Hände in den Taschen, auf die Straße herunter. Plötzlich ballte er eine Hand zur Faust und ließ sie in Richtung Fenster sausen, als hätte er am liebsten die Scheibe kaputtgeschlagen. Dann drehte er sich wieder zu den Kollegen um. «Und wenn es jemand von uns ist?» fragte er leise. «Ein Kollege?»

«Mach keine Witze», sagte Pinsky tonlos.

«Aber warum?» fragte Tos.

«Aufgestauter Groll?»

«Jetzt bleib aber mal auf dem Teppich», protestierte Pinsky. «Santosa war erst seit ein paar Monaten bei der Polizei. Aufgestauter Groll auf einen blutigen Anfänger? Da lachen ja die Hühner.»

«Vielleicht war es eine Verwechslung. Haben wir noch mehr Santosas?»

«Neun», sagte Neilson. «Wir haben sie alle überprüft. Keine Verwandten, keine Querverbindungen, soweit wir das feststellen konnten.»

«Einige der Opfer fuhren gerade einen Einsatz. Was haltet ihr von einem Kollegen in der Einsatzleitung? Einem Kollegen, der Trask zu einem herrenlosen Wagen geschickt hat, Randolph und Richmond zu einer harmlosen Brandstiftung . . .»

«Die der Typ in der Einsatzleitung mal eben in der Kaffeepause vorbereitet hatte . . .» fuhr Pinsky dazwischen. «Komm, Jack, das ist doch pure Spekulation. Die Opfer kannten sich nicht, sie haben nie zusammen gearbeitet . . .»

«Aber es könnte sein, daß der Täter irgendwann mal mit allen Opfern zusammengearbeitet hat», sagte Stryker. «Das sollten wir zumindest feststellen.»

«Na ich danke!» Neilson ruderte aufgeregt mit den Armen. «Dann melde ich mich am besten für eine Woche ab, um die entsprechenden Fragen in den Computer einzugeben. Von den Antworten ganz zu schweigen . . . Weißt du überhaupt, was für ein Aufwand das wäre?»

«Aber es muß sein», sagte Stryker eigensinnig. «Schnapp dir einen, der es für uns macht, Harvey.»

«Schon gut, ich kümmere mich drum.» Neilson gab nach,

als er merkte, wie verzweifelt Stryker nach irgendeinem Hinweis in irgendeine Richtung suchte.

Stryker lief mit gesenktem Kopf auf und ab, von Minute zu Minute wütender werdend, wie ein Bulle vor dem geschlossenen Gatter. Und dann hielt er es nicht mehr aus. Er versetzte dem Schreibtisch einen so heftigen Tritt, daß er fast einen halben Meter weit schurrend über das Linoleum schrammte.

«Der einzige gemeinsame Faktor ist demnach der Scheißkerl, der sie umgelegt hat. Wer ist das Schwein?»

Stille.

Keiner machte den Mund auf, während Stryker den Schreibtisch wieder zurechtrückte und sich in den Drehstuhl warf, mit einem bösen Blick auf die verrutschten Aktenstöße, die sich zu abenteuerlichen Verwerfungen zusammengeschoben hatten.

«Er trägt eine Mütze», sagte Tos.

«Wie war das?» fragte Stryker matt. Nach dem Ausbruch war seine Wut verraucht, und er kam sich ein bißchen albern vor. Sie erklärten es ihm mit Feuereifer, aber bei Stryker wollte keine rechte Freude aufkommen. «Eine Mütze?» wiederholte er leicht benommen. «Ihr habt demnach zwei Stunden mit einem Augenzeugen geredet und –»

«Die Platte hab ich vorhin schon abgespielt», unterbrach ihn Tos.

«Keine Uniformmütze», sagte Pinsky.

«Also gut», sagte Stryker müde. «Morgen überprüfen wir alle Granthamer Mützengeschäfte.»

Keiner glaubte, daß es ihm damit ernst war.

Der Schwung war weg. Strykers Wut, der mit fruchtlosen Vernehmungen vergeudete Tag, das Ausbleiben zündender Ideen – das alles brachte den totalen Frust. Sie redeten noch eine Weile über die Mütze, dann gaben sie es auf. Mehr ließ sich zu dem Thema nicht sagen. Eine Mütze ist eine Mütze ist eine Mütze.

«Ist ja bestens», sagte Stryker bitter. «Sieht so aus, als ob wir unseren Leuten Leibwachen verpassen und warten müssen, bis der Dreckskerl wieder zuschlägt, damit wir ihn auf frischer Tat ertappen.»

Auch für diese Idee konnte sich keiner so recht begeistern.

«Vielleicht bringt Dana was mit», sagte Neilson in dem löblichen Bestreben, die anderen aufzumuntern. «Könnte doch sein ...»

«Laß gut sein, Harvey», sagte Tos. «Ich hab schon Pferde kotzen sehen ...»

9

Dana lehnte sich in ihrem Sitz zurück und betrachtete ihr Spiegelbild in dem kleinen Kabinenfenster. Da sitzt du nun, dachte sie, kannst gar nicht schnell genug nach Grantham zurückkommen, deinen kostbaren Fund fest in der Hand und auf ein wohlwollendes Wort vom großen König der Detektive hoffend. Du bist ja blöd, Mädchen! Außerdem mußt du dich sowieso bis morgen gedulden. Warum wolltest du eigentlich unbedingt noch die Sechs-Uhr-Maschine erreichen? Dumme Frage. Du weißt ganz genau, warum ...

In Hawthornes Unterlagen hatte sich kein Hinweis darauf gefunden, warum er so plötzlich nach Grantham abgereist war. Nachdem die ebenso gründliche wie erfolglose Suche in seinem Büro abgeschlossen war, hatte Dana noch mit Hawthornes Sekretärin gesprochen, aber auch dabei hatte sich nichts Brauchbares ergeben.

Gabe Hawthorne hatte sich nie in die Karten schauen lassen. Unter der Hand hatte er seine Informationen gesammelt, sein Belastungsmaterial zusammengetragen, um dann, wenn er alles beisammen hatte, vor einem nichtsahnenden, bewundernden Publikum die Lösung aus dem Hut zu ziehen.

Zum Schluß hatte sie sich seinen Schreibtisch vorgenommen. Dort hatte sie nur eine hastig hingekritzelte Notiz gefunden, die zusammengeknüllt in einer Schublade lag:

Grantham
French Street
Officer Higley.

Sie hatte sofort im Polizeipräsidium von Grantham angerufen und um eine Verbindung mit Officer Higley gebeten. Ein

Officer Higley war dort unbekannt. Rückfragen beim Kollegen Computer förderten im ganzen Land nur einen einzigen Officer Higley zutage, einen neunundfünfzigjährigen Hilfssheriff in New Mexico, der sich schon darauf freute, in einem halben Jahr in den Ruhestand zu gehen. Nein, sagte er, als Dana ihn anrief, einen Gabriel Hawthorne kenne er nicht, aber als Junge habe er in Virginia eine Maudi Hawthorne gekannt, die müsse allerdings jetzt über hundert sein. Ob ihr damit gedient sei. Nein, sagte sie, aber trotzdem schönen Dank.

Als letzten Ausweg hatte sie Gabes vertrauliche Personalakte aufgerufen. Dort war sie endlich fündig geworden.

Gabe Hawthorne war in Grantham geboren, aufgewachsen, zur Schule gegangen – und Polizist geworden. Er hatte gerade einen Monat im Polizeidienst hinter sich, als die Firma seines Vaters nach Chicago verlegt wurde. Die Familie beschloß, ebenfalls umzuziehen, nur Gabe, der damals erst neunzehn gewesen war und noch zu Hause gewohnt hatte, blieb in Grantham und nahm sich dort ein Apartment. Zwei Monate später aber warf er den Job hin und folgte seiner Familie nach Chicago. Auslöser war ein Streit mit einem Kollegen, einem gewissen Higley, gewesen, der zum gleichen Zeitpunkt bei der Polizei ausschied. Zwischen den Zeilen konnte man lesen, daß man den beiden jungen Männern die Kündigung nahegelegt hatte, um sie nicht entlassen zu müssen. Gabe hatte in Chicago Jura studiert und war zum FBI gegangen.

Nach vielen Jahren hatte er dann wieder den Weg nach Grantham gefunden. Und war dort gestorben. Warum?

«Darf ich Ihnen einen Kaffee anbieten?»

Dana fuhr aus ihren Gedanken hoch. «Wie? Nein, danke, keinen Kaffee.»

«Tee? Ein Erfrischungsgetränk?»

«Nein, gar nichts, vielen Dank.»

Die Stewardess rollte ihren Wagen weiter durch den schmalen Mittelgang, und Dana war wieder vollauf mit ihren eigenen Problemen beschäftigt. Eins davon hieß Jack Stryker.

Wenn sie die Augen schloß, sah sie ihn deutlich vor sich: Groß und kräftig, breite Stirn, ruhige blaue Augen, ein erstaunlich junges, vitales Gesicht unter dem vorzeitig weiß gewordenen Haar, lange, gerade Nase, ein energischer und dennoch sensibler Mund. Sie kannte Stryker nur in zorniger, gereizter Stimmung, aber er konnte bestimmt auch lachen und zärtlich sein.

Tiger, Tiger, alter Krieger ...

Nein. Er war ein Mann wie jeder andere. Und daß sie so stark auf ihn reagierte, war nicht seine Schuld. Er hatte nichts getan, um ihr Interesse zu wecken, hatte sie nicht ermutigt. Er lebte in einer festen Beziehung, sie hatte das Foto der Frau auf seinem Schreibtisch gesehen. Klein und zierlich, dunkle Lokken, ein herzförmiges Gesicht mit hohen Wangenknochen, ein kleiner, weich geformter Mund. Das Gesicht war nicht schön im landläufigen Sinne, aber einprägsam. Wahrscheinlich paßte sie gut zu diesem Mann, der voller Spannungen, voller Unruhe steckte.

Eine feste Beziehung. Vielleicht war er gerade jetzt mit ihr zusammen.

Jetzt, in diesem Augenblick ...

Sie fröstelte und richtete sich blinzelnd auf.

«Wenn man aufwacht, ist einem immer kalt», sagte der ältere Herr neben ihr verständnisvoll. «Möchten Sie ein Stück von meiner Decke haben?»

Stryker fixierte mit bösem Blick die Mikrowelle, als könne er sie dadurch zwingen, ihm ein köstliches Mahl zu bereiten. Langsam stieg am Rand der Glasform eine Blase auf und fiel in sich zusammen. Der Drehteller rotierte, und nach ein, zwei Sekunden stieg und fiel eine zweite Blase.

Manches braucht zum Auftauen eine kleine Ewigkeit.

Und manches schmilzt im Nu.

Er überlegte, mit welcher Maschine Agentin Dana Marchant wohl aus Washington zurückkam und ob sie eine neue Spur, eine neue Erkenntnis mitbrachte, irgend etwas, was ihnen einen Ansatzpunkt zur Lösung dieses vertrackten Falles liefern würde.

Er überlegte, was sie wohl anhatte. Das Kostüm von Brooks Brothers und die schwarzen Strümpfe? Oder die Jeans und den dicken Pullover?

Und er sagte sich, daß es – so oder so – für seinen Seelenfrieden besser wäre, andere Überlegungen anzustellen.

Aber welche? Auf der einen Rille der Gedanke an die Kollegen, die an allen Ecken der Stadt, von Killerkugeln getroffen, tot umfielen, auf der anderen der Gedanke an Dana Marchant, ihre Knöchel, ihre Knie und alles nördlich davon . . . Nein, das war keine Alternative.

Schalt den Fernseher ein, befahl er sich.

Schau dir an, was sich in der Welt tut, du Blödmann.

Er konnte sich kaum vorstellen, daß er irgendwann einmal gern allein gelebt hatte. Den halbgaren Auflauf vor sich, den Fernsehschirm im Blick, kaute er lustlos auf irgendwelchen festen Sachen herum, die ebensogut kleingehackte Möbel wie Hühnerteile mit Nudeln sein konnten. Wein – ja, das war eine Idee. Mach eine Flasche Wein auf, sei ein bißchen nett zu dir. Schenk dir ein Glas ein, leg einen Ravel auf den Plattenteller, nimm dir ein gutes Buch.

Betrink dich.

Bis du das heulende Elend kriegst.

Und das große Kotzen.

Ach ja, das Leben war eines der schwersten . . .

Als das Telefon läutete, war er soweit, daß er sich überlegte, ob er vielleicht stricken lernen sollte.

«Hallo.»

«Kate?»

«Ja.»

«Ach, Kate . . .» Er fühlte sich sofort besser. Vielleicht auch nur sicherer, weil die sanfte Wärme ihrer Stimme ihm in Erinnerung rief, daß es sie gab.

«Ach, Jack . . .» Das klang fast nach Tränen.

«Ist was? Hast du wieder schlecht geträumt?»

«Nein, nein», sagte sie rasch. «Alles in Ordnung.»

Pause.

«Wie ist das Wetter bei euch?»

«Schön. Der ganze Tag war schön. Und wie steht's mit dir?»

«Ich bin auch schön, aber hier regnet es. Ich sehne mich nach dir. Komm zurück, alles ist vergeben. Ich bin sogar bereit, in Zukunft meine Hemden selber zu bügeln.»

«Ehe wir uns kannten, hast du das immer gemacht», bemerkte Kate trocken.

«Ja, aber seit ich diese Arthritis-Sache habe ...»

«Sind schon alle schmutzig?»

«Du weißt doch, wie ich kleckere. Und die Tränenströme ...»

«In der untersten Kommodenschublade liegen sechs frisch gewaschene, gebügelte Hemden.»

«Das darf nicht wahr sein ...»

«Nein.»

«Nein?»

Ihr Lachen war unverändert. «Du kannst ja später mal nachsehen. Ißt du auch ordentlich?»

«Du redest schon wie Tos. Ich hab mir was in der Mikrowelle gemacht. Es ist eine Art Sorbet geworden. Hühnerfrikassee-Sorbet ...»

«Du brichst mir das Herz. Ich hatte heute nachmittag einen richtig altmodischen englischen Tee: Toast mit Anchovispaste, Dosenkrabben, fritiertes Ei, warme Haferbrötchen mit Butter und Erdbeermarmelade. Eccles-Kuchen, Walnußtorte ...»

«Was ist Eccles-Kuchen?»

«Ich bring dir welchen mit.»

«Du redest schon wie eine Engländerin.»

«Gar nicht wahr», widersprach sie gekränkt.

«Schwamm drüber. Was macht Richard?»

Ihre Antwort ließ einen Augenblick auf sich warten, und dann klang ihre Stimme seltsam dünn. Vielleicht lag es an der Leitung.

«Du meinst wohl Richard Cotterell.»

«Ja, den meine ich wohl. Hat der sich auch dieses üppige Mahl einverleibt?»

«Du klingst wie ein Polizist.»

«Ich bin zufällig Polizist. Ein dreckiger Bulle.» Als Cagney-Imitator war er noch nie besonders gut gewesen, und per Ferngespräch kam es wohl noch schlechter rüber.

«Ja, er hatte auch Tee. Wie läuft dein Fall?»

«Überhaupt nicht. Er steckt fest.»

«Und was macht eure Miss Flammenwerfer aus Washington?» Ihre Stimme klang jetzt noch dünner – trotz der vielen Kalorien, die sie zum Tee konsumiert hatte.

«Sie ist wieder in Washington, mußte dort was abchecken. Morgen kommt sie zurück.»

«Soso ...»

«Katie ...» sagte er plötzlich sanft.

«Ja?» Sie war sehr weit weg.

«Nichts. Was steht bei dir morgen auf dem Programm?»

«Shakespeare, Shakespeare und kein Ende. Nachmittags halte ich meinen Vortrag. Ich hab schreckliches Lampenfieber.» Im Hintergrund hörte man leises Gemurmel. Es war eine männliche Stimme, die da murmelte. Unverkennbar. «Was war das?»

«Nur jemand, der was gesagt hat. Wie war es gestern beim Prozeß?»

«Bestens. Der zu wem was gesagt hat?»

«Zu mir. Sie warten unten auf mich, eine kleine Gruppe ist nach der Vorstellung zu einer Party bei der Royal Shakespeare Company eingeladen. Eine schöne Gelegenheit, einige der Schauspieler kennenzulernen und den Re–»

«Unten? Du sprichst von deinem Zimmer aus?»

«Ja, natürlich.»

Dreißig Sekunden lang herrschte Funkstille. Kate war in ihrem Zimmer, drüben war es elf Uhr abends, und sie war nicht allein.

«Jack? Bist du noch dran?»

«Der Kurzzeitwecker hat sich gerade gemeldet, Kate, ich muß Schluß machen. Ich hab einen Kuchen im Backofen. Viel Glück für deinen Vortrag. Ich denke an dich. Tschüß.»

Es ist eine wissenschaftliche Tatsache, daß die Reste eines Hühnerfrikassees, aus Kopfhöhe auf einen Linoleumboden geschleudert, durchschnittlich drei Meter weit streuen und vorzugsweise unter dem Kühlschrank verschwinden.

Er rutschte noch, die Spuren seines Wutanfalls tilgend, auf den Knien herum, als erneut das Telefon läutete. Grummelnd ging er hin und verstreute dabei Küchenkrepp in sämtlichen Räumen.

«Hier Dana. Ich glaube, ich habe was gefunden.»
«Super! Wann kommen Sie zurück?»
«Ich bin schon da. Die Maschine ist eben gelandet.»
«Ach so.»
«Hab ich Sie aus dem Bett geholt? Das tut mir leid.»
«Nein, nein. Ich war nur beim Abwaschen.»
«Haben Sie heute Küchendienst?»
«Die ganze Woche. Kate ist zu einer Tagung in England.»
«Ach so.» Eine Pause. «Wahrscheinlich hat es Zeit bis morgen, aber wenn Sie Lust hätten, mich auf einen Drink im Hotel zu besuchen, sind Sie herzlich willkommen.»
«So was Tolles haben Sie zu bieten?»
«In der Hotelbar, meinen Sie?»
«Nein, ich meine das, was Sie in Washington gefunden haben.»
«Toll? Ich weiß nicht recht . . . Eher verwirrend.»
Er wartete, aber mehr rückte sie nicht heraus. Ein blöder Schlagertext hämmerte in seinem Hirn. ‹Alle kennen dieses Spiel . . . Alle spielen dieses Spiel – dann und wann . . . Alle lieben dieses Spiel . . .› Und er dachte: Auch du? Auch Kate? Auch dieser verdammte Richard Cotterell?
«Ich brauche höchstens eine halbe Stunde», sagte er.

10

«Kinder, ich werd verrückt! Endlich ein Treffer!»
Die anderen sahen Pinsky groß an.
«Ratet mal, wer bei Hawthornes kurzem Gastspiel im Polizeidienst sein Partner war.»
«Chief Franconi?»
«Falsch. Phil Yentall.»
Die triumphierende Ankündigung hatte alle vom Stuhl gerissen. Jetzt saßen sie wieder. Und starrten sich an. Tos war der erste, der den Mund aufkriegte. «Und was bedeutet das?»
Pinsky, der rot angelaufen war, weil er im Dauerlauf vom Archiv nach oben gedüst war, wischte sich mit dem Taschen-

tuch übers Gesicht und stopfte es wieder in die Hose. Eine unerwartete Warmfront hatte von Süden her Grantham erreicht, und sie hatten alle Fenster weit aufgemacht, um den Frühling willkommen zu heißen. Wie lange er bleiben würde, war völlig ungewiß. Mit einigem Glück hatten sie heute abend noch etwas davon.

«Im Augenblick bedeutet es gar nichts», entschied Stryker. «Von Dana wußten wir schon, daß Hawthorne in Grantham aufgewachsen ist und hier einen Monat bei der Polizei gearbeitet hat.»

«Und jetzt wissen wir, daß er in diesem einen Monat Phil Yentall als Partner hatte», sagte Tos. «Moment mal . . . Das heißt doch, daß wir seine Fingerabdrücke in den Akten hatten. Warum zum Teufel haben wir dort nicht nachgesehen? Wieso mußten wir erst Washington einschalten?»

«Weil irgendein Idiot ‹inaktiv› auf die Akte geschrieben hat und die Daten noch nicht im Computer sind», sagte Pinsky. «Sie sind mit dem Eingeben noch nicht soweit. Bei den vielen neuen Vorgängen . . .»

«Immer derselbe Ärger», murrte Tos.

«Glaubt ihr, Yentall könnte noch am Leben sein, wenn wir das mit Hawthorne gewußt hätten?» fragte Neilson in die Runde.

Stryker überlegte. «Vielleicht hätte er sich mehr vorgesehen. Wir hätten natürlich wegen Hawthorne mit ihm gesprochen.»

«Was meint ihr, ob es etwas mit diesem Higley zu tun hatte?» fragte Dana zögernd. «Vielleicht war da ein Zusammenhang, ein Geheimnis, von dem sie beide wußten . . .»

Stryker seufzte. «Ich lasse nach Higley suchen, aber offenbar ist er schon vor Jahren weggezogen. Wir können natürlich Yentalls Dienst- und Privatgespräche überprüfen und feststellen lassen, ob er mit Chicago telefoniert hat. Wenn er einen Münzfernsprecher benutzt hat, ist es allerdings hoffnungslos.»

«Wieso hätte er denn Hawthorne anrufen sollen?» meinte Neilson.

«Keine Ahnung», sagte Stryker. «Zwischen Hawthornes und Yentalls Tod liegen einige Tage.» Er stand auf und ging, einem deutlich sichtbaren Trampelpfad auf dem grünen Linoleum folgend, zwischen Schreibtisch und Fenster hin und her. «Vielleicht war es auch umgekehrt, und Hawthorne hat Yentall angerufen.»

«Aber warum?» beharrte Dana.

«Als alter Freund, früherer Partner und aktiver Polizeibeamter war Yentall eine ideale Informationsquelle für alles, was sich in unserer Stadt so tut. Die French Street war nicht sein Bezirk, aber es dürfte in Grantham keinen Polizisten geben, der sie nicht irgendwie kennt.» Er fuhr sich mit den Fingern durch die Haare, bis sie zu Berge standen. Sie wurden allmählich dünner, wie das Linoleum. Wohl eine Folge der ständigen Beanspruchung. «Yentalls Captain hat da so eine Bemerkung gemacht ... Wie war das doch gleich ...» Er fixierte einen Augenblick die Wand, dann erhellte sich sein Gesicht. «Richtig ... Ich habe noch nachfragen wollen, aber dann bin ich wieder davon abgekommen. Yentall habe in letzter Zeit nicht gut geschlafen, hat er gesagt.»

«Und Sie meinen, das war wegen Hawthorne?» fragte Dana.

«Könnte sein.»

«Wenn man mal die Fingerabdrücke beiseite läßt», sagte Pinsky plötzlich, «muß man sich doch fragen, warum nicht *er* Hawthorne identifiziert hat. Das Foto war im Umlauf, Yentall muß es gesehen haben. Warum hat er sich nicht gemeldet?»

«Vielleicht hatte er es vor», sagte Stryker. «Vielleicht ist er deshalb ermordet worden.»

«Doch, an Gabriel Hawthorne kann ich mich erinnern», sagte Mrs. Yentall. Sie saßen in einem verglasten Wintergarten, der offenbar mehr für die Benutzung im Sommer gedacht war. Die Kissen und Polster auf den Korbmöbeln waren bunt geblümt. An diesem warmen Tag wirkte der Raum heiter und gemütlich und hatte außerdem den Vorteil, daß Mrs. Yentall die Kinder im Garten beobachten konnte. Während der Unterhaltung ging ihr Blick immer wieder zu der großen Fensterfront. Es war, als wenn man ein Gespräch mit einem Menschen führt, der mit einem Auge das laufende Fernsehprogramm verfolgt. «Ich erinnere mich deshalb so gut, weil Phil sagte, Gabe hätte den richtigen Namen, weil er immer ins eigene Horn gestoßen hat.»

«Klingt ganz nach Gabe», sagte Dana halb für sich.

«Demnach haben die beiden sich nicht verstanden?» meinte Stryker.

Mrs. Yentall zuckte die Schultern. Sie war eine hübsche Frau, die vermutlich einen unablässigen Kampf gegen ihre Pfunde führte, was gar nicht nötig gewesen wäre, denn die sanften Rundungen standen ihr gut. Der Kummer um ihren Mann aber hatte ihre Haut stumpf und ihren Mund schmal gemacht, und unter den Augen lagen dunkle Schatten. «Das will ich nicht sagen. Es ist lange her, und sie waren ja nur kurz zusammen. Zum Schluß hat es dann aber wohl einen Mißklang gegeben. Bei Hawthorne war das so: Wenn ein Fall gut lief, war es sein Erfolg, wenn etwas schief ging, war Phil schuld. Andere hätten sich das wohl nicht gefallen lassen, aber Phil ...» Ihre Stimme zitterte, aber sie beherrschte sich. «Phil war ein richtiger Gemütsmensch, er hat allen immer nur das Beste zugetraut.»

«Phil soll bei seinen Kollegen sehr beliebt gewesen sein», sagte Stryker freundlich. «Captain Corsa hat mir erzählt, wie gern ihn alle hatten.»

«Ja, das stimmt. Hawthorne mochte keiner so recht. Er hat sich im Umkleideraum fürchterlich mit einem anderen Anfänger geprügelt ...»

«Ja, mit Colin Higley. Wir kennen die Geschichte.»

«Higley ist auf Hawthorne losgegangen, weil er im Fall Eberhardt, der so schiefgelaufen ist, Phil den Kopf hat hinhalten lassen. Die anderen haben die Schlägerei nicht verhindert. Aber sie mußten beide den Dienst quittieren. Phil hat es wegen Higley leid getan, er hat sich sehr für ihn eingesetzt, aber es hat nichts genützt. Keiner hat richtig zugehört.» Sie sah aus dem Fenster. Einer der beiden kleinen Jungen, die im Garten spielten, war ausgerutscht und mit Schwung in eine herrlich drekkige Pfütze gefallen. Das Schmutzwasser spritzte bis zu seinem Bruder hoch. Das fanden die beiden so lustig, daß sie es gleich noch mal versuchen mußten.

«Nur gut, daß man Dreck abwaschen kann», sagte Stryker.

Mrs. Yentall warf ihm einen spöttischen Blick zu. «Nicht immer. Manchmal bleibt auch was hängen.»

«Was soll das heißen?»

Sie seufzte. «Na ja, wie gesagt ... der Fall Eberhardt ...»

«Ah ja. Inwiefern war denn Phil mit dem Fall befaßt?»

«Er hat ihn das erste Mal verhaftet», sagte sie. «Zusammen mit Gabe Hawthorne hat er Eberhardt bei dem Versuch geschnappt, eine Tankstelle auszuräumen, und hat ihn festgenommen. Aber Hawthorne hatte ihm nicht die vorgeschriebene Verwarnung vorgelesen, und da hat Eberhardts Anwalt den Jungen rausgepaukt. Es war wieder mal so ein Fall, wo Phil den Kopf hinhalten mußte, weil er der Dienstältere war, aber er hat Hawthorne noch an die Verwarnung erinnert, hat er immer gesagt.»

«Er hätte ihn sicherheitshalber selber noch einmal verwarnen sollen», meinte Stryker behutsam. «Doppelt genäht hält besser.»

«Halten Sie sich auch an diesen Spruch, weil Sie damit rechnen, daß Ihr Partner Mist baut?» fragte Mrs. Yentall. «Oder verlassen Sie sich auf ihn?»

Stryker nickte. «Stimmt. Ich hab's nicht so gemeint. Eberhardt ist dann doch im Knast gelandet.»

«Ja. Für lächerliche dreißig Tage. Weil er im Besitz einer gefährlichen Waffe war. Er hatte doch immer dieses Messer bei sich. Und was war das Ende vom Lied? Alle haben Phil die Schuld daran gegeben, daß er so glimpflich davongekommen ist.»

«Das kann ich mir nicht vorstellen.»

«Wieso hat er dann nach dem Examen zum Sergeant vier Jahre auf seine Beförderung warten müssen?» Mrs. Yentalls Stimme war schrill geworden. «Immer ist er übergangen worden, immer haben sie einen anderen vorgezogen. Und trotzdem hat er immer die Polizei in Schutz genommen. So ist das eben bei uns, May, hat er gesagt. Man muß Geduld haben, man muß die Zwänge verstehen. Er ist nie bitter geworden. Ich schon. Er hätte Lieutenant werden können wie Sie, vielleicht eines Tages sogar Captain. Und jetzt ... und jetzt ...» Ihre Stimme brach, stumm sah sie auf ihre geballten Fäuste herunter. Vom Garten her hörte man Kreischen und Gelächter, und sie stand auf. «Es wird Zeit, daß ich die Kinder aus dem Dreck hole. Oder müssen wir noch weiterreden?»

«Nein, das wäre für heute alles, Mrs. Yentall», sagte Dana und stand auf. «Schönen Dank, daß Sie Zeit für uns hatten.» Widerstrebend erhob sich auch Stryker.

Während sie über den Gartenweg zum Wagen gingen, sagte er verärgert: «Ich hatte noch mehr Fragen. Ich wollte noch mehr von ihr wissen.»

Dana schüttelte den Kopf. «Sie hätten keine Antworten bekommen. Noch nicht. Die Wunde ist noch zu frisch und tut noch zu weh. Und ihr Groll auf die Polizei ist zu groß. Sie würde sich immer wieder hinter die Kinder zurückziehen, wie jetzt. Es hätte nichts mehr gebracht, glauben Sie mir. Wenn Sie es in ein, zwei Tagen noch einmal versuchen, oder wenn Sie einen Kollegen schicken ...»

«Aber es könnte doch sein, daß sie etwas weiß ...»

Auch Dana verlor allmählich die Ruhe. «Na schön, dann gehen Sie noch mal zurück. Ich arbeite für das FBI. Ich habe in meinem Job viele Leute vernommen, die Grund haben, die Polizei abzulehnen und zu hassen. In Chicago, Detroit, Milwaukee, New York ... Und am ärgsten ist der Haß bei Frauen, deren Männer im Polizeidienst ums Leben gekommen sind. Später, wenn sie ein bißchen Abstand haben, wird es leichter für sie, dann können sie die Erinnerungen ertragen. Aber dazu ist es bei Mrs. Yentall noch zu früh, Jack. Wirklich, es hätte keinen Sinn.»

Er atmete ein paarmal tief die laue Frühlingsluft ein und stieß sie wieder aus. «Also gut, lassen wir's für heute.»

«Wer war dieser Eberhardt?» fragte Dana, während er den Wagen aufschloß.

«Ein sehr unerfreulicher Typ, der sich ein Vergnügen daraus machte, seine Mitmenschen mit einem Jagdmesser zu tranchieren. Tos und ich haben ihn vor drei Jahren hinter Schloß und Riegel gebracht. Wollen wir etwas essen?»

Dana stieg ein. «Einverstanden.»

Er schloß die Beifahrertür und setzte sich ans Steuer. Eine ganze Weile sah er aus dem Fenster, ohne den Wagen anzulassen. «Was hatten Sie übrigens gegen Hawthorne?» fragte er vorsichtig.

«Das war eine Privatsache.»

«Hat man deshalb *Sie* nach Grantham geschickt?»

«Schon möglich. Mein Boss hat einen ausgeprägten Sinn für Humor.»

«Hawthorne scheint keine besonders gewinnende Persönlichkeit gewesen zu sein.»

Sie sah stur geradeaus. «Falsch. Er war sogar eine sehr gewinnende Persönlichkeit. Ein Mensch, der immer gewinnen wollte. Punktesammeln und Gewinnen – das war Gabes Hobby.»

«Und?»

«Falls bei der Überprüfung von Yentalls Telefongesprächen überhaupt etwas herauskommt, möchte ich wetten, daß es Gabe war, der Yentall angerufen hat. Und zwar nicht aus alter Freundschaft, sondern um ihn auszunutzen. Darin war Gabe groß. Für ihn stand fest, daß er eines Tages ganz oben sein würde. Und dann hätte man an seinen Fußspuren in vielen Gesichtern ablesen können, wie er dahin gekommen war.»

«Das hört sich an, als ob Sie ihn richtig gehaßt haben.»

Dana warf ihm einen raschen Blick zu. «Ihr Gehör scheint in Ordnung zu sein.»

Er ließ den Wagen an. «Stärken wir uns erst mal», sagte er nur.

11

Weil an diesem Tag Pinsky im Bronkowsky-Prozeß aussagen mußte, fuhr Neilson mit Tos zu Steve Chin, dem Partner der ermordeten Merrilee Trask. Chin war ein gutaussehender, untersetzter Amerikaner chinesischer Herkunft, der unentwegt lächelte. Er hatte ein strahlendweißes, regelmäßiges Gebiß, aber ein Eckzahn trug eine Goldkrone, die jedesmal aufblitzte, wenn sich das Licht darin fing.

«Ein zähes Luder war sie, alles, was recht ist», sagte er. «Sogar mich hat sie mehr als einmal das Fürchten gelehrt. Es war, als habe man eine private Brigade von Ledernacken. Wie ich gehört hab, daß jemand sie umgelegt hat, hab ich es zuerst nicht glauben wollen. Gut und gern sechs Typen müssen das gewesen sein, hab ich gesagt. Oder ein Panzer. Aber nein, ein einziger Schuß hat sie erledigt, stimmt's?»

«Stimmt.» Neilson starrte wie hypnotisiert auf das rhythmische Blinken des Goldzahns.

«Wir sind mal ihre Akte durchgegangen. Halten Sie es für möglich, daß ein alter Kunde mit ihr abrechnen wollte?»

«So direkt fällt mir da niemand ein», sagte Chin. «Glauben Sie denn, daß einer unsere Leute kaltblütig abknallt, weil er noch eine offene Rechnung zu begleichen hat?»

«Das wissen wir nicht», räumte Tos ein. «Aber wir müssen allen Möglichkeiten nachgehen. Wie sah es denn bei ihr privat aus? Käme da jemand in Frage?»

Ihr früherer Partner überlegte. «Sie war geschieden und hatte mit Männer nichts am Hut. Aber sie war keine Lesbe.»

«Bestimmt nicht?» fragte Neilson.

«Bestimmt nicht», bestätigte Chin, und über sein Gesicht zog ein recht sonderbarer Ausdruck.

«Hatte sie einen festen Freund?»

«Nein. Sie wollte sich nicht ein zweites Mal gefühlsmäßig binden, hat sie gesagt. Sie war wohl einsam, aber sie steckte ihre ganze Kraft in den Job, paukte für die Prüfung zum Sergeant, lebte sozusagen nur für ihren Beruf.»

«Und das hat sie nun davon», sagte Tos rauh.

Chin schüttelte den Kopf. «Ich warte immer noch darauf, daß sie hier reinstürzt und mich anschreit, ich soll mich von meinem faulen Hintern erheben, raus in den Wagen, es geht los. Die Kollegen sagen, daß ich immer noch zusammenzucke, wenn ich draußen eine laute Frauenstimme höre.» Wieder das goldblinkende Lächeln. «Verstehen Sie mich nicht falsch. Sie war eine tolle Frau, ich hatte sie wirklich gern. Es war ein elendes Gefühl, als ich erfuhr, was passiert war, und ich bin noch nicht drüber weg. So einen Partner wie sie krieg ich nie wieder.» Seine Augen hatten einen seltsamen Glanz. «Kann sein, daß ich jetzt ein bißchen länger lebe.»

«Sie riskierte gern was?» fragte Neilson.

«Nicht nur das, Mann, sie war der Boss. Ich hab ein halbes Dienstjahr mehr als sie, aber das kümmerte sie überhaupt nicht, sie hat alles gewußt, sie hat alles gemanagt.»

«Und dagegen haben Sie sich nicht gewehrt?»

Chin griente. «Sie war viel größer als ich.»

«Ach was», sagte Tos ungeduldig.

Chin zuckte die Achseln, kippte seinen Sessel zurück und legte, ungerührt von dem Lärm und Getümmel, das sie umgab, die Beine auf den Schreibtisch. «Okay, okay. Es war einfach so, daß wir durch sie beide gut dastanden. Ich bin nun mal kein aggressiver Typ, und das hat sie wieder wettgemacht. Irgendwie fand ich das schon gut. Mit unseren Verhaftungen waren wir einsame Spitze im Bezirk, wir haben mehrere Belobigungen gekriegt –»

«– und haben sich auch mehrere Verweise eingehandelt», ergänzte Neilson.

«Na ja ...» Jetzt wurde Chin doch etwas verlegen. Der übertriebene Gleichmut fiel von ihm ab, und er wirkte plötzlich kleiner. «Sie neigte dazu ... Sie hat sich manchmal ein bißchen zu sehr ins Zeug gelegt.»

Neilson verzog keine Miene. «Mit anderen Worten: Sie hat schon mal einen Verdächtigen windelweich geprügelt. Und dadurch habt ihr ab und zu eine Verurteilung nicht durchgebracht.»

Tos hob eine Augenbraue. «Dabei war *sie* die treibende Kraft?»

«Ja», erwiderte Chin unglücklich. «Sie konnte ganz schön hart sein. In Karate war sie Spitze. Und die Sicherung ist ihr schnell mal durchgebrannt. Sie hat nie darüber gesprochen, aber ich glaube, ihr Mann hat sich scheiden lassen, weil sie ihn geschlagen hat.»

«Hat Sie das bei Ihnen auch mal versucht?» fragte Neilson halb im Scherz.

«Nicht so, daß man's gesehen hat.» Eine dunkle Welle überlief Chins Gesicht.

Neilson sah ihn lange nachdenklich an. «Wollen Sie allen Ernstes behaupten, daß sie sich von ihr haben schikanieren lassen?» fragte er einigermaßen fassungslos.

Chin errötete heftiger. «Sag ich doch ...»
«Aber warum denn nur, Mann?»
Chin sah zu Boden. «Sie stellte hohe Anforderungen», sagte er leise. «Sie hat viel verlangt. Dienstlich und privat.»
«Sie haben sich auch privat mit ihr getroffen?»
Chin wandte den Blick ab. Er griff nach einem Bleistift, betrachtete ihn prüfend, drehte und wendete ihn, bohrte die Spitze in die Schreibunterlage, bis sie abbrach, und warf den Stift weg. «Manchmal.»
Einen Augenblick blieb es still. Tos machte ein verständnisloses Gesicht, aber in Neilsons Augen schimmerte Verständnis auf. Er wußte nicht, ob er lachen oder weinen sollte. Armes Schwein, dachte er. «Vermutlich tut das nichts zur Sache», sagte er schließlich.
«Nein, da haben Sie wohl recht», bestätigte Chin bedrückt.
«Und Sie haben die Frau bestimmt nicht selbst abgeknallt?»
Chin seufzte. «Gespielt hab ich schon hin und wieder mit dem Gedanken.»
«Und warum haben Sie's nicht getan?»
«Niemand hätte mir abgenommen, daß ich keinen Spaß dran hatte», sagte Chin bekümmert. «Sie sah, wie gesagt, verdammt gut aus. Jedenfalls für Leute, die den Typ mögen ...»
«Mannomann», stöhnte Neilson. Chin schien erleichtert zu sein, daß er – wenn auch nur in Andeutungen – endlich einmal die Geschichte dieser recht ungewöhnlichen Form polizeilicher «Brutalität» hatte loswerden können. Chin hatte recht – viele Kollegen hätten ihn sicher noch beneidet. Vielleicht auch er, Neilson, wenn er nicht sensibel genug gewesen wäre, den Kummer dieses Mannes zu spüren, der vor ihm stand. Die Demütigung hat viele Gesichter.
«Sie waren nicht dabei, als sie erschossen wurde», sagte Tos. Er wußte nicht genau, ob er das alles richtig mitgekriegt hatte, und beschloß, später Neilson um Aufklärung zu bitten.
«Nein, ich hatte was zu erledigen. Privat. Dann kam die Meldung, daß da irgendwo ein herrenloser Wagen herumstand. Sie mußte sowieso in die Richtung, weil wir uns in der Gegend zum Essen verabredet hatten. Als sie nicht kam, habe

ich auf der Wache angerufen, und da haben sie mir gesagt, daß jemand sie erschossen hat. Daß sie tot ist.»

«Wie steht's mit Ihren Verhaftungserfolgen, seit sie nicht mehr da ist?» wollte Neilson wissen.

Chin lächelte wehmütig. Er war sehr viel menschlicher geworden, seit er sich nicht mehr hinter einer grinsenden Maske verbarg. «Lausig, danke der Nachfrage. Aber damit kann ich leben.»

«Haben Sie einen neuen Partner?»

«Ja. Linda Tang, da drüben steht sie.» Er nickte zu einer kleinen chinesisch-amerikanischen Polizistin hinüber, die sich an der Kaffeemaschine mit einer Kollegin unterhielt. Linda Tang war hübsch und zierlich und hatte ein bezauberndes Lächeln. «In der nächsten Woche machen wir einen Undercover-Einsatz in Chinatown, in Zusammenarbeit mit dem FBI. Es geht gegen die chinesische Mafia», fuhr Chin fort. «Wir sind ein junges Ehepaar, das knapp bei Kasse ist.»

Neilson feixte. «Da haben Sie sich ja was Schnuckeliges an Land gezogen.»

Chin schüttelte den Kopf. «Sie läßt mich nicht ran», sagte er, und weil er Neilsons Sympathie spürte, setzte er hinzu: «Verstehen Sie die Frauen?»

«Ich studiere sie noch», sagte Neilson.

Auf dem Weg zum Wagen erkundigte sich Toscarelli, ob er das richtig verstanden hatte: daß Merrilee Trask ihren Partner sexuell belästigt, daß sie ihn gezwungen hatte, mit ihr zu schlafen, als Entgelt dafür, daß sie bei den Einsätzen für beide die Punkte sammelte.

«Ja, so sehe ich das», bestätigte Neilson. Er ließ den Motor an und beobachtete im Rückspiegel den Verkehr.

«Warum hab ich nie so einen Partner gekriegt?» überlegte Tos laut und dachte an Merrilee Trask, wie er sie vom Foto her kannte – eine Blondine mit sinnlichen Lippen und großen blauen Augen. «Wieso haben sie dich mit Pinsky zusammengespannt und mich mit Stryker, und eine schüchterne halbe Portion wie Chin kriegt eine knackige sexhungrige Geschiedene?»

«Ich schätze, wir haben einfach Glück gehabt», vermutete Neilson.

12

Nach etwa eineinhalb Kilometern parkte er und machte ihr die Beifahrertür auf. Sie traten aus dem Sonnenschein in Kühle und stilles Dämmerlicht. Das Restaurant war klein, aber sie fanden eine freie Nische ziemlich weit hinten. Es schien kein Stammlokal für Polizisten zu sein, man sah keine Uniformen unter den Gästen und auch niemanden, der nach Kriminalpolizei außer Dienst aussah. Dana fand das beruhigend, die Atmosphäre hatte etwas angenehm Privates.

«Tut mir leid, daß ich Ihnen bei der Vernehmung in die Quere gekommen bin», sagte sie, als das Essen vor ihnen stand.

Er zuckte die Achseln und konzentrierte sich auf seinen Salat. «Wahrscheinlich hatten Sie recht. Und jetzt ist der Zug sowieso abgefahren.»

Sie sah zu, wie er ingrimmig an seinem kalten Huhn herumsäbelte. «Sie mögen mich nicht», stellte sie fest.

Stryker sah bestürzt auf. «Wow, Sie gehen aber ran!»

«Das ist keine Antwort auf meine Frage.»

Er fahndete in dem Grünfutter nach einem weiteren Stück Huhn, wurde aber nicht fündig. «So richtig glücklich ist wohl kein Cop, wenn ihm das FBI ins Handwerk pfuscht.»

«Ich pfusche Ihnen nicht ins Handwerk. Jedenfalls bemühe ich mich sehr, es nicht zu tun, aber –»

«– aber wenn Sie merken, daß jemand Unfug macht, juckt es Sie einfach, dem Betreffenden auf die Finger zu klopfen.»

«Meinen Sie die Sache mit Mrs. Yentall?»

«Ich meine das ganz allgemein. Sobald ich den Mund aufmache, ziehen Sie ein überlegenes Gesicht, und Ihr mißbilligender Blick bohrt sich in meinen Nacken.»

«Verraten Sie mir mal, wie sich mein Blick in Ihren Nacken bohren kann, wenn Sie mir ins Gesicht sehen können?« fragte sie belustigt.

Er sah sie einen Augenblick wortlos an, dann legte er mit einer heftigen Bewegung die Gabel aus der Hand. «Wieder mal eins zu null für Sie!» Er sah sich nach der Bedienung um, weil er ein Bier bestellen wollte.

«Es geht hier nicht um ein Match, das ich gewinnen will», sagte sie ruhig. «Es geht darum, daß Sie unvernünftig sind.»

«Bin ich das?»

«Ja, das sind Sie.»

Er zuckte die Schultern. «Gut, ich werd's überleben. Der ganze Fall ist unvernünftig. Ein Kollege nach dem anderen wird abgeknallt, wir haben keinerlei Hinweise, keine Zusammenhänge, keine –»

«Einen Zusammenhang. Den zwischen Gabe Hawthorne und Phil Yentall und dem Mörder der beiden. Vergessen Sie nicht, daß ich ohne diesen Zusammenhang gar nicht hier wäre.» Dana sah ihn an und spürte, wie ein Zittern sie überlief. Sie redete so gern von Offenheit und Ehrlichkeit. Jetzt hatte sie die Chance zu beweisen, daß es ihr ernst damit war. «Aber ich gehe Ihnen gar nicht deswegen auf die Nerven, stimmt's?»

«Weiß ich nicht. Reden wir von was anderem.»

«Sexuellen Antagonismus nennt man so was», sagte sie ernsthaft. «Die sexuelle Spannung zwischen uns schafft viele Probleme. Spannungen lassen sich lösen.»

Stryker sah sie einigermaßen fassungslos an. «Also das gibt's doch gar nicht ...» Er war nicht nur von ihrem Freimut erschüttert, sondern auch von der jähen Erkenntnis, daß sie ja recht hatte. Sie hatte kaum sein Büro betreten, da hätte er sie am liebsten gebumst. Und sei es nur, um sie zum Schweigen zu bringen.

«Aber es stimmt doch ...»

«Ich schätze, daß die wenigsten Männer die Vorstellung, mit Ihnen ins Bett zu gehen, abstoßend finden würden», sagte er. «Zufällig bin ich nicht der Typ, der –»

«Reden Sie nicht so gespreizt daher. Ich will ja nur die Situation klarstellen.»

«Die Situation könnte nicht klarer sein. Ich liebe eine andere Frau», sagte er steif.

«Ja dann ...»

«Arbeiten Sie immer mit dieser Masche?» wollte er wissen. «Sind Sie dieser Typ Neue Frau, mit dem die Zeitschriften ihre Seiten füllen? Kein Blatt vor den Mund genommen, peng, bum, ab ins Heu ...»

«Nein, das bin ich nicht. Und ich sage auch nicht unbedingt: Ab ins Heu! Aber die Zusammenarbeit wäre sehr viel leichter, wenn wir unsere Motivationen in aller Offenheit –»

«Ich verzichte auf Motivationen in aller Offenheit», brauste er auf, dann senkte er die Stimme, bis sie nur noch ein zorniges Flüstern war. «Ich stehe nicht auf solche Beziehungskisten. Ich will keine Komplikationen. Ich habe keine Lust, mit Ihnen ins Bett zu gehen.»

«Schwindel! Ich will Sie, und Sie wollen mich. Das heißt noch nicht, daß wir es machen müssen, aber so sind nun mal die Tatsachen, das braucht Ihnen nicht peinlich zu sein.» Auch sie flüsterte jetzt und fragte sich vergeblich, warum. Lauscher gab es hier nicht.

«Besten Dank für die Blumen, aber ich will nur eins. Ich will diesen Fall lösen. Ist das klar?» Er sah sich noch immer suchend nach der Kellnerin um. Es konnte auch ein Kellner sein. Oder ein Klempner. Oder ein Architekt. Irgend jemand ...

Dana lehnte sich zurück und musterte ihn kühl. «Gestern abend bei mir im Hotel haben Sie nicht nur das gewollt, das habe ich Ihnen angesehen. Ich habe es quer durch die Halle gespürt. Aber Sie haben nichts unternommen. Warum nicht?» Die Erinnerung brannte in ihr, sie dachte daran, wie sie allein auf ihr Zimmer gegangen war, so erregt und so frustriert wie noch nie in ihrem Leben. Sie hatten über eine Stunde rein dienstlich den Fall diskutiert, dann war er gegangen. Er müsse über das, was sie aus Washington mitgebracht hatte, erst mal schlafen, hatte er gesagt. Merkte er denn nicht, wie er auf Frauen wirkte? Oder hatte er diese verheerende Wirkung nur auf sie?

Er sah sie böse an. «Was Sie gespürt haben, waren Wut und Eifersucht. Ich hatte mich am Telefon mit Kate gestritten, und als Sie anriefen, war ich ganz froh, aus meinen vier Wänden herauszukommen.» Er wurde rot, sah auf seinen Teller herunter, sah, daß er rechts und links davon die Hände zu Fäusten geballt hatte. Langsam öffnete er sie wieder. «Vielleicht haben Sie recht. Ja, okay, Sie haben recht. Es war alles da, Sie und die Nacht, die Musik, oben das Hotelzimmer ... Ich brauchte mich nur noch zu bedienen. Sie sahen wunderschön aus und sehr aufregend, und ich begehrte Sie. Aber ich konnte es nicht tun. Ich wollte es nicht tun. Nicht aus diesen Gründen. Ich kann nur hoffen, daß ich mich in meiner Wut nie dazu hinreißen lasse, Kate auf diese Weise zu kränken.»

«Ich verstehe.» Dana war ein wenig erschrocken über sich selbst, gleichzeitig aber auch froh und stolz, als habe sie sich auf etwas sehr Gefährliches eingelassen und es unbeschadet überstanden. «Ihre Kate muß eine beachtliche Frau sein.»

«Das ist sie auch. Sie könnte Ihnen noch beibringen, wie man sich als Frau verhält.» Es kam unfreundlicher heraus, als er es gemeint hatte.

«Das brauche ich mir nicht beibringen zu lassen», fuhr sie auf. «Ich war jahrelang ganz und gar Frau, aber gefallen hat es mir nicht. Frauen werden getreten, getriezt und verletzt. Immer sind sie es, die verletzt werden. Deshalb habe ich mich entschlossen, in die Männerliga überzutreten. Da ist alles viel einfacher.»

«Wirklich? Sehr glücklich scheinen Sie dort aber nicht zu sein.»

«Zum Glücklichsein habe ich auch keinen Grund. Eben habe ich ja gehört, daß es sich nicht lohnt, meinetwegen etwas zu riskieren.»

Stryker nickte. «Stimmt. Aber es ist einfach so, daß ich meine Beziehung zu Kate keiner Frau zuliebe riskieren würde. Kann sein, daß ich – weil ich gut aussehe und so weiter – nach außen wie ein Draufgänger wirke, aber eigentlich bin ich ein ziemlich biederer Typ. Machen Sie mich an? Natürlich machen Sie mich an. Ist es mir recht, daß Sie mich anmachen? Nein, es ist mir nicht recht. Und prompt kriege ich die Wut. Tut mir leid. Ich hab anderes zu tun. Und ich riskiere in meinem Job schon genug. Sie sollten auch mal überlegen, wie das bei Ihnen mit dem Risiko ist. Die Frauen weisen uns Männer doch andauernd ab. Wenn Sie schon in der Männerliga spielen, müssen Sie das akzeptieren. Man kann nicht jedesmal gewinnen. Mag sein, daß wir ständig aneinandergeraten, weil dieser sexuelle Antagonismus da ist, wie Sie sagen, und es ist richtig, daß wir uns darüber ausgesprochen haben, aber nachdem wir nun wissen, woran wir sind, schlage ich vor, daß wir die ganze blöde Geschichte schleunigst vergessen, wieder unsere Arbeit tun und zumindest versuchen, höflich miteinander umzugehen.»

«Daß es noch Männer wie Sie gibt ...» staunte Dana.

«Doch, es gibt uns noch. Wir nennen uns die Brigade der braven Blödiane. Vielleicht ist es Liebe, vielleicht auch nur Trägheit. Wir verschmähen schöne Frauen reihenweise, wir wehren uns gegen sie mit Stöcken und Stangen, und unser Schlachtruf ist: ‹Treue! Treue!› Es ist sehr anstrengend und sehr nervenaufreibend. Kommen Sie jetzt mit, oder haben Sie im Lokal noch ein paar Typen gesichtet, bei denen Sie einen Landeversuch machen wollen?»

Zu ihrer beider Überraschung traten Dana Tränen in die Augen. «Das war unfair», sagte sie. «So bin ich nicht.»

Er sah sie an, ohne eine Miene zu verziehen. «Dann bitte ich um Entschuldigung», sagte er ganz ernst und ein bißchen traurig. «Ich hatte den Eindruck, daß Sie mich nur mal so im Vorübergehn mitnehmen wollten.»

Dana griff sich ihre Handtasche und schob sich aus der Bank. «Verdammt, so hatte ich mir das eigentlich auch gedacht ...» sagte sie und ging rasch zum Ausgang.

Tos und Neilson saßen bei Stryker und berichteten von ihrem Gespräch mit Steve Chin. «Merrilee Trask war völlig anders als die übrigen Opfer», sagte Tos. «Und damit wird alles statt besser nur noch schlimmer. Ich bin soweit, daß ich mir überlege, ob sie alle zu einer Geheimorganisation gehört haben, Mitglieder einer Sekte oder so ...»

«Gibt es in den anderen Vernehmungen Hinweise darauf?» wollte Stryker wissen.

Neilson schüttelte den Kopf. «Nein. Tos hat ganz recht, es waren völlig unterschiedliche Typen. Randolph war Idealist, Santos ein unsicherer Anfänger, Trask ein Arbeitstier, Yentall eher eine Frohnatur, und Hawthorne war einer, der am liebsten auf allen Hochzeiten tanzte. Weder von der Tätigkeit her noch im privaten Bereich gab es Gemeinsamkeiten. Es muß wohl doch ein Täter sein, der seine Opfer aufs Geratewohl abknallt.»

«Wenn ich das wüßte», sagte Stryker ratlos.

«Warum gehen wir nicht einfach mal davon aus?»

«Weil uns das in eine Sackgasse führt», sagte Stryker. «Nein, wir müssen einfach allen Möglichkeiten nachgehen, bis es irgendwo klickt. Wer bearbeitet doch gleich die Vorgänge, die wir über stadtbekannte Spinner haben?» Er sah sehr mitgenommen aus, und die Haare standen ihm schon zu Berge, ehe er sie wieder mit den Händen bearbeitete.

«Jake Chase und Joe Kaminsky» sagte Tos, und wie aufs Stichwort ertönte im Vorzimmer dumpfes Gepolter. «Das müssen sie sein.»

Stryker ging zur Tür und machte sie erst einen Spalt, dann ein Stück weiter auf. «Waren das eure Unterlagen?»

Ein großer, dunkelhaariger Mann kniete zwischen den Schreibtischen. «Ich hab sie überhaupt nicht angefaßt.»

«Ist bei dir auch nicht nötig», versetzte Stryker. Wo Chase auftrat, ereigneten sich ständig kleinere und größere Unfälle und Katastrophen, und er steckte immer mittendrin. Allerdings war das manchmal – wie eine Erfolgsbilanz bewies – ein durchaus vorteilhafter Standort. «Habt ihr schon was gefunden?»

«Ein, zwei Leute kämen durchaus in Frage.» Chase klaubte seine fliegenden Blätter zusammen und stand auf. «Oder sagen wir lieber zwanzig bis dreißig. Joe und Stan Fletzer sind noch nicht ganz durch. Ich mußte heute früh Casey zum Arzt fahren. Sieht aus, als ob ich Vater werde.»

«Kleiner Unfall?» Stryker griente.

Chase schüttelte den Kopf. «Nein, aber eine Überraschung. Ich wußte gar nicht, daß ich in anderen Umständen bin.»

«Meinen Glückwunsch an Casey. Und hör mal, Jake ...» Chase, der die Papiere zu ordnen versuchte, blickte auf. «Sorg dafür, daß bei der Taufe jemand anders das Baby hält.»

Jake lachte. «Worauf du dich verlassen kannst!»

Stryker macht die Tür zu und wartete auf den nächsten Krach. Als alles still blieb, ging er wieder zu seinem Schreibtisch. Prompt hörte man draußen das Ratschen von Stoff. Er wandte sich nicht um, sondern sah nur Tos fragend an, der sich hochreckte, so daß er durch die Glasscheibe der Tür sehen konnte.

«Captain Klotzmans Ausgehuniform. Frisch von der Reinigung», sagte Tos. «Sie hing –»

«Verschone mich.» Stryker blieb einen Augenblick stehen und überlegte, dann wandte er sich an Neilson. «Wenn Ned noch bei der Verhandlung ist, fährst du mit Dana mal ins Rathaus und versuchst, Einzelheiten über die Besitzverhältnisse und die Finanzierung des Heims in der French Street herauszubekommen.»

«Aber gern», sagte Neilson dienstbeflissen und nickte Dana zu. «Wir werden das Kind schon schaukeln, was?»

«Sicher», sagte sie unbeteiligt. Neilson sah sie erstaunt an, aber sie wandte den Blick ab. «Ich habe die Unterlagen aus Washington in meiner Aktenmappe. Wir brauchen nur einen Namen, eine Person, eine Firma oder so etwas als ersten Ausgangspunkt.»

«Gut.» Er musterte sie noch immer. Was war bloß los mit ihr? Seit sie mit Stryker zurückgekommen war, hatte sie nur stumm dagestanden und aus dem Fenster gesehen. Selbst auf diese Entfernung spürte er ihre Anspannung. Neilson löste mit einiger Mühe den Blick von Dana und wandte sich an Stryker. «Wie könnte die Verbindung aussehen, was meinst du?»

«Ich bin noch gar nicht davon überzeugt, daß es diese Verbindung überhaupt gibt.» Stryker nahm seine Wanderung wieder auf, vermied es aber, in die Nähe des Fensters zu kommen, an dem Dana stand und auf das Haus gegenüber starrte, ein trostlos ödes Gebäude ohne jeden ästhetischen Reiz, das sie offenbar ungemein faszinierend fand. «Ich habe das Gefühl, daß Hawthorne aus einem ganz anderen Grund ermordet worden ist, aber solange wir darüber nichts Genaues wissen, werden wir Danas Hinweis verfolgen. Okay?»

«Mir soll's recht sein.» Ein Nachmittag mit Dana Marchant kam Neilson gut zupaß. Soweit er sich erinnerte, lagerte das städtische Archivmaterial in langen, dunklen Gängen und engen Kabuffs. Wer weiß, dachte er und sah sie an. Vielleicht ein Glückstag für Harvey Neilson? Sie war schön, sie war ungebunden, und irgendwas war ihr offenbar unter die Haut gegangen. Ihm blieb ein ganzer Nachmittag, um sie zu trösten. Er kannte da vielerlei Möglichkeiten.

Stryker wandte sich an Tos, der ihn genau beobachtete. «Ist was mit dir?»

Tos hob in scherzhafter Abwehr die Hand. «Aber nein. Und mit dir?»

«Danke, mir geht's blendend. Und es würde mir noch besser gehen, wenn du aufhören könntest, mich anzustarren. Ich habe zum Mittag sogar einen Salat gegessen. Zufrieden?»

«Überglücklich», sagte Tos trocken.

«Wir beide fahren noch mal zur French Street. Vielleicht hat Rivera was für uns.»

«Ist gut.»

Stryker wandte sich an Neilson. «Hat Ned gesagt, wie lange er bei Gericht zu tun hat?»

«Nein. Er hat schon den ganzen Vormittag dort herumgesessen, sagt er, aber sie haben sich mit anderen Zeugen aufgehalten – irgendwas wegen einer Drogen-Connection von Bronkowsky –, und jetzt steht noch nicht mal fest, ob er heute nachmittag drankommt. Er muß aber vorsichtshalber dableiben.»

«Wer ist Bronkowsky?» wollte Dana wissen.

«Ein großes Tier hier in Grantham», sagte Stryker. «Mischt bei vielen Geschäften mit, und wenn ihm jemand nicht paßt, zieht er ihn aus dem Verkehr. Wie die Clancys. Ein Zwillingspaar. Ursprünglich waren es seine Leute, aber dann hat jemand sie abgeworben, um Bronkowsky umlegen zu lassen.»

«Und wer war dieser Jemand?»

«Das wissen wir nicht genau, die beiden sind inzwischen nämlich selber tot, so daß nicht mehr viel aus ihnen rauszukriegen ist. Die Vermutungen gehen von seiner Frau, die fremdgeht, aber sein Geld liebt, bis zu zwei Konkurrenten, die gern in sein Geschäft einsteigen würden. Bronkowsky ist stinkreich.»

«Steuerfahndung?»

«Damit haben sie's schon versucht, aber er hat gute Strohmänner und noch bessere Steuerberater. Nein, sie müssen ihn auf diesen Fall festnageln, und der Staatsanwalt legt sich mächtig ins Zeug. Leider ist er etwas in Beweisnot. Das hat er einem korrupten Polizisten namens Leary zu verdanken, der Bescheid weiß, aber nicht als Zeuge aussagen soll.»

«Aber wenn er Bescheid weiß . . .»

«Er weiß auch sonst noch so allerlei», schaltete Tos sich ein. «Und damit könnte er Dinge an die Öffentlichkeit bringen, die das Präsidium gern unter Verschluß halten möchte. Er hat gedroht, alles auszuspucken, wenn er als Zeuge aufgerufen wird, und die Verteidigung würde ihm natürlich gern die Möglichkeit zu einem Auftritt verschaffen, um die Jury von ihrem Mandanten abzulenken.»

«Warum hat ihn dann nicht die Verteidigung als Zeugen benannt?»

«Weil der Staatsanwalt ihn für die Anklage geladen hat. Beides geht nicht.»

«Er könnte ihn als Belastungszeugen aufrufen.»

«Dann hätte der Staatsanwalt die Möglichkeit, ihn wegen der Morde an den Clancys ins Kreuzverhör zu nehmen. Typische Pattsituation. Er geht täglich zur Verhandlung und sitzt im Saal herum, aber keiner spricht mit ihm.»

«Aber das ist doch –»

«– zweckmäßig», sagte Stryker mit Nachdruck. «Wir waschen unsere schmutzige Wäsche ungern im Beisein der Medien. Vielleicht ist das ja in Washington anders.»

«Im Gegenteil. Dort macht man das womöglich noch raffinierter als hier», sagte Dana. «Wir haben auch unsere schmutzige Wäsche. Haufenweise!»

Stryker griff nach seiner Lederjacke, dann warf er sie über den Stuhl und zog statt dessen das weiche Tweedsakko an, das Kate ihm zu Weihnachten geschenkt hatte. Jedesmal, wenn er an sich heruntersah, würde das Sakko ihn an sie erinnern. Und es war im Augenblick bestimmt eine gute Idee, sich an Kate erinnern zu lassen. Was sie wohl jetzt machte? Keine gute Idee, darüber nachzudenken. Der Teufel hole alle englischen Männer.

«War Leary in der Verhandlung?» fragte er Neilson.

«Ned sagt, daß er irgendwann am Vormittag plötzlich verschwunden war. Ich versteh sowieso nicht, was sich der Dreckskerl davon verspricht, jeden Tag dort herumzuhocken. Er weiß doch ganz genau, daß er nicht aufgerufen wird. Die Atmosphäre war merklich entspannt, nachdem er weg war, hat Ned gesagt.»

«Der steinerne Gast», bemerkte Stryker. Er griff sich seine alte Tweedmütze und zog sie tief in die Stirn.

«Halt, Sie sind verhaftet», sagte Neilson. Stryker sah ihn irritiert an, und Neilson griente etwas dümmlich. «So eine Mütze trägt der Killer.»

«Die Mütze hat allenfalls meine Schuppen auf dem Gewissen», sagte Stryker. «Entstandene Ähnlichkeiten sind rein zufällig. Kann's losgehen?»

Tos stand auf. «Was für einen Salat?» fragte er. «Und was hast du sonst noch gegessen?»

Neilson sah Dana an. «Es ist ein schöner Tag. Zu Fuß sind es ungefähr zehn Minuten zum Rathaus. Oder möchten Sie lieber fahren?»

Sie riß sich widerstrebend von dem faszinierenden Anblick der kahlen Hauswand los und sah ihn an. Ein hübscher, properer Junge, auf seine Art durchaus attraktiv. Und vermutlich ein gemeiner Hund. Wie alle. Kam es darauf an? Nein, wahrscheinlich nicht.

«Gehen wir zu Fuß», entschied sie. «Unterwegs können Sie mir Ihre Lebensgeschichte erzählen.»

Sekundenlang war Neilson verdattert, aber er schaltete schnell. «Ist gebongt», sagte er und lachte.

13

«Da ist er.»

«Das ist er nicht.»

«Ist er doch.»

«Mach keine Witze.» Aus verengten Augen musterte Tos den über die French Street torkelnden Penner mit dem knöchellangen, verschlissenen Mantel, dem schmutzig-verfilzten Haar, dem unrasierten Gesicht. Unter dem Mantel trug der Kerl mehrere löcherige Pullover und eine viel zu große Hose mit einer Wäscheleine als Gürtel. «Das ist nicht Mike Rivera. Ich bin gleich nach der Ausbildung ein halbes Jahr mit ihm Streife gefahren.»

Die erbärmliche Gestalt drehte sich um, machte, als sie vorbeifuhren, ein unanständiges Handzeichen und rief ihnen eine Obszönität nach. Am nächsten Block bog Stryker in eine Durchfahrt ein und stellte den Motor ab.

«Wollen wir wetten?»

«Nie im Leben.»

Nach ein paar Minuten stand der Penner vor der Beifahrertür und klopfte an die Scheibe. Tos kurbelte das Fenster herunter und prallte unwillkürlich zurück, als der Kerl ihn mit geschwärzten Zähnen angrinste und ihm eine Fuselfahne ins Gesicht blies. «Hey, Itaker», sagte er.

«Ich werd verrückt», staunte Tos. «Dein Outfit ist Spitze.»

«Hat meine Mami mir gemacht», griente Rivera.

Stryker lehnte sich vor, um an seinem breitschultrigen Partner vorbeisehen zu können. «Wie läuft's, Mike? Hast du was für uns?»

«Kann sein. Nichts Konkretes. Aber mit dieser ‹Flohkiste› ist was faul, das hab ich im Gefühl. Es gibt da ein paar Typen, die nicht so arm dran sind, wie sie tun. Bei ihnen ist die Schmutzschicht nicht viel dicker als bei mir. Ich hab den Eindruck, daß das Heim nur Tarnung ist, aber ich hab noch nicht raus, wer dahintersteckt. Neuen gegenüber sind sie immer sehr zugeknöpft. Ich werde noch ein, zwei Tage brauchen. Vielleicht sogar eine Woche, wenn's ein wirklich heißes Ding ist. So was läßt sich nicht übers Knie brechen.»

«Wir reden dir da nicht rein», sagte Stryker. «Aber wenn du was rauskriegst, sag uns möglichst rasch Bescheid, ja? Besonders wenn es was mit der *Abiding Light Association* zu tun hat.»

«Schon klar», sagte Mike ungeduldig. «Ich bleib am Ball.» Er warf einen Blick über die Schulter, dann ließ er sich plötzlich gegen einen Müllcontainer fallen. «Hey, was soll denn das? Laßt mich gefälligst in Ruhe.»

Stryker sah in den Spiegel. «Freunde im Anmarsch. Beeilt euch.»

Schon hatte Toscarelli die Autotür aufgerissen und war draußen. Er packte Rivera an seinem schmutzigen Mantel und schüttelte ihn, wie ein Hund eine Ratte beutelt. «Du Drecksack», schnauzte er. «Beim nächstenmal siehst du dir die Leute gefälligst genauer an, denen du deine Schweinereien nachrufst. Ist das klar?»

«Laßt mich los. Hey, loslassen, hab ich gesagt.»

Am anderen Ende des Durchgangs hatten sich weitere zwielichtige Gestalten zu dem ersten Mann gesellt, der drei Schritte in den Durchgang hinein gemacht, den Wagen und Rivera gesehen hatte und glotzend stehengeblieben war.

«Ich hätte gute Lust, dir eine Lektion zu verpassen, die du nicht so bald vergißt, du Schmierfink», tobte Tos.

«Laß mich in Ruhe», zeterte Rivera. «Ich hab nichts gemacht, ich hab's ja nicht so gemeint. Laßt mich los.»

«Alter Pennerarsch.» Mit einem geschickten Griff hebelte er Rivera hoch und warf ihn in den Müllcontainer. Es polterte dumpf, als Riveras gut gepolsterter Körper unten aufschlug.

«Da gehörst du hin.» Toscarelli klopfte sich sorgfältig die Hände ab, dann ging er der Gruppe in dem Durchgang ein Stück entgegen. «Noch jemand, der was Schlaues über meine Mutter zu sagen weiß?» Drohend trat er einen weiteren Schritt vor, und sie liefen auseinander. «Aasbande», rief er ihnen nach.

Dann ging er zurück zum Wagen. «Bist du okay, Rivera?» fragte er gedämpft.

«Alles paletti», schallte es hohl aus dem Container.

Tos mußte lachen. Er stieg ein, und Stryker ließ den Motor an. Sie schossen aus dem Durchgang heraus und fuhren mit kreischenden Reifen einer besseren Gegend entgegen.

«Wie macht Mike das hier eigentlich?» fragte Tos. «Anscheinend weiß keiner was Genaues. Und wie kommt's, daß wir ihn zur Verfügung haben?»

«So richtig zur Verfügung haben wir ihn nicht«, meinte Stryker. «Er macht das für uns nur so nebenbei. Seit einem halben Jahr ist er jetzt hier, um sich in seine Rolle einzuleben. Ein neuer Ansatz der Undercover-Arbeit, den er sich ausgedacht hat. Er kommt und geht, die Leute gewöhnen sich an ihn und fangen an zu quatschen. Er hat schon ein paar sehr gute Sachen gebracht. Es klappt besser als mit Spitzeln, er versteht sich aufs Fragen und aufs Zuhören. Der Versuch soll zunächst ein Jahr laufen. Zur Zeit ist er in der ‹Flohkiste›. Um trocken zu werden, wie er dort sagt.»

«Muß ein ganz schöner Schlauch für sein Privatleben sein», überlegte Tos.

«Ich glaube, da läuft bei ihm nichts mehr. Nach dem Tod des Jungen hat sich seine Frau scheiden lassen. Ich weiß nicht, ob sie ihm die Schuld gegeben hat oder der Polizei oder wem. Sie war auch Polizistin, sie hätte eigentlich Verständnis dafür haben müssen, wie so was passieren kann. Mike hat es verarbeitet, sie nicht. Während sie den Dienst quittiert hat, ist er geblieben, und das konnte sie wohl nicht wegstecken. Seither lebt Rivera nur für seinen Job. Ein richtiges Arbeitstier. Schlimm für ihn, gut für uns.»

«Ähnlich wie bei Merrilee Trask», meinte Tos. «Nur ist er wohl der Typ, der Leute zusammenschlägt.»

«Eher das Gegenteil, schätze ich. Hoffentlich hat er wenigstens das Gefühl, daß es die Sache wert ist.»

«Wäre es dir die Sache wert?»

Stryker überlegte. «Glaub ich nicht. Mit solcher Hingabe hänge ich denn doch nicht am Beruf.»

«Jedenfalls nicht, seit du Kate kennst», bemerkte Tos etwas anzüglich.

«Kann schon sein.»

Sie fuhren eine Weile schweigend. Tos sah seinen Freund und Partner von der Seite an, dann gab er sich einen Ruck. «Diese Dana ist schon 'ne tolle Nummer, nicht?»

«Jetzt fängst du auch noch an . . .»

«Na hör mal! Ich bin schließlich auch nur aus Fleisch und Blut.»

«Ich denke, du bist mit Liz Olsen liiert?»

«Das ist nichts Festes. Ich hab ihr weder ewige Treue geschworen, noch einen Ring gekauft oder so. Nicht wie du.»

Stryker sah stur geradeaus, nahm vor einem Verkehrsschild Gas weg, fuhr weiter. «Was soll das heißen?»

Tos zuckte etwas zu beiläufig die Schultern. «Jeder kann mal in Versuchung kommen.»

«Aber nicht jeder erliegt ihr.»

«Eben. Und nicht jeder wird so gnatschig dabei.»

Stryker machte ein grimmiges Gesicht. «Da hast du ja wieder mal recht genau hingesehen.»

«Schließlich kann ich auf eine langjährige kriminalistische Tätigkeit zurückblicken», sagte Tos salbungsvoll. «Außerdem kenne ich dich wie einen Bruder. Ihr habt Probleme, Kate und du, stimmt's? Deshalb hast du sie nicht nach England begleitet.»

«Sie will keinen Polizeibeamten zum Mann haben.»

«Wer will das schon?»

«Polizistinnen. Hin und wieder.»

«Das macht die Sache nicht besser. Rivera war mit einer Polizistin verheiratet, und es hat nicht geklappt. Butterfield und Schuster haben Polizistinnen geheiratet, und beide Ehen sind in die Brüche gegangen. Es liegt nicht am Job. Es liegt daran, was für ein Typ du bist. Oder nicht bist.»

«Ich finde dich sympathischer, wenn du dich darauf beschränkst, mir Vorschriften übers Essen zu machen», sagte Stryker. «Sei du erst mal verheiratet oder leb mit einer Frau zusammen. Dann hör ich auch gern auf deinen Rat in Herzensangelegenheiten.»

«Halte mich außerdem bestens empfohlen in Fragen der Inneneinrichtung, der Reiseplanung und Anlageberatung und in der Entfernung von Warzen», sagte Tos.

«Ich brauch einen Kaffee», meinte Stryker. «Sag in der Zentrale Bescheid, daß wir eine Pause einlegen. Wie wär's mit dem *Robin Hood* auf der Greenfield?»

«Einverstanden. Die Kleiebrötchen sind große Klasse, da sind immer besonders große Rosinen drin.» Tos griff zum Funkgerät.

Die Kleiebrötchen entsprachen offenbar den in sie gesetzten Erwartungen, denn Tos vertilgte vier und beäugte stirnrunzelnd den geleegefüllten Krapfen, den Stryker sich ausgesucht hatte, verkniff sich aber jeden Kommentar. Sie redeten nicht viel, sondern sahen, jeder mit seinen eigenen Gedanken beschäftigt, aneinander vorbei. Eine Atempause im täglichen Trubel.

Als sie auf den Parkplatz kamen, wehte ein kalter Wind, und von Norden zog eine Wolkenbank heran. Der Frühling hatte sie in diesem Jahr noch nicht verwöhnt. Toscarelli setzte sich auf den Beifahrersitz, während Stryker einen Augenblick an der offenen Tür stehenblieb und zum Himmel aufsah.

Der erste Schuß traf seine linke Schulter und schleuderte ihn gegen die Tür. Die Scharniere protestierten, aber sein Aufschrei übertönte ihr metallisches Stöhnen.

«Was ist denn, Jack?» fragte Toscarelli. Er hatte im Wagen den Knall nicht gehört und sah nur, wie Stryker schwankte.

Dann sah er das Blut.

«Herrgott noch mal.» Er griff nach dem Funkgerät. Die zweite Kugel durchschlug das Heckfenster, kam aber nicht bis zur Windschutzscheibe. Toscarellis Kopf war dazwischen.

Stryker, der sich an die Schulter gegriffen hatte und langsam an der Tür heruntergleitt, sah den Aufschlag, sah fliegende Knochensplitter, sah Blut. «Nein!» stieß er hervor, in wütendem Aufbegehren, während Tos ans Armaturenbrett geschleudert wurde und dann auf den Sitz zurücksank, das Gesicht unkenntlich unter den Strömen von Blut.

Weitere Schüsse fielen.

«Tos», rief Stryker. «Tos ...» Aber er sah nichts, hörte nichts, was Wärme verriet, Atem, Leben. Er rappelte sich mühsam hoch, schob sich in den Wagen, tastete mit der heilen Hand unter dem Lenkrad herum, während das Blut an seinem Arm entlangrann. Da, wo es über die Haare lief, kitzelte es. Irgendwie blöd, daß es da kitzelte, während alles andere weh tat. Er berührte kurz Tos, dann fand er das Spiralkabel, zog das Gerät unter dem reglosen Körper seines Partners hervor und stellte auf Sendung.

«Code neun. Polizist getroffen. *Robin Hood Grill*, Greenfield Road. Code neun, Code neun», sagt er ins Mikrofon. Er hörte ein Knistern, eine blecherne Stimme aus dem Lautsprecher unter dem Armaturenbrett stellte Fragen, die er nur mit Mühe verstand. Er holte tief Luft, kämpfte gegen den Schmerz an und schrie ins Mikro: «Polizist getroffen!» Etwas Hartes, Dunkles schloß ihn ein, Schock und Schmerz, Wut und Verzweiflung. Er quälte sich sehr.

Irgend jemand würgte, irgend jemand schluchzte. Hoffentlich nicht ich, dachte er, aber er hatte das ungute Gefühl, daß er es doch war, denn er hatte jetzt Mühe, Tos zu erkennen. Es war wie bei einer Sendestörung im Fernsehen, das Bild zuckte und flackerte und drohte jeden Augenblick ganz zu verschwinden. Dem reglos daliegenden Tos lief das Blut übers Gesicht, es tropfte von Nase und Kinn. Schon hatte sich am Boden eine große Pfütze gebildet. Das Blut floß und floß, die Pfütze wurde größer und größer, und niemand unternahm was. Unerhört, da mußte doch etwas geschehen. Er drückte erneut auf den Knopf.

«Code neun. Polizist angeschossen», flüsterte er. «Bitte ... schnell ...»

14

«Ich glaube, ich hab da eine Sache, die wir gebrauchen können», sagte Dana.

«Aus meiner Sicht, Lady, haben Sie alles, was ich gebrauchen kann.» Harvey Neilson betrachtete sie versonnen. «Wursteln wir hier noch zwanzig Minuten weiter, und dann nichts wie ab nach Hawaii.»

«Ich dachte, Sie sind Polizeibeamter», sagte Dana. «Mir kommen Sie allerdings eher wie ein Lehrling vor.»

«Bei Ihnen würd ich zu gern in die Lehre gehen.»

Dana wandte sich seufzend von dem Mikrofilm-Lesegerät ab und sah Neilson an. «Wie alt sind Sie?»

«Achtundzwanzig. Ein Mann in den besten Jahren.» Neilson hob sein Kinn, um zu demonstrieren, daß kein Babyspeck mehr dran war.

«Sie sitzen wohl viel vor dem Fernseher?»

«Nicht der Rede wert.»

«Warum reden Sie dann wie in den alten Kinoschnulzen von Warner Brothers?» fragte Dana. «So jung, wie Sie sind, haben Sie die doch nicht mehr in der Samstagvormittagsvorstellung gesehen.»

«In der Samstagvormittagsvorstellung hatte ich anderes zu tun», erklärte Neilson großspurig.

«Glaube ich gern. Sie waren bestimmt Meister im Papierkugelschießen ...»

«Das hab ich nicht gemeint.» Es irritierte ihn, daß sie ihn so wenig ernst nahm. Und er war verunsichert, weil sie so unerwartet reagierte. Bei einem Versuch, eine Frau aufzureißen, bekam er als Antwort entweder eine Ohrfeige oder ein Ja. Diese Geistreicheleien waren anstrengend und brachten nichts ein. «Tut mit leid, wenn meine Unterhaltung Sie langweilt.»

Dana wandte sich wieder dem Lesegerät zu. «Das habe ich nicht gesagt.»

«Tja dann ...» Sein Gesicht erhellte sich wieder.

«Aber dies ist nicht der richtige Ort dafür.»

«Dann schlagen Sie einen anderen vor, Dana ...» Er rückte ein Stück näher. Sie waren allein. Zwar hätte er sich für eine Premiere etwas Angenehmeres vorstellen können als diesen kalten Kellerraum, aber –

«Porter Avenue 328.»

Neilson richtete sich mit einem Ruck auf. «Wo zum Teufel ist denn das?»

«Das ist die Anschrift der *Abiding Light Association* in Washington. Und genau dieselbe Adresse ist hier für Boston Footwear angegeben, Besitzer Cardinal Enterprises, Pächter des Männerheims in der French Street, Grantham. Da ist unsere Verbindung, Harvey. Jetzt brauchen wir nur noch festzustellen, wem Cardinal gehört. Das müßte unter C sein ...»

«Dana Marchant, Sie haben eine Belohnung verdient.» Er griff sich den Drehstuhl, wirbelte Dana herum und küßte sie ausführlich. Dann richtete er sich auf, strahlte sie an und wartete auf Komplimente.

Sie stand auf. «Ich glaube, C ist eine Reihe weiter», sagte sie und verschwand zwischen den Regalen.

«Mist», brummelte Harvey. Ja, das war's dann wohl. Er hatte getan, was er konnte, und war nicht gelandet. Da war nichts zu machen, weitere Versuche zwecklos. Sie war frigide, das war's. Eine frigide Frau, kein Zweifel. Merkwürdig, dabei hatte er das deutliche Gefühl, daß unter dem Eis Feuer loderte. Außerdem kam sie ihm zerbrechlich vor und leicht verwundbar, und das machte ihm zu schaffen. Ein äußerst beunruhigendes Zeichen, denn so viele Gedanken machte er sich sonst nie über die Frauen, die er haben wollte. Meist waren es Mädels, die er in einer Singles-Bar oder auf einer Party kennengelernt hatte. Schlicht und einfach was fürs Bett. Oder auch nicht. Wenn man es schaffte, sie ins Bett zu kriegen, hoffte man, daß es die Mühe wert gewesen war. Wenn nicht, gab's ja noch genug andere. Immer locker vom Hocker, Harvey . . .

Aber die hier machte ihm zu schaffen. Die hier war anders.

Er ging ihr nach. Sie lehnte mit geschlossenen Augen an einem Regal. «Hey», sagte er erschrocken. Vielleicht war ihr schlecht, vielleicht hatte sich deshalb nichts getan bei seinem Kuß. «Alles in Ordnung?»

Sie machte die Augen auf und sah ihn an. «Verspätete Reaktion.»

«Dabei hab ich gar nicht voll aufgedreht», sagte er bescheiden. Dann sah er sie genauer an. «Ist das wirklich alles? Ich weiß ja, daß ich super bin, aber –»

«Kann ich offen mit Ihnen reden, Harvey Neilson?» unterbrach sie ihn.

Allmählich bekam er es fast mit der Angst zu tun. Harvey, bekannt für seine locker-flockigen Sprüche, Harvey, der Scherzkeks vom Dienst, war es einfach nicht gewöhnt, daß eine Frau offen mit ihm reden wollte. «Klaro», sagte er vorsichtig.

«Ich bin vierunddreißig. Stört Sie das?»

«Im Gegenteil. Ich mag ältere Frauen.» Hört sich verdammt blöd an, dachte er. «Damit will ich nicht sagen, daß Sie –»

Sie sprach weiter, als habe sie ihn nicht gehört. Es lag ihr offenbar viel daran, ihm alles ganz genau zu verklickern. Nur zu, dachte er, ich kenn mich sowieso nicht mehr aus.

«Ich habe mir vor kurzem eine Abfuhr geholt», sagte Dana. Sie sprach fast so wie Miss Johnson, eine Lehrerin, für die er geschwärmt hatte, als er in der zehnten Klasse gewesen war. «Ich bin ein bißchen angekratzt und brauche etwas, um mein Selbstwertgefühl wieder aufzupäppeln. Aber ich bin nicht von hier, an einer langfristigen Beziehung liegt mir nichts. Sie haben eine gewisse animalische Ausstrahlung. Und ein angenehmes After-shave. Wenn Sie wollen, können wir heute abend zusammen essen und alles besprechen. Wir können es aber auch bleibenlassen. Die Entscheidung liegt bei Ihnen.»

Es fehlte nicht viel, und Harvey Neilson hätte buchstäblich mit den Ohren geschlackert. Kein Zweifel, er war an eine dieser Intelligenzbestien geraten. Vielleicht wollte sie ihn nur auf den Arm nehmen. Aussehen tat sie allerdings nicht danach. Sie sah eher aus, als sei es ihr ernst mit dem, was sie sagte. Und außerdem sah sie auch ein bißchen aus wie Miss Johnson: wunderschön und unerreichbar. Er hätte wer weiß was darum gegeben, wenn Miss Johnson so was zu ihm gesagt hätte. Ablehnen konnte er nicht, soviel stand fest. Du sitzt fest, mein Junge, sagte er sich. Du kannst machen, was du willst – vorläufig kommst du da nicht raus. «Gegen acht bekomme ich immer Hunger», sagte er ziemlich unsicher.

«Bestens. Können wir jetzt nach Cardinal suchen, bitte?»

«Wer hat Sie denn abblitzen lassen?» Aus dem Anzug würde er ihn stoßen, diesen Typ.

«Unwichtig.» Sie trat zurück und streifte mit dem Finger über die Ordnerrücken.

«Von Rechts wegen müßte ich dem Kerl wohl noch dankbar sein.»

Dana wandte sich um und sah ihn an. «Nein, *ich* müßte ihm dankbar sein. Bist du ein gemeiner Hund, Harvey?»

«Wie kommst du denn darauf?» sagte er gekränkt.

«Frauen gegenüber, meine ich. Einer, der mit einer Frau nur spielt und sie dann fallenläßt?»

«Wer hat so Sachen über mich erzählt?» fragte er mißtrauisch.

«Ja oder nein?»

«Na ja, wie man's nimmt.» Die Frau verunsicherte ihn total. Was war bloß los mit ihr? «Ich will nicht behaupten, daß ich vollkommen bin, aber ich mache keine Versprechungen, die ich nicht halten kann, ich –»

«Bestens», sagte Dana. «Ausgezeichnet. Du bist genau das, was ich verdiene.» Sie wandte sich wieder den Aktenreihen zu.

Das mußte er erst verdauen. «Wenn das ein Tritt vors Schienbein war», sagte er, «vergessen wir das mit dem Essen vielleicht lieber.»

«Ganz wie du willst», versetzte sie gleichmütig, und Harvey merkte, daß er drauf und dran war, stocksauer zu werden. So was war ihm noch nie passiert. Mit Frauen umzugehen war das Einfachste von der Welt, das konnte jeder. Du schwindelst, sie schwindeln, das sind eben die Spielregeln. Oder nicht?

«Was soll das heißen, ich bin das, was du ‹verdienst›?»

Sie hob die schönen Schultern. «Du wirst mir weh tun», sagte sie fast nebenbei. «Du wirst mir das Herz brechen.»

«Den Teufel werd ich tun . . .» Er hatte noch nie in seinem Leben ein Herz gebrochen. Manche sagten, dazu sei es nur deshalb noch nicht gekommen, weil er selber keins hatte, aber das stimmte nicht. Er hatte ein Herz, er ließ es nur nicht von der Leine.

Sie sah ihn aus ihren großen, rauchfarbenen Augen an, und prompt wurden ihm die Knie weich. «Doch, bestimmt. Und ich glaube, ich werde froh darüber sein. Begreifst du das? Weil ich mich dadurch aus dem Gefängnis befreit habe und wieder eine Frau geworden bin. Macht das Sinn für dich?»

«Ich versteh nur noch Bahnhof», sagte er bitter. «Das Essen ist gestrichen.»

«Okay.» Sie zuckte die Achseln und wandte sich wieder den Regalen zu. Nach ein paar Schritten fragte sie obenhin: «Wer ist eigentlich der große, gutaussehende Blonde, der seinen Schreibtisch in eurem Dienstraum ganz hinten in der Ecke hat? Ich glaube, er heißt Eddie . . .»

«Also hör mal, *der* würde dir bestimmt weh tun», sagte Neilson rasch. «Bei Frauen kennt Eddie Klusky nichts, von dem laß bloß die Finger. Wenn du darauf aus bist, dir weh tun zu lassen, wie du sagst, bist du bei mir besser bedient. Zu mir kannst du Vertrauen haben.»

Dana wandte sich um und sah Harvey an. Harvey sah Dana an.

Sie fing an zu lachen.

«Du hast noch nie gelacht», sagte er.

«Stimmt.»

«Du siehst ulkig aus, wenn du lachst.» Jetzt wußte er überhaupt nicht mehr, woran er war. «Wie ein kleines Mädchen. Deine Nase wird ganz kraus, wenn du lachst.»

«Ich weiß.» Das Lachen schüttelte sie förmlich.

Er sah sie verdattert an. Je ratloser sein Gesicht wurde, desto mehr mußte sie lachen. Jetzt fing er auch an, obgleich er nicht hätte sagen können, warum er lachte. Die Frau hatte einen Stich, da gab's gar nichts, und das Vernünftigste war natürlich, die Finger von ihr zu lassen – aber das brachte er nicht fertig. Sie zuckten beide zusammen, als sich hinter ihnen jemand räusperte.

«Entschuldigen Sie, ist hier ein gewisser Neilson?»

«Ja, das bin ich», sagte Harvey mit erstickter Stimme. «Glaube ich wenigstens ...»

«Die Zentrale hat ein Telefongespräch für Sie. Scheint dringend zu sein. Wegen der Gewerkschaft.»

Neilson machte große Augen. «Was will denn die Polizeigewerkschaft von mir?»

«Der Mann hat was davon gesagt, daß ein Streiker angeschossen worden ist», sagte die junge Frau entschuldigend. «Am besten reden Sie mal selber mit ihm.» Neilson sauste los. Dana sah ihm nach. Sie war kalkweiß geworden, und das Lachen war ihr vergangen.

«Daß die Polizei streikt, war mir neu», sagte die junge Frau. «Haben Sie das gewußt?»

15

Sie hatten ihm verboten, sich aufzusetzen, weil sie sich erst die Röntgenaufnahmen ansehen wollten.

«Das ist doch albern. Ich kann alle meine Finger bewegen, sehn Sie mal», sagte er immer wieder, aber sie lächelten nur und sagten, er solle sich jetzt ausruhen.

Das Deckenlicht blendete, so daß ihm die Augen tränten, und er wischte die Tränen mit der heilen Hand weg. Er bat einen der Ärzte, das Licht auszumachen. Weil das nicht ging, rollten sie den Tisch, auf dem er lag, ein Stück zurück, aber es half nicht viel, die Tränen liefen weiter.

Und dann stand Pinsky neben ihm.

«Habt ihr das Schwein gekriegt?» fragte Stryker und kannte die Antwort schon, weil er Pinsky kannte und in seinen Augen lesen konnte. «Verdammter Mist», sagte er, als Pinsky den Kopf schüttelte. «Und Tos?»

Pinsky machte den Mund auf, machte ihn zu, machte ihn wieder auf. Seine Stimme war belegt, er mußte sich räuspern. «Sie operieren gerade.»

«Er ist nicht tot.»

«Nein, er ist nicht tot.» Fast greifbar hing unter dem sehr hellen, sehr schmerzhaften Licht etwas, was Pinsky nicht ausgesprochen hatte: Noch nicht . . . Pinsky schluckte. «Die Kugel hat ein Stück von der Schädeldecke und etwas von der Hirnmasse mitgenommen, aber angeblich war es nichts Wichtiges, was immer das bedeutet.»

«Es bedeutet, daß es nichtfunktionelle Hirnmasse war», bemerkte der Assistenzarzt, der Stryker im Auge behielt, während sie auf die Röntgenaufnahmen warteten. «Wir haben eine Menge Zeug im Schädel, dem keine bestimmten Aufgaben zugeordnet sind. Kann sein, daß er Glück gehabt hat. Welche Seite war es?»

Stryker hob die heile Hand und zeichnete den Weg der Kugel aus der Erinnerung nach. Der Assistenzarzt nickte. «Kann sein, daß er Glück gehabt hat», wiederholte er zweifelnd und stieß sich von der Wand ab. «Muß doch mal sehen, wo die Aufnahmen bleiben.» Er ging hinaus, und der geblümte Vorhang fiel hinter ihm zu. Stryker sah Pinsky an.

«Ihr habt nach ihm gesucht?»

«Wir suchen weiter», sagte Pinsky. «Unsere Leute kämmen alles durch. Harvey ist dabei.»

«Gut. Neilson nimmt es verdammt genau mit solchen Sachen.»

«Ja. Dana wartet draußen.»

«Soll draußen bleiben.» Er rückte sich ein bißchen zurecht. Gegen die Schmerzen in der Schulter hatten sie ihm etwas gegeben. Gegen alles andere gab es wohl keine Mittel. «Wir hatten in der French Street kurz mit Rivera gesprochen und dann einen Kaffee getrunken. Wir wollten gerade wieder einsteigen, da knallte es. Ein Gewehr, nicht? Gar nicht anders möglich, es war ja niemand zu sehen», beantwortete er seine eigene Frage. «Dieser Drecksack, dieser –»

«Immer mit der Ruhe», sagte Pinsky.

«Auf wen hatte er es abgesehen?»

«Unwichtig. Gekriegt hat er euch beide», sagte Pinsky grimmig.

Stryker ballte die linke Faust und genoß fast den dumpfen Schmerz, der wellenförmig von der verletzten Schulter aus seinen Körper durchlief. «Aber warum, verdammt noch mal?»

«Wenn wir auf das ‹Warum› eine Antwort hätten, könnten wir wahrscheinlich auch das ‹Wer› beantworten.» Pinsky bemühte sich, die Nerven zu behalten. Leicht war das nicht, wenn er Stryker so vor sich sah und an Tos im OP dachte. Er steckte die Hände in die Taschen und trat an den Instrumententisch, auf dem – in Mull und Watte – eine Menge von Strykers Blut war. In einer Nierenschale lag die Kugel, die sie Stryker aus der Schulter geholt hatten. «Sieht aus wie ein Kaliber 7,6.»

«Hat sich auch so angefühlt.» Stryker versuchte hinzusehen, aber wenn er den Kopf drehte, quetschte er sich das Ohr ab, und deshalb ließ er es lieber und sprach zur Deckenlampe hinauf, die ihn noch immer blendete. «Du nimmst sie am besten mit.»

«Mach ich.» Pinsky wühlte in seinen Taschen und förderte schließlich einen kleinen braunen Umschlag mit seiner Stromrechnung zutage. Mit einem Stück Mull griff er sich vorsichtig die blutige Kugel und schob sie in den Umschlag, dann steckte er das Päckchen in die Brusttasche. «Sie haben die Kugel, die Tos erwischt hat, aus dem Armaturenbrett rausgeholt. Das Ding war so deformiert, daß man kaum etwas damit anfangen kann. Die hier sieht besser aus.»

«Immer gern zu Diensten», sagte Stryker, aber es klang nicht lustig.

Der Arzt kam zurück. Er sah ganz vergnügt aus. «Der Knochen ist heil geblieben.»

«Hab ich doch gleich gesagt», knurrte Stryker. «Kann ich jetzt gehen?»

«Wir würden Sie gern noch eine Weile zur Beob–»

«Quatsch. Ich bin Polizist, das ist nicht meine erste Schußwunde. Ich will raus. Ich unterschreibe Ihnen alles, was Sie wollen.»

«Jack, vielleicht –» setzte Pinsky an.

«Nein, ich muß raus hier. Ich will wieder an die Arbeit.»

«Einsatzfreude ist ja schön und gut», sagte der Arzt seufzend. «Aber man kann's auch übertreiben . . .» Als er Strykers Gesicht sah, gab er nach. «Also meinetwegen, dann mache ich Ihnen jetzt den Verband. Mit dem Arm werden Sie etwa eine Woche nicht viel anfangen können. Und vergessen Sie nicht, daß Sie eine Menge Blut verloren haben. Ein, zwei Tage werden Sie ganz schön schlapp sein.»

«Ich habe nicht zum erstenmal Blut verloren», sagte Stryker.

«Ja, ja, ich weiß. Sie sind unheimlich hart im Nehmen. Was Schock ist, dürfte Ihnen dann sicher auch ein Begriff sein.»

Stryker sah zu dem Deckenlicht hoch und erlebte noch einmal den endlosen, schrecklichen Augenblick, in dem Tos getroffen wurde, gegen das Armaturenbrett prallte und in den Sitz zurücksank. Und überall war sein gutes italienisches Blut gewesen. Überall.

«Ja, Schock ist mir durchaus ein Begriff», sagte er zustimmend.

Im Wartezimmer lehnte er den Kopf an die Wand. Er hatte sich in weiser Voraussicht einen Stuhl mit kurzer, gerader Lehne gesucht, weil auf so einem Möbel die Gefahr einzuschlafen am geringsten war. Dana saß neben ihm, so blaß wie er und vor Schreck sprachlos, worüber er unheimlich froh war. In diesem Augenblick war sie nur noch eine hübsche junge Frau, nicht mehr und nicht weniger. Der Schock war wie ein Schutzschild, für den er dankbar war. Matt überlegte er, ob das wohl die Strafe war für das, was er . . . vielleicht gewollt hatte. Er konnte es nicht einmal genau benennen, er wußte nur, daß es etwas mit Verrat zu tun hatte und mit Kate. Pinsky saß in der Couchecke gegenüber und blätterte in einer Zeitschrift. Sobald sich draußen etwas Weißes an der Glasscheibe vorbeibewegte, sahen sie alle drei auf.

Dana fühlte sich sehr allein. Die Kollegen waren im Gegensatz zu ihr an jähe Gewalt gewöhnt. Äußerlich wirkte sie genauso ruhig wie die beiden, aber was sie empfand, war keine Gelassenheit, sondern eine sonderbare Betäubung – wie damals, als Peter im Sterben gelegen hatte. Peter mochte sie für ruhig und tapfer gehalten haben, aber damals wie heute hatte eine Erstarrung sie erfaßt, auf die sie, wie sie fand, im Grunde nicht stolz sein konnte. Sich wie ein Zombie zu bewegen war kein Verdienst, denn es hatte nichts mit ihrem Willen zu tun, war etwas Unnennbares, das von ihr Besitz ergriffen hatte. Sie lief, sie sprach, sie funktionierte, aber es stand kein Sinn dahinter.

Dann kam endlich jemand. Aber es war nur Neilson.

«Wie geht's ihm?» fragte er.

«Wir warten», antwortete Pinsky.

«Mir geht's gut, danke», ließ sich Stryker vernehmen.

Neilson wandte sich ihm zu. «Ist bekannt, ich hab mich unten erkundigt. Aussehen tust du wie der Tod auf Latschen.»

Stryker zuckte die Schultern, was er sofort bereute. Neilson nickte vorwurfsvoll. «Autsch, das hättest du nicht tun sollen, was?»

«Wie recht du hast. Habt ihr was gefunden?»

Neilsons gespielte Munterkeit fiel in sich zusammen. Er setzte sich an Danas freie Seite, ohne sie zu berühren, lehnte sich vor, die Ellbogen auf die Knie gestützt, und rieb sich das Gesicht. «Nichts. Bis auf ein halbes Hundert benutzte Pariser und zweitausend Bierdosen.» Er knöpfte die Jacke auf und lehnte sich zurück. «Immerhin haben wir die Stelle, von der aus geschossen wurde. Jedenfalls sieht's ganz danach aus. Obergeschoß eines Abrißhauses. Spuren auf dem Fensterbrett, Fußabdrücke im Staub. Die Freunde von der Spurensicherung freuen sich wie die Kinder. Sie kriechen zwischen den Spinnweben herum, reden mit den Spinnen und versuchen, den Ratten eine Beschreibung des Täters abzuluchsen. Bisher erfolglos. Eine Ratte kratzt der anderen kein Auge aus, wie man so sagt.»

«Was ist mit den Geschoßhülsen?»

«Die hat er mitgenommen.»

Pinsky warf seine Zeitschrift auf den Wartezimmertisch. «Sieh einer an!»

Neilson zuckte die Schultern. «Man konnte sehen, wo sie hingefallen sind, aber da lagen sie nicht, und weggerollt sind sie auch nicht, da hätten wir sie gefunden. Todsicher.»

«Interessant», meinte Dana. «Da hat jemand genau gewußt, was ihn belasten würde, und hat sich die Zeit genommen, es zu beseitigen.»

«Jemand, der gern Polizisten umlegt», sagte Neilson mit erstickter Stimme. «Wenn ich den Saukerl kriege . . .»

Die anderen sahen ihn groß an. «Glaubst du denn, daß es derselbe ist?» fragte Pinsky. «Ich hab ja noch nicht mal die Kugel an die Ballistik gegeben.»

«Das rieche ich.»

«Aber woher sollte er wissen, daß wir Polizisten sind?» fragte Stryker.

«Woher hat er gewußt, daß Yentall Polizist ist?» konterte Neilson.

«Yentall hatte seinen Wagen auf einem Polizeiparkplatz stehen», wandte Stryker ein.

«Ja. Und ihr habt vor einem Lokal gestanden, in dem viel Polizei verkehrt. Es war kein Streifenwagen, aber ein Dienstwagen. Kann sein, daß er das Funkgerät gesehen hat. Er brauchte sich nur bis zu eurer Rückkehr auf die Lauer zu legen.» Neilson konnte sich vor Zorn kaum noch beherrschen, aber allen war klar, daß sich seine Erbitterung im Grunde nicht gegen Stryker richtete.

«Schon gut», sagte der seufzend.

«Nach dem Treffer ist er doch ein bißchen ruhiger geworden», stellte Neilson fest.

«Das gibt sich wieder.» Pinsky nahm sich die nächste Zeitschrift vor.

Ein Arzt erschien. Er sah so jung aus, als ginge er noch zur Schule, und so müde, als sei er seit seiner Geburt auf den Beinen. «Sergeant Pinsky?» Pinsky nickte. «Sergeant Toscarelli ist aus dem OP auf die Intensivstation gebracht worden. Die Schädigungen sind nicht ganz so schwer, wie wir gefürchtet hatten. Er hat gute Chancen, sich wieder völlig zu erholen.»

«Danke», sagte Pinsky. «Vielen Dank.»

«De nada«, sagte der junge Arzt. «Vielleicht können Sie ihn morgen besuchen. Kommt drauf an.»

«Worauf?» wollte Neilson wissen.

«Wie er die Nacht übersteht.» Der Arzt wandte sich zum Gehen, aber Strykers krächzende Stimme ließ ihn innehalten.

«Die Schädigungen sind nicht so schwer, wie Sie gefürchtet hatten, sagen Sie.»

«Ja.»

«Aber es sind Schädigungen da?»

«Gewiß.»

«Was für welche?»

Der junge Arzt lehnte sich gegen den Türrahmen. «In diesem Teil des Gehirns ist vor allem die Steuerung der Bewegungsabläufe untergebracht. Bis er wieder zu sich kommt, läßt sich nicht sagen, was unversehrt geblieben und was in Mitleidenschaft gezogen worden ist. Im besten Fall könnte er körperlich und geistig wieder ganz gesund werden.»

«Und im schlimmsten Falle?»

«Lähmungen in kleinerem oder größerem Umfang, Artikulationsschwierigkeiten – Sachen in der Richtung. Wir werden uns, wie gesagt, gedulden müssen, bis er es uns selbst sagen oder zeigen kann. Aber wir sind optimistisch.» Mit einem flüchtigen, unglaubwürdigen Lächeln machte er sich davon.

Stryker merkte, daß er wieder Sehschwierigkeiten hatte.

Pinsky stand auf. «Komm, ich bring dich nach Hause.»

«Ich weiß auch nicht, was mit mir los ist.» Stryker wischte sich übers Gesicht.

«Das macht der Schock», sagte Pinsky freundlich. «Der Blutverlust. Du fühlst dich schlapp, das ist völlig normal.»

«Genau», sagte Neilson zustimmend. Er nahm Dana Strykers Jacke ab und legte sie ihm vorsichtig über die Schlinge. Er sah weg, während Stryker gegen die Tränen ankämpfte. «Schock und so weiter. Kann jedem passieren.»

«Aber nicht mir», fuhr Stryker ihn an. «Verdammt noch mal, mir nicht.»

16

«Man ist so was einfach nicht mehr gewöhnt», sagte Dana nachdenklich, während Neilson den Wagen anließ. «Ein Schreibtischjob in Washington ist eben doch etwas anderes als die hautnahe Realität der Straße.» Als sie den Blick senkte, sah sie das Blut auf ihrem Rock. Es mußte an Strykers Sachen gewesen sein oder an seinem Verband, aber so nah war sie ihm doch gar nicht gekommen ... Dafür hatte er sehr nachdrücklich gesorgt.

«Halt sie mir vom Leibe», hatte er in der Notaufnahme zu Pinsky gesagt. Sie hatte es trotz seiner schwachen Stimme mitbekommen und wie einen Schlag ins Gesicht empfunden. Keine Sekunde lang hatte sie sich eingebildet, daß er ihr den Anblick von Blut hatte ersparen wollen. Nein, sich selbst hatte er ihren Anblick ersparen wollen – weil er Angst vor einer Rührszene gehabt hatte.

Aber da hatte er sie unterschätzt, und eigentlich hätte er das wissen müssen. Daran änderte auch nichts, daß ihr die Knie weich geworden waren, als sie Stryker hinter dem geblümten Vorhang vorgeholt hatten und sie einen Blick auf sein bleiches, schmerz- und wutverzerrtes Gesicht hatte werfen können. In der Notaufnahme war es heiß gewesen, und Krankenhausgeruch hatte sie noch nie gut vertragen.

Er erinnerte sie an Peter und die vielen Monate, in denen sie diesen Geruch jeden Abend mit heimgenommen und in alle Räume der leeren Wohnung getragen hatte. Sie hatte nie über dieses lange, schwere Jahr sprechen können, in dem ihr Mann gestorben war. So fest sie auch die schmalen, kalten Hände hielt – Peter war ihr immer weiter entglitten, wie ein Ertrinkender, der unter die Eisdecke gezogen wird und im kalten Wasser verschwindet. Auf Nimmerwiedersehen.

«Hey!» sagte Neilson, der plötzlich Tränen auf ihren Wangen glitzern sah. «Nicht den Kopf hängen lassen. Die beiden schaffen es schon.» Er warf ihr einen fragenden Blick zu. «Und wir?»

«Ich glaube nicht», sagte Dana. «Jedenfalls nicht heute abend.»

«Auch gut.» Zu seiner eigenen Überraschung war Neilson erleichtert. Im Lichte der Ereignisse dieses Nachmittags fand er seinen Flirt plötzlich gar nicht mehr so wichtig. Allerdings hätte er das nie zugegeben, um nicht seinem Image als unersättlicher Sexprotz schweren Schaden zuzufügen.

«Soll ich dich dann im Hotel absetzen, oder was?»

«Ja, bitte.»

Sie hielten vor dem Hotel, und er ließ den Motor laufen. «Diese Sache zwischen uns . . .» sagte er verlegen. «Vielleicht lassen wir sie lieber sausen, was meinst du?»

«Möchtest du das denn?»

«Ich? Keine Spur. Ich wollte dir nur die Möglichkeit offenlassen.» Er sah sie ernsthaft an. «Das mit Jack hat dich ganz schön geschlaucht, und –»

«Das allein ist es nicht. Was du hier neben dir siehst, ist eine Frau, die . . . dabei ist, auszuschlüpfen.»

«Wie ein Schmetterling aus dem Kokon?» Er hatte gehofft, sie zum Lachen zu bringen, aber sie blieb ganz ernst. «Du hast gesagt, daß ich Vertrauen zu dir haben kann.»

Er runzelte die Stirn. «Na ja, wie man's nimmt. Ich bin kein Stinktier, aber ich bin auch kein Heiliger. Wie gesagt, von Liebesschwüren halte ich nichts, und –»

«Ich möchte, daß du mich verstehst», sagte Dana. Und dann erzählte sie ihm von Peter und dem Krankenhaus und von Gabe Hawthorne und von all den leeren Jahren, in denen sie sich hinter einer Mauer der Gleichgültigkeit verschanzt hatte. Und wie Stryker ihr klargemacht hatte, was sie sich selbst antat. Es strömte aus ihr heraus, wie Eiter aus einer alten Wunde, reinigend und klärend. Harvey hörte voller Bestürzung zu – er hatte noch nie zuvor den Beichtvater gespielt –, mit einem krampfhaften Lächeln auf den Lippen, während er verzweifelt überlegte, was er sagen, was er tun konnte, um sie zu trösten.

Als sie zum Ende gekommen war, fiel ihm nichts Besseres ein als: «Am besten schläfst du dich erst mal aus.» Er wußte, wie unzulänglich das war. Er fand sich plötzlich überhaupt furchtbar unzulänglich.

Mit einem leisen Seufzer verabschiedete sie sich und stieg

aus. Er sah ihr nach, bis sie im Hotel verschwunden war. Obgleich sie müde und mitgenommen aussah, ruckten etliche Köpfe zu ihr herum. Seinen Kopf hatte sie schon lange verdreht. Ihm war ganz schwindelig.

Die ganze Geschichte wurde ihm allmählich zu gewichtig. Er hatte es gern, wenn es leicht und lässig zuging in seiner Welt. Wenn man wußte, woran man war. Und da kam diese Person daher und tat, als ... als sei er ein Mann mit Tiefgang oder so. Er wollte ihr nicht weh tun, kein halbwegs anständiger Mensch hätte das gewollt, andererseits war er – fast hätte er gedacht: «Nicht gut genug für sie ...» Aber das waren ja wohl Überlegungen, die Harvey der Herrliche sich nicht erlauben durfte ...

«Zum Teufel mit diesem Krach», sagte er laut, ließ den Motor aufheulen und legte einen Kavaliersstart hin, daß die Reifen nur so kreischten.

Auf dem Heimweg hielt er, um eine Pizza und eine Sechserpackung Bier zu kaufen, dann setzte er sich vor den Fernseher, zog sich einen alten John-Wayne-Film rein und fragte sich, warum er nicht so begeistert mitging wie sonst.

Es war schon ein Kreuz mit dieser Frau.

Das Zimmer war dunkel, nur in der Ecke der Bücherwand neben dem Kamin flimmerte der Fernsehschirm lautlos vor sich hin. Stryker lag auf der Couch unter einer von Kates Patchworkdecken, und obendrauf hatte es sich der Kater bequem gemacht. Er kraulte Pot hinter den Ohren und schnitt eine Grimasse, als er sich in der Notaufnahme verschwinden sah. Genaugenommen sah er nur seinen eigenen Kopf, der Körper war durch die Sanitäter verdeckt, die die Trage schleppten. Vorher hatten sie Tos hereingetragen, unter einer Decke mit häßlichen Flecken.

Die Sechs-Uhr-Nachrichten waren vorbei, und er ließ einen stummen Wetterbericht über sich ergehen. Während des Beitrags über die mittägliche Schießerei war ihm das Herz in die Hosen gerutscht, als er sah, daß sie Tos die Decke über den Kopf gezogen hatten. War er tot? Hatten sie ihn belogen? Dann hatte sich die Decke am Rand ein bißchen verschoben, er hatte Toscarellis Hand auf der Trage liegen sehen. Die Hand hatte sich bewegt, die Finger hatten gezuckt. Mit der Decke hatten die Fernsehfritzen nur die Zuschauer schonen wollen.

Die Wetterfrau machte ein unpassend vergnügtes Gesicht, während sie jede Menge schwarze Wolken und Tiefdruckgebiete auf der Wetterkarte einzeichnete. Stryker schloß einen Moment die Augen.

Als das Telefon auf dem Tischchen neben der Couch läutete, fuhr er zusammen. Der Kater warf ihm einen vorwurfsvollen Blick zu, zog sich ans Fußende der Couch zurück und begann sich zu putzen, während Stryker nach dem Hörer griff.

«Hallo!»

«Kate? Ich denke, du hältst gerade deinen Vortrag!»

«Der ist seit einer Stunde aus, du Schlafmütze. Ist sehr gut gelaufen.»

«Freut mich. Aber daß du da drüben gut ankommst, war ja klar.»

«Eben, du kennst mich ja.»

Er freute sich so über ihren Anruf, daß er fast wieder angefangen hätte zu heulen und sich über seine Schwäche schwarz ärgerte. «Was steht denn als nächstes auf dem Programm?»

«Wir sind gerade mit dem Essen fertig. Wenn die Leute sich ein bißchen ausgequatscht haben, werde ich wohl ins Bett gehen.» Sie wirkte gleichzeitig erschöpft und aufgedreht.

«Erwarten die denn nicht, daß du bei der Clique bleibst und mit offenem Mund ihren Witz und ihre Gelehrsamkeit bewunderst?»

«Keiner wird merken, daß ich nicht da bin. Ich war –»

«Nicht mal Richard?»

Sie seufzte. «Komm, hör endlich auf mit Richard. Du hast das in die falsche Kehle gekriegt, daß er bei mir im Zimmer war, stimmt's? Er hat nur gefragt, ob ich herunterkomme oder noch ein bißchen Zeit brauche, das war alles.»

«Ein echter Gentleman.»

«Ein paar gibt's zum Glück noch von der Sorte.»

«Aber nicht unter den Bullen, was?»

«Unter den Bullen auch. Was ist passiert, Jack?»

«Passiert? Wieso?»

«Beim Essen hatte ich plötzlich das Gefühl, daß etwas passiert ist. Ganz scheußlich war das. Deshalb habe ich angerufen.»

«Ich denke, du hast nur schlechte Träume! Jetzt kriegst du schon am hellichten Tag das große Flattern? Das solltest du mal dem Onkel Doktor sa-»

«Es *ist* was passiert, Jack . . .»

Sie hatte es ihm also angehört. Wahrscheinlich hatte er zu dick aufgetragen.

«Wie man's nimmt. Auf Tos ist geschossen worden, aber er wird durchkommen.»

«Geschossen?» Ihre Stimme hatte sich jäh in die Höhe geschraubt. «Bist du in Ordnung?»

«Bloß keine Panik. Mir geht's blendend», schwindelte er. «Sonst könnte ich ja kaum von zu Hause aus mit dir reden.»

«Wo hat es ihn erwischt?»

«Auf der Greenfield Road.»

«Nein, ich meine – wo ist er verletzt?»

Er seufzte. «Am Kopf. Aber das kommt wieder in Ordnung, Kate», sagte er rasch in ihr erschrockenes Aufstöhnen hinein. «Ein Stück Knochen ist weg, aber es sind keine lebenswichtigen Sachen getroffen. Augen, Nase, Zähne, Ohren – alles noch da.»

«Dich hat es auch erwischt, das höre ich dir an. Ich fliege zurück. Gleich morgen früh.»

«Sei nicht albern. Natürlich mache ich mir Sorgen um Tos, das ist doch verständlich. Die Ärzte schwören Stein und Bein, daß er durchkommt, aber Ruhe werde ich erst wieder haben, wenn er aufwacht und mich zur Schnecke macht, weil ich nicht genug Vitamine esse. Du weißt ja, was für ein Getue er immer um meine Gesundheit macht. Jetzt kann ich mich endlich mal revanchieren.»

«Das nehme ich dir nicht ab.»

Er hatte unheimliche Sehnsucht nach ihr. «Na schön, wenn du mich unbedingt als Invaliden haben willst: Ich liege hier, eingegipst vom Hals bis zum großen Zeh, das Blut fließt aus allen Poren, und alle drei Minuten brülle ich vor Schmerz wie ein Stier. Tröste dich mit dem Gedanken, daß ich in dem Gips nicht den Weibern nachstellen kann. Jedenfalls nicht so schnell wie sonst.»

«Ja, wenn du meinst ...» sagte sie unentschlossen.

«Ich bestelle mir einen Krankenwagen, damit ich dich vom Flugplatz abholen kann. Vergiß nicht, mir Yorkshire-Pudding und schottisches Buttergebäck mitzubringen. Wann kommt die Maschine an?»

Es gab eine lange Pause. Er hörte sie denken und hatte fast die Hoffnung, er hätte sie nicht überzeugt, denn er konnte sich im Augenblick nichts Schöneres vorstellen als ihre kühle Hand auf seiner heißen Stirn, ihre sanfte Stimme, die ihm etwas vorlas – wie einem Kind, das die Masern hat. Und dann fragte sie:

«Wer hat auf ihn geschossen? Der Polizistenkiller?»

Von seiner eigenen Person hatte er sie also erfolgreich abgelenkt. Komischerweise war er jetzt enttäuscht. «Das wissen wir noch nicht. Der Schuß kam aus größerer Entfernung, es muß also ein Gewehr gewesen sein. Das wird gerade geprüft.»

«Es könnte derselbe Täter gewesen sein.»

«Da kannst du dich mit Neilson zusammentun.»

«Glaubt er, daß es euer Mann ist?»

«Ja.»

Sie seufzte. «Ich hatte so ein komisches Gefühl wegen Tos.»

«Soll das heißen, daß du dir neuerdings auch seinetwegen Sorgen machst?»

«Ich habe mir schon immer auch seinetwegen Sorgen gemacht.»

«Ja, ich weiß», sagte er sanft. «Entschuldige.»

Wieder eine Pause. Dann hörte er, wie sie tief Atem holte. «Ich komme zurück.»

«Nein.»

«Aber ich habe meinen Vortrag hinter mir und –»

«*Nein!* Vergiß es. Wir sind hier alle erwachsene Menschen und kommen auch allein zurecht.» So scharf hatte er es eigentlich nicht sagen wollen.

«Ich kann doch nichts dafür, wenn ich mir Sorgen mache.»

«Ich auch nicht. Aber ob du sie dir hier machst oder drüben – kaufen kann ich mir dafür so und so nichts.»

«Besten Dank. Schön zu wissen, daß man gebraucht wird.»

«So habe ich das nicht gemeint, ich meinte –»

«Ich weiß, was du gemeint hast.»

Schweigen. Beide hatten fast gleichzeitig begriffen, daß sie drauf und dran waren, sich auf einen teuren transatlantischen Streit einzulassen. Stryker machte den Mund auf, aber Kate kam ihm zuvor. «Dann kann ich mich ja beruhigt wieder auf meine wichtige Tagung konzentrieren. Wenn mit dir alles okay ist und so weiter ... Es *ist* doch alles okay?»

«Mit fehlt nichts als eine Mütze voll Schlaf.» Verdammt diplomatisch ausgedrückt. Das hätte auch Richard Cotterell nicht besser machen können.

«Die Sache mit Tos tut mir leid.»

«Mir auch, aber das wird schon wieder. Ich habe ja noch Neilson und Pinsky.»

«Und Miss – oder Mrs. – Flammenwerfer.» Wie sanft und harmlos das klang.

«Sie ist Witwe.»

«Ach so. Wie bedauerlich.» Von Mitleid keine Spur.

«Ja, das stimmt schon, sie kann mir durchaus ein bißchen zur Hand gehen, bis Tos wieder auf den Beinen ist. Du, das wird ein teures Gespräch. Wir sehen uns also in einer Woche.»

«Es sind nur noch drei Tage.»

«Schön, in drei Tagen also. Und keine bangen Ahnungen mehr. Versprochen?»

«Ich geb's weiter. Mit einem schönen Gruß an mein Unbewußtes.» Auch sie konnte sehr kühl und sachlich sein. Es klickte, das Gespräch war zu Ende.

Er legte auf. Die Notlügen lagen ihm auf der Seele. Wenn sie in drei Tagen sah, daß er ein Loch in der Schulter hatte, würde sie ihm einen Heidenkrach machen. Aber in drei Tagen war er wieder auf den Beinen.

Wenn er Glück hatte. Im Augenblick hatte er kein allzu großes Zutrauen zu seinem Glück.

Kate legte auf und starrte auf die Wählscheibe, ohne sie richtig wahrzunehmen. Dann drehte sie sich langsam um und ging auf den nächstbesten Sessel zu. Die Hotelhalle war ziemlich leer.

Die Tagungsteilnehmer saßen noch bei Tisch, tranken Kognak und schwangen große Reden. Sie hatte genug von beidem. Den ganzen Tag war Stratford voller Touristen gewesen, die warme Frühlingssonne hatte sie herausgelockt, der Anblick der Narzissen und Krokusse, die in den Wiesen am Avon leuchteten. Den ganzen Tag, auch während der Vorträge, war ihre Aufmerksamkeit immer wieder abgeschweift, war ihr Blick zum Fenster gewandert. Draußen strömten die Menschen vorbei, man hörte durch die offenen Fenster das Tappen und Schlurfen ihrer Schritte, hörte Gelächter und helle Kinderstimmen. Es schien, als seien alle zu einem Umzug, zu einer Feier unterwegs, dabei trieb sie nur die Erregung, die den Engländer erfaßt, wenn er unerwartet mit Wärme und Sonnenschein konfrontiert wird. Das ist er nicht gewöhnt, es steigt ihm zu Kopf.

Auch Kate drängte es ins Freie. Die dezente Beleuchtung, die üppige Ausstattung der Hotelhalle drohten sie plötzlich zu ersticken. Sie stand auf und flüchtete in die kühle Abendluft. Daß man nachts zu Fuß durch die Straßen streifen konnte, war ihr neu und gab ihr für kurze Zeit Auftrieb, aber dann begann sie zu frösteln. Sie erschrak, als Schritte hinter ihr laut wurden, doch dann hörte sie Richards Stimme:

«Es tut Ihnen sicher schon leid, daß Sie keinen Mantel mitgenommen haben», sagte er leise und legte ihr seine Smokingjacke über die Schultern. Sie wollte schon protestieren, doch dann sah sie, daß er seinen Regenmantel trug.

«Danke. Ich hätte mich beinah verirrt.»

«Das Telefongespräch geht Ihnen nach.» Es war keine Frage. Er hatte sie offenbar beobachtet. Das brachte sie ein wenig aus der Fassung, ohne daß sie hätte sagen können, warum.

«Ja. Mein . . . Jacks Partner ist angeschossen worden.»

«Tos? Sie haben ihn mal erwähnt.»

«Ja. Er ist im Krankenhaus. Jack verschweigt mir etwas, ganz bestimmt. Er ist auch verletzt, das spüre ich.»

«Aber er war zu Hause, als Sie angerufen haben?»

«Ja, das schon . . .»

«Dann kann es nicht allzu schlimm sein, sonst hätten sie ihn im Krankenhaus behalten.»

Sie lächelte kläglich. «Sie kennen Jack nicht. Solange er noch laufen kann, muß man ihn festbinden, wenn man ihn im Krankenhaus behalten will.»

«Laufen kann er demnach. So ernst kann es dann eigentlich nicht sein. Er ist ein erwachsener Mann, ein paar Tage kommt er doch bestimmt allein zurecht.»

«Das hat er auch gesagt.»

«Sehr vernünftig.»

«Es ist überhaupt nicht vernünftig», fuhr Kate auf, den Tränen nah. «Er ist ein Idiot. Um mich nicht zu beunruhigen, tut er ständig so, als sei die Arbeit bei der Polizei ungefährlich. Und jetzt hat jemand versucht, Tos umzubringen und Jack auch. Aber er gibt es nicht zu.»

Die Ladenfronten warfen das Echo ihrer Schritte zurück, Kates Absätze klickten auf dem unebenen Pflaster. Dem warmen Tag war ein dunstiger Abend gefolgt, leichter Nebel waberte um die Straßenlaternen und legte sich naßglänzend auf die Gehsteige. In Kates dunklen Locken funkelten kleine Tropfen, und ihre erregt geröteten Wangen schimmerten feucht.

«Offenbar ist der Versuch aber fehlgeschlagen. Und wenn Sie dabeigewesen wären, hätten Sie doch nichts ändern können, nicht wahr?»

«Nein», sagte Kate zögernd. «Aber das ist es ja eben. Es gibt eigentlich überhaupt nichts, woran ich etwas ändern könnte.»

«Das würde ich nicht sagen. Mein Leben würden Sie ganz entscheidend verändern.»

«Nein, Richard. Unsere Welten sind zu verschieden. Das meine ich ja. Entweder kapituliere ich vor Jack, oder er kapituliert vor mir. Ich liebe ihn, und er liebt sein Arbeit. Wie kann ich von ihm verlangen, daß er sie aufgibt? Aber jedesmal, wenn er zur Tür hinausgeht ...» Sie hob die Hände und ließ sie entmutigt wieder sinken. «... ist das wie ein kleiner Tod für mich.»

«Dann wäre es vielleicht am besten, einen Schlußstrich zu ziehen», sagte Cotterell ruhig. «Hier, aus der Entfernung, können Sie das objektiver beurteilen. Ich habe den Eindruck, daß es eine zerstörerische Beziehung ist. Ihr Vortrag war glänzend, Kate. Vor Ihnen liegt eine große wissenschaftliche Zukunft. Aber wie können Sie arbeiten, wenn Sie ständig Angst um diesen Mann haben müssen? Ist er das wert?»

Kate blieb stehen und sah ihn groß an. Auch Richard war stehengeblieben. Sie waren sich sehr nah. Er hatte den Kragen gelockert, und wie er sie so mit erhobenen Brauen ansah, wirkte er verwegen, piratenhaft. Verdammt gut aussehender Teufel, hatte jemand von ihm gesagt. Die Bezeichnung traf es genau.

«Sagen Sie selbst, Kate: Ist er das wert?» wiederholte er.

17

Am nächsten Morgen dachte Stryker, er müsse sterben.

Da er allein im Haus war und sich keinen Zwang anzutun brauchte, brüllte er laut auf vor Schmerz bei dem Versuch, sich im Bett aufzusetzen. Danach hielt ihn nur eine stetige, lautstarke und hingebungsvolle Flut von Flüchen aufrecht, während er sich wusch, mühsam in die Unterwäsche fuhr und versuchte, so etwas wie ein Frühstück zustande zu bringen und sich einzuverleiben. Danach war er so erledigt, daß Pinsky und Neilson ihn, als sie gegen elf kamen, fertig anziehen mußten.

«Sie hätten dich über Nacht im Krankenhaus behalten sollen, dann hätten das zwei hübsche Schwestern machen können», sagte Neilson, der auf dem Boden kniete und Strykers Turnschuhe zuband. Er rümpfte die Nase. «Die sind auch an solche Düfte gewöhnt.»

«Tos hat offenbar eine ruhige Nacht verbracht», sagte Stryker.

«Ich weiß. Wir haben auch angerufen», meinte Pinsky. «Hast du es Kate erzählt?» Er und Neilson hatten die Beziehung von Anfang an als interessierte Zuschauer verfolgt. Pinsky war sentimental und Optimist, Neilson war weder das eine noch das andere.

«Ich habe ihr gesagt, daß es Tos erwischt hat.»

Neilson stand auf. «Hast du ihr auch gesagt, wie schlimm es ist?»

«Das weiß ich ja selber nicht», antwortete Stryker ausweichend.

«Und das mit deiner Verletzung hast du nicht rausgelassen?»

«Da wäre sie nur ausgeflippt. Wenn sie nach Hause kommt, ist das Ärgste überstanden.»

«Sie kommt also nicht gleich zurück?» fragte Pinsky, und Stryker merkte ihm an, daß er von Kate enttäuscht war. «Du mußt dich weiter allein durchschlagen?»

«Ist doch weiter nichts dabei», schwindelte Stryker.

Neilson verzog das Gesicht. «Dann bindest du ihm morgen die Schuhe zu», sagte er zu Pinsky. «Wenn ich wieder ran muß, beantrage ich Gefahrenzulage.»

Pinsky sah auf die Uhr. «Wir müssen los.»

«Wie läuft der Fall?» fragte Stryker etwas zu beiläufig.

«Welcher Fall?» fragte Pinsky zurück.

«Der Anschlag auf die beiden Bullen . . . wie heißen sie doch gleich . . . Stryker und Toscarelli.»

«Ach, *den* Fall meinst du.» Neilson war in der kleinen Diele stehengeblieben. «Die Polizei hat die Ermittlungen aufgenommen. Willst du einen Hut aufsetzen?»

Auf dem Weg ins Krankenhaus nahm Stryker den Faden wieder auf. «Jetzt erzählt mal von den Ermittlungen», verlangte er und zuckte zusammen, als Neilson das nächste Schlagloch nahm.

«Von welchen?» Pinsky setzte seine Pfeife in Gang und wedelte Neilson den Rauch ins Gesicht. Neilson versuchte das Rauchen aufzugeben, und Pinsky hatte zwanzig Dollar gewettet, daß er es nicht schaffen würde. Neilson knurrte wütend. Pinsky griente und paffte genüßlich. «Wir haben einen Versicherungsbetrug laufen, ein Familiendrama in der Vorstadt, zwei dußlige Bullen, die in eine Falle geraten sind, eine Nutte, die Stein und Bein schwört, daß es Notwehr war –»

«Die meine ich.»

«Die Sache mit der Nutte? Also die Schräge Sally –»

«Nein, die Sache mit den dußligen Bullen.»

«Die sollst du den großen Jungs überlassen, läßt dir Captain Klotzman sagen.»

«Warum?»

«Weil du angeschlagen bist.» Neilson hatte wieder ein Schlagloch gefunden. «Merkst du, wie weh es tut, wenn ich das mache?»

«Dann laß es gefälligst bleiben.»

«Kein Humor», sagte Neilson zu Pinsky.

«Hatte er noch nie», bestätigte Pinsky mitfühlend. «Gib dir keine Mühe, Harvey, du wirfst nur Perlen vor die Säue.»

«Habt ihr schon irgendwelche Hinweise?» ließ sich Stryker vom Rücksitz vernehmen.

«Schöner Tag heute», sagte Pinsky zu Neilson.

«Später soll's Regen geben», sagte Neilson zu Pinsky.

Stryker beugte sich vor und packte Pinsky am Kragen. «Antworte, du Mistkäfer, sonst drück ich dir die Kehle zu.»

Pinsky befreite sich ohne große Mühe. «Laß gut sein, Jack. Wenn Klotzman sagt, daß du dich da nicht reinhängen sollst, ist die Sache für uns gelaufen.»

«Warum soll ich mich da nicht reinhängen?»

«Weil du betroffen bist», sagte Neilson.

«Blödsinn. Das kann nicht der einzige Grund sein. Warum ist er plötzlich sauer auf mich?»

«Er ist nicht sauer auf dich.» Pinsky rückte sich den Schlips zurecht. «Aber du bist nicht der einzige Cop in unserem Laden.»

«Ich bin der einzige, auf den geschossen wurde und der noch auf den Beinen ist», sagte Stryker. «Wenn es da eine Verbindung gibt, kann ich sie vielleicht noch am ehesten erkennen.»

«Warum ausgerechnet du?» Neilson bog auf den Krankenhausparkplatz ein. «Die Weisheit hast du auch nicht gepachtet.»

«Das nicht», gab Stryker ruhig zurück. «Aber wenn hier wieder ein Polizistenmord inszeniert werden sollte und wenn der Täter sich seine Opfer aufs Geratewohl sucht, sind die Chancen, daß es mich noch mal erwischt, minimal. Folglich gibt es dann kaum einen Cop, der so wenig um sein Leben fürchten muß wie ich. Richtig?»

«Kann schon sein», sagte Pinsky muffig.

«Wenn der Mörder aber nicht wahllos herumballert, wenn

es eine Querverbindung zwischen den Mordopfern gibt, gibt es auch eine Verbindung zu Tos und mir. Eine Verbindung, die noch besteht und die nach wie vor brisant ist.»

Neilson stellte den Motor ab. Er und Pinsky drehten sich um und sahen Stryker groß an. «Du meinst, er könnte einen von euch – oder beide – noch mal aufs Korn nehmen?»

Stryker musterte Neilson beifällig. Der Junge machte sich. «Genau das meine ich. Und das ist ein verdammt guter Grund für mich, ihm zuvorzukommen.»

Tos war immer noch bewußtlos.

Groß und still lag er in den weiß bezogenen Kissen unter der weiß bezogenen Decke. Die langen Wimpern auf den blassen Wangen regten sich nicht, rebellisch drängten die krausen Koteletten unter dem weißen Kopfverband hervor, wie eh und je hing der Schnurrbart über die Mundwinkel herunter. Überall waren Schläuche, er hing am Tropf, seine Brust hob und senkte sich – aber er war nicht ansprechbar.

Seine Mutter und seine Schwester saßen am Bett und ließen ihn nicht aus den Augen. Mrs. Toscarelli, eine kleine, rundliche, energiegeladene Frau, begrüßte Stryker wie immer. Als sei er der verloren geglaubte Sohn, der aus dem Feld zurückgekehrt ist. Vielleicht drückte sie ihn eine Spur fester an sich als sonst, und er machte es ebenso, auch wenn das mit nur einem heilen Arm ein bißchen mühsam war. Als er sich glücklich befreit hatte, begrüßte er Marina. Kaum zu glauben, daß sie Toscarellis Schwester war. Während Tos immer etwas von einem großen, tapsigen Bären hatte, war Marina schmal und empfindsam wie eine Heiligenfigur bei El Greco. Sie war Ende Zwanzig und unverheiratet und ging ganz in der Betreuung ihrer verwitweten Mutter auf, obgleich die sich die größte Mühe gab, der Tochter einen Mann zu beschaffen.

Mrs. Toscarelli nickte Pinsky – der ja in festen Händen war – kurz zu und schenkte dem Junggesellen Neilson ein herzliches Lächeln.

«Wie geht es ihm?» fragte Stryker, als sie die Begrüßung hinter sich hatten.

«Er schläft», sagte Mrs. Toscarelli.

«Hat er was gesagt?»

«Nein.» Mrs. Toscarelli setzte sich wieder und sah ihrem Sohn ins Gesicht. «Er schläft. Wir warten.»

«Wir warten», echote Marina mit ihrer flatterdünnen Stimme.

In ihrer Ratlosigkeit knöpften sie sich den Arzt vor, mit dem sie am Vortag gesprochen hatten, und versuchten, ihm Antworten zu entlocken. Es gab keine. Tos lebte, seine Werte waren gut, es gab eine nachweisbare Gehirntätigkeit, das Herz schlug kräftig und regelmäßig, er hatte nur leichte Temperatur, was in Anbetracht des Traumas, das er erlitten hatte, das beste Zeichen für eine kräftige Konstitution war.

Er war nur noch nicht aufgewacht.

Aber war denn die Wirkung der Narkose noch nicht abgeklungen?

Doch, natürlich.

Warum hatte er dann noch nicht die Augen aufgeschlagen, noch nicht gesprochen, sich nicht bewegt?

Er war noch nicht soweit. Warum, das wußten sie nicht. Man mußte abwarten.

Stryker sprach es als erster aus. «Koma.»

Der junge Arzt nickte seufzend. «Ja, wenn Sie so wollen ... Er liegt im Koma.»

«Wie lange kann das dauern?» fragte Stryker.

«Bei Kopfverletzungen ist da keine Voraussage möglich. Zehn Minuten, zehn Stunden, zehn Tage – denkbar ist alles. Wir wissen – von den physischen Parametern abgesehen – sehr wenig über komatöse Zustände. Möglicherweise ist es nur nervöse Erschöpfung. Eine Art Selbstschutz. Ein Urlaub von der Wirklichkeit, wenn Sie so wollen, in der sich der Heilungsprozeß vollzieht.»

«Urlaub oder Flucht?»

Dr. Bishop zuckte die Schultern. «Sie haben die Auswahl. Wir können ihn nur körperlich versorgen und abwarten. Ein Eingreifen in diesem Stadium wäre töricht, vielleicht kommt er in einigen Stunden von selbst wieder zu sich. Wir behalten ihn genau im Auge, machen Sie sich keine Sorgen.»

«Ich wette, das sagen Sie zu allen», meinte Neilson.

18

Klotzman zuckte die Schultern. «So, wie's im Augenblick aussieht, Jack, habt ihr einfach Pech geabt. Der Kerl hatte eure Nummer gezogen.» Er lehnte sich zurück, und sein Sessel knarzte protestierend. Captain Klotzman war klein und kräftig gebaut. Ein Teil des blassen, aknenarbigen Gesichts versteckte sich hinter einer breitrandigen Brille. Er war ein Ordnungsfanatiker und verbrachte ebensoviel Zeit mit dem Aufräumen seines Schreibtischs wie mit der eigentlichen Arbeit. Klotzman hatte sehr klare Vorstellungen von den Aufgaben und Pflichten eines Captains und bestand strikt auf pingeliger Detailarbeit und der Einhaltung von Dienstwegen. Alle diese etwas lästigen Eigenheiten sahen seine Leute ihm nach, weil er bedingungslos für sie eintrat, und alle wußten, daß sie – ohne Rücksicht auf Sympathie oder Antipathie – Fairness von ihm erwarten konnte.

Vor den Glaswänden seines Büros lief die Arbeit der Mordkommision reibungslos weiter. Ein Kollege griff nach dem Hörer eines Telefons, das man nicht läuten hörte, und sprach hinein. Schreibmaschinen bewegten sich geräuschlos, jemand trat nach der Kaffeemaschine, die daraufhin lautlos Kaffee, allerdings nicht den dazugehörigen Plastikbecher ausspuckte.

«Ich tippe auf einen Spinner.»

«Einen Spinner, der ein guter Schütze und clever genug ist, um die Patronenhülsen mitzunehmen.»

Klotzman wischte den Einwand mit einer beiläufigen Handbewegung vom Tisch. «Diesmal war er nicht gut genug, sonst könntest du jetzt nicht hier sitzen und mich nerven. Und die Sache mit den Patronenhülsen ... Also heutzutage geht doch Hinz und Kunz beim Fernsehen in die Schule. Ein paar Folgen von *Quincy*, und sie sind allesamt gerichtsmedizinische Experten, machen Obduktionen auf dem Küchentisch und ballistische Untersuchungen in der Garage. Vielleicht ist er krankhaft geizig oder läßt einfach nicht gern was rumliegen. Wer weiß das schon ...»

«Ich weiß nur soviel, daß mein Partner flachliegt und daß ich mich zur Zeit einarmig durchs Leben schlage», sagte Stryker.

«Ich weiß, daß wir Polizeibeamte sind und daß seit einem Monat jemand herumläuft, der Polizeibeamte umlegt. Und daß ich mir den Kerl kaufen will.»

«Klar willst du das», sagte Klotzman begütigend. «Um so wichtiger ist es, daß du dich aus diesem Fall raushältst, Jack. Gefühlsausbrüche schätze ich nicht bei meinen Leuten, das weißt du. Beharrlich, unaufdringlich, cool – so kriegst du die Arbeit vom Tisch.»

«Es ist *eine* Möglichkeit, die Arbeit vom Tisch zu kriegen.»

«Für mich gibt es da keine Alternative.» Klotzman lehnte sich wieder vor, griff nach einem Stift und holte sich ein paar Akten heran. «Diese Sache geht uns allen an die Nieren, nicht nur dir. Unsere Leute sind wild darauf, sich den Kerl zu kaufen, es juckt uns alle, ihn in die Mangel zu nehmen, das darfst du mir glauben. Aber wer rotsieht, kann sonst nichts sehen. Ein wütender Cop ist ein erfolgloser Cop. Er trägt Scheuklappen, er läßt sich von seinen eigenen Wünschen und Vorstellungen leiten und nicht von dem, was das Zweckmäßigste ist. Oder was das Gesetz vorschreibt. Und das kann ich nicht gebrauchen. Besonders nicht in deinem Fall. Du bist auf dem Weg nach oben, Jack, du hast das Zeug dazu, und es gibt Leute, die noch einiges mit dir vorhaben. Wenn du jetzt durchdrehst, suchen sie sich vielleicht einen anderen. Kannst du mir folgen?»

«Ich pfeife auf eine Beförderung.»

«Und du glaubst, ich pfeife darauf, einen meiner besten Mitarbeiter zu verlieren? Nein, Jack, das kannst du dir abschminken. Du bist krankgeschrieben, und damit Schluß. Vielleicht solltest du doch noch nach England fliegen.»

«Damit Kate mir ein Riesentheater macht? Nein, besten Dank. Dann lasse ich lieber meinen Leseausweis verlängern oder gehe ins Museum.»

«Tu das, mein Sohn», sagte Klotzman gütig.

So siehst du aus, dachte Stryker und verzog sich in sein Büro. Auch sein Sessel knarzte, allerdings in einer tieferen Tonlage als der von Klotzman. Neilson und Pinsky waren schon da.

«Und wie geht's jetzt weiter?» fragte Sryker.

Neilson und Pinsky wechselten einen Blick. «Wie bei den früheren Fällen», sagte Pinsky.

«Na los, red schon.»

«Du weißt doch selber, wie es da gelaufen ist», sagte Neilson.

«Erzähl's trotzdem. Kranken muß man den Willen tun.»

Neilson zuckte die Schultern. «Okay. Zuerst das Übliche: Überprüfung sämtlicher Verhandlungen, bei denen ihr – Tos und du – jemanden in den Knast gebracht habt. Überprüfung aller in der letzten Zeit erfolgten Entlassungen und Verhaftungen, bei denen Kaution gewährt wurde. Um eine Verbindung zu den anderen Mordfällen zu finden, geben wir möglichst viele Einzelheiten in den Rechner ein und machen einen Vergleich mit den Daten über die ersten vier Morde. Und wohl auch mit dem Fall Hawthorne. Vielleicht liefert der Kollege Computer diesmal was Brauchbares. Bisher hat er ja nur dumpf gebrummt und blöd gegrient. Falls der Rechner Fehlanzeige meldet, nehmen wir uns noch mal Jakes Unterlagen über die Spinner und Polizistenhasser vor. Wenn das alles nichts bringt, wird's kritisch, denn dann können wir nur noch mit der Stange im Nebel herumstochern. Es kann ein bis dato völlig normaler Mitbürger sein, der unter starken Druck geraten und ausgeflippt ist, ohne daß es jemand bemerkt hat. Oder es ist einer mit einer fixen Idee, der plötzlich meint, ein Polizistenmord könnte ein gesellschaftliches Zeichen setzen. Ja, und dann gibt's natürlich noch die Zuzügler aus Nord und Süd, aus Ost und West, die wir nicht in unseren Akten führen, die ihre Marotten mitgebracht und vielleicht zufällig gestern deinen Namen in der Zeitung gelesen haben.»

«War mein Name gestern in der Zeitung?»

«Ja, zweimal. In einem Artikel über den Bronkowsky-Prozeß und in einem Bericht über den Todesschützen. Und heute früh bist du natürlich ganz groß in den Schlagzeilen. ‹Neuestes Opfer› und so weiter.»

«Endlich ein berühmter Mann.»

«Toll, was der Ruhm dir gebracht hat», meinte Neilson.

«Ganz zu schweigen von dem, was er uns bringen wird», sagte Pinsky.

«Nämlich?»

«Noch mehr Trittbrettfahrer, die falsche Geständnisse ablegen, weil sie wissen, daß ihnen das bei uns und bei den Medien größte Aufmerksamkeit sichert», sagte Pinsky. «Die müssen wir auch alle überprüfen. Dabei sind wir noch nicht mal mit denen durch, die sich nach dem Mord an Yentall gemeldet haben.»

«Wirklich rücksichtslos von dem Typ, so schnell wieder zuzuschlagen», sagte Stryker mißbilligend.

Neilson sah recht verdrossen drein. «Ob die bei der Verkehrspolizei einen Job für mich haben? Lange machen meine Nerven das nicht mehr mit.»

«Deine Nerven? Du machst mir Spaß! Dabei weiß doch jeder, daß du selber eine Nervensäge erster Güte bist.» Pinsky rappelte sich auf und ging zur Tür.

Neilson machte ein gekränktes Gesicht. «Das war nicht nett von dir, Ned, das hat weh getan. Jetzt hast du mich richtig verunsichert.» Er winkte Stryker zu und zwinkerte. Durch die Glasscheibe war Pinskys Antwort nicht mehr zu hören, aber sein Grinsen sprach Bände.

Stryker lächelte vor sich hin. So hatten auch er und Tos sich immer angepflaumt. Und jetzt lag Tos blaß und reglos im Krankenhaus, und er selbst hockte untätig auf seinen vier Buchstaben herum. Er griff sich seinen Kaffeebecher und schmiß ihn in die Ecke, wo er geräuschvoll zu Bruch ging.

Danach fühlte er sich nicht um einen Deut besser.

Drei Stunden später saß er immer noch da. Die Kaffeespritzer an den Wänden und auf dem Boden waren getrocknet, die Scherben lagen noch am gleichen Fleck. Dana, die weiter die Akten im Rathaus durchforstete, hatte angerufen, und er selbst hatte auch ein paar Anrufe erledigt. Jetzt saß er wieder da und sah mit leerem Blick vor sich hin.

Draußen war es inzwischen fast dunkel, und die Lichter der Stadt wurden von den tiefhängenden Wolken reflektiert, die einen milden Frühlingsregen mitgebracht hatten. Stryker beugte sich vor, um die Schreibtischlampe anzuknipsen, und stöhnte, als sich der Schmerz in der Schulter meldete. Er war das lange Stillsitzen nicht gewöhnt, und sein Körper wußte nicht recht, wie er darauf reagieren sollte. Er saß in seinem Glaskasten wie ein Fisch im Aquarium, der sich aus dem Getriebe in einen dunklen Winkel zurückgezogen hat und dort auf der Lauer liegt. Draußen war gerade Schichtwechsel. Die Leute, die jetzt Feierabend machten, begrüßten die Ablösung, ein paar stellten sich noch zu einem Schwatz bei einer Tasse Kaffee zusammen, andere winkten nur kurz und gingen zur Entspannugn ein Bier trinken, ehe sie nach Hause fuhren in ihre andere Welt, in der sie Frau und Kinder und manchmal auch Verständnis vorfanden.

Jeder von ihnen konnte das nächste Opfer sein.

Jeder von ihnen hatte die Möglichkeit, den Mörder zu fassen.

Nur er selbst saß, wenn es soweit war, vielleicht immer noch hier.

Die Tür ging auf. «Soll ich dich nach Hause fahren?» fragte Neilson.

Seufzend rappelte Stryker sich auf, fuhr mühsam mit einem Arm in sein Jackett und ließ sich von Neilson die Hälfte mit dem leeren Ärmel über die Schulter legen. Ohne ein weiteres Wort verließen sie das Präsidium, und auch die Fahrt verlief schweigsam. Vor Strykers Haus hielt Neilson und stellte den Motor ab.

«Ich bring dich noch rein», sagte er.

«Ich komm schon allein zurecht», murrte Stryker, aber er war doch ganz froh, Gesellschaft zu haben, und sträubte sich nicht weiter. Sie gingen den kurzen Weg zur Haustür, und Neilson schloß auf und machte Licht.

«Danke», sagte Stryker und streckte die Hand nach dem Schlüssel aus, aber Neilson war schon drin und hielt ihm die Tür auf.

«Hübsches Zuhause, wie man so sagt», meinte Neilson und sah sich um. «Gefällt mir.» Er musterte die Möbel – eine ansprechende Mischung aus Alt und Neu –, die deckenhohen Bücherregale an der einen, die Bilder an der anderen Wand, das spiegelnde Parkett, die rustikalen, mit den großen bunten Webteppichen harmonierenden Vorhänge.

«Danke», sagte Stryker erschöpft und ging in Richtung Küche. «Ein Bier?»

Neilson warf ihm einen ungeduldigen Blick zu. «Nein, danke. Sag mal, willst du nicht endlich aufhören, den starken Mann zu spielen? Leg dich jetzt hin, verdammt noch mal. Dieses heldenmäßige Getue kotzt mich allmählich an.»

«Kotzt mich allmählich an, Lieutenant, Sir», korrigierte Stryker und grinste leicht.

«Im Dienst kriegst du allenfalls den *Sir*, hier kannst du froh sein, wenn ich dich überhaupt noch ansehe. Und jetzt setz dich gefälligst auf deine vier Buchstaben. Ich geh mal aufs Klo, und dann finde ich mich schon zurecht.»

Stryker waren die Knie weich geworden, und er kriegte gerade noch die Kurve zur Couch. Neilson hatte natürlich recht. Es war Blödsinn, sich einzureden, mit einer Schußwunde sei man voll einsatzfähig. Daß er versucht hatte, sich einzureden, er würde den Fall freiwillig aus der Hand geben, war genauso großer Blödsinn gewesen. Und wenn Klotzman sich auf den Kopf stellte – irgendwie würde er weitermachen. Morgen.

Im Augenblick war er verdammt froh, daß Neilson bei ihm war. Er hörte ihn oben herumlaufen, die Treppe herunterpoltern und durch die Diele gehen, wo er aus dem Hinterfenster die Lage peilte. Er wollte wohl feststellen, ob die Luft rein war. Stryker nickte vor sich hin. Neilson war zwar ein Großmaul, aber er verstand sein Handwerk.

Und er war fix.

Nach ein paar Minuten hörte Stryker die Badezimmertür klappen. Per Fernbedienung schaltete er die Flimmerkiste ein, sah sich eine halbe Minute einen Zeichentrickfilm an, dann sank sein Kopf auf das Kissen, und er nickte ein.

Der Schuß weckte ihn.

In wilder Panik sprang er auf, machte fünf Schritte und wäre fast über Neilson gefallen, der fluchend auf dem Boden lag.

«Scheißkerl!» Es hatte den Fernseher getroffen. Der Bildschirm war zerschmettert, die Eingeweide blitzten und sprühten Funken. Stryker schüttelte den Kopf, der noch von dem

Knall dröhnte, und kniete sich neben Neilson. «Alles in Ordnung?»

Neilson rollte sich herum, packte Stryker am Arm und ging mit ihm hinter der Couch in Deckung. «In Ordnung? Du bist gut!» Er spähte hinter der Couch hervor zur Küchentür. «Ich gehe in die Küche, um uns ein Bier zu holen, und rutsche auf dem blöden Teppich aus. Im Fallen komme ich mit der Hand an die Küchentür, drücke sie nach innen, und schon knallt's. Mein Haar ist versengt, mein Anzug im Eimer, meine Nerven schleifen am Boden. Und da fragt dieser Mensch, ob alles in Ordnung ist. Bleib unten, du Idiot», zischte er, als Stryker sich aufrichtete und begann, um die Couch herumzurobben.

«Ja, ja, schon gut.» Strykers Stimme war nicht ganz fest. «Was war's denn?»

«Hat sich angehört wie schwere Artillerie, zwölf, schätze ich. Das Dumme ist, daß ich nicht weiß, ob er nur aus einem Lauf gefeuert hat oder ob beide leer sind. Vielleicht liegt der Scheißkerl noch auf der Lauer.» Er robbte hinter Stryker her und versuchte gleichzeitig seine Kanone herauszuholen, die in der Gesäßtasche steckte. Er kam deshalb nur mühsam voran. Eine Schrotkugel hatte ihn an der Stirn getroffen, und ein dünner Blutfaden versickerte in seinen Koteletten.

Stryker stand jetzt mit gezogener Waffe an der Wand und schob sich vorsichtig zur Küchentür, deren Kante zersplittert und rauchgeschwärzt war. Es war eine ganz gewöhnliche, unverglaste Pendeltür. Er streckte die Hand aus und bewegte sie langsam nach innen.

Auf halbem Wege fiel der nächste Schuß.

«Himmelarschundzwirn», fluchte Neilson und duckte sich hinter einem Stuhl. «Bist du wahnsinnig geworden?»

Nach dem zweiten Treffer war der Fernseher endgültig in Brand geraten. Im Zimmer roch es nach schmelzenden Elektroteilen, nach Pulver und nach Angst.

«Also war es beim erstenmal nur der erste Lauf», krächzte Stryker, der noch immer an der Wand lehnte. «Schon mal von einer dreiläufigen Flinte gehört?»

«Nein. Aber es soll Leute geben, die mehr als einen Ballermann bei sich haben.» Neilson hatte sich an der Wand entlanggeschoben und stand jetzt neben Stryker. «Was machen wir jetzt? Hilfe rufen? Um Gnade flehen? Wenn du mich fragst, hauen wir so schnell wie möglich ab.»

«Da ist niemand drin», sagte Stryker, aber es klang nicht sehr überzeugend.

«Ach nee. Und wer, bitte schön, drückt dann ab, sobald du die verdammte Tür aufmachst?»

«Kein Wer, Harve. Es. Es muß eine Art Höllenmaschine sein.«

«Wieder eine von deinen Theorien, was?»

Stryker wischte sich mit dem heilen Arm die Stirn, wobei er mit dem Revolverlauf nur knapp Harveys Auge verfehlte. «Ja, aber –»

«Glaubst du da wirklich dran?»

«Wenn draußen jemand steht, läßt er sich verdammt viel Zeit damit, uns fertigzumachen», meinte Stryker. Er klang etwas kurzatmig.

Neilson hustete. Der Rauch des brennenden Fernsehers erfüllte das Zimmer. «Auf Theorien steh ich nicht. Und wenn wir nicht bald was unternehmen, brennt uns die Bude über dem Kopf ab. Das hätte deine Freundin und deine Bank sicher nicht so gern.»

«Sie wollte schon immer neue Vorhänge haben», sagte Stryker. «Paß auf, wir robben bis zur Tür, gehen vorn raus und laufen zur Hintertür.»

«Große Klasse, deine Strategien.»

Die Flinte war an einem Küchenstuhl befestigt, der Lauf auf die Küchentür gerichtet. Ein kompliziertes System von Schnüren und Stäben sorgte dafür, daß sie losging, sobald sich die Küchentür halb öffnete. Eine halbe Ladung Kaliber zwölf auf eine Entfernung von einem knappen Meter genügt, um schwere Schäden, wenn nicht den Tod herbeizuführen.

«Schöne Flinte», sagte Stryker gepreßt und dachte daran, daß er vorhin um ein Haar die Küchentür aufgemacht hätte.

Neilson übergab sich in die Küchenspüle. «Wenn ich nicht gestolpert wäre», stieß er zwischendurch hervor, «wenn ich nicht zu Boden gegangen wäre, ehe das Ding losgegangen ist ...»

«Ziemlich blöde Falle, wenn man bedenkt, wie die Tür aufgeht», bemerkte Stryker nach einer Minute. Er nahm ein Handtuch vom Haken und gab es Neilson. «Wenn sie nach außen aufginge, würde jemand, der davorsteht, die volle Ladung abkriegen. Aber sie geht nach innen auf. Warum also gerade diese Tür? Warum nur ein Lauf? Warum das Ganze?»

«Irgendwer hat was gegen dich.» Neilson hatte sich den Mund ausgespült und sich das Gesicht gewaschen und abgetrocknet. «Vielleicht einer wie ich.»

«Möglich», sagte Stryker nachdenklich.

Neilson ließ das Handtuch sinken. «Ich hab doch nur Spaß gemacht, Jack.»

«Ich nicht.» Stryker ging zum Dielenschrank und kramte nach dem Feuerlöscher, den er vor Jahren für solche aufregenden Eventualitäten angeschafft hatte.

19

«Du bist wohl nicht ganz dicht», meinte Neilson, nachdem sie den Fernseher erfolgreich gelöscht hatten. «*Natürlich* müssen wir Meldung machen, Jack. Da stellt dir jemand eine Falle, versucht, dich umzunieten ...»

«Was du nicht sagst», versetzte Stryker trocken. Er lag wieder auf der Couch und pflegte die schmerzende Schulter mit Bier. Schmerzbetäubung von innen – ein alter indianischer Kniff.

«Die Spurensicherung braucht die Flinte, wir brauchen Fotos –»

«Wir *brauchen* überhaupt nichts», sagte Stryker. «Was kann schon passieren, wenn wir mal vierundzwanzig Stunden gar nichts machen?»

Neilson sah ihn groß an, dann setzte er sich langsam auf den Couchtisch und wischte sich mit dem Ärmel über die Stirn. Das Blut kriegte er damit nicht weg, es wurde nur gleichmäßig verteilt. «Also erst mal läuft dann der Typ noch weitere vierundzwanzig Stunden frei herum. Vierundzwanzig Stunden, in denen er Zeit hat, dich zu erledigen. Und vielleicht noch andere Leute.»

«Ich will ihn haben», sagte Stryker.

«Klar, das wollen wir alle, und wir kriegen ihn auch. Aber diesmal hat er eine neue Masche gebracht und –»

«Du hast mich falsch verstanden. *Ich* will ihn haben.»

«Komm, red nicht solchen Stuß», stöhnte Neilson.

«Tu mir einen Gefallen. Ruf im Krankenhaus an und frag, wie es Tos geht», sagte Stryker. «Das wenigstens wirst du doch für mich tun können, oder?»

Neilson stand auf. «In Ordnung. Und dann melde ich mich im Präsdidium.»

«Aber erst im Krankenhaus.»

«Reg dich ab, ich ruf ja das verdammte Krankenhaus an», sagte Neilson in einem Ton, als habe er ein ungebärdiges Kind vor sich. Er wählte, führte halblaut sein Gespräch und legte wieder auf.

«Tos geht's gut.»

«Freut mich. Und jetzt wählst du das Krankenhaus und vergewisserst dich.»

«Aber ich habe doch gerade –»

«– Pinsky angerufen, stimmt's? Und jetzt das Krankenhaus, okay?«

Neilson sah auf Strykers Hinterkopf, der über die Rückenlehne der Couch ragte. «Hast du das Klicken gezählt?»

«Nein, ich hab's dir von den Lippen abgelesen. RUFST DU JETZT ENDLICH IM KRANKENHAUS AN?»

«Du wirst ganz schön gnatschig, wenn auf dich geschossen wird», stellte Neilson fest. Er erreichte das Krankenhaus, erfuhr, daß Toscarelli noch immer bewußtlos, sonst aber völlig in Ordnung war, und gab die Nachricht an Stryker weiter. «Zufrieden?»

«Ja. Und jetzt laß die Finger vom Telefon.»

«Kommt nicht in Frage. Ich mache Meldung.»

Stryker stand auf und zielte mit seiner Dienstwaffe auf Neilsons Nabel. «Leg den Hörer hin, Harvey. Es ist mir ernst.»

Neilson sah ihn einen Augenblick groß an, dann legte er seufzend auf. «Mach keinen Quatsch, Jack!»

«Wir warten auf Ned. Setz dich, Harvey.» Stryker deutete mit dem Revolverlauf auf den großen, bequemen Sessel in der Ecke, aus dem man so schwer wieder hochkam. «Setz dich da hin.»

«Ich würde mir gern das Gesicht sauber–»

«Hinsetzen.»

Neilson gehorchte.

Als es zehn Minuten später klingelte, gingen sie beide zur Tür. Pinsky registrierte Neilsons blutverschmiertes Gesicht und Strykers gezogene Waffe.

«Was wird denn hier gespielt?»

«Irrenhaus», sagte Neilson. «Er ist ausgeflippt.»

Stryker scheuchte sie mit der Waffe ins Wohnzimmer. An der Tür blieb Pinsky stehen. «Das sieht ja lustig aus hier.»

«Er ist beim Renovieren», sagte Neilson. «So die offizielle Lesart. Wie findest du es?»

«Wenn du mich fragst – es stinkt!» Pinsky rümpfte die Nase. «Hör mal, Jack, ich hab noch nichts gegessen, ich bin fix und fertig und –»

«Setzen», sagte Stryker. Sie sahen ihn groß an. «Setzen», wiederholte er. «Wird's bald?»

Sie setzten sich.

Stryker blieb, noch immer mit gezogener Waffe, vor ihnen stehen. Sein Gesicht war blaß und von den Schmerzen gezeichnet, seine Augen glühten. «Meiner Meinung nach ist der Täter Polizist», sagte er.

Die beiden Kollegen wechselten einen stummen Blick.

«Polizist», wiederholte Stryker lauter. «Der Kerl muß bei der Polizei sein.» Er fuchtelte Neilson mit dem Revolver vor der Nase herum. Der verzog keine Miene. «Wer weiß sonst so genau, wo sich ein Polizeibeamter zu einer bestimmten Zeit aufhält? Und daß er allein ist? Wer sonst kennt sich in den Gewohnheiten, den Dienstplänen, den Bewegungen von Polizeibeamten aus? Vielleicht gibt er sogar falsche Meldungen an die Zentrale, um sich seine Leute dahin zu holen, wo er sie haben will? Wer sonst hat ein Funkgerät, um die Meldungen abzufangen?»

«Praktisch jeder, der genug Geld hat, um sich eins zuzulegen», widersprach Pinsky ruhig. «Du redest Unsinn, Jack. Leg endlich die Kanone weg.»

«Nicht, ehe ihr versprochen habt, daß ihr mir genug Zeit verschafft, um den Scheißkerl zu schnappen. Ich brauche für Tos eine Bewachung rund um die Uhr, ich brauche einen Fahrer, der tut, was ich sage, ich brauche Zugang zum Rechner und –»

Pinsky stand auf. «Ist mir scheißegal, was du brauchst. Leg die Kanone weg.»

Stryker kam näher. «Ich drücke ab, Ned.»

«Das tust du nicht. Ich kenne dich lange genug, Jack. Gib mir die Kanone, und leg dich hin. Wir kümmern uns um die Sache. Ob es ein Bulle ist oder sonstwer, wir kriegen den Kerl. Überlaß es uns.» Er hob die Hand, als Stryker ihn unterbrechen wollte, und ließ ihn ruhig herankommen. «Traust du uns denn überhaupt nichts mehr zu? Hast du mir nicht alles beigebracht, was du weißt? Na, was ist?» Bei den letzten Worten streckte er einen langen Arm aus und griff sich die Waffe. Sie war gesichert. Er hatte es von Anfang an gewußt.

Er steckte die Kanone in die Tasche, schob Stryker zur Couch und zwang ihn mit sanftem Druck auf die heile Schulter zum Sitzen. «Er ist nur abgespannt», sagte er zu Neilson, als sei damit alles klar.

«Er ist bescheuert», sagte Neilson, den es mächtig ärgerte, daß er sich gegen Stryker nicht hatte durchsetzen können. Aber wenn der seine Wut kriegte, konnte er einem ganz schön Angst einjagen. «Jetzt will ich erst mal wissen, was passiert ist», sagte Pinsky zu Neilson. Der erzählte. Stryker saß auf der Couch und ließ den Kopf hängen, ein geschlagener Mann, noch ehe er richtig angefangen hatte.

Als Neilson fertig war, ging Pinsky in die Küche und sah sich um. «Das muß gemeldet werden», befand er, als er wiederkam, und griff zum Telefon.

«Nein, ich –» sagte Stryker.

«Tut mir leid, Jack, du weißt, daß es sein muß», sagte Pinsky energisch. «Manchmal drücke ich schon ein Auge zu, aber diesmal nicht. Es ist zu deinem eigenen Besten.»

«Jetzt hört doch mal zu», brüllte Stryker und wiederholte, was er schon einmal gesagt hatte. «Und ich glaube, ich weiß auch schon, wer es ist. Tim Leary.»

«Interessant.» Pinsky hatte den Hörer noch in der Hand, aber er wählte nicht.

«Seit wann findest du den Quatsch interessant?» wunderte sich Neilson.

«Seit er das von Leary gesagt hat.»

«Und wieso soll Leary herumschleichen und Polizisten umlegen?» fragte Neilson.

«Weil er einen Haß auf die Polizei hat», sagte Stryker. «Er haßt uns alle. Du siehst es an seinen Augen. Du warst ja selber im Bronkowsky-Prozeß, Ned, du hast gesehen, wie er uns angeschaut hat, du mußt den Haß in seinem Blick bemerkt haben. Er will uns alle fertigmachen, und weil sie ihn als Zeugen nicht zugelassen haben, hat er sich was anderes ausgedacht. Er macht uns kalt, einen nach dem anderen, und das geht so weiter, bis ihm jemand das Handwerk legt.»

«Also ich weiß nicht recht...» sagte Pinsky zögernd. «Wird er nicht überwacht?»

«Nein», sagte Stryker. «Ich habe mich erkundigt.»

«Keine Observierung?» vergewisserte sich Neilson.

«Nein», wiederholte Stryker.

«So was ... Warum eigentlich nicht?»

«Rate mal.»

Pinsky und Neilson wechselten einen Blick. «Gute Freunde?» meinte Pinsky.

«Unangenehme Wahrheiten, die er rauslassen könnte?» setzte Neilson dagegen.

«Sucht's euch aus», sagte Stryker.

«Und du glaubst, das da geht auf sein Konto?» Pinsky deutete in Richtung Küche und auf den ausgebrannten Fernseher.

«Wer sonst macht schon so was? Wetten, daß wir eine Verbindung zwischen Leary und allen Opfern finden? Aber bei Tos und mir hat er Mist gebaut. Bei mir jetzt schon zum zweitenmal. Wahrscheinlich macht er irgendwann einen neuen Anlauf. Er ist verrückt, keine Frage, aber auf der anderen Seite so clever, daß es noch keiner gemerkt hat.»

«Dann müssen wir für dich Personenschutz anfordern und für Tos auch.»

«Für Tos schon, aber ich –» Stryker unterbrach sich. Durch die Fenster drang der rasch lauter werdende Jaulton eines Streifenwagens im Einsatz.

Neilson ging zum Fenster. «Funktionierende Nachbarschaftshilfe. Draußen steht ein Streifenwagen und zwei uniformierte Kollegen stapfen gerade zur Haustür.»

«Verdamter Mist», knurrte Stryker wütend.

Pinsky sah Neilson an. «Wo gerade alles so schön lief», sagte er.

20

Das Krankenzimmer war dunkel und still, nur das Summen und Klicken der Maschinen, die den noch immer im Koma liegenden Toscarelli versorgten, war zu hören. Stryker, der abgezehrt und gehetzt aussah, ließ sich schwer auf den Stuhl am Bett fallen und betrachtete seufzend Toscarellis Profil.

«Und wenn Pinsky sich noch so sehr abzappelt – vor morgen früh kann niemand zur Bewachung hier sein. Wenn ihm überhaupt jemand genehmigt wird», sagte Stryker. «Und deshalb bleibe ich bei dir, bis deine Mutter kommt. An der und an deiner Schwester Marina kommt so schnell keiner vorbei. Marina mag aussehen wie ein Engel, aber sie hat verdammt harte Knöchel. Wenn ich ihr sagen würde, was läuft, ließe sie vielleicht nicht mal mehr die Schwestern an dich ran.»

Tos äußerte sich nicht.

«Und wenn Pinsky bei Klotzman niemanden loseisen kann, setze ich mich morgen abend wieder her. Was dagegen?»

Tos hatte offenbar nichts dagegen.

«Ich tippe nach wie vor auf Leary», erzählte Stryker weiter. «Deshalb ist es mir ja so wichtig, mobil zu sein. Ich muß immer mobil sein, muß mich bewegen können, das weißt du ja.»

Ja, das wußte Tos.

Stryker erzählte ihm von den Überlegungen, die er angestellt, den Gesprächen, die er an dem langen, einsamen Nachmittag in seinem Büro geführt hatte. Zum Schluß erzählte er ihm von der Flinte. «Und da hab ich dann eine Schau abgezogen. Klotzman kam natürlich angedüst und hat auf väterlich gemacht, und ich bin unter dem Streß regelrecht zusammengebrochen. Ein Bild des Jammers, sag ich dir. Neilson mußte mich ins Schlafzimmer tragen, ich war fix und fertig. Und dann hat Pinsky meinen Arzt angerufen, einen alten Kumpel von mir, und der hat Klotzman versprochen, daß er mich in eine Klinik auf dem Land einweist, wo niemand an mich rankommt. Und dort bin ich jetzt, in einer Privatklinik bei Philadelphia, und ruhe mich mal so richtig aus. Schau mich an. Siehst du nicht, wie ich es genieße?»

Tos würde ihn nicht verpfeifen, das war mal sicher.

«Morgen gehe ich Leary nach. Ich hänge mich an ihn, bis er keinen Furz ablassen kann, ohne daß meine Gürtelschnalle anläuft. Und ich kriege ihn, da kannst du Gift drauf nehmen.»

Nachdem er seinen Partner auf den neuesten Stand gebracht hatte, lehnte Stryker sich zurück und nickte ein. Er schlief nicht wie gewöhnliche Menschen, sondern leicht und gleichsam lauschend, wie junge Mütter und erfahrene Polizisten es tun. Er hatte alle Geräusche im Zimmer registriert. Jeder zusätzliche Laut, ein unbekanntes Klicken, Flüstern, Stöhnen, ein Schritt, der nicht hineingehörte, würde in seinem Kopf Alarm auslösen.

Auf seinen Kopf konnte er sich verlassen. Aber sonst eigentlich auf nichts.

«Können Sie Auto fahren?»

Dana stand, in ein Handtuch gewickelt, am Bett. Nasse Fußspuren zogen sich vom Badezimmer bis zur Bettkante.

«Natürlich kann ich Auto fahren. Wer spricht denn da?»

«Jack Stryker. Ich bin hier im Hotel.»

«Sie gehören ins Bett.»

Es gab eine kleine Pause, und Dana biß sich auf die Lippen. «Das war nicht als Einladung gemeint. Ich denke nur an Ihre Gesundheit.»

«Mir geht's bestens. Können wir reden?»

«Ich wüßte nicht, worüber wir zu reden hätten. Soviel ich weiß, sind Sie raus aus dem Fall.»

«Ja und nein. Vor allem aber bin ich im Hungerstreik. Unfreiwillig. Ich habe Frühstück bestellt, aber ich kann es nicht essen. Könnten Sie runterkommen und mir den Speck schneiden?»

«Eine Bitte um humanitäre Hilfe also.»

«Wenn Sie so wollen . . .»

«Ich bin in ein paar Minuten bei Ihnen.»

«Ich warte im Grillroom. Der linke Ecktisch.»

Dana setzte sich neben ihn, zog seinen Teller zu sich heran, schnitt ihm den Speck klein und musterte ihn stirnrunzelnd. «Am besten besorgen Sie sich noch einen Vorkauer. Sieht nicht so aus, als ob Sie das allein schaffen.»

«Ungeachtet meines derzeitigen, äußeren Erscheinungsbildes verfüge ich über blitzartige Reflexe, einen athletisch-durchtrainierten Körper –»

Sie schob ihm den Teller zu. «Nicht reden! Essen!»

Er gab sich redliche Mühe. Für sich bestellte sie Kaffee, Orangensaft und ein Rosinenbrötchen. Als sie damit fertig war, lehnte sie sich zurück und zündete sich eine Zigarette an.

«Ich wußte gar nicht, daß Sie rauchen», sagte Stryker.

«Tu ich auch nicht.»

«Aber –» Als er ihr grimmiges Gesicht sah, steckte er zurück. «Ist auch besser so. Rauchen schadet der Gesundheit.»

«Das hab ich doch schon mal irgendwo gehört?» Dana rauchte ihre Zigarette und beobachtete ihn zurückhaltend. Er wirkte heute etwas weggetreten. Da sie ihn noch nicht lange kannte, wußte sie nicht, ob er das öfter hatte oder ob er ernstlich durchgedreht war. Sie wußte, daß er viel Blut verloren hatte, das erklärte seine Blässe. Die Augen glänzten – hatte er Fieber? –, die Wangen waren gerötet. Sie hätte ihm gern die Hand auf die Stirn gelegt und ihm den Puls gefühlt, ließ es aber lieber. So, wie er aussah, hätte er vermutlich keine Hemmungen gehabt, ihr einen Satz heiße Ohren zu verpassen. Daß die Wunde ihm zu schaffen machte, merkte man ihm an. Trotzdem ging von ihm wieder dieser kaum gezügelte Tatendrang aus, der ihr schon bei ihrer ersten Begegnung aufgefallen war.

Der Mann war äußerst gefährlich – vor allem für sich selbst. Am liebsten hätte sie Alarm geschlagen oder Sturm geläutet. Sie machte einen Lungenzug und versuchte, nicht zu husten.

«Warum haben Sie gefragt, ob ich Auto fahren kann?»

«Weil ich möchte, daß Sie für mich den Chauffeur machen.»

«Wollen Sie ins Fuhrgeschäft?»

«Nein, ich will einen Verdächtigen observieren, und in diesem Zustand kann ich nicht selber fahren.» Er deutete auf den Arm in der Schlinge. Sie hatte schon registriert, wie vorsichtig er ihn bewegte, wie sehr er sich bemühte, ihn stillzuhalten – und wie schwer ihm das fiel.

«Ich denke, Sie sind nicht mehr mit dem Fall befaßt?»

«Eben.» Er sah sie mit einem etwas irren Blick an und lächelte charmant. «Deshalb will ich ein Taxiunternehmen aufmachen. Kann sehr lustig werden. Gewinnbeteiligung garantiert. Machen Sie mit?»

«Wie lange muß ich arbeiten?»

Das Lächeln erlosch. «Bis wir ihn haben.»

«Wen?»

«Einen gewissen Timothy Leary.» Er erzählte ihr alles Notwendige, erläuterte ihr seine Theorien, seinen Plan. «Eine andere überzeugende Lösung habe ich im Augenblick nicht zu bieten. Jedenfalls keine, bei der Tos und ich auf der Liste der Opfer sind. Und da ich mich zur Zeit in einer Klinik bei Philadelphia erhole . . .»

«Was Sie nicht sagen . . . Ist das Essen gut?»

«Durchaus. Solange mir jemand den Speck schneidet. Um Leary nachzugehen, brauche ich extern jemanden, der mich fährt, und intern jemanden, der sich auf Computer versteht, um die Verbindung zwischen den Opfern und Leary zu prüfen.»

«Auch wenn es diese Verbindung gar nicht gibt?»

Strykers Gesicht verfinsterte sich. «Natürlich gibt es die.»

«Warum?»

«Weil ich es sage.» Der irre Blick verstärkte sich.

«Weil Sie unbedingt Leary haben wollen?»

Er sah Argwohn in ihren Augen und schaltete schnell einen Gang zurück. «Weil ich den Todesschützen haben will. Wenn er nicht Leary heißt, wissen wir dann zumindest, daß wir ihn streichen können.» Er lehnte sich mit einem tiefen Seufzer zurück. «So oder so ist dann wieder ein Stück Arbeit getan. Ich setze auf meinen Riecher. Was kann ich denn sonst im Augenblick tun, verdammt noch mal?»

«Das weiß ich nicht. Ich weiß nur, was ich tun kann – oder tun muß: Das, was mein Auftrag hier ist.»

«Dann tun Sie's. Aber tun Sie's mit mir.»

Sie nahm einen langen Zug aus ihrer Zigarette, drückte sie aus und betrachtete die leeren Teller. «Wen haben Sie für die Arbeit am Computer?»

«Neilson.»

Sie zog eine Augenbraue hoch. «Ist das nicht ein bißchen ... heikel?»

«Sehr.»

«Könnte ihn das nicht die Stellung kosten?»

«Ja. Und Pinsky auch.»

«Wieso? Was macht der denn für Sie?» fragte sie betroffen.

Er feixte. «Pinsky? Der ist dem Verdächtigen Nummer zwei auf den Fersen.»

21

Dana willigte nur deshalb ein, ihn zu fahren, weil sie ihn dadurch im Auge behalten konnte. Ehe sie aufbrachen, ging sie rasch noch einmal auf ihr Zimmer – sie müsse sich umziehen, sagte sie – und rief Neilson an.

«Was soll ich machen?»

Neilson – immer auf dem Sprung zwischen seinem Schreibtisch und einem Computerterminal im Archiv, an dem er eigentlich nichts zu suchen hatte – wußte nicht recht, was er ihr raten sollte. Einerseits wäre es ihm lieber gewesen, wenn sie ihm bei der Arbeit am Computer geholfen hätte. Dann hätte er dort nach Belieben kommen und gehen und den Eindruck aufrechterhalten können, er sitze eigentlich am Schreibtisch über seiner Arbeit. So aber war er ganz auf eine Kollegin angewiesen, der er mal einen Gefallen getan hatte, und war nicht sicher, wie lange sie ihm noch die Stange halten würde.

Dana hätte man jederzeit Zugang zum Computer gewährt. Andererseits hätten er oder Pinsky es kaum riskieren können, Stryker zu chauffieren, denn damit hätten sie sich über Klotzmans ausdrückliche Anweisung hinweggesetzt, Stryker aus den Ermittlungen herauszuhalten.

Dana brauchte keine Rücksichten auf Vorgesetzte zu nehmen.

Außerdem (die Situation wurde allmählich surreal) mußte jemand Stryker im Auge behalten und aufpassen, daß er nicht noch einmal angeschossen wurde oder sonstwie in Schwierigkeiten geriet.

Dana war eine verdammt gut aussehende Frau.

«Was möchtest du denn am liebsten?» fragte Neilson und malte Kringel auf seine Schreibunterlage.

«Bist du im Archiv schon weitergekommen?»

«Wie man's nimmt. Leary hatte als Leutnant zwei der Bezirke unter sich, aus denen unsere Mordopfer kommen. Jedenfalls eine Zeitlang. Eine Verbindung zu Yentall haben wir noch nicht ermittelt. Und zu Hawthorne auch nicht. Ich bleibe am Ball.»

«Könnte ich dir da irgendwie helfen?»

«Sicher. Es wäre eine große Hilfe für mich, wenn du hier wärst. Vielleicht könntest du mir sogar bei der Arbeit am Rechner ein bißchen unter die Arme greifen.»

«Es darf gelacht werden. Und was ist mit Pinsky? Könnte ich dem auch was Gutes tun?»

«Nein, der ist verheiratet.»

«Ich frage mich wirklich, warum ich dich überhaupt angerufen habe.»

«Nein, warte! Nicht böse sein . . . Ich weiß nicht, wo Pinsky im Augenblick steckt. Laut Dienstplan hat er sich krank gemeldet. Als ich anrief, sagte Nell, daß er noch schläft.»

«Jack meint, er ist dem Verdächtigen Nummer zwei auf den Fersen.»

«Wer soll denn das sein?» fragte Neilson verblüfft.

«Das weiß ich nicht», erwiderte Dana besorgt. «Findest du

es denn richtig, daß Jack so in der Gegend herumfährt? Er scheint mir ein bißchen ... ein bißchen ...»

«Bematscht?»

«Eigentlich mehr am Umkippen.»

«Geistig oder körperlich?»

«Beides.»

Das erleichterte ihm die Entscheidung. «Dann bleib erst mal bei ihm. Wenn es Schwierigkeiten gibt, ruf mich an.» Er gab ihr die Durchwahlnummer des Büros, in dem er sich vorübergehend einquartiert hatte. «Wenn ich nicht hier bin, bin ich da. Aber nicht weitersagen!»

Es gab eine kleine Pause. «Die Durchwahlnummer kenne ich», sagte Dana dann nachdenklich. «In dem Büro bin ich neulich auch mal gewesen. Die Frau dort heißt Carole, nicht? Blond ... und eine beachtliche Größe.»

«Ja, Carole Schecter. Aber sie reicht mir nur bis zur Krawattennadel.»

«Die Länge habe ich nicht gemeint ...»

«Ob sie mir so, wie du's gemeint hast, bis an die Krawattennadel reicht, weiß ich nicht genau ... Eifersüchtig?»

«Im Gegenteil. Mir fällt ein Stein vom Herzen. Jetzt hast du endlich mal ein anderes Opfer, dem du auf den Geist gehen kannst.»

Er griente. «Ich höre aber gar nichts plumpsen.»

«Dann bis später.»

Er legte auf und lächelte. «Ist ja nicht zu glauben», sagte er leise. «Sie macht sich Gedanken um mich.»

«Das Telefon kannst du den ganzen Tag anstrahlen, Neilson, es verliebt sich doch nicht in dich», sagte Chase, der gerade vorbei kam.

«Ich weiß. Mit Telefonen hab ich noch nie Glück gehabt», meinte Neilson abwesend.

Charlie Heff war seit über zwanzig Jahren Wachmann im Saal drei. «Ich hab sie alle erlebt, im Aufwind und im Abwind», pflegte er jedem zu erzählen, der es hören oder auch nicht hören wollte. In grauer Uniform und Schirmmütze stand Charlie an der Tür und schützte Justitias Reich.

Zum Glück gab es Kaffeepausen.

Da die Wände und der Fußboden der Cafeteria im Souterrain aus Marmor waren, herrschte ein Lärm wie bei einer Versammlung von Kesselschmieden. Über das Klappern von Besteck und das Scheppern von Tellern legten sich gut und gern fünfzig Einzelgespräche, die zusammen mit dem Zigarettenrauch nach oben stiegen und unter der Decke hinzogen. Für Kenner allerdings war diese Geräuschkulisse besser als ein schalldichter Raum. Wenn man nah an den Gesprächspartner heranrückte, eine Hand ans Ohr legte und sich aufs Lippenlesen verstand, konnte man ihm gefahrlos praktisch jede Information zukommen lassen – einschließlich der Nummer des eigenen Schweizer Bankkontos. Stryker und Charlie waren in dieser Kunst bestens bewandert. Dana hatte Mühe zu verstehen, was die beiden miteinander beredeten, aber sie nahm es klaglos hin.

«Klar weiß ich, wen Sie meinen», sagte Charlie über die klebrigen Marshmallows hinweg, die auf seiner heißen Schokolade schwammen. «Groß, fies, Kaschmirmantel. Den Leary kenn ich schon lange, noch aus der Zeit, wo er ein kleiner Streifenpolizist war. War ja oft genug hier, um sein Sprüchlein aufzusagen, wie ihr alle. Arsch mit Ohren, wenn ihr mich fragt. 'tschuldigung, schöne Frau. Heute ist er allerdings nicht da.»

«War er heute überhaupt schon mal im Saal?» fragte Stryker.

«Ja, gleich früh, aber er ist noch vor der Mittagspause weg, und soviel ich weiß, ist er danach nicht mehr wiedergekommen. Was hat er denn angestellt?»

«Ich weiß noch nicht, ob er was angestellt hat», sagte Stryker. «Ich möchte nur mit ihm reden. War er während des Bronkowsky-Prozesses täglich da? Als ich aussagen mußte, habe ich ihn gesehen.»

«Eigentlich schon. Manchmal ist er früher gegangen oder erst nach der Mittagspause gekommen, aber an den meisten Tagen ist er irgendwann aufgekreuzt. Komische Art, sich die Zeit zu vertreiben, aber die Geschmäcker sind eben verschieden. Ob sie ihn noch aufrufen? Er soll ja 'ne Menge wissen.»

«Kann man wohl sagen. Erinnern Sie sich noch, an welchen Tagen er nicht da war?»

«Um mich daran zu erinnern, brauch ich mehr als heiße Schokolade und 'nen Krapfen. Nee, stecken Sie die Brieftasche man wieder ein, so hab ich das nicht gemeint... Was ich nötig hätte, wär frische Grütze für da oben. Aber ein neues Gehirn haben Sie wohl nicht zufällig dabei.»

«Wie meinen Sie das?»

Heff tippte sich an die Schläfe. «Das Gedächtnis will nicht mehr so recht. Ein Tag sieht aus wie der andere, das ist alles ein richtiger Mischmasch. Was ich zum Mittag gegessen habe, weiß ich meistens noch, aber auch nicht immer. Gestern hatte ich Leberwurst, und irgendwann in dieser Woche Hackbraten, aber genauer könnte ich's nicht sagen. Mehr braucht man sich in meinem Job ja auch nicht zu merken. Du machst eine Tür auf, machst eine Tür zu, sagst den Leuten, wo das Klo ist und wie sie sich im Saal zu verhalten haben und so Sachen. Mehr brauch ich nicht. Es gibt einen Namen dafür, aber den weiß ich auch nicht mehr. An letztes Jahr, da kann ich mich erinnern, wenn Sie da was wissen wollen... Oder vom Jahr davor? Bitte sehr, bitte gleich ... Ich könnte Ihnen Sachen vom Dewey-Wahlkampf erzählen – ich war Dewey-Anhänger –, oder wie ich bei der Eisenbahn gearbeitet habe, aber –»

«Leary war also in unregelmäßigen Abständen weg, das ist alles, was Sie mir dazu sagen können.»

Heff nickte. «In unregelmäßigen Abständen weg, genau. Wie mein Gedächtnis. Tut mir leid, daß ich Ihnen nicht weiterhelfen kann. Vielleicht weiß einer der Kollegen mehr, Harry oder Pat...»

«Schönen Dank, aber die haben wir schon gefragt. Sie sind im Saal drei nur –»

«– in unregelmäßigen Abständen eingesetzt.» Heff krähte vor Vergüngen. «Aber so geht das. Ich bin ständig da und weiß nur die Hälfte, die sind nur die halbe Zeit da und wissen überhaupt nichts.»

«Trotzdem vielen Dank für Ihre Hilfe –» setzte Stryker an.

«Sie könnten's bei dem Kritzelfritzen versuchen», sagte Heff plötzlich.

«Bei dem Kritzelfritzen?» fragte Dana.

«Bei dem Typ, der Skizzen für die Zeitung macht. Er sitzt ganz hinten in der Ecke und konterfeit alle Leute ab. Vielleicht kann der Ihnen sagen, an welchen Tagen Leary da war und zu welcher Zeit. Der ist andauernd am Zeichnen, weil sie doch im Saal nicht fotografieren dürfen. Der ist sozusagen in regelmäßigen Abständen da. Wie er heißt, ist mir allerdings entfallen.»

Sie bedankten sich und gingen. Noch im Hinausgehen hörten sie ihn glucksen: «In unregelmäßigen Abständen . . .» Die Formulierung machte ihm offenbar großen Spaß.

Sie setzten sich – nicht in der lauten Cafeteria – mit dem Zeichner zum Mittagessen zusammen, und Stryker bekam von ihm die Daten und Uhrzeiten, auf die es ihm ankam. Nachdem der Zeichner wieder im Saal drei verschwunden war, verglich er sie mit den Daten und Uhrzeiten der Mordanschläge, die er in seinem Notizbuch festgehalten hatte.

«Unser erstes Opfer hätte er ermorden können», sagte er schließlich. «Und Hawthorne auch, denn die hat es ja nachts erwischt.»

«Ja, wahrscheinlich.» Dana sah Stryker zu, der, noch immer leicht erhitzt, in seinem Notizbuch blätterte. Er tat sich schwer mit nur einer Hand, aber sie hütete sich, ihm ihre Hilfe anzubieten. Sie war einerseits in einer günstigen, andererseits in einer ungünstigen Position. Ihr Boss in Washington hatte ihr bei dem Auftrag, Gabe Hawthornes Schicksal nachzugehen, freie Hand gelassen. Daß sie im Zuge der Ermittlungen einem verletzten Kriminalbeamten half, das System zu unterlaufen, war dabei allerdings nicht vorgesehen, und das wußte sie ganz genau.

Nur – sie steckte sowieso schon in der Klemme, da kam es auf eine Sache mehr oder weniger bestimmt nicht mehr an. Nach Jahren der Repression hatte sie einem bestürzten Harvey Neilson ihr Herz ausgeschüttet. Wenn man schon über die Stränge schlagen will, dachte sie, soll man es gleich richtig tun.

«Er muß es sein», sagte Stryker leise und machte ein zufriedenes Gesicht. «Leary könnte alle Morde begangen haben. Immer dann, wenn einer von unseren Leuten getötet wurde, war er nicht im Saal.»

«Das ist kein Beweis», wandte Dana ein. «Sie wissen nur, wo Leary zu der bewußten Zeit nicht war. Wo er wirklich gesteckt hat, wissen Sie nicht.»

«Noch nicht.» Stryker stand auf. «Zahlen Sie?»

«Wie bitte?»

Er lächelte liebenswürdig. «Ich habe nicht mehr viel Bargeld, und meine Kreditkarte nützt mir hier nichts. Vergessen Sie nicht, daß ich in einer Klinik bei Philadelphia bin und mir von hübschen Krankenschwestern die Stirn streicheln lasse.»

«Wenn meine Gebete erhört werden, haben sie allesamt Reibeisenhaut an den Flossen», zischte Dana und griff nach ihrer Handtasche.

22

«Wie du das machst, ist mir schleierhaft.» Pinsky fröstelte in seinem alten Lumberjack und den dünnen Baumwollhosen. «Wie hältst du das bloß aus?»

«Man gewöhnt sich daran», sagte Mike Rivera. «Nach dem ersten Tag hast du keinen Hunger mehr, nach dem zweiten merkst du nichts mehr von dem Dreck. Nach dem dritten, vierten Tag spürst du deine Füße nicht mehr. Und so geht das weiter. Ich denke mir, daß es bei ihnen genauso ist, nur daß sie noch den Schnaps haben, mit dem sie sich betäuben. Hast du ihn schon gefunden?»

Pinsky sah prüfend die Straße herauf und herunter. «Noch nicht. Wie bist du eigentlich hier reingekommen?» Sie gingen mit gesenktem Kopf nebeneinander über die French Street, jeder eine braune Papiertüte mit einer Buddel in der Tasche, und taten, als sähen sie nichts von dem, was um sie her vorging. Es war nicht leicht, vor dem Gestank und Gestöhn, vor all dem Jammer, der in der Luft hing und einen an der Kehle packte, die Augen zu verschließen. Pinsky merkte, daß er Mühe mit dem Schlucken hatte.

Rivera zuckte die Schultern. «Als unser Junge nicht mehr

war, hab ich einen Haufen Psychologiebücher gelesen. Es war ein Versuch, das Ganze zu verstehen. Carla wollte es gar nicht verstehen, sie hat sich einfach in ihrem Jammer vergraben. Sie war eine verdammt gute Polizistin, aber sie hat immer zu viel von sich verlangt, immer sollte es noch ein bißchen mehr sein, immer noch ein Stück weiter in Richtung absolute Vollkommenheit. Ich passe mich leichter an. Deshalb ist dieser Einsatz ideal für mich. Ich kann mich drehen und wenden, die Farbe wechseln wie ein Chamäleon. Ich wollte nur wissen, wieso es meinen Jungen erwischt hat und andere nicht. Was den Killer zu dem gemacht hat, was er ist, denn er kommt aus einem anständigen Elternhaus, mit Geld und allem Drum und Dran. Bei mir war das anders, ich hab buchstäblich bei Null anfangen müssen.»

«Weit hast du's gebracht, kann man da nur sagen», bemerkte Pinsky bissig.

Rivera sah sich grinsend um. «Recht hast du. Also jedenfalls, ich wollte wissen, was den Unterschied zwischen ihm und mir ausmacht. Carla ist ausgerastet deswegen, sie hat nicht begriffen, weshalb mir so viel daran lag, aber ich fand, ein guter Polizist müßte so was wissen. Nach unserer Trennung hatte ich dann jede Menge Zeit, und um nicht durchzudrehen, hab ich bei ein paar Sachen ehrenamtlich mitgemacht und dabei auch diese Straße kennengelernt. Und dann bin ich auf den Gedanken gekommen, daß es nützlich sein könnte, hier mehr oder weniger permanent eine Undercover-Arbeit aufzuziehen, und mein Captain hat gesagt: ‹Kannst es ja mal versuchen.› Und das tu ich jetzt.»

«Ja, aber Herrgott noch mal ...» Pinsky wußte nicht weiter.

«Vielleicht hat der auch was damit zu tun», meinte Rivera zustimmend.

«Wer?»

«Der Herrgott. Ich habe einen starken Glauben, Ned. Das ist eine große Hilfe, besonders hier. Am schwersten ist es, daß du andauernd vor irgendwas die Augen zumachen mußt. Wir, du und ich, wir haben gelernt, daß man was *tun* muß, wenn man ein Verbrechen sieht, Menschen in Not, all so was. Deshalb sind wir schließlich zur Polizei gegangen. Hier sind mir die Hände gebunden. Ich habe Sachen erlebt, die würdest du nie glauben, und ich konnte nichts machen, mußte tatenlos zusehen. Kann sein, daß ich es deswegen letztlich doch nicht durchhalte. Du gehst zur Polizeiakademie, du arbeitest jahrelang für Recht und Gesetz, wie es so schön heißt, und dann drückst du dich mit zerlumpten Klamotten in einem Durchgang rum und stehst Schmiere, während ein Dealer seine dreckigen Geschäfte erledigt. Ich habe sogar selber unrechtmäßige Handlungen begangen, wie findest du das? Es gehört einfach dazu. Eine schlimme Geschichte, aber wenn das hier funktionieren soll, muß ich es machen.»

«Wie die Sache in dem Heim?»

«Du meinst, daß Feeney von allen Lebensmittelrechnungen fünf Prozent für sich abzweigt? Ja, so Sachen.»

«*Das* ist also seine Masche», sagte Pinsky betroffen.

Rivera sah ihn erstaunt an. «Wie meinst du das? Ich denke, das war's, was ich für euch rauskriegen sollte.»

Pinsky zuckte die Schultern. «Wir dachten eigentlich, es wäre noch mehr.»

«Zehn Prozent etwa?»

«Nein, was anderes. Für fünf Prozent begeht doch keiner einen Mord.»

«Du nicht und ich vielleicht auch nicht. Aber hier bringen sie einander um ein Paar Schuhe um. Ein Paar Schuhe – das bedeutet Leben für sie. Wenn es alles ist, was du hast, ist es ein Riesenvermögen. Würdest du nicht um das kämpfen, was dir gehört? Um Familie, Haus, Wagen, Bankkonto? Na klar! Und für die hier ist ein Paar Schuhe eben manchmal genau dasselbe. Oder ein Mantel. Oder eine Pulle Schnaps. Ihr ganzer Besitz. Wegen so was kriegen sie sich in die Wolle. Und manchmal bringen sie sich wegen so was um.»

«Du redest schon wie einer von hier, Mike.»

Rivera lachte ein bißchen. «Alle zehn Tage gehe ich zurück. Ich hab mein ganzes Gehalt für mich. Carla hat einen guten Job, sie braucht nichts von mir. Ich habe mir eine schöne Wohnung genommen und sie hübsch hergerichtet. Dort bade ich dann, zieh mir saubere Sachen an und geh in meinen sauberen Räumen herum. Ich esse in guten, sauberen Lokalen, ich setze mich in der Wache an einen Schreibtisch und erledige meinen Papierkram. Ganz wie früher. Und dann komme ich wieder her. Der erste Tag ist immer hart. Aber wie gesagt, später gewöhnt man sich dran. Länger als zehn Tage bleibe ich nie.» Er hielt inne, nahm einen Schluck aus der Pulle und wischte sich den Mund. «Wir sind fast die ganze Straße abgegangen, Ned. Bist du sicher, daß er hier ist?»

«Bestimmt. Gehen wir zurück zu dem Feuer.»

«Wie du willst.» Sie machten kehrt. Nach einem Block kamen sie zu einem unbebauten Grundstück, auf dem ein paar Obdachlose in einem alten rostigen Benzinfaß ein Feuerchen gemacht hatten. Durch die Löcher an den Seiten sah man die rote Glut brennender Abfälle, in der Hitze, die das Faß abgab, flirrte und flimmerte die Luft. Pinsky und Rivera traten langsam näher, warteten, bis eine Lücke frei wurde, schoben sich dann an das Faß heran und streckten die Hände der Wärme entgegen. Pinsky hatte, ehe er herkam, in der Gartenerde herumgewühlt, trotzdem wirkten seine Hände im Vergleich zu denen von Rivera fast sauber.

«Hier wird Kippe gemacht», sagte einer der Penner mit einem Blick auf die Tüte in Pinskys Jacke.

«Meinetwegen.» Pinsky gab seinem Nachbarn die Flasche.

«Mir zuerst», sagte der erste Penner, offenbar der Anführer der kleinen Clique. Er war groß und bullig und sichtlich besser ernährt als die anderen. Er hatte ein grobknochiges Gesicht mit narbigen Wucherungen an den Brauen. Es mochte ein früherer Preisboxer sein. Der stumpf-aggressive Gesichtsausdruck verriet einen lädierten Verstandskasten. Dreinschlagen und Sichbehaupten, das waren Dinge, die er begreifen konnte, viel mehr war bei ihm nicht drin.

Der Mann, der Pinsky die Flasche abgenommen hatte, gab sie rasch an den Großen weiter, der den Inhalt mit einem einzigen langen Schluck um fast ein Drittel dezimierte.

«Das war aber reichlich», meinte Pinsky.

Der Große musterte ihn feindselig. «Na und?»

Pinsky zuckte die Schultern. «Nichts weiter. Ich hab bloß gedacht, daß jeder was kriegt und die Pulle dann an mich zurückgeht.»

«Und wenn nicht?»

«Dann nicht», sagte Rivera rasch. «Hör zu, Ham, das ist ein Neuer, der weiß noch nicht Bescheid.»

«Dann wird's Zeit, daß ihm einer Bescheid stößt.» Ham gab den Schnaps an seinen Nachbarn weiter, der rasch trank, was er kriegen konnte, ehe der nächste ihm die Flasche entriß und sie seinerseits an die Lippen setzte. Bald drängelten sie sich alle um den nächsten Schluck, aber Ham starrte noch immer Pinsky an.

«Tut mir leid», sagte der unterwürfig. «Hab nicht gewußt, daß es dein Feuer ist.»

«Und weiter?»

«Wenn's dein Feuer ist, kriegst du eben mehr. Wo du die Mühe mit dem Feuer gehabt hast und so ...»

«Wo biste her?» fragte Ham.

«Cleveland», schaltete Rivera sich ein. «Von Cleveland ist er, hat er gesagt.»

«Die haben wohl von nichts 'ne Ahnung in Cleveland», sagte Ham. Daß Pinsky vor ihm zu Kreuze gekrochen war, tat ihm sichtlich wohl.

Rivera lachte. «Hast recht. Deshalb ist er ja hergekommen, stimmt's, Bugs?»

Schon wieder verfinsterte sich Hams Miene. «Bugs?» fragte er argwöhnisch. «Was isn das fürn Name?»

«Wieso? Ist doch gut», krähte ein kleiner Bursche in mindestens zehn Schichten von Hemden und Pullovern, aus denen die Beine in den zerschlissenen Röhrenjeans herausragten wie zwei blaue Zahnstocher, die man in ein Lumpenbündel gesteckt hat.

«Find ich nicht», sagte Ham sehr laut und sah den Kleinen böse an.

«Er heißt Bugs, weil er wie Bugs Bunny aussieht. Wie 'n Osterhase», improvisierte Rivera, der sich bei dem Namen nichts weiter gedacht hatte.

Pinsky warf ihm einen Blick zu, der nichts Gutes verhieß. «Ich seh nicht aus wie 'n Osterhase», sagte er beleidigt.

«Du hast große Ohren», sagte ein gebeugter Mann im Regenmantel, der zu spät gekommen war, um noch etwas von

Pinskys Whisky abzubekommen. Alle starrten auf Pinskys Ohren.

«So groß sind sie auch wieder nicht», befand Ham.

«So hab ich das nicht gemeint», sagte der Neue. «Er hat große Ohren, weil er 'n Bulle ist. Stimmt's, Bugs?» Der Spitzname klang wie eine Ohrfeige. Den Männern in der Runde gab es einen Ruck. «Los, sag was!»

Rivera wich zurück wie vor einem, der mit einer ansteckenden Krankheit behaftet ist. Und aus Riveras Sicht war es ja auch so was Ähnliches. «Das darf ja nicht wahr sein», stotterte er. «Ich red seit zwanzig Minuten mit ihm, und er hat kein Wort –»

«Was haste zu ihm gesagt?» wollte Ham wissen. «Was haste ihm erzählt?»

«Gar nichts. Überhaupt nichts hab ich ihm erzählt», beteuerte Rivera.

Ham ließ nicht locker. «Was hat er dich gefragt?»

«Überhaupt nichts. Gar nichts hat er mich gefragt.» Riveras Stimme war schrill geworden.

«Hat er dich gefragt, wo man was kriegt?» wollte Ham wissen. «Hat er dich über Du-weißt-schon-was ausgequetscht?»

«Nein, bestimmt nicht.»

«Was ist Du-weißt-schon-was?» Gegen die Macht der Gewohnheit konnte Pinsky nicht an, es war heraus, ehe er sich bremsen konnte.

«Du Schwein!» Rivera gab ihm einen kräftigen Schubs in Richtung Straße. «Hau ab, du Schwein. Los, lauf schon!»

Pinsky setzte sich in Trab, aber die Stimme des Penners im Regenmantel folgte ihm. «Der hat mich mal hoppgenommen», sagte er. «Bloß weil ich hier langgegangen bin, der Saukerl. Bloß weil ich die verdammte Straße langgegangen bin.»

«Ich hab keine Ahnung, wovon ihr redet», sagte Pinsky über die Schulter. «Das habt ihr alles in die falsche Kehle gekriegt. Ich bin kein Bulle. Wenn ihr mich anmotzt, hol ich mir noch 'ne Flasche, und von der kriegt keiner was ab.»

Die Männer, die um das Feuer herumgestanden hatten, folgten ihm. Sie schienen es nicht eilig zu haben. Es war wohl allen klar, was kommen mußte. Und alle schienen sich darauf zu freuen. Bis auf Pinsky.

«Was suchste hier, Bulle?» Ham packte ihn am Ärmel und zwang ihn stehenzubleiben.

«Ich bin kein Bulle», beharrte Pinsky und versuchte seine Stimme zu beherrschen. Er wußte, daß alle zwanzig Minuten ein Streifenwagen durch die French Street fuhr, konnte sich aber nicht erinnern, wann er seine letzte Runde gedreht hatte.

«Der ist doch bloß sauer, weil er was zu saufen will.» Er wußte, daß seine Lage hoffnungslos war. Sie hatten einen dichten Kreis um ihn gebildet. Es mußte kommen. Er konnte nur versuchen, es mit Anstand zu überstehen.

«Zu saufen wolln wir alle was», sagte einer. «Wenn du 'n Bulle bist, haste 'ne Kanone. Die könnten wir verkloppen. Vielleicht hat er auch Knete. Haste Knete, Bulle?»

«Mal sehn.» Rivera reagierte rasch, ehe andere zugreifen konnten. Er schob die Hand in Pinskys Jacke und zog die Ausweishülle hervor. «Tatsächlich, 'n Bulle. Schaut euch das an.» Er fuchtelte mit Pinskys Ausweis herum, so daß die Dienstmarke in der matten Sonne aufblinkte.

Und dann fielen sie über ihn her.

Pinsky schlug sich tapfer – er hatte lange Arme und kräftige Fäuste –, aber es waren zu viele für ihn. Auch hier schien man dem mit den Narbenwülsten den Vortritt zu lassen, er landete – hauptsächlich dank seiner Größe und seines Gewichts – die besten Tritte und Haken. Aber auch die anderen hatten ihre Spezialitäten. Bald blutete Pinsky aus vielen Kratz- und Bißwunden, während er zuschlug, hier und da einen Treffer landete und versuchte, aus der Reichweite der Hiebe, der zupackenden Hände zu kommen. Aus einem rasch zuschwellenden Auge sah er, wie Rivera um das Feuer tanzte und seine Dienstmarke und den Revolver schwenkte.

Trotz seiner üblen Lage machte er Rivera keine Vorwürfe. Was hier geschah, war, nachdem der Penner im Regenmantel das Wort «Bulle» ausgesprochen hatte, nicht mehr abzubiegen. Selbst wenn er ihnen das Gegenteil hätte beweisen können, hätten sie ihn windelweich geprügelt. Er war ihnen ausgeliefert, denn er war ein Neuer, und wenn er Geld für eine Flasche gehabt hatte, gab's vielleicht bei ihm noch mehr zu holen. Zusammengeschlagen zu werden war schlimm genug. Schlimmer noch wäre es gewesen, die Dienstwaffe und den Ausweis zu verlieren.

Rivera würde dafür sorgen, daß die anderen nicht an seine Sachen herankamen, er würde sie irgendwie ins Präsidium schaffen. Und das, dachte Pinsky, während er unter einem Hagel von Schlägen der haßerfüllten Meute zu Boden ging, ist die einzige Unterstützung, die ich von Rivera erwarten kann.

Was hatte er gesagt? Am schwersten ist es, daß du andauernd vor irgendwas die Augen zumachen mußt.

Er sah, wie der Mann im Regenmantel, der ihn erkannt hatte, sich aus dem Gewirr stinkender Gestalten in dreckigen Klamotten löste, die sich um ihr Opfer balgten. Pinsky versuchte wegzukriechen, aber sie hielten ihn an Armen und Beinen fest, damit er den Schlägen nicht ausweichen konnte, die immer schneller, viel zu schnell auf ihn niederprasselten.

Jetzt sah er auch Rivera nicht mehr. Vielleicht war er losgegangen, um Hilfe zu holen. Vielleicht hatte er gesehen, wohin der Mann im Regenmantel sich gewandt hatte, war ihm gefolgt und hatte Pinsky seinem Schicksal überlassen. Zum Allerschlimmsten würde es nicht kommen, ganz würden diese Penner ihn nicht totschlagen.

Aber viel würde nicht fehlen.

Der Verdächtige Nummer zwei drohte zu entkommen.

«Scheiße», brüllte Pinsky und machte einen letzten, übermenschlichen Versuch, die Last der Leiber abzuschütteln, die ihn niederdrückte. Aber es war zwecklos. Vor seinen Augen waberte es rot und schwarz, die Welt bestand nur noch aus Lärm und wutverzerrten Gesichtern und tretenden Füßen und Schmerzen. Er spürte nackten, unebenen Boden unter seinem Rücken, spürte die scharfe Kante einer leeren Dose, einen Stein. Jemand griff sich den Stein. Jemand hob ihn hoch, Pinsky sah seine rauhe Oberfläche in den schmutzigen Händen eines Fremden, der ihn haßte.

Und dann sah Pinsky gar nichts mehr.

23

Erregung hatte Neilson gepackt.

Vielleicht lag Stryker mit seiner Vermutung gar nicht so falsch. Es gab tatsächlich Verbindungen – zugegebenermaßen in manchen Fällen recht dürftige Verbindungen – zwischen Leary und fast allen bisherigen Opfern.

Leary hatte in demselben Bezirk wie Randolph Dienst gemacht. Er hatte an der auch von Santosa besuchten Fachschule ein Kriminalistikseminar gegeben. Santosa hatte in diesem Seminar eine Eins bekommen.

Er brauchte lange, um die Verbindung mit Yentall zu finden, aber als er es geschafft hatte, griente er zufrieden und klopfte sich auf die Schultern. Leary und Yentall hatten im gleichen Jahr ihren Abschluß an der High School von Madison Heights gemacht. Und sie hatten dort in demselben Football-Team gespielt.

Noch länger hatte es gedauert, der Verbindung zu Merilee Trask auf die Spur zu kommen. So sehr er sich auch bemühte – er kriegte die beiden einfach nicht zusammen. Und dann gelang es doch noch. Es war keine direkte Verbindung, aber immerhin ... Sie ging nicht über Merrilee Trask selbst, sondern über ihren geschiedenen Mann. Der hatte in eben jenem Bezirk, in dem Leary zum Sergeant bei der Kriminalpolizei befördert worden war, auf der Wache den Verwaltungskram bearbeitet.

Bei Stryker und Toscarelli lag der Fall klar: Sie hatten im Zuge der Ermittlungen im Fall Bronkowsky Learys Durchstechereien entlarvt.

Nur bei Hawthorne wollte es nicht klappen. Leary und Hawthorne waren zwar gleichaltrig, aber sie hatten ihre Ausbildung in zwei Jahren Abstand absolviert, denn Leary war zuvor zwei Jahre aufs College gegangen. Beide waren in Grantham aufgewachsen, aber in weit entfernten Stadtbezirken, in einem unterschiedlichen Umfeld, an unterschiedlichen Schulen. Sie hatten nie in demselben Bezirk Dienst gemacht, hatten nie zusammen einen Kurs besucht oder in den drei Monaten, die Hawthorne bei der Polizei verbracht hatte, bei bezirksübergreifenden Ermittlungen zusammengearbeitet. Sie hatten keine gemeinsamen Verwandten. Noch nicht einmal vor Gericht waren sie mal an ein und demselben Tag erschienen, um ihre Aussage zu machen.

Im Privatbereich, den die ausführlichen Personalunterlagen nicht erfaßten, gab es natürlich hunderterlei mögliche Berührungspunkte. Vielleicht hatten sie denselben Friseur gehabt, waren zum Bowling in dieselbe Anlage gegangen oder hatten auf demselben Golfplatz ihre Runden gedreht. Vielleicht hatten sie denselben Autohändler gehabt und hatten sich dort in der Reparaturabteilung kennengelernt, während sie auf ihre Rechnungen warteten. Vielleicht hatten sie in demselben Supermarkt eingekauft. Wer weiß, dachte Neilson erbittert, vielleicht haben sie sich sogar in einer Schwulenbar kennen- und liebengelernt.

Jede Möglichkeit, jeder Einstieg, auf den er kam, endete in einer Sackgasse oder mit einem Fragezeichen. Neilsons Erregung verebbte und machte tiefer Niedergeschlagenheit Platz.

Und dann erfuhr er, wie es Pinsky ergangen war.

Er hatte sich den ganzen Tag wegen Pinsky Gedanken gemacht und ein paarmal bei ihm zu Hause angerufen. Aber nach dem ersten Anruf, als Nell ihm gesagt hatte, daß Pinsky noch im Bett lag, hatte sich niemand gemeldet. Er wußte, daß Nell manchmal in einem Kindergarten in der Nachbarschaft aushalf, und hatte sich vorgenommen, es noch einmal zu versuchen, wenn sie wieder zu Hause war, aber das erübrigte sich, denn nun wußte er, wo Pinsky war. Im Mercy Hospital.

«Kannst du mir freundlicherweise mal verraten, was zum Teufel du in der French Street zu suchen hattest?» fragte Neilson die Jammergestalt im Bett. «Das hast du nun davon. Jetzt kannst du dich nicht nur einen Tag krank melden, sondern gleich einen ganzen Monat. Wenn's reicht. Du hättest da nicht allein hingehen dürfen, Ned. Und was hattest du dort überhaupt zu suchen?» Neilson drehte sich – wörtlich und im übertragenen Sinne – im Kreis herum.

«Ich war ja nicht allein, ich war mit Mike Rivera da.» Pinsky hatte hörbar Schwierigkeiten beim Sprechen.

«Der sich offenbar kolossal für dich ins Zeug gelegt hat», knurrte Neilson.

«Er konnte doch seine Tarnung nicht aufgeben.»

«Das kannst du deiner Großmutter erzählen.»

«Er hat sich meine Dienstmarke und meine Kanone geschnappt», sagte Pinsky. «Die Sachen hättet ihr auf jeden Fall zurückgekriegt.»

«Das wär aber ’ne Freude gewesen», sagte Neilson ätzend. «Damit hätt ich dann bei der Beerdigung winken und allen Leuten erzählen können, daß er dich hat abkratzen lassen, aber daß das Zeug sichergestellt ist. Der Stadt viel Geld sparen und zusehen, wie mein Partner zu Brei geschlagen wird – ein schöner Held ist mir das!»

«Brüll nicht so, Harve, und halt dich ein bißchen zurück», flüsterte Pinsky. «Hier liegen nämlich kranke Leute. Unter anderem ich.»

«Ja, krank im Kopf bist du mit deinem Ausflug in die French Street. Der tapfere Rivera, der Mann mit den hundert Gesichtern – vielleicht hat er ja auch bloß zwei – ist mit deinem Ausweis stiftengegangen, sagst du. Und wenn du im Krankenwagen nicht aufgewacht wärst? Dann hätten sie dich als hilflose Person in die Unfallstation gesteckt, und wir hätten uns nach dir dumm und dämlich suchen können. Und Nell wär ausgeflippt ...»

«Ich hab gar nicht gewußt, daß ich dir so am Herzen liege, Harve.»

«Quatsch mit Soße!» Allmählich beruhigte Neilson sich etwas. Er steckte die Hände in die Taschen und starrte aus dem Fenster. «Und wer zum Geier ist der Verdächtige Nummer zwei?»

«Brother Feeney. Rivera sagt, daß die Lieferanten jeweils fünf Prozent von den Lebensmittelrechnungen an ihn abliefern müssen.»

Neilson drehte sich um und betrachtete ungläubig Pinskys weiß umwickelten Kopf. «Und was hat das damit zu tun, daß einer nacheinander unsere besten Leute abknallt?»

«Klingt ein bißchen bescheuert, ich weiß. Aber Jack hat da diese Theorie ...»

«Hätt ich mir denken können. Jacks Theorien klingen immer bescheuert.»

«Zwei von den Typen, die in dem Heim arbeiten, sind Jack bekannt vorgekommen, und er hat sie überprüft. Es sind Dealer. Jack meint nun, daß das Heim als Verteilerzentrale dient und daß die Dealer, als Penner verkleidet, den Stoff an die Straßenhändler weitergeben. Weil einen Penner sich doch keiner so genau anguckt.»

«Und Feeny soll das organisiert haben?»

Pinsky versuchte die Schultern zu zucken, aber das gebrochene Schlüsselbein hemmte seinen Bewegungsdrang beträchtlich. «Das weiß ich nicht. Laut Jack hast du zusammen mit Dana rausgekriegt, daß das Heim über Strohmänner dieser ominösen *Abiding Light Association* gehört.»

«Ach ja, richtig.» Neilson kam es vor, als sei das hundert Jahre her.

«Ja, und deshalb hat sich wohl Hawthorne dafür interessiert. Jack sagt, es wäre eine geschickte Masche, mit Hilfe von Pennern ein Drogennetz aufzubauen.»

«Ja, meint er denn, daß Feeney unsere Leute umnietet?» Neilson trat wieder an das Bett. Pinskys Gesicht bot keinen erfreulichen Anblick, aber er war schon froh, daß er es in einem Krankenhausbett wiedersah und nicht im Leichenschauhaus.

«Das hat Jack nicht gesagt. Er meinte, daß die Gemeinsamkeit zwischen den Morden vielleicht gar keine Person, sondern ein Verbrechen ist. Daß vielleicht alle, die ermordet worden sind, diese Drogengeschichte entdeckt haben und deshalb beseitigt werden mußten. Halt dich an Rivera, hat er gesagt, und paß auf, ob du irgendeinen mit roten Socken siehst. Das ist der Schlüssel, hat er gesagt. Die roten Socken.»

«Und hast du rote Socken gesehen?» erkundigte sich Neilson.

«Drei Leute in roten Socken hab ich gesehen.» Pinskys Stimme wurde leiser, und die Augen fielen ihm zu. «Einer war der Typ, der den anderen gesteckt hat, daß ich ein Bulle bin.»

«Da ist er.»

Dana schaute in den Rückspiegel und sah den bulligen Mann aus dem Haus hinter der Hecke treten. Er trug einen Mantel, der aus Kaschmir zu sein schien. Ein baumlanger Kerl, gut und gern seine zwei Meter groß. Früher mochte er ganz gut ausgesehen haben, jetzt war sein Gesicht blaß und teigig und trug einen verdrossenen Ausdruck.

Eine Frau sah ihm von der Tür aus nach, während er die Auffahrt hinunter zu einem dort stehenden Wagen ging. Sie winkte nicht, und auch der Mann wandte sich nicht nach ihr um. Beide verzogen keine Miene.

«Ist das seine Frau?» fragte Dana.

«Keine Ahnung», sagte Stryker. «Das ist die letzte Adresse, die ich in den Akten gefunden habe, aber über seine Privatverhältnisse weiß ich nichts. Ich würde zu gern den Wagen durchsuchen. Vielleicht hat er die Flinte da drin.»

«Was für ein Motiv könnte denn Leary für die Morde haben?»

«Er braucht kein einleuchtendes Motiv», sagte Stryker. «Der Mann ist durch und durch korrupt und hat sowieso nichts mehr zu verlieren. Und er ist einer von diesen Klugscheißern, die sich für unangreifbar halten, die glauben, daß niemand clever genug ist, um sie zu schnappen. Aber ich schnappe ihn mir, und wenn ich für den Rest meines Lebens hinter ihm her sein muß.»

«Aber Sie –»

Leary stand vor seinem Wagen und kramte in den Taschen nach dem Schlüssel. Die Frau hatte die Tür geschlossen. Die Straße war leer bis auf ein paar spielende Kinder am anderen Ende des Blocks. Sie spielten Räuber und Gendarm. Stryker sah flüchtig zu ihnen hin und lächelte. «Peng!» sagten sie. «Peng, peng, peng, du bist tot.»

Als der Schuß fiel, dachte er eine verrückte Sekunde lang, er sei aus der Gruppe der Kinder gekommen, aber dann hörte er Dana aufschreien.

Als er sich umdrehte, sah er gerade noch, wie Leary an seinem Wagen heruntterglitt. Ein Teil des zerschossenen Schädels lag als dunkle Masse auf dem Wagendach. Im Fallen zog der Tote eine breite, häßliche Spur über den schönen weißen Lack des Mercedes. Dann lag er am Boden und streckte alle viere von sich. Vom Wagendach tropfte es.

Dana hatte die Hände vors Gesicht gelegt und würgte.

Die Haustür öffnete sich, die Frau, die Leary nicht nachgewinkt hatte, stand da und sah mit großen Augen nach draußen. Die Hecke versperrte ihr die Sicht auf Learys Leiche, aber sie hatte den Schuß und Danas Schrei gehört und sah durch das Blattwerk der Hecke hindurch, daß der Mercedes sich nicht vom Fleck gerührt hatte.

Sie machte ein bedenkliches Gesicht.

Einen Augenblick war Stryker wie gelähmt.

Dann hörte er ein Geräusch hinter sich. Ein Wagen startete. Er fuhr herum und sah, wie sich aus einer Reihe von etwa vierzig Meter hinter ihnen geparkten Wagen eine dunkle Limousine löste. Am Steuer saß jemand, der eine Mütze trug.

«Da ist er», brüllte Stryker. «Fahr los, verdammt noch mal, fahr!»

Als die Limousine an ihnen vorbeikam, sah die Person am Steuer kurz in ihre Richtung, dann gab sie Gas und fuhr los. Dana wiegte sich noch immer, die Hände vors Gesicht geschlagen, im Fahrersitz hin und her.

«Hör auf mit dem Theater. Das ist der Mörder, er geht uns noch durch die Lappen.» Stryker schlug ihr mit der heilen Hand ins Gesicht, bis sie aufhörte zu schluchzen und das, was er sagte, langsam zu ihr durchdrang. «Fahr los! So fahr doch schon!»

Dana gehorchte mechanisch. Während sie anfuhren, war die Frau, die an der Tür gestanden hatte, über den Rasen gegangen, bis sie Learys Leiche sehen konnte.

Ihre Schreie mischten sich in das Aufkreischen der Reifen.

«Aber ich weiß doch gar nicht, was ich machen soll», jammerte Dana, während sie hinter der dunklen Limousine um die Ecke bog.

«Tu, was ich dir sage. Punktum. Ohne Nachdenken. Ohne Zögern. Nachdenken kannst du später.» Stryker beugte sich vor und versuchte die Autonummer zu erkennen, aber das Nummernschild war dick mit Dreck verschmiert. Der Kerl hatte wirklich an alles gedacht.

Aber Leary war tot. Das gab keinen Sinn, das –

«Gleich müssen wir nach rechts, bei der nächsten Kreuzung biegt er ab.»

«Woher weißt du das?»

«Er schert schon aus. Siehst du? Tritt drauf!»

«Wenn ich noch Tempo zulege, kippen wir um.»

«Blödsinn. Denk nicht an den Wagen, denk am besten überhaupt nichts, fahr einfach zu. Jetzt überholt er. Los, hinterher. Los doch!»

Sie gehorchte und kam beim Überholen des langsameren Kombis, der sie abgeblockt hatte, nur mit knapper Not an einem schweren Laster vorbei, der sich auf der Gegenspur genähert hatte. «Ich kann nicht», stöhnte sie. «Ich kann nicht ...» Aber sie fuhr weiter, die Hände so fest um das Lenkrad gekrampft, daß sie dachte, gleich müßten die Knöchel ihre Haut sprengen. Ihr war, als sei der Wagen zum Stillstand gekommen, als rase die Welt auf sie zu, immer schneller und schneller, wie in einem wildgewordenen Computerspiel. Sie hatte unheimliche Angst, aber Strykers Stimme ließ sie nicht los. Wenn ich nicht mache, was er sagt, dachte sie, wenn ich auch nur eine Sekunde aufhöre, mich zu konzentrieren, fliegt mir alles um die Ohren.

Strykers Stimme war immer da, gab Anweisungen, ließ ihr keine Sekunde Zeit zum Überlegen, zum Luftholen, ließ ihr keine Zeit, sie selbst zu sein. Sie war ein Stück von ihm, von seinem Willen geworden. Eine Maschine, die er steuerte.

«Okay, jetzt kommt eine große Kreuzung, und ich hab den Eindruck, daß der Kerl geradeaus will. Links herum geht's zurück in die Stadt, rechts herum aus der Stadt heraus, aber ich schätze, er fährt geradeaus, in Richtung Autobahn. Er weiß, daß wir hinter ihm her sind. Rechts halten, verdammt noch mal, rechts halten ...»

Dana stieß einen Schrei aus, und die Reifen kreischten, als sie das Steuer nach rechts riß und über die Bordsteinkante rollte, so daß eine Frau mit einer Lebensmitteltüte einen Satz nach hinten machte und Tomaten um sich verstreute. Eine landete an der Windschutzscheibe, wo sie triefendrot zerplatzte. Einen Augenblick wurde Stryker regelrecht schlecht, dann beugte er sich vor und schaltete die Scheibenwischer und die Scheibenwaschanlage ein.

«Geh näher ran, ich brauche Einzelheiten», rief er über das Donnern des Motors hinweg Dana zu. Der kleine Mietwagen war so eine Behandlung nicht gewöhnt. Warum haben wir nicht meinen genommen, dachte er voller Verzweiflung, obgleich er den Grund nur zu gut kannte. Damit Leary, wenn er bemerkte, daß er verfolgt wurde, und sich über den Verfolger beschweren wollte, nicht Strykers Zulassungsnummer durchgeben konnte, denn damit hätte Klotzman natürlich spitzgekriegt, daß Stryker gar nicht in der Privatklinik in Philadelphia war. In meinem Wagen hätte ich Funk gehabt. In meinem Wagen hätte ich Verstärkung heranholen, in meinem Wagen hätte ich der dunklen Limousine den Weg abschneiden, sie in die Enge treiben können.

Mit meinem Wagen hätten wir ihn gekriegt. Aber da war nichts zu machen. In dieser Kiste konnte man über den Äther nur schwachsinnige Schlager empfangen.

«Wo will er denn hin, verdammt noch mal», stieß Stryker voller Frust hervor. Daß Leary, den er für den Todesschützen gehalten hatte, vor seinen Augen erschossen worden war, hatte ihn sehr mitgenommen. Er war noch ganz betäubt von dem Schock, konnte noch nicht wieder klar denken, und jetzt hatte er auch keine Zeit dazu. Denn vor ihm – ein Geschenk, eine Offenbarung, der Zeigefinger Gottes – fuhr der Mörder. Und die Distanz zwischen ihnen vergrößerte sich mit jedem Meter.

«Schneller, los doch! Tritt drauf.»

«Schneller geht's nicht mehr», jammerte Dana. «Ich tu ja,

was ich kann. Ich fahre wie auf Glatteis . . .» Eine solche Fahrt hatte Dana noch nie gemacht. In der Stadt hatte sie noch nie auch nur annähernd soviel Tempo vorgelegt. Der Wagen fühlte sich seltsam an, leicht, unberechenbar – und doch reagierte er erschreckend prompt auf die leiseste Bewegung des Lenkrads. Eine unbedachte Bewegung, und sie konnten in einem geparkten Wagen, in einer Schaufensterscheibe, in einem Vorgarten landen.

Die Straße, die der dunkle Wagen gewählt hatte, war um diese Zeit nicht sehr belebt, doch der vorhandene Verkehr genügte, um sie zu behindern und zu gefährden.

«Es muß ein Polizist sein», sagte Stryker halblaut. Er klammerte sich noch immer an seine Theorie wie an eine Rettungsleine. «Nur ein Polizist kann so fahren.»

Die dunkle Limousine hatte eine schmale Lücke ausgenützt, um drei Wagen zwischen sich und die Verfolger zu bringen. Einer war ein Lieferwagen, der ihnen fast völlig die Sicht nahm. «Überholen», befahl Stryker.

In ihrer Angst wagte Dana es nicht, den Blick von der Straße zu nehmen. Wahrscheinlich sieht er nicht, was ich sehe, dachte sie. «Unmöglich, der Gegenverkehr –»

«Geh auf die Parkspur, im Augenblick stehen keine Wagen da . . . Los, mach schon.»

Sie schaffte es. Inmitten eines lauten Hupkonzerts – Dana selbst hupte kräftig mit – schwenkte sie nach rechts und schoß an den beiden Personenwagen und dem Lieferwagen vorbei. Die anderen Fahrer wichen erschrocken aus und gingen dann auf ihre Spur zurück. Beim Einscheren streifte Dana den ersten überholten Wagen. «Weiter!» schrie Stryker ihr zu.

«Wir sitzen doch nicht in einem Streifenwagen», schrie Dana zurück. Tränen liefen ihr übers Gesicht, rasch verweht von dem Zugwind, der durch das offene Fenster drang. «Ich kann nicht mehr, ehrlich, ich –»

«Du mußt. Jetzt setz dich hinter ihn. Mist. Er wendet, er –»

Sie sah, wie der dunkle Wagen quer über das Gelände einer Tankstelle fuhr, und hielt entschlossen auf ihn zu. Sie war derart aufgedreht durch Strykers gebrüllte Befehle, daß sie es bedenkenlos versuchte. Der Versuch mißlang.

Die Stoßstange traf den neben den Zapfsäulen aufgestellten Ständer mit Ölkanistern, die in die Spiegelglasscheibe segelten. Der leichte Stoß genügte, um sie vom Kurs abzubringen, und sie streifte einen geparkten Wagen mit einem Preisschild hinter der Windschutzscheibe.

Durch die Belastung beim Wenden platzte mit lautem Knall ein Vorderreifen, Dana entglitt das Lenkrad, sie schlingerten und schleuderten über den Vorplatz und landeten mit der Breitseite an dem weißen Zaun, der die Tankstelle von der dahinterliegenden Häuserzeile trennte.

Dana wurde gegen die Tür geworfen, und Stryker fiel gegen sie. Die Gurte spannten und schnürten sie ein. Strykers Kopf verfehlte nur knapp das Lenkrad, und wäre das Fenster nicht offen gewesen, wäre Dana dagegengeprallt. So aber waren sie allenfalls ein, zwei Schrecksekunden lang nicht voll da.

In der unheimlichen Stille, die dem lauten Aufprall gefolgt war, streckte Stryker die Hand aus und stellte den Motor ab. Durch die von tausend Sprüngen durchzogene Windschutzscheibe sah er die dunkle Limousine um eine Biegung der Autobahn verschwinden.

Und dann sah er sie gar nicht mehr.

25

«Es tut mir so leid», schluchzte Dana.

«Schwamm drüber», sagte Stryker rauh. «Du hast dich ganz gut gehalten. Der Kerl war uns einfach über. Wahrscheinlich hatte er sich den Fluchtweg vorher schon zurechtgelegt.»

«Aber –»

«Komm, hör auf damit.» Stryker sah mit leerem Blick aus dem Fenster des Taxis, das sie ins Krankenhaus brachte. An der Tankstelle hatte er wie ein Wilder mit seiner Dienstmarke herumgefuchtelt, hatte von der Verfolgung eines Diebes geschwafelt und den Tankwart soweit beeindruckt, daß er darauf verzichtete, das zuständige Revier zu verständigen. Den Rest hatte er telefonisch erledigt. Inzwischen würden die Kollegen natürlich da sein, alarmiert durch den Lärm, den Stau und die Beschwerden der Fahrer, die sie bei ihrer wilden Jagd behindert hatten. Die Polizei würde ihre liebe Not haben, mit dem ganzen Schlamassel klarzukommen. Es war nur eine Frage der Zeit, bis sein Name und seine Dienstnummer auf Klotzmans Schreibtisch landeten. Wenn er Glück hatte, glaubte Klotzman an einen dummen Zufall. Wenn er Glück hatte ... Aber mit diesem Problem würde er sich erst dann beschäftigen, wenn es ihm auf den Nägeln brannte. Im Augenblick schlug er sich mit der Frage herum, warum sie wieder da standen, wo sie angefangen hatten.

Das Taxi hielt. Dana stieg aus und wischte sich mit den Händen das Gesicht, wie Kinder es tun. Stryker zahlte, und sie betraten das Krankenhaus.

Eine Weile saßen sie in der Notaufnahme und sahen sich das ständige Kommen und Gehen dort an, dann sichtete Stryker den Arzt, der seine Schußwunde versorgt hatte. Er stand auf und machte sich bemerkbar. Der Arzt blieb verdutzt stehen. «Hat schon wieder jemand Scheibenschießen mit Ihnen gespielt?»

«Nein, aber ich habe den Eindruck, daß der Treffer von neulich wieder aufgegangen ist. Ich habe so ein klebriges Gefühl unter dem Verband. Und meine Begleiterin fühlt sich auch nicht allzu rosig. Ich glaube, sie könnte was zur Beruhigung gebrauchen.»

Der Arzt musterte Dana. «Das kommt davon, wenn man sich mit Bullen einläßt, schöne Frau!»

«Es war ein Verkehrsunfall. Ich habe am Steuer gesessen.»

Der junge Doktor zog die Augenbrauen hoch und sah von einem zum anderen. «Und ich hab mir bisher immer eingebildet, daß es bei *mir* aufregend zugeht. Na, dann wollen wir mal. Nutzen Sie unser heutiges Sonderangebot. Doppelte Menge zum gleichen Preis.»

«Hey, was soll denn das? Ich warte schon seit einer Stunde», beschwerte sich ein Mann mit einem schmutzigen Gehgips. «Jemand sollte mir heute das Ding abnehmen.»

Der Arzt betrachtete ihn flüchtig, dann deutete er auf den Glaskasten mit dem Feuerbeil. «Versuchen Sie's mit Selbstbedienung, wenn Sie's so eilig haben. Blutstillen ist wichtiger als Gipsabklopfen.»

«Scheißkrankenhaus», rief der Mann ihnen nach, während sie hinter dem geblümten Vorhang verschwanden. «Ich häng euch eine Klage an den Hals.»

Aus dem Behandlungsraum kam die Stimme des Arztes. «Beschwerdeformulare liegen am Empfang aus. Wir drucken jeden Morgen einen neuen Stapel.»

Durch massiven Druck, gepaart mit überzeugender Logik, hatte Neilson die Verlegung von Pinsky in Toscarellis Zimmer erreicht. «Die Sache ist doch die», hatte er den Schwestern, den Ärzten und schließlich den Leuten von der Krankenhausverwaltung dargelegt. «Die beiden sind Kollegen, sind alte Kumpel. Ned kann mit Tos reden. Sie haben doch gesagt, daß ständig jemand mit ihm reden soll, nicht? Seine Mutter und seine Schwester gehen abends nach Hause. Mal angenommen, Tos kommt mitten in der Nacht wieder zu sich, und niemand merkt's? Sie haben nicht so viel Personal, daß Sie nachts eine Schwester nur für ihn abstellen können, stimmt's? Natürlich stimmt's. Aber wenn Ned in seinem Zimmer liegen und frisch drauflosreden würde . . .» Er hatte sie so lange genervt, bis sie ihn nicht mehr hören und nicht mehr sehen konnten und ihm den Willen getan hatten.

Da Pinsky den Polizeischutz für Tos nicht hatte durchbringen können, hatten sie damit zwei Fliegen mit einer Klappe geschlagen. Viel konnte Ned allerdings nicht unternehmen, falls jemand tatsächlich versuchen sollte, Tos umzulegen.

«Aber schreien kannst du», hatte Neilson gesagt.

«Erst morgen!» quetschte Pinsky durch die geschwollenen Lippen. «Schreien geht erst morgen wieder.»

«Oder sonstwas», sagte Neilson. Er hatte in der Krankenhaus-Cafeteria einen Happen gegessen und überlegte, ob sie wohl ein drittes Bett für ihn dazustellen würden. Sein Magen verlangte gebieterisch nach sofortiger und verständnisvoller Zuwendung. Er rülpste.

«Vornehm geht die Welt zugrunde», maulte Pinsky. «Einen feinen Besucher hab ich da.»

«Ich kann ja wieder gehen», sagte Neilson beleidigt.

«Nein, laß nur», erwiderte Pinsky rasch. Toscarellis Mutter und Schwester und seine Frau Nell waren nach Hause gegangen. «Mach mal Licht, schummrige Beleuchtung geht mir auf den Geist.»

Als Neilson das Licht anknipste, zuckte es ganz kurz in Toscarellis Gesicht.

«Hey, hast du das gesehen?» fragte Neilson ganz glücklich.

«Das hat er schon mal gemacht. Während du gegessen hast. Als sie da waren, um ihm den Puls zu fühlen und so weiter. Ein gutes Zeichen, sagt die Schwester.»

«Ist ja super.» Neilson war so stolz wie auf eine eigene Leistung. «Vielleicht bequemt er sich jetzt endlich aufzuwachen.» Er beugte sich über das Bett. «Hier wird nicht gepennt, du Pfeife. Die Pflicht ruft. Los, Alter, schalt den Strom an ...»

Tos reagierte nicht.

Nach ein paar Minuten gab Neilson entmutigt auf und setzte sich an Pinskys Bett. Pinsky sah ihn aus verschwollenen Augen an.

«Wir müssen am Ball bleiben», sagte er. «Die Schwester hat gemeint, wir sollten Bänder für ihn aufnehmen. Mit Gesprächen, Musik und so Sachen. Er braucht vertraute Laute, auf die er reagieren kann, Geräusche, die er ständig gehört hat. Wir könnten ja das Gequassel im Dienstraum aufnehmen oder das Labern in seiner Lieblingspinte.» Die Aussicht schien ihn zu ermatten. «Morgen red ich mit ihm. Jede Menge. Wenn das Luftholen nicht mehr so weh tut.»

«Ja, tu das», sagte Neilson müde. Er war schon fast eingenickt, als noch zwei ziemlich angeschlagene Besucher erschienen: Jack Stryker und Dana.

«Was ist denn hier los?» Stryker, der in dem Krankenzimmer nur Toscarelli erwartet hatte, blieb verblüfft unter der Tür stehen. Daß in dem zweiten Bett dick verbunden und übel zugerichtet Pinsky lag und in dem Stuhl daneben Neilson hing, mußte er erst verdauen. Neilson fuhr hoch und sah über die weiße Wölbung von Pinskys Bauch zur Tür.

«Hey», sagte er und rappelte sich schleunigst auf, als er Dana erkannte. «Hey, was ist passiert?»

Stryker sagte es ihm.

Neilson holte Dana einen Stuhl. Er blieb neben ihr stehen und legte ihr die Hand auf die Schulter, während Stryker seinen Bericht zu Ende brachte. Sein Gesicht verfinsterte sich immer mehr, während Stryker ihm in allen Einzelheiten die Verfolgungsjagd schilderte. «Für so was ist sie doch gar nicht ausgebildet», sagte er empört. «Du hattest nicht das Recht, sie dazu zu zwingen.»

«Was blieb mir übrig?»

«Und ich habe versagt», erklärte Dana niedergeschlagen. «Wenn du am Steuer gesessen hättest, Harvey, oder Ned –»

«Du hast dich gut gehalten», wiederholte Stryker zum hundertstenmal. «Mehr hätte niemand tun können, das sag ich dir doch die ganze Zeit.» Er trat an Pinskys Bett. «Was ist passiert, Ned?»

«Bißchen Rabatz», sagte Pinsky abweisend.

«Drei gebrochene Rippen, gebrochenes Schlüsselbein, Armbruch, Milzquetschung, Gehirnerschütterung und jede Menge Prellungen», knirschte Neilson. «Alles wegen der dämlichen roten Socken.»

«Tut mir leid, Ned», sagte Stryker. «Ich haue offenbar überall daneben.»

«Nein, ich glaube, mit den roten Socken hast du recht gehabt. Daß drei Penner im gleichen Block am gleichen Tag saubere rote Socken tragen, wäre doch ein ziemlich blödsinniger Zufall, und ich hab genau gesehen, daß drei Typen, die aus dem Heim kamen, rote Socken anhatten. Ich glaube, du bist da wirklich auf was Brauchbares gestoßen.»

«Dann sollten wir den Kollegen vom Rauschgiftdezernat einen Tip geben», sagte Stryker.

«Da hab ich also die ganze Zeit umsonst am Computer gesessen», beschwerte sich Neilson. «Kaum zeichnet sich eine heiße Spur ab, legt jemand unseren Hauptverdächtigen um. Ausgesprochen unfair!»

«Hast du Querverbindungen herausgebracht?» Stryker ging zu Toscarelli herüber.

«Einen ganzen Hut voll.» Neilson legte los.

Stryker sah Toscarelli nachdenklich an. «Ausgezeichnet,

Harvey. Zu dumm, daß ich auf dem falschen Dampfer war. Es kann nicht Leary gewesen sein.»

«Einspruch, Euer Ehren», sagte Neilson. «Das Labor hat auf der Flinte, die deinen Fernseher gekillt hat, Learys Fingerabdrücke gefunden. Dieses Spielchen geht also auf sein Konto. Er hat wohl gehofft, unser Verdacht würde sich automatisch auf den Polizistenmörder richten. Deine Hintertür entspricht nicht so recht den Sicherheitsvorschriften. Für einen alten Hasen wie Leary war es natürlich kein Problem, sie zu knacken.»

«Aber der Todesschütze war er nicht», sagte Stryker bedrückt.

«Daß es Verbindungen zwischen Leary und den übrigen Opfern gibt, läßt sich nun mal nicht wegdiskutieren», beharrte Neilson.

Stryker schüttelte den Kopf. «Ich glaube fast, daß man, wenn man so genau hinschaut wie wir, zwischen sämtlichen Menschen auf unserem Planeten Querverbindungen herstellen könnte. Schließlich waren sie alle Polizisten. Da liegt es nahe, daß sie sich in mancher Beziehung ähnlich waren, daß es in manchen Lebensbereichen Berührungspunkte gab. Aber wenn es wirklich echte Kontakte gab, haben wir sie noch nicht aufgespürt.» Seufzend sah er auf seinen Partner herunter. «Wer war's, Tos? Komm zurück und spuck's aus. Jemand hat sich vorgenommen, sieben Polizisten in den Tod zu schicken. Fünf sind schon über den Jordan gegangen, der sechste ist auf halbem Wege dahin, der siebente geht gerade die Wände hoch. Wer war's?»

«Da haben wir reichlich Auswahl», sagte Pinsky. «Vielleicht ist es etwas, was sie alle getan haben. Oder es ist so, wie Rivera gesagt hat. Vielleicht ist es etwas, was sie alle *nicht* getan haben.»

«Was soll das heißen?» fragte Neilson.

Stryker sah Pinsky an. «Was hat Rivera gesagt?»

«Er hat gesagt, am schwersten bei der Undercover-Arbeit ist es, daß du andauernd die Augen vor irgendwas zumachen mußt», erläuterte Pinsky geduldig. «Daß du nicht hinsehen darfst. Daß du so tun mußt, als ob dir das alles egal ist. Als ob du *kein* Cop bist.»

«Schlechte Cops.»

Die Stimme war nur ein Flüstern, schwankend und brüchig, aber deutlich vernehmbar.

Es war Toscarellis Stimme.

26

«Also das mit den schlechten Cops beziehe ich nicht auf mich», erklärte Stryker.

«Irgend jemand sieht das offenbar anders», wandte Neilson ein. «Wir leben schließlich in einem freien Land.»

Die Aufregung um Toscarellis erste Worte hatte sich gelegt. Nachdem sie der Schwester das große Ereignis mitgeteilt, es gebührend gefeiert und – erfolglos – versucht hatten, Tos weitere Äußerungen zu entlocken, begann Stryker ihm seine Feststellung übelzunehmen.

«Alles andere habt ihr schon durchgespielt», sagte Pinsky. Er war sauer. Es war spät. Sie redeten und redeten und gingen einfach nicht weg. «Versucht's doch mal.»

«Auf Leary trifft es zu, das ist mal sicher.» Stryker sah rasch auf die Uhr. Ob Klotzman schon darauf gekommen war, daß zwischen seinem Unfall und den Berichten über einen Amokfahrer in der Nähe des Tatorts ein Zusammenhang bestand? Wer sich die Mühe machte, ihren Weg zurückzuverfolgen, landete genau an der Stelle, an der Leary gestorben war – und sah sich möglicherweise veranlaßt, die eine oder andere peinliche Frage zu stellen. «Aber die anderen ...»

«Yentall hat schludrig gearbeitet», sagte Neilson, «das steht inzwischen fest. Und Merrilee Trask neigte zur Brutalität.»

«Randolph war ein Idealist, der die Täter am liebsten in Watte gepackt hätte», ergänzte Pinsky und mühte sich, auf dem Kissen eine weiche, kühle Stelle zu finden.

«Und Santosa hatte Angst», sagte Dana bedrückt. Selbst in dem großen Moment, als Tos sich kurz zu Wort gemeldet hatte, war sie deprimiert sitzen geblieben. Sie konnte Santosa gut verstehen. Daß sie bei der Verfolgungsjagd versagt hatte, bedrückte sie ebenso wie die Enttäuschung darüber, daß der Mörder entkommen war und daß sie Stryker im Stich gelassen hatte. Sie wußte natürlich, daß sie als FBI-Agentin für Verfolgungsjagden nicht ausgebildet war. Daß sie es nicht gepackt hatte, ging ihr trotzdem nach.

«Deshalb ist man aber noch nicht unbedingt ein mieser Cop.» Harvey hatte sofort begriffen, daß sie sich insgeheim mit Santosa verglich. «Allenfalls unerfahren. Draußen auf der Straße haben wir alle Angst. Ohne Angst könnten wir gar nicht überleben. Erfahrung gewinnt man nicht von einem Tag auf den anderen, das braucht seine Zeit. Er hätte es noch hingekriegt.» Du kriegst es noch hin, hieß das, und sie wußten es beide. Dana lächelte ihm kurz zu, dann sah sie wieder zu Boden.

«Na schön, sie hatten alle ihre Fehler», sagte Stryker zustimmend und ging wieder zu Tos hinüber. «Jetzt verrat uns auch den Rest, du Schlaumeier», sagte er in freundschaftlich-poltrigem Ton. «Mach die Augen auf und leg los!»

Tos machte die Augen auf. Er lächelte Stryker an.

Aber er sagte nichts.

Nach einer Weile fielen ihm die Augen wieder zu.

Stryker hätte am liebsten losgeheult. Er hätte gern den Mörder Mörder sein lassen, hätte gern die Welt vergessen und hier gewartet, bis Tos wieder da war. «Ich bin kein mieser Cop», sagte er laut zu dem Schlafenden. «Und du bist auch keiner. Du bist nur ein verdammt schlafmütziger Cop. Liegst da rum wie eine dicke Canneloni. Komm, mach uns schlau, Tos.»

Aber es kam nichts mehr.

«Also ich glaube nach wie vor, es ist das, was Rivera gesagt hat», meinte Pinsky, nachdem er eine Weile die Decke betrachtet hatte. Er war jetzt sehr müde und wartete sehnlichst darauf, daß seine Besucher endlich abzogen, um ihr Gespräch anderswo fortzusetzen. Schließlich und endlich war man hier im Krankenhaus. Sie brauchten Ruhe, er und Tos. Er selbst war ein kranker Mann, übel zugerichtet, grün und blau geschlagen, er konnte wohl verlangen, daß man etwas Rücksicht auf ihn nahm.

Sie sahen alle wie Figuren in einem Marionettentheater aus,

sehr klein und weit weg: Dana auf ihrem Stuhl, Neilson, der neben ihr stand, Stryker, der auf den Ballen wippte und sich suchend nach einer Eingebung umsah.

Pinsky fand sie an der Decke.

«Ihr müßtet nach etwas suchen, was sie – absichtlich oder unabsichtlich – alle falsch gemacht haben», sagte er matt. «Ein Disziplinarvergehen zum Beispiel. Vielleicht haben sie alle am falschen Ort oder zur falschen Zeit über etwas oder über jemanden gequatscht. Oder ihr schaut euch zur Abwechslung statt der Leute, die sie in den Knast gebracht haben, mal die an, die sie *nicht* in den Knast gebracht haben. Vielleicht war's auch was Politisches ...» Ihm war ein bißchen schwindlig von den Schmerzmitteln und vom Reden. «Oder ihr überprüft die Fehlzeiten. Kann ja sein, daß eine fliegende Untertasse sie mitgenommen und zum Spionieren wieder auf der Erde abgesetzt hat. Und jetzt, wo die Außerirdischen keinen Bedarf mehr für sie haben, knallen sie ihre Spione nacheinander ab.»

«Von fliegenden Untertassen hat Rivera nichts gesagt, Ned», meinte Stryker. «Schlaf jetzt.»

«Ich hab euch doch erzählt, was er gesagt hat.» Pinsky waren die Augen zugefallen. «Am schwersten bei einer verdeckten Ermittlung, hat Rivera gesagt –»

«– ist es, daß du andauernd die Augen vor irgendwas zumachen mußt», ergänzte Stryker. Und dann fragte er scharf: «Welche Farbe hatten Riveras Socken?»

Pinsky riß verstört die Augen wieder auf. «Riveras Sokken?»

«Ja.»

Pinsky dachte zurück an den Moment, als er am Boden gelegen hatte und alle über ihn hergefallen waren. Als er durch das Gewirr von Beinen hindurch Riveras schmutzige Turnschuhe gesehen hatte und Rivera selbst, der am Feuer herumgetanzt war und Pinskys Dienstmarke und Pinskys Kanone geschwenkt hatte, um ihm zu zeigen, daß die Sachen bei ihm in Sicherheit waren. «Weiß», verkündete er und machte die Augen wieder zu. «Schmutzigweiß.» Er seufzte. «Und jetzt will ich schlafen.»

«Kommt», sagte Stryker in einem Ton, der Neilson förmlich hochriß. «Kommt, wir müssen uns ins Archiv einschleichen. Bis morgen, Ned.»

«Einschleichen?» wiederholte Neilson, während sie auf den stillen Gang hinaustraten. Der Nachhall von Strykers Antwort kam ins Krankenzimmer zurück.

«Weil Klotzman vielleicht mit einem Haftbefehl auf mich lauert.»

Pinsky lächelte mit geschlossenen Augen. «Schlafe friedlich, schlafe froh, wie der Mops im Paletot.»

Keine Antwort. Endlich Ruhe, dachte Pinsky. Das ist jetzt ihr Bier. Ich bin aus dem Schneider, ich habe mit dem Fall nichts mehr zu tun. Keine Verantwortung mehr, keine Probleme. Endlich kann ich ungestört schlafen. Die ganze Nacht hindurch.

«Ich will was zu trinken», verkündete Tos gebieterisch.

27

Sie gelangten ins Archiv, ohne daß allzu viele Leute sie sahen. Und die, die sie gesehen hatten, beachteten sie nicht. Auf dem Campus hatte es eine kleine Demo mit anschließendem Rabatz gegeben, und im Präsidium drängten sich Cops, Reporter, verhaftete Studenten, besorgte Eltern und Hochschullehrer, die das alles nicht zum ersten und ganz gewiß nicht zum letzten Mal mitmachten.

In dem herrschenden Chaos hatten sie sich unauffällig durch die Menge bewegen können.

Inzwischen war es nach Mitternacht, und Neilsons Bekannte hatte längst Feierabend, aber sie fanden eine freie Kabine mit einem verlassenen Terminal.

«Ich kann mir nicht helfen, aber ich finde die Idee nach wie vor verrückt», flüsterte Neilson, während sie sich um den Monitor drängten. Er ließ die Finger knacken wie ein Konzertpianist, ehe er in die Tasten greift. «Wen suchen wir, sagst du?»

«Eberhardt», sagte Dana. «Einen gewissen Eberhardt.»

«Aber das mit Rivera kann nicht dein Ernst sein», protestierte Neilson. «Der Mann ist eine lebende Legende, Jack. Er hat alle möglichen Ehrungen eingeheimst. Er ist ein Bilderbuchcop. Bei diesen verdeckten Ermittlungen –»

«Das ist es ja eben», unterbrach ihn Stryker. «Bei diesen verdeckten Ermittlungen weiß kein Mensch, wo er wann ist oder was er wann macht. Außerdem ist er als guter Schütze bekannt, hat jede Menge Preise gewonnen ...»

«Ja, das stimmt», räumte Neilson ein.

«Und ein Spinner namens Eberhardt hat seinen Sohn umgebracht. Erinnerst du dich an Eberhardt?»

«Nur dunkel. Ich war in Madison Heights, als ihr ihn aus den Verkehr gezogen habt, Toscarelli und du.» Neilson holte seine Zigaretten heraus und bot Dana eine an. Sie schüttelte den Kopf, ohne den Monitor aus den Augen zu lassen. Neilson sah die Schatten unter ihren Augen, sah ihre Blässe und begriff, daß sie praktisch am Ende war. Aber er wußte auch, daß sie nach ihrem Versagen bei der Verfolgungsjagd weitermachen würde, bis sie umfiel. Das hältst du nicht durch, Baby, dachte er. Du bist nicht so zäh, wie du glaubst, und wenn du nicht aufpaßt, machst du schlapp. Aber keine Bange, dann bin ich ja noch da ...

Während Neilsons Finger über das Keyboard tanzten, sprach Stryker weiter. Seine Stimme war dumpf vor Erschöpfung. «Ja, wir haben ihn aus dem Verkehr gezogen, aber nicht lange genug», sagte er, als Neilson die erste Dateien aufrief. «Es hat nur zu einer Verurteilung wegen Vergewaltigung gereicht.»

«Aber was war mit dem Mord an Riveras Sohn?»

«Den konnten wir nicht beweisen. Der Fall war sonnenklar, aber die Beweise waren nicht schlüssig. Die Frau, die er gequält und vergewaltigt hat, konnte im letzten Moment fliehen. Er hat sie auf die gleiche Weise gefoltert wie den kleinen Rivera, aber daß es Eberhardt war, ließ sich nicht beweisen. Wir haben uns die größte Mühe gegeben, die Spurensicherung hat sich die größte Mühe gegeben, aber es hat dann doch nicht gereicht, und die Staatsanwaltschaft mußte sich mit dem weniger schweren Anklagepunkt begnügen, um ihn überhaupt hinter Schloß und Riegel zu bringen. Eberhardt war ein ganz übler Bursche. Folter war seine Spezialität. Aber er war zu schlau, um sich fangen zu lassen – damit hat er sich jedenfalls immer gebrüstet –, und eine Portion Glück hat er auch gehabt. Er war auf gute Schulen gegangen, hatte einen reichen Vater, er war – in seinen eigenen Augen – etwas Besonderes. Er hat immer geprahlt, wie oft er uns entkommen ist. Und das wollen wir uns jetzt mal ansehen.»

Schweigend studierten sie Eberhardts Daten, die nun auf dem Monitor standen.

«Das darf ja nicht wahr sein», stieß Neilson hervor. «Sie sind alle drin.»

Ja, da waren sie. Alle miteinander.

Die ersten waren Yentall und Hawthorne. Sie hatten Eberhardt wegen eines Jugenddelikts verhaftet, aber aufgrund eines Formfehlers war er wieder freigekommen. Hawthorne hatte die vorgeschriebene Verwarnung nicht ausgesprochen, und Yentall hatte es ihm durchgehen lassen.

Tim Leary hatte ihn nach einem Überfall verhaftet, dann aber seine Aussage zurückgezogen. Er könne ihn doch nicht mit letzter Sicherheit identifizieren, hatte er gesagt.

«Wahrscheinlich bestochen», bemerkte Stryker.

Merrilee Trask hatte Eberhardt, nachdem sie ihn unter dem Verdacht der Körperverletzung festgenommen hatte, windelweich geprügelt und damit der Verteidigung eine Handhabe gegeben, sein «Geständnis» für ungültig zu erklären.

Sandy Randolph hatte ihn gefaßt, nachdem Beschwerden wegen einer wilden Party eingegangen waren – die Anklage lautete auf öffentliche Ruhestörung –, und den Richter veranlaßt, ihn in psychiatrische Beobachtung zu überstellen. Die Seelenheinis hatten Eberhardt nach einem Monat laufenlassen. Ihre Tests bescheinigten ihm einen außergewöhnlich hohen Intelligenzquotienten. Er sei nicht geisteskrank, befanden sie, sondern nur «mißverstanden».

Richard Santosa hatte Eberhardt bei unzüchtigen Handlungen an einer Minderjährigen erwischt, ihn aber nach kurzer Verfolgung entkommen lassen. Er hatte ihn erkannt, aber es gab keine weiteren Zeugen. Das Kind hatte bei dem furchtbaren Erlebnis bleibende seelische Schäden erlitten und konnte nicht aussagen.

Stryker und Toscarelli hatten nicht genug Beweise zu einer Verurteilung wegen des Mordes an David Rivera zusammenbekommen und mußten es hinnehmen, daß ihm wegen eines weniger schweren Vorwurfs der Prozeß gemacht wurde.

«Ich kann das einfach nicht fassen», sagte Neilson.

«Ich schon», meinte Dana. «Unterlassungssünden. In Washington wimmelt es davon.»

«Mir leuchtet es auch ein», sagte Stryker. «Abgesehen von Leary waren sie als Cops alle nicht ‹mies› im Sinne von kriminell. Wohl aber waren sie brutal, träge, zu gutmütig oder zu ängstlich. Und das Ende vom Lied war, daß dieser üble Typ, der als jugendlicher Straftäter angefangen hatte, sich schließlich einbildete, er könne sich alles erlauben. Jede Tat, bei der er – aus welchem Grund auch immer – straflos davonkam, gab seiner krankhaften Phantasie und seiner Egomanie neuen Auftrieb. Zum Schluß schreckte er auch nicht vor Mord zurück, und selbst dann konnten wir ihn nicht festnageln.»

«Das bedeutet doch aber», sagte Neilson, «daß diese Cops allesamt menschlich waren. Sie hatten Augenblicke des Versagens. Das heißt noch nicht, daß sie immer versagt hätten.»

«Natürlich nicht», erwiderte Stryker. «Sie haben nur zum falschen Zeitpunkt beim falschen Mann versagt.»

«Und wo ist Eberhardt jetzt?» fragte Dana gepreßt.

«Moment, er müßte noch ... Verdammter Mist!» Stryker starrte auf den Bildschirm, als könne er durch schiere Willenskraft die Worte, die dort standen, zum Verschwinden bringen. Doch die grünen Buchstaben blieben, wo sie waren.

«Eberhardt wird morgen früh um neun entlassen», sagte Stryker.

28

Am nächsten Morgen hing ein verheißungsvoller Duft nach Frühling in der Luft. Mutter Natur gab sich äußerst entgegenkommend. Eine Stunde Regen vor Sonnenaufgang hatte die Straßen reingewaschen, eine leichte Brise die Gehsteige getrocknet, damit die Fußgänger, die so früh schon unterwegs waren, keine nassen Füße bekamen. Die Luft war herrlich frisch, mit jedem Atemzug spürte man das Grün junger Blätter und Grashalme.

Neilson und Stryker hatten fast die ganze Nacht in der French Street zugebracht, aber ihre Hoffnung, Rivera zu sichten, hatte sich nicht erfüllt. Jetzt saßen sie ungewaschen und mit schweren Lidern in Neilsons Wagen und beobachteten das Gefängnistor.

Dana, die auf der Rückbank ein paar Stunden hatte schlafen können, hatte zumindest ein frischeres Gesicht.

«Wie sieht er denn aus?»

«Eberhardt oder Rivera?»

«Eberhardt.»

«Klein, mager, blond, Aknepickel. Lange Finger. Läuft ein bißchen schief. Wie ein rheumatisches Karnickel.»

«Hört sich ja reizend an.»

«Bei Rivera kann man nie wissen, wie er aussieht», fuhr Stryker fort. «Harvey hat es ja schon gesagt: Er ist ein Meister der Tarnung. Ungefähr eins fünfundsiebzig groß, gelbliche Haut und dunkles Haar, aber das will nicht viel sagen. Es könnte jeder sein, der zur Zeit hier vorbeigeht. Das ist ja das Dumme.»

Hinter ihnen schlug die Kirchturmuhr die volle Stunde. Während die hallenden Schläge noch nachklangen, öffnete sich die kleine Pforte in dem großen Gefängnistor, und nacheinander kamen einige beklommene Männer heraus. Sie gingen langsam, wie tastend, und schienen einen Moment zu zaudern, ehe sie sich schließlich auf das offene Gelände vor dem Tor wagten. Der dritte, der – breit grinsend – erschien, war Eberhardt.

«Da drüben», sagten die drei, die im Wagen warteten, einstimmig. Nur mit dem Unterschied, daß Stryker und Neilson Eberhardt meinten, Dana aber den Mörder.

Sie sprangen gleichzeitig aus dem Wagen und steuerten ihre unterschiedlichen Ziele an. Dabei merkten sie nicht, daß sie ihre Schlagkraft schwächten, denn jeder glaubte ja, die anderen kämen hinterher.

Es war ein strahlender Morgen. Sie waren todmüde, aber das Ende der Jagd war nun zum Greifen nahe. In ein paar Minuten, dachten sie, ist alles erledigt. Manchmal ist Denken Glückssache.

Während Stryker und Neilson auf die kleine Gruppe vor dem Gefängnistor zugingen, fiel ein Schuß. Zwanzig Meter vor ihnen wurde Eberhardt, der nun nicht mehr lächelte, gegen das Gefängnistor geschleudert. Das Geschoß war direkt über den Augenbrauen in seinen Kopf eingedrungen, durch den Hinterkopf wieder ausgetreten und hatte die Backsteine der Torpfosten getroffen, so daß sich eine Wolke aus rotem Staub und Ziegelsplittern mit dem Blut mischte.

«Verdammter Mist», stieß Stryker hervor und wirbelte herum, um festzustellen, woher der Schuß gekommen war.

«Nein!» brüllte Neilson gleichzeitig, denn er hatte gesehen, wie Dana durch das Tor des großen Friedhofs verschwand, der links neben der Kirche auf der anderen Straßenseite lag. Sie rannte.

Dana hatte die Gestalt auf dem Friedhof erspäht, die auf einem kleinen Mausoleum hinter einer fast lebensgroßen Skulptur des Erzengels Michael kauerte. Sie hatte das Gewehr gesehen und den Rückstoß nach dem einen Schuß. Die Frühlingssonne ließ sekundenlang das Zielfernrohr aufblinken, während die dunkel gekleidete Gestalt sich aufrichtete und zu Boden sprang. Das Gewehr blieb zurück. Es hatte offenbar seine Schuldigkeit getan.

Dana lief über den Friedhof. Bei jedem Schritt platschte es auf der frühlingsnassen Erde zwischen den Gräbern. Das junge Grün war glitschig, denn die Friedhofsmauern hielten den Wind ab. Frischer Wind war hier ebensowenig gefragt wie das Eindringen von Menschen, die auf einem Friedhof nichts zu suchen hatten. Einer aber hatte sich trotzdem Zutritt verschafft.

Und jetzt liefen zwei über das Gräberfeld.

Dana hielt sich mit Mühe aufrecht. Das glitschige Gras hatte immerhin den Vorteil, daß es den Laut ihrer Schritte dämpfte, so daß sie die flüchtende Gestalt in Jeans, brauner Jacke und Mütze fast eingeholt hatte, ehe sie bemerkt wurde.

Der Mörder wirbelte herum und sah sie.

Plötzlich erhob sich jenseits der Friedhofsmauer ein auf- und abschwellendes Heulen: die Sirene der Strafanstalt.

Neilson fluchte. Er war über einen Grabstein gestolpert und wäre fast zu Boden gegangen. Den toten Eberhardt hatten sie den fassungslosen Exhäftlingen und der aus den Toren stürzenden Wachmannschaft überlassen.

«Wo sind sie hin?» keuchte Stryker und begriff im gleichen Moment, daß er redete wie in einem Western. Konnte man denn gar nichts mehr sagen, was nicht gleichzeitig auch etwas anderes bedeutete? Wenn Neilson jetzt nach guter alter Westernmanier antwortet: «Da rüber!», dachte Stryker, setzt es einen Verweis in seiner Personalakte.

«Zu dem schwarzen Ding da, glaube ich.»

Das schwarze Ding da war ein exklusives Mausoleum in viktorianischem Stil. Die Stifterfamilie war längst ausgestorben, der Innenraum deshalb verschlossen. Hinter dem kleinen Bau erhob sich – als Sichtschutz zwischen dem Friedhof und dem angrenzenden Industriegelände – eine ungepflegte Pflanzung von Bäumen und Büschen. Zwischen Friedhof und Konservenfabrik schlängelte sich ein kleiner Wasserlauf dahin, der weiter unten in den Grantham River mündete und auch hinter dem Männerheim in der acht Kilometer entfernten French Street entlangfloß.

Das sonst relativ schmale Rinnsal war jetzt, im Frühjahr, durch die Niederschläge, die von den umliegenden Höhenzügen kamen, wasserreicher, schneller und sogar etwas sauberer.

Dana sah, wie die flüchtende Gestalt vor ihr zwischen den Büschen in Deckung ging und sich durch eine Lücke in dem kaputten Zaun zwängte, der dem Flußlauf folgte. Danas Sachen waren an vielen Stellen zerrissen, zweimal war sie hingefallen und hatte sich ein Knie blutig geschlagen. Das Haar hing ihr wirr ins Gesicht. Verbissen lief wie weiter.

Sie würde nicht feige sein wie Santosa.

Sie würde sich nie wieder von der Angst vereinnahmen lassen.

Auch sie zwängte sich durch die Lücke auf die mit glitschigem Schlamm bedeckte Böschung, die steil zu dem silbrigen

Wasserlauf abfiel. Auf der glatten Fläche zeichnete sich nur eine Spur ab: die Spur eines Menschen auf der Flucht. Dana zog die Schuhe aus, die sie nur behindert hätten, und rutschte die Böschung hinunter. Dabei registrierte sie ganz nüchtern für ihren späteren Bericht den Verlauf des Flusses, die Fluchtmöglichkeiten, die sich ihrem Opfer boten, die Wassertiefe und andere Einzelheiten.

Sie würde nicht schludrig arbeiten wie Yentall, würde ihr Wissen nicht für sich behalten, wie Hawthorne es getan hatte.

Vor ihr kämpfte sich eine braune, schlammbespritzte, aufgelöste Gestalt durch die schnelle Strömung. Rivera wandte den Kopf. Die irre blickenden Augen weiteten sich, als sie sahen, daß Dana nach wie vor dicht am Feind war.

Dana ließ sich ins Wasser gleiten, das ihr bis zu den Hüften reichte, und machte sich so schnell, wie es ihr die eisige Strömung erlaubte, an die Verfolgung. Zum Glück hatte die Frühjahrsflut die Geröllablagerungen des Winters weggespült, trotzdem gab es noch immer verborgene Hindernisse unter Wasser. Rivera stolperte, das Wasser sprühte, und Dana holte fast drei Meter auf, ehe die flüchtige Gestalt sich wieder aufgerappelt hatte.

Dana kämpfte sich unerbittlich vorwärts. Sie würde nicht beide Augen zudrücken wie Randolph.

Hätte sie einen Blick zurückgeworfen, hätte sie sehen können, wie Stryker und Neilson an dem kaputten Zaun standen und ihr nachsahen, wie sie verbissen dem flüchtigen Mörder folgte.

«Sie ist unbewaffnet», sagte Stryker.

«Sie ist verrückt», sagte Neilson und hatte plötzlich große Angst um Dana. Nie hätte er gedacht, daß ihm etwas so unter die Haut gehen könnte. Rutschend und stolpernd folgten ihr die beiden Männer. Da sie schwerer waren, sanken sie tiefer in den Schlamm ein, sie stapften und schwankten wie in einem Alptraum, in dem jeder Schritt tausend Tonnen wiegt, in dem man nicht genug Luft, nicht genug Zeit hat, der Katastrophe zu entfliehen.

Neilson, jünger und in besserer Kondition, hatte bald einen Vorsprung gewonnen. Stryker, der durch den Blutverlust geschwächt war und mit dem verletzten Arm Mühe hatte, sein Gleichgewicht zu halten, folgte ihm mit zusammengebissenen Zähnen. Sie hatten beide eine Dienstwaffe. Wenn sie aber jetzt den Revolver zogen, riskierten sie, beim Hinfallen die Waffe und damit ihren einzigen Trumpf zu verlieren.

So rannten sie weiter und warteten auf ihre Chance.

Sie brauchten nur nah genug heranzukommen – und sicherzugehen, daß Dana sich nicht in der Schußlinie befand.

Die beiden Gestalten vor ihnen gerieten, einer Flußbiegung folgend, ein paar Minuten außer Sicht. Als auch Neilson und Stryker die Kurve genommen hatten, sahen sie vor sich einen leeren Wasserlauf, leere Uferböschungen, oben auf der Böschung den Zaun, hinter dem Zaun dichten Verkehr.

Von Dana und Rivera keine Spur.

«Das darf ja nicht wahr sein», stieß Stryker hervor, als er Neilson eingeholt hatte. Das Wasser gurgelte ihnen um die Beine. «Wo sind sie denn abgeblieben?»

Neilson sah suchend nach rechts, nach links, nach vorn, nach hinten, ja, sogar nach oben. «Da drüben», sagte er plötzlich.

Jetzt hatte auch Stryker sie gesehen.

Zwei schlammverkrustete menschliche Gestalten hatten sich zwanzig Meter vor ihnen, im Schatten einer alten Betonbrücke, ineinander verkrallt.

Wer Jäger, wer Gejagter war, ließ sich nicht ausmachen.

In dem stetigen Strom des morgendlichen Berufsverkehrs donnerten Laster und Personenwagen über sie hinweg, ohne daß die Fahrer etwas von dem Drama ahnten, das sich unter ihren Rädern abspielte.

Dana spürte eine große Kraft in sich. Sie hatte nie gewußt, daß sie so große Kräfte besaß. Kräfte wie Merrilee Trask.

Aber sie würde nicht brutal sein wie Merrilee.

An der Brücke hatte sie sich mit einem entschlossenen Satz auf Rivera gestürzt, und sie waren beide zu Boden gegangen. Der Schlamm war hier weicher und schleimiger und hielt sie wie in einem klebrigen Griff fest. Eine der Gestalten dort am Boden kämpfte um festen Halt, die andere um ihre Freiheit. Dana streckte die Hände aus, packte zu, hielt fest, verlor ihre Beute, bekam sie erneut zu fassen.

Sie durfte sich ihr Opfer nicht entschlüpfen lassen, wie es Stryker und Tos passiert war.

Ihre Hände schlossen sich um glitschigen Stoff, der ihr immer wieder schurrend und schmatzend entglitt. Verwünschungen gingen hin und her, der Kampf war verbissen. Sie rückten ein Stück vor, fielen zurück, drehten sich, strampelten, drehten sich wieder.

Riveras kräftige Muskeln bewegten sich schlangengleich unter der Kleidung. Plötzlich verlor Dana das Gleichgewicht, sie geriet unter Wasser, schlug um sich. Sogleich schlossen sich zwei kräftige Hände um sie, rutschten aber an der Schlammschicht ab, die auch Dana bedeckte. Mit einem Schrei kam sie frei, schoß hoch, grapschte nach allem, was ihr gerade unter die Hände kam, und kriegte ein Bein zu fassen.

Jetzt war Rivera am Boden, kreiselte und zappelte im gierig schmatzenden Schlamm des Flußufers. Der Schlamm stank nach Totem, nach Abwässern, nach Urzeit. An manchen Stellen war er so weich, so aufnahmebereit wie Treibsand, der jeder Bewegung folgt. Jahrein, jahraus war der kleine Fluß still und unauffällig in seinem Bett dahingeflossen, hatte klaglos allen Abfall mitgenommen, den man in ihm versenkt hatte. Es war ein einsamer Fluß, der nicht einmal einen richtigen Namen hatte. Jetzt hatte er Opfer, von denen er sich nähren konnte.

Dana spürte, wie sie in den dicken, schweren Schlamm einsank, und plötzlich erfaßte sie die Angst, der Morast könne sie beide verschlingen, so endgültig, daß keine Spur von ihnen blieb, daß niemand erfahren würde, daß sie da unten waren, in der Dunkelheit, lebendig begraben in schwarzer Nässe.

«Nein!» schrie sie auf, entzog sich mit letzter Anstrengung dem schleimigen Griff, zerrte Rivera mit sich, weg von der grauenhaften, feuchtschimmernden Falle des silbergrauen Uferschlamms in die festere, unverschmutztere Flußmitte.

Ihr Opfer, das offenbar Dana mehr fürchtete als den Morast, strebte wieder dem Ufer zu, aber Dana hielt es fest. Es war wie ein Versuch, den Schlamm selbst festzuhalten, mit dem sie jetzt beide von Kopf bis Fuß bedeckt waren. Schlamm war in ihren Haaren, ihren Ohren, in Nase und Mund, hatte ihre Kleidung durchdrungen und überzog die Haut wie graues Öl. An dieser glitschenden Hülle fanden die Hände immer nur vorübergehend Halt, kein Triumph war von langer Dauer.

Stryker und Neilson hörten das Keuchen und Knurren und Stöhnen. Sie hatten die Waffen schußbereit in der Hand, wagten es aber nicht, sie einzusetzen. Als sie nah genug herangekommen waren, riefen sie die Kämpfenden an, die aber hörten sie in ihrem verzweifelten, animalischen Ringen gar nicht.

Stryker krampfte die Hand um den Revolver.

Neilson, der vor ihm ging, versuchte Tempo zuzulegen, aber die Strömung bremste ihn. Er streckte die Arme aus, um die beiden zu trennen.

Aber da war es Dana in einem letzten Aufsprühen von Schlamm und Wasser gelungen, die Arme fest um ihre Beute zu legen. Sie wußte nicht (und würde es nie erfahren), ob es ein echter Sieg war oder ob ihr Opfer – geschwächt, ermattet, mutlos geworden – kapituliert hatte. Sie wußte nur, daß es vorbei war.

Jetzt sah sie Stryker und Neilson. Raubtierhaft weiß blitzten Danas Zähne in der Maske aus dunklem Schlamm auf. «Die Verwarnung!» verlangte sie.

Stryker fröstelte in seinen nassen Sachen. «Michael Rivera, ich weise Sie darauf hin –»

«Halt!» fuhr Dana dazwischen. «Das ist nicht richtig!»

Noch mehr Fehler durfte es nicht geben.

Sie drückte das Gesicht ihres Opfers ins Wasser und rieb es ab, dann riß sie ihm die festsitzende Mütze herunter. Langes, dunkles, glänzendes Haar kam zum Vorschein. Das sauber gewaschene Gesicht war ausdruckslos, die Augen blickten irr. Es war das Gesicht einer Frau.

«Herrgott noch mal», sagte Stryker, und dann verschlug es ihm die Sprache. Es war Neilson, der es zu Ende brachte:

«Carla Rivera, ich weise Sie darauf hin . . .»

29

Dana, erschöpft und über und über mit Schlamm bedeckt, blieb regungslos stehen, während Carla Rivera abgeführt wurde. Carla ging bereitwillig mit. Sie betrachtete offenbar ihre Mission als beendet.

«Ich habe dir ja gesagt, daß Polizistenfrauen die Polizei am heftigsten hassen können», meinte Dana.

«Aber sie war doch selber bei der Polizei», wandte Stryker ein, der gerade eine Suchaktion nach Mike Rivera hatte anlaufen lassen. Obgleich die beiden geschieden waren, würde Mike sich sicher um seine Frau kümmern wollen.

«Eben! Das machte sie ja so gefährlich», sagte Dana. «Sie hatte gelernt, wie man tötet, und sie wußte, wie man es anstellt, sich nicht erwischen zu lassen. Dieses Problem hat man gelegentlich auch mit Soldaten, die von der kämpfenden Truppe zurückkommen. Zum Glück erkennen die meisten, daß es da doch einen Unterschied gibt, so schwer er manchmal auch auszumachen ist.»

«Warum hat sie es nicht dabei bewenden lassen, Eberhardt umzulegen?» grollte Neilson. «Damit hätte sie uns allen einen Gefallen getan. Er war ein Dreckskerl und hätte noch sonstwas anstellen können, wenn er wieder freigekommen wäre. Statt dessen killt sie anständige Polizisten.»

«Eberhardt zu erschießen war ebenso unrecht wie die Ermordung unserer Leute», sagte Stryker. «Wir sind dazu da, Verbrecher zu fangen, Harvey. Urteile stehen uns nicht zu. Das Todesurteil, das sie über Eberhardt verhängt hat, war ebenso unberechtigt wie das über unsere Kollegen.»

«Sie fangen die Beute und liefern sie ab, Lieutenant», sagte Neilson ironisch. «Alles andere können Sie getrost den Gerichten überlassen. Kotzt dich diese Leier immer noch nicht an?»

«Nein», erwiderte Stryker ernst. Er wußte, daß sich das reichlich zahm anhörte. Auch Harvey wußte es. Harvey, der ihn nur dann Lieutenant nannte, wenn er wütend war. Es war eine Wut, die sie alle empfanden und immer empfinden würden. Sie nahmen alle die gleichen Gefahren auf sich und verspürten alle die gleiche hilflose Enttäuschung, wenn mit Hilfe der Gerichte die Schuldigen ungeschoren davonkamen. Gewiß, manchmal halfen die Gerichte auch den Unschuldigen, davonzukommen. «Wir sind nur die Müllmänner, Harvey, wir sammeln den Abfall. Das Sortieren müssen wir anderen überlassen, dazu haben wir keine Zeit.»

«Und wo der Unrat landet, erfährt kein Mensch», ergänzte Dana. «Oder erst dann, wenn es zu spät ist.»

Zornig fuhr Stryker zu ihr herum. «Seit wann weißt du, daß es eine Frau ist?»

Neilson antwortete für sie. «Seit gestern. Abends im Krankenhaus hat sie mal von ‹ihr› gesprochen, als es um den Mörder ging. Ich habe es für einen Versprecher gehalten, sie war ja todmüde, aber –»

«Als wir hinter ihr herfuhren, ist ihr das Haar aus der Mütze gerutscht», erklärte Dana. «Aber das war nicht das Entscheidende, es gibt viele Männer mit langem Haar. Den Ausschlag hat ihr Hals gegeben. Lang und schlank – mehr ein Frauenhals. Und dann habe ich mich an das erinnert, was du mir erzählt hattest. Daß sie beide bei der Polizei gewesen waren und daß sie sich nach dem Mord an dem Jungen hatten scheiden lassen. Wenn wir Rivera einen Racheakt zutrauten, warum dann nicht auch seiner Frau?»

«Aber du hast keinen Mucks gesagt», stellte Stryker fest. «Die ganze Nacht haben wir nach Rivera gesucht, und du hast den Mund nicht aufgekriegt. Wir hätten sie schon gestern abend festnehmen können.»

«Ja, und dann wäre jetzt Eberhardt noch am Leben. Gleich kommen mir die Tränen», sagte Neilson.

«Sie hätte etwas sagen sollen», beharrte Stryker.

Dana nickte. «Ja, das stimmt. Es tut mir leid.» Sie sah auf die Pfütze herunter, die sich unter ihren triefenden Sachen gebildet hatte. «Ich hätte auch falschliegen können. Die Richtung stimmte ja bei euch. Ob es der Mann war oder die Frau, tat dabei im Grunde nichts mehr zur Sache. Wenn wir ihm nachgingen, würde sie uns durch die Lappen gehen, sagte ich mir – und umgekehrt. Und so sicher war ich mir eben doch nicht. Ich kannte ja Michael Rivera nicht persönlich. Vielleicht hatte er tatsächlich einen langen, schlanken Hals. Und deshalb habe ich erst mal abgewartet. Hätten wir Rivera zuerst gefunden, und hätte sich herausgestellt, daß nicht er der Täter war, hätte er uns vielleicht sagen können, wo seine Frau steckte. Du hast doch erzählt, daß Michael Rivera eins fünfundsiebzig ist, und als die Gestalt auf dem Friedhof sich aufrichtete, habe ich natürlich sofort gesehen, daß sie nicht so groß ist. Es mußte seine Frau sein. Ja, und da bin ich ihr nachgelaufen.»

«Wir haben dir aber auch erzählt, daß Mike Rivera in jede beliebige Rolle schlüpfen kann», ereiferte sich Neilson. «Er kann sich ohne weiteres kleiner machen, als er ist. Wenn er der Täter gewesen wäre, hättest du keine Chance gehabt. Er ist Judomeister, hat den schwarzen Gürtel, ist mit einem Kommandomesser bewaffnet. Er hätte dich schwer verwunden, er hätte dich töten können . . .» Immer beängstigendere Vorstellungen stürmten auf ihn ein, man merkte ihm an, wie sie ihn quälten.

Dana sah Neilson und Stryker an. Die beiden ließen sie nicht aus den Augen. Jäh erkannte sie das Ausmaß der Gefahr, in die sie sich gebracht hatte. Sie hatte versucht, es ihnen gleichzutun, hatte versucht, sich wie ein richtiger Cop zu benehmen. Aber sie war kein Cop. Sie hatte großes Glück gehabt. Die beiden Kollegen hatten das begriffen. Und auch ihr war es in diesem Moment aufgegangen.

Dana fing an zu zittern. Sie war felsenfest überzeugt davon gewesen, daß es Carla war, und sie hatte ja recht gehabt, natürlich hatte sie recht gehabt – aber sie hätte sich auch irren können. Sie war leichtsinnig gewesen, weil sie den beiden – und auch sich selbst – hatte imponieren wollen. Das Zittern wurde immer heftiger, es hörte gar nicht mehr auf . . .

«Ach Harvey!» Sie lief auf ihn zu.

Bestürzt nahm er sie in die Arme und tätschelte sie unbeholfen. Nimm's auf die leichte Schulter, Neilson, sagte er sich. Lach drüber, rede dir ein, daß sie zäh ist, daß sie an so was nicht kaputtgeht. Aber das brachte er nicht fertig, denn er wußte, daß es nicht stimmte. Sie erwartete etwas von ihm, und er konnte nur hoffen, daß er ihr würde geben können, was sie brauchte. «Tut mir leid, ich hab's nicht so gemeint. Du bist fix und fertig, was? Komm, ich bring dich nach Hause. Ich kümmere mich um dich. Keine Bange, es kommt alles wieder in Ordnung, das verspreche ich dir ...»

Stryker sah ihnen nach, aber das Lachen, das in ihm aufgestiegen war, blieb ihm in der Kehle stecken. Hatte er recht gehört? Harvey Neilson hatte versprochen, sich um eine Frau zu kümmern? Das konnte nicht wahr sein.

Jetzt stiegen sie in den Wagen. Tatsächlich, Neilson fuhr los, ohne sich auch nur abzumelden. Stryker machte einen Schritt auf den Wagen zu. Immerhin war Neilson noch im Dienst. Dann blieb er stehen. Ach was, dachte er. Auf Harvey kommen in der nächsten Zeit genug Privatprobleme zu, da muß man ihm dienstlich ein bißchen den Rücken freihalten.

Der Fall war gelöst, und das war zunächst die Hauptsache.

Jemand tippte ihm auf die Schulter. «Lieutenant Stryker?» Es war einer der Kollegen vom zuständigen Revier. «Ich habe ein Gespräch für Sie. Dringend.»

Mit schweren Schritten ging Stryker zu dem Streifenwagen, ließ sich fröstelnd auf den Sitz fallen und griff zum Hörer. «Hier Stryker.»

Pinskys Stimme war gepreßt und voller Verzweiflung. «Jack, du mußt sofort ins Krankenhaus kommen. Es ist wegen Tos.»

Stryker überlief es eiskalt. «Geht es ihm schlechter?»

«Keine Spur. Er verlangt seine Hosen, er will nach Hause, und sie lassen ihn nicht weg. Er sagt, er will einen Anwalt haben. Er brüllt, daß die Wände wackeln. Ich habe die ganze Nacht kein Auge zugetan. Wenn du nicht gleich kommst, kann ich für nichts garantieren.»

30

Stryker sah die Maschine landen und beugte wieder mal vorsichtig den Arm. Es war der erste Tag ohne Schlinge. Ein komisches, seltsam ungeschütztes Gefühl. Wenn sie nicht darauf besteht, daß ich die Koffer trage, dachte er, merkt sie vielleicht erst mal gar nichts. Bis wir ins Bett gehen und sie den Verband sieht . . .

Eine Szene auf dem Flugplatz wäre nun wirklich das Letzte.

Um ihn herum herrschte, wie vor einer Woche, ein hektisches Leben und Treiben: Begrüßungen und Verabschiedungen, Passagiere, die zu ihren Maschinen hetzten, Passagiere, die mit Gepäckbergen von einem Flug zurückkamen. Ein naher Imbißstand verbreitete Zwiebel- und Hamburgerdüfte. Irgendwo heulte ein Kind. Die Uniformen der verschiedenen Fluggesellschaften setzten Akzente strenger Sachlichkeit im Kunterbunt der Urlauber und Geschäftsreisenden. Ticketdrucker, Fernschreiber, Schreibmaschinen klapperten, tausend Schritte flüsterten und schlurften um ihn her. Alle waren in rastloser Bewegung. Außer ihm.

Das Rauschgiftdezernat war dabei, den Rote-Socken-Schwindel aufzurollen, und erhoffte sich einen guten Fang an Dealern und Großhändlern. Noch hatte «Brother» Feeney nicht ausgepackt, aber das war wohl nur noch eine Frage der Zeit.

FBI hatte sich an die *Abiding Light Association* herangepirscht und hackte ihr einen Fangarm nach dem anderen ab. Schon wurde von einem Untersuchungsausschuß des Senats gemunkelt, von Anklageerhebungen, von Skandalen. Presse und Fernsehen hatten noch nicht so richtig Wind von der Sache gekriegt. Aber auch das war wohl nur noch eine Frage der Zeit.

Im Augenblick waren die Medien vollauf mit Carla Rivera beschäftigt.

Die Jagd nach dem Polizistenkiller war zu Ende.

Die Cops hatten bei der täglichen Arbeit eine – aber wirklich nur eine! – Sorge weniger. Noch immer barg die Stadt viel Böses. Im Augenblick fehlte Stryker der rechte Schwung, dagegen anzugehen. Vielleicht, wenn er sich ein bißchen ausgeruht hatte . . .

Er fühlte sich sehr einsam in diesem Augenblick.

Tos lag noch im Krankenhaus. Vielleicht konnten sie ihn auf dem Heimweg kurz besuchen. Was Stryker und den Ärzten nicht gelungen war, hatte seine Mutter auf Anhieb geschafft.

Sie hatte ihm einmal kräftig den Kopf gewaschen, und Tos hatte aufgehört zu krakeelen und sich gefügt. Eine leichte Schwäche in seinem linken Bein und seinem linken Arm wurde mit Massagen behandelt. Noch eine Woche im Krankenhaus, danach fleißiges Training zu Hause – und in ein, zwei Monaten war er höchstwahrscheinlich wieder auf dem Damm.

Hättet ihr mich gefragt, hatte er gemeint, ich hätte euch das von Eberhardt erzählen und den ganzen Fall in Nullkommanichts lösen können.

Halt den Rand und mach deine Übungen, hatten sie gesagt.

Pinsky war wieder zu Hause und leckte seine Wunden, umgeben von seiner Frau, den Kindern und dem Hund (der noch immer Kunststücke machte) und einem Stoß von Neuerscheinungen aus der Stadtbücherei. Außerdem lief auf Kanal zehn eine Sherlock-Holmes-Serie. Er war glücklich. In einer Woche würde er wieder Dienst machen.

Neilson? Neilson hatte Urlaub. Befangen, fürsorglich, behutsam wie ein frisch abgerichteter Elefant, der mit rohen Eiern jongliert, kümmerte er sich um Dana. Sie ließ ihn gewähren. Sehr viel weiter dachten sie noch nicht.

Und ich, überlegte Stryker, ich warte auf eine Frau namens Kate. Ich habe keine Ahnung, wer das sein wird. Nur wird sie mit Sicherheit anders sein als jene Kate, der ich vor einer Woche zum Abschied nachgewinkt habe.

Eine halbe Ewigkeit verging, bis sie endlich durch den Zoll kam und ihm um den Hals fiel. Er versuchte, bei ihrer Umarmung nicht allzu laut zu stöhnen. Als sie sich endlich voneinander lösten, strahlten ihre Augen.

«In Boston ist ein Passagier zugestiegen, der eine Zeitung hatte. Du hast den Todesschützen gefaßt.» Sie drückte seinen Arm. Zum Glück war es der unverletzte.

«Klarer Fall. Im Alleingang. Mit meiner Spielzeugpistole.» Er sah sie verzückt an, machte den obersten Knopf ihrer Jacke auf und machte ihn rasch wieder zu, um sich nicht ganz zu vergessen.

«Schon gut.» Kate kannte ihn inzwischen gut genug, um ihren Fehler einzusehen. Sie rückte seine Krawatte zurecht. «Das *Team* hat den Killer gefaßt», verbesserte sie sich.

«Nicht früh genug, aber immerhin . . .» Er strich ihr das Haar zurück.

«Und es war wirklich eine Frau?» Sie streichelte sein Ohr.

«Leider ja.» Er gab ihr einen Kuß aufs Kinn.

«Geisteskrank?» Sie strich ihm über die Wange.

«Leider ja.» Er lächelte. Sie waren beide so glücklich über das Wiedersehen, daß ihnen alles andere seltsam unwirklich vorkam.

«Das ist nicht zum Lachen», sagte sie vorwurfsvoll.

Er seufzte. «Du hast ja so recht.»

Zum Glück fand sich ein Gepäckwagen für Kates Siebensachen. Als er die Hand nach dem großen Koffer ausstreckte, kam sie ihm zuvor. «Laß mich das machen, sonst fängt am Ende deine Schulter wieder an zu bluten.» Sie hob den Koffer vom Gepäckband und stellte ihn auf den Wagen.

Er stand mit offenem Mund da und starrte sie an, während ihr kleinerer Koffer die nächste Runde auf dem Karussell drehte. «Meine Schulter?» wiederholte er benommen.

Sie sah lächelnd dem kleinen Koffer nach. «Nachdem ich mit dir gesprochen hatte, habe ich natürlich bei Nell Pinsky angerufen. Sie hat mir alles erzählt, was die Zeitungen und das Fernsehen gebracht haben. Über dich, über Tos. Alles eben.»

«Hast du dich deshalb nicht mehr gemeldet? Hast du deshalb in den letzten zwei Tagen nicht mehr angerufen?»

Sie nickte und schnappte sich rasch den zweiten Koffer, ehe er wieder ausreißen konnte. «Du hast gesagt, daß du allein zurechtkommst. Also hab ich dich machen lassen.»

«Kate . . .»

Sie stellte den Koffer auf den Gepäckwagen und sah ihn an. «Nein, es war nicht einfach, und ich habe es nicht gern gemacht, und das, was du tust, ist mir immer noch schrecklich. Aber ich mußte ausprobieren, ob ich es schaffe. Ob ich die Ungewißheit verkraften würde. Ob ich mich darauf verlassen kann, daß du . . .» Sie brachte es nicht über die Lippen, aber ihr Blick sprach Bände. «Ich liebe dich. Man hat mir gesagt, daß ich eine intelligente Frau bin, aber ich glaube, mit unserer Liebe habe ich es nicht besonders intelligent angefangen. Ich weiß nur soviel: Wenn ich versuchen würde, etwas an dir zu ändern, würde vielleicht alles an dir anders werden, und dann wärst du nicht mehr da.» Tränen traten ihr in die Augen. Er legte den heilen Arm um sie und zog sie an sich. «Und überhaupt», sagte sie in seine Schulter hinein, «habe ich viel nachgedacht, als ich weg war. Ich habe gemerkt, daß ich sehr gut ohne dich auskomme. Aber ich will gar nicht ohne dich auskommen. Ich habe lange mit Nell gesprochen – halt dich fest, wenn du die Telefonrechnung siehst! –, und sie hat mir versprochen, daß sie mir beibringt, wie man eine gute Polizistenfrau wird. Okay?»

Besser Nell als Carla Rivera, dachte Stryker, aber er sagte es nicht laut. «Okay», wiederholte er leise und dankbar.

Während sie den Gepäckwagen vor sich her zum Ausgang schoben – fast wie ein Ehepaar die Kinderkarre –, erzählte er ihr von dem Fall. Es war leichter, als von Liebe zu reden, da glückte ihm meist der Anfang ganz gut, aber zum Schluß hörte es sich doch albern an. Ihr zu *zeigen*, daß er sie liebte, war kein Problem, aber sie konnte mehr verlangen. Ihr Haar glänzte in der Sonne, der Wind verwehte die Locken, der Mund war weich, die Augen waren groß und noch leicht gerötet vom Weinen. Man müßte vielleicht doch mehr Gedichte lesen, dachte er.

«Am besten fängst du ganz von vorn an», sagte Kate.

Stryker verzog das Gesicht. «Es fängt damit an, daß Polizisten auch nur Menschen sind und Fehler machen. Fehler, die für sich genommen gar nicht so schlimm sind, die sich aber verhängnisvoll addieren, wenn sie sich alle auf eine bestimmte Person beziehen.» Er erzählte ihr von den Opfern und ihren Eigenheiten.

«Und als Eberhardt schließlich einen Mord beging – was er vermutlich auch getan hätte, wenn diese Fehler nicht begangen worden wären –, geriet er durch Zufall an den Sohn eines Polizisten. An David Rivera.»

«Für die beiden muß es ganz schlimm gewesen sein. So etwas hätten sie bestimmt nie erwartet.»

«Ja, es war schlimm. Am schlimmsten war, daß es uns nicht gelungen ist, ihn deswegen vor Gericht zu stellen. Das war vielleicht der schwerste Fehler. Und er geht auf mein Konto.»

«Aber ihr habt doch alles getan . . .»

«Ja, wir haben getan, was wir konnten, aber es war nicht genug. Jedenfalls nicht für Carla. Als Eberhardt ihren Sohn umbrachte, hat Carla Rivera anders reagiert als ihr Mann. Mike hatte seinen Glauben, er nahm das Schreckliche als Gottes Wille hin. Es hat ihn Demut gelehrt. Carlas Verbitterung richtete sich ebensosehr gegen die Polizei wie gegen den Killer. Sie wußte, wie der ideale Cop aussehen müßte, sie hatte immer nach diesem Idealbild gestrebt. Sie hatte Belobigungen für Mut und Einsatzfreude bekommen, sie hatte in Scharfschützenwettbewerben Pokale gewonnen, wie Mike auch. Schon seit ihrem Abschluß an der Akademie hatte das Präsidium sich für sie interessiert. Sie wußte, wie es hätte laufen müssen. Sie wußte, daß es immer wieder Möglichkeiten gegeben hatte, Eberhardt das Handwerk zu legen – und daß diese Möglichkeiten nicht genutzt worden waren. Je bitterer sie wurde, desto mehr kam ihr der klare Blick für die Realitäten abhanden. Sie war wie besessen von dem Klischee vom guten und vom schlechten Cop. Diejenigen, so argumentierte sie, die zugelassen hatten, daß Eberhardt den Weg fortsetzte, der zum Tod ihres Sohnes führte, hatten sich genauso schuldig gemacht wie Eberhardt selbst. Sie war, ehe sie den Dienst quittierte, bei einem unserer Psychiater in Behandlung gewesen, aber der hatte ihr nicht helfen können. Aus ihrer Sicht hatten diese Menschen ihren Sohn umgebracht. Sie konnte an nichts anderes mehr denken. Sie verließ Mike – und verlor damit ihren letzten Halt. Zum Schluß waren ihr nur noch der Zorn geblieben und die Kraft, ihn in Rache umzusetzen.»

«Aber wie hat sie sich über ihre Opfer informiert? Und warum seid ihr Carla Rivera nicht schon früher auf die Spur gekommen?»

Ein Schatten ging über Strykers Gesicht. Es war eine Frage, die sie sich immer wieder vorgelegt hatten. «Im Laufe einer Arbeitswoche hat es der Durchschnittspolizist mit Dutzenden von Situationen zu tun, die nicht alle eindeutig als kriminell einzuordnen sind. Wenn es unzweideutig um eine strafbare Handlung geht, muß er sich an die Vorschriften halten, sonst hat die Anklagevertretung nichts in der Hand. Viele Situationen – ein Familienstreit etwa – sind Grenzfälle, und der Einsatzbeamte versucht, sie an Ort und Stelle und mit Hilfe seines gesunden Menschenverstandes zu bereinigen. Dadurch kommt es häufig gar nicht zu einer Festnahme. Trotzdem nimmt er natürlich eine Menge Straftäter fest. Das geht vom Verkehrsdelikt bis zum Mord. Im Laufe seines Arbeitslebens kann er Tausende von Verhaftungen vornehmen. Und wir haben uns mit dem Arbeitsleben von sieben Cops beschäftigt, Kate. Manche, wie Santosa, waren erst kurz dabei, andere, wie ich, waren alte Hasen. Über jeden Einsatz müssen wir einen Bericht schreiben. Die Berichte mit allem, was dazugehört, werden im Computer gespeichert. Nun ist es ja beim Computer so, daß er nur das tut, was du ihm sagst, nicht mehr und nicht weniger. Wir haben ihm gesagt, er soll die Festnahmen überprüfen. Wir haben ihm nicht gesagt, daß er diejenigen überprüfen soll, die davongekommen sind, denn bei denen, so sagten wir uns, konnte sich ja kein Groll angestaut haben.»

«Ja, das leuchtet mir ein», sagte Kate.

«Es waren buchstäblich Tausende von Verhaftungen, und wir waren dabei, sie alle zu überprüfen. Mit jedem Mord kamen neue Daten hinzu. Wir suchten auch nach Tätern, die von allen Opfern mal festgenommen worden waren, und das hat uns zusätzliche Zeit gekostet, denn nicht jeder von uns hatte den Kerl mal verhaftet. Außerdem hatten wir von Anfang an die Sache falsch angepackt. Der Computer hatte tatsächlich alle Informationen, die wir brauchten, man mußte nur wissen, wo sie steckten. Hätte man sich Eberhardts Akte angesehen – einschließlich aller Berichte, in denen er erwähnt wurde, gleichgültig, ob eine Verhaftung vorgenommen worden war oder nicht –, hätte man die Namen sämtlicher Polizeibeamten gefunden, die jemals mit ihm zu tun gehabt hatten. Carla Rivera ging von Eberhardt aus. Wir sind von den ermordeten Cops ausgegangen, haben Berührungspunkte zwischen den Opfern gesucht und nicht Berührungspunkte zwischen ihnen und Eberhardt.»

«So war das also ... Und nach denen hat Carla Rivera gesucht?»

«Nach dem Mord an ihrem Sohn hielt man es für besser, sie eine Weile in den Innendienst zu nehmen», sagte Stryker. «Sie bekam einen Job im Archiv.»

«Ausgerechnet!»

«Ja, nicht? Dort hat sie sich gut bewährt. Hat viele Überstunden gemacht. Alle haben es sehr bedauert, als sie den Polizeidienst verließ.»

«Wo ist sie jetzt?»

«Im Krankenhaus, wo jede Menge Psychiater mit ihr reden. Sie selbst redet nicht, soviel ich weiß. Hält sich für völlig normal. Sie hat erreicht, was sie sich vorgenommen hatte. Was jetzt geschieht, ist ihr gleichgültig.»

«Die Ärmste!»

Er warf ihr einen raschen Blick zu. «Die ‹Ärmste› hat mich um ein Haar umgebracht. Und hat sechs Menschen, einschließlich Eberhardt, auf dem Gewissen. Ich glaube, du kannst überhaupt nicht hassen.»

«Da magst du recht haben.»

«Um so besser. Ein Polizist oder auch eine Polizistenfrau mit Haßgefühlen – das kann nur schiefgehen.»

Sie hatten den Wagen erreicht. «Weißt du, was das Schlimmste war?» fragte er nachdenklich. «Als Mike Rivera in die Wache kam, in der sie seine geschiedene Frau festhielten. Mike stand da und schüttelte den Kopf und fragte sie immer wieder: Warum? Aber für Carla war er Luft. Es war, als sei er gar nicht da, als habe es ihn nie gegeben. Dabei war David ja auch sein Kind gewesen. Das hat mich fertiggemacht, Kate, das war schlimm.»

Sie faßte seine Hand. Er besann sich und lächelte ihr zu. «Das Verrückte ist, daß etwas, was Rivera selbst sagte, uns schließlich auf die richtige Spur gebracht hat.»

«Was denn?»

«Zu Ned Pinsky hat er gesagt, daß das, was wir *nicht* tun, oft das Wichtigste ist.»

Kate warf ihm einen raschen Blick zu, dann sah sie sich suchend nach einem Abfallbehälter um. Aus ihrer großen Reisetasche kramte sie ein nagelneues Buch mit dem Titel «Verführung durch das Wort» hervor. Auf der Rückseite des

Covers prangte das Foto eines attraktiven, versonnen dreinblickenden Richard Cotterell. Kate hatte einen Abfallbehälter gefunden. Sie warf das Buch hinein und ging zurück zu ihrem unmöglichen Polizisten.

«Er hat ja so recht», sagte sie.

Linda Barnes

«Carlotta Carlyle ist eine großartige Bereicherung der schnell wachsenden Gruppe intelligenter, witziger, verführerischer, tougher, aber dennoch verwundbarer Privatdetektivinnen ...»
The Times

Carlotta fängt Schlangen
(thriller 2959)

Carlotta jagt den Kojoten
(thriller 3099)

Carlotta spielt den Blues
(thriller 3160)
«Der Roman bezieht seinen Reiz aus einer eigenartigen Mischung zwischen einer spannenden Krimihandlung und der außerordentlich intensiven, in allen Farben des Spektrums schillernden Beschreibung der Popmusik-Szene.» *Radio Bremen*

Zum Dinner eine Leiche *Mit einem Linda-Barnes-Interview*
(thriller 3049)

Marathon des Todes
(thriller 3040)
Jemand will die Wahl von Senator Donagher verhindern und Spraggue einen Mord ...

Blut will Blut
(thriller 3064)
Wer goß Blut in die Bloody Mary, wer enthauptete Puppen und Fledermäuse? Und wer legte den toten Raben ins Büro des Theaterdirektors? Michael Spraggue wird wieder einmal gefordert.

rororo thriller

Im Wunderlich Verlag sind erschienen:

Ein Schnappschuß für Carlotta
Roman
352 Seiten. Gebunden und als rororo thriller 3250

Carlotta geht ins Netz *Roman*
384 Seiten. Gebunden

«Carlotta Carlyle ist eine Frau mit Witz und Ernsthaftigkeit, voller Mitgefühl und Härte, eine Heldin, mit der man mit Vergnügen seine Zeit verbringt.»
New York Times

rororo thriller werden herausgegeben von Bernd Jost. Ein Gesamtverzeichnis der Reihe finden Sie in der *Rowohlt Revue*. Vierteljährlich neu. Kostenlos in Ihrer Buchhandlung.

Felix Huby

Ernst Bienzle, mit Brille, Phlegma und Bauchansatz, mit einer Schwäche für Sauerbraten mit Spätzle und Soße, Kriminalkommissar und Leiter der Stuttgarter Mordkommission, verheiratet, ein Häuschen am Stadtrand ... Mit dieser Figur des schwäbischen Gemütsmenschen ist **Felix Huby**, ehemaliger Spiegel-Korrespondent, mittlerweile erfolgreicher Drehbuchautor, einer der bekanntesten deutschen Kriminalautoren geworden.

Bienzle stochert im Nebel
(thriller 2638)
Oberflächlich betrachtet tut Hauptkommissar Bienzle nichts: Er fragt ein bißchen, er redet ein bißchen und hört zu ...

Bienzle und die schöne Lau
(thriller 2705)
Einen Mörder, der sich beim Mordanschlag selbst ermordet, hat es in Bienzles Laufbahn noch nicht gegeben ...

Bienzles Mann im Untergrund
(thriller 2768)

Bienzle und das Narrenspiel
(thriller 2872)
Männer, Frauen und Kinder in den buntesten Kostümen tanzen durch die Straßen – und ein ausgebrochener Sträfling, der Rache nehmen will ...

Bienzle und der Sündenbock
Kriminalstories
(thriller 2958)

Gute Nacht, Bienzle
(thriller 3066)

rororo thriller

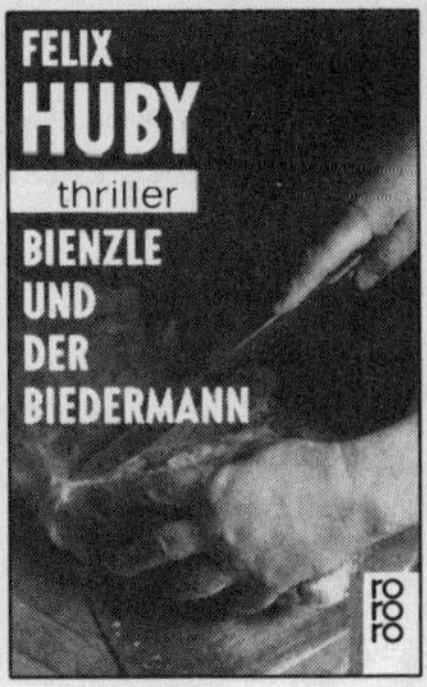

Bienzle und der Biedermann
(thriller 3077)
Fleisch, dessen Verfallsdatum kurz bevorsteht, wird in die Ostländer transportiert. Man macht Profit und kassiert Subventionen ... Kein leichter Fall für Bienzle.

Ach wie gut, daß niemand weiß ...
(thriller 2446)

Der Atomkrieg in Weihersbronn
(thriller 2411)

Sein letzter Wille
(thriller 2499)
Optiker Kissling kämpft gegen die Baumafia in seiner Kleinstadt – bis er eines Morgens mit einem Genickschuß tot gefunden wird ...

Schade, daß er tot ist
(thriller 2584)
«... der beste Huby, der bisher erschienen ist.»
FAZ-Magazin

3011/3

Philip Kerr

Philip Kerr wurde 1956 in Edinburgh geboren und lebt heute in London. Er hat den Ruf, einer der ideenreichsten und intelligentesten Thrillerautoren der Gegenwart zu sein. Für seinen Roman **Das Wittgensteinprogramm** wurde er 1994 mit dem Deutschen Krimi-Preis für den besten ausländischen Kriminalroman ausgezeichnet.

Das Wittgensteinprogramm
Ein Thriller
Deutsch von Peter Weber-Schäfer
416 Seiten. Gebunden
(Wunderlich Verlag und als rororo thriller 3229)

Gesetze der Gier
(rororo thriller 3133)
«Die überaus authentische Geschichte entwickelt sich zu einer Chandler-Version von Turgenjew: witzig, grimmig, kenntnisreich und präzise.»
Ruth Rendell

Feuer in Berlin
(rororo thriller 3164)

Alte Freunde - neue Feinde *Ein Fall für Bernhard Gunther*
(rororo thriller 3163)

Im Sog der dunklen Mächte *Ein Fall für Bernhard Gunther*
(rororo thriller 3165)
«Ein kantiger, subversiver Held vor einem kraftvoll gestalteten geschichtlichen Hintergrund: Kerr liefert das Beste.» *Literary Review*

rororo thriller

Game over *Thriller*
Deutsch von Peter Weber-Schäfer
496 Seiten. Gebunden
(Wunderlich Verlag)
Ein High-Tech-Hochhaus in Los Angeles wird zur tödlichen Falle, als der Zentralcomputer plötzlich verrückt spielt. Mit dem ersten Toten beginnt für die Yu Corporation ein Alptraum.
«Brillant und sargschwarz.»
Wiener

Esau *Thriller*
Deutsch von Peter Weber-Schäfer
512 Seiten. Gebunden
(Wunderlich Verlag)
Wieder zündet Philip Kerr einen literarischen Sprengsatz aus neuesten wissenschaftlichen Erkenntnissen, aktuellen gesellschaftspolitischen Konflikten und uralten menschlichen Schwächen.

Klugmann / Mathews

«Da werden endlich wieder Geschichten erzählt, die so intelligent und spannend sind, die zum Zittern und Lachen bringen. Allererste Empfehlung: die subtil anarchistischen Polizeikomödien der beiden Hamburger Norbert Klugmann & Peter Mathews.»
Lui

Beule & Co
Beule oder Wie man einen Tresor knackt. Ein Kommissar für alle Fälle. Flieg, Adler Kühn
(thriller 3101)
Die Helden des Autorenduos scheinen auf den ersten Blick wenig perfekt. Sie haben Probleme mit Frauen, mit sich selbst und mit ihrer Kondition. Eigentlich sind sie ganz selten richtige Helden ...

Die Schädiger. Tote Hilfe
Zwei Krimikomödien
(thriller 43275)
«Witzig und spannend» (*Süddeutsche Zeitung*) ist der häufigste Kommentar zu diesen etwas anderen Krimis. Zwei Geschichten um den ewigen Loser Rochus Rose und die Jungs von der alternativen Tankstelle.

Vorübergehend verstorben
Roman
320 Seiten. Gebunden
Wunderlich Verlag und als rororo thriller 43306
(April 98)
Die Männer sind alle Verbrecher, ihr Herz ist ein finsteres Loch... Die Anwältin Luise Rubato fährt lieber in die Grube, als der Moral der Männer zu erliegen.

rororo thriller

Norbert Klugmann
Treibschlag *Ein Fall für den Sportreporter*
(thriller 3238)

Zielschuß *Ein Fall für den Sportreporter*
(thriller 3241)

Doppelfehler *Ein Fall für den Sportreporter*
(thriller 3228)

Schweinebande
(thriller 3175)

«**Norbert Klugmann** legt ein wahnsinniges Tempo vor und ihm fließen mitunter Dialoge aus der Feder, gegen die hochgerühmte amerikanische Kollegen die reinsten Langweiler sind.» *Süddeutscher Rundfunk*

rororo thriller werden herausgegeben von Bernd Jost. Ein Gesamtverzeichnis der Reihe finden Sie in der *Rowohlt Revue*. Vierteljährlich neu. Kostenlos in Ihrer Buchhandlung.